山大日记

Diary in Shandong University

主　编　桑晓旻

副主编　万广远

山东大学出版社
SHANDONG UNIVERSITY PRESS
· 济南 ·

山大日记

Diary in Shandong University

编委会

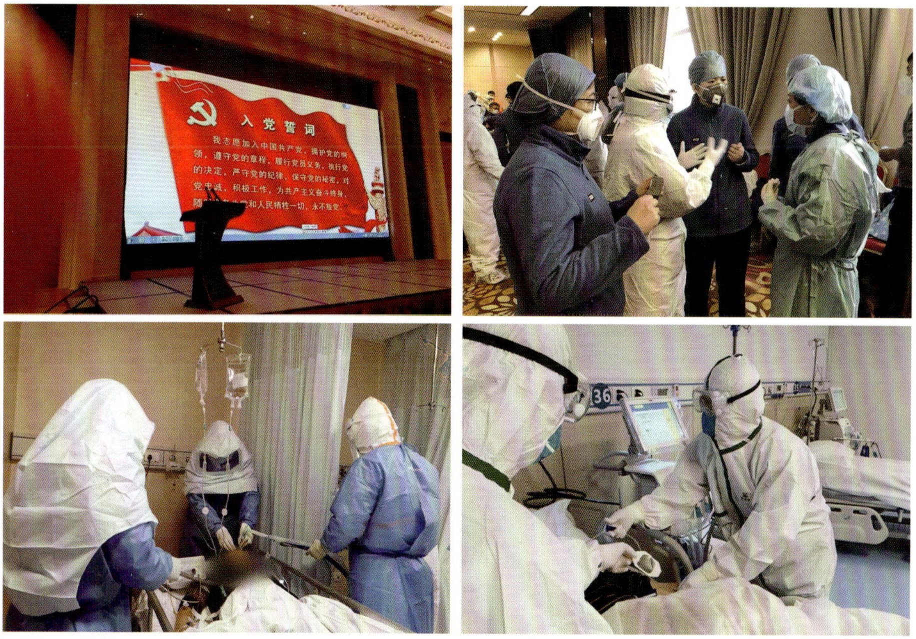

山东大学援湖北医疗队在一线救援(图片来自山大视点网站)(参见医疗队员日记)

相隔千里,携手战疫(图片来自山大视点网站)(参见师生校友战疫日记)

疫情期间停课不停学(图片来自山大视点网站)(参见师生线上教学日记)

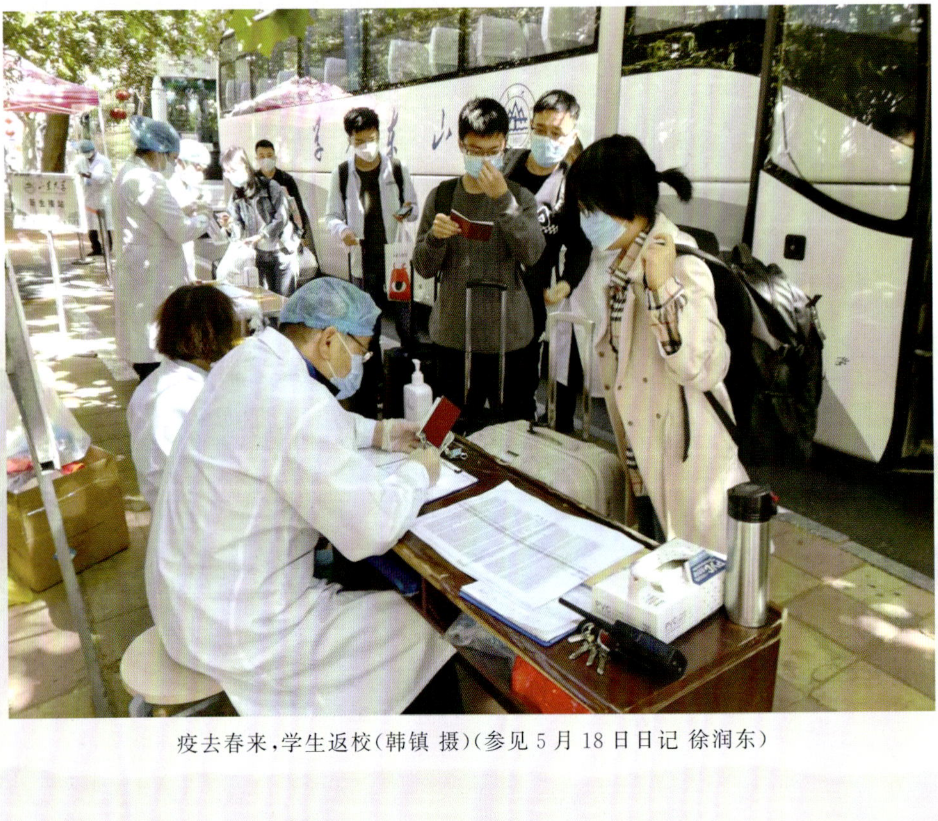

疫去春来,学生返校(韩镇 摄)(参见5月18日日记 徐润东)

援鄂医疗队表彰暨先进事迹报告会(张丹丹 摄)(参见 6 月 2 日、3 日日记 马承恩、张天阳)

毕业典礼(谢婷婷 摄)(参见 6 月 19～21 日日记 刘苏青、孙沛钰、孙林潇)

120 周年校庆动员大会（王莉莉 摄）（参见 10 月 15 日、19 日日记 闫邵航、焦梦典）

山东大学艺术节（张茁楠 摄）（参见 10 月 9 日、11 月 1 日日记 张晓、孔南）

新文科建设工作会议(刘波 摄)(参见 11 月 3 日日记 宋沁潞)

山大人在河南确山(王莉莉 摄)(参见 11 月 15 日、18 日日记 张伟琦、白云峰)

焦家遗址发掘现场(赵方方 摄)(参见 11 月 25 日日记 戴敬一)

首届黄河发展论坛(张丹丹 摄)(参见 12 月 13 日日记 张东鹏)

序　言

2020年,《山大日记》进入了第八个春秋。

这一年是极不平凡的一年。年初,新型冠状病毒肺炎疫情暴发,在这场没有硝烟的抗疫大战中,山大人积极响应党和国家号召,勇担使命,一往无前。300余名山大医务工作者白衣为甲、逆行出征,用真心传递真情,以使命救治生命。翻看这一年的日记,有太多故事让人难以忘怀,太多时刻让人热泪盈眶。我们看到惊心动魄的抗疫故事、风雨同舟的温暖瞬间,还有平凡朴素的坚守和奉献。这些故事来自奔赴抗疫一线的医疗队员,来自学校各个岗位的工作人员,来自致力于科研抗疫的科技工作者,来自在各地投身社区抗疫工作的学生志愿者,来自远在海外的山大校友,来自与你我一样心怀热血的山大人。不同岗位的山大人有一分热、发一分光,他们的故事各不相同,却有共同的家国情怀和奉献担当。

2020年,学校超额完成"双一流"第一建设周期目标,"由大到强"历史性转变迈出更加坚实的步伐。我们在日记中品读强院兴校大讨论的真知灼见,见证"停课不停学"的如火如荼,同享取得科研进展的喜悦,回味启动百廿校庆的振奋,感受山大文化这一引领学校建设世界一流大学的最大禀赋优势和最强驱动力量。日记中有部门、学院负责人细述对学校发展的深入思考,有师生记录在线教学的心得趣事,有教职工回顾线上"云思政"推动三全育人的思考,有学校定点帮扶的河南省确山县老臧庄社区干部感慨山大智慧助力脱贫事业带来的巨大变化，还有支教团成员讲述支教生活给自己带来的触动和锻炼。山大人始终与祖国和人民同频共振，每一天的日记都洋溢着山大师生追求梦想、乐于奉献、不畏困难、敢为人先的精气神，每个人真实的喜怒哀乐、心情故事都融于时代发展的浪潮之中，成为见证时代进步、学校发展、个人成长的时光定格，每一天的个人记录也随之成为永恒。

或许你是《山大日记》的作者，在某个安静的夜晚，绘声绘色地记录着今日的所见所闻、所做所想；或许你是《山大日记》的读者，点击日记的网站、翻开日记的书籍，认真品读着一个个别开生面的山大故事；或许你是《山大日记》的幕后工作者，每天清晨打开投稿邮箱，亲身参与日记的录入、校对、编辑、发表。因为有你，八岁的《山大日记》朝气蓬勃，一如每一个热爱生活、拼搏进取的山大人。

捧起一本《山大日记》，感受其字里行间的真情实感，体会作者一字一句的平实叙述，我们能够真真切切地感觉到他们所经历的每件事仿佛就在我们身边。现在，日记是每日鲜活故事的展现；未来，日记将是记录时代的史书，由山大人共同记录的历史存于书墨之间。2021 年将迎来建党百年、建校百廿，希冀从这里开启，期待你我一同执笔，写下我们眼中的独特精彩，记录时间长河中那一朵朵奔涌的浪花。

编　者

2020 年 12 月

目　录

1月

2 月

3 月

4月

5 月

7 月

8月

9 月

10 月

11 月

12 月

1月1日　星期三　晴

健康医疗大数据研究院工作人员 · 王兴洲

新年第一天，我假期值班。

早上近7点，我驾车从家出发来兴隆山校区。因是假日，路上车辆较往日要少很多，路面整洁，让人感到祥和与安宁，我内心不由地默默感谢城市美容师们的辛勤付出。车辆驶入南外环高架路，可望见那片被云隙洒下的阳光照耀的山，兴隆山校区便近了。

停好车，我便到办公楼前后看看。这项活动，快成为习惯了。进入楼内，门厅中健康医疗大数据研究院祝愿大家元旦快乐的屏显给人一种温暖的感觉。这块平日用来提示学术活动和展示数据合作网点与合作单位的电子屏，见证了研究院学术活动层次由浅入深的过程和合作单位的逐步壮大。研究院入驻半年多来，很多国内外学术大咖的学术报告题目都在此展示。今天，2020年元旦，它仅用来展示新年祝福，祝福研究院的每一位成员和为研究院发展提供支持的人们。

踏楼梯上楼，楼上楼下转一遍，顺序走过每一个工作间，好多老师和研究生同学都已在工作室开始了研究工作。抬头望望，时钟还没到8点。元旦，假期，却一如往常，虽然昨天大家说要利用元旦好好休息一下。隔壁会议室，薛付忠院长召集医疗机构和合作企业的人员在讨论如何完善一项课题规划，整个讨论气氛热烈。中午，大家匆匆午餐后继续进行研讨，直到天色渐暗才告结束。想想也是，在研究院入驻兴隆山校区的200多天里，研究工作没有周末，所有研究人员都在加班加点，努力钻研，奋力拼搏。

也正是由于这种拼搏精神，才有研究院日新月异的成长；才有 2019 医学数据大会的顺利召开，并获得国家和省市学校的高度评价和强力支撑；才有金立、赵国屏、周宏灏三位院士和多位专家学者的加盟；才有如此多的单位前来商谈合作；才有国家重大专项项目的申报成功……目前，研究院已初步建成政、产、学、研、用深度融合，不断创新研究理论和方法，服务健康山东建设并具有引领作用的医学数据科研创新平台。

这些成绩的取得，均是基于研究院领导和每一位成员的踏实肯干，基于学校改革提供的有利环境和强力支撑，是同心筑梦、奋斗以成的真实写照。

凡是过往，皆为序章。新的一天，也是本世纪 20 年代的起点，我们只有执着梦想，坚定信念，才能在服务学校建设总体目标、护佑人类健康福祉中贡献更多的力量。继续努力！

作者：健康医疗大数据研究院工作人员　王兴洲[1]

1月2日　星期四　晴

临床医学院辅导员・王浩南

今天是 2020 年第一个工作日。转眼间，我来到临床医学院已经 5 个月了，但对我这个非医学出身的人来说，这 5 个月并不短暂。

我用了一天时间梳理学院在 2019 年的发稿量，看到表格的序号慢慢变大，我心里感到很高兴。我知道，表格每增加一行，就意味着学院多了一篇新闻。计算着、计算着，我梳理到了 2020 年 1 月 1 日，至此，全院

① 本书中作者的身份介绍均为其发表日记时的身份，因毕业、转专业、职务调整等发生变化的，不再说明。

全年的发稿统计大表终于出来了。

在一张 200 多行的大表里，我努力找寻着自己的名字，就像中学时代跑到教室前面看贴在墙上的成绩单。平心而论，这 4 个月来，我的发稿量并不多，仅仅 20 篇左右，与学院很多前辈仍有较大的差距。

时间回到我初来学院的那一天，学院领导考虑到我不是医科出身而是地地道道的文科出身，于是就让我负责学生工作宣传，并且担任学院新媒体中心的指导老师。诚然我以前是做了两年的新媒体编辑，还有幸发表过一篇作品，但这距离开展宣传和指导媒体建设尚有很大差距。

刚刚完成改组的新媒体中心可以说是百业待兴，一开始我也不知道从何处着手，所幸有前任辅导员留下的箴言，按照她的建议，我一口气研究了国内近 10 个医学院校的微信公众号，查看他们的栏目设置和推文。

第一次和新媒体中心的同学见面时，我向参会的同学们鞠了一躬，感谢他们在暑假期间仍然坚守岗位。他们在很多方面都可以当我的老师，比如有的同学 PS 技术用得很好，所谓“艺高为师”就是这个道理。

此后 5 个多月，新媒体中心完成了纳新和培训，公众号的栏目设置从无到有，从 0 到 3，再从 11 到 13；粉丝数量从 0 到 100，再从 1000 到 1500。粉丝数量突破 1000 的那一天，我高兴得像个孩子。

上午，我打开新媒体工作的文件夹准备建立一个新文档时，猛然发现在键盘上按下“2”和“0”之后再也不能按“1”了。那一刻，我知道，我们又站在了一个新的起点上。

在接下来的一年里，我会带着对这份工作的热爱从“零”出发。爱这份工作，才有前进的勇气和力量；从零开始，才能放下心中有关成败得失的各种负担，迈开步子，大胆向前。

作者：临床医学院辅导员　王浩南

1月3日　星期五　晴

“诚信状”主题活动参加者·孙文青

我最爱的一句话是：“贵有恒，何必三更起五更眠。最无益，只怕一日曝十日寒。”对吾辈而言，学习须有一颗恒心，万不可只凭三分钟热度，一时心血来潮立下flag。可很多人往往是这样，起初自信满满，行动力超群，之后热度消散，flag纷纷倒地，最后一事无成，虎头蛇尾，差就差在少了一个“恒”字。

参加学院组织的“21天诚信状”活动，相信我们所收获的，不只是蹭蹭蹿高的词汇量、日益增强的身体素质、愈发美观的字体，还有伴之而生的好习惯和恒心。有一个“21天效应”的理论：前七天“刻意，不自然”，中间的七天“刻意，自然”，最后的七天“不经意，自然”，然后真真正正地养成一个习惯。相信只有经历过的人们，才懂得这变化中的收获与快乐。很荣幸，我在这次活动中坚持到了最后，真真切切地体会到了“贵有恒，恒有益”。

我参加的“诚信状”活动是“天天英语”。在一开始参与到“诚信状”活动的时候，背单词仿佛成了一种“任务”，我开始每天在7：10到8：00之间背诵单词。起初的几天还好，但越到后来，我越发现时间不够用。为此我不得不开始挤占自己的其他时间。午餐后，我不再刷空间、刷知乎，而是铺开单词本，背诵早上没有背完的单词。有一次，当我回到宿舍洗漱完准备睡觉的时候，猛地想起自己那差点被遗忘的尚未背完的27个“单词宝宝”，本想就这样算了吧，可是心里怎么也不舒服。就这样，我又爬了起来，老老实实背完单词才睡觉。当我合上单词本的那一刻，我才发觉，对我来说背单词已经不再是一个“任务”，而是成了一种乐于坚持的习惯！

古罗马诗人奥维德说：“忍耐和坚持虽是痛苦的事情，但却能渐渐地为你带来好处。”对于我们物理学院的同学们来说，自主选择参加了自己所喜欢的“21天诚信状”活动，既然喜欢，便会孜孜以求，又何谈忍耐，何谈痛苦？相信哪怕活动结束后，在“21天诚信状”活动中养得的习惯，也会因为我们的坚持而成为我们的益友，让我们受益良多。

在“诚信状”活动的21天内，我收获了1261个单词，但又远不止这些。学会克服懒惰，高效利用零碎时间的习惯才是坚持之后的最大收获。王尔德说：“起先是我们造成习惯，后来是习惯造成我们。”莫让养成的好习惯悄然溜走，“贵有恒，恒有益”，是我之后最应做的事。

作者：物理学院2019级本科生　孙文青

1月4日　星期六　晴

物理学院硕士研究生・王晨曦

时间一晃而过，又到了一个学期的期末，同时这也是我在山大硕士阶段的最后一个冬天了。想想时间过得好快，不经意间再回首，一切恍如昨日。

回想这个学期，过得相当充实。学期刚开始时，我就有幸作为“第十届海峡两岸青年学子科技交流活动”的陪访人员，伴随着中国科协的老师还有来自台湾地区的老师同学一起在山东参观访问了数日，和他们一起重温、感受了齐鲁文化的源远流长与当代科技的日新月异，感慨颇多。陪访活动结束一月有余，我又很荣幸地作为山东大学参访团3位学生之一，和来自全国不同高校的20多位老师同学，在中国科协老师的带领下前往台湾访问。我们从台北出发，沿着西部一路向南，一直到台南，又原路折回台北，领略了半个台湾的风土人情，体会到台湾在自然、人文和科技等方面的鲜明特色。

回到学校后，我又开始进行“挑战杯”全国决赛作品的完善冲刺，作品有幸成为学校入围决赛的3件作品之一。我们在北京航空航天大学奋战了一周有余，最终获得全国二等奖。

简单休整之后，我又踏上了前往日本参与学术交流的路程。这次是在日本熊本大学，有来自不同国家、不同学校、不同专业、不同研究方向的同学们齐聚一堂，在不同的分会场，阐述着各自研究领域的最新进展以及自己的科研成果。在这场学术盛宴中，我既开阔了眼界，也给自己注入了充足的动力，我决心在未来更加努力地投入科研工作。

美好的时光总是短暂的，弹指一挥间，一切都已成过往。未来的日子会更加美好，拥抱明天，抓住当下，向未来大步前进吧！

作者：物理学院2017级硕士研究生　王晨曦

1月5日　星期日　雨

马克思主义学院硕士研究生·岳松君

今天，由我的导师徐国亮教授负责、由师门兄弟姐妹组成的“清风徐来”学术团队又开展了一次读书会。这样的学术活动我已经历过不少，每一次却都能有新的感悟和收获。

读书会一开始，徐老师便给我们提出了期望：要多读书、善思考、勤记录、常写作；要研读经典文献，夯实理论基础；要及时关注时政热点，学会用学术话语阐释党的理论……他还提出读书会要规范化、常态化，通过交流学习不断增长知识、开阔视野，提高学业水平。

作为一年级的硕士研究生，我和四位同门就先前阅读过的两本书——《文明的冲突与世界秩序的重建》和《新教伦理与资本主义精神》作心得汇报。徐老师说，读这两本书能开阔视野、增长见识。正如毛主席所说的那样，“不读唯心主义和形而上学的书，就不能真正懂得唯物主义和辩证法”。

读书会上，师兄、师姐们根据自己的毕业论文和近期正在撰写或计划撰写的小论文轮流发言。老师和2016级博士研究生刘松师兄分别从他们选题的合理性、逻辑的严密性、架构的可行性等不同角度提出意见或建议。其中，最令我印象深刻的是2019级博士研究生刘安琳师姐。她结合今年恩格斯诞辰200周年的大背景，以恩格斯家庭观为切入点，探析其对新时代家风建设的启发，既高屋建瓴，又结合实际；既立足学理，又凸显时事。此外，2019级博士研究生邓海龙师兄为辨析“效能”与“效果”两词之间的区别，翻遍《辞海》和所有国内常见词典；2018级博士研究生范玲师姐，为探析“谱系”一词的概念内涵，遍查数以百计的文献。老师和师兄、师姐们对学术的精益求精令我感动。

更值得一提的是本次读书会的点评人刘松师兄。他论年龄比我母亲还长一岁，且已经在湖北一所高校身居教授之职，却在不惑之年毅然选择攻读博士研究生，同我们这些20来岁的年轻人一起学习。我想，如果不是对马克思主义的信仰、对学术的热爱、对知识的追求，是没有什么动力可以让他这么做的。

总之，今天的读书会，使我在学术上受到启迪，也使我在心灵上受到感动。马克思主义发展到今天，非议它的人很多，但像我的老师和师兄、师姐们那样信仰马克思主义的人更多。写到这里，我想用邓小平同志的一句话作为这篇日记的结尾：“我坚信，世界上赞成马克思主义的人会多起来的，因为马克思主义是科学。”

作者：马克思主义学院2019级硕士研究生　岳松君

1月6日　星期一　大雾

文学院本科生·蒋朝金

窗外，雾气弥散的世界混杂着浑浊。

在漫漫一片的朦胧里，知新楼挺立的身影不见了，但它依旧在挺立。正如人生行在这雾里，而生活总还在平淡中继续着。

路上匆忙走着的学子，或在说笑，或用静默的眼睛和沉潜的心灵，观照这整个世界。我和友人一同走在去自习室的路上，感叹着：为何没有一场大雪来把周遭都抹成白色。所有的色调都是备考时的五彩：焦躁的大红，阴郁的深蓝，舒缓的浅绿，还有考试时的墨黑和删改时慌乱的线条。没有铃响的日子已经很长了，所以饭点变得不规律，三餐都只循着心和肚子走。

来到自习室，放下书包。手机应用程序里长着一片静静的森林，我用它来茁壮薄弱的意志，用它的枝蔓来拴住贪玩的心。键盘敲击的声响，时而舒畅悦耳，时而让人烦躁。文章的字符数从无到有，从有到更多，跨过标准线以后一路随着思绪翻飞上涨，最后欢然停下。“完成了！”我在静默的自习室里于心中呐喊，然后长呼一口气，伸个懒腰，起身把一摞供养知识营养的书本抱起，听图书馆的自助机把它们一一识别认领，再轻轻地搁进筐里。同它们告别，又和另一种形式的它们在思维里继续共处，或许还会在书架的某一角再相遇。

有所期待总是让人感到愉快。从自习室折返的路上，我们聊着让人紧张又激动的考试。在一张张试卷的背后，有回家的路，亲人带笑的眉眼，还有与友人的重聚和聊不完的天。抢好的车票一天天地在缩短日期，缩短着同火锅、奶茶还有妈妈做的糖醋排骨的距离。冬季的夜来得很快，漆黑得迅速而完全。回寝的路上没有星星，只有零散的路灯装点着道路。但当回宿舍按开台灯时，自己世界里的星星也就闪烁着明亮了起来。

考试周，寝室的电不再断，但我还是准时和被子“互相拥抱”。昨天的睡眠里有噩梦缠绕，今天向枕头许愿一场好觉。

天气预报说明天有雪，但我更期待春天的校园可以重新遇到好久不见的山大猫。

晚安，窗外朦胧的世界。

明天将继续平淡而真切的生活。

作者：文学院 2018 级本科生　蒋朝金

1 月 7 日　星期二　雪

后勤保障部工作人员 · 于　红

今天，我们迎来 2020 年的第一场雪，洪家楼校园内出现“忽如一夜春风来，千树万树梨花开”的场景，厚厚的白雪覆盖了整个校园，银装素裹，无与伦比的美丽。雪景虽美，却给师生的出行造成不便，为保障全校师生出行安全，我们第一时间号召全体员工开展扫雪活动。

傍晚室外气温降低，为防止道路结冰，物业公司启动扫雪应急预案，取来提前备齐备足的扫雪工具和融雪剂，立即对路面进行撒盐处理。虽然天气严寒，雪花仍在纷纷飘扬，但参加扫雪活动的人不畏严寒，热情高涨，挥舞着雪铲、扫把，分工有序、干劲十足，有的在前面奋力铲除积雪，有的在后面清除残留的雪和冰块，不时传出铁锹与地面的摩擦声，夹杂着扫帚的沙沙声，奏响了一曲快乐的冬日扫雪歌。

大家对主干路两侧的人行道进行撒盐防滑处理，对南北拱桥及中间平桥泼洒热盐水融雪。洁白的雪花下映照着一张张因劳动而红彤彤的脸庞，扫雪队伍成了冬日校园一道靓丽的风景线，方便了师生的出行，也给寒冷的冬日增添了一抹温情，温暖着师生的心灵。

道路结冰后，在凛冽的寒风中，我和监管科的同事们、附中的全体老师、公安处的保安及宏泰物业员工不顾劳累继续一起铲雪除冰。通过大家共同努力，教学楼门口及南北主干道路面的积雪基本上被清理干净，我们顺利完成扫雪铲冰任务，校园内主干道路面状况、交通通行得到明显改善，确保了校园交通畅通和师生医务员工的出行安全。其他校区也启动了相关应急预案，共同完成了校园扫雪工作。

在扫雪活动中，我感受到为他人服务的快乐，也体会到大家团结协作、无私奉献的精神，更体会到和谐之风在山大校园传播。

作者：后勤保障部洪家楼校区管理办工作人员　于　红

1月8日　星期三　晴

故宫文化讲座聆听者·甘传昀

正是期末时候，本是有些焦躁的，忽然看到了故宫系列活动要来到山大的消息，故宫学院院长单霁翔将为我们作“不忘初心、牢记使命——做中华传统文化的忠实守望者”的讲座。当时看到就很期待，而今春节将至，寒假之前，正值济南初雪之际，我们终于迎来了这一场讲座，真可谓是一场文化盛典、学术盛宴。

讲座开始前，单霁翔院长正式接受了山大的聘任，成为山东大学的兼职讲席教授。他笑着说，他所理解的“讲席教授”，就是一边“讲”一边和大家“学习”。单霁翔院长幽默风趣的表达方式让整个讲座现场沉浸在一种轻松愉悦的氛围之中。

单霁翔院长首先向我们讲了中国文化要走向世界，讲好中国故事的作用。2004 年，联合国教科文组织规定一个国家一年只能申请一个世界文化遗产，但我们国家地大物博，幅员辽阔，文化遗产与非文化遗产众多，因为经济发展迅速，文化保护工作尤为重要，单霁翔院长就肩负着申遗商谈的重任。

然后，单霁翔院长以五台山、杭州西湖等为例，向我们讲述了国内文化遗产保护工作。2000 年左右，五台山还是一片乱象，各种充满商业气息的店铺“入侵”了五台山。但经过治理后，五台山的面貌焕然一新，并最终成功申报成为世界文化遗产。而杭州西湖更是做到了在经济大发展时代，不增添一座建筑的壮举，真正实现了单霁翔院长老师的老师梁思成先生的保护理念。讲座至此，听众无不为之感动，现场掌声雷动。2019 年，随着良渚文化遗址申遗成功，中国已经成为世界文化遗产最多的国家。

讲座中，单霁翔院长还围绕故宫这十几年来的发展，向我们详细介绍了故宫的发展理念。从开放区域增加、仓库整理、杂草清理、市政管线清理、临时建筑清理、仓库清理等，到修补修复堆积的文物和尘封闭关的古建筑，建立故宫文物医院。择一业终一生，故宫的工作人员还文物以原本的面貌，让它们神采奕奕地出现在展馆之中，不再沉睡于仓库之内。一幅幅今昔对比的故宫图片，向我们展示了故宫博物院的成就，每位听众都为之动容，掌声阵阵，这大概正是我们应有的文化自信吧！还故宫以故宫应该有的颜色——红墙、黄瓦、蓝天，正阐释了单霁翔院长关于文物修复的理念——文化保护应该大众化，让大众参与到文化的保护之中，而保护也并非是一味地藏起来，而应与开放合理结合。

最后，单霁翔院长动情地说：“我们要把一个气势雄伟的故宫完整地交给下一个 600 年。”讲座在雷鸣般的掌声中结束。每个人都怀着自信的笑容离开现场。我想，也正是有了单霁翔院长他们这样的故宫守护人、故宫修复人，我们才能看到今天美丽的故宫，才能领略到中华文化传承中的力量，真正激荡起了心中的文化自信吧。

作者：文学院2018级本科生　甘传昀

1月9日　星期四　雪

寒假“三访”活动参加者·李春阳

小寒刚过，全省就迎来了今年第一次大范围的雨雪天气，飞扬的雪花和清凉的空气让齐鲁大地银装素裹，美景如画。

新闻学院的寒假“三访”活动正式拉开了序幕。我跟随学院杨璐老师踏上列车，到一位新生的家庭中走访。这位同学的父母都是农民，平时靠种地的收入来供两个孩子上学。前不久，她的父亲还因为静脉曲张做了手术，家庭压力着实不小。因为交通不便，碰巧今天又雨雪交加，路面湿滑，因而当我们到站后，顾不得吃饭，马不停蹄地又赶了近两个小时的车程才到达该同学家所在的村子。在村口，我们见到了早已在此等待的同学，她把我们带入家中，见到了她的爸爸和妈妈。

这位同学的父母告诉我们，他们一家虽然以务农为主，但是却非常注重对两个女儿的教育和培养。两姐妹先后在山大不同校区上学，是山大为他们夫妻培育了两个好孩子。巧合的是，这位同学的爸爸小时候曾患过一次大病，也是山大的医生救了他，这一场莫大的缘分与恩遇让他多年来始终心存感激。听完他们的故事，我和杨璐老师都很受触动。之后，杨璐老师询问了家庭的其他情况，并跟她的父母汇报了孩子在学校的优秀表现，同时针对这个同学的具体情况，提出了相应的努力方向。最后，杨璐老师还进一步普及了国家和学校的资助政策和帮扶措施。

临别前，这位同学和她的父母一直送我们到村口并目送我们离去。纵然外面是冰天雪地，寒风刺骨，然而此刻，我们的心却都是极暖的。我想，作为一个山大学子，我们无疑是幸福的，因为在学校和学院的共同关怀下，我们拥有更多机会去实现自己的青春梦想。如果以后有机会，我也希望自己能够将这份传递温暖的工作继续做下去，让“雪中送炭”的山大情谊代代相传。

作者：新闻学院2018级硕士研究生　李春阳

1月10日　星期五　晴

冬季教学技能工作坊研修班学员・肖一冰

时间是一张网，能留下的记忆都是值得拥有的珍宝。2019年让我最快乐的是我成为了一名教育工作者。尽管每天都很忙碌，可正因为如此，我才能天天都在与困难作斗争的过程中快速进步和成长。作为教师发展科里最年轻的一名新兵，我总是积极主动地工作，获得了领导老师们的认可，一想到这些，我就感到无比欣慰。能为教师们教学技能的提升作好服务，生活就是充实而快乐的。

12月24日，分三个校区开展的冬季教学技能工作坊和教学技能引导员工作坊是年终的系列大挑战。开班前的充分准备，个性特色的教室布置，热情周到的服务，使学员老师们有了更轻松高效的学习氛围和环境。其中，制作系列海报和设计板报是我喜爱的环节。将整齐大方的书写和惟妙惟肖的绘画留在纸板上，看着老师们惊喜和赞美的目光，我感觉自己喜欢的美术有了施展的地方，内心的欢喜无以言表。

1 月 8 日至 10 日，我有幸从幕后走到了台前，以学员身份参加了中心校区举办的第五期冬季教学技能工作坊（ISW）研修班的学习。今天毕业典礼结束后，我赶紧整理回顾这三天的所得所感，为能生活在这个伟大的时代和富强的国度，能享受这样优质的教学技能培训而倍感自豪！

回想起工作坊开班前，我还有些胆怯退缩。“朱老师，我觉得这段时间工作实在是比较忙，没有时间准备工作坊里的迷你教学……要不，我下次再参加吧。”我犹犹豫豫地对朱老师说。“小肖别担心”，科长朱征军老师一眼就看穿了我的心思，温和地笑着说：“这个工作坊针对任何阶段的老师，即使是没有教学经验的老师也是欢迎的。工作方面放心，你参加工作坊的时候，我来负责其他校区工作坊的工作。”感谢您，朱老师！没有您的鼓励与支持，我不会有这样充实的成果和战胜自己的喜悦。

“唉，迷你教学环节我该讲什么呢？又不像其他老师都有自己的教学经验。”一筹莫展的我坐在宿舍桌子前自言自语。“哎！讲表情包啊！你不是最喜欢表情包了吗？”室友李静娴看似无意的一句提醒，让我脑中瞬间闪现了一些小火花。对呀！我可以讲表情包的相关内容！于是，在之后三天的迷你教学中，我便以表情包为主题，向老师们介绍了表情包的五个发展阶段。不出意外，老师们都被我讲的内容所吸引，纷纷表示“选题新颖”“ppt 设计感强”。我在窃喜的同时也明白，没有朋友的提点帮助，我不会露出这般自信温暖的笑容。

工作坊毕业典礼上，来自材料科学与工程学院的刘雪梅、土建与水利学院的宋娟两位引导员老师为我颁发了 ISW 证书，学员老师们真诚地为我鼓掌祝贺。双手轻轻接过证书的那一刻，我的眼眶微微泛红了。我知道，此时此刻的自己是最勇敢、最幸福的人。

真心感谢朱老师、室友以及工作坊中所有引导员和学员老师，正是因为他们的信任、支持和鼓励，我才有勇气突破自己，去成为更好的自己。这些天的工作、学习经历，让我深深感受到保持积极乐观的心态，不畏困难、敢于迎接挑战的重要性。

新的一年，我的目标是要井然有序地做好本职工作，努力让更多高校师生得到提升，最重要的是以积极乐观的心态迎接新一年的挑战。2020年，我要留下属于自己的更多美好回忆！

作者：本科生院工作人员　肖一冰

1月11日　星期六　晴

公派留学研究生宣讲会参加者 · 周文玲

国家公派研究生项目对国内培养具有国际视野和竞争力的拔尖创新型人才，促进相关学科与国外高水平大学的深层次合作有着十分重要的意义。昨天，我满怀憧憬参加了山东大学2020年国家公派留学研究生项目宣讲会。

首先，研究生院副院长万熠从历史角度讲述了留学基金委公派留学项目的重要性。他通过对于中国近代历史的分析，讲到“封闭就会落后，落后就会挨打”的铁律，又讲到现在是中国实现两个一百年奋斗目标的攻坚期，离21世纪中叶还有整整三十年，这三十年就是我们大展身手的时期。他鼓励大家努力把握机会，争取学习国外的先进技术来建设祖国；同时还强调，出国学习过程中一定要勤奋学习、遵纪守法。

随后，李天一老师宣讲了国家留学政策相关内容。她从国家留学基金委概况、国家公派出国留学政策、2019年国家公派出国留学基本情况、国家公派出国留学奖学金项目四个方面进行了详细介绍。研究生代表沈文婷师姐结合自己申请出国的经历，讲解了出国留学申请相关的细节问题，比如如何联系国外导师、如何写申请信、在美国学习生活的状况等，鼓励大家充分准备并积极申请。

最后，焦青萍老师进行了答疑。同学们提出许多问题，焦老师一一做了耐心解答。有许多已经拿到国外大学老师推荐信的同学在询问各种资料的格式问题，也有许多同学询问了留学基金委的政策。

这场宣讲会对我的触动很深。原来出国交流其实并不是很难，我要结合自身需求，紧紧抓住此次机会，做好相关准备，为下一步的选择打下扎实基础。大家出国留学的热情高涨，我也为祖国的强大感到骄傲和自豪。我会努力抓住机会出国学习，好好提升自己，学成回国后好好报效祖国。

作者：数学学院 2017 级博士研究生　周文玲

1 月 12 日　星期日　晴

管理人员创新发展专题培训班学员・刁俊玉

为期 5 天的山东大学管理人员创新发展专题培训班举行了简单而隆重的结业仪式。回想 5 天前，我们从雪花飘飘的北方来到温暖如春的深圳，一校三地各单位的管理人员齐聚一堂，共同度过了难忘的 5 天，也结下了深厚的友谊。当看到结业仪式上浓缩着这几天点点滴滴的视频时，我们鼻头一酸，不舍的泪花在眼眶里打转；当我们接过镶着金边的红色结业证书时，心中感慨万千，更感觉到肩上沉甸甸的责任。

此次培训班采用了课堂讲授、现场教学、交流座谈等形式，听取了 6 位来自深圳的高校、企业、政府等机构的“大咖”的报告，实地参观考察了 7 个单位，涵盖了高校、科研机构、高新企业、创新创业基地等，活力、创新、敢闯、务实、服务、激励等词汇不绝于耳，每天的信息量极大，给我们带来了剧烈的思想冲击，真心感到收获满满。

我作为海洋研究院一名人事工作人员，最关心同时也体会最深的是此次在深圳大学和南方科技大学进行的现场教学。两个高校分管人事的领导均参加了座谈并介绍了他们的人事人才政策，虽不尽相同、各有特色，却都充分体现了高校、政府、企业共建的思维模式。深圳大学在高层次人才引进方面尤其关注团队成员，抓住了引进人才关心的“是否有配备团队人员做事”这一痛点。如引进 1 个兼职院士，学校依托院级单位建立 1 个院士工作站，配套 100 万启动资金，2 名教师、3 名专职科研人员、15 名博士后，200～300 平方米科研用房。短短几年，学校已成立了 16 个院士工作站。在人才引进和人事管理方面，学校还成立了全部由没有行政职务的“布衣教授”组成的人事教授委员会，在人才引进过程中和校长办公会形成互相制衡的机制，推动人事体制机制改革。南方科技大学现在教研系列的教师有 463 人，每人都是独立的 PI，每人都可以申请 300 万～500 万的科研启动经费；全体教师无编制，实行“终身聘期制、准终身聘期和固定聘期制”体系，突出“高精尖缺”导向，探索形成教授、企业、学校三方股份分成的收益机制。南方科技大学建校短短七八年，高层次人才快速汇聚，且具有海外工作经历的占比 90％以上。他们取得的成绩离不开广东省和深圳市政府的各项支持，也离不开产学研成果转化，还得益于学校的敢闯敢试和各项政策保障。我们还参观了南科大的行政服务中心。中心只有五六个窗口，每个窗口均可同时办理涉及入职、离校、合同、校园卡、公寓、落户、报账等各项手续，扫码提前了解所有需要准备的材料，一次办理完结，让我们体会到了“一站式服务”的便捷和“人性化服务”的温情。

在海洋领域，下一步深圳市将继续利用区位优势，建设海洋科学基础研究机构、海洋工程装备创新中心，大力发展海洋经济，将成为青岛海洋事业强力的竞争对手。这更需要我们积极谋划山大海洋事业的发展。

学习了那么多新思想、新经验、新方法，把它们融会贯通在我们的日常工作中，才是此行成果最重要的体现。就让我从寻找差距开始做起，从自我解放思想开始做起，从改变创新工作方式方法做起，不忘初心、砥砺前行，满怀热情地在我小小的岗位上为学校海洋事业贡献力量，为山大“双一流”建设助力。

作者：海洋研究院工作人员　刁俊玉

1月13日　星期一　雪

学院学术年会参加者・于佳静

假期将至，但学习之路仍不停歇。这个周末，我很荣幸能够参加历史文化学院、文化遗产研究院、博物馆合办的年度学术年会。如同方辉院长在会上所说，这是学校实现两院一馆一体化发展后举行的第一次全体性的学术盛会。作为新入学的研一学生，我当然要抓住这次宝贵的学习机会，取百家之所长，融百家之所思，从而拓宽自己的学术视野。

翻开厚厚的论文集，我看到不仅有自己熟悉的考古学和博物馆的学术成果，还有涉及文化遗产、古代史、近代史、世界史、档案学以及文化产业管理等多个学科的思想凝聚。会期未至，就已深深感受到了学院老师对会议的精心准备。在为期两天的会议中，老师们共带来 8 场次、33 个学术汇报以及 4 个主题报告，从上古到近代，从文明起源到现代饭局，通过老师们的交流讨论，我见证了学科间思想碰撞的绚丽火花。

当然，在聆听老师们汇报的同时，我也跟随老师的讲述，思考如何尝试性地将陌生或新鲜的知识与自己的研究内容相结合。两天的会议，我不能说自己掌握了多少学术知识或科研方法，最大的收获且令我至今还在回味的是见识到学院老师亲切的人格魅力、渊博的学识、严谨的学风以及对科研孜孜不倦的追求和热爱。在当前兼容并包的学术环境下，需要我们具备对各类学术问题的关注和对学术研究的尊重。

能够参加这次学术会议无疑为我本学期的学习画下了一个圆满的句号，也是我研究生学习生涯中一次珍贵的经历。历史学科的发展正迎来新的篇章，时不我待，我应当抓紧时间，珍惜和利用好学校和学院为我们提供的资源与平台，激发自己对知识的渴望和对科学探索的热情。科研的道路上不会一帆风顺，要忍住辛苦、耐住寂寞、端正态度、知难而上，不断去追寻那风雨之后的彩虹，向着心中的目标、带着肩上的责任砥砺前行。

作者：文化遗产研究院 2019 级硕士研究生　于佳静

1 月 14 日　星期二　晴

教学技能引导员工作坊培训参加者 · 毛岩鹏

临近岁末，各种汇报、总结纷至沓来，出于对教学的热情，我参加了学校教学促进与教师发展中心组织的教学技能引导员工作坊（FDW）培训。原以为会是忙里偷闲之举，没承想此次培训安排得如此周密与紧凑，四天下来竟有精疲力竭的感觉。究其原因，可能是在学员、教师、引导员三种角色中来回切换，不断从不同视角去分析思考教学这个宏大课题，所以有些心力交瘁。只从一个角度看问题，不免有失偏颇，结论也可能是管中窥豹，这时如果推开另一扇门，或许能体会到不一样的心境，我想这也许是 FDW 培训的目的之一吧。

教学技能引导员的主要作用是，通过问题引导启发教师和学员对教学过程的深入反思，从而达到提高教师教学水平的目的。那么如何培训引导员呢？其实用的也是问题引导的方式：让教师在不断反思和沟通中潜移默化地获得成长。在培训过程中，我逐渐认识到这个培训本身也是一种教学方法，而引导员就是这个教学法的组织和实施者。由此我联想起辅导女儿作业时的情景。很多家长都有陪孩子写作业的虐心过程，明明一个地方讲了多次，下次再做竟然还会出错，有时候不免着急上火。后来我换了一种方式，引导孩子自己去寻找错误、分析原因并加以改正，发现效果好了不少，至少再次犯错的几率大幅下降。我还回想起在英属哥伦比亚大学参加教师培训过程中接触的两阶段考试，其实也是设计了一种引导方式引发同学们的互相讨论和自我反思，从而达到预定教学目的。

所谓引导员，其实就是通过循循善诱的方法，营造一个如沐春风的氛围，从而达到润物细无声的目的，这不正是教学的至高境界吗？

作者：能动学院教师　毛岩鹏

1月15日　星期三　晴

家访学生·冯裕婷

突然间，我又想到了那句歌词："我的山大我的家。"什么是家？我想，家就是给你温暖、予你力量的地方。从刚开学的资助政策到后来的各项助学金，学校给予我的帮助让独自在异乡求学的我少了些迷茫与忐忑，多了份坚定与信心。而这份感动，依然在继续着。

昨天两位辅导员老师来家里家访慰问。其实刚知道这个消息时，我有些惊诧：从济南到我家距离不算近，天气又非常寒冷，再加上导员们工作繁多。直到现在我都很感动，也感受到这次家访的重量——这不仅是物质上的资助，还有精神上的鼓励！

交谈中，导员们非常耐心细致地询问情况，解答疑问。因为我刚上大学有些不适应，经常有焦虑和不安。而家人对大学里的一些情况并不是很了解，有很多误区和疑问，担心我以后的就业，也忧虑以后的学费来源。面对家人们的困惑，导员们切实举例，消除他们的顾虑；此外还结合我们家的情况，帮我梳理了可以获得帮助的途径，比如国家助学金、学校助学金、社会助学金和勤工助学等，都可以帮助我完成学业，实现自己的梦想。在说到家庭的情况时，我的情绪有些激动，但是导员的话却让我充满了动力：只要自己足够优秀，就可以创造不一样的未来！通过导员的话语，我明白了在大学只关注成绩是不够的，还要学会提升自己的综合能力，为自己进入社会打下基础。另外，心态的调整也很重要，之前我一直觉得自己有些地方很欠缺，但现在我知道有痛苦就意味着改变和进步，意味着我正在变成更好的自己。

当我再次回想当时的情景时，心中仍然是满满的感谢和温暖。我感谢自己有一个虽然贫困但温馨的家庭，感谢导员们千里迢迢来到家里进行家访，感谢学校给予我帮助，让我没有后顾之忧，轻装上阵，勇往直前，让每一个奋力追梦的山大人有了获得精彩青春的机会。这些都是冬日的暖阳，珍贵且炽热，足以驱散所有生活的小阴霾。我也越发感觉，只要你认真生活，山大一定会给你创造条件和机会。

在这里，我们皆有无限可能！

作者：哲社学院 2019 级本科生　冯裕婷

1月16日　星期四　晴

强院兴校专题研讨班学员·辛公明

近日，学校在上海交通大学举办第一期“强院兴校”专题研讨班，我非常荣幸参加了本次培训活动。这几天上海的太阳又给自己放假了，但这似乎并没有影响到学员们的心情。交流起来的时候，几乎每一个人都说本次培训收获满满。

这次培训日程安排非常紧凑，11日中午报到，下午就安排了三场精彩的专题报告。交大在学校全局层面的规划布局和创新改革方面的系统报告，分别围绕人才培养模式创新改革、战略规划与院为实体的改革、人才强校战略与学院发展暨教师的思想引领等一一展开，其改革力度和成果成效让人印象深刻。12日白天，在长宁校区和徐汇校区，我们听取了来自交大生物医学工程学院、安泰经济与管理学院、媒体与传播学院和中国城市治理研究院负责人的精彩分享，他们在“院为实体”“人才强校”“学在交大”等专项方面的系统改革和主动谋划让人印象深刻。12日晚，两个小时的党的十九届四中全会精神专家解读，让学员们感觉非常过瘾。13日早上8：00，我们出发赴交大闵行校区机动学院、电子信息与电气工程学院、密西根学院和船舶海洋与建筑工程学院进行实地考察和面对面交流。他们在科学研究、队伍建设、国际化人才培养、重大工程项目等方面取得的成果让人印象深刻。13日晚，我们回到长宁校区听取校友工作方面的专题报告。交大在校友理念、工作体系、组织建设等方面的做法值得我们学习和借鉴，特别是“四个一”校友服务抓手让人印象深刻。14日安排的小组内部研讨和主题汇报交流会上，每位学员都围绕主题谈了自己的感受和认识。最后，大家纷纷表示将把学习到的好的理念和做法实践于学校学院的快速发展，助力学校早日实现“由大到强”历史性转变。很多学员都表示培训时间有点短，学习得还不够，交流得还不太充分。

参加本次培训，我最大的感受可以用三个词语来概括：成果震撼、谋划布局和党政同心。交大的这些学院在作典型分享时，他们在师资队伍、科学研究、人才培养和基础保障等方面的成果让人感到十分震撼；课程主讲人在经验分享时都提到了在谋划布局、凝聚共识和制度保障方面的协同发力；所有参与授课的校院领导在报告或分享的过程中，无一例外地都展现了保障成果取得的党政同心和党建与发展的深度融合。对比我们学校和学院的发展，这是一个非常好的启示。

回到济南，济南的温度要比上海低好多，但那明媚的阳光让人感觉特别温暖。回想起在上海交通大学举办“强院兴校”专题研讨班的培训过程，那紧凑的安排、精彩的授课和热烈的讨论仍历历在目。

作者：能动学院常务副院长　辛公明

1 月 17 日　星期五　晴

赴黔支教志愿者 · 苏　旭

与黔南的第二次相见，虽来得突然，却已经是实实在在的感知了。除了第一届“春晖毕业生”已升入初中和一年级里有部分新面孔外，归兰乡的孩子们和两位可亲的校长没有变化，值班保安王叔还在岗，校园的布置没有变化。令我感到温暖的是，彩匀阳光支教队的兄弟姐妹们依旧是 18 名，其中有 4 名第一届的兄弟姐妹，借用张校长的话来说，那就是老朋友再相见了。此刻，千言万语都融汇在对这片土地的深情之中。

“今天上课之前给大家复习上学期的知识点哦，第一个问题，有没有想念苏老师呀？”“佳佳，你去年在这个位置坐；安安，你去年是靠窗的位置。”我从二年级到六年级逐一“认娃”，这个过程令人愉悦和放松。再次见到孩子们的场景，我已梦到多次，我梦见一大堆“小不点”迎面跑来，不知道该拥抱谁。这是我梦中的惊慌，也是心中藏住的一丝甜蜜。除了甜蜜以外，不得不提提这重走故地所感受到的困难了。学校的供暖条件相对较差，宿舍里睡觉时根本不敢脱衣服，我这个土生土长的贵州人都觉得“刺激”，简言之就是“夜不能寐，晨不敢醒，醒不敢起”，更别说队里大部分的北方人；餐食简单，每天“火锅白菜汤”；没有网络，我们用手机联网……大家都没有任何抱怨，在队里相互照顾，教务组依旧每天与各种资料以及时好时坏的打印机斗争到凌晨，每天奔波在教室旁听；安全组每天在校园的每一个角落为孩子们、队员们及校园安全站岗查勤，每天对孩子们到勤情况“查缺补漏”；宣传组每天思考怎么通过我们的宣传资源给孩子们争取更多的社会关注；生活组每天与柴米油盐打交道，保障后勤，是真正意义上的全队生命线；班主任和班级助理是和孩子们最亲近的人，经常下课堂、走操场，每天给迟到的孩子家长打电话；任课老师在备课工作上一丝不苟，在课堂上关注每一个孩子；特色课程的老师跨年级上课，给孩子们带去的是新鲜事物，带去的是关怀与责任心。志愿者老师们从班级走到操场，与孩子们沟通交流，知悉他们的困难，唯恐漏掉任何一个孩子。

初见与再见相比较，说不出哪一次得来的感动最深刻，毕竟一元虽复始，年年有不同嘛。这一次再赴归兰，我不再像第一次领队入黔时那样对一切都万分谨慎，但仍然要谨慎地让自己去适应“指挥官”的角色，谨慎地让自己脱离校园角色，谨慎地学习如何为人师，谨慎地思考、规划和落实下一刻或者下一阶段的工作。

作者：管理学院2018级本科生　苏　旭

1月18日　星期六　雪

扶贫调研团成员·杜一恒

今天是我们“走进贫困乡村，连接政企”调研团社会实践活动的第一天，计划是到聊城艾云生态发展有限公司的蔬菜水果种植大棚基地社会实践，去周边的村落分发调查问卷并采访当地贫困户。

聊城和东阿都下了一点雪，当我们到达目的地苑庄村时，天空依旧雾蒙蒙的，能见度很低，但生产基地中大面积的蔬菜水果大棚还是将我们都震撼到了。这里一共有72个大棚（包括大棚和小棚），总占地600余亩。大棚中种植了黄瓜、葡萄、甜瓜、火龙果与田七，混种的田七与葡萄是立体种植的，合理利用了大棚中的土地资源与阳光资源。葡萄在大棚的土地生长，墙面上糊上厚厚的黄泥，在黄泥上挖出小孔，种上田七，这样既收获了葡萄，又收获了田七，一举两得，增加了土地的利用效率。

在种植黄瓜的大棚中，靠近入口的五排黄瓜苗被铺上了小膜保温，保证整个大棚黄瓜的长势相差不大。在种植火龙果的大棚中，每排两列共48到50株火龙果苗，在距地一米五左右的高度搭建架子，等火龙果苗长到一定高度时就让火龙果植株搭上去，方便人工采摘。

各个大棚都采用了滴灌系统，保证了节水保肥。在两排植株之间的地面上已经有杂草开始向外钻，我便问扶贫基地的技术员周叔叔怎么除草，周叔叔说这些大棚中种植的都是有机蔬菜，不打除草剂，对于杂草只能使用物理处理的方法。即先人工除草，再铺上黑色地膜避光，黑色地膜在夏天温度会非常高，足以将杂草高温杀死。一个大棚中充满了高科技，既有滴灌控水肥，也有科学间距求高产，还有智能巧控光与热。

参观完种植大棚后，我们去了附近的两个村子——苑庄村和贾家村，托村委会代发调查问卷。我们采访了村里的两位贫困户，了解他们的生活改善情况。他们表示，政府对他们的援助很大，为他们免费通电、通自来水，还为他们安装了太阳能热水器、电视机、电扇等家用电器。其中一位爷爷说，虽然存不下多少积蓄，但是他们生活改善了很多，十分感谢党和政府。虽然他们现在的生活还算不上富足，但从他们的一言一行中，我们可以感到他们对生活的热爱与对未来的期望。政府物质上的补助不仅改善了他们的生活条件，更重要的是激发了他们对未来的信心。相信在党和政府的领导下，2020 年一定能够完成全面脱贫的目标。

作者：澳国立联合理学院 2019 级本科生　杜一恒

1 月 19 日　星期日　晴

寒假回访母校社会实践活动参加者·胡新洁

一次偶然的机会，我有幸在这个寒假成为母校学弟学妹们的助教。今天是我陪伴他们的第二天。下午，当告诉他们我会在晚上介绍山东大学、分享学习经验时，他们欢呼起来。我感受到了他们的热情。

晚上的报告厅里座无虚席，我感到惊讶的同时更多的是感动。我从高中生活讲起，PPT 上的学习方法和生动有趣的表情包瞬间拉近了我们的距离，整个报告厅里笑声不断。而后我为大家戳穿了一个谎言——上了大学就轻松了。“大学的轻松与否更大程度上取决于个人，你选择了什么样的生活，就要为这些买单，问题的关键在于你想成为怎样的人。”我这样告诉他们。

接下来便是介绍山大。我从入校半年的大学生活讲起，从学、吃、玩、住、行五个方面具体地介绍了我在山大的生活。一张图片胜过千言万语，青岛校区篮球场的照片令在场的学弟挪不开眼，各类各样的美食惹得大家惊叹连连，丰富多彩的活动使他们对山大生活充满憧憬。真正吸人眼球的仍是山大的硬实力——综合类大学的学科优势、推免生的去向和数量、排行榜上连年攀升的排名、各类竞赛中的耀眼佳绩……

最后便是答疑解惑时间，同学们在高二选科、如何选专业、校园环境等问题上的疑问较多，我以自己的经验一一讲出我的想法，希望可以帮到他们些许。

作为一个山东学子，高中时的我对山大并没有心生向往，原因无非是离家太近，仿佛折断了能够带自己飞翔的翅膀。直到我来到山大，度过了半年左右的时光，我深深地爱上了这所大学。她的生机、她的活力、她的柔情……无一不使我沉迷、陶醉。我深刻感受到，来到山大，不仅没有折断自己的翅膀，还拥有了可以自由飞翔的无边无际的天空。在这里，我挥洒汗水，慢慢成长，做我想做的事，成为我想成为的人。于是，我便借这次宣讲的机会将自己的切身感受讲给了母校的学弟学妹。

希望这次宣讲可以使母校的学弟学妹对山大怀揣一颗好奇心，对山大的生活有些许憧憬，也希望可以在他们的心中种下一粒报考山大的种子。

作者：公卫学院 2019 级本科生　胡新洁

1 月 20 日　星期一　晴

“绿冻肴蔌，冷恋齐鲁”调研团队长 · 聂袁情

参加大学第一次社会实践活动已经一周了。我们通过查阅资料，把握时事热点，选择了“基于冷链物流理论来降低农产品生产运输过程损耗”这一课题开展实践。

平度市南村蔬菜批发市场是我们社会实践的第一站。北方的冬天寒风凛冽，清早 6 点的街道行人稀少。寒假第一天，我们就来到了批发市场。事先联系的公司老板突然家中有事不能接待我们，我们只好鼓起勇气一家一家地敲门。所幸大部分老板都比较平易近人，听我们说明来意后欣然接受了访谈。下午，我们又给南村镇菜市场的农民和批发商分别发放了近 30 份问卷。那天上午的经历告诉我，实践的过程并不总是一帆风顺。处变不惊是社会实践教会我的第一个品质。

13 日清晨，我们又乘上了去寿光的早班车。我们在寿光农产品物流园走访了农业合作社、蔬菜批发公司等单位，深入了解了园区内蔬菜供销社的蔬菜主要来源、销售地、损耗情况等基本问题。访谈中，我们还了解到了当前山东省冷链物流设施成本过高等困境。第二天，我们在园区交易市场、西关农贸市场共投放 50 份问卷，获取了许多对课题研究极为有用的数据。那两天寿光都在下雪，雪花在空中打着旋儿，伴着冷风一起灌进衣领，但是飘雪不足以吓退我们的热情，每一次成功的访谈，都是对我们能力的证明，都是我们辛苦的结晶。学会吃苦，不惧艰辛，是社会实践教给我的第二个品质。

1 月 15～16 日，我们先后前往山东省物流与采购协会以及济南百福特制冷设备有限公司参观与访谈。协会秘书长左建刚先生耐心地为我们答疑解惑；在百福特制冷设备有限公司，负责人孙经理带领大家参观了专业生产设备与实验室。此次济南之行，丰富了我们对农产品物流相关问题的理解，也为解决问题提供了新的思路。

每一场调研，每一次访谈，每一次参观，都依靠团队的力量。分工协作，互相帮助，是我们能顺利完成实践活动的关键所在。学会合作，培养团队意识，是这次实践活动教给我的第三个品质。

在为期 6 天的调研中，我们白天实地调研，晚上则坚持写通讯、整理访谈录音，还创立了微信公众号，坚持每天记录实践的点滴。这不仅加深了我们对课题的理解，还丰富了我们的实践经验，真正做到了“知行合一”。在实践过程中，我们每个人在面向社会时都代表了山大。在为山大而自豪的同时，我也没有忘记，我的一言一行都应体现山大学子的担当，“学无止境，气有浩然”，应是每一个山大人终身的座右铭。

作者：商学院 2019 级本科生　聂袁情

1 月 21 日　星期二　晴

材料学院梦想宣讲团成员·窦长帅

今天，按照宣讲团计划安排，我主持了在聊城市的宣讲活动。通过分发传单和举行专题讲座，我们为当地群众介绍了新中国成立七十年来取得的斐然成就，重点突出了奋斗的重要作用。

宣讲采用分发宣讲传单与专题讲座相结合的形式，宣讲受众主要为基层群众。传单的主题是“奋斗者走过的七十年梦想征程”。题为“最美奋斗者”的讲座，介绍了新时期领导干部楷模孔繁森和初心不改的农村先进模范代表申纪兰，通过他们的先进事例，为群众介绍了奋斗的重要意义。

关于孔繁森，我对他尤为敬佩。1979 年，国家需要一批干部前往西藏工作，孔繁森主动请缨。西藏地区生活环境差，药品短缺，孔繁森每次下乡探访，都会携带一些药物，为群众免费治疗，赠送给需要的群众。作为一名援藏干部，他与藏区群众建立起十分深厚的感情，亲如一家。1992 年，孔繁森收养了三个地震中失去父母的孩子，但是他的生活并不富裕。当时作为拉萨市副市长，每次下乡他都会将工资资助给生活困难的乡亲，往往一个月过半，工资就花光了。但为了给三个孩子比较好的生活，孔繁森去献血，用换来的钱为他们增加营养。1994 年，孔繁森外出考察时因车祸殉职，年仅50岁。孔繁森将他的生命奉献给了西藏，作为援藏干部，他以能够为群众提供更好的生活为己任，与藏区群众一同奋斗在一线。他是一名称职的国家干部，担得起“最美奋斗者”的称号。

宣讲过程中，参与群众非常热心，对孔繁森、申纪兰的故事感慨良多。讲座结束后，一位大叔叫住我说：“你们是青年人，你们是社会发展的动力，要好好干啊。”这意味着很多：宣讲听众能够表达他对国家社会发展的关切，体现了他们的主人翁意识；大叔关心青年人的发展，从我们的角度来说，在前进道路上能够得到老一辈人的支持与鼓励，说明奋斗道路并不孤独。这次宣讲持续半个小时，虽然天气寒冷，但没有影响群众的参与热情。可以说，我们梦想宣讲团以奋斗为主题的宣讲取得了成功。

习近平主席说过：“幸福都是奋斗出来的。”作为社会主义的建设者，尤其是青年人，我们要有责任感，为幸福生活而奋斗，为中国梦而奋斗。

作者：材料学院2018级本科生　窦长帅

1月22日　星期三　晴

寒假回访母校社会实践活动参加者·吴月涵

今天，我回高中泰安一中开展母校回访活动。宣讲时间是下午4点半，但为了不打扰高三学生的自习，下午2点，我们随着高三学生一同进了校。

参与回访母校活动的共有34人，算得上人数最多的回访团队了。在等待的两个半小时里，我们先互相介绍了各自校区的情况，分享了生活方面的趣闻趣事，之后又做了简单分工。每个校区留下两三人在屋内等待，其余人在屋外做宣传工作。终于，4点半了，随着下课铃声的响起，一大批高三学生涌入教室。

他们每个人都怀揣梦想，渴望6月的那天能够梦想成真。我印象最深的是一个小学妹，她梳着颇具高三生特色的高马尾辫，戴着一副黑框眼镜，有一双炯炯有神的眼睛。当我问她将来想往哪个方向发展、报考哪个专业时，她非常自信地告诉我："640是我的保底分数，我想学临床医学。"我震惊于她的自信和坚定，那是一种对自我的认可，她对自己有清晰的认识。回想高三，我最缺乏的就是这样一种认可，每当考试到来，总是顾虑太多，导致发挥失常。殊不知，如果放下顾虑，秉承泰安一中"做一个幸福的人"的校训，我可能会发挥得更好。

活动进行到6点一刻，我们一行人拍了大合照留念。回家等公交车时，我回忆起自己的高三。在高三的学习生活中，我一直以这样一句话激励自己："有时候，努力往往是最偷懒的做法。这往往意味着不动脑子，用自己最习惯的方式解决问题，而不作出任何尝试和改变。"所以，在学习过程中，我一直试着作出改变，寻找新方法，找到我的"私人定制"，直到现在。我的确收获了、成长了，这些快乐让我成为一个幸福的人。我想，这就是我对母校校训的一种回应吧。

做一个幸福的人，泰安一中教会我在学习中好好生活。学无止境，气有浩然，山东大学教会我在生活中不断学习。

希望学弟学妹们都能如愿考上自己心仪的大学，为十二年的教育生涯画上一个省略号。高考不是结束，而是新的开始。期待在今年生机勃勃的夏天，遇到同样活力四射的你！

作者：环境学院2019级本科生　吴月涵

1月23日　星期四　晴

研工部工作人员·高　正

为春节留校研究生发完年货券，走出中心校区学生公寓，看着比平日安静许多却年味儿满满的校园，这般喜乐的光景，不停地在我的工作时光中回环流转。仔细算来，参加学校组织的留校学生迎新春活动，今年已是第14次了。

“年年岁岁花相似，岁岁年年人不同。”从2007到2020，从丙戌辞旧到庚子更新，山东大学为春节留校学生组织的迎新春活动或明显或隐约地发生着变化。比如说，参加活动的学生从400余名减少到了200余名，是因为方便快捷的交通工具使回家的路“短”了；参加活动的研究生从最初占比不足50％到如今80％以上，是因为学校科研水平高了，研究生规模大了；从发放节日大礼包和电话卡到发放可在各校区食堂和超市使用的年货券，是因为学校从学生需求出发，工作更贴心了；迎新春活动的时间近年来从年三十中午改到了腊月二十九的中午，也是为了让更多参与组织的老师能够与家人团圆……而今年考虑到广大师生身体健康，学校将团圆饭的形式调整为宿舍走访、发放年货券，学生在年三十晚上和正月初一中午还可以持校园卡到食堂免费用餐。参与走访的领导老师不忘叮嘱留校学生要注意身体，加强防范意识，勤通风、勤洗手、勤锻炼，养成良好卫生习惯和健康生活方式。

而这其中，一如既往的是全校相关部门的通力协作。在原先安排的春节留校师生团圆饭暨联欢会准备工作中，统计留校学生信息、敲定菜单、准备演出节目、营造现场氛围等，都凝聚了学校各部门工作人员以及各学院辅导员的辛苦付出。虽然后来取消了团圆饭，但学校各级高度重视，以师生安全和身体健康为先，马上投入精力调整方式庆贺新春，全力做好疫情防控工作。这一切凝聚了学校对留校学子的深厚情谊，让学子感受家一般的关心和温暖，缓解“每逢佳节倍思亲”的离愁别绪，共迎新春佳节，这也正是学校举办这项活动的初心。

寒假虽至，但工作未歇。回顾一年时光，有“不忘初心、牢记使命”主题教育的收获与提高；有落实服务师生十件实事，推进研究生奖助改革的责任与压力；有科技创新军民融合研究院半年挂职工作的锻炼与思考；有实现研究生奖学金证书、荣誉证书自助打印和成功改版研工部网站带来的喜悦与鞭策……所有的经历，都让我更加深刻地认识到作为一名山大人，无论承担何种工作职责，都应该围绕落实立德树人根本任务，坚持为党育人、为国育才的初心和担当开展工作，为党分忧、为民族担当、为国家图富强。

在即将告别己亥猪年、迎来庚子鼠年之际，让我们回味一年来的辛苦和与之伴生的荣耀，“只因任重而奋行”，只争朝夕、不负韶华。祝愿学校加快实现“由大到强”历史性转变，开创中国特色世界一流大学建设新局面！祝愿大家新春快乐，身体健康，阖家团圆，美满幸福！祝愿各位学子全面发展、学业有成！

作者：研工部工作人员　高　正

1月24日　星期五　晴

加拿大阿尔伯塔大学 GALD 项目学员 · 李　凯

此时此刻，国内已是庚子鼠年的大年初一。时差原因，我们这边“山大五人学习团”加上西北政法大学的两名同学，还在守岁，要在零下 30 度的寒夜中等待新春钟声的敲响。

昨天，中国驻卡尔加里总领事馆的尹巨明副总领事和同事们与大家一起庆祝新春到来，今天，学校给大家放了一天的假，以缓解大家的思乡之情。“每逢佳节倍思亲”，何况春节是中华儿女最重要的节日之一。我们大多数同学是第一次在异国他乡过春节，说不想家估计也没人相信。很早之前，大家就一致同意在加拿大也要把春节过得隆重一些，该有的步骤一个都不省：吃水饺、看春晚、守岁……颇有一番“革命乐观主义精神”。

我们学习所在的阿尔伯塔大学是全球 Top100 的著名大学，成立于 1908 年，与多伦多大学、UBC 等一直稳居加拿大研究型大学前五。山东大学正在实现“由大到强”历史性转变，学校第十四次党代会的召开、六大发展战略的提出，为学校建设指明了方向和途径，也让每一名山大人奋斗得更有底气。

有幸作为山大第一批阿尔伯塔大学全球学术领导力提升与发展项目（GALD）研修班成员，与来自全国 13 所高校的 34 名同学一起学习，我倍加珍惜。一流的大学需要一流的管理体制和运行机制，而作为学校的一名行政服务人员，必须充分解放思想，具备国际视野和辨别能力。虽然出发之前阿大的组织方反复提醒我们做好抵御极寒天气的行程准备，心里也有过忐忑，但强烈的好奇心和学习欲望推动着我义无反顾地踏上了征程。

抵达阿大之后第二天就投入了紧张的学习，从学校组织框架、学生培养、学科建设、科研管理、人才引进、实验室建设、国际化建设、财务预算制定、二级单位管理等方面，一场又一场的报告、交流、参观，慢慢把一个典型的北美著名大学展现在了每一名学员面前。学习过程中，我生怕有所遗漏，加上语言弱项，都是坐在第一排，认真听讲，积极提问，把听到的好方法、好机制记下来，随时和学校对比分析，同时也将工作中遇到的难题拿出来与大家讨论，多听专家的建议。工作的路子慢慢清晰，心里也多了许多想回校后马上就干的事……

今天已是来加的第 56 天，整个学习项目的时间已过三分之二。虽然生活中有诸多的不便、不习惯，但紧张的学习冲淡了这一切。即使在前几天冷于南北极的零下50多度极寒天气下，大家也依旧每天天不亮就出发去学校，准时出现在课堂上。连上课的本地老师第一反应都是惊奇，还幽默地祝贺大家在如此极寒的天气下生存下来。“红军不怕远征难，万水千山只等闲”，每一名学员都肩负着学校的任务，肩负着建设祖国一流教育事业的使命，“不忘初心、牢记使命”，克服困难，坚定前行。

虽然国内已是新年，在加拿大的除夕之夜，仍旧给各位同事拜个早年，祝各位新春愉快，阖家幸福！祝愿我们的山大早日建成世界一流大学！祝福我们的祖国繁荣昌盛！

作者：齐鲁交通学院工作人员　李　凯

1月25日　星期六　晴

后勤保障部工作人员·邓　中

鼠年刚刚到来，原本该是家家户户都在忙着走亲访友互相拜年的景象，今年却分外冷清。疫情牵动着每个人的心，许多人响应官方号召，选择在家陪伴家人身边，隔离病毒，过一个安稳的团圆年。但还有许多人，因责任在身，要牺牲自己的时间保证更多的人平安过年。

8时，电话响起，本以为是拜年电话，接起来才知是街道办江书记：大数据显示1月10日由武汉来济人员中有1人一直联系不上，其爷爷是五宿舍的住户。我立即赶到办公室，查姓名、查住址、查电话，落实情况。得知该乘客为学校老师的孙女，在武汉读书，到济南西客站下高铁后直接回其所在小区，未曾回过五宿舍，我忙通知五宿舍辖区街道办，让他们转告唐冶辖区街道办联系。

9 时 20 分，查看门卫近几天外地车辆进入五宿舍的登记情况：仅今天上午已有 20 辆外地牌照车辆进入社区，来访地址、联系电话、离开时间……登记得清清楚楚。

9 时 30 分，开始在五宿舍院内巡查。物业保洁正在对五宿舍内的楼道、地下室、垃圾桶等处进行喷洒消毒作业，院内、楼道、电梯间干净整洁。这时，我注意到院内有辆“鄂”字牌照的车辆，便立刻回办公室查看门禁系统，经查车主是五宿舍承租户。我忙按登记的电话拨过去欲询问情况，不接！上门询问，邻居反映：“走了好几天了，可能回家过年了。”我发短信给对方盼复的同时，立即将此事整理上报到了街道办事处。

下午 1 时，准时定点将五宿舍疫情核查情况上报给学校后勤部门。

下午 4 时，五宿舍租户王先生回了短信：现在他们一家三口在江苏过年，年后回济。我终于放下了悬在心头的一块大石。

鲁迅说过：“无穷的远方，无数的人们，都和我有关。”尽管今日忙于很多琐事，但作为后勤社区工作者，我将尽力做点力所能及的事情，希望能让更多住户安心过年。

作者：后勤保障部工作人员　邓　中

1 月 26 日　星期日　晴

山东省首批援鄂医疗队队员・李颖霞

作为山东省首批援鄂医疗队队员之一，我跟随团队于 1 月 25 日乘专机抵达武汉，又经过两个小时的车程，凌晨 3 点到达我们支援的目的地黄冈市。作为重灾区，黄冈急需医务人员的支援！

简单睡了几个小时，便开始了今天的任务。

今天任务比较琐碎：建群，分组，发培训资料、自学材料，整理防护用品等。

我们医疗队成员共135人，分为普通患者救治组和重症患者救治组，我属于重症组，可能面临最危重的患者。作为一名曾经在重症医学科工作了12年的重症专科护士，我有信心有把握把病人护理好！

下午，各组组长开会，跟当地卫计委负责人见面，对工作进行了分配，我们被分配在黄冈市传染病医院，估计也是黄冈市收治肺炎病人最多的医院。

自从报名来湖北那一刻起，我心里从来没有犹豫过、担心过、害怕过，因为我知道，作为一名工作25年的老护理人，我有信心、有能力、有专业的知识来做好自我防护，同时能够护理好每一位病人。而且，我的身后有关心支持我的各位领导、同事和兄弟姐妹，有我工作的齐鲁医院，更有我们强大的祖国！

相信湖北疫情很快就会被遏制，我们很快就会打赢这场没有硝烟的战争！

作者：山东省首批援鄂医疗队队员、齐鲁医院主管护师　李颖霞

1月27日　星期一　晴

山东省首批援鄂医疗队队员 · 李玉珍

今天是1月27日，是我来到湖北黄冈的第二天，这几天发生的事使我心情难以平复，总想写点什么，但又不知如何说起，院领导、朋友们、

家人时时牵挂着我，趁现在有时间将这几天的生活简单汇报一下。

1月24日，大年三十，这天上班和平常一样，但是下午微信群里的一条信息打乱了节奏，群里说省里需要组建医疗队支援武汉。消息一出，科室顿时热闹起来了，很多同事都踊跃报名，一位主动请缨的同事一句“不计报酬，无论生死”让我深受触动，我也加入了报名的队伍。我有幸被选中了，成为第一批医疗队成员。但是，当时由于有很多不确定性，我就只告诉了我爱人，没有告诉家里的老人。

1月25日，大年初一，在家待命，心里忐忑不安。中午，接到了领导的电话，告知当晚出发去武汉。放下手机我有点不知所措，后来想到必须得告诉家里老人，要当面和老人说清楚。到了公公婆婆家，我把情况告诉了他们。他们许久都没说话，但是我看到了他们眼中的泪花。过了一会儿，公公说：“你去吧，我们支持你，孩子交给我们你就放心吧。”公公的话让我感觉心里暖暖的。朋友们知道我要走，中午专门为我做了一顿大餐。

下午5：30，从家里出发去医院，准备与医疗队其他成员一起乘车去机场。来到医院我惊呆了，院领导们和科室领导以及我可爱的同事们已经在等候我们，一阵暖流涌上心头。当车子缓缓行驶时，听到同事们大声喊“加油，我们等你们平安归来”，泪水又不争气地流出来了。

晚上大概11：30，我们到了武汉天河机场，随后又转乘车，26日凌晨3：00才到达酒店，安顿好便睡了。

清晨醒来，一看手机里好多信息，全是询问和关心的话，这对我是莫大的鼓励，使我内心的不安慢慢消退。

下午，我们所有队员按照已经分好的治疗组找到自己的队伍开始实战前的培训和学习。培训的方式有两种，一种是文字资料，另一种是视频资料。文字资料主要是关于新冠肺炎的防控和诊疗方案，视频资料主要是防护服穿脱方法以及冠状病毒预防的相关知识。

27日上午，我们在会议室得到了一个振奋人心的好消息，在上级领导的支持下，医疗队成立了临时党支部，还进行了重温入党宣誓活动。虽然我不是党员，但是也被他们的热情所感染，被宣誓所震撼。之后，各位领导和专家给我们简单说了一下工作的流程和分工。我们山东医疗队分为普通组和危重组，我们医院的四名同事，包括我在内的三个人在普通组，另一个重症专业的人被分到了重症组，我们被分开了。虽然分工不同，不在同一个地方，但是也不影响我们交流。我们通过微信、电话等形式给彼此加油鼓劲，在陌生的城市也不孤单。

集中培训完已经是中午 12：30，我们就回到各自房间。房间里已经备好了热腾腾的饭菜，心里涌上一股暖流。因为没有教室，午饭后，我们又和自己的队友在房间里一遍一遍练习穿脱防护服，互相纠错，争取万无一失。虽然以前在单位也穿过一次性的防护服，但是穿上之后还是不习惯。这次穿的防护服和已往的不同，防护服外面还有一层防渗隔离衣，还得带上护目镜，刚穿上就觉得有点喘不过气、闷热，但这都是小问题，我们都能克服。

眼前是一场没有硝烟的硬仗，不管困难有多大，在各方支持下，我们有信心打赢这场仗。责任在肩，我们当奋力前行。

作者：山东省首批援鄂医疗队队员、山大二院护师　李玉珍

1月28日　星期二　晴

政管学院博士研究生·何　淼

已亥岁末，因为一场突如其来的疫情，人们纷纷戴上口罩，宅在家中，极少会友，避免聚餐。家中定居武汉的亲友，也都储备好食物，留在

当地，不再返乡。家家户户都收到了“新型冠状病毒感染肺炎的防控知识”的宣传单。甚至除夕下午，还有工作人员来家里问询是否有从湖北归来的人员，并普及防疫信息。一场没有硝烟的战争正在进行。我愈发觉得人与自然、人与人、地球万物，都是休戚相关的命运共同体，万不可失去对自然的敬畏、对他人的尊重。

大年初一，山东大学附属医院派出9名医护工作者，随山东省驰援武汉的第一支医疗队伍飞赴武汉，参与疫情防控工作。一位在山大二院工作的朋友告诉我，刚接到医院通知时，便有400多名医务人员积极报名。我虽敬重医生的职业，但也不免问询，万一家人担忧不让去怎么办？万一年迈的父母或者年幼的孩子离不开你怎么办？医生朋友回答我：“医者仁心，大灾大难面前，总有人需要逆行而上的。”他还发来同事与妻子相拥道别的视频，虽相顾无言，但情重千钧。“生命重于泰山，疫情就是命令”，他们抛开家人、不计报酬、不惧生死，奔赴疫区；他们济苍生、怀仁心、施仁术，舍小家为大家，以救死扶伤为己任，以实际行动护佑民生，令人无比敬重和感动。

街道和社区冷清了许多，不再有爆竹声声，不再有新年活动，人们也不再走亲访友。我响应上级号召，蜗居在家里，梳理逝去的一年。在全面建成小康社会的关键之年，国家、民族面临着成长、机遇与挑战。而我也不再是不谙世事的少年，对于家国大事，有了更多的参与感和使命感。在宏大的国家背景下，在漫长的岁月洪流中，我渺如一颗小草，但也经历着独属自己的春夏秋冬。

回望我的2019年，生活单一、平静、忙碌，学业是生活的主旋律，生活简化成终日的“三点一线”。自以为摒弃一切杂念，便能全力以赴于学业，但也着实遭受了诸多负面状态的困扰，无数次自我否定、自我怀疑。或许，这是博士生必经的考验。我虽然做不到愈挫愈勇，但也愈挫愈冷静。沮丧和消沉后，依然要继续振作和前行。庆幸的是，这一路有老师鼎力相助，有同学们相互勉励，有亲朋好友关爱鼓舞。这一切雪中送炭的情谊，我都会永远铭记。漫漫学途，道阻且长，唯精唯微，精诚相待，方能走稳。

2019 年，生活也不只是单调的颜色。春天，万物欣然、百花苏醒，我拿着一枚水晶球，拍摄校园的花花草草。暮春，南下金陵，独行扬州，阅览江南美景。夏天，身在青岛校区，体悟这里的天高地远、风景辽阔、暮色夕阳，这是绝佳的修心学习之地。秋天，充斥着忙碌，终日写论文、改论文、聊论文，忙碌到连路过大明湖都不敢浪费时间驻足，但也终于在秋叶落尽之前，欣赏了校园秋色。冬天，雪落满园，在纯净的校园踏雪而行，深思学业与未来。大自然给予人最好的治愈，令焦躁的心得以舒缓。而我也无比珍惜这平淡、枯燥却也充实、纯粹的岁月。

2020 年，愿国泰民安，愿战疫胜利，愿亲友健康，愿个人顺遂！

作者：政管学院 2016 级博士研究生　何　森

1 月 29 日　星期三　晴

山东省首批援鄂医疗队队员 · 许　丽

当时听到湖北疫区需要支援时，我第一时间提交了志愿书。从我递交志愿书的那刻起，就时刻准备着奔赴武汉。医院领导给予了我们极大的关心和支持，增强了我们战胜疫情的信心。其间我也收到了许多匿名的短信，还有我带过的实习同学发来的问候和感激，十分暖心！

来到武汉后，我们就立即投入培训中，了解当地疫情，学习相关防护知识。27 日晚我们考察了大别山区域医疗中心，受到了医务人员和志愿者的热烈欢迎，看到他们还在加班加点地协调物资、安置仪器、打扫卫生，我们心里有了底气。

作为医疗队三组护理组组长，我感觉责任重大。一方面，要加强同组内医生的沟通交流，参加医疗队小组会议，全面掌握救治过程；另一方面，要充分熟悉队内护理成员，了解他们专业知识和技能，为以后的工作安排打下基础。

通过考察和了解，我们医疗队骨干成员进行了细节讨论和缺陷总结，并及时与当地医院领导反馈寻求支持。经过前期的准备，我同医疗队的同事们一起整理病房，对病区进行了喷洒消毒。大别山区域医疗中心四楼病房已准备就绪，正式收治转院病人。昨天晚上 11：00 开始，我们山东医疗队争分夺秒，奋战一夜，积极收治转院患者。经过忙碌疲惫的一夜，我们组成员已经非常疲倦，在寒冷的办公室靠着小太阳，互相依偎取暖，令我非常心疼和感动，我们的战斗已经开始！

白天，我们医疗队成员同当地医护人员团结协作，一起积极诊治护理病人。虽然我们在语言交流沟通方面有些欠缺，流程系统有些生疏，但是我们救死扶伤、全心付出的心意是相通的！

晚上回到宾馆，收到儿子发来的问候微信。从我来黄冈后，他每天通过姥姥的手机问候我的情况。我知道，那里也有父母对我的牵挂，虽然我有时顾不得回复。儿子似乎长大许多，有时为我发来小小的红包，有时发来他搞笑的照片，来缓解我工作的压力和疲劳。还有我的小女儿，来黄冈后我一次也不敢给她打电话，怕听到她稚嫩的声音眼泪会绷不住！当初为了没有后顾之忧，把两个孩子各自送到姥姥和奶奶家，女儿太小了，还不理解此行的意义！四位老人真是辛苦了，我在前方，他们在后方为我加油打气！

今天也收到了我们第二批医疗队同事捎来的物品，这里面包含院领导对我们深切的关怀和牵挂，他们时刻关注我们的消息，一遍遍叮嘱我们加强自身防护，注意多休息，听到我们报平安才放心。我们深受感动，心里很是温暖。

作为一名党员，能被选中作为第一批队员，我感到无比骄傲和自豪。我相信，只要我们团结起来，众志成城，一定能打赢这场没有硝烟的战争！

作者：山东省首批援鄂医疗队队员、山大二院主管护师　许　丽

1月30日　星期四　晴

艺术学院本科生 · 杨智慧

今天已经是大年初六了，若是往年，街上一定到处都是欢声笑语，高速公路上也会出现许多来来往往的车辆，大家都将回到自己的工作岗位，开始新一年的工作，但是今年却与往常都不一样。

回想起大年三十的那个晚上，突如其来的新型冠状病毒肺炎疫情暴发，给这个本该欢声笑语喜迎新年的夜晚平添一份忧伤。在医院上班的妈妈、表哥表姐还有表嫂，在新年钟声即将敲响之时紧急赶赴医院这个无硝烟的战场。每天我们只能通过视频和电话互报平安，互相加油鼓励。在网络电视中，看到全国医护人员都在“集结”“逆行”支援武汉，我热泪盈眶，热血沸腾。

我虽然不是医护人员，但我要用我的音乐去为他们加油，为一线的医护人员加油，为正在与病魔抗争的病人们加油，为中国加油！于是，我和江苏淮安的词作家丁育政，还有内蒙古的词作家李秀军联系，邀请他们根据我们此刻的感受和心情，紧急创作出《今夜，我们出征》和《做一朵盛开的白莲花》两首歌词，一天一夜紧急作曲编曲，录音演唱，用这两首歌曲为中国加油。

歌曲制作出来以后，我第一时间发给了妈妈听，妈妈听完后当时就哭了，同时还一直提醒我和家人：“一定要保护好自己，为自己和家人负责。”

在灾难面前，我们一定要有信心，一定要众志成城，一起渡过难关。我也会在家里努力学习，继续创作，为中国加油！

作者：艺术学院 2016 级本科生　杨智慧

1月31日　星期五　晴

临床医学院本科生·张　瑜

今天是大年初七，按照往常应该是很多单位春节过后第一天上班。然而，这个春节不同寻常，整个中国都笼罩在抗击新冠肺炎疫情的氛围中，并因此失去了往常热闹、欢乐的景象。春节期间，作为一名医学生，最让我值得骄傲的一件事便是成功地说服了父亲和爷爷奶奶停办了九十大寿的生日寿宴。

早在我从济南回家前的一个月，父亲为了操办爷爷奶奶的九十寿宴已经陆陆续续忙活了好一阵子，囤好了寿宴酒席用的烟和酒，备好了给来宾的回礼，联系好了家乡的厨子，嘱咐好了已在老家的兄弟姐妹要做好其他的准备工作。农历腊月二十九，武汉发出“封城”的消息，作为医学生，我看到这则消息的第一时间，就意识到了疫情的严重性。我开始购买口罩并劝说父母停办爷爷奶奶的九十寿宴，但他们仍然执意要按计划举办。

农历腊月三十，我们一家人回到父亲的老家。父亲一到家便开始找伯父、伯母等亲人们商量筹划大年初三办寿宴的具体事宜。面对这一场景，我的脑海中不时浮现出举办寿宴可能面临的各种问题和风险：一是新型冠状病毒传播的风险会随着人群聚集急剧升高。二是从市外和省外特别是包括武汉在内的湖北经商或务工回来的人员众多，流动情况复杂，而且因为都回到农村，人们对于疫情的防护意识非常淡薄。三是爷爷奶奶年龄大了，本来就身体虚弱，免疫力不强，是各种传染病的极易感人群。基于以上几点的综合考量，我坚定地提出应该停办原定于大年初三的寿宴。一开始父亲还是不为所动，一说到停办寿宴，要么转移话题，要么就强硬地说福建没什么疫情，不可能不办酒席，大不了不请从武汉回乡的客人就是了，并认为我是小题大做。

除夕深夜，当我看到福建省启动重大突发公共卫生事件一级响应时，马上转发家庭微信群，当时父亲一言不发，不置可否。其实，我和母亲也知道他的纠结，家在农村，父母九十大寿，若不办酒席，怕邻里说闲话，何况九十寿宴也是爷爷奶奶期盼已久的一件大事。但是，作为一名医学生，我坚信自己的专业判断，决不能让家人为了面子而去做可能酿成大错的事。我用所学的医学知识晓之以理、动之以情，一再提醒父亲全国疫情的严重性和新型冠状病毒传染的危害性。

最终在大年初一早上，父亲终于同意放弃举办寿宴的想法，并和我们一起劝说爷爷奶奶停办寿宴。好在爷爷奶奶也顾大局，同意了我们的建议。我们马上通知亲朋好友寿宴停办且不用上门祝寿。就在那一刻，我内心一片释然。

这个春节虽然少了许多喜庆欢乐的场面，但是我们一家人团团圆圆，陪着爷爷奶奶平平安安地过了一个祥和的新年。我也十分喜悦，作为一名医学生，虽然不能到前线直接参与抗击疫情，但在后方也算是尽了自己的绵薄之力，为抗击疫情作出了一点贡献。

作者：临床医学院 2016 级本科生　张　瑜

2月1日　星期六　晴

学校疫情防控物资采购者·李永恒

疫情防控，服务先行。在抗击新冠肺炎疫情非常时期，校医院、卫生与健康服务中心全面担负起学校疫情防控物资保障任务。

经过多方联系，1月29日下午，我们接到去德州采购防护及消毒用品的通知，卫生与健康服务中心赵增科主任迅速与省公安厅交警总队指挥中心联系申请“战疫情，保畅通”通行证，我和校医院药剂科曹丰亮主任分头到财务部和校办办理有关转账手续和路上行驶及采购介绍信。

1月30日，我早上5：00起床，简单吃了点早饭便赶往中心校区。早上8：00，做好相关准备后，我和校医院驾驶员翟晓峰准时出发去往德州厂家，上午10：30到达德州康迪口罩厂，领到了第一批口罩。我们连忙装车后，接着赶往10公里之外的山东利尔康医疗科技股份有限公司采购酒精和84消毒液。到达距离利尔康公司大门几百米处时，长长的大车队伍让我们傻眼了，询问传达室，说是大年初二到达的来自全国各地的取货车辆还在排队等货。由于我们提前做好了沟通，公司这才为我们做了安排，提供了部分货物。近千瓶消毒液装车后，我们迅速返程，并于16：30到达中心校区。早早在文史楼等候的卫生与健康服务党支部的同志们一起将防护用品小心地搬卸、储存好，并做好详细的分装、登记。把所有物资整理完后，我才突然感觉到饥渴交加，向领导汇报完工作，回到家中已经是晚上7：00。

1月31日，我们又要按计划到高新区山大华特公司采购次氯酸钠消毒液。早上8：00，我和物业人员从中心校区乘车出发，赶往章丘水寨镇彭荣塑料厂采购塑料桶。由于塑料厂在水寨镇的农村，道路窄，校车难以通行，几经周折后，终于在10：30到达厂家，将400个塑料桶装车后赶回高新区山大华特公司。在华特公司，我们现场灌装了230桶消毒液，并赶在13：00左右回到学校，同时做好登记储存。傍晚，我和同事们又不断地接应由各方运送来的喷雾器、体温计等防护物资。

几天的马不停蹄，采购装运过程虽然曲折、紧张，但现在任务总算顺利完成。作为一名卫生工作战线上的老同志、老党员，我深知疫情就是命令，一想到通过我的一些努力能为师生们提供防护保障，再苦再累感觉也是值得的。我也深知，在这场疫情防控阻击战中，远不止我一人在战斗，很多领导同事都在为疫情防控夜以继日地默默工作，希望能做好服务、保障师生健康。相信有大家的齐心协力、无私奉献，疫情防控这场硬仗一定能够打赢！

作者：卫生与健康服务中心工作人员　李永恒

2月2日　星期日　晴

能动学院本科生·陈芳竹

在我参加的“2019寒假山东大学春晖社支教团彩匀阳光支教队冬令营暨党的十九届四中全会精神主题宣讲活动”中，因为疫情的缘故，我们年后的宣讲工作变得很特殊，由外出宣讲党的十九届四中全会，变为足不出户向家人普及有关新冠肺炎的相关知识。

疫情刚发生时，我对它的关注度并不高，认为只是一般的流感，但短短几天内，网上爆炸的信息量让我意识到了这次疫情的严重性。来不及弄清这病毒从何而来，我向爸妈宣传的第一步，就是告诉他们赶紧上街购买口罩。同时，我在家里放药的地方把浓度75%的酒精找了出来。接着，微信朋友圈还有各种APP里铺天盖地的新闻封锁了我出门玩耍的路。我在听新闻时，也会把听到的感染人数的最新情况和政府以及医护人员等作出的努力告诉爸妈，疫情是我们每天提到最多的话题。

此外，让我感触颇深的是接下来的一件事。昨天，政府组织所有党员到属地党委报备，并到自己居住及附近的居民区进行挨家挨户的疫情摸排访问。我父母去报到之后，就在我们附近的小区开始了排查任务。

所有的党员分为两人一组，每一组去访130多家，并让他们登记一些信息。爸爸那组在昨天和今天早上去了几个单元，一层一层走上十七楼，挨家挨户说明情况并请他们填写表格。爸爸说，虽然配合工作的人占大多数，但有些人还是得做一会儿思想工作才愿意填表；因为有些人不在家，所以爸爸和另一个组员分工，每人负责一部分住户，利用物业提供的信息，一个个打电话问情况。今天下午，他就在家打电话，就算解释得再清楚，确实还是有人不说自己的个人信息，这样的情况也能理解。电话沟通之后，他又去了一趟小区，当面请大家填表，明天还得再去一趟。

爸爸正在做着的事只是一个点，由此折射出来，全中国数不清的人都在尽自己的力量为共同抗击疫情作出一点点贡献。戴着口罩挨家挨户走访的人们，为各地医疗救援捐款的人们，大家都用自己火热的心，铸成一道新的长城，以此阻挡这肆虐的病毒的蔓延。

作者：能动学院2019级本科生　陈芳竹

2月3日　星期一　晴

山东省第三批援鄂医疗队队员·刘　艳

今天是我来到武汉的第二天。第一次来到这个陌生的城市，没想到是在这么复杂的环境下。昨天到这已是晚上，今天隔着窗户，看了一下这个城市，安静而又祥和，完全感受不到新型冠状病毒正在肆无忌惮地侵害我们的同胞。

上午，我们在酒店整理了一下行李。下午，山东省第三批援鄂医疗队动员部署会举行，同时还对我们进行了相关知识培训，培训后我们信心倍增。相信经过我们的努力，一定能圆满完成任务，平安回家。

唯一放心不下的就是两个孩子。今天还收到闺女的加油视频，听闺女说，她会在家好好学习，照顾好弟弟，等着我平安回家。瞬间觉得孩子长大了，我的眼泪再也控制不住。

但是，我对自己的选择不后悔。如果再来一次，我还会义无反顾报名，因为这是我的职责，我的使命。默默地对自己说：加油，我一定行！

作者：山东省第三批援鄂医疗队队员、山大二院护师　刘　艳

2月4日　星期二　晴

新闻学院辅导员 · 杨　璐

“杨老师，今天上午体温 36.4 度，嗓子也不疼了，一切正常，请放心。”

“太好了，注意保暖，再坚持几天，中午想吃点什么，值班老师给你送饭。”

这是学生在宿舍隔离的第 10 天，也是我自行隔离的第 10 天，从大年初二开始，每天通过微信了解学生体温和生活需求是我和值班老师最关注的事情之一。

大年初二的清晨，当得知有一名从湖北返校的同学时，我的神经一下

就紧张起来。因为时间很早，学生手机关机，无法取得联系，这名学生的辅导员正在外地过年，情况紧急，学院立即启动预案。作为当时学院唯一在济南的辅导员，我戴上口罩从父母家开车直奔学生宿舍。通过面对面的沟通，我了解到，学生是在城市封闭之前返回的，并且有一定的感冒症状。通过逐级上报，学院党委、研工部、学工部、宿管中心、公安处、校医院等多个部门迅速响应，第一时间联系疾控中心对宿舍进行了消毒，对学生信息进行了详细采集。为了进一步排查学生症状，根据疾控中心要求，我和校医院的张老师陪同学生赶赴中心医院发热门诊进一步检查，在得到体温正常、普通感冒的结果后，大家终于暂时松了口气。

但是紧接着的工作又让我担心起来，学生还要度过潜伏期，需要在宿舍进行隔离，怎么保障生活？学校有关部门和学院及时给了我们指导。学校食堂建立菜单，学院值班老师轮值送饭，给学生采购牛奶、面包和水果，宿管老师还给学生送粥。大家的工作思路是“隔离虽然孤单，温暖一定相伴”。

紧急联络、全面消毒、身体检查、妥善隔离。临近中午，情况处理完毕，我这时候才想起来，因为和湖北人员有了接触，按照规定自己也要采取措施自行隔离。校医院为我和车辆进行了基本消毒，考虑到病毒对老人的影响和风险更大，我决定不回父母家，把自己隔离到租住的公寓。不能回家陪伴他们，我打电话给父母道了歉。“别放心上，我和你妈好着呢，你按照要求做好隔离，今早你一出门我们就知道，你处理完工作很有可能就得隔离。”原来这些年，父母对我的辅导员工作已经有了预见性，他们早已经带着一大袋蔬菜水果和水饺，赶在我之前送到了公寓。在公寓楼下的停车场，我待在车里，透过车窗看着戴着口罩的父母在远处跟我招手，心中无限的感慨和温暖。此时此刻，身虽远，心已近。

全力以赴打赢疫情防控阻击战！隔离的这些天，每天刷新着新闻，关注着疫情的变化，担任好学院的传染病工作联络员，和所有的辅导员老师们一起开展学生工作，真正感受到每一名山大人都在为抗疫奉献和奋斗。

大家不仅战斗在各个校区防控的主阵地，还延伸到了五湖四海的学生家乡，更是支援到了防疫战场的最前线。面对疫情，山大人的浩然之气和我们的亲情、友情、师生情、战友情，都是最好的保护伞。

作者：新闻学院辅导员　杨　璐

2月5日　星期三　晴

校医院工作人员·郭　鹏

新年伊始，一场新型冠状病毒感染的肺炎疫情不期而至。在这紧要关头，为贯彻总书记“不忘初心、牢记使命”的谆谆嘱托，为响应“只争朝夕、不负韶华”的深情寄语，为落实“让党旗在抗击疫情第一线迎风飘扬”的战斗号召，作为一名党员、校医院趵突泉院区社区科主任，我责无旁贷地冲在了防控工作最前线。

疫情刚开始时，凭借几十年医务工作者的本能，我密切关注着疫情的发展，做好了随时应对突发紧急状况的准备。除了做好日常临床医疗工作以外，我及时关注疫情实时报道，通过微信群、朋友圈向校区师生、社区居民转送疫情信息、防疫常识、消毒隔离措施等，认真学习消化国家发布的诊疗指南，为来院就诊患者和辖区居民提供咨询帮助，缓解群众的恐慌心理。

1月22日，参加完济南市新型冠状病毒肺炎疫情视频会议后，按照学校要求和校医院工作部署，我开始投身防控疫情工作。一方面与同事一起按照规范布置分诊台、发热门诊，认真排查外地返济大学生身体健康状况；另一方面积极与上级卫计及疾控部门联系，按照上级工作安排，张贴宣传画，发放宣传单，放置宣传栏、横幅，滚动播放电子屏，加强疫情相关的健康教育。同时我主动与社区居委会联系，了解居家医学观察隔离的居民情况，承担起隔离居民体温等健康状况随访工作，并每天按时上报健康教育及隔离居民随访报表。

但是，我所担心的事情还是发生了。2月1日，历下区首例新冠肺炎确诊病例就发生在趵突泉办事处辖区内。疫情十万火急，获悉区卫健局的紧急会议精神后，我立即向李玉副院长汇报情况，并在最短时间内与街道办事处的工作人员一起投入紧张严肃的工作。经过一晚上的摸排，我凌晨1点半才把确诊病例所在整座楼的基本信息核实清楚，并通过电话逐一联系取得了居民的理解与配合。2月2日起，我又与趵突泉站的工作人员一起，对99名居家隔离医学观察的居民进行健康随访，通过微信、电话每天随访两次，记录体温及身体健康情况，做好心理疏导，指导进行居家消毒，并及时将居民的生活、医疗需求反馈给办事处的同志，帮助其解决实际困难。

疫情还在发展，形势仍然严峻。作为一名共产党员和医务工作者，我定要冲锋在前，不忘初心、牢记使命，尽最大努力和大家一同将疫情防控阻击战进行到底！

作者：校医院工作人员　郭　鹏

2月6日　星期四　小雪

教育超市工作人员·尹　亮

疫情来袭，全民行动，一颗颗心凝聚在一起。

2月1日，了解到校防疫组急需筹备一批防疫防护物资，作为一名预备党员，同时也是山大教育超市的一员，我知道此时必须行动起来。我第一时间联系到学校防疫筹备工作组，了解防疫防护品需求。相关老师告诉我，当前急需杀菌洗手液、透明肥皂、75％医用酒精、毛巾、橡胶手套、多容量压力喷壶等。这些物品中大部分都是教育超市日常销售的商品，但由于疫情，一夜之间都成了紧缺物资。面对防疫物资匮乏的局面，我立即向分管领导汇报情况。教育超市以“战备”状态，第一时间成立了防疫防护物资采购工作小组，借助自身供应链优势，打通采购防疫物资渠道，全力保障疫情防控重要物资供应。

我和工作组的同事们一起，克服时间紧、任务重、环节复杂等困难，加班加点筛选信息、比对货源、核实物流。通过多方沟通和密切协作，经过一天的时间，终于在 2 月 2 日将所需防疫物资逐一落实到位，我也长舒了一口气。接下来的三天，毛巾、压力喷壶、杀菌洗手液、1 万多块透明肥皂、1 吨 75％医用酒精、分装瓶等防疫防护物资陆续安全送达校防疫筹备组指定地点。物资到了，分装和发放也是迫在眉睫的首要任务。我和防疫工作组的老师对照领取信息，将防护物品分发到后勤、学生公寓及校医院等使用单位。尽管病毒肆虐，在保证自身安全的前提下，我和同事们要用微笑面对每一位采购生活必需品的师生，希望带给师生的是阳光、温暖、关爱和问候，以及国家和学校的信心。

让党旗飘扬在疫情防控第一线，用爱坚守，共渡难关。这是一段艰难的时期，教育超市会陪伴着大家，不忘初心，践行校企担当，为我热爱的校园，为我可敬的师生和医护人员竭尽所能，在确保疫情防控的前提下，满足校园商贸服务需求。让我们拥抱生活中的每一份美好，静待春暖花开！

作者：教育服务公司工作人员　尹　亮

2月7日　星期五　晴

社区疫情防控志愿者·曹力文

今天的天空灰蒙蒙的，城市依旧那么安静，社区门口停了几辆卫生院的车，几名医护人员整装待发。

早晨8点，我像往常一样做好防护，准时到岗，开始了一天的疫情防控工作。今天是社区两名武汉返乡人员居家隔离观察的最后一天，工作重点是跟随防控组及卫生院的工作人员，入户对其进行身体健康检测。我们通过询问情况、测量体温等步骤，确定隔离人员身体状况良好，可以解除居家隔离，随后，卫生院为其开具了解除隔离通知单，社区疫情防控工作进展又向前迈了一大步。

2020年的春节注定不寻常，面对突如其来的新冠肺炎疫情，全国各地均先后启动了一级响应。我所在的山东省滕州市也积极实施了相关举措，一条条疫情防控横幅挂在了大街小巷，一张张疫情防控知识宣传单发放到了各家各户。

疫情就是命令，防控就是责任，严阵以待的疫情防控背后是战斗在防疫一线的全体工作人员的默默付出，我的母亲就是其中一员。她是滕州市荆河街道辛庄社区的一名基层干部，在工作岗位上坚守了26年的她用实际行动深深地影响了我。在我心里，她就像一位刚柔并济的女战士，不论是生活、工作还是学习，她都身体力行地为我作出表率。自疫情发生以来，母亲在家待的时间少了，接打电话的次数多了，当我惊异于她不看信息簿就能准确回答居民信息时，她只是笑着说："工作得用心干啊，基层党务工作者就得深入人民群众才能服务好群众。"自1月25日母亲接到街道党委关于疫情防控工作的部署后，她一直冲锋在疫情防控最前线，积极领导社区工作人员，每日不间断地在辖区内走街串巷、上门入户开展信息摸排、进行疫情防控宣传。

看着母亲在为防止疫情传播坚守着、忙碌着，大年初三，我主动签下党员“十带头”承诺书。作为社区疫情防控中最年轻的一名党员志愿者，与母亲一同上阵。我深知，这个承诺就是一种责任，更是“不忘初心、牢记使命”主题教育成果的一次实际检视。我深知，一名党员就是一面旗帜，我要积极践行学校党委发出的党员先锋倡议，尽自己的微薄之力为社区疫情防控工作贡献力量，以实际行动向最美逆行者们致敬，让党旗在疫情防控一线高高飘扬。

志愿活动中，我每天坚持 8 点上岗，认真配合做好社区基础防疫工作，结合自身专业所学投身社会实践，进行疫情防范的宣传引导。截至 2 月 6 日，我协助社区防疫工作组成员检查车辆 1000 余辆、摸排从省外来返人员 223 人、对 13 户武汉返乡居民实施居家隔离并实时追踪体温等动态。

在这场疫情战斗中，像我们这对并肩作战的“母女兵”党员还有千千万万，我相信，只要坚定信心、科学防治，坚持中国共产党的领导，全国各族人民携起手来共同抗击疫情，就一定可以迎来战疫的胜利。

作者：马克思主义学院（威海）2019 级硕士研究生　曹力文

2月8日　星期六　晴

后勤保障部工作人员 · 王永华

昨天，后勤保障部每天上午 9：00 的视频碰头会议结束后，我与后勤保障部党委副书记巩勇到疫情防控重点单位趵突泉校区食堂查看防控工作情况。趵突泉校区是齐鲁医院驻地，因此，它是学校重点严控单位，更是后勤重点关注区域。

来到食堂，门口处是一张大大的浸着消毒液的红色地毯，一进门便觉心安。趵突泉校区食堂管理人员详细介绍了工作人员情况、消毒情况、用餐人员情况和疫情防控管理情况。通过了解，我深切感受到学校落实联防联控的及时性和必要性，感受到后勤人做事踏实认真的精神，每个关口都做得非常仔细，落实到位。

走进食堂一层，我看到门口、墙面随处可见温馨提示："公共场所请戴口罩""建议打包带走就餐""饭前饭后勤洗手"，还有"消毒记录公示""公共场所新型冠状病毒感染肺炎预防控制明白书"……管理人员介绍说，他们的宣传工作非常及时，中央、学校和后勤的有关政策、要求，都能及时传达给每个工作人员和周边群众，防控责任层层落实。

我看到整个食堂干净卫生整齐，没有异味。食堂的消毒记录详细，责任明确，操作规范。工作人员说，他们遵照制度，每天餐前餐后定时对公共场所进行严格消毒、通风，消毒方式主要是紫外线、臭氧、75%乙醇以及按照一定比例配置的84消毒液和次氯酸钠消毒液消毒。听了工作人员的介绍，看到如此洁净的用餐环境，我便感到在这里用餐是安全的、放心的。

11：00，陆陆续续有人进入食堂打饭、用餐。我们看到所有人都自觉戴着口罩，在打饭窗口有序地排队。他们有的自带餐具，有的使用食堂提供的食品袋，基本都带走，在食堂用餐的人很少。管理人员介绍，用餐人员目前还没有学生，都是物业人员、学校保安人员和家属，每天有二三百人用餐。食堂工作人员有15人左右（都是济南籍及周边的），能保证用餐需要。用餐人员十分理解目前食堂采取的措施和做法，也十分配合食堂工作。

我们又了解了食堂对在岗人员的管理情况。工作人员说，他们每天早中晚三次测体温并进行健康登记，员工的个人卫生做得也非常好，工作服每天有专人清洗、消毒，有专用洗衣房和浴室。住集体宿舍的3名员工都有备案，按照规定做好消毒和健康登记。我们还看到食堂对外来人员（包括供货商、送货人员）进行了个人信息登记和健康信息记录等。管好每一个环节，做到无缝隙管理，需要每个人的努力。

奋斗在一线的后勤员工辛苦了！有了你们的辛勤工作，我们就增加了疫情防控胜利的信心！在这次战疫面前，后勤人正经受着考验。大家不分彼此和职务，哪里需要就到哪里去，紧密团结，精诚合作，在校党委、后勤保障党委正确领导下，定能构筑起群防群控的严密防线。

作者：后勤保障部工作人员　王永华

2月9日　星期日　晴

党办校办工作人员·马颖颖

上午 8：00，我又从省委大门走出来，手中紧握的是刚刚取到的 6 份关于疫情的特急电报。

自 1 月 21 日（腊月廿七）以来，我们机要人员不是在办公室接收有关疫情的文件，就是在去省委取疫情电报的路上。尽管工作忙碌，但不敢疲怠；尽管工作重复，但不敢懈怠。因为我们深知，在这场没有硝烟的战役中，机要工作是多么重要的一环。上级的指示批示精神要通过我们的双手呈报给学校领导，再部署给疫情防控工作专班的负责同志，最后贯彻到每位师生和员工。因为我们深知，每份从我们手上走过的文件，不仅仅是几张纸、几个字，更是与时间的赛跑，与病魔的较量，以及对生命的尊重。

不单单是我，党办、校办的同事们也都戴着厚厚的口罩坚守阵地整整 20 天了。大家从早到晚，在值班值守，在发布通知，在安排会议，在汇总信息，在编发专报，在处理紧急情况……我们逆行向前，舍掉休息，放弃团圆，只为换来学校更多师生和员工的休息和团圆，只为那一句：“你若安好，便是晴天！”

真的希望，很快，我去省委取到的不再是任何一份关于疫情的电报。

真的希望，很快，能看到办公室同事们摘下口罩后那一张张轻松且灿烂的笑脸。

真的希望，很快，山东大学又能如往日般处处透出勃勃的生机。

会的！让我们一起静待春暖花开！

作者：党办校办工作人员　马颖颖

2 月 10 日　星期一　晴

齐鲁医院援鄂国家医疗队副领队·曹英娟

今天，我们医疗队正式全面接管武汉大学人民医院的两个重症病区，真的要上战场了，我也真的感觉到了压力和任务的艰巨。我们接管的两个病区收治的都是重症患者，预计后期会有更多的重症患者转过来，工作压力也会增大。

队员们的休息时间很短，自 7 日晚上到达武汉后，凌晨 1 点前就没睡过觉，好在睡眠质量还好。每天一睁开眼，还要接着处理各种对接事宜、进行防护培训等。

这次医院派出 131 名医护人员驰援武汉，是有史以来第一次集中派出这么多人员，其中很多人只有 20 多岁。虽然很年轻，但大家积极性都很高，也很有活力。不过，因为今天即将正式上岗，大家的感觉跟昨天也不一样了，毕竟这里的危险性还是很高的。作为副领队，我要尽全力保证队员们的安全，给大家做好心理支持，也做好自身防护，这样才能高效地投入救治工作。另外，医院领导也高度重视前线工作，要求我们一定要科学调度，合理分工，团结合作，共克时艰，遇到任何困难及时联系他们。

医疗队今天第一个班次是下午 1：00～5：00，不过由于交接事情比较多，下班时间会相应延后。知道这个情况后，当地政府和医院表示会根据我们的班次安排班车和用餐时间，都尽全力配合和支持我们的工作，我在心里非常感谢他们。

作者：齐鲁医院援鄂国家医疗队副领队、主任护师　曹英娟

2 月 11 日　星期二　晴

公安处工作人员 · 陈吉宝

今天清晨，天气格外晴朗，昔日喧闹的城市却安静得让人害怕，不觉间我来到学校。

自抗击新冠肺炎战役打响后，根据学校、公安处具体工作部署要求，我每天坚持带领安保队员坚守一线，筑牢校区疫情防控第一道防线，开展疫情防控管理，严格落实管控制度和工作措施，维护校园安全。

为赶上召开队员班前会，今天我提前一个小时到校，开始了一天紧张而忙碌的疫情防控工作：传达部署新的工作要求，监督队员上岗前测量体温，了解安保队员身体情况，检查口罩佩戴，记录各岗消杀毒防疫工作等。

在这之后，我在校门口督导保安队员严格落实“五个一律”制度，对进出校园人员及车辆进行管控。为了做好消毒，今天我们安排队员对校内停放的所有车辆进行消杀。工间休息时，我刚想喝口水却接到队员报告在

巡逻过程中发现翻墙人员。赶到现场后，我们对其进行了批评教育并劝离校园。中午短暂午休后，我与分管科长到宿舍、教学楼门值督促检查值守情况，进一步了解学生宿舍留校学生情况。在前期约谈督促大林公司负责人严格落实学校防疫期间相关制度后，我们又到现场查看落实情况。晚上，我便开始对全体队员值班情况进行汇总，并将各类信息上报，接着又部署了夜班执勤的有关工作。

忙碌了一天，虽然有点累，但我感觉很充实。心里还是有点急，什么时候这场无硝烟的战役能胜利？我想应该不远了。我深刻意识到疫情防控工作的重要性，像我这样的普通职工还有很多，我相信，只要我们每个人坚定信心、科学防治、以校为家，携手共同抗击疫情，就一定可以迎来胜利！

作者：公安处工作人员　陈吉宝

2月12日　星期三　晴

驰援湖北捐赠者·赵熙正

我来自韩国，是很爱中国的韩国人。2019年夏天，我通过“孔子新汉学计划”项目来到山东大学儒学高等研究院攻读博士学位。我一直认为，中国是一个有着悠久历史和强大文化精神的国家，虽然现在因新冠肺炎正在经历一段艰难的时期，但我相信中国一定会战胜疫情。我相信中国的力量和潜力，相信中国朋友坚强的气魄和精神。

我在韩国一直关注着中国的消息。我的导师沈顺福教授在上课的时候给我讲过儒家的精神，尤其是“推己及人”和“同感”的精神。我攻读硕士学位的时候，曾经研究过《大学》的“絜矩之道”。这些内容都教导我们如何感同身受、理解他人。在山大的第一个学期，我跟沈老师学习了“知行合一”的精神，我认为自己应当做点什么。虽然我不是有钱人，家里也不富裕，但我一直在考虑如何才能为中国帮上一点小忙。我通过孔子学院工作办公室的老师了解了山东大学发起的“楚天齐鲁，守望相助——定向物资募捐倡议”，所以就捐助了10000元人民币，虽然不是很大的金额，但我想尽我所能，贡献自己的一份力量。

我是爱中国的韩国人，希望这点心意能对抗击疫情有所帮助。原本我并不想留名，但是又希望温暖的行动能够进一步传递，让更多人也能参与进来。我们一定能够用温暖的心去融化冷酷的瘟疫，相信我们一定会健健康康地再见面。

中国加油！亲爱的中国朋友们加油！

作者：儒学院2019级博士研究生　赵熙正

2月13日　星期四　晴

网课直播测试学生 · 靳晓晗

今天，我们口腔医学院的10多位老师与班里同学们一同进行了网课直播测试。

尽管我们还没有正式开学，但是自疫情发生以来，学院老师高度重视网络直播授课问题，要求确保按期开展线上教育教学。老师们在最近一周的时间里整合了各种网络教学资源，通过雨课堂、慕课、腾讯会议等多种渠道，创建了学习共同体，为正式开学后给学生提供学习资源、布置学习任务、线上答疑等做准备，同时安排好班长和学习委员担当联络员，及时向老师反馈直播过程中同学们遇到的问题。

从早上 9：00 开始，老师们便按照之前定好的方案，轮流使用雨课堂、腾讯会议软件进行直播测试，随着我们 54 名同学有序进入直播间，老师开始尝试打开摄像头，打开弹幕和课件公屏播放。直播授课的同时，老师又进行了授课录像，并将上课录像上传到雨课堂和慕课。最后为了避免直播效果不佳，老师还提前将准备好的授课录像放在了慕课软件中。

看着直播屏幕里额头见汗的老师，我们被他们的敬业精神深深感动。天灾无情人有情，为了不耽误学子的学业，为了让学子在家中也能按时上课，不少 50 多岁的老师都坚持戴着老花镜进入陌生的直播领域。而在屏幕这边的我们，只能在弹幕处默默打下“老师加油”四个字为他们鼓劲。

很快，随着不断的交流改进，老师和同学们逐渐对线上授课软件熟悉起来。通过这次测试，大家都为接下来的正式上课做好了准备。特殊时期有特殊的教育形态，科技的力量让我们找到了新的学习方式。希望疫情能够早日结束，让我们早日重返校园，让社会重新恢复正常运转。

作者：口腔医学院 2016 级本科生　靳晓晗

2 月 14 日　星期五　雪

心理中心工作人员・李晓含

今天又是万里飘雪的日子。因为新冠肺炎的影响，更显天地寂静。真是一个不平凡的假期啊，望着被雪覆盖的远山，我回想起这 20 天来的桩桩件件……

当疫情突然发生时，比人们汹涌的情绪更先来到我面前的，是铺天盖地的心理应对科普文章。虽然是从事心理工作的人，我却感到有些疑惑：人们的反应是现实情况下的正常表现，问题没解决，心理的抚慰是否显得有些虚无缥缈？大家的心理承受度是否已经超出自我调节能力的范围了？毕竟，对稳宅家中的我来说，病毒的威胁和弥散的焦虑仿佛都可以被严严实实地挡在紧闭的大门之外。

假期的悠闲节奏很快就被来势汹汹的疫情改变，学校心理中心的工作也迅速组织起来。大年初三，大家就已经投入应对疫情的准备中。面向校内外的心理援助邮箱和电话热线及时建立起来了，在来信来电中，我终于和人们的苦难有了真实的接触。

每个人都带着自己的故事而来。有的人有家难回，独居异乡；有的人因为无心之失，自责难当；有的人即将目送亲人奔赴战场；更多的人则为担心感染疫病而恐慌。他们有的是学生，有的是老师，有的是社会人士。我真切感受到那些传闻中的紧张、焦虑、恐惧和愤怒是如何影响到了人们的正常生活，而此时的他们，又是多么的无助。我字斟句酌地敲下自己的回信，希望见字如面并不是只存在于信首的虚言；我们发出的声音也常有回响，在求助者释然的回复或由衷的感谢中，我知道素未谋面的陌生人已以心相连。原来，并不是他们的心理承受能力比旁人差，只是在突然之间陷入了别人未曾遇到的困难；原来，心理的抚慰并不是远水不解近渴的无力，而是让光照进来的那扇打开的窗。

相连远不止于此。不能线下聚集的日子里，每个人都成了云办公的一把好手。起初，我对这种只能感知到自己的办公模式很不适应；很快，就发现物理的隔阂不会阻断情感的传递。我看到中心公众号的文章每晚准时更新，教学的安排总是及时跟进，各项工作都在有条不紊地进行……我知道，每个人都在我看不到的地方做着自己的工作。为了更好地提供心理援助服务，中心邀请了省精神卫生中心的专家进行督导研讨，同事们也每日一起在线观看专家系列讲座。每次一到直播时间，群里便活跃起来，互相提醒着学习开始了，解答彼此的问题、分享学习的经验。线上的视频会议取代了线下的集合碰面，但却无损于讨论的热烈和效率，有人兼顾家庭，有人克服时差，时艰共克，天涯此时。

疫情当前，有同道，百折千回不知苦。当我为自己写的文章而忐忑时，有人主动来告诉我它很好；当我为深夜发布的紧急任务感到抱歉时，很快刷屏的“收到”给了我有力的回应；当我为“停课不停学”的要求感到没底时，每晚准时开课的互助课堂前所未有地汇聚起全校教师的智慧对我倾囊以授。同事、辅导员、专职教师、管理部门、社会各界……总有意料之外的发现和冲击令我动容。疫情是席卷而来的无情洪流，没有人的生活能不受影响。但也正是每一个坚守岗位的普通人，用血肉之躯筑起了抵抗风雨的堤坝，让人看到了众志成城的希望。

我知道，《山大日记》是由全体山大人一页一页共同写就的。何其有幸，这一页里，有你，也有我。

作者：心理中心工作人员　李晓含

2月15日　星期六　阴

电气学院辅导员·刘　欣

这个冬天，疫情牵动着每一个中国人的心，改变了无数人的生活轨迹和命运。今晚，我本应在讲学堂的大教室里调试音响和电子屏，但此时此刻，我只能选择以网络直播的方式召开年级大会，或者说是一期关于铭记与启程的大型主题班会，期望通过我的“单声道”和学生的弹幕形成思想信念的“混响”和“共鸣”。

疫情的暴发和严密的防控让这场阻击战聚焦了全社会的目光，进而各类媒体、各种圈子中既有催人泪下的最美逆行、奋不顾身的民族脊梁，也有针砭时弊的各种观点和乌合之众的舆论狂欢。这个信息爆炸的时代有着纷繁复杂的论点，让人时常想呐喊、发声，又时常成为“沉默的大多数”中的一员。而我总想说点什么，说给我的“最佳听众”们。

直播开始时，我的 2019 级萌新们是活泼淘气的：既能发现我变换的发型也能调侃我笨拙的直播操作。但他们也是真实而诚实的：迫切地想要开学返校，也在我说到居家学习要慎独时明确表示，有此“后顾之忧”。疫情蔓延至今，他们都在密切关注着各项数据的统计、最新的治疗进程；他们冲到社区、村口前线成为防控志愿者；有父母亲人是一线医务工作者的学生，更是在与我的交流中表达了情感的挣扎。

因此，我更想与他们探讨疫情之下，我们应重拾的对生命和自然万物的敬畏，对无数冲锋在前的平凡英雄的尊崇，对这个“化苦难为集结号”的国家的热爱，对至亲至爱的珍惜。当我读到“她不是不爱美，但因密不透风的防护服，不得不剪掉长发；他不是不害怕，但为了治疗，要在靠近病毒的地方取样……”时，当我说起十天十夜的火神山和齐鲁与华西的温暖擦肩时，弹幕变得一片沉寂。

直播后，有些学生私信我，说那时他们泪目了；也有学生到了深夜发给我他对疫情的思考和触动，语言质朴、情感丰沛；有的学生用方言录制武汉加油的视频表达一腔热情。正如我所希望的，他们能够对享受的无数关注和社会资源有所感恩，能够用学有所成回报所有的馈赠，更能够做逆境中的萤火，心怀悲悯，永远热泪盈眶，向阳生长。

这个冬天残酷而漫长，我像担心他们晚归宿舍一样担心他们踏出家门，也像关注兴隆山的大雪结冰一样关注他们家乡的疫情态势。但在这个温暖的夜晚，我对战胜眼前的困难充满信心，因为与我隔空相对的他们是我们民族的希望，因为他们不卑不亢，不失热望。

作者：电气学院辅导员　刘　欣

2月16日　星期日　晴

千佛山校区保安班长·刘爱木

早晨6点，当许多人还在睡梦中的时候，我已洗漱完毕、戴上口罩走出保安宿舍，进入一天紧张繁忙的学校安防、疫情阻击工作中。

自1月20日抗击新型冠状病毒肺炎疫情的战役打响以来，根据学校、公安处具体工作部署要求，我带领校区36名保安队员严格落实管控制度和工作措施，筑牢校区疫情防控第一道防线。

我们对所有队员进行早、晚体温测量，确保每名队员身体健康。校区门岗较多，分南北两个校园，三处与家属区相联通，还有中小学和幼儿园，点多面广，我们按学校规定加大了正南门的值班力量。校区值班人员较多，要对全体人员进行体温检测、出入登记，对发现的问题进行收集，对各岗位执勤区每天早中晚最少三次消毒并做好记录，对各岗亭值班点进行督促协助，严格落实教育部“五个一律”的要求。我带领110名队员对校区进行全方位巡逻，查找校区内不安全因素，及时发现问题并上报解决，同时做好校区防疫的宣传工作。

此外，还要及时做好队员的心理疏导工作。由于近期人员少、任务重，春节回家的队员由于疫情不能及时上班，为保证不空岗、不缺人，出色完成值勤任务，有5名队员连轴转，工作压力很大。我不时给队员做思想工作，说明特殊时期要特别对待，坚持一段时间，困难会很快过去。

看到队员一天12小时坚守值班岗位、20多天不休班，看到领导与我们一样天天工作在一线，我就对工作充满信心。原打算春节后回家看望家人的想法只能压在心里，一拖再拖，到疫情完全控制住以后再安排。有学校领导和公安处领导同事的关心，有师生及家属的理解和配合，有“你们辛苦了”“你们也要做好自身防护，注意自身安全”等暖心的话语，再大的付出也是值得的。相信在我们的共同努力下，一定能很快打赢防疫阻击战。

我虽不能赴武汉一线，但在自己的工作岗位上尽职尽责地带领队员做好防疫工作，就是对学校作贡献，就是对国家作贡献。我们齐心协力，定能春暖花开。

晚上 12 点，检查完各项工作，我才回到保安宿舍休息，养好精神，迎接明天的阳光。

这就是一名保安班长的一天。

作者：公安处千佛山校区保安班长　刘爱木

2 月 17 日　星期一　晴

公卫学院党委书记、院长 · 李士雪

为全面贯彻山东大学新学期工作会议精神和“停课不停学，停课不停教”的教学工作意见，公共卫生学院提前谋划，在充分调研的基础上，结合本学期课程开课状况，制定了《公共卫生学院关于 2020 年春季本科生教学方案》，组织授课教师积极参加线上课程培训，采取专家授课、网上演示、专人辅导、分享学习心得等形式强化雨课堂教学方法，研判可能出现的问题，制定应对措施和备选方案，为新学期新的教学方式提供坚实的技术支撑和保障。

我作为新学期第一个给临床医学生上课的教师，除接受教学方式的学习和培训外，还认真思考、充分准备，不断充实授课内容，反复修改课件，尽量做到课件简洁明了、图文并茂，易于线上观看。在备课过程中，结合新冠肺炎的流行和防控，重新梳理授课内容和逻辑关系；尽量用有限

的授课时间让临床学生最大限度地认知公共卫生，熟悉公共卫生职能，认同公共卫生在人类疾病斗争史中的历史贡献，了解人类健康面临的问题和挑战，掌握公共卫生与临床医学的关系，重点强调公共卫生与临床医学的高效协同，弥补公共卫生与临床医学的裂痕。

在雨课堂教学过程中，授课教师要提前开启授课直播提示，以便同学尽早加入雨课堂，同时提前把课件发给学生，以免授课中同学看不到PPT。在授课的开始阶段，由于学生数量多，加入课堂的时间不一，可能会出现一定的问题，如个别同学无法加入，声音和PPT不协调，或者临时没有声音等问题，我们要提示学生加入课堂后不要退出，以免退出后加不进来。但随着授课的有序进行，课堂效果也在不断改善。总之，通过雨课堂教学，老师能有效完成授课任务，达到预期授课目标；学生还可以回放学习，对照PPT学习。

授课结束后，同学们不断发出“老师辛苦了”的留言，还有的同学跟我说特别想去教室上课等，都让我甚是感动。祝愿所有学子身体健康，祝愿我们的山大新学期一切顺利！

作者：公卫学院党委书记、院长　李士雪

2月18日　星期二　雪

空间科学与物理学院副教授·黄正化

早晨，窗外飘着片片雪花，新学期的授课就在这样的天气里开始了。在这个同抗疫情、共克时艰的时期，老师和同学们一样留在家里，默默支持新冠肺炎的防控工作。为了让同学们停课不停学，学校各级部门在春节刚过就着手准备网络授课相关事宜，并提供了网络授课的几种可能途径，包括雨课堂、慕课等。为了网络授课的顺利进行，学校本科生院、威海校区教务处和学院在 1 月 30 日下发了雨课堂的培训材料，并组织相关网络培训课程。老师们也通过微信或 QQ 的培训群，踊跃讨论系统试用过程中遇到的各种问题和解决方案。考虑到可能出现的网络拥堵，老师们也建议使用 QQ、微信等商业软件提供的直播功能作为备份方案。为准备新学期的热学课程，在尹红星老师的协同配合下，我制定了利用雨课堂和 QQ 群直播两种授课方式同时开展的线上授课方案，并提前与学生取得联系，迅速将所有同学组织起来，进行课程预习等教学活动。

第一次在网上授课，面对着电脑屏幕，一开始我还是很难找到上课的感觉。按照预定课程进度安排，我从当前疫情出发跟同学们讲了几分钟，同学们在 QQ 群里踊跃发言，慢慢地我也找到了上课的感觉。因为课前已经要求同学们提前预习，因此他们能比较快地跟上课程学习的进程，课后同学们也通过 QQ 群踊跃提问，说明对上课内容有了较深入的理解。

这是我第一次通过网络授课，虽然进度稍微慢了一些，但是教学效果基本上达到了课堂教学的要求。

作者：空间科学与物理学院副教授　黄正化

2 月 19 日　星期三　晴

外语学院科研财务秘书 · 程云龙

今天，是上报教育部“双一流”建设大学监测指标体系数据的日子，邮箱中已装满老师们的工作信件。虽然我的工作只是汇总统计，但是看着老师们填写的学术成果，我深感自豪。知识强国，科学技术引领潮流。因为老师们平日工作繁忙，数据细节处理工作由我来完成。对于格式调整、数据求实，做到兢兢业业，没有丝毫懈怠。

庚子之年，开年奇特。全国人民都在因新冠疫情居家隔离时，一句"院里需要我们"集结起了一支由外语学院各行政部门人员组成的"行政服务团队党支部疫情防控突击队"。

2 月 17 日，经过重重消毒检查，我们来到学院办公区，冒着清冷的寒风等待着学校运送的防疫物资。10：00，运送物资的车辆准时来到。我们用双手以最快的速度完成搬运，汗水湿透衣衫，双手勒出了血痕，没有人因此抱怨，没有人放慢脚步，只有坚持！

为了保障教学工作不被耽误，尽可能地让病毒远离老师们，我们没有休息，马上将防疫物资按照学区分装，两小时内将 281 桶消毒液安排到人，速度快，效率高！

18 日清晨，"行政服务团队党支部疫情防控突击队"的同事们在家中进入工作状态。疫情是无情的，但是服务团队成员均希望用自己的实际行动驱散寒冷。电脑是我们的武器，各自的客厅、书房是战斗堡垒，我们用自己的专业知识坚守着岗位，用尽量通俗翔实的语言去答疑解惑。也曾问过大家，这么拼命为什么？回答很简单——我们是党员。能成为"行政服务团队党支部疫情防控突击队"的一员，荣幸；能被党组织认可为入党积极分子，光荣！

作者：外语学院工作人员　程云龙

2 月 20 日　星期四　晴

社区疫情防控志愿者·于泽轩

今天下午，我参加了社区喷洒消毒的志愿活动。

14：00，我来到当地的社区党群服务中心，穿好防护衣物，背好消毒水喷洒桶，来到分配的消毒区域。我被分配到的太平社区是一个老旧小区，卫生状况较差，小区有 7 幢居民楼，近 300 户居民，且多为老人，所以日常进行喷洒消毒是十分有必要的。

我对整个小区逐片进行了喷洒消毒。一桶盛满的消毒水重达 30 斤，整个消毒过程共使用消毒水 4 桶。我对消毒这份志愿工作的新鲜感渐渐消散，负重的疲惫感也慢慢出现。但是，当我完成消毒任务，想到我所保护的社区住户，想起我喷洒的消毒水可能灌溉出社区居民的勇气与信心的时候，我感觉到无论是疲惫还是汗水都是值得的。

可能因为太平社区是一个老旧小区，隔音条件不太好。当我对小区进行喷洒消毒的时候，住户们可能听到了我的声音或闻到了消毒水的味道。在工作进行中，有五六户住户打开防盗门对我说谢谢。虽然我们的表情都遮盖在口罩之下，但是我还是能感受到爷爷奶奶们的欣喜和高兴。冰冷的疫情也消灭不了人间的暖，只要真心实意地为人们做事情，他们的心里面也会想着你。

“青年是标志时代的最灵敏的晴雨表。”作为一名入党积极分子，我本就应当在日常的学习、生活中以党员的身份要求自己。虽然我不能像身边支援武汉的叔叔阿姨们、老师们那样，奋战在疫情最凶险的地区，但是为防疫工作做一点力所能及的事情也是对国家和社会的贡献。即使我的贡献很小，小得就像一个点，但是当每个人的小贡献汇集到整个社会中，它就是一个面，像一张大网一样让病毒无处遁形。相信在大家的共同努力下，汇溪成海，积土成山，中国一定能够早日战胜疫情，迎接温暖的春天。

晚上临睡前，发现我是今天的步数榜冠军。

作者：土建学院2018级本科生　于泽轩

2月21日　星期五　晴

“连麦一线”防疫科普活动工作人员·许　文

现在是晚上10：00，山东大学一校三地疫情防控知识线上科普宣传活动的网上直播“连麦一线”活动顺利结束，我们一颗颗悬着的心终于落地了。这次“连麦一线”的直播活动从上周五开始策划筹备，到今天正好一周，在这一周紧锣密鼓的准备和节目播出的过程中，我的心一次次被震撼和感动。

感动于每一位嘉宾的朴实真诚。我们都说，一线的医务员工是我们的英雄，可是他们自己都不这么觉得。几位嘉宾反反复复地强调，我只是一个普通人，做了我的本职工作。齐鲁医院李颖霞护士在报名赴武汉时想到女儿马上就要高考，心中有片刻犹豫，但还是坚决地在报名接龙中写下了自己的名字。山大二院的薛艳医师在剪短头发、告别家人去武汉的时候，不知道自己还能不能回来，但是觉得这是一个医生的职责，依然义无反顾。徐照娟护士说：“其实我作为一个中国公民，作为一个中国共产党员，我也就是做了我该做的事情。我觉得我是一个战士，我现在是白衣战士，国家有难我就要冲在前线，这是我义不容辞的事情。”临床医学生黎霓在直播时情不自禁地背诵了一遍医学生誓言，她在节目中播放了一首Dr. cat合唱团的云合唱——《致老师书》，送给奋战在前线的医务工作者（她们的老师）。王刚主任在听到这首歌曲之后，跟同学们说：“我们的本职工作一定要尽心尽力，因为我们面对的是一个生命，我们挽救一个生命就挽救了一个家庭。一定要以最大的耐心和细心完成我们的本职工作，不管是什么情况，这都是我们义不容辞的职责。”听着嘉宾们的直播对话，我和同事们数次泪流满面。我也在内心觉得，无论是谁，尽心尽力做好本职工作，我们就是自己的英雄。

感动于师生的互相关爱、想念和心疼。当问到马伟老师网络教学的情况时，马老师先给我们讲了一个新疆学生为了找到信号好的地方听课，克服两个小时时差，爬山一个半小时，到山顶一待就是一天的故事。他说，同学们学习的热情这么高，当老师的更应该把这个课教好。尤其是我们资深的老教授，对现代的信息技术学起来有些吃力，但是还是克服了种种困难，上好网课。他希望这个疫情赶紧过去，早点见到同学们。张敬悬主任娓娓道来，为因疫情心理焦虑的同学和一线医务工作者讲解“金刚罩技术”和调整心理灵活性的六个关键词。湖北籍学生嘉宾或者担心自己回到学校会被同学“避而远之”，或者准备毕业找工作内心焦灼，但是他们心里最重要的都是对学校、老师、同学的挂念。还有屏幕里留言的同学们，最大的愿望就是想早点回到学校。李亮校友日夜奋战在保卫北京的抗疫一线，但是听到要与母校的师生连线，二话不说就答应了。他说他对母校很有感情，一提到山大，一提到医学院就非常亲切，只要是母校需要，一定会尽全力完成。因为有爱，我们在一起。

感动于我们多个部门、单位的通力合作。因为是第一次做直播，对这个活动心里完全没有把握。研工部韩笑晨老师有着多年举办直播活动的经验，她给我们工作人员在活动策划、流程准备、技术注意事项等各个环节都提了宝贵的意见。她说：“这个活动很有意义，希望通过我们对每一个细节的精心准备，让现在的山大学生和即将成为山大学生的同学们都能够感受到学校的温暖和关爱。”威海校区辅导员许广义也把他首次当“战‘疫’吧：学校和你在一起”主播的经验分享给我们。从嘉宾邀请到活动预告、新闻发布，一校三地的同事们都密切配合，保证了活动能在短时间内顺利举行。

活动中，无论是一线的医务工作者、科普专家还是湖北籍同学，他们的工作、学习等都非常忙，但是当他们知道这次直播活动时，都觉得很有意义，欣然答应参与。主持人新闻学院辅导员杨璐说："这是一件有意义的事情，我很高兴能加入进来，也很有荣誉感。"我在想，这件"有意义的事情"是什么？是立德树人。立德树人的理念就像是流淌在我们身上的血液，我们的校友、老师、医务员工都以身作则，希望通过言传身教传达给同学们，让他们能够掌握更多的本领和知识，当国家需要的时候，用自己的所学回报母校和祖国。无论在哪里，无论相隔多远，我们都与山大、与祖国同心同向同行。

作者：齐鲁医学院工作人员　许　文

2月22日　星期六　晴

加拿大阿尔伯塔大学GALD项目学员·赵　昆

距离我结束阿尔伯塔大学学习还有9天，爷爷终于还是没能等到我去看他最后一眼。

十天前，我跟爸爸视频通话时得知爷爷情况不好，心里很难受，告诉爸爸要回国见爷爷最后一面。爸爸劝我："自古忠孝不能两全，爷爷能理解你，在他健康的时候，你能经常在放假时回家陪他，他很高兴。他也一直以你为骄傲，包括这次学校给的宝贵的出国学习机会！"我答应了爸爸，安心在阿尔伯塔大学完成剩余课程，月底同其他同学一起回国。

十天以来，我不敢再给爸爸打电话。我跟爱人联系，问她咱妈在干什么？因为妈妈一直在威海帮忙照看我的儿子和女儿，而我爱人最近正忙着通过雨课堂给学生上课，不到万不得已妈妈是不会离开威海的，我知道只要她回老家了，就意味着回去处理爷爷的后事了。

十天以来，每次跟爱人视频通话，只要第一眼看不到妈妈在远处忙碌的身影，听不见她跟两个孩子说话的声音，我就会很紧张地马上问妈妈去哪里了？我也怕家人打电话给我，因为我知道没有消息就是好消息。所以当姑家表弟打来电话时，我真的不愿接听，接通后听到表弟哽咽的声音，泪水一下充满了我的双眼……

回想在阿尔伯塔大学的三个月，是我人生中最不平凡的三个月。在这里我度过了第一个没有家人在身边的春节，感受了体感零下 40 多度的严寒，体验了异国他乡同学情谊的温暖。当然最宝贵的还是通过各种课程报告、讲座交流、专题研讨及实地考察等多种形式的学习，了解了阿尔伯塔大学的内部治理结构、组织运行机制、人才培养模式、科学研究重心、师资队伍建设、教学运行模式、国际化发展战略、学生事务管理以及后勤服务保障等各方面的内容。

此时此刻，祖国和人民正在同新冠肺炎疫情抗争，我也正在经历失去亲人的悲痛！但是没有一个春天不会来临，病毒不能阻止我们前进的步伐，愈挫愈勇早已成为我们民族的基因；而我也会化悲痛为力量，以告慰爷爷的在天之灵。我会认真总结学习体会，完成结业报告，向学校、向关心支持我的领导和同事、向为我默默付出的亲人交出一份合格的答卷。

作者：威海校区党工委组织部工作人员　赵　昆

2月23日　星期日　晴

在线授课技术工作人员·王　超

来到标准化考场监控室，在检查远程直播教室相关设备正常运行后，我又通过视频会议跟领导同事一起研究了学生评教等教学质量保障的相关问题，以期实现线上课程从“开得了”走向“开得好”。我看着监控室屏幕上显示的全校雨课堂和远程直播教室的开课情况，感觉这种特殊时期的在线授课模式基本步入了正轨，也由衷感叹一切努力都没有白费。

到目前为止，学校线上教学已经如火如荼地进行了一周，在全校教职工和同学们的密切配合与共同努力下，我们顽强地克服了疫情带来的种种困扰，真正达到了“停课不停教，停课不停学”的目标，实现了“开学延期，教学如期”。

面对突如其来的新冠肺炎疫情，山东省教育厅在1月27日（大年初三）发布了《关于推迟2020年春季学期开学的公告》。当晚，本科生院领导火速召集我们教学促进与教师发展中心的相关同事，开始着手准备网络授课方案。“惟其艰难，方显勇毅。”过去的20多天，我们虽然无法像白衣战士一样英勇奋战在抗疫一线，但是在线教学的组织和筹备已然成为我们抗击疫情的主战场，而雨课堂、远程直播教室、课程平台则是我们开辟的三条主战线，连续三周“7×14”的工作状态也彰显着我们顽强的战斗精神。在雨课堂战线上，我们快速完成了教务数据对接，耐心回答老师们的每一个疑问，帮助老师们解决雨课堂安装、使用中遇到的各种难题，同样也有很多有经验的老师在微信群中热心地分享自己的经验。在远程直播教室战线上，我们结合老师们的授课需求，对授课教室进行了悉心安排，对直播和录播技术方案进行了反复论证，也对每一间教室的直播设备进行了仔细调试。在课程平台战线上，我们提前完成了教务信息同步，及时解决老师们的线上课程中出现的问题。

2月17日，原定开学的第一天，校园中空空荡荡，网络上热闹非凡。虽然雨课堂出现拥堵，但是老师们未雨绸缪，提前准备好了多种预案，顺利地完成了授课。回想过去的一周，我心中充满着敬佩和感动。首先是一线教师们，他们凭着对教学的执着热爱，克服了雨课堂、腾讯会议、腾讯课堂等工具在技术操作上的困难，克服了远程直播教室中戴着口罩、面对空荡荡教室授课的不适感，依然兢兢业业地镇守教学一线，为同学们传道授业解惑。其次是同学们凭借着对知识的渴望，忍受着长时间盯着手机或电脑屏幕的不适感，即使在家也能够按时听课，认真学习。最后是本科生院、后勤保障部、信息办等职能部门的同事们上下同心、协同联动、冲锋在前，共同为在线教学提供了强有力的支持和保障。

同心战疫，教育不能缺席，相反却是大有可为。面对疫情，全校师生毫不退缩，拿起了网络和线上教学这把利器，毅然决然地用知识克服恐惧，用知识的传递进行回击。相信有这样不屈不挠的精神，我们一定能够打赢疫情防控阻击战，早日在春日的校园中重逢！

作者：本科生院工作人员　王　超

2月24日　星期一　晴

青岛校区财务处工作人员·肖　宁

阳光明媚，天朗气清，惠风和畅。我如往常一样，早早来到学校。每次看校门口防护全面的安保人员，心里总会涌上一股暖流和满满的安全感，感谢他们的风雨坚守。进入校区，来到华岗苑前，一如既往的静谧祥和、一尘不染，感谢那些无畏的逆行者冲在疫情防控最前线，守护着我们的美丽校园、共同家园。

来到办公桌前打开电脑，稍作简单的整理，我的第一项工作就是会计服务大厅的消毒。防疫工作无小事，大厅消毒结束后，我去各个学院的自助报账投递机取预约报销单并对自助报账投递机进行消毒。自助报账投递机的使用有效减少了会计服务人员与经办人员的接触风险。

回到大厅后，我抓紧处理报销业务。疫情发生后，为了给广大师生提供安全、便捷的会计服务，财务处每天安排值班人员现场办理业务，同时通过电话、微信等网络形式与居家办公人员协同配合，确保各类会计服务事项的正常有序开展。随着校区老师们的陆续返回，日常报销单据数量也是越来越多，偶尔碰到材料不齐的报销单，我都会立刻与经办老师联系，说明原因和处理方式，约好补交材料的时间和方式，确保值班当天业务当天处理完毕。

值班期间，我经常接到咨询不同类型的财务业务的电话，如科研入账业务、学生缴费、欠费补缴业务、银行到账查询业务等，在居家办公人员的细心指导和配合下，所有问题都顺利解决。听到电话里传来的老师们和同学们愉快的声音，我心中有种说不出的喜悦。

不知不觉中，一天的值班结束了。又是收获满满的一天，我不仅学习到了不同会计服务业务处理流程，也对财务服务工作有了更深的理解和认识。在财务大厅工作已经一年多了，我已然习惯并喜欢上财务处紧张忙碌又井然有序的工作状态。很庆幸自己有机会能够成为青岛校区财务处这个大家庭的一员，能够在这里实现自身的价值。

下午 6 点，走出办公楼，办公楼里点点的灯光显得格外明亮，校门口的安保人员还在坚守岗位。望着远处泛红的晚霞，我不禁感慨万千。一场来势汹汹的疫情给我们平稳有序的工作和生活带来了很多困扰，但每个山大人都在坚守自己的岗位。每一份坚守的背后是山大人不变的初心和使命、自觉的担当和责任。我坚信，疫情终将过去，静候春暖花开之时，欢笑满校园。

作者：青岛校区财务处工作人员　肖　宁

2 月 25 日　星期二　晴

山东省第三批援鄂医疗队队员 · 马　坤

团结就是力量，一方有难，八方支援。在党中央的领导下，在这一场没有硝烟的战斗中，来自四面八方的医疗工作者们展现出了救死扶伤、大爱无疆的精神，以及不怕牺牲、甘于奉献的品格。

我是山东省第三批援鄂医疗队的一分子，也是山东大学临床医学院的一名在读博士生。我将不辱使命，顺利完成省委省政府交予的救治任务。

我们很勇敢。武汉的疫情严峻，在这个紧急的时刻，在这个需要呼吸重症医护支援的时刻，我们山东省第三批援鄂医疗队队员站到一起，毫不犹豫地、义不容辞地投入一线战斗。告别亲人与同事，携手奔赴武汉前线。

我们很团结。一路走来我们一起搬运物资，经过两次迁居，在大家的互相帮助下，顺利完成了沉重的物资和行李的转运。安定下来时虽然已至深夜，但大家说说笑笑的，减轻了些许疲惫，团结减少了我们面对疾病的恐惧感。

我们很专业。虽然我们都在临床工作了很多年，但对传染病防护培训较少。为了做好自我防护，也为了能尽可能帮助更多的病人，我们反复穿脱防护服，每次都需要近 40 分钟。每个过程、每个步骤里，我们彼此之间互相监督，直到熟练无误。

我们很努力。首次进入隔离区，心里还是有些恐惧感，穿着厚厚的防护服，仿佛只能听到自己的呼吸，跟同事之间的交流变得尤为困难。每天工作在隔离区，都要艰难地完成 3～4 小时的查房及操作，过程中忍受闷热、喘憋的不适和头面部的压痛，良好的心态显得尤为重要。由于感染患者多半比较焦虑，我们需要不停地鼓励患者，解决他们的需求，回答他们的疑问。待完成所有的工作后，我们的衣服都湿透了，会有不同程度的肌肉酸痛、头痛等症状，但战友之间的鼓励和支持可以化解疲劳，一句互相关心的话就足以让我们充满力量。

我们在奋战。武汉的疫情正在继续，虽然得到了一定的控制，但是工作仍较繁重，不能松懈。目前，我们顺利接管了同济医院中法院区的一个重症病区，我们会用过硬的专业知识和坚毅的品格救治更多的危重患者。

既然选择了远方，便只顾风雨兼程！我相信只要我们敢于坚持，敢于挑战，万众一心，疫情一定会得到控制。

战友们加油！武汉加油！中国加油！

作者：山东省第三批援鄂医疗队队员、千佛山医院小儿重症医学科主治医师　马　坤

2月26日　星期三　晴

全国优秀教师、数学学院教授·秦　静

山东大学数学学院在中国大学 MOOC 平台上的“线性代数”课程，是 2017 年首批国家精品在线开放课程，并被学习强国慕课栏目特别推荐，获得了学习者的广泛好评，也是中国大学 MOOC 平台上答疑最多的前 20 门课程之一。

2 月 17 日是开学第一天，我的课是第 1～2 节，实话说心情有点复杂，有期盼也有点担心。一大早起来坐在电脑前，做好了一切准备，包括第二套预案。7：50，我开始在微信学生群里发签到表格，很快就签到完毕，看来大家对这堂课都很期待。8：00 按时上课，我首先语音介绍本次课的安排、主要学习内容等，约好讨论交流的时间，然后和学生一起观看

教学视频。网络的卡顿成了主要问题，好在有第二预案，我立即把学习强国上的课程链接发在学生群里，视频可以顺利看了。实际上，平台也很快解决了视频播放的卡顿问题。接下来的在线讨论交流，因为有预设的问题，开始讨论时，学生会首先回答这些问题，再进一步引出自己的问题，正因为这些预设的问题，又因为通过打字发表意见，课堂交流讨论比预期的要好很多，还可以使用@功能指定学生回答问题。课程结束后我做了一个统计，全体同学都参与了交流，最多的发言 16 次！

像真实的课堂一样，我们按时进行课间休息，下课前总结，布置作业，预告下次课程内容。除在线资源上的练习之外，我也像正式课堂一样，另外补充布置作业，利用 QQ 或微信上的交作业功能收缴批改作业，指导学生运用所学知识解决问题。

这次抗击疫情期间，在线教学活动不再是一次演练，所有的纸上谈兵都变成了脚踏实地的现实，从班级群建设到课程实施，再到教学互动和收发作业，这些实实在在的行为，来不得半点虚假。

如此系统化和时间急迫的在线教学任务，对大家来说都是一个挑战，在这个过程中，老师们通过微信群进行交流，在交流中一起进步。大家在分析和解决别人问题的时候，也正是自己进步的过程。特别是相互之间提醒的需要避免的弯路和问题，确确实实帮助大家加快了前进的步伐。建设一门线上课程，全体教师的协作是必不可少的，而这种合作，更是一个全员参与、全员进步的过程，集体合作应该是未来教学的一种自然趋势。

这次抗击疫情期间的在线教学活动也让我们认识到，学习将变成师生、生生的共创过程，需要资源共享、思想流通、过程共塑。在面临挑战的时候没有一个群体会成为唯一的力量，学习将变成共同任务，这也是互联网学习的最大魅力。

祝愿祖国早日战胜疫情！

作者：数学学院教授　秦　静

2月27日 星期四 晴

空间科学与物理学院辅导员·申 新

“学院691名学生健康情况无异常”“昨日有咳嗽症状的学生身体恢复了正常”“今日没有流动情况”“湖北籍同学一切安好”……核对完学生“微哨”健康打卡的信息后，我悬着的心总算是放下了些许。今日，已经是追踪学生健康和流动情况的第31天了，这31天里，我似乎一直在不断经历着摸索、尝试、吸收、应用，从最初“人盯人”式的手动上报到熟练使用APP软件处理数据，从不熟悉线上工作流程到逐步形成系统、多样的工作方式，从面对镜头会不知所措到可以独立完成一整场视频直播班会等，现实告诉我，必须往前走，必须坚持！不知不觉地，我开始对每日核对数据的工作有了期许，对每次直播充满了期待，期许在远方的每一位学生都能平平安安，期待即使身在各方，学生依然可以感受到我们彼此陪伴、共同奋战的温暖。

这几日，我一直在反复读《关于开展向山东大学援鄂医务员工学习的倡议书》，每每想到齐鲁医院、第二医院近300名“逆行者”在防疫工作最严峻的时候挺身而出奔赴湖北，我便感动不已。感动是因为他们“苟利国家生死以，岂因祸福避趋之”的大格局和大情怀，“山大人”这三个字让我们紧密相连，想想他们也为人父母、为人子女，但是却能在特殊时期舍小家顾大家，去一线同时间赛跑、与疫情较高下。我们常说，在安稳生活的背后，总会有人在为我们负重前行，仔细观察周围，学校保卫处人员日夜值守、值班教师坚守岗位、广大学生志愿者真诚奉献等，都在以己之微光保国之昌顺。所以，千千万万的“逆行者”无疑是这场防疫战争中最美的人，美在义无反顾，美在迎难担当，美在仁心博施的中国魂，美在血浓于水的中国心。这种美和这份感动是需要温存在心中、践行在当下的，我也希望用自己的力量承担一份使命、一份责任。

当前了解每一位同学的具体情况固然重要，但是正如《致全校党组织书记的一封信》中提到的，疫情防控已经到了最吃劲的阶段，尤其是学生返校前后，真正的疫情防控大考就要来了。工作两年多，我深知“千里之堤溃于蚁穴”的道理，作为一名辅导员，作为一名本科生党支部书记，我更应该将前方战友的付出牢记心底，时刻警醒自己保持战时状态，团结学生克服松劲儿、侥幸的心理，组织党员包到宿舍、包到个人扎扎实实抓紧抓细各项防控工作，不忘守护好学生的初心，牢记完成好本职的使命，不获全胜决不轻言成功！

这个世界总是很有趣，让人体味着失去，却又让人若有所得依旧热爱生活。不久之后，武汉一树树的樱花还是会竞相绽放，人们还是会走上街头彼此相拥；山大的大门还是会像往常一样打开，学生们还是会在校园中勤励奋进。再祈冬去春来山河无恙，再祈春和景明万事康平！

作者：空间科学与物理学院辅导员　申　新

2 月 28 日　星期五　阴

加拿大阿尔伯塔大学 GALD 项目学员 · 李　静

昨天下午，阿尔伯塔大学为我们举行了隆重的毕业典礼，校监（学校校务会议主席）Douglas Stollery 亲自为 49 名学员颁发毕业证书。接过证书并且与校监合影的瞬间，我的心情十分激动，也对阿大有几分不舍。三个月的时光在我脑海中回放，精彩的课程、热烈的探讨，一切还都历历在目。

11 月底，我们在皑皑白雪中落地埃德蒙顿；2 月底，又在皑皑白雪中与之告别。三个月里经历了有生以来最冷的冬天，体验了零下五十度超过北极的极寒。我们山大五人非常珍惜此次学习交流的机会，时刻不忘“凡我在处，便是山大”的信念，就算风雪交加，我们依然每天早早出门按时出现在课堂，教室的第一排总有山大人的身影。

作为山大第一批参加GALD项目的成员，我们五人都是第一次来到加拿大。启程之前，有几分期待、几分好奇，更多的是“师夷长技”的学习动力。阿尔伯塔大学非常重视这个项目，制定了翔实全面的研修计划，邀请阿尔伯塔省、埃德蒙顿市的政府议员、教育官员，阿大各分管校领导、重点部门负责人、工会主席、多位学院负责人前来作专场报告。他们对本职工作的热爱、对大学的深厚感情、对工作的思考和执行让我们深有感触。63场讲座、14次参观学习、6节管理学课、10节英语课、8次文化交流和7次体育体验，丰富翔实的安排，使一个世界一流大学的形象在我们面前徐徐展开。

各美其美，美美与共。在初步了解加拿大高校的体制和文化之后，我越来越懂得尊重差异、理解不同、学习借鉴，也进一步坚定了文化自信。作为和国际学生打交道的工作人员，我在课余和阿大学生处、国际处的负责人进一步交流。他们“以学生为本”的管理服务理念，在本国学生和国际学生管理服务工作中的趋同化一体化，对学生价值观引导和文化传播的隐性融入，管理服务队伍的专业化和职业化，对弱势学生群体的关照，对大学国际化的重视，都对我校的此类工作有重要启发。

虽然在加拿大只有短短三个月，我也深深体会到在海外的中国人与祖国同在、与祖国共进退的拳拳之心。在加学习期间，国内暴发新冠肺炎疫情，我们每天关注各种相关数据，希望国内的亲友同事们都能平安度过这段艰难时光。看到我们附属医院的白衣天使出征武汉的消息时，我忍不住落下泪来，深为自己是一名山大人感到骄傲和自豪，也希望抗疫前线的勇士早日战疫成功平安归来。

随着全球化发展以及我国国际地位的提升，国家迫切需要一大批具有全球视野、熟练运用外语、通晓国际规则、精通国际谈判的专业人才和管理人员。作为一名有幸赴外研修的工作人员，我对母校充满深深的感激，回校后也将以更加饱满的热情将所学所思投入具体工作。“伟大的大学是在历史上伟大政治实体的伟大时期发展起来的。”在这特殊的历史时期，在学校建设“双一流”大学的关键时期，祈愿我的国我的校，都越来越好！

作者：国教学院工作人员　李　静

2 月 29 日　星期六　晴

经济学院线上主题班会参加者·高泽明

今天是个非常特别和幸运的日子，不仅仅因为今天是每四年一轮的闰年 2 月 29 日，更重要的是山东大学校长樊丽明老师应邀参加我们经济学院 2017 级金融 1 班“守望春天，同心战疫”线上主题班会。

早上，我怀着激动的心情发起了视频会议邀请，看到同学们陆陆续续进入视频直播，笑容满怀、神气十足，我感到无比心安。疫情期间，2017 级金融 1 班 38 位同学全员健康。

8：50 左右，樊丽明老师戴着白色的防护口罩进入视频会议，与同学们亲切地打招呼，同学们看到樊老师也纷纷问候：“校长好！”“樊老师好！”主持人张婧姝同学宣布线上主题班会正式开始。樊老师首先给大家介绍了我国目前疫情防控工作的最新进展，从习近平总书记的最新要求，到防疫一线工作人员的艰辛努力，再到山东大学为抗击新冠疫情所派遣的医疗队及物资捐助。随后，大家一同观看了班级同学录制的为武汉抗击疫情加油的视频，同学们也和樊老师分享了自己在家防疫的生活、学习状况。我作为班长也向樊老师汇报了疫情开始后我们班级工作的开展情况，还有我们班级组织的捐款活动。樊老师询问了来自湖北襄阳的盛祺瑜同学家里的安全状况，还与担任学院线上助教工作的李炳超同学就线上教学的开展进行了交流。在与同学的互动中，她不断流露出对同学的挂念，从居家生活、线上学习、物资保障等方方面面表达了对我们的深切关心。来自四川的张欢同学，结合自身曾在汶川地震时受到援助的特殊经历，抒发了“爱心是循环的”的感悟。她认为，在疫情暴发的今天应当贡献出自己的一份力量，樊老师也表示深受感动。还有什么能比拥有一位关心、关爱、关怀学生的校长更暖心呢？现在回想起来，我内心仍是不能平静。

接下来，樊老师与我们分享了山大全体师生医务员工以及海内外校友面对疫情、共克时艰的生动事例。从学校疫情防控工作多方面的统筹安排，到山大奔赴前线医疗队的忘我精神，再到海内外校友对母校、对武汉的物资捐赠等，这一个个鲜活的事例，体现了山大人的家国情怀，也体现了我们山大团结协作战疫情的决心。“开学延期，教学如期”这看似简单的口号背后，实际上是我们山大全体师生的拼搏付出。令我印象深刻的是樊老师提到的一个细节：年前，当她在学校得知疫情形势逐渐严峻后，就退掉了回家的火车票，放弃了新年与家人一起团聚的机会。她在这“大疫”面前，选择了留在山大，守护山大，那一声“不能走”深深地戳到了我心中最柔软的地方。

线上主题班会进行了一个半小时。最后，我们所有同学和樊老师一起比心加油，致敬所有为疫情付出艰辛努力的人们，致敬所有为我们负重前行的时代英雄。相信在不久的将来，大家都可以在春光明媚的校园里再聚首。守望春天，同心战疫，我们必将牢记樊老师嘱托，为战胜疫情、促进发展贡献青春力量！

作者：经济学院 2017 级本科生　高泽明

3月1日　星期日　晴

学生公寓管理员·潘婧娴

近期的几次降雨，带来了些许凉意。今天，我从趵突泉校区南门，经过测温、验证等防疫步骤，来到了我负责的学生楼值班，开始了一天的工作。进公寓后，值班员崔老师给我测量了体温，笑着对我说："36度3，体温正常，请进。"刚进门就碰上了来给宿舍楼消毒的张老师，他背着自己的消毒箱向宿舍楼每一个角落喷洒，还提醒我："注意脚下，小心滑倒。"

来到值班台，我浏览了当前的进出入记录。与崔老师交流过后，大体掌握了学生动向，我就准备开始今天的工作。作为楼长，在查房之前我要巡视楼内整体的卫生、安全和消防情况，确保公共区域的设施都运转正常。此后，我们开始为在住的同学测量体温，同时要求他们定期给自己的房间消毒。对于这一点，开始有的同学非常不理解，一位留学生同学就问我们："我们的房间里没有病毒，为什么需要消毒?"我拿出手机，找到了疫情期间学校发布的管理规定和防控知识，向他传达解释，他点头表示理解。"戴口罩、勤洗手、消毒、通风、不聚集"是防疫的几大关键要素，不仅是查房的时候，日常进出公寓时也很重要。值班员老师也总是提醒他们："天气好的时候打开窗子通通风，没事儿多晒晒太阳。"

上午的日程被测体温和消毒占据得满满的，转眼就到了午饭时间。我一边吃饭，一边随手打开趵突泉校区临时超市的群，看看同学们生活上有没有什么新的需求和问题。留校学生按规定不再出校园后，学校在食堂定点为大家提供新鲜的蔬菜，并开设了一个临时超市，方便同学们购买生活用品和食品。

午饭过后，突然想到今天是每隔五天就要发一次口罩的日子，我赶忙打出签名单，把口罩发到每一位同学的手里。在全国上下都"一罩难求"的形势下，学校想了很多办法来解决这个问题。一直以来，每栋楼、每个学生的口罩都没有短缺过，这确实给了大家满满的安全感。所以，119宿舍的奥兰达同学经常用不太流利的中文对我说："我不出去，我知道这里（宿舍）更安全。"听到他的这一番话，我觉得我们的辛苦都是值得的。

发完口罩，我全面复盘了一下今天的工作，整合了测体温的表格和学生领取物品的记录，又检查了公告栏，取下过期通知，再次看了看在住学生群，确认同学们没有其他需要解决的紧急问题后，就离开了。这真是充实且有意义的一天。

作为一名公寓管理员兼学生公寓楼的楼长，我深知自己工作的重要性和特殊性。如何保证寒假期间在校学生的生命健康、为学生的"家"做好防护，是我们面临的极大挑战。为此，在疫情暴发的初期，学生公寓中心所有同事齐心合力，迅速精确地排查了每栋公寓楼的每一个房间，落实了每一名在校同学的情况。此后，我每天都会来到宿舍，准确掌握当天在住同学的各种情况，处理临时事件。虽不是在一线冲锋陷阵的医务人员，但是我们也在尽自己最大的努力把手头的工作做好。

离开学校的时候，看到路边的玉兰花已经含苞待放。我想，每一个冬天都会过去，重生的春天阳光会更加灿烂吧！

作者：趵突泉校区200号院公寓楼长　潘婧娴

3月2日　星期一　晴

线上主题党日活动参加者·明轩萱

中国共产党的先进性体现在哪里？怎样成为一名优秀的共产党员？这是每一个申请入党的同志都需要思考的问题。在参与能动学院本科生党支部与学工部党支部的联合主题党日活动后，我对这些问题有了更深刻的理解。

本次主题党日以“身先示范，共克时艰”为主题，会上全体党员重温了入党誓词。望着屏幕上鲜红的党旗，我脑海中呈现出湖北抗疫医务工作人员的身影，党员们坚守在一线，真正践行着“随时准备为党和人民牺牲一切”的宗旨。我在想，这就是我们共产党员先进性、先锋性的体现吧。

随后，我们系统学习了习近平总书记在统筹推进新冠肺炎疫情防控和经济社会发展工作部署会议上的重要讲话，党员们分享了自己在疫情防控期间的所见所思、所闻所感，从对疫情防控的认识到自身线上学习的感受，从毕业班存在的升学就业问题到为积极参与“停课不停学”活动所做的努力。接下来，学工部的老师也与我们积极展开互动。傅艺娜、管晓亮、陈军升等几位老师相继发言，向大家介绍疫情期间学校在心理关切、管理教育、资助服务、教育教学等方面所做的工作，鼓励支持党员同学积极担当作为。同时他们也希望大家能够发挥党员的先锋作用，带动班级同学一起进行线上自学；对于学习存在问题的同学，要热心进行帮扶。

最令我印象深刻的，是周作福部长对于此次疫情的感悟。他谈到，疫情暴发之后，全国人民同心协力，充分彰显了我国社会主义制度的优势。在此期间，各条战线涌现出一位位最美逆行者与一个个生动感人的故事，值得我们深刻学习和思考。他还说：“在疫情防控斗争的一线上，我们的党旗始终高高飘扬。经过此次的疫情，全体师生党员都要反思，要尊重规律、敬畏自然；并且在关键时刻充分发挥党员的先锋模范作用，成为抗击灾难最有力的盾牌。”听到这里，我不禁为我国制度的优越性感到自豪，同时也明白了对每一次机遇和挑战都需要认真反思和总结，只有这样，才能在面临更大挑战时，展现出中国共产党人应有的自信与沉着。

线上的党日活动进行了两个小时。会后，我们作为学生党员，响应学校向援鄂医务员工学习的倡议，手写了承诺书。虽然活动已经结束，但此时回想起来，我的心仍是久久不能平静。作为青年党员，我们要以青年之担当，青年之自信，青年之作为，为抗击疫情筑起坚固长城。冬去春会来，我们必将度过艰难的时刻，在灿烂的季节重逢。

作者：能动学院2017级本科生　明轩萱

3月3日　星期二　晴

齐鲁医院援鄂国家医疗队队员·戴彦君

每当患者潸然泪下地致谢并“依依不舍”地走出病区时，我们内心总是无比欣慰。

继进入湖北24小时自编武汉方言教材手册后，我们闪电般地建立了自己的规章制度，自备破壁机为食欲差的老人制作流质饮食，并把自己省下来的水果、食品分发给患者，给患者带洗发水、护发素……不会做手工的医护不是好裁缝，今日还看到同事在为两个月未理发的叔叔理发，可以说这种无微不至的关怀将医者精神发挥到了极致。

换位思考是医务人员的基本素质之一，无论饮食还是理发，我们都尽可能周全。增强抵抗力、拥有愉悦的心情是医治的基础，很庆幸我们都做到了，如此，谁的心能不暖，谁的病不能治愈呢！

“此生无悔入齐鲁，来世还做护理人。”自新冠肺炎疫情发生以来，第一批到第五批援鄂医疗队队员迅速集结，奔赴战场。临行前一天晚上10点通知第二天中午集结出发，前后不过短短14小时。通知时有同事正在科室里值夜班，要到凌晨才下班；有同事已经入睡，发现通知时已经凌晨3点；有的同事的孩子刚出满月、有的临近婚期、有的需要照顾老人……但是大家都准时到岗，也许这就是齐鲁速度。

在驻地，来自不同科室（急诊、重症、内科、外科、中医）的我们相互帮助，对所有事大家都踊跃出手，贡献出自己的一份力量，这彰显了齐鲁大地的团结精神。

在工作岗位，我们精益求精。气管插管、呼吸机、血滤机、高流量吸氧……我们积极使用各项技术。整洁整齐的环境、高质量严标准的工作流程无不体现着齐鲁标准。

最让我们感到幸福与骄傲的是我们的大后方——医院全体领导同事一如既往的支持与山东人民的厚爱。医护人员提到什么，安排！沂源苹果、胶东大饽饽、波司登羽绒服、护手霜、鲁味斋扒蹄……是大家保障了我们生活的需要！

每周慰问我们家里的老人，每周把蔬菜蛋奶送到家门，免费为孩子提供辅导，每天来自主任、护士长、工会、同事的关怀……正是大家为我们解除了后顾之忧，大家是幕后的英雄！

感谢所有人，让我们静待春暖花开。

作者：齐鲁医院援鄂国家医疗队队员、急诊专业护师　戴彦君

3月4日　星期三　晴

药学院本科生·李龙杰

疫情已经持续一个多月了，但是在全国人民的共同努力下，每天都有好的消息从各地报出，人们在家里也感受到了希望与温暖。在“停课不停学”的号召下，身为大学生的我们在努力着，也在感受着疫情下的温暖与爱。

周三的早晨，我早早地起了床，准备迎接一场“头脑风暴”的物化课。以前同学们在课堂与老师讨论问题，如今变成网上热烈的发言讨论，一道题也能引起大家的积极响应、反复思考。老师也感受到了同学们求知的渴望，上完课还留下来继续为评论区的同学们答疑解惑。面对“99+”的评论区，我能看出老师对授课的耐心和对同学们积极思考的欣慰。线上课也许只是改变了教学模式，不变的是真正的求知欲。若说知识如同火，那么探求知识的热情便是柴，一旦触碰，求知烈火将熊熊燃烧。

课程结束了，梳理好上课的内容后，我打开了手机，无意间看到家乡张家界支援武汉的医疗团队给家乡人写的一封信，他们在武汉充分发挥出湖南人“吃得苦，霸得蛮”的精神，尽心尽力奋战到底，我的内心不禁充满了敬意。此时我联想到前些天看到的一个新闻，日本援助中国的医疗物资上面写着“青山一道同云雨，明月何曾是两乡”，让人看了心头一暖。如果灾难面前，各地人各国人众志成城，齐聚一心，迎难而上，那么明月无论在何时何地，都是如此光照人心。

中午吃完饭后，社区的志愿者打来电话，要求填写居民信息的统计表。父母上班不在家，于是我自己去拿来填完。这时我才深刻意识到，这是一场全民的战役，每个人都要为抗击疫情工作而努力。

下午，捧起一本《环球人物》，看到了一篇令我印象深刻的文章，题目是《爱在疫情来临时》，讲述了疫情时期爱情的各种模样。医生与病房外妻子的隔空拥抱；快递小哥捧着一朵玫瑰，准备派送；丈夫在送走护士妻子时大喊“你健康回来！我给你做一年的家务活！”疫情之下，爱情的模样是美好的，闪闪发光，带来力量。

“岂曰无衣，与子同袍。”在这场疫情面前，我们要信心百倍，相信在爱与温暖的力量下，这场没有硝烟的战争一定会迎来胜利！

作者：药学院2018级本科生　李龙杰

3月5日　星期四　晴

齐鲁医院援鄂国家医疗队队员 · 宋　飞

不知不觉来到武汉快一个月了，如果让我概括出三个字的感受，那就是“舍不得”。舍不得一同奋战的感觉，舍不得每一位照护过的患者朋友，舍不得武汉人民的热情。我期盼所有的人都健康平安。

面对疫情，我始终在竭尽全力。面对患者，我忘却了感染的风险，忘却了有限的条件。在我心目中，工作具有两面性，一面它只是一份工作，可以养家糊口；另一面它可以是值得自己追求、奋斗的一份事业，可以实现自己的人生价值，去帮助更需要帮助的人。

接管武汉大学人民医院东院区已经26天了，我每天都有新的发现、新的目标，感觉很充实。也真是验证了一句话：工作可忙可闲，看你如何去做。面对疾病，其实每个人的内心都是柔软的、害怕的。这些天有很多病人都出院和好转，喜讯接连不断，这对于一个医者来说是最大的安慰。看到患者露出高兴的笑容、流下感动的眼泪，听到患者一声声的道谢，我感觉自己得到了认可，再苦再累再危险都是值得的。

喜悦的同时，患者们的出院却加重了临床病友的忧伤、焦虑和慌乱。我能理解他们的心情。面对生，每个人都是渴望的，面对死，每个人都是脆弱的。我关注了每一位患者并及时给予了安慰，每次我都会走上前去说：“大姨（大爷），不用担心，也不要着急，你们也会很快出院的，我们一起努力!”心态很重要，状态很重要，看着他们忧虑的脸上露出了轻松的微笑，我的心里也踏实了很多。

冬天终将过去，春天即将到来。我相信，疫情过后，天空会更加蔚蓝，阳光会更加温暖。每当觉得累了，想想这些患者的微笑和感谢，我就能找回初心，获得继续前行的力量。

作者：齐鲁医院援鄂国家医疗队队员、外科专业护师　宋　飞

3月6日　星期五　晴

基础医学院辅导员・刘凡愚

2019 年 7 月，我走上了辅导员岗位，成为一名医学辅导员。刚入职时我是忐忑的，文科出身的我对这些医学的小朋友不甚了解。随着接触越来越多，我发现他们是那么的青春、鲜活、热烈，是心底赤诚、追逐太阳的少年。今年年初的新冠疫情，更是让我看到了医学生的责任与担当。

基础医学院 2017 级临五 3 班的徐哲均，现居于湖北武汉，疫情发生后，主动申请加入防疫一线，24 小时待命，引导需要隔离的密切接触者入住定点酒店、定点房间；2018 级齐鲁班的许美凝，加入社区服务志愿团，为往来居民办理通行证、分配口罩，劝返外来人员并管控进出人员车辆；2019 级临五 3 班的初阳春，主动加入济南市传染病医院的志愿者服务，协助医护人员共同抗疫……他们只是抗疫前线人员中的一滴水，但正是这样的一滴滴水，才汇聚成大海。我担心他们的安全，更感动于他们的勇敢、钦佩他们的担当，也为自己能成为医学生的辅导员而感到幸运和自豪。

更多的同学没有机会到抗疫一线去“战斗”，于是他们选择自觉居家，保护好自己，扎实地学习基础的医学知识，支持疫情防控。平凡的生活下是燃烧的心，开班会的时候，我和 2019 级的同学们聊起疫情之下的职业选择，没有一位同学对自己的专业选择出现动摇。平时出现医闹事件时开着“医生高危职业，退行保平安”玩笑的同学们，纷纷在弹幕里写下“不动摇，不后悔”，着实令人动容。我仿佛看到了文字后面一双双眼神执着的眼睛，看到了繁重课业下伏案学习的身影，看到了积极配合学校学院防疫工作的坚定，看到了他们用还不甚厚实的肩膀扛起医者的担当。

疫情发生以来，我从未如此平静、从容。疫情之下，我们看到的是平凡生活中的勇者，看到的是危难之中的义无反顾、向死而生，看到的是一方有难、八方支援的守望相助，看到的是一个上下同心、力量磅礴的中国。三月的风已经暖人，枝头也抽出了新芽，冬天已经过去，春天还会远吗？

作者：基础医学院辅导员　刘凡愚

3月7日　星期六　晴

仿吾班线上班会参加者 · 牛　凝

2020年的开头着实有些特殊，自新冠肺炎疫情暴发以来，我每天醒来的第一件事是先看疫情的最新进展。感到过无力，但更多的是信心与希望。为全面打赢新冠疫情阻击战，我们成仿吾英才班作为新时代的“小青马”更是义不容辞。昨天下午2点，仿吾班召开了“愿春来疫去，看青马奋蹄”线上班会。我很喜欢这个名字，因为在我看来，春来疫去是目前最美好的愿景。

在班会第一部分“青马谈疫”的发言中，我看到了主动加入社区防疫志愿者的殷菲同学身为预备党员和“小青马”的责任感——“我们排表24小时轮班值守……有一些阿姨中午会来检测点送饭，而且越来越多，有的时候一个中午会有好几份，吃都吃不完。”这或许就是她在奉献自己的时候收到的最珍贵的回报。我看到了徐馨蓉同学听闻武汉亲人所在医院物资短缺后立马与朋友组织募捐的使命感和执行力——“虽然与其他大的组织相比，我们只募捐到5000元，采购了120个护目镜，我们的帮助可能只像一滴水那样细微，但是很自豪自己能为这次疫情作贡献。”这或许是她人生中一次虽然微小但终生难忘的经历。我还看到了利用自身专业知识积极参与山大广告研究中心公益传播活动的杨婷丹，“定有樱花迎烂漫，中华永安”是她对疫情最美好的祝愿……

在交流环节，我们仿吾班发挥了特有的文理工医多的专业优势，从专业角度和身边事情出发，尽情讨论、分享着自己经历的一切。虽然只能通过摄像头和麦克风交流，但这并不影响交流的真切感。通过大家的分享，我了解到，原来大家都在自己的小小世界里付出大大的努力，着实让我倍感振奋。

这次班会最令我感动的还是校党委书记郭新立老师的讲话。得知我们班臧一同学当天过生日，他非常真挚地向臧一同学送上了生日的祝福。他和蔼的眼神到达了我们所有“小青马”的心里，让我们感到暖暖的。郭老师对我们的举动表达了肯定和赞赏，同时也给我们讲了山大抗疫的故事。我们了解到，齐鲁医院和山大二院的援鄂医疗队均在号召下达后一小时内便组成队伍，彰显了我们山大人的担当精神、奉献精神和牺牲精神。学校也在尽最大努力消除前线医护人员的后顾之忧，替他们照顾家人。此外，郭老师还给我们讲了学校在应对疫情方面的种种努力，包括保护好每一位山大教师、医务员工和学生的目标，以及学校疫情防控工作部署；落实停课不停学的政策过程中，学校通过哪些政策保证每一位学子的学习生活正常进行，线上教学质量又是如何“抓”的……种种举措都让我倍感温暖，让我知道，在这样一场疫情面前，还有山大一直在背后支援着前线、惦念着我们。

也正如郭老师讲话最后对我们期望的那样，即便在家，我们也要保护好自己和家人，同时好好学习不能松懈。青年一代有理想、有担当，国家才有希望，我们作为新时代的“小青马”，在这个特殊时期更应该尽己所能发挥力量，与祖国一起共克时艰。

作者：新闻学院2018级本科生　牛　凝

3月8日　星期日　阴

援鄂国家医疗队队员·赵　燕　田　慧　薛　艳　徐照娟　张　敏

齐鲁医院援鄂国家医疗队队员　赵燕：

有一首诗这样说："因为有了阳光，世界变得温暖；因为有了鲜花，生活变得浪漫；因为有了女性，一切变得丰富多彩。"今天，是全世界劳动妇女的节日，是"三八国际劳动妇女节"110周年的日子。

一大早，武汉大学人民医院东院的李晓芬护士长和王竞护士长带着今早在花店买来的鲜花，送到齐鲁—武大新冠肺炎重症救治中心的17、18病区，用来祝贺大家"女神节"快乐。

自2月9日山东大学齐鲁医院医疗队接管两个病区至今，已经整整30天，在这期间，武汉与齐鲁的医护人员各自分工、团结协作，共同帮助10余位患者康复出院。在这里，大家都是一家人，我们的目的只有一个，帮助更多的患者远离病痛，早日回家！

下班回来的班车上，齐鲁队与新疆队一同分享节日的快乐，赶走疲劳，疫情阻隔不了我们中华儿女之间的爱。祝天下所有姐妹健康快乐，幸福如花！

齐鲁医院援鄂国家医疗队队员　田慧：

"一枝枝康乃馨，寓意幸福安康，祝你们早日康复！"在这个特别的妇女节，山东援鄂医疗队的队员们为武大人民医院东院区18病区的奶奶、阿姨们送上了鲜花、护手霜等礼物，和她们一起开心过节。

这次活动是大家自发的，初衷是在这个特殊的节日为患者送上祝福，希望能坚定她们战胜疾病的信心，进一步拉近彼此之间的距离。患者现在在医院里，和我们一样不能与亲人一起过节，我们把鲜花和祝福送给她们。在这里，我们就成了她们的女儿、姐妹、亲人……

28 床奶奶双手颤抖地接过暖心礼物，激动得无以言表，只是连声说着谢谢。她还说，这是她这辈子收到的最珍贵的礼物，今天是自己度过的最难忘的节日。

疫情无情人有情，相信在我们的努力之下，有患者们积极的配合，他们很快就会痊愈出院。

山大二院援鄂国家医疗队队员　薛艳：

今天是我 38 岁的生日。这个生日因我身处疫情中心武汉，因为亲朋好友的惦念，因大家的关心和信任而难忘。

这个城市是个英雄的城市，全国各地乃至全世界华人的目光都聚集在这里。为了抗击疫情，我们医护人员与志愿者、全武汉人民一起肩并肩，共同面对风雨。这是一场与病毒的博弈，这是对生命的尊重与敬畏。

中午和家人视频过生日，一家人围在镜头前，老公说，把蛋糕上的王冠留着，等我回来做女王；孩子说，把最中间的蛋糕给我留着，还让我先吃第一口再开动；妈妈说，孩子早上 6 点不到就起来要给我过生日，其实她何尝不是呢。姑姑、妹妹、老家的亲人朋友也一大早就给我送上祝福，说得最多的就是希望我这只飞到华中的燕子早日平安归家。

傍晚，同济医院光谷院区的老师冒雨给我送来了生日蛋糕，酒店的老师也给我煮了长寿面，同事们唱起了生日歌，微信群里也飘满了蛋糕图像。我感受到了这一份浓浓的爱意，于是便更想努力做更多的事情，更多地回报这些可敬可爱的战友们！

希望疫情可以早日结束，希望我们可以圆满完成使命，早日回家，和家人一起吃一顿团圆饭，拍一张全家福。希望各自安好，各自平安。

山大二院援鄂国家医疗队队员　徐照娟：

今天是 2020 年 3 月 8 日，从来对节日不“感冒”的我收到了太多的祝福，被这些祝福感动着，自己也有了过节的感觉。

今天是感染科薛艳的生日，我们队里为她准备了生日蛋糕，几个代表为她唱了生日快乐歌，为她庆祝这个有特殊意义的生日。唱完歌，大家停在了那里，怎么了？戴着口罩没法吹蜡烛，怎么办呢？双手击掌“吹”蜡烛，我们真是天才！为了纪念这个有意义的“女神节”，各小组还录了小视频。

我们今天还收到了单位给每人做的“出征相册”，这真是个意外的礼物，看着一张张照片，我的眼睛不知不觉间湿润了……

下午在宿舍观看了《人民战“疫”》推出的特别节目《巾帼英姿》，我被深深地感动着。晚上8点，我们医疗队将开启钉钉网络互动女神节庆祝大会，好期待！

这个节日我真心想要记录下来，因为今天是我们离开济南来到武汉满月的日子。时间过得真快，在这一个月的时间里，我有过彷徨，有过徘徊，但更多的是感恩和坚持。我做了一个白衣战士应该做的事，尽了自己应尽的职责，而且收获了那么多的关爱、支持和帮助！

我经常想，我的收获已经远远超过了我的付出，所以内心时常充满着感恩。每每穿着防护服，拖着疲惫的身体不想再迈动一步的时候，是内心的感恩告诉自己，坚持一下、再坚持一下就胜利了。还记得有一次，我和同事一起为25床的老大爷换尿不湿，这位老大爷因为处于昏迷状态，体位完全被动，为了尽可能保护他的皮肤，我和同事不得不把他的身体抬离床面进行更换。我们给老大爷整理好后已经没有了力气，加之反胃又不敢吐，我整个人几近虚脱。但我告诉自己，咽回去，坚持住！就这样，我坚持了一天又一天，不知不觉已经坚持了一个月。

今天还收到三幅“大作”——老公、女儿和侄女的亲笔画！非常意外，很是惊喜。感谢所有内心充满爱的人，祝天下所有姐妹“女神节”日快乐！

山大二院援鄂国家医疗队队员　张敏：

今天是传说中的“女神节”，一大早，我的手机微信就收到各种祝贺信息及领导们送来的慰问信，今天注定是个不平凡的日子。

高妍老师早早地把我们护理六组提前一天录制好的《听我说谢谢你》手势舞的视频发到了微信群里，作为献给全员的第一个节目。接着，群里被各种信息刷屏："三八妇女节"的宣传海报以及重温战友们一路历程的新闻，其中《鲁小嫚出征记》的沙画很是不错。

中午，各小组录制了山东大学第二医院援鄂国家医疗队满月的加油视频，接着我们小组在酒店李老师的帮助下在三楼大厅排练了抗击疫情的三句半。团结就是力量，大家用了一个小时就收工，完成了我们小组满月的礼物，至于效果怎样，让我们拭目以待吧！

下午2点半，战友们开始有秩序地排队理发。一个月了，头发又长长了不少，为了安全起见还得剪。感谢志愿者理发师给我们理出了帅气的发型。

晚上8点，我们全员战友一起视频举办女神欢聚晚会。整个过程历时两个小时，战友们真是多才多艺，有诗朗诵、唱歌、三句半等节目。其中男神赵庆民表演的脱口秀更是一个梗接一个梗，引得大家笑声不断，真是有才！

写到这里已是深夜了，算算从凌晨3点到现在一共只睡了4个小时，我该好好休息，准备明天的战斗了！

作者：齐鲁医院、第二医院援鄂国家医疗队队员　赵　燕　田　慧　薛　艳　徐照娟　张　敏

3月9日　星期一　晴

"共抗疫情"线上主题党日活动参加者·高泽林

作为一名入党积极分子，我很荣幸参加了化学院本科生党支部精心组织的"共抗疫情"线上主题党日活动，并借此机会进行了集中学习与专题研讨。

活动开始前，我早早地进入了腾讯会议预定的房间。这是我第一次参加党日活动，很是激动。活动伊始，我们在学院老师和党支部高年级党员的带领下，集中学习了习近平总书记关于应对新型冠状病毒肺炎疫情工作的重要讲话、山东大学疫情防控与2020春季学期工作会议精神、疫情防控手册等相关文件。一个多月来，习近平总书记多次主持召开重要会议，作出重要指示和部署，全程、全面指挥着这场规模空前的全民战疫。“让党旗在防控疫情斗争第一线高高飘扬”“关键时刻冲得上去、危难关头豁得出来，才是真正的共产党人”，习近平总书记的话让我对共产党员发挥的先锋模范作用有了更深层次的感触。

虽然参加活动的各位同学相距千里，但浓浓的学习氛围感染了每个人。在各个专题研讨活动中，结合疫情具体事例，大家也深刻领会了社会主义制度的优越性。一个月来举国上下齐心协力、共克时艰，在疫情面前展现出了中国力度、中国速度和中国温度。就连世界卫生组织总干事谭德塞也高度评价我国的防控工作，认为中方行动速度之快、规模之大，世所罕见，体现了中国的制度优势。

学院党委副书记孙国翠的专题党课更加深了我对疫情之下如何看中国、看山大、看党员、看自己的理解。“沧海横流，方显英雄本色”，面对来势凶猛的新冠肺炎疫情，无数共产党员在危难时刻挺身而出、舍生忘死，冲锋在第一线，战斗在最前沿。张旃、雨衣妹妹、万其斌等共产党员的先进事例让我深受感染。我想，他们是在以实际行动展现着新时期共产党人的先进性和纯洁性。

在一声声“我承诺”中，主题党日活动落下帷幕。我们庄严承诺：坚决响应党中央号召，冲锋在前，不畏艰险，以实际行动为打赢疫情防控阻击战作出应有贡献。如果一线需要我们，国家需要我们，所有人定能挺起胸膛、奋勇当先！

作者：化学院2017级本科生　高泽林

3月10日　星期二　晴

口腔医学院（口腔医院）党委书记·吕　波

为期一个月的十九届四中全会精神专题培训班马上就要进入研讨阶段了。线上聆听专家们的报告、线下与班里同事进行交流，静下心来认真思考学院（医院）的发展，我感到收获满满，进一步体会到坚持学习对于胜任岗位工作的重要性。对我而言，需要学习的东西很多，不仅有政治理论学习，还有包括口腔医学、学院（医院）管理在内的各方面知识的学习。通过学习，进一步锤炼党性，创新思维方式。

这次培训班的主题是学习贯彻党的十九届四中全会精神。为了更好地理解专家报告的内容，我重读了《中共中央关于坚持和完善中国特色社会主义制度　推进国家治理体系和治理能力现代化若干重大问题的决定》，在读到我国国家制度和国家治理体系十三个方面的显著优势时，联想到全国上下正在进行的抗疫战争，我体会尤为深刻。这次新冠肺炎疫情是新中国成立以来，传播速度最快、感染范围最广、控制难度最大的重大突发公共卫生事件，在以习近平同志为核心的党中央的坚强领导下，全社会一盘棋，众志成城抗疫，正如世卫组织专家所说："中国全政府、全社会对抗击疫情的参与度，是一种难以想象的集体力量。"当前，我国疫情已经得到有效控制并继续向积极态势发展。

在学习培训过程中，治理体系和治理能力现代化是频频出现的关键词。随着学习的深入，我愈加明白要推进治理体系和治理能力现代化，不仅要构建系统完备、科学规范、运行有效的制度体系，也要加强系统治理、依法治理、综合治理、源头治理，让制度优势转化为治理效能。当前学校正在实施强院兴校行动，探索完善校院两级管理体制，推动实现管理重心下移，激发学院办学活力、内生动力、发展潜力，这正是推进学校治理体系和治理能力现代化的有力举措。

今天上午，我们领导班子全体成员在参加完齐鲁医学院干部教师视频会议后，通过企业微信召开了一个专题会议。每天小范围通过视频会议方式研究工作已经是疫情防控期间的常态，口腔医学院、口腔医院“院院合一”，规模虽小但每天都有大量的工作要做。推进学院（医院）治理体系、治理能力现代化，我们要始终坚持加强党的领导，聚焦政治建设，认真贯彻落实民主集中制，严格做到集体领导、个人分工负责，深化党政协作，科学高效决策，在坚守政治底线的前提下努力创造宽松和谐、团结向上的工作氛围。如何进一步完善制度建设，提高管理效能，实现医教研协同发展，是我来到口腔医学院后一直在思考却还没有完全弄明白的问题，期待在后面的研讨中能够找到答案。

作者：口腔医学院党委书记　吕　波

3月11日　星期三　晴

公译翻译平台组织者·马文啸

看到日历上的日期，我有点惊奇。疫情发生以来，我仿佛已对时间的流逝失去了概念，除了因为忙碌于个人学业外，还因为夜以继日地忙于运营公译翻译平台，为抗击疫情发挥专业特长。想来公译平台正式成立已经21天，这期间的成果和感动是该好好地总结一番。

2020年，新冠肺炎疫情牵动人心。在这次疫情中我观察到，国际社会主动向中国捐赠医疗物资，但是捐赠或购入国内的物资却面临语言不通造成的无法有效利用问题。在这一情况下，政府部门、语言协会、高校基金会等开始招募各语种的专业翻译人员，开展如协助物资采购、翻译说明书、确定医疗用品标准等工作。这一类的招募信息在朋友圈频频出现，不仅体现出对应急性公益翻译人员的巨大需求，同时也启发了我，作为外语专业的学生，应当在国家和社会需要的时刻及时就位，为抗击疫情贡献力量。

因此，我发动联合各专业的同学一起，希望借助高校外语人才资源，成立一个提供公益翻译服务的“公译战疫”平台。截至今天，平台已经汇集起7个语种280余人的翻译团队。

虽然是在疫情期间临时建立起来的，但可喜的是短短二十几天内平台便取得了优秀成果。例如，针对核心性需求，公译平台通过政府、学校和社会正规渠道收集、审核、发布抗击疫情所需外语翻译志愿项目，如医疗用品说明书翻译、国际援助物资相关翻译等，志愿者联系并加入相关志愿项目，同时还为济南当地社区翻译针对日韩等国返济人员的隔离说明。除此之外，平台为疫情防控物资生产企业以及受疫情影响的企业提供翻译服务；参与抗击疫情医务人员子女或中小学生的外语辅导工作；通过国内外网络平台账号向留学生、国外民众或国外新闻媒体等翻译国内权威新闻媒体报道、传播防控疫情科学知识并辟谣等。平台还不断创新参与支援抗击疫情的形式，例如翻译各国与公民个人出国留学旅行等密切相关的政策说明、权威媒体发布的各国疫情最新进展、国外最新研究成果等信息。

目前，公译翻译平台仍在积极参与各项志愿服务，并得到山东省翻译协会的认可和支持，为抗疫一线志愿提供外语翻译服务。疫情结束后，公译平台将作为常设平台，为社会各界继续提供公益性翻译服务。

平台的创建，集聚了抗疫力量，有利于合理分配专业资源，推动抗疫工作顺利开展，体现了山大学子的责任担当。在疫情面前，身为一名山大青年和学生党员，我不愿将自己置身事外，组织成立公译平台正是我和团队成员为抗击疫情尽力贡献的独特方式。中国的疫情防控已经进入决胜阶段，我衷心希望每个山大学子都能够尽快平安返校，一同感受春天的美好！

作者：外语学院2016级本科生　马文啸

3 月 12 日　星期四　晴

学工部部长 · 周作福

学习是党员干部的永恒课题。在昨天上午的防控专班会和下午的学工部门联席会中，我们对习近平总书记在湖北省考察新冠肺炎疫情防控工作时的重要讲话进行了深入学习，下午到省教育厅参加一个文件的讨论，也是一次思想的碰撞和学习的交流。

晚上把“深入学习贯彻党的十九届四中全会精神推进学校治理体系和治理能力现代化”专题培训班 1000 分钟的学习时长修完，还有十几条待学的选修课躺在课表里，希望能尽快“开卷有益”。

想起近期为了“停课不停教，停课不停学，停课不停思想引导”，学校进行了系统谋划，采取了很多措施，学生的教育教学、发展指导、管理服务在“云”状态下是有序的、有效的。“我们党依靠学习创造了历史，更要依靠学习走向未来”，党员干部的学习也是在任何状态下都要坚持的。

学校党委第五次全委会明确了“五治”并举的现代化大学治理路径，校领导班子寒假务虚会上对一校三地管理体制改革进行了充分讨论研究，学校推进治理体系和治理能力现代化的目标、路线进一步明确。本次培训着眼于治理能力提升、治理体系现代化，围绕强院兴校、一校三地管理体制改革，主题鲜明、要求明晰、班组设置科学。必修课中李延保的《关于高校党委领导下的校长负责制的几点思考》，赵宏强的《校—院治理体系改革的实践走势与未来方向》等对我校目前的改革任务进行了很好的回应，具有很强的借鉴意义。

权责明晰、重心下移，学院吹哨、机关报到。这无论对学院还是对机关部门都是不小的挑战，惯例需打破、惯性需扭转、体制需重构，一流大学建设需进一步破题，学习是提升认识、提高本领、促进发展的重要渠道。

我们的学生工作近几年在一校三地一体发展、协同推进、共建共享方面作出了一些努力，全校学工付出了极大辛苦、取得了一定成效。当前无论是提高人才培养质量，还是维护安全稳定、支撑一流建设，都对学生工作提出了更高标准更严要求，学生工作战线承载着全校师生的殷殷重托。新形势下，学生工作如何响应、如何适应、如何作为是我们必须思考的，如何破解难题、推动改革、开启新篇是刻不容缓的。学生工作的严、密、实、新，治理能力和治理水平，动员能力和引领水平，系统性、整体性、协同性等，都有很大的提升空间。学工队伍的主动性积极性，学工系统的运转有序，需要通过治理能力现代化来提升，需要通过制度设计来保障。

总书记强调超大城市现代化治理需要树立“全周期管理”意识，我想，对于我们这样一所超大型大学的现代化治理，同样也需要“全周期管理”意识。

作者：学工部部长　周作福

3月13日　星期五　晴

临床医学院党委书记·牟道玉

亲爱的临床学子们：

昨晚参加了院团委举办的“学习贯彻习近平总书记给在首钢医院实习的西藏大学医学院学生重要回信精神”线上主题团课，与同学们一起学习了习总书记回信精神。在信中，总书记尤其谈到了战疫期间医务工作者的英勇奋战，表达了对医护人员的亲切关怀，也提出了“毕业后到人民最需要的地方去，以仁心仁术造福人民特别是基层群众”的殷切希望。这不仅是对 17 名西藏大学医学院学生的嘱托，更是对全国临床医学学子的期望，值得我们每一个人去深刻理解、亲身践行。

在团课上，我非常高兴地看到每一位同学都认真做了功课，积极踊跃地谈了自己的认识和理解。有的同学谈到了全国一家亲，有的谈到了医者职责，也有的说起了自己对未来学涯、职涯和生涯的规划与憧憬。大家讲得都很好，也引发了我更深入的思考，故想以这种方式与全体临床学子们一起分享我的学习感悟。

战疫至今，无论是党中央的决断力、各级组织的执行力，还是全国 14 亿人民的配合力，都让世界为之惊讶。与疫情抗击的一幅幅画面中，最触动我们的就是奋战在第一线的医护人员身影了。在对他们的描述里，有这么一句话让我久久不能忘怀："哪有什么白衣天使，不过是一群孩子，换了一身衣服，学着前辈的样子，治病救人，和死神抢人罢了。" 2003 年"非典"时还在学校学习的医学生们，在这一次的战疫中，已经是团队负责人、病区负责人了；那么此时此刻身为临床医学生的你们，数年之后，也必将面临临床一线的冲锋陷阵。我相信，当大家看到前辈老师们"逆行"的身影时，一定会许下"我辈当如是"的诺言。但是，如何"如是"呢？深刻理解总书记回信的丰富内涵，我想我们可以找到答案。

贯彻践行总书记回信精神，要提高站位，培养家国情怀。

在疫情防控期间，有一个短视频在网上反响强烈，相信大家都看过，那就是"齐鲁和华西的世纪大相会"，由此引起了"医学四大天团齐聚武汉"的热搜。北协和、南湘雅、东齐鲁、西华西之中，历史最久远的就是齐鲁医学。一百多年来，齐鲁医学人一直秉承着"博施济众，广智求真"的信念，涌现出了一批又一批的"逆行者"。1976 年唐山地震，2008 年汶川地震，第一批进入灾区的医护团队都有我们；而今，在这场与新冠肺炎的战斗中，齐鲁医学人再度驰援武汉，他们之中就有你们的学长、老师和前辈。他们的"逆行"，就是一名医者家国情怀的最好体现。

进入临床医学院的第一节必修课——医学生誓词，明明白白地告诉了我们，医者的责任是“健康所系，性命相托”，医者的初心是“除人类之病痛，助健康之完美”，医者的大义是“为祖国医药卫生事业的发展和人类身心健康奋斗终生”；这就是医学生应具有的家国情怀。大家一定要带着对祖国和人民的深厚感情去学习和体会总书记这封回信的内涵，让自己的家国情怀更深一层、更进一步。

贯彻践行总书记回信精神，要敢于吃苦，铸就仁心仁术。

总书记在回信中希望大家能够“珍惜学习时光，练就过硬本领”。选择医学就意味着选择奉献，数十年漫漫学医路，不仅要啃无数医学专业书，还要经历临床实践的千锤百炼，更要养成良好的医德医风，方能不负使命。希望同学们要敢于吃苦，勇于吃苦，好好学习，铸就仁心仁术，真正成长为“来之能战，战之必胜”的白衣战士。

贯彻践行总书记回信精神，要敢于平凡，甘于付出和奉献。

20世纪50年代，齐鲁医学学子们纷纷响应号召到祖国最艰苦的地方去，去往西藏、新疆、内蒙古安家立业。他们中的很多人，扎根基层一辈子，也默默无闻了一辈子。虽然他们没有享誉国际、驰名中外，但是，当地群众给予他们的至高无上的敬意，不正是身为一名医者最崇高的价值体现吗？医者的成功有很多种，学术带头人是成功，临床一把刀也是成功，而来自人民群众的肯定与敬仰，更是身为医者“不忘初心、牢记使命”的根本追求。

也许因疫情影响，今年的就业形势暂不明朗，但是同学们，当你们学业有成、准备步入社会的时刻，请牢记国之所需乃汝之责，民之所需乃汝之为，摒弃好高骛远的人生规划，让择业视角更加开阔，敢于去到最艰苦最需要的地方奉献光和热。请你相信，任何岗位都会因为你的全心投入和无私奉献而发光发亮。

同学们，往年的此时，新学期已经开始，但是今年，因抗击疫情的需要，大家四散在全国各省市已经近两个月；虽然临床实践耽误了，也许课题研究停滞了，而且很多同学都面临着实习、规培、毕业、就业等的压力，但是大家依然严格遵守规定，自觉坚持每日信息报送。对于你们的努力，我非常欣慰，也非常感动，也代表学院感谢大家的配合和坚持。战疫尚未结束，同志仍需努力。

同学们，当前和今后一个时期最大的责任担当，就是把总书记的亲切关怀和殷切嘱托转化为增强本领、锤炼意志、砥砺奋进、服务人员的不竭动力，以更加强烈的担当、更加有力的举措、更加务实的学风，一鼓作气、顽强作战，既为尽快打赢疫情防控阻击战而助力，也为成长为党和人民信赖的好医生而加油！

作者：临床医学院党委书记　牟道玉

3 月 14 日　星期六　晴

海洋研究院党总支书记 · 张振山

居家防疫的周末，工作上的电话少了许多。

上午，在微信朋友圈里，看到乔岳副院长发的信息，“今天是马克思逝世 137 周年”，还引用了伯特兰 · 罗素的一句话：“在哲学史上，他是试图建立宏大体系的最后一人。”同时附有恩格斯《在马克思墓前的讲话》全文。读过多遍的讲话全文，再次读来，内心依然满怀崇敬！

走近马克思是一个不断学习的过程。在我的脑海里，对于“马克思”这三个字的最初印象是 20 世纪 70 年代写在墙上的口号，自己真正走近马克思是高中时期，当时一中的田校长给我们讲授“马克思主义辩证唯物主义常识”课程。当有人问起我人生中最难忘的几件事的时候，学习“马克思主义辩证唯物主义常识”这门课，一定可以排在前五位。应该讲，学了这门课使我一下子从世界观和方法论角度得到了质的提升，不再是懵懂无知的孩子，作为“社会人”的意识得到明显提高。也正因为如此，每每在新生入校动员时，我也总向学生提出学生时代要多读读哲学、历史学和心理学的倡议。

读懂马克思是一个不断实践的过程。开始的时候，我们可能接触的是马克思主义的基本原理和经典理论，从中确立自己的世界观和方法论。慢慢地，我们会从马克思的生平去了解他丰满而生动的一生，透过200年的历史风云去认识马克思主义，从而真正产生对这位千年伟人的崇敬、对这位无产阶级领袖的景仰以及对马克思主义的坚定信念。以马克思主义作为指导思想的中国共产党人正是继承并弘扬了马克思的高尚人格和马克思主义的理论品格。

近期，在防控疫情之余，我认真参加了学校处级干部深入学习贯彻十九届四中全会精神专题培训班的学习，自觉学习了习近平总书记关于治理体系与治理能力现代化的一系列重要讲话精神，收看了围绕“治理体系和治理能力现代化”专题的系列讲座，深受教益。构建高等教育管理新格局，推进大学治理现代化，是新时代高等教育全面深化改革的重要任务，是“不忘初心、牢记使命”，完善中国特色现代大学制度的重要措施。

在学习的过程中，我也不断思考教育现代化的核心问题，不断考虑如何通过治理现代化推进“强院兴校”，不断思考如何促进山大海洋学科的前沿交叉发展。前天，郭新立书记在基础学部“强院兴校”座谈会上强调：要提高站位，凝聚共识，厘清内在逻辑，拿出具体措施，广泛动员，全员参与，不断夯实强院兴校的思想基础和行动基础。今天，读完了恩格斯《在马克思墓前的讲话》，又读了几篇马克思主义的文章，对学习贯彻十九届四中全会精神和学校“强院兴校”会议精神，我感到思想更加解放，思路更加清晰。由于马克思主义的诞生，人类对自己和世界的认识更加深刻。在一代又一代共产党人艰苦卓绝的探索下，社会主义展现了强大的生命力和优越性。坚持中国特色社会主义这一根本制度，坚持以人民为中心，坚持人的自由全面发展，充分发挥好人民群众的主人翁精神，越来越成为我们社会进步的最重要力量，这也应该是我们全面深化改革、推进高等教育治理体系和治理能力现代化的重要举措。

由此而言，做强学院，核心是学术创新引领力的提升，这也决定着人才培养的水平、服务社会的能力乃至于文化传承的影响。全面深化高校改革，推进治理现代化的关键是坚持社会主义办学方向，坚持立德树人的根本任务，围绕"强学术"展开。在具体工作中，我们要切实围绕学科建设，摈弃一切不利于学科创新发展的框框，努力为学院自主发展松绑助力，实现好学校系统性、整体性、协同性的全面改革，不断推进中国特色高等教育的现代化。

作者：海洋研究院党总支书记　张振山

3 月 15 日　星期日　晴

艺术学院国画教师·董　梅

2020 年春天，一场突如其来的疫情，打了我们一个措手不及。新的一年，新的希望，我们都曾满怀期待地迎接新的一学期，谁曾料想，是这样一个严峻局面。

今天阳光明媚，春天的气息越来越浓郁了。不知不觉已经在家上了四周的网课，一切也都在步入正轨。因为疫情，从未尝试过在线教学的我们赶鸭子上架，临时学会了各种技能。适应新形势下的教学模式，对我个人来说是一个很大的挑战，好在我不是一个人在战斗，学生们的积极配合是我坚强的后盾。

本来对于绘画实践课来说，需要面对面的教学，一对一的辅导。但是目前这个形势，只能改变教学策略，在网上通过欣赏图片的形式，用语音或者文字来给学生们讲解绘画中的各种技法和理论知识。在这四周的网络教学中，我从线性素描的基本理论讲到了国画人物的构图、笔墨、赋色、题材以及绘画的多元化趋势，同时也鼓励学生多关注现实生活，与自己的艺术创作联系起来。学生们热情高涨，积极地从周围点滴环境中寻找创作的素材，画了大量的速写作品。面对新型冠状病毒肺炎肆虐的严峻形势，我和同学们一起积极行动，用艺术的力量参与战疫。

对于画者来说，画画是一种生活方式，不管在什么样的环境下都应该有颗关注生活的心。中国画的意境终归是画家自身修养的体现，这种“功力”需要深入生活，点滴积攒，日渐努力，而后风生水起。

总之，经过这次疫情，我发现生命之微、时间之贵、死亡之近。所以不管处于怎样的处境，我们都应努力活好每一个当下，做好自己的工作，履行自己的责任，完善每一个小我，这才是对社会最大的贡献，同时也是我们要活出的状态。

最后，仍然嘱咐大家，照顾好自己、照顾好家人。期待春暖花开，阳光满路，一起跨步前行。

作者：艺术学院国画教师　董　梅

3月16日　星期一　晴

国家治理研究院副院长 · 孔新峰

今日份的满满感动与收获，来自教与学。

参加干部教育培训班，有教与学的精心易位。我曾经在国家行政学院任教八年，全程参加过中央组织部承担的《干部教育培训工作条例》拟定工作，熟悉干部教育培训工作的全局，也作为一名教员讲授过数百次干部教育培训课程，拿过首届全国干部教育培训好课程奖。然而，除却曾经在中国浦东干部学院作为学员参加过一期“培训者培训”（TOT）之外，之前还没有作为学员接受过以党的创新理论为主题的干部教育培训。今天，在学校处级干部深入学习贯彻十九届四中全会精神专题培训班的周密组织下，借助国家教育行政学院远程干部教育“学习公社”平台，我终于完成了所有必修与选修课程的学习。

坦率地说，在开始此次学习之前，我心中颇有几分不以为意，一则觉得培训不过是“行礼如仪”，二则觉得自己对于全会主题“坚持和完善中国特色社会主义制度推进国家治理体系和治理能力现代化”如数家珍——因为这正是自己学术研究的主要领域。然而，将270分钟的课程认认真真地听下来后，感觉大有不同。首先，我的研究与教学所关注者，无非是国家治理宏大体系的冰山一角，自己所知所讲或许是“全部的正确”，但远非“正确的全部”。此次培训课程讲者中，不乏马怀德、许耀桐、丁元竹等名家，细细听来，如入宝山，琳琅尽获。其次，此次培训针对性极强，可谓量身定做，在高等院校治理现代化问题上，我少有系统性的学理认知和实务反思，“只在此山中，云深不知处”，如今方有恍然彻悟的感受。其三，因疫情作梗、远程教育故，同学即同事，同框不同窗。但学习网站课程感悟一栏，却是留言众多。听课之余翻页浏览，如行山阴道上，或通透或奇崛的同仁观点“自相映发，使人应接不暇”。所谓“学学相长”，莫此为甚也；所谓“行动式学习”，亦定将伴随培训班乃至全校即将进行的“强院兴校”专题研讨而推向高潮。

推进国家治理智库建设，有教与学的精准延展。深入学习贯彻党的十九届四中全会精神，我们山东大学完全可以说干在实处、走在前列，其具体机构呈现，正是与国务院参事室共建、成立于去年下半年的国家治理研究院。疫情暴发以来，国家治理研究院按照学校部署，组织依托校内外研究力量，集中开展疫情防控对策性研究。我记忆犹新的是，2月1日即我家儿子出生的第五天，我便受命以研究院名义向驻院及特约研究员发出《关于征集新型肺炎相关问题智库研究成果的通知》及选题指南。五周以来，研究院已通过有关渠道向中央有关部门提交智库报告20余项，其中多项获得国务院领导同志批示。同仁们的积极性高涨，希望借助自身学养建言献策，以期资政济世。于山大国家治理学术团队而言，用高质量的决策咨询报告“施于有政”，“是亦为政”！当然，教育者首先应受教育，决策咨询报告的撰写兹事体大，对于学术研究深度、数据占有精度、政策站位高度、建言操作准度等，都有极其专门而严格的要求。幸运的是，国务院参事室的领导给予我们充分的信任和悉心的指导，每一篇送阅件从立意、撰写到报送，无不上上下下数易其稿。而每一次的切磋琢磨，实际上都是一次难能可贵的学习契机。犹记得屡次碰壁而终于破冰时的喜悦，深夜的办公室里，恨不得“漫卷口罩喜欲狂”！今天下午得到消息，研究院有望通过国参室平台报送第三篇高质量送阅件，经历了前述深刻的“教与学”历程，涌上心头的，已是坚实而平稳的欣慰。

讲授“四书”政治本科课程，有教与学的精彩激荡。我们山东大学致力于培养国内最优秀的本科生，三尺讲台责任重大。相约星期一，借助腾讯会议平台，与2018级政治学与行政学专业本科生共话“‘四书’与政治”，已成为我疫期生活中的赏心乐事。虽然这门课程已经是第三年开设，但每到周日，心里又总是各种忐忑，遂抛开手头的诸般行政与学术事务，专注于备课之中。儒家之“仁”讲求“感而遂通”，理想的教学也应是师生之间心心相印的遭逢与互契，而疫期不得已为之的远程教学，无疑放大了师生间的距离，如果不能比平时讲得更为出彩，势必让教学效果大打折扣。我要求自己，如果说每次课都是一个精心擘画的“景区”，则其中至少要有两个画龙点睛的“景点”；“景区”就要让人流连忘返，“景点”就要让人击节赞叹！

就今天的课程而言，“景区”乃是朱子《大学章句》之“序”及“经部”所谓“三纲领”;“景点”则呈现为如下两处:一是讲透宋代理学作为“新儒学”之“新”在何处。这便需要通过对于“异端盛行”“风俗流败”的时代背景作出绘声绘色的描摹。于是乎我讲到朱夫子的“神对手”神在何处、“猪队友”又逊在何处,讲到中国历史上三次震古烁今的“中国化”运动及其内在文化规律。二是讲透究竟何为所谓“大学之道”。于是乎我讲到中国共产党“群众路线”背后的“来与去”的辩证法,讲到“要像重视身体相貌一样重视精神长相”,讲到歌德《浮士德》呈现的现代人形象,特别是那句“且留步,你是如此之美”(Verweile doch,du bist so schön)和“止于至善”的关联……学生们课后发来的听课感悟让我深感功不唐捐。兹列举两则,算是这勉力战斗时日的纪念罢——席顺利同学:“在只能通过线上上课的日子里,仍然能有如此幽默可爱的老师带领我们从文字语言中体悟政治思维,在品读经典中启迪人生,给我们琐碎的居家日常带来头脑、心灵的巨大‘冲击’,这略显无趣的日子也因此生动幸福起来。”杨浩淼同学:“在这门课中,我们不仅收获了来自古之儒者的智慧箴言,更愿以实际行动践行大学之道,勇担修身齐家治国平天下之重任。欲求得真知,需志在圣贤,行在当下。”

写了这么多“教与学”,也算是给自己的日常做了一个白描。《礼记·学记》尝言:“虽有嘉肴,弗食,不知其旨也;虽有至道,弗学,不知其善也。是故学然后知不足,教然后知困。知不足,然后能自反也;知困,然后能自强也。”夜色深了,还在办公室爬格子的我是真的饿了困了,就此住笔,回家陪孩儿们去也!

作者:国家治理研究院副院长　孔新峰

3月17日　星期二　晴

马克思主义学院博士研究生·刘　松

今天是2020年3月17日，我上午参加了山东大学马克思主义学院思政学科博士线上预答辩。这场防疫时期举办的博士论文网上视频答辩，势必成为我人生中最难忘的一次考试。回顾这两个月的学习生活，主要有三个感想：

第一，疫情让我们更加安静，更加珍惜时光。突如其来的疫情把我们困在各自家中，然而却使我们有更多的时间静下心来看书学习。疫情改变了我们的学习研究方式，让我们更加珍惜时光，更加注重提升效率。我用集中整块时间研读经典、写作、申报课题，用零散时间关注新闻、健康打卡、参与朋友圈讨论等。马院徐国亮教授指导我们几个即将参加博士预答辩的同学成立了学习研究小组，推介理论文章，开展在线学习交流活动。两个月来，我认真阅读了《恩格斯传》《制度简史》等12本专著，在导师指导下撰写了《国家治理现代化的文化意蕴》《疫情防控中的辩证法》等5篇学术文章，完成了博士论文的修改任务，申报了2项国家课题、2项省级课题、2项校级课题以及2项省级社科成果奖。所有这些成果都是在新的网络学习生活方式下取得的，相比于往年春节，今年我的成果产出率高出三倍！

第二，疫情让我们更加团结，更加乐于奉献。疫情发生后，我十分关注疫情动态，认真学习上级精神，主动做好家庭成员隔离动员和消毒防范工作，时刻准备着投身防疫战斗。为支援一线，全国上下开展了捐助救援活动，我也积极参与到所在小区的防疫救助工作中来：带头在网上捐款、捐出自家酒精喷壶、积极参加小区健康普查和逐户消毒工作、帮助小区订购生活用品和分发蔬菜……总之，做些力所能及的工作。作为湖北文理学院思政课教师，我和我的同事们一起观看“全国同上一门思政课”，开通腾讯会议探讨线上授课经验，分享教学成果，还把党支部活动搬到网上。大家团结一心，整体线上教学水平飞速提升，得到市领导和学生好评。

第三，疫情让我们更加珍惜生命、珍惜亲情。看着每日不断攀升的确诊和死亡数据，我深感生命的脆弱和宝贵。在隔离期间，山东大学马克思主义学院的领导和老师们多次打电话询问我的状况，带领我们成立了在鄂临时党团支部；导师和同学们还时常关心我，让我倍感亲情的温暖。在学习研究之余，我主动分担了家务，激励女儿和我一起拼搏奋斗。亲情的呵护与关爱在特殊时期的学习奋战中更显得可贵！

我相信，只要紧紧团结在以习近平同志为核心的党中央周围，搞好防疫工作和有步骤的复工工作，就一定能战胜疫情，一定能实现民族复兴的伟大梦想！

作者：马克思主义学院 2016 级博士研究生　刘　松

3 月 18 日　星期三　晴

新闻学院党委书记 · 王德胜

这段时间，我参加了党的十九届四中全会专题培训班，我所在的 11 班全体学员结合各自的实际进行了认真学习和领会。作为班级书记，我本人对强院兴校行动的战略内涵和重大意义进行了思考，认识到强院兴校是山东大学实现“由大到强”历史性转变的价值逻辑。

加强党的领导是实现“由大到强”历史性转变的最大优势。强院兴校行动是一项系统工程，涉及思想的统一、责任的明晰、权利的配置、重心的下移等各方面关系的动态平衡和有机协调；强院兴校行动又是一项改革创新工程，对以往的管理体制、运行机制、工作方式等领域都会有不同程度的改变和影响。只有充分发挥学校党委的核心领导作用，才能确保改革方向、行动目标、重点任务、保障措施落到实处。要把党建工作和实施强院兴校行动计划有机融合、内在统一，实施党建+学科、党建+教研、党建+团队、党建+治理，形成“堡垒在前沿、党员在一线、作用发挥在教学科研”的局面，把党的全面领导贯穿于强院兴校的各方面和全过程，充分彰显中国特色社会主义制度的最大办学优势。

凝聚思想共识是实现“由大到强”历史性转变的最大动力。思想认识上的统一和政治站位的高度决定了实施强院兴校行动的精神状态、工作力度和担当作为。这就要求学院党委树立大局观、全局观，与学校党委同频共振，齐心协力。要进一步加强思想政治引领，广泛凝聚共识，努力寻求最大公约数、画出最大同心圆。党员干部要深入学习贯彻习近平总书记关于全面深化改革的重要论述，在理论武装中引领共识；要率先投入强院兴校的行动，在深化改革中深化共识；要深入基层、深入师生，在密切联系师生中广聚共识。

动员全员参与是实现“由大到强”历史性转变的最大合力。要坚持党的领导和师生主体地位的有机统一，把调动校院各级组织的积极性和师生员工的主动性有机融合。只有汇聚“全校、全院、全员”共同参与的合力，才能真正形成“学院主动、校院互动、学校全动”的生动局面。为此不仅要形成一校三地机关服务学院发展的工作格局，还应在全校广泛开展强院兴校行动大讨论，形成浓厚的舆论氛围。要把实施强院兴校行动与学习贯彻党的十九届四中全会精神相结合，与贯彻落实学校第十四次党代会提出的决策部署相结合，与广大师生医务员工对学校发展的期盼相结合，全面开展政策宣讲解读，坚定改革信心、汇聚改革合力。

聚焦学科建设是实现“由大到强”历史性转变的最大支撑。强院兴校行动的有效推进和结果评价，要紧紧围绕提升学术核心竞争力，聚焦科技进步和学术前沿，对基础性、前瞻性、战略性领域进行科学研判、超前布局。强院兴校的重点在于以学科建设为龙头（凝练特色、对标先进、增强话语权），聚焦一流师资队伍建设（下大力气引进高层次人才和具有高成长潜力的青年人才、坚持引育并举），加强一流科研平台建设（服务于学科发展、支撑高水平科研和对外交流合作），强化一流创新团队建设（以项目制加强科研协同和学科交叉研究、优化科研组织模式和评价体系），通过深度整合社会资源，对接国家重大战略和区域经济社会发展需求。要进一步深化研究新工科、新文科背景下，如何进一步凝练学科特色和推进学科的交叉融合发展，强化实践导向、应用导向、服务导向，实现学科的特色发展、创新发展、前沿发展。同时还应意识到不同学院之间历史积淀不同、条件基础不一，而不同学科之间的发展既有内在规律性特质，亦有外部适应性要求。因此除了关注“学科高原”和“高峰学科”群以外，还应具体实施“一院一策”，科学处理好“扶优”“扶强”与“扶需”“扶特”之间的关系。

强化制度创新是实现“由大到强”历史性转变的最大基础。学校层面要构建一整套以大学章程为核心，系统完备、科学规范、运行有效的制度体系，建立起完善的制度图谱；校院之间要深化两级管理体制改革，夯实学院办学主体地位，进一步强化资源配置的结构性优化；学院层面要进一步理顺工作机制，健全内部监督体系，探索建立学术权、行政权、监督权分工协调的运行机制。治理的核心在于制度，制度的核心在于效能的发挥。要把强院兴校行动作为推进学校内部治理科学化、程序化、规范化、制度化的重要路径，严格按照制度履行职责、行使权力、开展工作，推动形成校院两级协同治理的新格局，推动学校整体高质量发展和竞争力提升。

抓好规划实施是实现“由大到强”历史性转变的最大保障。学院要根据强院兴校行动意见的精神，结合各自的实际，坚持“121”推进思路，围绕提升学术核心竞争力这一关键任务做好顶层设计。要找准目标、路径、重点和突破口，坚持顶层设计、制度牵引、体系论证、精准施策，运用改革和创新的理念、方法、手段，规划好学院的行动计划。

一步行动胜过一打纲领。蓝图规划后的关键在于行动上的落实，要在提升学院治理能力、加快改革发展中做参与者、引领者。全校、全院上下都要把规划图变成施工图，把时间表变成计程表，按照学科发展的规律，久久为功，锲而不舍。党员干部要充分发挥引领作用和带头作用，以追求卓越、只争朝夕的状态，努力走出一条强院兴校的山大道路。

作者：新闻学院党委书记　王德胜

3月19日　星期四　晴

文化传播学院院长·张红军

昨天刮了一天风，今早起来却是一个风和日丽的清晨。户外还略有寒意，但看天气预报，后面几天气温将会稳定上升，春暖花开的日子终于到来了。

虽然近一个月来学院的教学工作主要在网上进行，我平常的时间也多待在家里，但仍然是在十分紧张的状态下。一方面，对像我这样的人文学者而言，能够有一个多月时间基本不出书房，甚至有点儿求之不得；另一方面，年初这段时间，正是需要谋划布局全年工作的节点，学院各项事业正处在一个关键的爬坡阶段，丝毫松懈不得。

最近，还有一项工作在进行着，那就是参加学校党委组织的“党的十九届四中全会精神学习研讨班”安排的学习讨论。去年春节前，我参加了在上海交大举办的第一期“强院兴校”处级干部培训班，在听课与考察过程中，上海交大的许多富有开拓精神的办学理念与改革实践对我触动巨大。近来的学习，更加深了我对许多问题的理解与思考。学习班明天将安排一个班级讨论，因此，今天我把年前在上海交大学习时的一些体会，以及近来学习党的十九届四中全会精神的一些心得，特别是对最近下发的《中共山东大学委员会关于实施强院兴校行动的意见》（以下简称《意见》）的感受，认真地梳理了一下。

此次学习研讨聚焦“推进学校治理体系与治理能力现代化”，而最近下发的《意见》的初衷，即在于把实施强院兴校行动与推进学校治理体系和治理能力现代化相结合。《意见》基于这样一种认识：“强院”是“兴校”的关键，更是“兴校”的路径，学院强，学校才能强。因此，《意见》把推动管理重心下移、夯实学院办学主体地位、做强做大学院放在了十分重要的位置上，科学谋划，尝试通过深化“放管服”改革，理顺学校和学院之间的关系，充分调动学院在学科建设、人才培养上的主动性，以强院为依托，实现学校跨越式的发展。

由于有了年前上海交大学习考察的经历，我能够更深切地感受到学校选择的这个切入点十分精准，真正抓住了现今中国高校存在问题的症结。对于《意见》中提及的许多改革举措，上海交大这样的高校实际上已经先我们一步在做，而且做得富有成效。因此，我相信这项工作推进的效果必将是十分积极的，而且是整体性的；其对山东大学的影响，也将十分长远。

其实，“强院兴校”这一行动在山东大学第十四次党代会后不久就已经开始酝酿，有些工作也已经开始起步。而文化传播学院这两年所取得的许多进步，在很大程度上都得益于此。对学院来讲，强院兴校行动提供的是一次前所未有的发展机会，所以我们一定要认真领会并贯彻《意见》的精神，抢抓机遇，乘势而上，有所作为。

当然，由于《意见》将触及学院长期以来存在的不少深层次问题，在推进相关工作时，肯定也会面临许多新的问题、新的挑战。但是，我相信，在学校党委的坚强领导下，我们全院上下团结一心，充分调动广大师生的积极性与创造性，努力探索新的历史条件下学术发展、学科发展、人才培养的新的规律，就一定能够在这项工作开展的过程中，将学院的发展潜力真正释放出来，使学院的整体办学水平有质的提升，最终为山东大学“双一流”建设作出应有的贡献。

作者：文化传播学院院长　张红军

3月20日　星期五　晴

空间科学与物理学院副院长·吕英波

近一段时间以来，学校组织的“深入学习贯彻党的十九届四中全会精神，推进学校治理体系和治理能力现代化”专题培训课程正紧锣密鼓地进行，关于强院兴校的大讨论、大学习、大思考活动又如火如荼地开展起来。

年初这场突如其来的新冠肺炎疫情将我们的工作设想全部打乱，但并未让我们束手无策，反而激发出了我们的创新能力和紧急应对能力。空中课堂成了老师们的主战场，在这场战斗中，老师们的大局观念、职业素养和责任意识都体现得淋漓尽致。在今天，我们可以说“延期不延学，停课不停教”已经不再是一句口号，而是一个事实。作为一个教学管理和服务者，我一开始确实有些手忙脚乱，担心老师们不容易接受线上授课模式，担心线上教学效果不理想，担心线上授课平台不稳定等。新方式、新做法的确会有各种各样的问题，但是还好，在学校各级部门的领导下，学院积极谋划，全体老师认真学习、实践线上授课模式，保证了线上授课的顺利进行。

我想，这次疫情也是检验我们治理体系和治理能力现代化的一块试金石。它让我们重新审视在遇到突发事件和社会重大变化时，我们能否高效地应对，能否保质保量地完成人才培养这一根本任务。除了目前我们正在全力保障的线上教学外，更重要的是让我们的本科教育与时俱进，实现教育现代化，建设教育强国，推动我国成为学习大国、人力资源强国和人才强国，为到本世纪中叶建成富强民主文明和谐美丽的社会主义现代化强国奠定坚实基础。事实上，国家和各级政府、学校也一直在持续不断地进行教育教学改革，学校本科生院和校区教务处一直为提高人才培养质量出台各种政策，提供各种支持。教育教学工作涉及的事情千头万绪，也不容易出亮眼的成绩，但是这并没有妨碍我们对于教学工作的热情和追求。老师们对于教学工作的认真、负责和创新常常让我感动，教务管理人员也做了大量细致耐心而又默默无闻的工作，合力让我们的教学工作能够流畅运转。

通过跟其他管理人员的交流，我也意识到在从事教学管理工作的过程中，难免因为要处理纷至沓来的文件、通知、会议等碎片化的事情而陷入疲于应付、难于思考的境地。恰逢此时，我参加了专题培训课程，详细学习了习近平总书记关于全面深化改革和关于教育的重要论述，认识到走内涵式发展道路是我国高等教育发展的必由之路。在今后的工作中，全面提升人才培养质量是我们的核心任务。我们要在全院师生员工的共同努力下，在专业建设、师资培训、培养方案修订、科技创新等方面多头并进，全面贯彻教育方针，全面实施素质教育，强化学生认知能力、合作能力、创新能力、职业能力等关键能力的培养，为实现教育现代化贡献一份力量。

作者：空间科学与物理学院副院长　吕英波

3月21日　星期六　晴

山东省第二批援鄂医疗队队员·郝学喜

今天，2020年3月21日，是一个我会铭记的日子，因为今天是山东援黄冈医疗队回家的日子。犹记初到黄冈时的湿冷，那是一种能将一个北方人冻哭的湿冷，但今天的黄冈“春和景明，波澜不惊”。

早晨，推开酒店的窗户，一股湿润的风迎面而来，还夹杂着一股花的芬芳。洗漱完毕，吃过早饭，收拾好行囊，我郑重将鲜艳的党徽佩戴在外衣左胸中间的位置，这件外衣是我50天前来时的“战袍”。拖着行李，走到门口，再一次环顾这个房间，当房门“咔嗒”一声关上时，心中竟有一丝不舍和失落：为疫情给黄冈人民带来的身体上的伤痛和心灵上的创伤，为我在黄冈这50天的奋斗，为淳朴善良的黄冈人民。

在我眼中，黄冈的人民是善良的。还记得那次查房，一个老大爷示意我先不要过去，我没有明白为什么，当我走到病床前才明白：他没有戴口罩，他是想自己先戴上口罩，才要我过去。我示意他没事，那一刻，我看到了老人家眼里闪过的愧疚和不安。你可能永远不会明白，对一个感染新冠肺炎的人来说，这个双手戴口罩的简单动作有多么艰难。当我将老人的口罩仔细地戴上，并对他报以微笑时，老人憨厚地笑了。还有大别山区域医疗中心最后出院的一位重症患者，当我将治疗方案告诉他儿子并告知可能出现的情况时，老人的儿子说，相信山东医疗队，相信山东医护人员的能力，并一再感谢我们对老人的照顾。

作为一个医生，被患者尊重、被家属理解和支持，我认为这是一种无上的荣光。诊疗、救治生命是一个医生的职责，多年的工作积累会变成一种职业本能，这源于对生命的敬畏和对护佑生命的虔诚。善良的黄冈人民知恩图报，就在我们返程的前夜，“我在风雨中遇见你，一袭白衣让我着迷……我不用谢天谢地，我用歌声谢谢你”，黄冈市区户外大屏、楼宇电视全部亮屏，反复播送这支歌；早晨，在酒店门口，酒店工作人员唱《感恩的心》为医疗队送行；车辆行驶在黄冈的大街上，群众挥舞着国旗，夹道相送；黄冈黄梅戏大剧院举行了欢送仪式，热烈欢送山东省援黄冈医疗队返程……

来时情切切，归时两依依。我们不是什么英雄，我们只想还这个世界山河无恙，家和人安。

武汉天河机场，飞机冲出跑道，腾空而起。万米高空，我心静如水。

黄冈，一片英雄的土地，这里有英雄的大别山，更有英雄的人民。抗疫我与你同行，复工我与你共勉。将来，我一定找机会再来这片英雄的土地上信步走一走，看一看。届时，草木仍葱茏，青山依旧在，碧水仍长流。

作者：山东省第二批援鄂医疗队队员、山大二院医生　郝学喜

3月22日　星期日　晴

控制学院党委书记·高　瑞

近日，我参加了学校组织的学习贯彻党的十九届四中全会精神干部培训。

在赴上海研讨中，上海交大“学在交大”教育教学体系和“院为实体”综合改革体系都给我留下了深刻印象。上海交大充分发掘自身优势，建设密切依托行业的创新型人才培育体系，以工科强校向综合类一流高校转型为契机，打破学科分野，将人文和理工专业有机结合，“厚基础深融合”的教改理念和育人措施非常新颖，同时依托生源优势，“致远荣誉计

划”人才培养体系也在逐步改良成熟，对山东大学泰山学堂杰出人才培养体系有很好的启发作用。

上海交大战略发展规划与“院为实体”改革由来已久，早在“十五”期间就已经开始着手改革，不同时期设立了不同主题：“十五”期间致力于“调整补缺，综合布局，夯实基础”；“十一五”期间致力于“重点突破，理科跃升，优化组合”；“十二五”期间致力于“重点突破，文理跨越，促进交叉”；“十三五”期间致力于“建设高峰，优化分类，强化交叉”，正在向“综合型，研究型，国际化”著名高校稳步迈进。得益于数十年来不断改革和创新，上海交大的发展日新月异。其中基于大数据的学科规划战略分析所得到的结果和“院为实体”的改革背景，正好与山东大学“由大到强”发展历程中遇到的问题非常相似。山东大学以学校第十四次党代会为标志的学科中长期规划的实施，也极大地推动了学科建设发展，过去两年的学科建设及学校整体发展账面数据就很好地反映出规划发展成效。另外，在战略规划的制定、可行性论证、宣传贯彻、凝聚共识、落地实施以及过程监控方面所遇到的问题，两所高校都非常相似，因此交大的战略规划和实施经验都极具借鉴意义。

事实上，上海交大的“院为实体”改革理念借鉴到山大即“强院兴校”，但变更综合改革主体（由“校办院”转变为“院办校”）的重大举措，结合山大的实际情况，校院两级管理体系和互信机制的建立是一个相当关键的问题，学校在顶层设计、科学谋划指导和学院在建章立制、配置资源使用方案以及体系化建设方面还需继续深化探讨。学校目前也正推行“学院吹哨、部门报到”的管理服务改革，学校机关如何放权、如何科学把控过程和跟踪指导服务，以及学院如何接盘、更好地灵活发挥政策优越性，将是今后一个非常大的命题。不同于机关拥有相当数量的行政人员完成相对单一的工作，可以专注地琢磨如何落实及调整各项方案，学院行政人员短缺几乎是每个基层单位都面临的现实问题，如何克服困难、创新性地开展工作值得探索。

在“院为实体”综合改革背景下，上海交大基层单位领导集体有担当、有魄力、敢为天下先的意识品质给我留下深刻印象。安泰经管学院的建设发展历程让我感受到了其学院管服团队勇于担当、敢抓机遇的优秀特质，无论是国际化、行业化、人事制度体系优化，还是布局未来、外拓空间等持续推进改革的措施，都体现出领导集体的格局、忧患意识和前瞻性，非常值得参考。

学校实施“强院兴校”行动，聚力做强学科和做强学院，使学院成为真正的办学实体。结合郭新立书记在务虚会总结讲话中提到的“五治并举”和控制学院建设发展现状，我的理解如下：

强化“政治”引领，强调党建是学院一切工作的统领，学院的全部工作都将在党委领导和指导下有序开展。要夯实“法治”保障，做到制度在前、依法治院；升级“九章治院”制度体系，推动学院现代化管理体系建设进程；激发“善治”功能，切实增强管理人员行政能力；共聚“共治”合力，院内深化管服团队“AB角”分管合作制度、增进协同，院外倡导学科融合、医工交叉、军民融合，强化学科联动，助力一校三地协同发展；进一步提升管理服务水平，充分发挥学院党委会、党政联席会、学术委员会和教学指导委员会的“共治”作用，切实推进学院现代化管理体系建设；稳固“长治”根基，积极总结成功经验和先进做法，继续完成学院院务委员会、学院工会的换届工作，为学院长远发展打好基础。

2020年注定是不平凡的一年。我们必须以更加时不我待、只争朝夕的精神和更加奋发有为、昂扬向上的斗志，投身到学校“双一流”建设洪流中，再创辉煌。

作者：控制学院党委书记　高　瑞

3月23日　星期一　晴

文学院硕士研究生·仇子兴

“好，谢谢各位参与讨论的同学，我们下期读书会再见，大家继续做好防护，居家期间不要放松。”

老师的话音落下，同学们纷纷“离开会议”。我长舒一口气，按部就班地关闭企业微信、上传录音文件，将这一期读书会的资料整理、保存。一场春雨悄无声息地伴随读书会的进行到来，滑落在窗沿。我合上电脑摘下耳机，雨声初显，又逐渐清晰，感觉周遭格外安宁。

距离疫情褪去、安全返校还有时日，每两周一次的线上读书会成了同学之间“相聚”的短暂时光。在居家的日子里，学院一如既往地支持“山大中文读书会”，我们也将读书会转移到了线上。我所负责的读书会叫“新世纪文学读书会”，主要讨论时下的热点作家和他们的文学作品。参与的同学比较多，我需要协助老师在每一次读书会前做一些简短的准备，比如提前开启会议，分享电子书，调试录音设备，安排记录等。这并不繁琐，而且还可以在脑海中梳理一遍即将讨论的书目的具体情节。读书会结束之后，我会按惯例归档。还有十几名同学与我一样，负责着其他线上读书会的正常进行，朋友圈也常见到他们分享各自读书会的资料和截图。

家里没有图书馆和自习室，而且缺少纸质书，所以在校时养成的学习作息习惯需要灵活调节，身边的各种资源都得设法利用起来。更何况到了研二下学期，课程已经修完，即将着手准备毕业论文，读书会正是让自己保持阅读状态的良好契机。听说学院的“新杏坛讲座”即将在线上恢复，作为研会的一分子，我还会参与到讲座前后的准备和整理中去。新闻上不是号召“停课不停学”吗？有了线上的课堂、读书会和学术讲座，在信息网络架起的虚拟现场，确实能很快消除居家的焦虑与空虚。

昼夜轮替，四季如常。诗人苇岸说：“过了惊蛰，春天总算坐稳了它的江山。”春雨如期而至，也未曾误了节气，窗外的世界正在一步步回归正轨，再突然、再持久的“变”，也无法动摇根深蒂固的“常”。大国小我，前行的步伐从未停止。若非疫情之故，或许我会如同往年一样无缘得见家乡春日的甘霖，更不会如此期待云销雨霁时的斑斓生机。

作者：文学院2018级硕士研究生　仇子兴

3月24日　星期二　晴

软件学院党委书记·仇道滨

党的十九届四中全会作出了《中共中央关于坚持和完善中国特色社会主义制度　推进国家治理体系和治理能力现代化若干重大问题的决定》，最近一段时间通过认真学习该决定，我有了一些新的认识和体会。

加强制度建设，是推进治理体系和治理能力现代化的核心。要充分认识制度建设对坚持和完善中国特色社会主义制度、推进国家治理体系和治理能力现代化的极端重要性，充分认识把制度优势转化为国家治理效能的极端重要性，更要充分认识不断强化领导干部的制度意识、领导干部带头维护制度权威和带头执行制度的极端重要性。就软件学院而言，学院在长期的发展过程中，已经形成了很多行之有效的制度措施。但现实情况是，学院到底有多少制度措施、有多少正在管用、有多少已经名存实亡，恐怕很少有人能说得清楚；其中很多已经不合时宜，而且也存在制度措施之间衔接不畅甚至彼此矛盾、相互掣肘的情形，已不适应做大学院、做强学科和建设中国特色世界一流软件工程学科的需要，亟待进行全面清理，系统开展制度“废、改、立”工作，着力提升学院内部管理的制度化、规范化、科学化水平。

完善治理架构，是推进治理体系和治理能力现代化的基础。党的十八大以来，以习近平同志为核心的党中央坚持和加强党的全面领导，不断推进和持续深化党和国家机构改革，在一些重要领域和关键环节取得重大进展，切实解决问题，为党和国家事业取得历史性成就、发生历史性变革提供了有力保障。事实证明，大到一个国家，小到一所学校、一个学院，只有注重解决事关长远的体制机制问题，才能把“管不了”变成“管得了”，再转变为“管得好”。学院要认真落实《中共山东大学委员会关于实施强院兴校行动的意见》，进一步理顺工作机制，健全会议制度，提高议事决策效率和水平，规范调整和设置学院内设科研、教学、管理服务机构，抓牢抓实系所（中心）和党支部的建设，不断深化 PI 制改革，建立以学科带头人为引领的人才组织体系和管理机制，建立学术权、行政权、监督权分工协调的运行机制。

淬炼干部队伍，是推进治理体系和治理能力现代化的关键。习近平总书记指出：“完成组织架构重建、实现机构职能调整，只是解决了‘面’上的问题，真正要发生‘化学反应’，还有大量工作要做。”其中淬炼高素质的干部队伍是发生“化学反应”的重要一环，提高治理能力是新时代干部队伍建设的重大任务。通过加强思想淬炼、政治历练、实践锻炼、专业训练，推动广大领导干部严格按照制度履行职责、行使权力、开展工作。要按照政治强、业务精、素质高、作风硬的要求，加强学院领导班子建设，加强干部培训、理论中心组学习和政治理论教育，增强学院领导班子的办学治院水平；按照德才兼备、爱岗敬业、执行力强、清正廉洁和群众公认的要求，加强学院系、中心（所）负责人队伍建设，与系所签订任期目标责任书，赋予其更多的自主权，强化对系、中心（所）和负责人的考核，提高负责人治学兴院的能力；加强机关作风建设，强化教育管理和培训，做好机关服务管理人员的定岗、定编、定责工作，制定以岗位职责为导向的考核办法，提高服务管理水平。

培育善治文化，是推进治理体系和治理能力现代化的根本。党的历史和实践证明，坚定文化自信、坚持共同理想信念、坚信共同价值理念、坚守共同道德观念，就能更加广泛地凝聚人民精神力量，就能更快地推动中国特色社会主义制度体系更加成熟更加完善，就能把我国制度优势更好地转化为国家治理现代化的更大优势。就学院而言，要切实加强师德师风建设，提高师生员工政治站位和思想认识，推动全院师生树牢依法治院、依章办学、依规管服的理念，形成遵章守制、遵纪守规的良好氛围和鲜明导向；要树立以师生员工为中心的工作理念，为“学院、学科、学术、学者、学生”服务，不断推进民主管理，强化“制度建设为了师生、落实制度依靠师生、推进治理服务师生”的意识，推动实现制度建设和内部治理从“管理本位”向“服务本位”的根本性转变；探索建立健全为学院师生员工解决实际困难的工作机制，推动学院更好地服务于学科建设、学术创新、学者发展、学生成长，每年为师生员工解决一两件难事，建设有情怀、有温度的软件学院，建设具有中国特色、世界一流的软件工程学科。

作者：软件学院党委书记　仇道滨

3 月 25 日　星期三　晴

校长助理、科研院院长·易　凡

修改完相关科研平台的综合改革方案，舒展一下有些僵直的脖子后，才发现夜幕已落下，灯火已阑珊。新冠肺炎疫情抹去了出差奔波的空间，却给予了我们深入思考的时间。

去年初，我刚从学院到学校科研院工作，恰逢中共山大十四届三次全会吹响山东大学“强院兴校”的号角之际。随着工作角色的转变，我开始以双重视角来审视“做强学院，做强学科”这一命题，但总是感觉学科汇聚融合交叉的发展之路一直没有有效形成。本学期伊始，学校迈出了推进国家级科研平台综合改革的第一步，直面学科如何进行汇聚、融合和交叉，科研平台如何建设等关键问题。近期，通过参加学校组织的“深入学习贯彻党的十九届四中全会精神，推进学校治理体系和治理能力现代化”专题培训，在不断的学习—思考—再学习—再思考过程中，逐渐对这些问题有了些肤浅的认识。

学科小、散、弱的现象折射出学校治理体系相对不完善的内因。综观全校，现有60余个学院及独立研究院所，从管理体制上虽然相互独立、自成一体，但从学科角度看，紧密关联甚至是重复建设的现象大量存在。从学校治理的角度，这种模式看似能够通过二级实体将治理的触角延伸到基层，但实质上也会使二级实体产生利益博弈现象，导致治理效能衰减、资源浪费，进一步制约学科内形成合力、学科间的汇聚融合与交叉。这就让我们不得不进一步思考学科、学院、科研平台三者间的关系。

简而言之，学科是在科学层面上根据某些共性特征划分的相互独立的知识体系，这是随着时代发展动态变化并演进的。学科建设水平就是衡量学科的人才培养和科学研究两大主要方面的水平以及检视服务于这两个核心的支撑保障条件。学院，作为学科建设的有形载体，是相对固定的概念，可承载一个或多个学科的人才培养和科学研究。科研平台则可依托一个学科或吸纳不同学科共同参与，是依附于学院但又不局限于学院的科研组织，是学科汇聚交叉融合的载体。科研平台建设水平的提升必然会促进人才培养水平的提升，对学院发展和学科建设水平的提升具有倍增效果。因此，在做强学科、做强学院的过程中，如何理顺科研平台的管理机制体制，与相关学科、学院形成合力，提升发展水平，是亟待解决的问题。这就需要大家凝聚共识，提升所依托学科的科研组织能力，凝聚依托学科的优势力量，有效释放学科交叉需求，做强平台形成主动力。平台强了，学科强了，学院自然就强了。反之，科研平台脱离了学科、学院，则就成了无源之水、无本之木，失去了赖以发展的土壤。

在这个过程中，如何让更多的学科存在于学院，使学科交叉融合更直接、更快速？上海交大“院为实体”综合改革的探索，做大做强学院的成功，给我留下了深刻印象。实现这一目标，需要学校加强战略管理，统筹学科发展规划，拿出切实可行的推进跨校区跨学院不同学科交叉融合发展、同类学科协同一体发展的方案。

疫情的阴霾终会散去，黎明的曙光就是我们坚定前行的方向。我们正按照学校党委的“强院兴校”总体部署，以科研平台、学科、学院协同一体化发展为切入点和突破口，细致论证、大胆尝试、精准施策，探索做强平台、做强学科、做强学院的新模式，助力山东大学实现“由大到强”的历史性转变！

作者：校长助理、科研院院长　易　凡

3 月 26 日　星期四　晴

经济学院党委副书记 · 林　竹

3 月 20 日，20：40，“从疫情看数字经济与贸易”线上讲座师生互动环节结束了，同学们纷纷和主讲孙淑琴老师“数字道谢”。本次讲座从疫情下的数字化事实切入，阐述数字经济的概念和特征，对比中、美、韩、澳等国家电子商务情况，最后再回归如何用数字全球化来应对全球化的疫情。

3 月 26 日，14：00，“战疫突围之财税政策解读”准时开讲。常世旺老师通过对比海内外疫情发展状况分析了当前经济形势，预判经济影响，从助力疫情防控、减轻社保负担、保护小微企业、稳外资外贸四个方面梳理了财税政策的应对策略。弹幕对话框里走起一波“666”，学生群里分享起一帧帧九宫格截图……

工作群里，同事们讨论着第三期的海报宣传设计，丁殿江老师“抗击疫情，保险业使命担当”的讲座时间和主题都已经确定。我们好像依然坐在知新楼B321里开例会、开班主任联席会，云端相会别有一番意趣，提起“云课堂”“云思政”“云战疫”背景下迅速提升的信息化能力，大家心有戚戚。

“同心战疫，强思健学”——同上爱国主义必修课线上讲座顺利进行了两期，2020年，经济学院班主任“立德树人”主题教育系列活动、课程思政的建设启动了。

“课程思政”被学院列入了2020年重点工作。年前，院长联络、书记带队专门去上海财经大学取经。同为财经学科，兄弟高校已经做了诸多开拓性的工作，给了我们很多启迪。从学习了解、起意酝酿、筹划方案，再到和老师们交流、碰撞，学工同事们例会讨论，选取“家国情怀”“担当精神”“山大品格”等思政教育元素作为切入点，立足经济学科理论、实证、对策研究等方面的探索和成果，成为我们初步的共识。如何系统地推进和宣传，如何凝练、切准与学科的结合点，如何更好地展示这么多年我们的老师们在优秀“课程思政”教学案例评比、“课程思政”示范课程立项中积累的经验和成果，这场突如其来的疫情加快了我们的思考和行动。

不是一堂思政课，不是一堂专业课，也不同于一场学术讲座，我们通过视频、图文、数据分析，融合战疫背景下多种资源素材，或是阐述疫情对经济、财政、金融、民生、就业等各方面的影响，或是研究应对疫情冲击、促进生产恢复的经济政策，或是讨论疫情防控中的治理问题。在这样一个特殊的时期，34位班主任老师率先与同学们一起开启了这样一系列具有经济类专业特色的特殊的爱国主义必修课。如同盐溶入水中，“课程思政”的滋味恰恰就在于将育人育德的理念和思想恰到好处地融入课程中，融入对专业知识的讲解中。

“立德树人”是所有教育工作者共同的使命，“为国育贤”是所有山大人的初心，如何传授知识、传承文化，如何在授业解惑的过程中传道励志、凝心铸魂也是我们所有老师们一直孜孜以求的。愿我们的学生们在同心战疫的现实情境中学会如何从专业视角进行理论分析和现实反思，能够更深刻地领会经济学人的担当和使命，也从此树立强学报国、经世济民的志向；也愿在我们全员、全过程、全方位的努力下，能够真正打造一个德与智、教书与育人、专业教育与思政教育、学术引领与思想引领同向同行的平台。

作者：经济学院党委副书记　林　竹

3 月 27 日　星期五　晴

管理学院党委副书记 · 周　琳

“云海荡朝日，春色任天涯。”在这个樱花悄然绽放的春日，我想到了前两天湖北省人民政府网站刊出的“解除离鄂通道管控和武汉市复工复产安排”通告，离鄂通道管控解除后再过 14 天，武汉也将迎来有序恢复对外交通的“解封”时刻。读到头条新闻的激动，一如初看 3 月 21 日下午，山东大学援湖北黄冈医疗队员凯旋的视频——在他们离开湖北之时，黄冈十里长街，市民夹道相送，道别声、欢呼声、锣鼓声此起彼伏，鞠躬、拥抱，挥手、泪目，一声声“谢谢你们，为我们拼过命”，表达出了湖北人民的感谢。新冠肺炎疫情逐渐缓解，全国驰援湖北的医护人员分批踏上归程。致敬白衣战士，欢迎英雄回家。

我们无时无刻不在分享着他们回归的喜悦，也用他们的齐心“鲁”力精神激励自己，守好后方“战疫”岗。作为一名回归辅导员岗位的“新兵”，从学生信息的全员报送，“开学延期，教学如期”的有条不紊，到“云思政”的立德树人，我在一线见证着以服务学生成长成才为中心的山大担当。

凝心聚力战疫情，强院兴校在行动。3 月 19 日，按照学校组织学习贯彻党的十九届四中全会精神处级干部专题培训的要求，一班开展了三个小时的班级研讨会，诸位院长书记围绕“强院兴校”主题，从“强院兴校怎么看”“面对改革怎么办”“主动参与怎么干”三方面，以探讨学校和学院如何建立良性协同互信互动机制，如何深化机关“放管服”改革、释放学院管理内生动力、切实将做强学院落到实处，进行了热烈务实、干货满满的交流。诚如“班主任”、常务副校长王琪珑的总结，通过研讨，大家统一了思想，提高了认识，明确了方向——做强学术队伍，真正做学术的领跑者，营造风清气正的政治生态，保持昂扬向上的工作劲头，继续全力以赴做好疫情防控工作。尤其在疫情防控向好的局面下，我们仍旧面临着境外疫情输入的风险，决不麻痹，决不松懈，成为这个不平凡的春天山大人努力的方向。

习近平总书记强调，高等教育肩负着培养德智体美劳全面发展的社会主义事业建设者和接班人的重大任务，必须坚持正确政治方向。如何引领思想，成为学子成才的“引路者”；如何关爱学生，做其成长途中的“指导者”；如何春风化雨，做他们学业的“传道人”，这是每一个教育工作者不可规避的时代议题。开展党团活动、思政课堂、谈心谈话、专业引领，与学生进行交流与互动，倾听学生声音，引导学生厚植家国情怀、勇于砥砺奋斗，山东大学一直在路上。

万山磅礴，总有主峰；大江东去，总有潮头。要始终坚持和完善党的领导，更好地发挥中国共产党领导的政治优势，不断深化校院改革，提升人才培养和教师队伍培养的能力，只有这样，才能在这个伟大的新时代书写校院发展的精彩新篇章，创造无愧于伟大时代的新辉煌。

作者：管理学院党委副书记　周　琳

3 月 28 日　星期六　晴

临床医学院办公室主任·黄　涛

今天是 2020 年 3 月 28 日，农历三月初五。为什么要说农历呢？因为有一个时间让我印象深刻：在大年初一的凌晨 1 点，借着给同事们拜年之际，临床医学院办公室重启了学院应急信息报送系统。学院各部门从这一天开始向院办公室进行所属人员的日报送和零报送，院办公室正式开始了系统化应对新冠肺炎疫情的战斗。

在新春佳节之时，在很多人都居家无聊之际，老师们却提前进入了超常规的工作状态。齐鲁医学院刘奇迹教授曾说过一句“名言”——如果你不马不停蹄地奔跑，就只能夜以继日地忧伤。从正月初一开始，学院办公室开始了马不停蹄地奔跑。“他强由他强，清风拂山冈。他横任他横，明月照大江。”面对如此繁杂的事务性工作，学院办公室老师们的积极主动和乐观向上始终伴随着我、感动着我。

随着疫情防控工作的开展，我的心情也在不断变化。大年初一凌晨，行政秘书开心地给大家拜年，同时告知开始启动应急信息报送系统——开心中带着一丝心酸。大年初二，物资如此紧张的情况下，抢购到一批防控物资——心中一稳，略感得意。大年初三，学院疫情防控专题党政联席会召开，制定学院疫情工作方案——压力骤增，心情沉重。大年初四，人事秘书启动的教职工情况网络问卷调查结果返回过半，发现有疫区接触史职工数名——心中着急，抓紧打电话了解情况。大年初五，摸查在临床一线特别是感染科、发热门诊等重点科室工作的教职工，发现好多教授一直在临床一线工作，没有休息过——超级感动，无比自豪。每天汇总各类信息分头上报校办总值班、齐鲁医学院总值班、教工部——略感焦躁，但充分理解并坚决支持。每天来到办公室，发现又是全员都在，要求老师们不能全部到岗，可以轮流居家办公——无奈但欣慰。全国疫情形势从高峰期到好转，济南本地确诊病例终于也清零了——开心、开心、好开心！

我一直在反思，这两个月的非常规工作中，学院办公室有哪些可以总结的地方呢？我想我们做到了这么几点：

一是超前谋划、尽早布局。不论是大年初一启动应急信息报送，还是大年初二抢购防控物资，又或是大年初三紧急召开党政联席会制定学院疫情工作方案……这些都体现了一个“早”字。手中有粮，心中不慌；超前谋划，工作从容。

二是信息服务、以文辅政。在疫情防控期间，院办公室上报各类信息200余条，发布各类工作通知70余项，起草重要文稿20余篇，切实发挥了信息收集和分析的参谋作用，推动了精神传达和部署的落实。

三是升级方法、加强协调。网络办公、视频会议、线上直播成为这段时间的主流。临床医学院教职工分布于9家教学医院，多数在临床一线工作，疫情期间信息化办公的推广给学院工作带来了新的契机。这就要求办公室加强自身建设，从硬件和软件上都要适应新形势、新要求，加强办公室作为学院工作调度室和控制台的作用。

四是以制服人、以情暖人。在疫情防控期间，办公室坚决执行学校和学院的相关纪律和制度，做到“以制度服人”。办公室对先进事例和人物大力宣传，以榜样的力量加强思想引领；对临床一线教职工加强关爱，做好后勤保障；对不能返校教职工每天联系，告知驻地纪律，帮助解决返程困难……让教职医务员工感受到学院的温暖。

春日的趵突泉校区，百花齐开，芬芳怡人。现将前几日齐鲁医院卢雪峰教授写的一首小诗与大家分享：“齐鲁春分日，新冠数月余。医开校仍闭，花开不屑疫。”犹记1997年进入原山东医科大学临床医学专业求学的情景，同样的青砖灰瓦，同样的枝繁叶茂，在这片传承百年的医学沃土上，我完成了本科、硕士、博士的学业，身份在学生和老师之间转换，一晃已经过去23年了。走向抗疫战场的，有我的老师，我的师兄师姐，我的师弟师妹，我的学生，每思及此，我心中总有一丝自豪在激荡。

所谓“医之大者”，齐鲁医学的传承也许不仅仅体现在一流的临床业务和高精尖的科研成果上，同样体现在校园的这些草木和鲜花中，体现在百年老建筑中，体现在医学大家们的诗文描述中。今日的校园少了往日里匆忙奔波的老师和学生，“万蕊枝头寂寞呆，抽芽细柳待谁来？”亲爱的临床医学学子们，期待你们的回归！

作者：临床医学院办公室主任　黄　涛

3月29日　星期日　晴

资实部部长 · 王　浩

岁月不居，时节如流。

看看日历，时间的车轮已走到三月之尾，再过几天，我到资实部工作就满三个月了。这段时间，正值学校“强院兴校”行动大幕拉开，我思考最多、与同事们探讨最多的，就是在“强院兴校”行动中资产与实验室工作如何定位、如何作为的问题。

近期在学校组织的“强院兴校”研讨会上，学院反映空间问题、仪器设备购置问题的不在少数。我也经常接到学院领导电话，要求增加空间、增添设备的心情十分迫切。我感受到，这反映出学院层面已经深刻体会到“强院兴校”带来的压力，同时也促使我们重新审视现有资源配置模式。

随着“强院兴校”行动的深入推进，如何解决有限资源和永续需求之间的矛盾?

“不谋全局者不足以谋一域，不谋万世者不足以谋一时。”要破解这一矛盾，应该坚持立足当前、放眼长远、内外结合的思路，校院协同发力，全方位、多渠道统筹和拓展资源。一是要眼光向内，学校立足保障学院这一根本，紧盯大团队、大平台、大项目和重点、优势、前沿学科发展需求，在现有资源基础上不断挖掘内部资源潜力；学院要加强内部统筹，使有限的资源通过最优的配置发挥最大的效益，助推学科更新换代，助力学科由“高原”成“高峰”。二是要眼光向外，校院协同拓展外部资源，尤其是抓住西部医学中心、齐鲁科技大走廊建设发展机遇期，以服务山东战略为载体，争取更大更多的外部资源支持。三是要眼光向前，在龙山校区（创新港）建设过程中，充分考虑大平台、大设施形态，以及学院、学科特点和可持续发展需求，按照血脉相通的学科集群谋划资源配置模式，形成资源聚合效应，从根本上破解资源有限和需求无限的矛盾。

同时，我们深刻意识到，资产与实验工作必须进行自身治理体系和治理能力的优化，才能更好地担负起保驾护航的重任。为此，资实部将重点做好以下工作：

一是持续完善资源配置制度体系。我们将2020年定位为制度建设年，全面梳理现行的制度体系，做好“废改立释”工作，按照“适应的保留，过时的废止，需健全整合的修订或重新制定”的思路，对各项规章制度进行完善，构建固根本、稳预期、利长远、可操作的资产管理和资源配置制度体系。二是深化改革管理体制。根据强院兴校行动方案“适度下放资产购置权和处置权”的要求，我们要协同好一校三地资产管理部门，进一步下放设备购置权限，改革平台建设管理体制，巩固空间资源校院两级管理体制，简化实验室规划建设流程，赋予学院更大的资产管理权限。三是要不断优化管理服务。我们要进一步提高设备维修投入，落实自研自制设备激励措施，提升公共技术平台运行效率，强化实验室安全保障，提升公寓服务质量，持续提高支撑保障能力。四是要大力提升管理水平。“打铁还需自身硬”，我们要全面学习国家和学校关于双一流建设、教学科研、人事管理、人才培养的相关政策，加强与学校相关职能部门之间的互鉴互学，着力构建学习型、研究型的管理团队，要打造一流的教学实验教师队伍，进一步提升工作的专业化、规范化、科学化、标准化、精细化水平。

“强院兴校”的号角已经吹响，资产与实验室管理部将在学校党委坚强领导下，以“不待扬鞭自奋蹄”的昂扬姿态，不断优化资源配置，为做强学院、做强学科，实现“强院兴校”行动目标保驾护航。

作者：资实部部长　王　浩

3 月 30 日　星期一　晴

校长助理、人事部部长、人才办主任·吴　臻

眨眼之间调到人事部（人才办）工作已经两年多的时间了。这两年多的时间里，我每天的工作排得满满的，感觉静下心来深入思考的时间不多。今年一场疫情突如其来，在抓好疫情防控和改革发展工作的同时，我和大家一样，能够好好地思考和筹划一下自己的工作。新学期伊始，学校党委就以“深入学习贯彻党的十九届四中全会精神，推进学校治理体系和治理能力现代化”为主题组织全校的领导干部开展专题培训，我想这也是让我们在紧张忙碌的工作之余能够抽出时间进行深入有效的思考，更好地

推进我们的工作。

通过学习，结合在疫情防控这场阻击战中的所见所闻所思所想，我更加深刻认识到中国特色社会主义制度的显著优势，更加坚定了对中国特色社会主义的制度自信和文化自信。一方有难，八方支援，中华优秀传统文化在这场疫情防控阻击战中也表现得淋漓尽致，切实体现出我们的文化自信。

桃李不言，下自成蹊。制度和文化在我们高校的治理和建设发展过程中也发挥着至关重要的作用。我认为我们正在深入推进的“强院兴校”行动就是一场制度和文化的重塑，归根结底是让全体教职医务员工都树立起“学院是办学主体，老师是办学根本”这样一种理念。在这个过程中没有旁观者，全是参与者。因此，下一步人事部（人才办）的工作内容就是要调动起全体教职医务员工的积极性和主动性。

一是要传导压力。我们在调研中经常听到单位反映编制太少，和其他高水平大学同类学科相比人员规模小很多，完成既定任务的难度非常大。我们必须清楚地认识到，我们学校的人均科研贡献率总体偏低，二八定律非常明显。同时学校的剩余可用编制数量已经非常紧张，而有限的编制将被优先用于引进各类人才特别是高层次人才，这就倒逼我们必须要向内挖潜，向存量编制和人员要效益、要成果。学校第十四次党代会报告中明确提出要建立健全人才流动和退出机制，真正实现“人员能进能出，岗位能上能下，待遇能高能低”。不打破一些坛坛罐罐、不真正红脸出汗就不能触及根本，就不能很好地将压力传导到每一位教职医务员工。所以在接下来的工作中要全面加强各类考核工作，一方面要建立高层次人才考核退出机制，可采用分学部述职评议的办法，采取末位淘汰制，让全体人才特别是青年人才感受到压力，并变压力为动力；另一方面要加强聘期考核管理，遵循各类人员职业特点和发展规律，强化岗位目标责任和任务要求，把考核结果作为职称评聘、岗位聘用、绩效分配的重要依据。要选取试点学院逐步落实岗位聘用能上能下，要触及岗位调整这个根本，进而调动起存量教职工的工作积极性和主动性。

二是要释放活力。发挥好考核评价的指挥棒作用，促进学科汇聚、融合、交叉。结合“强院兴校”行动，赋予部分试点学院更多评价自主权，突出代表性成果评价、小同行专家评价和团队整体评价。优化资源配置，将教师高级职务岗位向交叉研究团队倾斜，将学科交叉研究业绩作为学校编制岗位配置的重要参考指标。创新评价体系，构建学科交叉型评价体系，单列指标、单独评审。创新聘用模式，探索人员双聘和科研成果双边认可制度，真正将科研平台作为促进学科汇聚、融合、交叉的重要载体，而不是成为一个又一个壁垒森严的机构。探索团队考核，将团队作为一个整体，实行以解决重大科研问题与强化合作机制为重点的整体性考核。合理认定学术成果，明确交叉研究成果的认定范畴、层次类型以及代表性成果要求，鼓励承担大项目，促进产生大成果。

三是要增添动力。学校第十四次党代会报告明确提出要建立持续增长机制，实现教职医务员工收入“五年三增长”。2018年，我们实现了“五年三增长”的第一次增长，绩效工资平均调增将近95%，大幅提高了教职医务员工收入水平，使教职医务员工满意度和获得感更强，很大程度上稳定了师资队伍。接下来我们还将进一步深化收入分配制度改革，稳步提高岗位绩效工资水平，逐步加大业绩绩效工资投入占比，不断强化绩效工资的竞争激励导向，发挥好收入分配的杠杆作用，真正实现“待遇能高能低”。另外，还要鼓励教职医务员工单项卓越，如进一步加大对教学型教师高级专业技术职务的设置比例，使教职医务员工都能够安心在自己擅长的领域取得突出的成绩。

四是要提高能力。2019年以来，学校深入实施各支队伍的能力提升计划，特别是管理支撑服务队伍，大幅提升了加快推进学校世界一流大学建设的各项能力。接下来我们将继续总结经验和不足、扩大提升计划覆盖范围，全面提高教职医务员工教学、科研、管理、支撑、服务、保障等各项能力。

五是要形成合力。我们要充分认识到学校学科门类多、碎片化现象严重，实体教学科研单位多、壁垒现象严重，各学科发展不平衡、不充分等现实情况。要努力改变各学科或各单位各自为政、各自为战的小团队作战模式；要打破刚性的学科界面，跳出学院、跳出科研机构、集合全校之力来建设和发展学科；要坚持目标导向和自由探索相结合，全面布局各学科领域的基础研究方向。更重要的是，我们的学科布局、学科规划、学科调整一定要适应新时代的发展要求，要面向解决经济社会发展重大需求和重大科研任务开展协同攻关。一方面加强重点学科建设力度，逐步、坚决淘汰老化、弱势学科；另一方面加快推进学科汇聚、融合、交叉，努力建设一批新兴交叉学科，有效推进跨校区跨学院的学科交叉融合发展、协同一体发展。要在制度层面开展研究，推动学院、学科、学者一体发展；要做好前瞻谋划、提前布局，研究如何在“十四五”规划、龙山校区（创新港）规划、第五轮学科评估和“双一流”新一轮建设中为学校新甲子事业发展打下坚实的基础。此外还要努力发挥出党的集中统一领导这一显著优势，发挥出党的宣传优势和密切联系群众的优势，切实将全体教职医务员工的思想和行动统一到学校党委决策部署上来，树立起舍小家、顾大家、赢全局的大局意识，通力合作办大事、办成事的协同意识，形成合力把学校的学科建设水平推上一个新台阶。

我们要继续坚持用“两把尺子”量好自身工作，始终从学校世界一流大学建设的目标出发思考和审视改革发展工作，始终站在教职医务员工的角度思考和解决具体问题；不断优化学校的人才生态环境，努力构建起多维度、全方位、精准化的人才服务工作体系，大力营造尊重人才、爱护人才、服务人才、成就人才的良好氛围，将我校打造成人才云集的新高地，真正实现“近者悦而尽才，远者望风而慕”。

作者：校长助理、人事部部长、人才办主任　吴　臻

3 月 31 日　星期二　晴

计算机学院副院长 · 彭朝晖

在参加党的十九届四中全会精神专题培训期间，我深刻认识到：坚持和完善中国特色社会主义制度、推进国家治理体系和治理能力现代化是一项关乎全局、着眼长远、纲举目张的大战略，对全面建设小康社会、确保国家长治久安，具有重大而深远的意义。当前疫情已经得到有效控制，这是在以习近平同志为核心的党中央的坚强领导下，全国一盘棋、众志成城齐抗疫的伟大成果，充分体现了中国特色社会主义的制度优势，也充分体现了党强大的执政能力。

关于如何坚决贯彻落实好“停课不停教，停课不停学”的要求，计算机科学与技术学院党政领导班子多次召开视频会议，根据教育部、学校统一部署，扎实做好疫情防控期间教学工作安排，落实好线上课堂、线下辅导、实验安排等各个环节，全院教师共同努力、共同分享线上开课经验，取得了春季学期教学“高质量，高标准”的预期成效。在此基础上，针对疫情带来的特殊时期，充分利用信息化技术手段，做好教学过程数据分析，基于学生的学习产出，创新教学模式，建设一流课程。

2019 年，计算机科学与技术学院在专业建设和人才培养上取得了一系列佳绩：人工智能战略新兴专业顺利获批，成为教育部首批设置的 35 个人工智能专业之一，首年招生开局良好，成为热门专业类；计算机科学与技术专业顺利获批国家级一流专业建设点，并顺利完成计算机科学拔尖学生培养基地申报工作；学生在计算机系统与程序设计竞赛（CCF CCSP）中获得全国第 3 名、ACM 国际大学生程序设计竞赛再次获得世界总决赛入场券、软件能力认证（CCF CSP）连续 4 次获得全国 TOP30 高校第 2 名。

2020 年虽然开局不易，但是学校学院每一步都行走稳健、进步连连。

在《中共山东大学委员会关于实施强院兴校行动的意见》的号召指引下，学院教职工将共同努力，立足本职、扎实工作，加快一流本科专业建设步伐，落实立德树人根本任务，以培养中国最优秀的计算机学院本科生为己任，培养德智体美劳全面发展的社会主义建设者和接班人。

作者：计算机学院副院长　彭朝晖

4月1日　星期三　晴

艺术学院党委副书记·姜　楠

四月的风，暖中还夹杂着一丝丝的凉意，不热也不冷。脱掉臃肿的冬装之后，轻装上阵，从容而惬意。俗话说：一年之计在于春。你看，在城市的大街小巷，来来往往地穿梭着忙碌的身影。乡村的田地里，农民们在播撒着希望的种子。劳动最光荣，只有劳动才能创造美好生活。

近日中共中央、国务院印发了《关于全面加强新时代大中小学劳动教育的意见》，再一次强调了劳动教育具有独特的育人价值。劳动教育的核心是培养劳动价值观、劳动情感态度和劳动伦理品德。

习近平总书记指出，德育工作要“坚持显性教育和隐性教育相统一，挖掘其他课程和教学方式中蕴含的思想政治教育资源，实现全员全程全方位育人”。加强高校劳育工作，既应强化显性劳育，传授与大学生就业和职业发展息息相关的劳动科学知识；又应深化隐性劳育，深入开掘专业教育、思想政治教育和各类第二课堂活动中的劳育资源，系统建构“四位一体”的多元化劳育课程体系。

自新型冠状病毒感染的肺炎疫情暴发以来，举国上下勠力同心共战疫情，全国高校师生也迅速形成全面部署、全体动员、全民参与的抗疫工作“一盘棋”。习近平总书记在致全国青联学联的贺信当中曾经指出：“国家的前途，民族的命运，人民的幸福，是当代中国青年必须和必将承担的重任。”

2月27日，樊丽明校长在学工部调研时表示，要引领学生全面发展。坚持“五育”并举，促进学生德智体美劳全面发展；以校内“三助”、志愿服务、社会实践为主要抓手，精心规划设计校内“三助”岗位，弘扬人人都做志愿者的教育特色，提供更多社会实践平台和机会。

最近，在学校党委和学院党委的领导下，艺术学院学生思想政治教育工作队伍和专业教师们共同研究，以抗疫为契机，将专业教学与学生思想政治教育相结合，将大学生“云思政”与线上课程的开展相结合，创作了一大批优秀的原创战疫艺术作品。笔墨为剑、以声传情，心手相牵、众志成城，艺术学院学子们积极投身于志愿服务和社会实践中，助力疫情防控。我们把培育和践行社会主义核心价值观融入学生劳动教育过程中，以劳树德、以劳增智、以劳强体、以劳育美，以期进一步教育引导广大青年学子勇担使命，传承和弘扬爱国主义精神，增强制度自信。

作者：艺术学院党委副书记　姜　楠

4月2日　星期四　晴

财务部部长·刘丕平

突如其来的新冠疫情打乱了很多人的生活节奏，各行各业被迫按下“暂停键”，然而新学期伊始，学校却悄然按下“快进键”。近期，学校正式印发了《中共山东大学委员会关于实施强院兴校行动的意见》。为推动该意见落地见效，郭新立书记召集强院兴校专题座谈会，鼓励大家讲心里话、谈实在话，围绕强院兴校讨论“怎么看、怎么干”，到今天已经是第六场了。通过这六场会议，我看到了大家对强院兴校凝聚起的广泛共识，感受到了学院主动谋事的空前热情，了解到了学院干事创业的迫切需求，尤其是看到学校将综合预算改革摆在强院兴校行动突破口的关键位置，我倍感兴奋，但也深感压力。

其实，去年一年，我们已经围绕强院兴校行动做了许多综合预算改革工作，包括研究兄弟高校的改革方案、调研学院的改革诉求和综改基础等。现阶段，学校摊子大、学科多且全、学院多而小，现行财务管理体系下的学院经费来源条块分割，使用规范“格子化”特征明显，学院对财务专业服务呼声较高，这些既是我们急需解决的痛点难点问题，也是我们全体财务人努力的目标和方向。下一步，我们将深化财务领域的“放管服”改革。具体来说：

一是下放财权，放出活力。围绕学校强院兴校行动计划和“121”行动路径，破解学院经费来源条块分割和“格子化”使用难题，以学院综合预算改革为推手，提升学院四项能力，做大做强学科，激发学院发展活力。

综合预算改革的主要思路可以简要总结为以下三点：结合学院工作任务与事业规划，围绕一个“强”字，有针对性地向学院提供财务资源支持，强化学院发展资源支持；明晰校院两级事权，确保财权与事权相统一，完善责权利相一致的预算管理机制；放宽经费使用限制，打破“格子”，增强学院理财能力，加强学院资金统筹力度。

综合预算改革的重点主要有两方面的内容：一方面是创新资金分配机制，提高资金分配的科学性。将学院经费分配与目标任务挂钩，将财力按照“运行加发展”的模式进行分配，其中运行经费主要是指教学运行经费，按照学院各类学生人数、学科类别等定额拨付。发展性经费按照基本发展经费和竞争性发展经费进行分配，基本发展经费分配金额与学院年度目标任务相挂钩，打包下放给学院自主使用，用于学院完成基本发展目标；竞争性发展经费专项使用，主要用于学校特定的工作任务和事业发展目标，体现学校意志。另一方面是加大资金统筹力度，提高资金的使用效益。加大学院发展性经费统筹力度，重点放宽自筹经费使用限制，将学校拨付的教学运行经费和基本发展经费、学院自筹经费（主要为创收收入、非限定性捐赠收入、科研管理费收入）等统一纳入学院预算，由学院在国家和学校政策范围内统筹安排，自主编制支出预算。学院可根据自身目标任务将财力统筹用于人才培养、师资队伍、平台基地、科学研究、支撑条件、国际合作交流、文化传承创新等方面，从而引导学院科学规划、合理定位、特色办学、持续发展。

二是放管结合，管出效益。强化预算绩效管理理念，完善预算绩效管理顶层设计，全面实施预算绩效管理，以预算绩效管理为“抓手”，确保学院发展体现学校意志，促进学校内涵发展和质量发展。加强目标管理，明确财务资源的绩效产出和效益目标；做好过程监控，加强预算的全过程管理；推进绩效评价，量化评价标准，完善绩效评价体系；注重结果应用，将预算绩效评价结果与财力分配、业绩绩效工资分配挂钩。通过建立健全“全方位、全过程、全覆盖”的预算绩效管理体系，提升资金的配置效率和使用效益。

三是优化服务，服出水平。完善财务联络员制度，指定专人负责协调学院综合预算改革具体操作事宜，加强相关政策、预算管理制度等规范性文件的宣传，协助试点学院编报综合预算，围绕学院发展需求，提供专业化、精细化、个性化财务服务；健全财务专管员制度，加强专管员队伍建设，做好培训和业务指导工作，让财务专管员成为学院财务业务的专家，编报“学院”这一独立主体的财务预决算和相关财务分析资料，通过完善联络员和专管员制度，提升财务专业服务的效率和水平，进一步深化“两不出”和落实“全方位、全天候、全身心”的服务要求。

时间不等人，形势更逼人，我们作为财务人，要对标学校提出的“提高财务管理水平和经费保障能力”的要求，管好“钱袋子”，也要用好“钱袋子”，助推学校实现“由大到强”的历史性转变。

作者：财务部部长　刘丕平

4月3日　星期五　晴

空间科学与物理学院物理系主任·孙　珲

今天，我组织物理系老师通过腾讯会议在线上针对修订2020级专业培养方案进行了讨论，完成了应用物理学专业培养方案（2020）（中文版）初稿。前期物理系全体教师通过QQ群，在线认真总结学院“强院兴校”行动大讨论中学生组和物理组老师梳理的问题，在认真学习《本科人才培养方案修订专题会议材料汇编》和参考以往培养方案的基础上，物理系老师积极建言献策，对培养方案的修订提出了很多可行性的意见和建议。

常务副院长王守宇提出，要结合威海校区的特点和特色，发挥我们的优势，结合空间科学与物理学院的专业设置修订培养方案。吕英波副院长提出，培养方案的修订应围绕“全面深化教育教学改革，构筑高水平的人才培养体系”的主题，着重夯实本科生的专业基础，提高学生的实践和创新能力。讨论会上，新老教师积极发言，围绕“专业培养”和“创新实践”两大模块的课程设置展开了激烈讨论。

在“专业培养”课程设置上，李波老师根据学院与澳大利亚国立大学物理与工程学院开展“2＋2合作办学”的项目特点，提出应充分考虑双方在教学过程中的差异，发挥各自优势，加强双方课程的融合，形成贯通的课程教育体系。张鹏老师结合在澳国立联合理学院培养方案修订中的经验，提出应根据新的授课内容和授课形式对现有课程的课程名称、课程大纲等进行修订。亓斌老师等认为，在新的培养方案中，应该注重夯实本科生的物理基础，适当调增普通物理课程的课时。郑卫民老师认为应当将学科前沿研究融入基础理论教学中，提高学生的学习兴趣和积极性。高建华老师等就培养方案中不同课程授课内容衔接的问题进行了讨论，提出了修订意见。在“创新实践”课程设置上，李延辉老师、刘芬老师等根据应用物理系的专业特点，充分讨论了如何通过丰富专业实验内容和合理调整实验学时提高学生的创新实践能力。

新培养方案的修订突出“落实三全育人”与“注重传承创新”，更加重视对本科生人才的思想道德教育和创新实践教育，明确提出要把立德树人融入教育教学全过程，加强“思政＋”育人体系建设，强化对本科生人才的思想引领与价值引导，实现全员、全方位、全过程育人。在“强院兴校”的建设过程中，学院应继续加强对本科生的人才价值观引导，注重对学生创新精神、创新情感、创新思维和创新人格的培养，围绕山东大学“双一流”的建设思路和威海校区“一二三”的发展规划，以习近平新时代中国特色社会主义思想为指引，对标“培养最优秀的本科生”的办学目标，加快一流专业建设，全面提高人才培养能力和质量，最终形成以思想政治理论课为核心、专业教育课程为主渠道、综合素质拓展培养为支撑的协同教育体系，为社会培养德才兼备的创新人才，为国家发展提供内生动力。

作者：空间科学与物理学院物理系主任　孙　琿

4月4日　星期六　晴

临床医学院本科生·李　旭

2020年是极其不平凡的一年。新冠肺炎疫情暴发后，千千万万的白衣天使放弃与家人欢度春节，奔赴武汉。那时，有人问："医生，此去欲何?"答："战病疫，救苍生!"又问："若一去不回?"再答："便一去不回!"

截至4月4日，各省各批次的白衣天使都陆续回家了，可有些天使，永远留在了武汉，守护着勇敢的武汉人民。没有一个冬天不可逾越，没有一个春天不会来临。可这迟来的春天，却因少了他们的色彩，黯然失色。

4月4日，全国举行哀悼活动。今天，我早早准备好，等待着10点的到来。10点，全国人民默哀3分钟，这一刻，防空警报鸣响，汽车、火车、舰船同时鸣笛，哀悼为抗击新冠肺炎疫情牺牲的烈士和逝世的同胞!

这短短的3分钟，让我想起了年仅28岁的宋英杰，他的愿望是疫情结束后，去看看在湖北生活的姐姐和小外甥，可是姐姐和外甥再也等不到他了；还有原定正月初八结婚的彭银华，离世时，他抽屉里还有未送出去的婚礼请柬；还有李文亮；还有……他们将自己的生命奉献给了我们，我们又有何理由不代他们好好看一看这美丽的春天。等到春暖花开，疫情结束时，我们也要记得他们的牺牲，更要记得他们对我们的守护，记得他们未曾实现的心愿。

我是医学生，去世的这些医生都是我的前辈，我从他们身上看到了高尚的医德。我明白了"国有战，召必回，战必胜"的担当；懂得了"为民请命不能避，为国赴难不能避，临危受命不能避"的责任；更加清楚了天使的样子，那一双双被消毒水腐蚀的手、一张张被护目镜压出伤痕的脸、一个个理得像灯泡似的"卤蛋头"……这不就是天使的样子吗?

这次疫情让我认清了自己身上白大褂的分量，我会时刻提醒自己努力学习，将来做一名良医，要以这些前辈为榜样，时刻激励自己在医学之路上愈战愈勇！

作者：临床医学院 2016 级本科生　李　旭

4 月 5 日　星期日　晴

学生就业创业指导中心副主任 · 王迎春

早上，习惯性地打开“春风暖心就业指导活动”简历特训直播课程回看链接，我惊喜地发现校内学生已经有 3016 人次观看。学生真挚的反馈，让我深切地感受到山大“就业人”工作的意义。48 天、31 期，疫情发生以来，“就业人”精心策划组织的系列云端就业指导，以实际行动践行了职业生涯指导的“停课不停学”。很感动昨晚即将调离就业中心的同事还在和我们一起积极地讨论下一步工作，这是“就业人”对工作的热诚和责任。

2020 年高校毕业生规模将达到 874 万，又是一个历史之最。突如其来的疫情，为 2020 届毕业生就业工作带来了更加严峻的挑战。

经过“深入学习贯彻党的十九届四中全会精神，推进学校治理体系和治理能力现代化”专题培训后，我收获良多。百廿山大，素有为国育贤的办学传统。加快就业工作治理体系建设，特别是疫情背景下加强就业工作体制机制改革，是为一流人才培养过程添动能、为学院改革发展添动能、为服务国家战略人才输送添动能。

做好就业工作治理体系建设，需综合施策。一是要提高思想站位。充分实现毕业生的高质量高满意度就业，事关社会稳定和国计民生，事关经济转型升级和提质增效；学科评估指标体系的重要内容之一就是“毕业生质量”评价，提升就业质量是全力助推学校“双一流”建设和实现“由大到强”历史性转变的必然要求。二是要找准工作定位。要通过一校三地协同、校内部门联动、培养单位主体推进机制，努力实现就业反馈招生、培养的常态化、制度化，从“出口端”为“强院兴校”提高人才培养和社会需求的契合度提供依据；协助学院落实培养主体责任，坚持产学教研相结合、国际国内相结合，推进学生就业竞争力的提升。三是要加强就业引领。学校第十四次党代会明确了“三步走”战略安排，目前我们培养的学生职业生涯的黄金30年恰恰与之吻合，要坚持以服务国家战略为导向，鼓励学生把视线投向国家发展的航程，把个人理想同国家和社会需要紧密结合，实现更高质量和更充分就业。

48天、31场覆盖求职全过程的云端就业指导活动，241条服务国家战略招聘信息，15次国防军工专场空中宣讲会，2场大型空中双选会，吸引用人单位1500余家，提供岗位18000余个，线上推送招聘信息1433条，提供岗位4299个，比2019年分别增长96%和111%……服务仍在继续，“加强国际组织人才培养推送工作的实施办法”等征求意见稿正在讨论推进中。平稳运行的空中双选会平台、汇聚重点区域重点行业重点单位的线上招聘、持续优化的线上就业手续服务、各具特色的学院就业工作方案，就业服务一生一策，正在形成学校就业工作新常态。山大“就业人”始终在路上、在改进，正为助力每位毕业生找到满意合适的工作、实现学生高质量就业而努力。

作者：学生就业创业指导中心副主任　王迎春

4月6日　星期一　晴

青岛校区学工部部长·宋作标

今天在办公室值班，我又一次学习了学校关于“强院兴校”和一校三地管理体制改革的系列文件。年前曾经从《时事报告》杂志上深入学习过习近平总书记围绕深化党和国家机构改革的系列重要讲话，于是又找出这本杂志再次研读，结合近期参加党的十九届四中全会精神专题培训以及列席学校“强院兴校”座谈会的学习收获，分享四点体会。

一是推进学校事业发展、回应师生发展诉求是综合改革的逻辑起点。2018年2月26日，习近平总书记就中央关于深化党和国家机构改革有关方案向党的十九届三中全会作说明时指出，深化党和国家机构改革的目的是更好地推进党和国家事业发展，更好地满足人民日益增长的美好生活需要。学校目前正在着力推进的综合改革正是学校实现“由大到强”历史性转变的内在需求，是培育和发挥一校三地办学优势、积极回应师生发展诉求的必由之路，充分体现了此次改革的目标导向。

二是解决存在的突出问题是综合改革的主攻方向。当前学校治理中存在的最突出问题，我认为是主体意识偏弱问题。对个体来说，主体意识是人对于自身的主体地位、主体能力和主体价值的一种自觉意识，是人之所以具有主观能动性的重要依据。同理，对于学院来讲，强化学院的办学主体地位，从“要我发展”向“我要发展”转变，正是此次改革的价值所在。对于校区来说，异地办学的目的在于既能充分发挥学校综合性大学优势，又能充分挖掘驻地资源优势。学校《关于深化一校三地管理体制改革的意见》提出要融汇一体发展合力，同时要充分发挥主观能动性，紧密结合区位差异性，创造性地开展特色管理和增值服务，正是充分发挥两个优势，解决当前存在的突出问题，着力打造新亮点、新引擎的必由之路。

三是体制机制是综合改革“四梁八柱”。习近平总书记在深化党和国家机构改革总结全议上强调，要以坚持和加强党的全面领导为统领，以推进党和国家机构职能优化协同高效为着力点，把机构职责调整优化同健全完善制度机制有机统一起来。体制构建主要解决的是领导关系或者是隶属关系的问题，机制则主要对应的是相互之间的工作关系，这些都要通过一系列制度进行明确。日前学校综合改革蓝图已经绘就，主体框架基本形成，以制度建设为核心的一系列改革举措正在陆续出台，这必将为推进学校事业发展注入强大动力。

四是能否产生“化学反应”是综合改革的考验所在。习近平总书记在深化党和国家机构改革总结全议上强调，完成组织架构重建，实现机构职能调整，只是解决了“面”上问题，真正要发生“化学反应”，还有大量工作要做。习近平总书记还指出，深化党和国家机构改革，要切实解决多头分散、条块分割、下改上不改、上推下不动的问题。无论是“强院兴校”还是一校三地管理体制改革，机构和职能调整了，机制制度建立了，只是完成了“物理反应”，要取得实实在在的改革成效，还需要配套一系列催化措施，形成“全动”局面。改革启动以来，学校围绕“强院兴校”完善了校领导联系学院制度、建立了职能部门主要负责人担任联络员制度，密集组织系列部署会、座谈会、研讨会；学校关于一校三地管理体制改革意见和具体实施方案发布后，校区也立即启动了宣传动员工作，这些都是推动实现“化学反应”的重要步骤。我作为校区职能部门负责人，并有幸担任学院的联络员，不仅要当综合改革的马前卒，更应当成为改革的“催化剂”，并和同事一起形成坚强有力的“化学键”，为实现改革目标贡献全部力量。

作者：青岛校区学工部部长　宋作标

4 月 7 日　星期二　晴

基础医学院院长 · 高成江

打开日历，不知不觉已进入了 4 月份。自新冠肺炎疫情暴发以来，在过去两个多月的时间里，我大部分时间都在家办公，上网课、写基金、参加会议，即使到学校，也是匆匆而过，没有去细细欣赏校园春日的美。前两天提交了基金申请，上完网课，有时间在校园里走一走，漫步于美丽的校园，突然有一种久违的感觉。校园里缺少了往日的喧嚣和热闹，却又在静谧中蕴含着一种生机勃发的力量，这个春天注定不平凡。

我于 2019 年 9 月就任基础医学院院长，至今已有半年多。这期间与学院其他领导班子成员一起，一直在思考学院如何发展、如何做大做强的问题。就任后我通过调研和走访等方式，并与其他高校兄弟学院进行交流和探讨，基本摸清了学院发展中存在的共性和个性问题。疫情期间，我学习了《中共中央关于坚持和完善中国特色社会主义制度　推进国家治理体系和治理能力现代化若干重大问题的决定》和《中共山东大学委员会关于实施强院兴校行动的意见》等文件，参加了郭书记组织的“强院兴校”专题研讨会和党的十九届四中全会精神培训班，并做了两次专题发言，通过学习和研讨，进一步加深了对学院存在问题的认识，对如何解决这些问题，也有了一定的想法。

世界一流大学的建成需要以一流学院作为基础，没有一流学院，就没有一流大学。学校推出“强院兴校”计划，赋予学院更多的自主权，是学院发展的机遇，同时对学院的治理能力也提出了更高的要求。“强院兴校”，对于学院来说，重要的是要找准“强院”关键点。通过分析和梳理，我们学院在大团队、大平台、大项目等方面与标杆院校还存在很大差距，主要体现在优秀青年人才严重匮乏、科研团队规模偏小、研究方向不够凝练、有高原但高峰少、国家级科研平台缺乏、空间分配不够合理等。

“人才”是学院发展的核心，是强院的关键和根本。学院通过十多年的引育，已经储备了可观的国家级人才，但优秀青年学科带头人匮乏。2017年初学院内部遴选的PI，45岁以上人员达到82%，青年研究组长不足18%，而标杆院校青年研究组长所占比例达39%。如果这种情况得不到改善，后劲不足将严重制约学院的长远发展。因此学院下一步将加强各层次人才引进，同时对现有教师加大培育力度。

学院在成立之初进行了PI科研体制改革，但现有4～8人组成的小规模科研团队，科研方向不够凝练，人员力量弱的情况较为突出，学术“高平头”现象比较明显，已经不能满足冲击大项目、大平台、大团队等目标的科研组织模式要求。2020年底，学院将开展首批PI考核，同时对科研团队进行调整，以“扩大规模，凝聚方向”为指导思想，组建大科研团队，集中围绕一个研究方向进行攻关，达到“找准突破方向，凝聚优势力量，攻占一座山头”的主要目标。争取经过3～5年的攻关，建设成3～5个在国内外具有一定学术地位和影响力的优势研究方向，改变“有高原，无高峰”的局面。

学院现有实验畸形学教育部重点实验室、精神疾病基础与临床山东省重点实验室、感染免疫山东省重点实验室等3个省部级重点实验室，但缺乏国家重点实验室这样的国家级平台，因此在科研环境建设上长期投入不足，对青年人才吸引力不够，高水平成果产出困难。下一步我们计划整合现有优势资源，申报教育部重点实验室，并利用国家重点实验室调整的机遇，尝试与其他医学学科或其他大学联合申报国家重点实验室，打造国家级科研平台，助力学科发展和人才引进。

疫情终将过去，让我们携起手来，以“强院兴校”为契机，为建设世界一流基础医学院，为山东大学“由大到强”的历史性转变作出自己应有的贡献。

作者：基础医学院院长　高成江

4 月 8 日　星期三　晴

文学院院长·杜泽逊

近阶段，学校组织讨论“强院兴校”战略，郭新立书记主持多场视频讨论会，我也进行了深入思考。

我非常赞成“强院兴校”这个战略安排。我理解，兴校相当于建设一流大学，强院相当于建设一流学科，所以“强院兴校”和十九大报告提出的“双一流”建设是一致的。那么怎样强院？我理解强院的抓手是学科建设，而学科建设的核心是人才队伍建设。人才队伍建设除了培育人才、引进人才之外，还有一个课题，就是凝练队伍、凝练学术方向。

在人文学科，中外历史都比较强调出思想，出思想也是习近平总书记在哲学社会科学工作座谈会上提出的任务。但是在学术界有一种说法认为大多数思想是由一个伟大的思想家建立的，这就对人文学科组织团队带来了理论和方法上的不确定性。不过我们也要看到另一面，历史上的学派也不少，比如著名的儒家学派，虽然是孔子创立了这个学派，但在历史上，却诞生了孔门十哲、七十二达人，还诞生了董仲舒、朱熹、王阳明这样的儒家学派的巨匠。清朝有个乾嘉学派，民国期间有“章黄学派”和“古史辨派”，对 20 世纪的人文学科影响巨大，所以组织团队也是有历史根据的。

与此同时，我们还要考虑人文学科面临的新情况：国际化、信息化。在新形势下，由一个团队建构新的思想体系的可能性显然加大了。我们山东大学人文学科有“文史见长”的说法，在古代文学学科有“冯陆高萧”四位大师级学者，这样的描述也是群体性的，而非个体性的。所以对凝练团队，我们要从思想上突破传统思维模式，解放思想。就山东大学中文学科来说，它是一个 A 类学科，大概排名第五，我们怎样做大做强呢？我认为几乎可以肯定地说，凝练团队是胜出的唯一出路。

最近，学校制定了一个人文社会科学创新团队的文件，我觉得对文科很重要。我们理解这个创新团队，不能从二级学科考虑，中文学科的二级学科有八个，所以团队要破一破二级学科这个界限。同时，山大的中文学科力量不仅仅在文学院，文学院有个文艺美学基地，文学院之外，研究中国文学的力量还存在于儒学高等研究院、国际教育学院、威海校区文化传播学院、青岛校区人文社科研究院。因此，学院这个层面也要稍微动一动。

我们做了一个功课，把中文学科研究文学的力量联合起来，共同做一些实实在在的研究。把从商朝开始直到2020年的甲骨文，以及这三千年的中国文学的传统，进行系统的梳理，来回答十九大报告提出的一个命题：中国共产党从来都是中华优秀传统文化的继承者和弘扬者，中华优秀传统文化是新时代社会主义新文化建设的活水源头。我们从文学的角度回答了国家的这个命题。

我们研究中国文化存在两个节点，一个是辛亥革命到五四运动，这个节点的标志是反帝反封建。“五四”以后的文化叫新文化，那么五四以前的就是旧文化。第二个节点是1949年中华人民共和国成立，推翻了三座大山，建设社会主义新文化。如何打通这些环节，打通中国文化从盘古开天到新时代文化的血脉，推动中华优秀传统文化的创造性转化、创新性发展，并把这个从理论上已明确的结论落实到具体的研究中，是我们面临的任务。目前我们已初步组织了一校三地的团队，准备集体写一部大书，叫《中华三千年文学通史》，我们计划用两年时间完成写作任务，再用三年开展更深入的专题研究，希望经过五年建设期，我们这支中国文学研究团队的前沿地位能巩固下来。

作者：文学院院长　杜泽逊

4月9日　星期四　晴

深圳研究院工作人员 · 王飞虎

今天像往常一样，我起床，洗漱，出门。在上班的路上买一份早餐，伴随着熙熙攘攘的人群，走出地铁站，来到深圳研究院。今天是平凡的一天，翻开日历细细一算，我来到深圳十年了。

十年前的今天，我从学校拿着一张录用单位的实习通知，买了一张机票，选了13F的靠窗座位，北雁南飞，来到这座城市开始了“深漂”的旅程。自那一刻起，故乡便只有冬雪，再无春秋。

两年前，因缘际会，内心中那份故土情结再次萌发出无法抑制的新芽。承蒙领导和同事的厚爱，我有幸加入了这个大家庭，旷久离家的游子变成了山大人，新芽也从此有了根。初进研究院，那句“为天下储人才，为国家图富强”就映入眼帘。随着时间推移，我慢慢领悟了其中的深刻含义。

深圳研究院是一个充满激情的大家庭，也是一个充满活力的小集体。八年前艰难入驻虚拟大学园，从无到有，从小到大，发展至今已有二十多名成员。大家怀揣着梦想，依靠所有山大人的支持和鼓励，凭着一腔热情和执着信念，深深扎根在这片热土，长成枝繁叶茂的常青之树，成材之期，指日可待。

办公室的工作繁杂又多变，内协外联，上传下达，我就像一个忙忙碌碌的“店小二”。但回顾这两年的工作，却有一个个耀眼的闪光点，作为研究院的一员，我心中感到自豪。

我可爱又可敬的同事们，在学校的支持和院领导的带领下，获得了一项项成绩：他们把人才培养在大湾区做成了品牌，“圆梦计划”圆了一万产业工人的大学梦，一个小小的研究院，两年拿了两个国家级教育大奖；他们开办研究生班培养高端精英人才，为深圳发展奉献更多光和热；他们搭建科学基金平台，引进国家重点实验室，组织专家学者一千余人次申报课题，有力促进学校的学科发展；他们举办创新创业暑期学校，每年征召五十多名全日制本科生研究生走进名企实习实践，被深圳市纳入人才储备“雏凤计划”；他们脚踏实地服务鲁深两地政企，每年接待一千余人次到研究院对接项目，量身定制精品培训输送先进理念；他们积极服务学校，为各部门学院到深圳考察学习提供周到服务；他们热心服务校友，创立“新校友　心关爱”品牌活动，解决赴深新校友面临的难题；他们默默无闻地努力奋斗，得到社会和政府的高度肯定，连续两年被评为深圳市虚拟大学园“优秀研究院”。

我可爱又可敬的同事们，就像我们在虚拟大学园成立二十周年诗文诵读会上自编自演的那段《雕刻时光》中所描述的：

看着一张张熟悉的面孔来了，又走远
满怀深情，感叹岁月
时光刻下的
是爬上眼角的细纹
双鬓渐白的发丝
还有
对故土的思念
对山大的眷恋
但无论什么都无法阻挡我们
奋力奔跑，一路向前！

所以，就让我认真地做好“店小二”这份很有前途的职业吧，付出加倍的努力为他们做好服务，在这个不平凡的深圳研究院，继续实现我们未完的梦想。

作者：深圳研究院工作人员　王飞虎

4 月 10 日　星期五　晴

威海校区党工委组织部副部长 · 梁奉军

融融暖阳，万物复苏，草木返青，桃李绽放，春的气息扑面而来。去年这个时候，我们结束了为期一周的校内双向挂职岗前培训，正式走向挂职岗位。一年的时间过得飞快，转眼就到了挂职结束的时候。静下心来梳理挂职一年来的学习和工作，有收获的喜悦，有对问题的重新思考，但亦有精力不足的遗憾。

经过一年的挂职锻炼，我全面深入了解了学院工作运行情况，开阔了工作视野，锻炼了工作能力，受益颇深。特别是近期通过参加处级干部学习贯彻党的十九届四中全会精神专题培训，我对推进学院治理体系和治理能力现代化、落实“强院兴校”行动有了更深的理解和认识。

强化党的领导，是推进“强院兴校”的政治保证。对学院而言，如何发挥党的领导的最大优势，充分调动教职医务员工落实强院兴校的积极性，确保在实施过程中不出偏差、少走弯路？从领导层面来说，就是要全面加强党的领导，建立健全学院党委和行政领导班子协同配合的领导机制，完善学院集体领导、党政分工负责、协调运行的工作机制。从组织层面来讲，就是要针对学科交叉、学术团队融合、科研平台整合等即将出现的新情况，进一步优化组织体系建设，充分发挥党支部的战斗堡垒作用。从操作层面来看，就是要以书记抓基层党建突破项目为抓手，助推党建“双创”和“双带头人”建设，推进党建工作与中心工作的深度融合。

规范制度建设，是推进“强院兴校”的关键核心。挂职中我发现，随着学校“放管服”改革权力的逐步下放，学院有些制度已经不合时宜或与学校政策措施之间衔接不畅。必须要系统开展制度“废、改、立”工作，特别是学校把人财物权下放到学院后，必须要重新审视并重点完善党委会、党政联席会和“三重一大”等关键制度，在议事规则、议事程序、决议落实等细节上下功夫，以确保党委会和党政联席会协同配合、规范运行，真正在学院发展中起到把方向管大局的作用。同时，还要注重加强院学术委员会、教代会（工会）、学生会（研究生会）等制度建设，逐步形成政治权力、行政权力、学术权力和民主权力相互协调、协同共进的运行机制，保障学校下放的各项权力接得住、用得好。

优化管理队伍，是推进“强院兴校”的重要保障。学院能否把学校党委的精神贯彻落实到位，不仅仅取决于各学院中层领导班子，还要有一支数量充足且素质精良的管理服务队伍去落实。首先，要充实优化管理服务队伍。在学校当前事业编制比较紧张的情况下，可以从现有编制内寻求解决方案。一方面可通过教师转岗的方式解决，对于部分超编或者个别教学科研达不到聘期任务的教师，可以让他们转岗为科研团队服务，更能发挥其熟悉教学科研业务的优势。另一方面采取管理岗位分流方式，结合学校党委刚印发的威海校区和青岛校区管理体制机制改革实施方案，优化管理机构设置，推进机关与学院之间管理干部双向交流任职，鼓励机关管理干部充实到学院管理岗位上来，在做好机关管理人员分流的同时，也可有效解决下放的权限接不好的问题。其次，要选优配强业务负责人。学院要高度重视加强系、中心、团队负责人和教师党支部书记队伍建设，严格按照“双带头人”标准选配业务负责人和学科带头人，可通过与系所、科研平台签订目标责任书等方式适当放权，赋予他们更大的权力和更多的责任，提高他们参与治学强院的积极性和主动性。由业务管理队伍做牵引、行政管理队伍做服务，两支队伍协同配合、有序推进，必将有效激发学院发展的活力和内生动力。

作者：威海校区党工委组织部副部长　梁奉军

4 月 11 日　星期六　晴

学工队伍体育锻炼 21 天打卡活动参加者・袁淑娟

作为体育学院“体育素人”的我，工作多年从未将锻炼身体放在心上。一方面，我写过很多体育赛事报道，近距离接触过奥运名人，带的学生都有体育专长；另一方面，我真的不擅长运动，上学的时候就一直在及格线上挣扎。工作后，耳濡目染，心生羡慕，对运动员佩服得五体投地，也曾试图学一学、练一练，最终凭着各种数不清的借口，还是放弃了。

疫情期间，长时间待在家里，为了防止“每逢佳节胖三斤”的尴尬，我终于痛定思痛，下定决心开启一段健身之旅。开学后，学工部号召全体辅导员和学工部门工作人员每天坚持进行体育锻炼，不断增强学工队伍的体育育人实效，带动广大同学锻炼身体动起来。我不敢说带动学生们动起来，在这方面，我还要靠学生们来带动。

在 Keep、乐动力、每日瑜伽等健身 APP 里，我选择了 Keep，为了督促自己能坚持 21 天，我选择参加“李佳琦魔鬼瘦小腹计划”，为期 7 天，正好循环参加 3 轮。前三天是比较难的，因为长期不怎么运动，我不仅跟不上节奏，动作无法标准到位，而且浑身疼，如果不是有李佳琦的魔性声音，我可能真的不愿意坚持。

第一个 7 大结束时，身上该疼的地方都疼过了，但也明显觉得自己变得有力量。

第二个 7 天结束时，动作基本可以做到位，还能越过几次休息时间。但可怕的是，体重增加了两斤，这是怎么回事？咨询了自己的学生，学生提供了科学的解释，一是虽然饭量没增加，但运动使得消化更好了，所以身体摄入的更多了；二是脂肪单位减少，肌肉增多，会增重；三是锻炼了不到一个月，体重浮动很正常，持之以恒才会有效果。

第三个 7 天结束时，解锁了全部动作，可以轻松完成每天的训练计划，我觉得可以换更高阶的健身活动了。每天运动后，配合简单的瑜伽拉伸动作，不仅身体感觉更舒适，而且有运动带来的轻松愉悦的心情。

21 天养成好习惯，是我们熟知的道理，可真的运用起来，也不是说说那么简单。疫情期间，很多事情发生了改变，我们见证了祖国的强大、人民的团结，也意识到身体健康的重要性。开学至今，偶然遇到的几个同事，都因为每天坚持锻炼，获得了焕然新生的改变。所以，是继续晨昏颠倒、不修边幅，还是精神焕发、面貌一新？只要开始，什么时候都不晚。开始吧，动起来，自律的你，值得被生活温柔以待。

作者：体育学院辅导员　袁淑娟

4 月 12 日　星期日　晴

美国北加州校友会会长·刘以栋

今天是 4 月 12 日，美国的复活节。美国新型冠状病毒感染的人数超过 55 万人，死亡人数超过 2 万人，全球感染人数超过 184 万人，死亡人数超过 10 万人。一想到这么多逝去的生命，我就心情沉重。但是，这又是充满期盼的一天，想着大家对我的关心和爱护，虽然居家隔离，但我仍然倍感温暖，于是便写下这篇日记。

在我们的一生中，与两者的关系永远不会改变：一是父母，二是母校。

从我们出生那天起，我们和父母之间的血缘关系已经被注定，一生中都不会变更。从我们毕业那天起，母校就成为履历上永远的烙印。

我们这些生活在海外的山大校友，母校情结更加浓烈。朋友在一起聊天，经常会问起来，你是国内哪所大学毕业的？我对山大的思念，就像陈年美酒，离开的时间越久远，思念越浓醇。

我是江苏人，又生活在海外，所以大学毕业以后，回山大的机会很少。出国以后，就再也没有回过山大重温母校的一草一木。但是，洪家楼校区与中心校区的那片小树林一直留在我心中。

上大学的时候，张明敏的成名曲《我的中国心》深深地打动了我们那一代人。而现在，歌中所唱已成了我的切身感受："河山只在我梦萦，祖国已多年未亲近，可是不管怎样也改变不了，我的中国心；洋装虽然穿在身，我心依然是中国心，我的祖先早已把我的一切，烙上中国印！"

这次新冠肺炎疫情，让我们再次体验到了和母校之间的亲情。我们和母校间的深深牵挂，直接转化为爱的行动。

疫情暴发以后，我们山东大学北加州校友会理事会立刻采取行动，为母校捐款捐物。经慎重考虑后，我们最后决定捐款对象为山大赴疫区的医护人员。为了最有效地利用美国的捐款政策，我们讨论研究了不同的捐赠途径，最后决定走美中交流协会进行捐款对接。美中交流协会是非盈利机构，会长是我们校友会的秘书长孙华伟。我们校友捐款给美中交流协会，由该协会把款捐给山大教育基金会。1 万美元虽是个小数目，但是代表了我们山大北加州校友的一片心意。

我们给山大的捐款送出后不久，新型冠状病毒疫情在美国暴发，美国东西海岸是重灾区，而北加州包括了美国华人比较集中的旧金山市和硅谷地区，是疫情最严重的区域之一。

正当我们为美国市面上买不到口罩而一筹莫展的时候，山东大学校长樊丽明通过校友会秘书长杨斌联系我，转达了山大领导对我们海外校友的关心，并愿意给我们捐赠医护用品。

樊校长的关心犹如冬天里的温暖阳光，给了北加州的校友们极大的安慰。大家离开了山大，离开了中国，远在大洋彼岸；但母校没有忘记我们，山大的老师和领导惦记着我们。

当时我们北加州校友群有150多人，我根据大家的情况，考虑到山大是高等学府，不是口罩工厂，所以跟杨斌秘书长和曹锐同志协商，按一个校友20个口罩的计划，接受山大捐赠3000个口罩。现在学校已经给我们寄来了三批共1100个口罩，还有400个口罩正在路上。

与此同时，山大日照校友会秘书长许鹏联系我说他有口罩货源。我把许鹏同学介绍给了北加州校友和其他朋友，许鹏给大家寄了很多口罩，解了大家的燃眉之急。

远在加拿大的学长吴旭已经在协调山大计算机学院给海外校友捐口罩。为了减轻山大领导的负担，我们校友会表示，我们的口罩问题已经基本解决，不再需要山大继续捐赠。我们衷心感谢母校老师和同学的关爱。

这次疫情，我们北加州校友会收到了母校山大和日照校友吴秀丽代表日照侨联捐赠的口罩。我个人也收到在山大时的同学捐赠的口罩，以及我妹妹和侄子邮寄来的口罩，一下子觉得自己的口罩很富裕，更感觉人生充满了温情。

病毒无情，人间有爱。面对病毒疫情，山大医疗队奔赴疫区，逆向而行，是我们校友的骄傲和榜样。他们出于对国家和病人的大爱，放下自己的亲人和孩子，冒着生命危险赶赴疫区，所以他们是新时代最可爱的人。赴疫区的校友张静静英年早逝，给我们留下永远的惋惜和心痛。

离开山大已经30多年，现在我的孩子已经到了我读山大时的年龄。对正在山大读书的学弟学妹们，我想说几句心里话：

第一点，大学四年无所获，如入宝山空手回。人生虽然漫长，但紧要处往往只有几步，尤其是在人年轻的时候。大学的时候学点真功夫，以后将终身受益。

第二点，人的知识是多方面的。一方面是硬的专业知识，一方面是软的社会知识。知识结构应该是“T”型，在自己的领域有深度，在专业以外的领域要有广度。

第三点，在这个世界上，除了我们的父母，给予我们最真诚帮助的人就是学校里的老师。我们要牢记“学无止境，气有浩然”的校训，但是也要明白通俗的职场经验是：听话，出活。

山大是我们的母校，我们是山大的校友，我们要在自己身上彰显山大毕业生的浩然正气，不辜负孕育出孔孟文化的这块人杰地灵的齐鲁大地。

作者：数学系1985届校友、美国北加州校友会会长　刘以栋

4月13日　星期一　晴

攀登计划创新团队首席专家·陈　耀

“强院兴校”正被广泛讨论，作为学校首批立项建设的攀登团队一员，当然要以身作则、积极响应、主动谋划、提出动议并付诸行动。

学校设立攀登团队，是以学科发展建设、科技创新能力提升和领军人才培养为根本，以大平台、大团队、大成果和大项目的培育与获取为目标，通过学校层面的资源统筹和重点支持，配以体制机制改革，集中力量做强学科与团队。可见，攀登团队的建设是一项涉及学科建设各个层面的系统工程，是需要长期坚持的事业。

当前，科技创新能力提升的关键路径是组织开展有效、深入且持久的学科交叉融合。在共同的项目牵引、任务带动下，通过交叉互补形成合力，通过深入而持久的融合形成有能力承担大项目、获取大成果的大团队大平台。这便是与学科建设融为一体的攀登团队的建设过程。

攀登的目标是造峰也是登峰，实现这一目标，绝非一蹴而就。参与团队的各方成员，可以来自多个学院、研究院，是共同的目标和发展的需求将各方汇聚在一起。而长期以来，学院间相互独立，有着明晰的边界，在

一定程度上构成相互博弈的利益主体；参与成员也自然有着自身的各种发展诉求。那么，如何才能保证攀登团队各方长期、稳定地走完“融合”的过程且能持续“高歌猛进”，而不是游走于博弈主体的间隙来谋求发展的空间？这实际上是当前在推动跨学院学科交叉方面常有“难、痛、堵”之感的重要原因。

攀登团队的建设发展面临同样的问题，解决了攀登团队的发展问题，就相当于为更大层面上探索学科交叉有效路径提供了试点！

在攀登团队各项建设任务之中，其实就包含着要探索和建立学科交叉融合的路径和体制机制。我们认为，要想成功，需要建立一个与攀登团队发展相适应的载体。这个载体，既要有利于相关各方探讨和开展学科交叉，也要能为持久的交叉融合提供稳定的环境或平台支撑，或者可将之称为学科交叉（大）平台。

那么，这样一个攀登团队的发展载体（以下简称“大平台”）应该具备哪些要素？

首先，要能适当超脱相互博弈的各方利益而存在。这个大平台并不是一个与学院同等地位的利益与考核主体，而是像一位更加超脱的利益分派者，应当有着虚体加实体的双重面貌。虚体是指，大平台主要由参与的各实体学院成员组成，而各成员编制与党群关系隶属原学院，具双聘身份；实体是指，大平台是学科建设的一个主要载体，有着发展的权利和相应的责任，是建功立业的实体单位。大平台框架下所获取的成果和利益，一方面属于大平台，另一方面也需根据成员贡献、协调各学院与成员诉求进行切割；大平台要组建专门委员会，在尊重团队意见的前提下，充分调动各参与单位的积极性，从更利于学科交叉融合的角度分派相关成果及利益。

其次，大平台要拥有发展的权利、承担相应的责任。学校要对其明确赋权。一是事权，就是发展和建设学科的权利，二是与之对等的财权、人权和物权。目前来看，大平台享有的财权应主要就是对学校匹配的专项建设经费及根据贡献所划拨经费的使用权利。在人权方面，要能从各学院自主选聘所需成员，在完成原单位教学等任务的前提下，参与承担大平台的项目任务；此外，还要充分考虑大平台各方共性及发展需求，由学校批复一定的科研型专职教师如研究员和实验师等系列岗位指标，且拥有专聘、博后、助理等流动人员聘用权限，有关人员党群关系仍可挂靠相应合作学院。在物权方面，要能享有一定的专用空间面积和研究生指标单列计划等。赋予大平台各项权利也是学校支持和推动学科交叉平台建设的必要举措。赋予了相应权利，也要压实责任以传导压力，让大平台接受学校的考核。

再次，大平台要拥有承载核心学术竞争力的各类载体，包括长期合作、相对稳定的学科交叉团队，所建设及运行的实验室和设施，联合培养的研究生队伍及共同获取的成果、项目、任务和平台等。这些要素构成了在学科交叉融合过程中不断完善的新学科体系，即为所建设的“学科”。

最后，大平台要搭建起与科研创新活动紧密融合的管理服务和支撑保障体系，要建有一整套利于学科交叉及各项科研活动开展、重大项目获取实施、重大成果产生的管理服务制度体系，要有把握大平台事业发展和健康运行、拟定这套制度的决策体系，要积极探索在多学院架构下的党建与业务融合发展的创新模式。此外，还要有在决策体系领导下，能将这套制度体系化为实际管理服务支撑保障能力的执行体系。三体合一，便是支撑大平台（攀登团队发展载体）的现代化治理体系。

总而言之，攀登团队发展载体要具备培育和深化跨学科、跨学院交叉合作的功能，要成为催动不同学科融合成大团队的温床；这一载体要成为“强院兴校”中“建伟功，创伟业”的实体单位，是项目任务成果奖项的实施和主要贡献体，同时又是参与学院及成员间利益的协调者，依贡献、划业绩、促和谐、同发展。在大平台构建的现代化治理体系框架下，各参与单位共建、共享、共赢。

“太阳爆发及其对行星空间环境的影响”攀登团队重点依托空间科学研究院建设运行。团队成员中，有来自研究院及空间科学与物理学院的日地物理与空间环境、行星空间及表面环境、卫星导航技术等多组的30余名成员，以及由机电信息工程学院10余位教师组成的多方向工科团队，依托前沿交叉科学青岛研究院成建制引进了小卫星平台核心技术团队，还有信息科学与工程学院光学团队，均属意共建空天探测大平台。

建设和运行这一跨多学院乃至校区的理工大类交叉创新体系是该攀登团队须着力解决的关键课题。空间科学研究院作为目前实施学科交叉融合的载体，在现有制度、执行和决策体系的基础之上升级、锻造，铸成预期的大平台之模样，或许不失为一个务实且高效的解决方案。

作者：山东大学“太阳爆发及其对行星空间环境的影响”攀登计划创新团队首席专家　陈　耀

4月14日　星期二　晴

空间科学研究院副院长·杜　猛

近期，在“强院兴校”大讨论大思考的激励下，我对所在学科的发展历程有了新的体会，对所在空间科学研究院的设立和运行也有了更深层次的理解。经多次研讨，总结出研究院改革发展实践所遵循的三条关键路径，可为下一步拟定“强院兴校”具体行动措施提供参考。

2013年，学校将空间科学研究院调整为体制机制改革试点实体化运行，在管理模式、人事制度、科研组织等方面改革创新。自运行至今已近七年，研究院所代表的空间学科团队入选了学校“高峰学科计划”及“攀登计划创新团队”。研究院发展也直接反哺了空间科学与物理学院的发展，并在校区内形成了较强的学术辐射引领作用，吸引了若干机电信息工程学院工科团队加盟，成为攀登团队组织开展跨学院学科交叉的实施载体。

简单而言，学校进行研究院改革的初衷便是“集中力量做强学科，以体制机制改革促学科发展”，这也成为研究院的根本优势所在。在资源有限的情况下，找到突破口和关键路径、集中力量办大事，是一个最有可能成功的选择，也是回顾研究院发展所凝练出的经验之谈。

关键路径一：集中力量做强学科。为促使空间科学学科快速发展，2013 年 7 月，学校正式启动了研究院的改革和实体化运行，匹配了专项学科建设经费，使研究院成为本学科建设的主要载体。研究院将学院学科建设、人才引育、薪酬与评价改革等工作汇聚一体，与学院互为依托、一体发展，充分践行了“学者强则学科强，学科强则学院强”的基本发展逻辑。

这种学院和研究院的搭配，使研究院得以轻装上阵、召集优势兵力，紧攻做强学科这一核心目标，且通过体制机制改革保障和推动学科的快速发展。这是在当初经费、管理服务、人才队伍等各方面资源不充分、各方向发展不均衡的条件下，所确定的一条发展“关键路径”。

从本学科发展经历来看，要做大做强，需认清核心目标和任务，且要聚力在最关键的点上以实现突破。这个点就是“提升学术竞争力”，其表现是服务国家发展战略承接国家任务的能力、科技创新与人才培养的能力，以及项目平台人才成果等指标所显示的学术影响力。这是空间学科安身立命之根本，是本学科能紧跟学校发展步伐、与优势学科同进步之依仗。

关键路径二：以体制机制改革促学科发展。研究院作为威海校区首个体制机制改革试点，较早引入了 PI 制。改革的总体思路是要确立 PI 在研究院各项任务，包括科研、队伍和实验室建设、研究生培养等工作中的主体地位，通过匹配建设经费、岗位设置、评价体系改革来增强 PI 的发展能力、发展空间以及团队凝聚力，建立 PI 组“扁平支撑的合作发展模式”，以此来下沉压力、激活 PI 组参与承担学科建设任务的积极性和内生动力。实体化运行七年来，学科得享改革红利、初步实现了跨越发展。

在运行初期，由学院选聘了第一批学术带头人作为PI，然后再由他们从学院（及其他学院）选聘课题组员，同时大力推动博后、专聘人员、外聘专家、管服团队的建设，使研究院成为学科建设乃至学院发展的“动力引擎”，成为学院教师选聘的重要“蓄水池”。在各项工作中，如基层党建、技术队伍和实验室建设维护、学生培养等，学院都提供了关键支撑。

关键路径三：推进学科交叉，践行“理工融合发展，学科任务互促”路线。空间科学学科有很强的基础研究属性，可根据兴趣、以科学创新为首要动机和目的开展研究；又有“和平利用空间”“进出空间，控制空间”等国家战略需求。对于这样一门学科，在发展策略上，要把学科发展与承接空间强国建设任务紧密联系，要能“任务带学科，学科促任务”。

研究院的根本任务和着眼点是学科建设，天然具有学科交叉和融合的组织优势。在实践中，研究院充分利用了学校多学科及研究院人员聘用和岗位设置等优势，在国家项目任务带动下，发挥学术高地辐射作用，与机电信息工程学院组建起优势互补的科学研究和工程技术大团队，联合培养理工交叉研究生，共建实验室，实行“首席科学家领导下的实验室主任负责制”，开展空间探测装置的研制工作等，从而在推动跨学院交叉合作的同时，有效提升了学科承接国家任务的能力，走上“理工融合发展，学科任务互促”的发展路径。

上面介绍了七年来研究院所蹚出的三条发展关键路径。近年来，我们充分利用学校一校三地战略优势，依托前沿交叉科学青岛研究院设立空间天文物理融合研究中心，并成建制引进了小卫星平台核心技术团队，试图以微小卫星平台为抓手，为更多优势学科提供空间实验机会，通过多学科交融的大科学工程任务实践推动更大范围内的融合，汇聚各方优势力量共建共享空间科技学科集群或空天探测大平台。再过三到五年，可见成效。

作者：空间科学研究院副院长　杜　猛

4 月 15 日　星期三　阴

空间科学与物理学院常务副院长·王守宇

走进办公室，着手准备“山东大学教授带您选专业”栏目的素材，回想起此前 2020 春季专业建设与教育拓展工作推进会上校长的讲话和各位同事的报告，我更加深刻地认识到新高考改革和疫情防控给本年度本科招生带来的双重考验。学院必须快速行动起来，双管齐下，加强专业建设和招生宣传工作同步进行。

在国家“强基计划”实施、专业和课程“双万计划”实施、“四新”改革的大背景下，本科教育的改革和发展面临前所未有的历史机遇。樊校长在讲话中强调：“面对新形势，应该加快三全育人、专业改革、模式创新、课程建设步伐，不断强化人才培养优势。”为此，学院从“2020 级专业培养方案”的修订入手，分别组织应用物理系和空间科学系的专任教师进行研讨，学院教师的积极参与和踊跃发言让我既惊又喜，原来老师们对专业建设的升级改造期待已久、思考已久，其中不乏已经十分成熟的建议，并在夯实本科生的专业基础、做好拓展性授课内容的安排和提高学生的实践与创新能力三方面达成了一致。我向老师们强调，对于本科生的培养，要以提高人才培养质量为核心，不必拘泥于固有的形式，要充分发挥我们威海校区的特色和优势，推陈出新，提升教学质量。

加快专业建设，把“内功”练好固然重要，但与此同时，学习宣传的艺术、做好宣传工作，让高中师生和家长了解好专业，同样重要，这也是专业建设与教育拓展工作推进会上着重强调的一点。作为高校工作者，以前总觉得“酒香不怕巷子深”，但在新高考改革的现实情况下，考生先选专业，这着实让我心生“酒好也怕巷子深”的紧迫感。专业宣讲需要依靠全院师生的力量，尽可能做到人人参与、人人宣传。为了达到这个目标，学院于4月7日召开了全院大会，传达了学校专业建设与教育拓展工作推进会议精神，并对学院的招生拓展工作进行了部署安排。学院在成立招生拓展工作专班的基础上，鼓励全院师生参与到学院的招生拓展工作中来，动员我们学院的高层次人才到与考生和家长交流的第一线上去，形成线上线下高效互动的招生新模式，既要拿出最大诚意，又要提供精准的报考指导服务，让考生和家长愿意第一志愿选择我们。

前不久，我参加了学校组织的处级干部学习贯彻党的十九届四中全会精神专题培训课程，对“治理体系和治理能力的现代化”有了进一步的认识。学校印发《中共山东大学委员会关于实施强院兴校行动的意见》，强调学院办学主体地位。学院在“不忘初心、牢记使命”主题教育学习研讨中确立了“以‘谋大事，干大事，成大事’为驱动，大力实施‘六大战略’，从而实现‘强院兴校’”的发展战略，分批次组织学院师生进行“强院兴校”大讨论活动，号召全院师生站在兴校高度共谋改进措施，为学院制定“强院兴校”行动实施方案奠定了基础。

如果说“强院兴校”大讨论让师生充分认识到了学院的“办学主体地位”和师生“强院”的主体责任感，那么2020年的本科招生就是对学院“办学主体地位”的第一次模拟考试。学院能不能承担起这样的主体地位，需要全院师生共同完成答卷。思深方益远，谋定而后动。在后续工作中，空间科学与物理学院全体师生员工定会只争朝夕，不负韶华，积极探索做强学科、做强学院的新模式、新路径，落实立德树人根本任务，为山东大学“双一流”建设贡献我们的力量。

作者：空间科学与物理学院常务副院长　王守宇

4 月 16 日　星期四　晴

国家公派赴瑞典访问学者 · 武　静

2020 年的春节，注定是个不平凡的春节。对我个人而言，我第一次远离亲人，在异国他乡过新年；对我们国家而言，突如其来的新冠病毒肆虐武汉、湖北乃至全国。

从来不刷微博的我，出国后每天关注着疫情的进展，牵挂着国内的亲人同事朋友。身在国外，更深刻体会到了我们中华民族的家国情怀。瑞典有很多的华人群，大家加强交流、互帮互助，凝聚成守望相助的力量。有许多华侨华人，怀着一颗赤子之心，贡献着自己的力量。瑞典的华人商会在疫情最严重的时期，筹备了大批物资，包机运往武汉。我跟着其他华人学生学者们，积极捐款捐物。我在瑞典卡罗琳斯卡医学院带领团队加班加点，在短短的两天时间内，为中国驻瑞典大使馆科技处递呈了治疗方案建议，在抗击新冠肺炎疫情中发挥了一定的作用。

看到山大二院的同事们，一个个身披战袍，坚定地奔赴前线奋勇抗击疫情，除了满满的感动，更有深深的挂念，也恨自己不能上前线尽力，不能为这场疫情做些什么。此前得知一位师妹能联系到生产厂家，可以和医院直接对接提供防护物品，我赶紧联系了支援武汉的领队魏峰涛教授，希望能尽自己的一份力量。看着钟南山院士逆行的背影、李兰娟院士坚定的眼神、诸多医务同行们日夜的努力，我多次泪目。之后的每一天，我都被伟大祖国的雷厉风行震撼着，被各行各业的点点滴滴感动着。世界上有哪一个国家能像中国一样，哪一个民族能像中华民族一样，政府竭尽所能保护着人民，人民力所能及地配合国家？

春暖花开，经过全国人民的共同努力，国内的疫情防控阻击战取得了阶段性的胜利。然而，国外的疫情开始暴发了。瑞典的报道病例并不多，可能因为检测的力度还不够。有些人选择了回国避难，而我选择了留下来，除了担心路途风险之外，我更不想给祖国添麻烦。自疫情告急以来，大使馆已经给在瑞典的学生学者以及其他华人，免费分发了几批外科口罩，最近又为我们送来“健康包”。我租住的宿舍外籍学生居多，看着他们羡慕的眼神，我更体会到了祖国的强大，祖国的温暖，作为中华儿女的自豪感是任何言语都无法描述的！

中华儿女的使命感从来都不曾缺席！前段时间，得知斯德哥尔摩医院的防疫资源紧缺，瑞典华人自觉组织捐献口罩给医护人员。在这时，卡罗琳斯卡医学院发了通知，MTC组成立了新冠病毒检测平台，希望有生物技术背景的志愿者帮助检测新冠病毒，共同抗击疫情。作为中华儿女，作为山东大学的一分子，作为共产党员，我知道我必须要尽自己的一份力量，于是我毫不犹豫地加入瑞典抗疫队伍中。

疫情是一面镜子，映射出世间百态。在这场硬仗中，每一名参加战斗的华夏儿女都是英雄。而今，国内疫情已能控制，我们祖国又在竭尽所能支援其他国家，真正体现了我们大国的担当。我最亲爱的祖国，我为你骄傲，为你自豪，我也愿用我毕生所学回馈您！

作者：第二医院出国访问学者　武　静

4月17日　星期五　阴

基础医学院线上授课教师·王双连

习近平总书记指出：“危和机同生并存，克服了危即是机。”

作为一名基础医学教师，我深深体会到了在疫情期间开展在线教学的重要性。疫情期间，我和课程组老师群策群力，努力守好在线教学阵地，注重优化教学效果。3 月 28 日至 4 月 17 日，我在“人体结构与功能Ⅳ——肾脏生理”授课过程中，邀请临床医生走进直播课堂，力争“同屏在线，共振育人”，立足培养未来“医生科学家”，展开了混合式教学的深入探索与实践。

在这期间，我们建设和使用了线上学习平台。2 月份，面对迅猛的疫情，课程组不忘“停课不停学”的目标，依靠山东大学网络学习平台，建设了“人体结构与功能Ⅳ”课程学习平台，为学生居家学习提供多种线上学习资源。本次肾脏生理学面向 2017 级临床医学“5＋3”学生授课，该专业的学生综合素质较高，学习能力较强，并具有较高的分析和解决问题的能力。在了解此学情的基础上，我充分利用课程学习平台的各项功能，通过在线测试和课后作业题、组织学生在线讨论等方式加强学生对基本知识点的理解和掌握，为直播课堂运用基础知识分析临床问题奠定了基础。

此外，我们利用腾讯课堂直播，开展“基础临床双师课堂”模式。2019 年初，我们课程组创造性地引入了基础教师和临床教师同上讲台，即一个课堂两位教师的“双师联动”模式，取得了较好的教学效果。但是在疫情之下如何将“双师联动”模式在网络直播课堂上开展起来？为此，我和山东省立医院肾脏内科的三位临床大夫（胥莹副主任医师、于澈主治医师和程法娟主治医师）一起，提前 1 个月开始集体备课，按照教学大纲精心设计教学内容、挑选临床小案例，并反复演练“双师联动”的场景，为腾讯课堂直播做好了充分准备。直播过程中通过临床小案例的讨论和分析，我和临床老师共同引导学生分析和解决临床相关问题，帮助学生提高综合运用知识的能力，让他们体验学以致用的满足感和成就感。

另外，针对在线课堂听课效率难以把控的问题，我们在直播过程中注重与学生互动。例如，充分利用腾讯课堂的举手功能，与学生进行角色互换：请学生以看图说话的方式讲解某张 PPT 中的基本知识点。同时，利用“雨课堂”即时答题 APP 进行随堂测试，在提高学生听课专注力的同时，我也可以根据学生的作答正确率对相关知识点进行有针对性的讲解，提升授课效率。

课程组利用班级 QQ 群和教师、班委微信群开展了答疑和师生交流。我加入了各个授课班级的 QQ 群且担任管理员，通过群内讨论、QQ 小窗或学委汇总等方式与学生交流和沟通，及时了解学生的学习状态并据此不断总结经验和方法，在后续教学过程中及时改进。

思政教育也是我们在工作中注重的。在教学过程中，祖国各地新冠肺炎患者相继清零，齐鲁医院等驻济医院的援鄂医疗队陆续凯旋，但也传来一位援鄂医护人员离去的噩耗。我带领学生通过课前集体默哀的方式告慰抗疫英雄，引导学生牢记未来“医生科学家”的使命，端正学习态度，努力增加知识储备，为将来成为优秀的人类健康使者而奋斗。

此时此刻，作为一名普通教师的我，也深深体会到教书育人的重要性。是的，当我们被奋战在抗疫前线的英雄们感动至泪目时，让我们坚信春天就在每位防疫战士默默奉献的坚守中，就在每个学生渴望知识的眼神中，就在每位教师认真授课的态度中。疫情危机面前，如何有效开展在线教学，保障在线学习与线下课堂教学的质量实质等效，是许多高校教师面临的难题。我们应该科学利用疫情倒逼机制，化危为机，推动线上教育创新发展，为夺取疫情防控和经济社会发展“双胜利”作出一名医学教育工作者的应有贡献。

作者：基础医学院生理与病理生理学系副教授　王双连

4 月 18 日　星期六　阴

人体科学馆宣讲团团长 · 袁仲泽

“世上最有力的武器是科学，最奇妙的存在是生命，当我们用科学去探索生命的奥秘时，全人类都是站在一起的……”人体科学馆宣讲团于2019 年夏天创立后，这句话就一直萦绕在我耳边。当科学与生命相遇，一切都充满了和谐与力量。

4 月 17 日晚 7 点半，人体科学馆宣讲团举办了创立以来的第一次线上宣讲。不过，准备工作在 20 天前就已经悄然开始了。疫情困不住探寻生命的心，当我们得知胚胎学系邴鲁军老师珍藏了 20 世纪 80 年代齐鲁医学院老教授们精心制作的胚胎学标本图册时，便请老师拍摄了部分标本照片，用于线上宣讲。这些标本个个都充满了科学价值，小胚胎羊膜之完整，细微结构之清晰，无不体现出齐鲁医学严谨的治学精神。

在恢弘的背景音乐下，人体科学馆宣讲团“溯源生命，探秘医学”线上科普宣讲正式开始了。我们首先为大家介绍的是人体科学馆。山东大学人体科学馆建于 2019 年 8 月，该馆包括 3 个展厅，9 个展室，由近千件标本、模型和数字教学软件等组成，它们全部由学校教师制作，为山东大学对外科普及学术交流提供了良好的平台。

随后，我们向大家展示了一个医学生与医学的世界。医学生一直以来都是一个极具话题热度的群体，我们通过这次宣讲，向其他非医学专业类的同学介绍了医学生的学习经历以及心路历程，让更多人理解医生、了解医学、热爱生命，以提高青年大学生的医学素养并缓和日趋紧张的医患关系。

最后，我们人体科学馆宣讲团胚胎部的两位同学向大家深入浅出地介绍了胚胎的发育过程，宣讲中展示了丰富的珍稀标本图片，生动展示了生命发育的奇妙之处。同时，为了防止标本图片在网络上扩散，宣讲中我们也反复提醒观看直播的同学不要截屏，且不要将宣讲图片上传到网络。

本次宣讲得到了同学及老师们的认可和表扬，不管是直播弹幕上的积极反馈，还是宣讲结束后与老师的微信畅谈，都让我们更加期待下次线上宣讲的到来。

作者：基础医学院2018级本科生　袁仲泽

4月19日　星期日　晴

社区防疫志愿者·孙伟婷

春风拂至，复盛万物；微光汇聚，情暖人间。中国抗疫已经取得了重要的阶段性成果，复工复产也在有序推进。在防疫执勤工作中，我收到了来自中共天津市滨海新区区委大港街道工作委员会和社区居委会的两封感谢信，信中表达了对志愿者在特殊时期坚守一线的慰问与感谢。

同样，我何尝不是要感谢这些来去匆匆的温暖，以及这无数个平凡而特殊的社区居民们？他们默默用爱心义举温暖着我们，化作抗疫的希望和力量，折射出特殊时期的特有温度。

疫情当前，爱与被爱皆是幸福。路过的居民给我们送来矿泉水，退休的大爷递来水果让我们一定注意身体，有些人走过轻轻说一句辛苦了。一次理解，一句谢谢，都是美好的。

志愿者队伍里，有“90后”的学生志愿者，有“80后”的共产党员，有“70后”的下沉干部，有时“60后”的大爷也坚持要来帮忙。有学生、有老师、有退伍军人、有社区工作者、有等待复工者、有司法专员……本来不会相识、也很难有共同话题的一群人，从不知道彼此的名字开始，竟已在不知不觉中成为坚不可摧的集体，成为我们口中笑称的“过命之交”。

事实上，这场疫情中我们都在包容身边朝夕相处的人，我很放心地与他们接触，也愿意和他们共进退。在我看来，这或许和世上任何事一样，是甘愿，因为甘愿所以义无反顾。这份甘愿背后有太多的原因，或许是因为重于生命的情感，或许是攻坚克难的信念，或许是因为我们的家人朋友，或许是因为生命途经的每一份美好。

都说眼睛是心灵的窗户，戴上口罩去看去感知的这段日子，反而更容易把注意力放在眼神当中。化繁为简，就是更直观的心灵交流。真正的勇敢便是看清这世界的冷漠仍能深爱这个世界，愿我们都能守护心中微芒，收获温暖。

守护爱我们的和我们所爱的，或许就是勇敢穿越黑暗去寻找光明的意义。春天不会因冬天的严寒而停下前进的脚步，这条路上需要每一颗像阳光一样温暖的、温柔的心灵。

上下同欲者胜，风雨同舟者兴。无数医护工作者在前线护大“家”，我们在社区后方护小“家”。我想，做志愿者最重要的是成为一个有心人，从身边的小事做起，用这种方式来培养自己的一颗爱心、一颗好心。今日的春寒不曾料峭，温暖久溢心间！

作者：能动学院 2017 级本科生　孙伟婷

4 月 20 日　星期一　晴

科研院纵向科研项目中心主任 · 胡大伟

2718！当我按下鼠标，看到“国家自然科学基金委 ISIS 系统”页面上显示集中受理期项目清单、单位承诺书上传提交成功时，我的心情久久不能平复……2020年学校国家自然科学基金集中受理期申报工作收官，本年度学校共申报国家基金2718项，申请量超过去年的2639，首次突破2700，再创新高！

简单的数字背后，我更清楚这个“新高”是多么来之不易。2020年，受国家基金委限项政策调整、附属医院归属变化、新冠肺炎疫情等多重因素的影响，学校国家基金申报工作压力重重。为做好今年的国家基金申报工作，我和科研院国家自然基金部的同事认真研判形势，早谋划早动手，按照“全程、提前、有组织”“人才、重点、一对一”的工作思路着手开展工作。

去年8月，我们便开展了2020年人才基金项目摸底工作，提前摸清了人才苗子储备情况。10～11月，我又用近两个月的时间与40余个二级单位逐一交流，为他们一一分析申报形势、商讨确定申报方案，既深入挖掘了申报潜力，又充分调动了二级单位组织申报国家基金的积极性与主动性。11月26日召开的全校申报动员启动会正式拉开了2020年度申报大幕，我们配合一校三地，分校区、分项目类型的多次申报动员会；后续重点督促发挥各二级单位和专家的作用，做好项目的学院初审和初评工作。全校层面采取主动措施、多种形式，对人才类等重点项目开展“一对一”服务，组织专家指导修改提升申请书质量；济南、威海、青岛、齐鲁医学四方联动，克服疫情影响，共同发力使我校国家基金的科研组织管理初步实现“有组织”目标。正因为起步早、有组织，才使得今年的国家基金组织工作消弭各种不利影响于无形，申报量再创新高，全力维持了学校国家自然科学基金的向上势头，也力争让势头成为趋势！

在全力做好国家基金申报的同时，近期通过参加处级干部学习贯彻党的十九届四中全会精神专题培训，我对推进治理体系和治理能力现代化、落实“强院兴校”行动有了更深的理解和认识。

作为校部机关管理服务人员，结合我一直在做的科研组织管理服务工作，以及刚刚参加的国家留学基金委“加拿大阿尔伯塔大学GALD2019”项目研修的收获，我就如何结合具体工作实现山大“由大到强”历史性转变有了一点点思考，现与大家分享。

首先，必须加强学习，提高政治站位。要用习近平新时代中国特色社会主义思想武装头脑，提升用“金钥匙”从战略层面思考分析解决问题的能力。作为山大人，就必须带着对山大满满的爱去思考工作、开展工作。

其次，必须加强协同。学校与学院、学院与学科、学科与学者、学者与学生、职能部门之间必须有协同精神、协同能力，重点突破，以点带面，发挥我们作为综合性大学的优势，最终收获全面胜利。

再次，必须坚持“三个面向”，做到有组织的科研。进入大科学时代，科学研究面临着投资强度大、多学科交叉、需要昂贵且复杂的实验设备等情况，“单兵独斗”“夫妻店”“父子兵”已无法满足时代需求，我们必须要通过政策制度、资源配置、考评评价等指挥棒，做好学科学院学者的汇聚交叉融合，做有组织的科研。而学校科研管理部门要做好顶层设计，解决协同和共享的问题。但关键还要通过重心下移，“强院兴校”，让办学主体和专家学者具有学术行动能力和资源掌控能力，最大程度激发“院系办大学”的力量，释放科研创新活力。

最后，必须提升制度的规范性和服务的专业性。大学机关管理服务机构的人员所从事的管理服务要融入学术共同体，建立被学术共同体广泛认同的规范的管理制度，建立行政与学术良性互动的治理机制，让学者乐于接受专业的服务，而不是刚性的管理或纯笑脸的无作为。要提高服务质量，使学者心无旁骛专注于人才培养、科学研究、社会服务、文化传承创新等工作。

《大学之用》的作者克拉克·克尔曾经说过：“伟大的大学是在历史上伟大政治实体的伟大时期发展起来的。”从 1998 年怀揣入学通知书进入山大，到 2007 年博士毕业留校参加工作，山大路、洪家楼、小树林已陪伴了我 22 年，让我拥有了一颗永远炽热的“山大心”。身处这个伟大的时代，我感到无比幸运。

作者：科研院纵向科研项目中心主任　胡大伟

4月21日　星期二　晴

服务山东办工作人员·周继强

2019年10月，经过面试，我非常荣幸地成为山大一员，完成了由一名军队干部向学校工作人员的身份转变，我的梦想也从这里再次起航。

正式报到前，人事部为了帮助我更好更快地熟悉适应学校工作节奏，让我先到人事部培养发展中心学习锻炼，时间虽然不长，但收获颇丰。正式报到后，我入职服务山东办公室。“给你收拾了一下办公桌，电脑系统也重装了，这儿还有一些关于服务山东办公室工作相关的资料供你学习。”走进办公室听到的第一句话，让我感受到了集体的温暖。对于服务山东工作而言，我是一个新手。在井海明主任的悉心指导下，在同事们的热情帮带下，我认真学习校地校企合作制度文件，及时了解掌握政府政策规定，熟悉岗位职责和工作要求，很快就融入了这个工作上有干劲、生活中有温度的集体。

面对突如其来的新冠肺炎疫情，在抓好疫情防控和日常工作的同时，我也对服务山东工作进行了深入思考，感到服务山东战略是学校深入贯彻总书记扎根中国大地办学重要指示的务实举措，是学校面向新时代履行社会服务职能、服务国家战略的生动实践，是学校争取社会资源加快实现“由大到强”历史性转变的战略选择。作为服务山东办公室其中一员，我倍感荣幸，先后参与了学校与济南市深化校地合作协议、与山东省人民检察院战略合作协议等签约仪式，调研了玲珑集团等合作企业，参加了学校管理人员创新发展专题培训班和管理人员四中全会及强院兴校培训班等，开阔了视野，解放了思想，提升了能力。

当前，学校正处于实现“由大到强”历史性转变的关键节点，作为学校一员，如何在本职岗位上把压力变动力，创造性地开展工作，体现使命担当？

我认为，勤学习、善思考是前提。身份的转变不代表工作的胜任，办公室时常组织我们学习各级政府发展规划、年度工作重点，研读国家政策、分析经济形势等，这让我意识到必须勤于学习、善于思考，将学到的知识转化为自己的认识和见解，推动工作开展。

视野宽、能力强是根本。工作中，我们需要与各级政府、各大企业加强协调互动合作，这就要求我们必须开阔视野、提高能力，掌握国家和区域发展总体布局以及各大企业的需要，找准学校与社会资源的结合点，凝练大项目、搭建大平台、形成大团队、产出大成果，推进服务山东工作向纵深发展，助力“强院兴校”行动。

讲团结、会协作是关键。“某某银行行长下午到学校对接校银合作，需要信息办、财务部等部门相关领导参加……”“学校与某市进行战略合作，内容包括技术攻关、政策咨询等，需要和经济学院、能动学院等单位沟通协议内容以及落实方式……”同心山成玉，协力土变金。我更加认识到团结协作才是事业成功的基础，是山大精神的体现、山大力量的凝聚。无论在工作还是生活中，我们都要互相支持、互相配合，在工作中尊重他人，虚心诚恳，积极主动协同他人搞好各项事务。

纪律严、作风硬是保证。“服务山东工作与学校外单位企业接触多、合作多，我们必须保持本色，增强法纪意识。”这是我到服务山东办公室工作的第一天，主任跟我谈到的。通过这段时间的工作，我更加认识到，在工作中必须牢记使命任务，时刻绷紧纪律这根弦，保持求真务实、严以律己的作风，始终把学校发展放在第一位，确保每个合同协议都符合法律法规，为学校“双一流”建设出力。

作者：服务山东办工作人员　周继强

4月22日　星期三　晴

防疫物资采购组工作人员·曲晓晓

中午12点10分，本批次抗疫消毒物资终于全部顺利完成入库。

上午10点左右，在接到送货电话后，防疫物资采购组的8名成员便推着小车来到物资仓库门前，撸起袖子，准备就绪，相互配合，像标准化的车间流水线工人一样，开始了物资的搬运和入库工作。李永恒老师爬上了高高的卡车，从车上往下传递物资；所有物资入库完成后，郭泗喜老师的头发已被汗水湿透；郑义老师摘下了橡胶手套，手套里的汗水直接流到了地上。然而，大家看着仓库里整齐地堆满防疫物资，都欣慰地笑了。

眼前的这些景象，只是物资采购组的日常工作之一。自1月29日起，物资采购组便在卫生与健康服务中心赵增科主任和财务部安爽副部长的带领下，开展了忙碌又充实的采购工作，从搭建临时采购办公场所开始，加班加点抢购防疫物资，落实防控工作所需资金、物资、设备等的工作，做好所需防护用品等采购、供应、调配和发放工作，为全校所有师生医务员工的健康和生命安全提供物资保障。

财务部作为学校防疫物资采购组的一员，在学校和部领导的统筹部署下，设立防疫物资采购专项经费，组织防疫物资的招标采购工作，特事特办，急事急办，以满足疫情防控工作需要为首要目标，开辟绿色通道，切实做到优化会计服务，开展点对点精准服务。我们安排专人现场办公，登记防疫物资出入库明细，保证物资的及时供应、合理调配和有序发放；报账大厅派驻专人登记财务明细账，整理物资采购发票、合同、入库单等财务报销材料，简化财务报销流程，最大限度减少经办人员的工作量，提高效率。财务部、校医院、卫生与健康管理中心、审计处、资产部和后勤保障部作为学校物资采购组的成员，密切配合，形成合力，协同作战，为学校的疫情防控工作作出了各自的贡献。目前，学校防疫物资采购工作正有序地进行中。

在物资采购组工作的这段时间，小组成员迎难而上、不畏艰险的担当精神和努力工作、不怕苦不怕累的敬业精神让我受到深深触动。校医院的曹丰亮老师负责部分物资的采购工作，有时一天需要打近百个电话与物资供货商沟通，一天下来嗓子几乎不能发音；郭泗喜老师和其他成员为保证出入库物资的准确性，需要定期盘点大量物资，事无巨细，亲力亲为。全体物资采购组成员每天都是在这种高压力高工作量的环境下坚持工作，不惧风险，义无反顾，团结奋战，共克时艰。特别是在前期疫情重、任务紧的情况下，物资采购组成员提高政治站位，克服重重困难，争做学校疫情防控的“逆行者”，在疫情防控中践行初心使命，充分发挥党员在疫情防控阻击战中的战斗堡垒作用和先锋模范作用，为守护全校师生医务员工的健康和生命安全贡献着自己的力量。他们是我学习的榜样和楷模，他们身上散发的正能量使我在今后的工作和生活中增强了克服困难的勇气和力量。

为全校师生医务员工采购防疫物资，是一个光荣的使命。祈愿疫情早日结束，我们都可以摘下口罩，看到笑颜。

作者：财务部工作人员　曲晓晓

4月23日　星期四　晴

出版社工作人员·张韶明

书卷多情似故人，晨昏忧乐每相亲。今天是世界读书日，因为新冠疫情的缘故，山东大学出版社书店的系列品牌活动不得不取消。今年的世界读书日，我们不能在小树林中、杏林路旁、天工湖畔相聚约读，但我们要用特别的方式来迎接这样一个特殊的日子。

书店虽已复工营业，但每天光顾书店的读者并不太多。我们就利用这一小段闲暇的时光，对门店空间布局进行了优化调整。我们在最重要的位置设置主题出版物专柜，重点展销传播社会主义先进文化的图书，希望能够定期举办红色经典主题阅读活动，邀请知名专家学者担任领读嘉宾，同大家分享交流读书感想，丰富广大师生医务员工的精神生活。我们还开辟了阅读区、活动区和文创产品展示区，让大家既能安静地读一本喜爱的书籍，又能够感受到不同文化创意产品中所蕴含的山大文化、山大精神、山大故事。

受到疫情的影响，天南海北的老师和同学们只能通过网络课堂居家教学，许多快递公司也不能正常派件，如何把教材及时送到同学们手中成了一个难题。经过多方联系与价格协商，最终我们选取了一家性价比较高的快递公司；选配教材，用防碰衬纸仔细包裹，然后包上一层牛皮纸，再包裹好防水包装纸，最后用胶带捆扎严实，下单，发货。20 天的加班加点、3000 多个快递、近 2 万册教材……书店的同事们都变成了发快递能手。虽然辛苦，但我们真心希望这一点努力能为老师同学们的教学科研提供一点帮助。

近日，书店成功签约济南市第四届文化和旅游惠民消费季，并入驻官方网络平台——贴票票。通过这个平台，我们在读书日前夕举办“书香山大，香飘泉城”线上活动，推出涵盖主题出版、文史哲理工医等各学科门类的专著教材、畅销书、儿童文学及绘本等上万种精品图书，以非常优惠的价格提供给广大读者，把政府各项优惠政策用好用足。正如世界读书日的主旨宣言里所说：“希望散居在全球各地的人们，无论你是年老还是年轻，无论你是贫穷还是富有，无论你是患病还是健康，都能享受阅读带来的乐趣……”在这样一个特别的春天里，我们要把最美的文字奉献给您，让阅读成为市民与学子的一种习惯，让书香飘荡在美丽泉城与山大校园的每一个角落，让琅琅读书声成为城市与青春最美的和声。

校园里的玉兰、海棠、槐花都渐次开放了，在静静等待老师和同学的归来。少年读书时，青春好作伴，让我们不负韶华，珍惜这美好而又珍贵的新时代，未来的每一天都是读书日。

作者：出版社工作人员　张韶明

4 月 24 日　星期五　晴

党支部书记强院兴校培训班学员 · 魏　宏

在参加了党校组织的学习贯彻十九届四中全会精神专题培训后，我积极投身“强院兴校行动”党支部书记专题集中培训，这两日又在线上平台学习了国家教育行政学院赵宏强教授“校—院治理体系改革的实践走势与未来方向”的报告。在此基础上，我再次认真学习了学校强院兴校行动意见，并从“怎么样”“怎么看”“怎么办”三个层面进行了一些思考。

在我看来，要回答“怎么样”的问题，就要首先了解行动提出的背景、目的。党的十九届四中全会开辟了“中国之治”的新境界，为推进高校制度建设、提升高校治理体系和治理能力现代化提供了根本遵循。强院兴校行动不仅是对新时代中国大学内涵式发展内在需求的正面回应，更是在全面深化高等教育改革浪潮中审时度势、顺势而为、乘势而上，不断完善治理体系、提升治理能力，加快推进“双一流”建设的强有力举措。

“怎么看”，就是要对强院兴校的宗旨脉络问诊把脉，只有理清“校院间关系”“院系间关系”问题，理清“强什么”“兴什么”“靠什么”的问题，才能对症下药解决“如何强”“如何兴”“如何靠”的问题。强院要围绕学校的整体竞争力这一核心来布局。“一盘棋”的宏观把控力量在“棋盘”，只有学校做好宏观统筹布局，稳固好“棋盘”，才能给“棋子”展示较量、共创卓越的空间。“棋子”依托“棋盘”，但操作权在于学院，布棋、行棋、弈棋的力量可在棋盘之上，其智慧亦可立于天地之间。处理好了“一盘棋”的格局，便可运用“一盘棋”的思维去审视学校的发展需求，去反观学院的发展短板，去揪出制约发展的瓶颈，才能凝聚“一盘棋”的力量去革故鼎新，破解瓶颈。

一切宏韬伟略都要落实好“怎么办”的问题。学校党委在第十四届委员会第五次全体会议上明确提出，要聚力“五治”，系统推进学校治理体系和治理能力现代化。其中，完善制度体系、夯实法治保障是关键之所在，落实好“怎么办”必须要把握好制度建设这一关键。

就二级学院而言，我想就是要深刻领会好、把握好、落实好《加快推进现代大学制度体系建设工作方案》要求，在制度体系建设上下功夫。黄传真院长在学院研讨会上提出了构建三种体系、提升三个能力、形成“行政+学术”权力的“七位一体”行动举措。其中的三种体系分别是以大学章程为核心的制度体系、执行保障体系和监督体系。三种体系分别对应民主权力体系、执行权力体系、监督权力体系，三个体系相互制约，协同推进。三种能力是构建三种体系的支撑和保障，具体指提升谋划力、增强执行力、强化监督力，最终推动学院“行政+学术”权力的形成，推动学校整体“行政+学术”权力的稳定提升，实现“由大到强”的历史性转变。

而作为基层的一名管理工作人员，我想我们首先要做的应该是通过学习，弄清楚“是什么”“为什么”的问题，才能真正统一认识，进而提高站位，想学校之所想，急学校之所急；只有这样才能拧成一股绳，劲往一处使，在强院兴校中贡献一己之力。

作者：机械学院党务人事秘书　魏　宏

4 月 25 日　星期六　晴

党支部书记强院兴校培训班学员 · 孔　伟

冬去春来，忽然而已。不知不觉，开学已经第 10 周了，校园里已是“阳春布德泽，万物生光辉”。办公楼前的中心花园，绿水清风暖，青葱花枝满，与往年不同的是，少了石凳上温书的孩子们，以及他们的疑惑：书香和花香哪个更香？少了成群结队从我们身边走过的年轻身影，以及他们风铃般的笑声。

与往年相同的是，微风里，依然有人笑靥如花。前几天，山东大学齐鲁医院援鄂医疗队凯旋欢迎仪式在我们的办公楼前进行，他们的事迹深深鼓舞了我。逢国之极难，念庶之安康，穷之所学，倾之心力，不问造化，不惧苦险，昼夜辛勤，这便是齐鲁抗疫精神：“坚定信心，不辱使命，齐鲁精神，敢打必胜。”因此，幸而有你，山河无恙。

作为党员，我要以他们为榜样，学习他们敢于担当之意识，无私奉献之品格，英勇浩然之气魄，将伟大的抗疫精神融入“双一流”建设和强院兴校、强校兴国的实际行动中。

作为公共卫生学院机关党支部的书记，近期我有幸参加了党校组织的学校 2020 年度教工党支部书记“学习贯彻四中全会精神，积极投身强院兴校行动”专题培训，完成了线上 1000 分钟的学习。其中，由国家教育行政学院教育制度创新研究中心主任赵宏强讲授的“校—院治理体系改革的实践走势与未来方向”令我收获颇丰。当前，加强学院治理体系和治理能力现代化建设，是高校治理体系和治理能力建设的重要组成部分，是实现强院兴校战略的根本前提。作为学院基层党支部，要充分发挥机关支部成员在学院内部治理中的“脖子”作用，激发学院老师们干事创业的决心和勇气。

“世上无难事，只要肯登攀。”强院兴校的逐步实现需要每个人不断地学习，我们要严格要求自己，只争朝夕；还需要大家精诚团结，发挥各自优势，拧成一股绳，乘风破浪。

4 月 20 日，我报名参加的山东大学 2020 年教师外人员英语能力提升班也正式开班，我希望通过学习，真正提升自己的英语沟通交流能力，适应学校一流大学建设和国际化战略发展需要。在这次抗击新冠肺炎疫情中，我们公卫学院的老师发挥自己的专业优势，体现的公卫担当让我深受感动。作为公卫学院的研究生秘书，我也要学习老师们的主人翁意识，改进工作作风，高标准要求自己，切实为学院研究生管理工作以及强院兴校事业贡献个人力量。

4 月 21 日，研究生院召开了 2020 年山东大学研究生复试安排工作会议。往年 4 月，我们已经基本完成了硕士研究生的复试工作。今年受到疫情影响，复试工作推迟，且复试的要求和形式也有很多新的变化。同时，公共卫生与预防医学学科受到广泛关注，这不仅为我们的研究生招生提供了新契机，也为本学科的发展提供了新机遇。从国家到地方，公共卫生的地位得到了很大提高，这为我们强院兴校提供了一个良好的氛围。在此环境下，加上我们自身的努力，以此制敌，何敌不催？以此图功，何功不克？我们目标的实现指日可待。

作者：公卫学院机关党支部书记　孔　伟

4 月 26 日　星期日　晴

社科院工作人员・王雅迪

疫情挡不住干事创业的脚步。“来上班啦！”平凡的一天伴随着安保人员入校测温的和煦问候开始。又是一个草长莺飞的春日，一晃来到山大已经一年多了，我也从初出茅庐的新人，变成轻车熟路的老兵。一年来，有幸见证了山大人文社科“由大到强”的历史转变，而今又值学校“强院兴校”行动开展，我不禁备受鼓舞、倍感振奋。

去年 4 月，在我刚刚融入山大之时，正值学校召开人文社科学术工作会议。那次盛会明确了新时代山东大学人文社科的发展理念、道路、路径和举措。根据会议精神，学校陆续推出了加快推进人文社科发展的若干意见和系列文件，紧锣密鼓地落实推进各项工作，我也有幸跟随领导同事们走出办公室、走进学院，来到学者身边，参与到了广泛而深入的调研之中。去年 6 月，学校趁热打铁，召开了人文社科青年学者学术座谈会，通过宣讲解读推动新时代文科发展的若干举措，为年轻学者们助力、鼓劲、加油；同时，“青椒”们也从使命责任、人才引育、学科交叉、学术评价和教书育人等诸多方面，结合个人经历和治学感悟建言献策，诸多意见建议和期待心声都对我们的日常工作提出了更高的要求。10 月，我又跟随前往部分人文社科学院，参与“不忘初心、牢记使命”主题教育调研，针对提升学术核心竞争力、学术评价和学风建设、科研组织与服务等方面，深入交流和沟通，并收集记录学者提出的各类问题和意见建议，以便逐条提出破解思路。一系列的调研活动使我认识到，学院和学者是学校开展一切科研工作的落脚点。我对自己工作的重要性和必要性有了更加清晰的认识：只要尽心为每位学者做好服务，就是为“强院兴校”添砖加瓦。

种好梧桐树，不愁凤凰来。系列政策措施的落地，为人文社科的发展栽下了梧桐树，更为“强院兴校”行动的推进打好了坚实的基础。那么在学校“由大到强”历史性转变的关键节点，我想，个人应该如何更加精准地开展工作，才能不负韶华、不负山大人的使命担当呢？

一是要做好宣传调研，加强沟通交流。要在项目管理、平台建设、团队培育、学科交叉等方面加强与学院、学者等的沟通联系，充分调动起学院的积极性，解决学院和学者在科学研究中遇到的问题。

二是完善业务流程，提升服务质量。围绕以“放”为主、“管服”跟进、结构优化、减权增效的原则，在疫情常态化防控中抢抓机遇，完善科研系统各项功能模块，梳理精简业务流程，做好项目培育时刻表，提供项目结项事项单，将疫情“暂停键”化为“快进键”，提升科研服务质量与效率。

三是不断总结思考，提高业务水平。为学之道，必本于思。要积极参加各类座谈会、讲座和调研活动，研读国家大政方针、梳理学校规划文件，密切关注思想领域动向，在关键问题上站稳立场。勤学善思、多问笃行，不断丰富思想认识和知识水平，推动工作开展。

春日迟迟，卉木萋萋。草木蔓发，春山可望。强院兴校离不开每个山大人的努力，我要把自身的成长寓于学校的发展建设之中，以自己的切实贡献推动山大文科的发展。

作者：社科院工作人员　王雅迪

4 月 27 日　星期一　晴

“手拉手”关怀医护工作者子女活动志愿者·李新茹

在当前这个全国人民众志成城、抗击疫情的关键时刻，作为一名当代大学生志愿者，虽然不能像一线医护人员那样冲在前线，但我也希望做一些有意义的事情去帮助别人，为抗击疫情贡献自己的一份力量。我非常高兴也很自豪能参加抗疫后方志愿工作。

我在 2 月 15 日就加入了山东大学“手拉手”关怀医护工作者子女专项志愿服务活动，并通过了第二批志愿者选拔，开始了抗疫后方的志愿者工作，主要是对父母亲人在抗疫一线的孩子进行一对一线上辅导。

我一对一辅导的孩子是小戚同学，课间我们会聊聊天，交流学习心得，增进彼此的了解。每次线上辅导结束后，我们会及时总结工作感悟以及不足点，在下一次线上辅导时注意改正。其他时间里，我会经常和小戚同学联系交流，帮助她修正错题。

今天我们线上辅导的主要内容是数学期中串讲，小戚同学这次的期中考试成绩不是特别理想。我提前备课的时间很长，足有六七个小时，教案和课件做得也很完善，所以这次线上辅导还比较顺利。我特别注意和小戚同学的互动，也适当拓展了一些学习之外的东西，整体来说上课氛围比较轻松，上课效果是最好的一次。

前线有医护人员支撑，那么后方就由我们来守护！作为山大学子，我们也可以为抗击疫情作出自己的贡献。在这次的志愿工作中，我真真切切体会到了压在自己身上的责任。

说实话，我能做的非常有限，仅仅是帮孩子们做一下线上学习辅导，和他们聊聊天、谈谈心，帮助解决一些学习、心理、生活上的小问题罢了。但真心希望我所做的这些，能够对孩子们有所帮助，能够让战疫一线不懈努力的医护工作者稍微安心一些。

作为一名志愿者，在助人的同时，我也明显感觉到自身社会责任感有所提高，还学会了与人沟通，学会了换位思考、关爱他人，也更深刻地体会到了生命的意义。志愿工作为我提供了一个接触社会、锻炼自己的机会，这已然成为我一生的精神财富。

作者：材料学院 2018 级本科生　李新茹

4月28日　星期二　晴

青岛校区基建处工作人员·徐　强

早上，一进校门，我就去了校园北区湿地公园，先看了现场的养护状况，叮嘱养护队伍加强对草坪的养护，随后又与施工队伍确定了移栽雪松及其他花灌木的位置。校园里的花草树木茂盛生长，似乎没有受到疫情的丝毫影响。

“冬去春来，百花盛开”，要经历夏秋冬才能等来一个充满生机的春天。2020年的春天，和以往的春天不太一样，校园里少了学生的嬉闹游玩，但大自然并不会因此而改变，只要阳光明媚，百花就会争相开放。

在这个特殊的春天里，老师和同学们相约在网络课程中见面，青岛校区的建设也在持续进行着。在疫情防控期间，对于学生公寓S11、S13建筑工程项目，我们按照政府和学校有关要求，精准制定了疫情防控复工方案，严格落实疫情防控、安全生产、质量管理、工期安排等方面措施，有序施工，为秋季学期迎接新生入住全力做好准备；对于青岛校区综合体育馆工程项目，基建处主动担当、有序有力抓好疫情防控与基建复工，制定项目防疫防控复工方案，并加强管理，督促项目组等各参建单位严格遵守防疫防控相关工作规定，做到防疫工作与施工进度“两手抓”，力争2021年10月前完工，为学校百廿校庆献礼；对于博物馆展陈工程，严格按照疫情防控方案与复工进度，安排部署开工复工；对于青岛校区绿化工程，疫情防控和绿化养护两不误，在短暂的春季植树的时节中，种植苗木200余棵。

每年的三四月份，正是赏樱的好时节。青岛属于季风气候与海洋气候，春季回暖缓慢，所以校区的花总是比济南绽放得晚一些。校园北区种植了先花后叶的早樱、花叶同步的晚樱，共计7000余棵，樱花的花期较短，校园的早樱已经落红。但谷雨时节的一波降温延缓了晚樱盛放的脚步，校园里的重瓣晚樱正在盛放。除此之外，校园内的丁香、海棠、碧桃、牡丹、棣棠等花灌木都在展现着最美丽的姿态。

四季轮回，这个春天如约而至，她不会因为新冠疫情而迟到，我们也不会因为疫情而退缩。在迎接百廿校庆之际，我们要努力克服疫情影响，创新思维方式，变挑战为机遇，把压力当动力，持续加强文化设施建设和条件建设，使学校的条件保障再上台阶。

作者：青岛校区基建处工作人员　徐　强

4月29日　星期三　晴

党支部书记强院兴校培训班学员・穆大帅

一转眼，我来美国访学已满一年。由于全球新冠病毒疫情原因，我现在还无法回国报到。居家隔离工作期间，我有幸参加了学校组织的“学习贯彻四中全会精神，积极投身强院兴校行动”党支部书记专题集中培训。通过这次培训，我受益匪浅，概括起来有三个方面的体会。

一是要努力把思考转化成自觉。美国疫情暴发已经两个月，现在疫情防控仍处于相对紧张的阶段，疫情防控效果并不理想，“居家令”和“封校令”并未解除。对比全球，这次国内抗疫斗争取得胜利，很大程度上是因为全国上下坚决贯彻党的领导及政策，全国人民团结一致，自我约束。同时，党的绝对领导力加之人民对党的信任，使我们可以高效地调动全国资源与力量支援疫情高发区。这看似简单的作业其实并不是每个国家都可以照抄的。比如美国，纽约疫情好比武汉，但是抗疫初期，政府筹来的医疗物资被各州争抢，无法集中到疫情高发区使用，人们对政府的不信任和过度强调的“绝对自由”只能换来疫情防控收效缓慢。所以，我们有祖国的坚实依傍，有共产党的坚强领导，一定要信心满怀。我们一定要在学院的统一部署下凝聚力量，树立敢于创新、突破难题、合作共赢的科研理念，充分提高自身科研素养和能力，树立远大目标、脚踏实地扎实肯干，为推动学院整体科研与教学水平的提升打下坚实基础，从“要我发展”旧理念转变为“我要发展”的新理念，积极投身学院与学校改革。

二是要努力把理论转化成理念。强院兴校行动的宗旨就是要在学校授权范围内实行自主管理，把权力下放到学院，这对学院领导和学院老师来说既是机遇也是挑战：学院获得了学校的资源，将资源最优分配，制定合理政策进一步激发大家的能动性，使全院师生团结一致、坚定改革，是强院的基础；而学院师生如何努力完成既定目标，是强院的表现。学习中，我着重把握三个方面：首先要以全面的思维学。积极推进多学科、多研究方向交叉融合，突破思维局限框架。其次要用统筹的方法学。深刻、完整把握《中共山东大学委员会关于实施强院兴校行动的意见》（以下简称《意见》）的精神实质，努力做到学有所悟、学有所得。最后要与实践相结合学。着力把学习贯彻精神与研究解决工作中的突出问题、难点问题、科研热点问题相结合，努力做到求真务实，真抓实干。

三是要努力把收获转化成实践。结合科技工作实际，我感到作为一名党员，要强化“三种意识”，养成改革自觉，增强改革自信。要强化创新意识。一方面要执行学校和学院要求，另一方面要结合工作实际，突出抓好创新主体、科技平台等工作，争取在新一轮工作中开好局、起好步。要强化机遇意识。要认真把政策转化为发展的效益，转化为改革的推动力。要强化责任意识。我自己身为海洋科学系系主任及党支部书记深感责任与压力的重大，加上学院现在面临专业改革和新培养方案制定，如何团结师生做好专业改革，打造特色海洋科学专业，还需要进一步探索。

作为一名共产党员，我今后要将抗疫精神融入“双一流”建设和强院兴校、强校兴国的实际行动中；在科研岗位中，时刻激励自己爱岗敬业、艰苦奋斗，不忘入党初心，时刻牢记使命。船到中流浪更急，落实强院兴校行动，我已经在路上。

作者：海洋学院海洋科学系系主任、党支部书记　穆大帅

4 月 30 日　星期四　晴

党支部书记强院兴校培训班学员 · 程　昀

最近我参加了学校组织的“学习贯彻四中全会精神，积极投身强院兴校行动”党支部书记专题集中培训，这几日又在做样板支部培育创建的工作总结，再次仔细认真地学习了学校强院兴校行动意见。

做强学院的前提和关键在于做强学科。我们控制系教工党支部立足于支部实际情况，结合控制系学科特点，凝练出“以党建为引领，推动学科融合，带动学科发展”的工作思路。作为党支部书记，我从以下三个方面进行了深入思考。

一是加强党建凝心聚力，凝聚学科发展共识。党支部工作应该着力整合业务工作与党建工作，将党建目标与学科建设目标紧密结合起来，为一流学科发展凝心聚力。

强化政治功能，凝聚学科团队思想。要发挥基层党支部的战斗堡垒作用，通过不断学习，让所有党员明确党建目标与学科建设目标的统一，充分发挥支部每一个委员和骨干教师的作用，鼓励有经验的老师介绍经验，带头组建或积极参与学科团队建设，上下拧成一股绳。

落实组织生活制度，助力青年教师成长。执行“三会一课”等党的组织生活制度，定期研究支部工作重点和难点。通过党支部书记上党课、专

家领导授课、支委领学、重温红色经典、外出开展主题党日活动等多种形式，常态化地开展党性教育。老党员积极指导青年教师的教学科研，为学科发展提供后劲。

新形式新载体助党建，逐步构建党员服务体系，做好学科建设的保障工作。利用新媒体资源，增加学习的灵活性、趣味性，把教师党员碎片化的时间整合起来，真正实现凝聚“微”力量，推动党建“大”目标。同时，要充分利用灯塔党建在线的交流模块，鼓励党员教师集体研讨，充分交流。

二是落实新发展理念，鼓励教师探索学科交叉科研模式。学科交叉融合本质在于学科间的交叉渗透和知识的融会贯通以及形成新的学科增长点，所以交叉学科的建设不是简单的学科叠加，应在做到凸显优势特色的基础上进行交叉学科的扶持、调控，打破学科壁垒，凝炼新的学科方向。我们针对控制系学科特点，组织教师研讨，围绕优势学科和特色学科，探讨与哪些方向融合的可能性，开辟新的符合社会需求的交叉学科研究领域。同时，发挥党支部的组织优势，由党支部组织不同学科的党员老师带头探讨交叉融合的切入点，谋求学科发展，提升学术竞争力，促进学院发展，从而助力“强院兴校”战略。

三是注重教师人才培养，增强学科建设后劲。

注重学科带头人培养。团队带头人是团队的核心和灵魂，是确保团队共同目标实现的重要基础。要切实把那些既有高尚的道德品质、严谨的治学态度、丰富的教学实践经验、创新的教学思想，又有较高的学术造诣、良好合作精神、较强组织管理能力的人员选拔到这一岗位上。应加大对带头人培养的力度，不断提高他们的组织领导能力和自身影响力。其中，营造民主和谐、相互支持、相互信任的团队合作氛围非常重要，有助于实现“1＋1＞2”的团队效应。

加强青年教师的培养。青年教师是学校未来发展的希望和主力军，他们的成长需要前辈的培养和引领。一方面利用学院的青年教师培养计划，鼓励年轻教师多出去开会、研讨，参加各种论坛活动；另一方面发挥名师的引领示范作用，让系里经验丰富的教授为青年教师提供更多的指导和帮助，形成“名师带头，团队作战”的培养方式，发扬“传、帮、带”的作用，造就一大批承上启下、富有朝气的教学科研骨干。

学科交叉融合是科学技术发展的必然趋势和主流方向，交叉学科的发展对于高校学科建设培养新的增长点、提升高校核心竞争力具有重要意义。新时代党建工作要有针对性和实效性，要着力于为学校改革发展提供强大动能，从整体上调动师生的积极性，为学校一流学科发展及事业革新汇聚强大合力。建立在系基础上的党支部是学校基层党组织建设的重要组成部分，对调动和发挥教师党员的积极性、增强学科团队的凝聚力和战斗力、推动学科建设和发展具有重要作用。下一步，控制系教工党支部将进一步通过加强自身建设，构建一个和谐团结、奋发向上的组织集体，充分调动每一位党员的工作热情和积极性，通过学科交叉融合激发团队的合作精神和创造性，实现党建与学科建设“两不误”“两促进”的良性互动局面。

作者：机电与信息工程学院党支部书记　程　昀

5 月 1 日　星期五　晴

临床医学院本科生 · 蔡亮宇

今天是 5 月的第一天，也是我在外地工作的爸爸回家的日子。我想凭借我的厨艺，为家人做一顿丰盛的午餐。

主食是米饭。淘好大米，放在电饭锅里，加入适量水。这个“适量”主要是凭借经验，把手插入米和水中，水正好没过中指的末端指节。我早早地从冰箱里拿出鸭腿，在水里化冻，切块，烧少许开水，烫一烫鸭肉去腥。热锅凉油，加入切好的辣椒、生姜、八角炒香，然后加入鸭肉、酱油、盐、蚝油翻炒一段时间，加入水炖煮。因为鸭肉肉质比较紧，所以要炖得久一点才会易嚼。在炖肉的时候，可以削个土豆，切块洗净，等鸭肉炖得差不多的时候，加入土豆块翻炒，再炖一小会儿后加入鸡精翻炒，大火收汁，美味的红烧土豆鸭腿就出锅了。

当然也不能少了爸爸最喜欢吃的红烧鱼。我早早地从冰箱里拿出鲤鱼，清洗干净；热油后炒香生姜、辣椒、八角，把鱼入锅，小火煎至两面金黄，多加点醋，盐、糖适量，酱油少许，加入水炖煮。鱼要多煮一会儿才能充分入味，但要防止煮过头导致鱼肉太软，再加入一块豆腐，中火煮十几分钟，出锅前加入适量鸡精，大火收汁，美味的红烧鱼就做好了。再做几个素菜：小青菜炒香菇、木耳炒山药、凉拌黄瓜，一顿丰盛的午餐就准备好了。从10点半一直忙活到12点，虽然辛苦，但看到父母满足的笑容的那一刻，一切都是值得的。

饭桌上，我发现母亲眼角的皱纹不知不觉间多了很多，父亲的头发也白了好多。我在长大的同时，他们也在变老，好想快快长大，撑起这个家！

作者：临床医学院2016级本科生　蔡亮宇

5月2日　星期六　晴

药学院本科生·黄晓茹

在这个不同寻常的“五一”节，中华全国总工会和中央广播电视总台共同举办了《中国梦·劳动美——致敬劳动者五一特别节目》。这是我第一次观看五一晚会，历时一个半小时的节目，精彩纷呈，也让人感触颇多。

今年的“五一”，有这样一群特别可爱的人值得我们每一个中华儿女致敬，那就是奋战在全国疫情防控一线的战疫英雄们。在14个精彩的节目中，情景表演《你看！春天的花海》最令我印象深刻，该节目以情景表演的方式从英雄家属、普通群众、前线战士以及年轻人的视角出发，展示了劳动者们勇敢抗疫的无畏精神，再现了那些迎接英雄凯旋、感怀春暖花开的故事。这不禁让我回想起了上周齐鲁医学院举办的主题党日活动。

活动邀请了参加武汉抗疫一线工作的两位老师分享真实的抗疫经历，他们分别是山东大学第二医院护理部副主任董红和山东大学齐鲁医院医务处副处长费剑春。董老师讲述了他们在武汉的生活和工作，话语平凡却让人几度哽咽。其中最震撼我的一个片段是，每天高强度的工作让他们近乎晕厥、感到恶心，一位护士长为了坚持指挥工作，与队员们共进退，好几次都硬生生地将涌到口腔里的呕吐物咽了下去。费老师是齐鲁医院第四批援鄂医疗队的领队，他说此次援鄂抗疫工作擦亮了齐鲁医学的品牌。医疗队一抵达武汉便以最快的速度投身工作，并且是最后一批离开武汉的外省医疗队。他们真正做到了“召之即来，来之即战，战之必胜”。在前线共同战疫的不仅有奋战在一线的医生和护士，还有日夜穿梭在重症区的清洁员、坚守岗位的社区工作者、顶风冒雪免费送餐的外卖小哥、大风里执勤的交警等，这些人的工作可能是平凡的，但他们共同为之奋斗的事业一定是不平凡的。没有从天而降的天使，只有逆行而上的英雄！

这个劳动节我们要感谢的太多太多，感谢伟大的祖国，感谢我们的人民，感谢毅然决然逆行出征的英雄们。全国劳动者们鼓足干劲，用双手为祖国之建设添砖加瓦，也将同心聚力，共创未来！

作者：药学院2016级本科生　黄晓茹

5月3日　星期日　晴

留校学生·孔令玮

暮春时节，微光破晓，望窗外柳暗花明，思绪纷飞……

本想着为了治愈自己半路出家的“专业恐慌”，我打定主意留守在宿舍的方寸书案前，和堆成小山般的专业书目来一次跨年“死磕”，但让人猝不及防的疫情来势汹汹，打破了平静。武汉“封城”，病例陡增，一场抗击疫情的战斗打响。在这种形势下，禁足在校园的我一时间心情格外紧张。

病毒无情，但山大有爱。疫情发生后，公寓实行封闭式管理，出入公寓检测体温，每日清洁消杀并定期发放口罩；超市营业满足了日常所需；餐厅师傅阿姨竭尽所能为我们提供营养美味的饭菜……保障有力而贴心，校园平静而有序。疫情暴发后，我的导师黄广友老师第一时间联系了我，嘱咐我要坚持运动并多和家人交流，多次线上指导了我的论文写作；分管学生工作的周明明老师不但经常询问我的学习进展、帮我打印资料，而且以他那勤勉担当的工作态度感染了我；辅导员陈晓老师有时给我推送防疫知识，有时给我买来水果，有时耐心疏导我的情绪，有时再三叮嘱我不要外出……我就这样被温暖包围着。于是紧张被关怀抚平，经过充实的学习，我对中国马克思主义史学发展的历史进程与基本经验作出了自己的学术总结，由此更深入地研究了唯物史观基本原理，并在应用、丰富、发展它的过程中有了一些收获。取餐路上，看春光分外明媚，闻花香更为浓郁。

马院大家庭，留校见真情！我看到院领导老师对包括疫情防控工作在内的各项工作精心谋划、严密部署、精准施策，坚守在学院办公楼，我想他们为了守护我们师生的健康，一定舍弃了很多休息、团聚的时间吧。前天，学院党委书记马晓琳、院长张士海、学院党委副书记周明明、辅导员陈晓老师百忙之中带着牛奶水果，更带着牵挂与关爱专程看望了我，马书记仔细地了解了我的日常安排，亲切地叮嘱我既要勤于学习也要适度锻炼。张院长详细地询问了我各方面的最新情况、是否遇到困难，温暖地鼓励我既要做好防护也要积极进步。

校园樱花已灿、雾尽风暖，愿我们皆安好，期待早日再相聚。

作者：马克思主义学院 2019 级硕士研究生　孔令玮

5 月 4 日　星期一　晴

“书记有约”青春分享会参加者 · 孟　鑫

今天是“五四青年节”，上午，学校举办了“书记有约”青春分享会。会上，全校团员青年共同学习重温了习近平总书记给在首钢医院实习的西藏大学医学院学生的回信精神，聆听了老师和同学们的战疫故事，观看了山东大学青年战疫线上主题展，我有幸作为学校在鄂临时团支部的一名成员分享了自己在疫情期间的所感所想。

作为一名湖北人，听着逆行前往湖北战疫一线的三位山东大学附属医院的老师讲述他们的抗疫故事，我的心中感慨万千。正如习近平总书记所说：“医生是人民健康的守护者。在这次新冠肺炎疫情防控斗争中，军地广大医务工作者冲锋在前、英勇奋战，用行动诠释了白衣天使救死扶伤的崇高精神。”

把时针回拨到 102 天前，1 月 23 日，武汉宣布“封城”，随后，湖北省的各个城市也相继停摆。就在人们陷入不安与惶恐时，在党和国家的领导下，一大批战疫英雄从全国各地迅速集结奔赴湖北、奔赴武汉。这其中，让我记忆最深刻的是季翔老师所讲述的山东大学齐鲁医院和四川大学华西医院在天河机场相遇时的场景，那个视频我曾循环播放了十几遍，看着他们彼此互相喊话、加油致敬的场面，我在屏幕前潸然泪下。从北方到南方，陌生的环境、艰难的处境都没能使他们退却，他们用医者仁心守护生命安全，用血肉之躯筑起了护佑生命的钢铁长城。老师们都说，并不觉得自己做了多么伟大的事情，只是尽到了一名医护人员应尽的责任；可是我知道，如果不是有这些战疫英雄们的努力与付出，我们何以在黑暗中窥见黎明。

如今，停摆的城市在春暖花开中逐渐恢复生机，除了医护人员的努力，也离不开诸如展鹏老师等科研工作者的辛苦付出，他们在后方为前线提供科技支持，贡献着山大力量。当我们因开学推迟，在家上网课时，老师们早已各就各位，在工作岗位上忙碌着，维持着学校的正常运转。感谢学校和老师们的共同努力，才让我们做到居家抗疫和上课学习两不误。

正如同郭新立书记所说，虽只能云端相见，但是彼此的心却很近。疫情期间，我通过网络收到了很多来自老师和同学们的问候，是他们关切的话语渐渐抚平了我内心的焦躁不安。虽相隔甚远，却因感受到学校给予的关怀和温暖而无比踏实。我知道，我们的心一直连在一起。

分享会虽然结束了，但是郭书记对山大青年提出的要求与期待我却早已铭记于心。作为新时代的共青团员，我们要坚定理想信念，作为一名湖北籍山大学子，我更要把在此次疫情中收获的温暖与感动转化为未来学习生活的动力，珍惜学习时光，练就过硬本领，把个人的价值融入学校、社会和国家的发展之中，书写当代山大青年的青春华章。

作者：政管学院 2019 级硕士研究生　孟　鑫

5 月 5 日　星期二　晴

能动学院辅导员 · 李雪静

每逢重要的日子，我们总要做些什么，或是为了庆祝、纪念，或是为了告慰、铭记，或是为了启发、传承，以一些隆重的仪式，让现时现地的人铭记曾出现的人和发生的事。

前期，能动学院本科生党支部组织了"我与五四"主题党日活动。五四青年节当天，我又参加了学校组织的"书记有约"青春分享会。两次活动分别以学生党员、团员为主体，请青年学生分享青春故事与五四感悟。作为一名辅导员，与同学们的每次交流都是让我了解和走进他们的机会。现在，我更加觉得，每个青年的每次分享都为我打开了新的视野，让我们看到更多不同的世界和人生。

学院本科生党支部现在共有 41 名学生党员，其中大部分都是毕业班的同学。4 月主题党日的前一天，我们定下了"我与五四"这个主题。我原本有些不安，担心大家对这个主题思考得不多，更害怕有些同学准备了讲稿，念些听起来"不接地气"的话。事实证明，是我的理解太狭隘片面了。

他们有的人结合自己大学四年的经历，认为"如果在每一个阶段都努力做好自己的本职工作，背负起自己现阶段的责任，这就是我们对自己最好的负责，也是作为个体对五四精神很好的践行方式"；有的人分享了自己家人支援武汉金银潭医院的经历与感受，"他们素不相识却并肩作战，互帮互助，这就是中国力量"；有的人以奥斯特洛夫斯基《钢铁是怎样炼成的》中的名言与大家共勉，"人的一生应当这样度过：当你回首往事的时候，不会因为虚度年华而悔恨，也不会因为碌碌无为而羞愧"；有的人将"独立之精神，自由之思想"作为自己的追求，认为"对于学习、生活中很多的事，要用独立的、辩证的思维去追求、探索，人云亦云要不得、随波逐流要不得，要为民族、社会奉献出自己的力量，喊出自己的声音”；有的人在大四这个岔路口清楚了“自己想要的到底是什么，想要成为一个什么样的人”；有的人庆幸能够寻得热爱，并带着热爱继续生活；而有的人面对生活突如其来的打击，一夜之间成长为一个独立、乐观、奋进的青年，始终葆有一颗善良温暖的心……

关于青年和青春的理解有很多，在他们身上，我们能看到许多相同的特征——爱国、进步、民主、科学，求真、向上、善良、担当……但他们又都是不同的，每个人都在探索自己和探索世界的过程中遇到了许多不同的人，经历了不同的事，在困境与选择中不断审视自己。庆幸的是，他们都能够不忘本来，坚守初心，修正自己。

鲁迅先生说，青年，所多的是生力，遇见深林，可以辟成平地的，遇见旷野，可以栽种树木的，遇见沙漠，可以开掘井泉的。希望他们不要轻易丢弃这种生力和激情。

作者：能动学院辅导员　李雪静

5月6日　星期三　晴

党支部书记强院兴校培训班学员・王　震

今年年初以来，我先后参加了两批强院兴校专题培训班。随着学习的深入，特别是在王学典院长、李平生书记带领我们结合工作充分讨论交流之后，我逐渐意识到，在强院兴校之路上，青年教师干部不能缺席，更应勇于担当，有所作为。

这次强院兴校行动，触发了学校治理体系和治理能力现代化改革的引擎，开启了学校“由大到强”历史性转变的新征程。无论是否进入首批试点，一个总的趋势是，各院终将逐步面临赋权所带来的机遇和挑战，这就对领导班子提出了更高的要求。对此，青年教师干部尤其要多分担基础性工作，既要当好主要领导的参谋助手，又要做好表达一线教师诉求的代言人。

多做基础性工作是青年教师干部的宝贵财富。一个人干事创业的能力和智慧都是在事无巨细的繁琐工作中慢慢积累起来的。学校把信任的担子压给我们，我们应该怎么干？作为青年教师干部，一定要锚定自己的岗位，把最基础的事情办好。我承担行政管理工作以来，曾一度有个误区，那就是满足于把书记院长的要求及党政联席会议的部署传达给具体负责的行政人员。但是，这样一来，自己对分管工作掌握的情况就很有限，更难以有所作为。事实证明，承担管理事务决不能做甩手掌柜、做“二传手”，强院兴校需要每一级干部开拓创新，创新的智慧来自实践。要像做科研一样，带着探索未知领域的精神去钻研思考问究竟，把过去的政策、现行的政策、执行起来的实际效果统筹起来考虑，才能拿出最合理的解决方案。青年教师干部只有多做具体工作，才能发挥自己的优势，为全院治理思路得以贯彻实施提供最可靠最可行的操作办法。

多做基础性工作，必须注重“上情”与“下情”的统一衔接。单靠被动接受部门的简政放权是不够的。学院要在职能对接中发挥主导作用，只有先做好现行管理机制的明白人，才能在以学院为中心的改革中把握好衔接，把本单位的“顶层设计”规划好。“上情”就是要了解学校机关部门的情况，了解机关部门是采取何种机制贯彻学校党委部署的，这种机制是如何运行的，有怎样的顶层考虑，既要知其然，又要知其所以然。青年教师干部要通过大量具体工作，带着一根筋的韧劲，勤跑腿、多交流、肯较真，才能真正成为了解和把握“上情”的明白人，为党政领导班子的治理决策作好参谋准备。

同时，“学院吹哨”不能是机关职能的单纯下移和简单复制，要有针对性地改造治理体系，探索建立学科、团队、平台等“三位一体”科研组织模式，就必须对“下情”有充分的了解。这一点青年教师干部更具有先天的“在场感”。从我自己的切身感受来看，自从这两年承担管理工作以来，明显地感觉到教学科研与管理工作的矛盾比较突出。由于个人科研压力大，同时，作为资历较浅的教师，常常要与青年教师一起承担一些教学科研活动中的基础性事务，有时自己会处于一种纠结焦虑的状态中，但正是这种心境使我更容易理解一线教师最真切的诉求，也更容易理解青年教师在成长中最容易产生怎样的困惑，甚至是走哪些弯路。青年教师是一个学院的未来，一个发展有后劲的单位，既要有激励机制吸引一批杰出人才坐镇，更要有平台资源的倾斜助力青年教师的成长。作为青年教师干部，就应该担当起“为青年教师吹哨”的责任，协助本院的党政主要领导，制定出真正让基层教师有实实在在获得感的管理服务制度。

强院兴校行动必将是学校发展史上具有里程碑意义的大事。作为青年教师干部，一定要立足本职多干事多担责，在丰富的一线事务中，历练协调能力，勇做搭桥铺路的小石子，为学院治理体系和治理能力的提升完善贡献自己的力量。

作者：儒学院副院长　王　震

5月7日　星期四　阴

管理人员强院兴校培训班学员·陶　扉

作为山东大学管理人员四中全会及强院兴校培训班——学科汇聚交叉融合与发展专题研讨班学员，我今天完成了全部在线课程的学习。通过线上专家讲授、网络分组讨论、个人总结思考，我从威海校区机关职能部门角度对学校“强院兴校”行动有了更加深入的理解，对校区学科建设工作如何落实学校“一体发展”要求有了更加明确的思路，对如何通过深化“放管服”改革实现“强学院，强学科”目标有了更加切实可行的方法。

如何真正实现“做强学院，做强学科”？本次培训为我们提供了明确的答案，那就是切实推进学科汇聚交叉融合。在全力推进学科汇聚交叉融合过程中，机关职能部门应该做什么？应该怎么做？

我想首先应当牢固树立改革先行意识，找准束缚和阻碍学校完成“由大到强”历史性转变的症结，有的放矢地加以破除，特别是对学科布局、专业凝练等问题，坚决摒弃零打碎敲调、细枝末节改的方法，要围绕学校发展整体布局，大刀阔斧地改，全力以赴地建，将各项改革推向深入。

其次应当全面理解“放管服”的真正内涵。职能部门围绕“强院兴校”的总目标，在学校整体发展框架下，支持和鼓励学院在学科汇聚与交叉融合上做文章，在“人、财、物”的方方面面为学院谋大事、干大事、成大事提供政策支持和服务保障，做好学院的联络员、勤务员、宣传员。

最后应当加强职能部门的总体规划和引导能力，瞄准学术前沿，瞄准国家战略，凝练服务山东发展，瞄准文化传承与创新，全方位、多渠道、系统化地制定相关配套政策措施，引导学院完成学科整合与方向凝练，实现学科更新换代，最大限度地激发学科发展内生动力。

作为威海校区学科建设与研究生处的一名工作人员，近期参与制定《山东大学（威海）落实一体发展战略推进高质量发展三年行动方案（2020～2022 年）》学科建设部分的具体落实举措，我将本次培训所学所感贯穿至此项工作的始末，将推进学科汇聚交叉融合作为工作的首要任务，根据不同学科特点和规律，在协助学院“瘦身”的同时，挖掘自身优势，围绕“前沿、特色、品牌、应用”做文章，以经费划拨、招生计划调配等为抓手，推动形成“理学、人文、社科、工科”四大版块协同发展的“雁形阵”；同时，以项目引导、学术论坛等形式为学科交叉融合创造条件，以期实现校区学科发展的冲刺跃升，为山东大学创建世界一流大学贡献力量。

作者：威海校区学科建设与研究生处学科建设办公室主任　陶　扉

5月8日　星期五　雨

千佛山校区学生返校和应急处置综合演练
参加者·逄元魁

“立足于练，而不是演，进入实战状态。”“有没有培训方案，在哪一天能够完成？”“将演练和培训深入下去，人人都要参与。”

我在整理5月6日综合演练的各种材料的时候，经常会想起樊校长的这几句话。

自从5月3日晚接到通知要参加组织千佛山校区开学演练以来，研究生院、党委研究生工作部立即成立演练工作小组，发挥团队力量，协调相关单位，制定修改演练方案，完善场景脚本，落实流程环节，确定参演人员……经过多部门协同参与，各单位支持配合，师生积极参与，4日修订方案和整理脚本，5日协调部门人员落实环节，6日上午组织两次彩排，其间大家各种忙碌，齐心协力保证演练顺利开展，推进学校返校复课工作。

6日下午2点，综合演练拉开序幕。李术才副校长强调演练的重要性并宣布演练开始。作为临时顶班的解说员，从未有过主持经验的我，自己给自己加油打气、平静心情，努力通过话筒，让领导老师们能够明晰多场景全流程各环节的联系和缘由。一开始还有些心情紧张，需要看解说词、读稿子，到了后来，我逐渐把自己当成画外音，通过描述和解说，展示各部门对返校各环节的安排和应急处置流程。

实验室场景是本次演练的创新之处。为了使演练更贴近实际，体现千佛山校区工科集中、研究生为主、科研任务繁重的特点，我们将先前方案中的教室上课调整为科研实践。在本场景中，研究生进行实验预约后，在实验楼前进行身份核验及体温检测，到达实验室门口，在负责老师指导下经过手部无接触消毒、登记信息、穿实验防护服、阅读防护注意事项等环节，随后保持安全间距开展实验。演练还模拟了学生在实验过程中出现体温异常及其他症状的突发情况，负责老师询问情况后通报学院及校医院，按方案规范进行处置。大家齐心协力，顺利完成了这一场景的演练任务。

在随后的宿舍管理及餐厅订餐取餐演练中，各位老师和工作人员按照方案，全面细致规范开展了演练。

演练顺利结束，在点评总结时，樊丽明校长、张永兵副书记、李术才副校长对演练进行了肯定，并提出建议及要求，各单位负责人也结合情况，对演练方案及随后的培训提出了很好的建议。这些都让我们工作人员很受鼓舞和启发，都将有利于继续完善方案、细化环节、优化流程，提高服务和应对能力。

演练的结束不是终点，更像节点，随后学校将迎来入学条件核验。我们要充分准备，直到学生分批顺利返校，直面实实在在的实战。正如樊校长总结讲话中提到的，一定要真练，进入临战状态，把师生健康安全放在第一位，打好这一仗。

作者：研工部工作人员　逄元魁

5月9日　星期六　晴

青岛校区诗词大会决赛工作人员・李　欣

受疫情影响，今年诗词大会的比赛都采用了线上形式举行。经过线上初赛的激烈角逐，有33位同学进入了决赛。赛前，我们对每个朝代的诗人的诗歌进行了整理，尽可能多地去寻找飞花令的诗句，用心思考规则的严谨性，努力把线上比赛带来的不利影响降到最低。

青岛校区“诗酒趁年华”己亥年诗词大会，作为“芝兰三月三”传统文化季的活动之一，吸引了很多学生的参与。活动通过诗词大会这一载体传播中华优秀传统文化，营造国学氛围，受到师生的广泛好评，成为青岛校区的品牌活动之一。决赛第一个环节是速问速答，选手分为三组，每人要在五秒内回答出主持人问出的问题，这既考查了选手的应变能力，也考查了他们的诗句储备量。在这个环节中，有18位同学获得优异成绩并且成功进入第二轮。

在飞花令环节，九组同学分别就天、风、山、月、酒、春、君、雪、海九个字比赛。选手们作答得十分精彩，其中“春”字组的飞花令进行了足足九分钟，让人拍手叫绝。第三环节紧贴时事，题目都是与武汉相关的词汇，选手自由选择并根据语境答题，考察诗词储备的同时对选手的策略也有一定的要求。最后的巅峰对决也让人看得心潮澎湃，三位选手难分上下，最后冠军在加时赛中诞生。

对酒当歌，人生几何。中国诗词有着永恒的魅力，是中国人的精神礼赞，也是我们永远的精神家园。祝贺诗词大会圆满成功，为选手们精彩的表现喝彩，为评委老师精彩的点评喝彩。

作者：环境学院2018级本科生　李　欣

5 月 10 日　星期日　晴

服务山东办工作人员 · 徐　杰

今天，服务山东委托课题研究项目正式立项了。回想这段时间与领导和专家的讨论交流，感触良多。

为总结近几年学校服务山东工作经验，提升工作水平，按照樊丽明校长的要求，我们在全面总结梳理前期产学研合作的基础上，选择具有代表性的典型案例和当前急需解决的重大问题，设立了 10 个研究课题，向校内相关领域专家学者“借智借脑”，委托他们开展专题研究，为学校社会服务工作提质增效出谋献策。我作为这项工作的联络人，前前后后与各部门领导、专家教授们联系，深切感受到大家满满的工作热情，更体会到推动研究型工作对创造性开展工作和解决问题的重要性。

自调入服务山东办以来，给我感触最深的，就是领导、同事们始终把研究、谋划作为工作底色，立足学校实际、着眼学校长远发展去推动服务山东工作。我们从“创新理论之父”熊彼特、管理学家德鲁克的著作中理解了创新的意义和一般规律，明晰了创新的组织管理；从埃茨科威兹的“三螺旋”创新模式理论中汲取营养，深入思考大学—产业—政府三方协作关系问题。

知识经济以科学为基础，大学在经济与社会发展中的地位日益提高，成为和产业、政府一样不可或缺的社会创新活动者。三螺旋模式形象地说明了政府、产业和大学之间的新型互动关系：三方积极合作，互惠互利，彼此重叠，每一个机构都努力发挥自己的作用，同时亦保持各自的独特身份。三方都推动知识的生产、转化、应用、产业化以及升级，促进系统在三者相互作用的动态过程中提升。这一模型不仅在欧美国家，也在我国大江南北的许多产业园、科技园建设中得到实践验证。由此，我想到我们办公室就是要与科学技术研究院、人文社科研究院等职能部门，以及各学院、科研机构一起，以服务国家战略和区域高质量发展为目标导向，谋划并合力推动科研团队与市场经济活动建立合作关系，协同发展。

我们与政府、企业共建研究院、联合实验室、新型研发机构等合作平台，是强化科技创新辐射作用的重要形式，在对接政府和产业的过程中发挥了重要的接口作用。这些理论既是创新链与产业链融合发展的内在逻辑，也是未来大学科技创新的源泉之一，更对服务山东工作具有重要的指导意义。

校党委书记郭新立在4月28日校院工作例会上强调：希望每一位山大人争做学校事业发展的主人翁，以追求卓越、只争朝夕的昂扬姿态，在常态化疫情防控中统筹推进改革发展稳定各项任务。我想这为疫情防控常态下推动服务山东工作提供了有力指导。通过深入研究国家和地方政府相关政策、规划，结合学习的经典理论，我更加理解了服务山东对学校学科发展、强院兴校的重要意义，对服务山东工作更有信心了。

这次10个委托课题研究项目的立项，是一个良好的开端。期待我们的专家学者发挥专业特长，对学校前期产学研合作实践探索进行深度研究，为落实学校服务山东战略提供科学指导，帮助我们精准对接需求、有效获取社会资源、加强平台建设运营、提高项目管理水平。我们也会按照学校的要求，在服务山东办领导下，一边全力打好疫情防控阻击战，一边统筹抓好服务山东各项任务，在疫情防控和事业发展“两手抓，两不误，两促进”上取得积极进展。

作者：服务山东办工作人员　徐　杰

5月11日　星期一　晴

山大二院援鄂国家医疗队护士·孙元婧

这将是我最难忘的一个护士节。

今天，在国际护士节前夕，医院举行了隆重的战疫先进事迹报告会暨护士节颁奖典礼。我代表普通的一线护理人员，向全院领导和同事们汇报了在武汉战疫一线的工作、生活和收获，也回顾了我在武汉一线的52个日夜。阔别一月，再次看到曾经朝夕相处的“过命战友”，内心的激动无以言表。战疫之后的第一个护士节，好像全国人民都在为我庆祝，自豪感油然而生。

作为一名有16年护理经验的护士，我热爱着我的工作。其实，当年初入职场的我，同样宛如菜鸟，连治疗车都推翻过。但幸运的是没有人因此而嫌弃我，我的医院、科室一如既往地培养我。护士团队是个特别团结的团队，虽然大部分人都是女孩，但却最能啃“硬骨头”。我们来自不同的科室，却为了相同的目标而不懈努力！

我的战友中最年长的要数老翟。我和她相识于2004年，自我认识她，她就是个不爱说话的人。在我心里，老翟是个好人。当我还对感染病区怀着深深的恐惧时，老翟已经对每个病房都巡视了不知多少遍；当我担心气管插管会有气溶胶时，老翟说以后气管插管的病人都由她来管，以免更多人经手；当我觉得人员吃紧排不开班次时，老翟说这些活紧巴点干没问题，不用跟领导要人了……每次下班看到她走出隔离区，虽是凛冬，却全身上下被汗水湿透，我就很心酸，不敢看她！这一天工作如果看不到她，我就总是莫名的紧张；为此，她就一直上班不休息。我知道这样对老翟不公，就觍着脸问她：“累不？”她说：“上就行啊！”今天再见老翟，相看无语，激动难以自持。

作报告的时候，不禁回忆起武汉的日子，一幕幕仿佛还在昨天：那身穿防护服的憋闷，那抢救病人时的急切，那听到战友发生暴露后的担心……全都涌上心头，一时间泪水滂沱。

习近平总书记在国际护士节之际，向护理工作者们致以最诚挚的慰问：广大护士用实际行动践行了敬佑生命、救死扶伤、甘于奉献、大爱无疆的崇高精神！樊丽明校长在今天的报告会上说，医护人员的执甲逆行，彰显了百年山大的家国情怀和职业担当，她为我们感到自豪和骄傲。

作为护理队伍中的一员，我由衷地感到自豪。我们用自己的平生所学，拯救生命；我们用自己的无悔青春，书写大爱。也许很累，也许很苦，但我们无怨无悔。

作者：第二医院消化内科主管护师　孙元婧

5月12日　星期二　晴

齐鲁医院援鄂国家医疗队护士·王小清

今天一早，我打开手机收到一条微信，是一位武汉患者发给我的："你们逆行出征，护一城安危。危难的日子里铭记了你的眼神，今天请让我记住你的笑脸。是你们给了我第二次生命，我们永远不会忘记你们。小清，祝你节日快乐。"

今天是第109个国际护士节。因为经历了突如其来的新冠肺炎疫情，今年的护士节注定是难忘的。

2020年的春天，党和国家一声召唤，齐鲁医院护理人血脉里流淌的家国情怀再次被激发，白衣执甲，逆行出征，英勇无畏，抗击疫情。今天下午，医院举行了"致敬逆行英雄，弘扬抗疫精神"援鄂医疗队先进事迹报告会暨“5·12”国际护士节庆祝大会。

大会在气势磅礴、动人心魄的《战“疫”》专题片中拉开帷幕。侯俊平书记代表齐鲁医院党委致辞，会上各位领导为援鄂医疗队护理人员颁发了抗疫纪念奖杯。四名医护人员饱含真情地表演了诗朗诵《白衣执甲，逆行出征》。我有幸成为八位代表之一，与援鄂医疗队先进事迹报告团成员曲仪庆、曹英娟、周敏、李颖霞、郭海鹏、宋飞、胡昭在会上做了报告。我代表普通的一线抗疫护理人员，向全院领导和同事汇报了在武汉的工作和收获。回想在武汉的58个日夜，我依然心情澎湃，见到阔别多日的战友，更是犹如亲人。

山大和医院培养了我。作为一名护士，当抗击疫情前线需要我时，我理所应当、责无旁贷地冲在前面，这是我的责任，更是我的荣幸。

我是“80后”，是一名军属，也是两个孩子的母亲，更是家里的独生女。在平时生活中，我要保护好孩子，照顾好双方父母，支持老公工作；但是作为医护人员，我有要承担的社会责任。既要有小家又要有国家，这是齐鲁医院教给我的精神。医院里激励我的团队和支持我的同仁们，都潜移默化地影响着我，在我果断决定的背后，山大和医院是我坚强的后盾。

在我去前线后，院领导多次去我家中走访，慰问我的父母，关心孩子的学业和生活，切实解决了我的后顾之忧。我在武汉期间，收到了校领导、院领导和同事们的微信、电话500余条。是各位领导和同事们每天的关心和鼓励，陪伴并支持着我度过了那段最艰难的时期。

从初到武汉的紧张和不安，到与队友的磨合与适应，再到出色地接管同济医院C7重症病房，我们仅仅用了几天的时间。我常常想，到底是什么样的精神指引着我逆行向上呢？经历过防护服下的汗水、抢救病人成功时的笑容、担心感染时的眼泪，答案好似渐渐清晰起来：那是对国家的敬畏奉献之心，是医院的宗旨——关爱生命、救死扶伤，是战友间的互相安慰彼此鼓励，是我女儿说她长大了也要学医救人的传承力量！

校党委书记郭新立说，各位援鄂医疗队员以精湛的技术、高尚的医德、过硬的作风，为战胜疫情贡献齐鲁智慧、齐鲁方案、齐鲁力量，谱写了一曲曲医者仁心、救死扶伤的英雄赞歌。这是南丁格尔精神在新时代的弘扬光大，是齐鲁精神的弘扬光大，也是山大精神在新时代的弘扬光大！

作为山东大学齐鲁医院的一员，我为我的职业感到自豪，我为齐鲁医院骄傲。

返回工作岗位后，我们将继续发扬不畏艰险、勇于担当的抗疫精神，踏踏实实做好护理工作，立足本职工作，为山东大学实现“由大到强”历史性转变、为山东省卫生健康事业的发展作出新的贡献。

作者：齐鲁医院麻醉复苏室主管护师　王小清

5月13日　星期三　晴

管理人员强院兴校培训班学员・许德涛

梦想从学习开始！学校组织的管理人员强院兴校培训班开班已有月余，我积极报名参加了治理班的学习和研讨。这次集中培训真可谓是“及时雨”，让我学到了很多宝贵知识，启发了工作思路，更重要的是给我的内心深处增添了力量，让我能够更加有信心、有勇气去参与学校的治理和发展。

让我惊喜的是，除线上课程之外，学校领导还有相关职能部门负责人也为我们准备了各类主题报告。在5月12日的下午，樊丽明校长亲自为党支部书记专题培训班和管理人员专题培训班全体学员授课，作了题为“全力做强学科，切实筑牢‘由大到强’历史性转变的学术根基”的报告。整个报告近三个小时，樊校长一直神采奕奕，娓娓道来，让人敬佩，也让我收获满满。

樊校长谈到，今年是学科建设大年，是大考年，也是谋划年。学校面临四大攻坚任务，要切实认清形势，提高站位，增强学科意识，强化学科思维，系统谋划学科发展，深化学科建设改革，激发办学活力，加快实现“由大到强”历史性转变。我想这就是山大发出的时代强音。作为一名人事工作者，近年来，置身学校人事人才体制机制改革进程中，我目睹了领导同事们加班加点为推进各项人事改革作出的艰苦卓绝的努力，内心受到了不止一次的冲击和感动。更可喜的是，我们的付出和努力没有白费，人事改革带来了各种向好的变化，人才强校实现了新突破。我想，这应该就是我们敢于不断啃硬骨头的勇气和底气所在。

目前，学科建设攻坚战役，人事改革仍然大有可为，比如创新学科组织体制、建立完善鼓励学科交叉学术评价机制和政策支持、强化各类人力资源支撑和保障……所以，当樊校长跟我们说要做“学习的表率、担当的表率、落实的表率”时，我的内心是激动的，更是充满憧憬的。

学校对我们青年干部寄予厚望，我们如何找准定位、做好自己，同时彰显使命担当、贡献自己的力量呢？我想“以校为家，做好主人翁”是首要之义，只有将个人的发展与学校的发展紧密相连，根据学校事业发展需要，主动给自己提要求、立目标，才能真正为学校谋发展、作贡献。其次要练就过硬本领，珍惜来之不易的各种机会，不断提升自己履职尽责的能力。最后，在努力工作不断成长的过程中，要不忘来时的路，找准未来的路，围绕中心工作，真心服务师生，汇聚共治合力。

身处学校改革发展最好的时代，作为一名机关青年管理干部，工作要求高，改革任务重，工作压力大，这都要求我应该从日常工作做起，增强协同理念、提升服务意识、提高履职能力，尽己所能为学校事业发展添砖加瓦。

作者：人事部工作人员　许德涛

5 月 14 日　星期四　晴

文学院学年论文一等奖获得者·孙文成

终于在电脑上打下最后一个句号，我点击了“保存”，感到一阵轻松。几天前的学年论文终评报告会上，我的论文得到了老师们悉心的指导，同学们关于自己研究成果的演讲又启发了我的思路，让我对自己的研究有了新的认识。于是，报告会之后，我立刻开始着手修改论文，昨天终于修改完毕。

今年的文学院学年论文终评报告会，是一次特殊的线上报告会。2018、2019 级全体研究生和学位分委员会的各位老师一起，以音视频的方式参会。报告会上，各位学年论文一等奖候选人根据自己的研究进行了精彩的演讲。同学们的论文涉及文学研究的各个领域，视野广阔，分析深入，并充满创新性，时见可贵的新资料、新解读，让我感受到青年学子蓬勃的学术力量和巨大的学术潜力，并因自己是其中的一分子而倍感自豪。

其实，新冠肺炎疫情使同学们的生活和心理状态发生了很大变化，加大了文献资料获取等方面的困难，对大家的学术研究造成了一定影响。但是，困难之中，同学们加倍努力，克服种种阻碍，打磨出了优秀的学术论文，交出了令人满意的答卷。每位同学的演讲结束，都会得到老师的评议。老师们对学生的论文进行了细致深入的解读，在此基础上作出了切实中肯又精辟深刻的评价，再一次让我们见识到治学严谨、学养深厚的学者风范。演讲和评议结束后，谭好哲教授进行了总结讲话，肯定了同学们在学术研究上的努力，同时又对我们提出了殷切期望，激励我们在学术道路上勇往直前，作出自己的贡献。

这一次特殊的线上报告会，天南地北的百余位师生通过网络跨越山海，进行了学术上的深入交流，思想碰撞的火花经由网线传递到眼中、耳中，也会留在脑中、心中。在抗击新冠肺炎疫情的过程中，我们一直在经历

“特殊”，在创造并见证着历史。正是因为每个人的付出，学校的日常工作和教学活动才能在这段特殊时期进行下去；也正是因为每个人的力量聚沙成塔，我们的国家才能筑就伟大的抗疫长城，控制住严峻的新冠肺炎疫情。

艰难的日子终将过去，如今，春归九州，暖夏将临，山河渐愈。校园的花已开好，开学前的各项工作也正井然有序地进行着。我会和同学们一样，继续认真防护、积极锻炼、努力学习，静待人间无恙、相聚有期。

作者：文学院 2019 级博士研究生　孙文成

5 月 15 日　星期五　晴

造血干细胞成功捐献者 · 王琨尧

18 岁生日的时候，我送给自己的成人礼是献血 400 毫升。2017 年 7 月，我陪妈妈献血的时候了解到，留一份血样，填一张申请书就可以登记入中华骨髓库。我知道一份配型成功的干细胞对血液病病人来说可能是最后一根救命稻草，所以没有一丝犹豫就和妈妈一起填写了申请表。

今年 4 月，我接到红十字会的电话通知，我和一位白血病患者初步配型成功，问我还有没有意愿捐献造血干细胞。当时，我非常高兴自己有可能帮到一位病人。作为医学生，济世救人是我的初心，而且父母以及学校也十分支持我进行捐献。等待配型结果的那几天，我每天都在祈祷着配型成功，直到接到高分辨配型成功的消息，我才真正放心下来。接下来进行了全身体检，5 月 6 日得知体检结果一切正常，可以进行干细胞采集。这时候，我能想象到患者看到治愈的希望会有多开心。四年前，我坚定了学医的信念，四年后，这可能是我医学道路上挽救的第一条生命。

5月9日，我在妈妈的陪同下来到河北医科大学第二医院办理入院手续，同时也了解到了采集干细胞的大概流程。工作人员说，配型成功的概率是几万分之一甚至几十万分之一，这既是患者的幸运，也是我的幸运。与我同期进行捐献的志愿者还有三位，他们来自各行各业，但是谈到为什么同意捐献时，无一例外都是一句朴实无华的话：“那是一条命啊，我怎么能不救。”

10日早上，采血记录初始血象，并注射了第一针动员剂。九针动员剂，每一针承载的都是患者对生命的希冀以及我对她的祝福。从这时候起，我真正在为患者作准备，患者也为生的希望努力着。虽然打动员剂后，出现低烧、腰椎胸骨疼痛、头痛等不适症状，但是和一条鲜活的生命、一个家庭的维系相比，一切都微不足道。

14日早上，最后一次抽血查血象并注射了最后一针动员剂和地塞米松，随后便开始准备采集干细胞。因为血管细并且循环流速慢很多，我比其他捐献者采集的时间长一些。从8点半到下午1点，看着造血干细胞一点点分离出来流到袋子里，我心中的开心和自豪油然而生。过程虽漫长，但从此，世界上多了一个从病魔手中挣脱的孩子，也多了一个和我素未谋面却血脉相连的小妹妹。我收到了来自小患者父亲的感谢信，信里言语质朴却让我热泪盈眶，其实，不管是学医还是捐献造血干细胞，我们想要的只是患者摆脱病魔之后的笑颜。我在给小妹妹回信中写，“我相信苦尽甘来，你承受了病痛，往后一定会平安喜乐”，希望这袋干细胞带着我的健康和祝福陪伴小妹妹恢复健康。

虽然这次我能帮到的也许只有一个人，但是希望这是对所有患者的一剂良药。我在家中党员前辈的影响下走上学医济世的道路，同时也想追随党组织的步伐，为此我也郑重地向党组织提出入党申请，希望未来能作为中国共产党的一员，为更多人带去健康。

作者：临床医学院2016级本科生　王琨尧

5 月 16 日　星期六　晴

化学院就业宣讲会组织者·张　洁

“张老师，我们公司昨天宣讲到现在，收到了咱院学生 5 份简历，6 个实习申请！初定下周二组织网上面试，有意向的同学再向我们推荐！”

昨天下午，学院“共携手，化未来”化学化工专场空中宣讲会成功举办，吸引了万华化学、诚创医药、浙江新和成、润丰化工等 10 家优秀企事业单位参加，269 名同学参加了线上宣讲，互动留言达 400 多条，当天投递简历、实习申请近 100 份。这些数字为我们一个月的组织策划画了一个较满意的休止符。

面对史上最难就业季，学院高度重视，出台六项措施助推就业，仅四月就召开两次全院教职工大会，号召广大教师全力以赴助推学生就业。侯书记起草了《致全院老师一封信》，主持和参加了多次就业相关工作会议，逐条推进落实各项措施；郝院长作全院大会动员部署后，亲自指导学生复试，对接关系密切的单位开展毕业生推介；孙书记带着学生工作团队逐一了解每位毕业生的想法和需求，多方面协调发力，寻求破解之道。其中，举办专场空中宣讲会是我们主动对接学科相关企业的举措之一。我们在全面了解 2020 届未就业学生需求、2021 届毕业生意向、相关单位目前用人需求及准入门槛的基础上，进行大数据相似匹配，然后有针对性地邀请企业、组织听众。

并非十全十美，但我们做到了十分用心。针对空中宣讲会企业的邀请，我们七位辅导员举行了三次会议。大家在每次会上均提供一份企业名录，上面备注了通过一次次电话沟通获取的企业当前用人需求、企业特色和优势、薪资待遇、人才培养和晋升机制条件等信息，通过比对毕业生对目标企业的期待，最终选定了 10 家企业。

宣讲会前，关书记和我分别召开 2021 届毕业生年级会进行就业动员，组织他们参加这次专场宣讲。吕老师在宣讲会前与未就业毕业生逐一进行电话沟通：目前投了几份简历？有哪些回复？简历制作、求职面试是否需要帮助？最看重目标企业什么？根据学生的情况，吕老师向他们介绍了参会企业并作重点推荐。实现学院对学生全过程全方位的职业生涯指导是我们努力的目标。

此次参会的同学包括化学院69名2020届毕业生、150名2021届毕业生以及药学、海洋、材料等相关学院的同学。事实证明，宣讲会效果非常好。一名学生给我留言说："感谢洁姐极力劝我们参加宣讲，让我们通过这个平台思考未来。见过世界的宽广，才有向上的动力！"

400多条留言互动的背后离不开我们对宣讲会精益求精的筹备。"共携手，化未来"的名称是修订四次后的终版；腾讯会议是我们对比其他求职网站使用费用、企业及同学们需求后的选择。钱要花在刀刃上，我们选择了免费平台、自行组织各环节并提供全过程服务，但在互动环节设置了丰富奖品，吸引同学们尤其是非毕业生加入。我们将精心挑选的就业辅导类书籍库作为自选奖品，又在另一层面助推了就业。

疫情虽然让我们遭遇最难就业季，但也激发了我们的创新能力。方法总比问题多，2020届毕业生们，让我们只争朝夕，不负韶华，积极行动起来。期待我们一起携手，共"化"未来！

作者：化学院工作人员　张　洁

5月17日　星期日　阴

管理人员强院兴校培训班学员·纪　红

今天下午，我们强院兴校（三全）三班三组采取网络会议的形式，召开了研讨会，共有十位老师针对议题发言。我主要针对第五个议题，就如何改进我们的美育德育工作，结合我个人的一些工作实际，简单说了一下自己的心得体会。

我们院执行院长王学典老师在 5 月 14 日的全院大会上，就强调了各项工作的重心和强项在于“两创”：创造性转化、创新性发展。关于强院兴校的“强”和“兴”，我认识到，所需要的最核心的能力，就是在做好常规性工作之中和之上的精准适当的创造和创新。随着新形势、新问题、新需要去找到工作的创新点和创新领域，才是进一步完善和提升工作水平、增强事业活力的关键。

强院兴校，人人有责。我在做好本职工作的同时，业余拓展了一个比较新颖的工作领域：去年我的《山大草木文化的德育实践》被评为山东大学首届“一院一品”校园文化建设的重点项目和示范性项目，我的《山大草木文化的美育实践》被评为山东大学研究生美育精品项目。结合本次培训班学习，我更加认识到此项工作和研究富有创新意义和实际价值。

山东大学是中国近代高等教育的起源性大学，已沿袭生成既有文化品味之寓又有季相变化之美的校园植物群落和植物景观，每个校区都是优美的植物园。我做过不完全统计，我自己观察和记录到的草木，仅山大中心校区就有 66 科 159 属 300 多种，草木们不仅形成丰美独特的校园美景，更是山大文化品位的独有表述，承载着山大历史文脉，寄托着山大情怀记忆。草木文化作为中华优秀传统文化及山大校园文化的实际载体和精神体现，又是山大的美育德育资源和文化自信源泉。

但之前，山大草木的文化内涵没有被充分挖掘，其美育德育资源没有被充分利用。我的课题就是依托山大草木文化进行美育德育实践，在探索德育美育工作新途径、新方法上，具有引领意义；而且这个课题不是一朝一夕一年两年的事情，而是长做长新、久久为功的事业。

我在课题中主要以山大草木的自然审美和文化道德审美为基础，面向全院学生乃至院外师生开展美育德育实践，探索、构建和塑造山大草木文化的美育德育品质，标新山大草木文化的美育德育范式。其中心内容是构建山大草木文化的生态文化教育品质、文学艺术教育品质、岁时文化教育品质和儒家文化教育品质。具体的工作和活动包括举办草木文化系列讲座，开展草木认知、草木观察和草木文化体验活动，多途径丰富草木文化实践活动等。期待本课题的持续开展使美育德育工作焕发应有的生机和活力，使山大草木文化成为美育德育的一份源头活水，成为学生自然教育、心灵教育工作以及校园文化建设的特色亮点，进一步践行我们“立德树人”的根本任务。

草木固有节气，气一样有浩然；植物亦是文化，学一样无止境。这是我做山大草木文化美育德育实践的真切感悟。我的专著《安知时节好：山东大学二十四节气》，以及参与编著、即将出版的《山大草木图志》，都是山大草木文化美育德育的基础内容呈现。多年来，我坚持对山大在济南四个校区的草木进行观察和记录，并研究和传播山大草木文化。下一步，我还希望拓展工作范围，去观察和记录咱们威海校区和青岛校区的草木，更系统而广泛地传播山大草木文化；希望有机会与中心校区之外的校区和学院合作开展草木文化的美育德育实践，进一步丰实山大草木文化，取得更好的美育德育效果。

在本届山大图书馆文化节活动中，我受邀在5月13日和20日做两次有关山大节气草木文化的讲座，这也是一种跨学院开展美育德育的合作样式，可以做进一步的探索、完善和推广。

山大草木文化的美育德育实践，作为我的创新性工作实践，自感取得长足进步，但还不够完善，需要与时俱进地提高。能得到学校和学院的支持与帮助，得到同仁们同学们的好评和鼓励，我很受鼓舞，更欢迎大家参与进来，美美与共。今后我将继续努力，不负山大草木和草木文化的美好，不负大家的信任，让我们一起做一件特别美好、同时又能让自己更美更强的事情吧！

作者：儒学院工作人员　纪　红

5月18日 星期一 多云

返校学生·徐润东

今天是星期一，如果不是因为这次的新冠肺炎疫情，我可能还会像往常一样起个大早，来到齐园餐厅一层，吃着山大的网红鸡蛋饼，再喝上一杯热乎乎的豆浆，带着满满的能量去知新楼B1105的工位，开始新一周的科研生活。然而这个周一，却因为“返校”这个词变得不平凡。

由于新冠肺炎疫情，我跟众多的山大学子们一样，在家度过了一个超长的假期。虽然无法回到学校学习，但是我仍然坚持完成自己制定的学习计划，只是最大的不便在于，由于数学学科专业的特点，无法与导师及时进行线下讨论，导致研究课题的速度进展缓慢。尽快回归校园，与导师在黑板上演算讨论问题，是我的一个心愿。经历了四个多月的居家学习生活，我终于在这个普通却注定不平凡的周一，回到了阔别已久的校园。跟“她”分别的时候，是寒冬腊月。一别四月，弹指一挥间，现在的“她”已是初夏时节了。

这次特殊时期下特别的返校经历，令我终生难忘。校门口“全副武装”、随时待命的防疫专员，核验身份的老师及志愿者，以及核酸检测的医务人员，都让我意识到了学校为迎接我们回家，做足了充分的准备工作，为了每一位返校学生的健康安全，做到了“严肃认真，周到细致，稳妥可靠，万无一失”。在顺利完成身份核验进入校门后，我恰好碰到了督查返校工作的校领导。领导关心地询问了我在家的学习生活情况，以及今天返校的感受，并希望我在返校后尽快适应疫情防控期间的科研生活，合理安排好自己的作息。我表示一定严格服从学校在疫情防控期间的各项规定，认真学习并坚决遵守山东大学春季学期学生复学返校应知应会。对自己的健康负责，就是对他人的健康负责。

来到宿舍，只见阿姨们正在门口迎接每一位返校的学子，虽然她们都戴着口罩，依然能够感觉到她们那和蔼可亲的笑容。宿管阿姨发给我一份健康包，里面有消毒棉、口罩、校园防控手册以及山大专属的明信片。从这些点点滴滴，真的能够感受到山大对于返校学子深深的关怀。回到宿舍后，经过打扫的宿舍又变得焕然一新，这也意味着新生活的开始。

真心感谢各位统筹返校工作以及奋斗在一线岗位的老师们！相信在大家的共同努力下，我们一定能战胜疫情。

作者：金融研究院2017级硕博连读生　徐润东

5月19日　星期二　晴

管理人员强院兴校培训班学员·吕国凯

这两天，在校级公共平台技术交流微信群中的一张校徽图片引起了大家的热烈讨论。图片中校徽的直径仅有5微米，是公共平台陈明研究员利用聚焦离子束在单晶硅上刻蚀出的纳米级校徽。群内有人开玩笑说，这个校徽能够获评山大近120年校史最小校徽称号。从校徽开始，大家聊到了“百廿校庆”，不约而同地又聊到了“强院兴校”。联想到正在参加的管理人员强院兴校专题培训班，我想，我们这些普通的个体都有“山大梦”，都是学校新时期事业开拓的参与者，都应扛起自己肩负的责任。

学习的目的在于改变和创新。作为培训班的一位受训者，我切实感受到参加专题培训不仅仅是获得新知识，更重要的是通过学习带来思维方式的改变。校党委书记郭新立在不同场合多次强调财务思维、人事思维和资实思维要向学科思维转变。我想，这个“学科思维之变”就是解决当前学校发展中所面临各种问题的要义。

校部机关管理人员是学校治理现代化及“强院兴校”行动的重要参与者。通过近期的学习和思考，我认为基层管理人员应做到以下几点：

首先是要敢想敢拼。一流学科建设道路定不会一帆风顺，我们应当相信自己，将“追求卓越，只争朝夕”的思想自觉转化为行动自觉，逢山开路、遇水搭桥，敢于“亮剑”、善于“亮剑”。遇到实际问题可以大开脑洞谋划，上位思考、本位做事，注重以学科发展的视角前瞻性开展工作，为学校跨越式发展提供个人智慧。要知道，心有多大，舞台就有多大！

其次是要善做善成。我们要树立小机关大服务的工作理念，学院层面应打破身份界限，组建专业教辅队伍，为大团队、大项目、大人才、大平台提供行政事务点对点服务，从根本上解放教学科研人员，提升学术生产力；校部机关层面以学术、学者、学生为中心进一步完善服务事项，加强部门联动，建立综合服务平台，实现“最多跑一次”，提高办事效率。

最后是要成为专业化管理人才。“强院兴校”对管理队伍的专业化水平提出了更高要求。一方面作为个体，我们除去积极参加学校组织的各类管理人员能力提升项目外，还应在国际视角下补充学科建设及发展规律等方面的知识，破除本领恐慌；另一方面要善于运用外部专业化咨询资源，如专家智库、第三方专业咨询公司等开展工作。

作为资产与实验室管理部的一名工作人员，“强院兴校”背景下如何精准配置发展资源是我一直思考的问题。“强院”旨在使学院成为有办学自主权的责任实体，空间及设备资源的配置应坚持一个出发点、两个支撑、三个突出。一个出发点即以学科建设为核心，扶强、扶优、扶新；两个支撑概括为大空间整合支撑大平台建设、大科学设施建设支撑学科变强；三个突出指突出前瞻布局、统筹管理和交叉汇聚。栽下梧桐树，引得凤凰来，我们还要特别重视大器的建设。大学要有大师和大器，有了大实验装置就能引来大团队、招来大项目。学校现在虽已购置近四千万元的球差电镜，正在论证购置冷冻电镜机群，但这些还远远不够；下一步要凝聚学科方向，围绕国家战略需求，谋划建设人无我有的大实验装置，为“由大到强”历史性转变提供坚实支撑。

突如其来的疫情也让大家能够静下心认真总结过往，展望未来。短暂的停顿使我们蓄足力量，在学校发展的关键期、加速期，我们要用“立志”“勤勉”“唯实”来干好每一件事情，要做起而行之的行动者，当攻坚克难的奋斗者。

作者：资实部工作人员　吕国凯

5月20日　星期三　晴

管理人员强院兴校培训班学员·杨　青

“问渠哪得清如许，为有源头活水来。”近期，我参加了学校组织的管理人员强院兴校专题培训班的学习。在线上学习中，陈志刚老师提到：“党中央是坐镇中军帐的‘帅’，车马炮各展其长，一盘棋大局分明。”对此我感同身受、深表赞同。这次疫情让大家看到了党的领导核心、政府的执政决心、人民的团结一心，更看到了中华民族伟大复兴的光明前景。党中央一声令下，各级党组织迅速动员起来，广大党员真正行动起来，把习近平总书记重要讲话、批示精神和党中央的决策部署贯彻落实到方方面面。

一个支部就是一个堡垒，一名党员就是一面旗帜。回想疫情发生以来，山东大学医疗队员在防疫战线上发挥“国家队”医院的技术优势，用拼搏践行诺言，用热血抵御寒冬，用真情温暖人心，展现了山东大学的家国情怀。威海校区积极响应学校党委号召，指导推动各基层党组织发挥战斗堡垒作用，将强大的政治优势、组织优势和密切联系群众优势转化为疫情防控工作优势。身边有的党员积极践行党组织发出的党员先锋倡议，成为社区疫情防控党员志愿者；有的通过多种方式，多次向疫区踊跃捐款捐物；有的主动为隔离师生提供日常生活帮助、为居家师生开通线上心理咨询服务；有的每日进行师生动向和健康状况摸排统计，未休过一天假；有的加班加点，为保证返校工作平稳有序而辛苦忙碌……分工虽有不同，但党旗始终飘扬在第一线，党员始终战斗在第一线。

习近平总书记强调，我国疫情防控和复工复产之所以能够有力推进，根本原因是党的领导和我国社会主义制度的优势发挥了无可比拟的重要作用。陈宏伟部长在培训班的专题培训辅导报告学习会上则强调，对我们来说，强院兴校行动的成败关键在于党的领导的最大优势能不能充分彰显，在于党建引领作用能不能有效发挥。如何将抓党建与推改革促发展有机融合，以一流党建引领推动强院兴校行动，是需要我们不断思考和解决的问题。

青春由磨砺而出彩，人生因奋斗而升华。作为学校党务工作者的一员，在今后的工作中，我将进一步加强理论学习，补足精神之“钙”，激发“想干事”的精神动力；深入基层调研，优化党建服务质量，提升“会干事”的工作能力；强化责任担当，锐意谋事创新，营造“敢干事”的政治生态。要立足校区和学院实际，用好习近平新时代中国特色社会主义思想这把“金钥匙”，以实际行动践行组工干部的情怀、担当与奉献，为科学有序推进强院兴校行动，实现疫情防控和事业发展“双胜利”贡献智慧和力量。

作者：威海校区党工委组织部工作人员　杨　青

5 月 21 日　星期四　晴

图书馆工作人员・李修波

虽然时间已经过去了一天，我激动的心情仍然难以平静。

5 月 20 日，注定是一个让我终生无法忘怀的日子！这一天，是学校“高校国家知识产权信息服务中心”（以下简称“中心”）网络答辩的日子。在此之前，学校已经顺利通过国知局、教育部对设立中心的预审，并于 5 月 15 日接到了教育部科技发展中心准备参加复审（网络答辩）的正式通知。如果将初审看作是中心设立的“中考”，那 5 月 20 日的答辩无疑就是中心设立的一场“高考”了！

这一天也是我进入“高校国家知识产权信息服务中心”申报小组的第 52 天。在此之前的 51 天里，小组的 10 余位成员并肩奋战，经历了准备修订申报材料、通过初审、接到答辩通知、准备答辩材料等各个阶段。5 月 20 日上午，小组就网络答辩进行了最后一场现场模拟。

5 月 20 日下午 1 点多，由校长助理邢占军教授带领的四人答辩小组，以及由图书馆姚传义副馆长负责的答辩现场保障人员都已经准时到位。下午 3 点 19 分，网络答辩正式开始。3 点 26 分，答辩小组以近乎完美的表现完成了答辩。3 点 27 分，激动的掌声在山东大学中心校区图书馆 308 响起，大家共同庆祝答辩人员优异的现场表现和网络答辩工作的顺利完成。3 点 35 分，图书馆赵兴胜馆长召集图书馆参加答辩工作的小组人员开了个小型总结会，简单回顾了中心申报以来的工作。我们合影留念，记录下山东大学知识产权信息服务发展史上这最为动人的一刻。

作为小组成员和参与者，我在中心的申报工作中积聚了大量的感动，有一种不吐不快的感觉。坐在电脑前，申报工作的一点一滴，一人一景，如同电影蒙太奇，在脑中轮回，无法散去。老师们因熬夜导致的通红双眼，因使用鼠标太多而无法伸直的手指，都深印在我的脑海里。三生有幸，能够亲历中心的初建；三生有幸，能和如此敬业的老师们一起共同奋斗；三生有幸，能够见证国家和学校对知识产权信息服务工作的高度重视。

几天来，我一直在回忆中心申报工作过程中，那些朴素平凡、又让我心潮澎湃的话语。

在答辩开始前，邢占军校助说："我代表学校参加这次答辩不算什么，咱们的郭书记也在关注着这个答辩的结果呢。"

赵兴胜馆长说："我们的申报不是为了我们自己，而是为了知识产权和图书馆事业的发展，为了让更多在图书馆工作、有理想有抱负的人有一个更高的展示平台。"

姚传义副馆长说："这次申报表明，我们是一支能打硬仗的队伍。"

程蓓副馆长说："我把你们所有的建议都融合好了，变成我的想法装在脑子里（准备答辩用）。"

宋西贵同志的儿子说："爸爸，你今天又把眼睛熬得红红的了，有点像兔子。"

……

中心的申报工作已经结束一天了，我仍然沉浸在参与其中的巨大幸福和满足感中。我想，在接下来的很长一段时间内，只要想起这段经历，我就会感觉到非常温暖！

作者：图书馆工作人员　李修波

5月22日　星期五　晴

土建学院1993级校友·陈　晖

结构设计不该是盲从规则与典范，其本质是不断的超越与探索。

迎着清晨的第一缕阳光，我已在驱车赶往单位的路上。7：30到达单位，沏上一杯清茶，利用开工前无人打扰的一小时，梳理当天的工作计划。生活可以随性，但做事必须认真，需要孜孜以求的匠心精神。参加部门生产安排及项目协调会、听方案汇报、参加内部方案评审会、与年轻同志交流、技术指导、审核技术图纸……结束一天的工作，20：00回到家中，时间留给家人。儿子说得最多的一句话是："爸爸，明天你早点回家。"夜深人静，家人渐入梦乡，身边手机震动了一下，划开微信："陈总，深夜打扰了，领导临时通知，明天上午9点请到公司洽谈设计费用事宜。"新的一天又将开始了。

岁月不居，时节如流。从离开学校到成长为业内认可的设计师，转眼我已在建筑结构设计行业里摸爬滚打20余年。有彷徨、有突破，有热血澎湃、有怅然若失，但最初的信念却从未改变。

有一幅照片拍摄自孟加拉国萨瓦区大楼倒塌现场。这场惨剧是人类历史上最大的结构工程灾难，共造成1127人丧生，2500多人受伤。孟加拉国政府将4月25日、事故发生的第二天定为国家哀悼日。照片中可能是一对年轻恋人，在惨剧到来的瞬间相互拥抱，想要保护对方。

摄影师Taslima Akhter说，每当他看到自己的这幅作品，心里就在想："We are not a number, not only cheap labor and cheap lives. We are human beings like you."（我们不是一个数字，也不仅是廉价劳动力或廉价的生命。我们是和你一样的人。）我想，这就是结构工程师的意义，这就是我的工作的意义。

安得广厦千万间，大庇天下寒士俱欢颜，风雨不动安如山。从入行的第一天起，我就希望自己从事的职业能够保护更多的人，能够在地震、飓风面前保护更多的家庭不受伤害，能够为这千万间广厦增一份保障。

在日新月异的建筑领域，结构工程师到底能做些什么？当各种曲线、不规则、大跨、超高、超限、复杂空间的需求在短时间内抛给结构工程师，无尽压力便滚滚而来。建筑师常有少年天才，结构工程师却鲜有这方面的案例，这也证明了结构工程师成长的难度。理论知识固然重要，但经验积累不可或缺。

在设计院里，结构工程师们是一群不太活跃的群体，踏实、沉稳，与建筑师交流、沟通、妥协是结构工程师日常工作的重要组成部分。相比于建筑师，结构工程师似乎就只有钢筋、混凝土、结构体系、力学模型和干巴巴的一堆结构数据，没有一点出彩之处，同时还要直面甲方的苛刻要求，既要保证结构安全又要兼顾经济合理性，实现材料限额设计，有种如坐针毡、在夹缝中生存的感觉。然而恰恰是各种历练，造就了结构工程师不屈不挠的顽强意志，铮铮铁骨，傲立苍穹。

建筑设计和结构设计有着不同的思维方式。建筑赋予结构以魂，结构成就建筑之美。建筑的外在表现和功能构成是可直接被大众感知的表面层，结构是支撑并实现建筑外在形式的内在基础，二者相辅相成、缺一不可。

建筑是技术与艺术的结合体，建筑师通过富有艺术表现力的外观来营造一个空间，以适应特定的功能要求。结构工程师则应充分了解建筑师的构想，创造性地提出结构方案来展示结构的力度和美感，把结构的内在美和建筑的外在美统一起来，把技术升华为艺术，共同创造美好建筑。

真正好的建筑作品应该是建筑和结构完美融合的产物。优秀的建筑必然有良好的结构，合理的结构成就建筑之美。建筑结构应该是刚柔相济的，结构太刚，变形能力就差；结构太柔，支撑能力就差。结构设计就是找到一个恰如其分的平衡点，实现建筑的价值，也实现我们作为结构工程师的价值。

从业 20 余年，获得诸多奖项，荣誉的背后是艰辛的努力和付出，但我初心不改，依然在结构设计的道路上不断探索、奋进，带领着一批批年轻设计师去迎接新的、更大的挑战！

作者：土建学院1993级校友，同圆集团设计五院总工程师、副院长　陈　晖

5月23日　星期六　晴

口腔医学院（口腔医院）工作人员·柳　松

在周四举行的学院（医院）全面从严治党专题会议暨党员强院行动先锋队授旗仪式上，作为机关第一党支部强院行动先锋队队长，我有幸作为代表发言，感到非常兴奋和激动。

仪式上，学院（医院）成立了21支涉及党委、专项攻坚和党支部三个层面的强院行动先锋队，吕波书记给每个先锋队授了旗。接到队旗的瞬间，我脑子里闪现的是电视上看到的抗疫医疗队队员拿着队旗的情景。我想，我们先锋队的工作虽然不能跟抗击疫情相提并论，但也还是有共同点的。先锋队的目标与抗疫医疗队有相似之处，都是发挥先锋模范作用，解决群众的实际问题；另外，先锋队要想攻坚克难，必须弘扬援鄂医疗队“不怕牺牲，迎难而上，舍小家顾大家”的精神。从这个角度来看，我们先锋队责任重大、使命光荣。

仪式上，我发言的题目是“用‘为了谁’破解‘该找谁’”。之所以用这个题目，是因为我们党支部强院行动先锋队想要攻坚的任务就是破解大家办事不知道“该找谁”的问题。当支委在讨论的时候，纪检委员曹琳老师提出来可以围绕着“该找谁”这个问题来破解，她表示自己平时有些工作不知道该找谁办。我当时在想，曹老师在院里工作28年，如果她都

不知道该找谁，那我们近几年入职的很多年轻同志、我们在一线忙碌的老师、学者、医生、护士还有学生们更不知道该找谁。

为什么会不知道“该找谁”呢？可能有这样几种情况：一是要办的事没有部门负责，属于部门职责尚未覆盖的缝隙地带；二是要办的事有部门负责，但部门的同事不知道该怎么办理或者该找哪个上级去办理；三是要办的事存在部门职责交叉或者多头管理的情况，办理流程繁琐，需要多次找多个部门，办事的人就觉得真不知道该找谁了。

围绕这些情况，我们想按照“群众提，自己找”的思路，向全院征集不知道“该找谁”的事项，并分给相应的职能部门；每个职能部门通过自查，建立“该找谁”的办事服务项目清单；然后对照清单，落实首接负责，制作出优化、简化的流程图发布给大家。

思路有了，但是实现目标既需要职能部门和一线科室的良性互动，也需要职能部门相互之间密切配合，有些时候还需要部门自身有“刀刃向内，壮士断腕”的勇气和“舍我其谁，奉献付出”的担当。我们各党小组组长在支部党员大会讨论时给出了行动方案：用“为了谁”破解“该找谁”。

“为了谁”这个问题说到底就是初心、使命的问题。以师生医务员工为中心是大学最基本的价值理念，以服务患者为中心是医院最基本的价值理念，我们作为行政职能部门，就是要通过服务教师学者、服务医生护士，从而间接或者直接地服务学生、服务患者。

“为了谁”的问题清晰了，“该找谁”的问题自然就迎刃而解。其实我们先锋队要破解的问题和实现的目标，就是我们院党委之前提出的“开门办公”“马上就办”的延伸，就是想做到“只跑一次，只找一人”“一线少跑腿，部门多行动”。

拿着先锋队的旗帜，感觉责任沉甸甸的，唯有坚定前行，方能不辱使命！

作者：口腔医学院（口腔医院）工作人员　柳　松

5 月 24 日　星期日　晴

管理人员强院兴校培训班学员·张　斌

自今年 4 月以来，我有幸参加了综合预算改革专题研讨班的培训。此次研讨班课程体系设计科学合理，课程内容丰富实用。通过学习，关于强院兴校和综合预算改革，我也有了基于工作实际的些许思考。

当前学校正处于“由大到强”历史性转变的关键时期，但学科建设“小散弱老”、学院规模大小不一、管理水平参差不齐，这些学校发展道路上的“绊脚石”无一不考验着学校领导层的管理智慧和全体教职工的工作能力。为此，学校出台强院兴校行动计划，全校上下已经形成广泛共识，学院主动、校院互动、师生医务员工全动的共创一流大学理念已经树立。下一步的工作就是如何将理念落实到行动上、落实到改革工作中。

去年，我有幸被选派到学院挂职锻炼，这也让我对学院发展的现状有了更深的感悟和认识。我认为，在强院兴校行动的背景下，首先，学院需从“要我发展”的观念转变为“我要发展”，在学校引导下科学合理地主动规划学院事业发展和任务目标。其次，学院需推进治理能力和治理体系现代化，一方面加强能力建设，提升“理财能力，谋事能力，统筹能力，发展能力”四项能力，“接得住，管得好”学校下放的人财物等各项权利；另一方面完善治理体系，进一步健全学院集体领导、党政分工负责、协调运行的工作机制，为学院发展、学科发展提供强有力的保障。最后，学院可以在创新“学院、学科、学者”三位一体融合模式上多做文章，尝试建立“以学者为中心、学科为平台、学院为支撑”的“金字塔”形组织架构，厘清“三学”的生产关系，提升学术生产效率。同时，学院的运行管理机制要与学科发展的管理机制有机融合，主动破除行政壁垒，推动学科汇聚融合交叉。

作为财务部预算管理办公室的工作人员，在此次强院兴校行动中，我有幸参与了财务部承担的综合预算改革工作任务。此次改革是聚焦学院发展瓶颈的综合性、系统性改革。学校通过任期考核、中层班子年度考核等方式压实学院主体责任，通过综合预算改革带动人财物等各项权力下放、资源下沉，通过深化“放管服”改革为学院“赋能”和“减负”，通过绩效考核和岗位绩效工资改革等方式激发学院发展的内生动力。综合预算改革的过程，也是我们财务简政放权和放管结合的过程，是我们财务持续深化作风建设的过程。我们会创新“点对点服务”方式，落实“三全服务”帮包要求，建立综合预算改革服务专员机制，深入学院了解诉求，切实为学院做好财务服务和业务指导工作。

我深知，当个体的青春肩负起时代的使命，人生才能有非凡的意义。作为一名年轻干部、作为一名中共党员，我一定会继续提高站位、提升认识，以追求卓越、只争朝夕的精神去奋勇拼搏，为学校实现“由大到强”贡献自己的微薄之力。

作者：财务部工作人员　张　斌

5 月 25 日　星期一　晴

国际工程力学竞赛一等奖获得者 · 李浩隆

手机屏幕一亮，老师通过微信发来一句话：“祝贺你！比赛获得最高奖！”我盯着屏幕，一时有些懵，因为这次竞赛比以往难多了，真的是最高奖吗？很快我看到了比赛结果的文件，我进入了一等奖的行列。努力没白费，一阵欣喜涌上心头。

翻动日历，时间回到去年 12 月，我与班里王鑫龙、方雅欣两位同学和 2017 级六位学长在备战月底力学竞赛亚洲赛区的比赛。为了摸清竞赛的风格特点，我们找来往年的试题，一年接着一年地做。每年的试题就像一场大型会战，八道题目各不简单，往往是要绞尽脑汁才能打赢一场。对于难以攻克的高地，我与班里的两位同学常常反复讨论，如几位指挥官一样，在桌子大的地图上争论各种方案；有时还会动用现代化“武器”，也就是电脑，在使出浑身解数后才能攻下；但也有一些“高地”迟迟攻不下来，这就要靠每周末冯维明老师组织的讨论会了。在老师的带领下，大家各抒己见，攻克难题的同时总结经验。讨论十分热烈，往往是结束时水杯还满着，大家头上却已沁出汗珠。

就这样度过了充实又紧张的一个月后，我们来到了南京。冬天的南京天气比济南温和许多，空中飘着的桂花香让人沉醉，竞赛就在河海大学举行。参赛高校很多，能与全国各地的优秀同学们一起同台竞技，实在是不可多得的机会。经过几日的激烈角逐，我们获得了团体总分第二的好成绩，仅次于清华大学。我与另两位学长拟定于 2020 年 4 月份赴白俄罗斯参加国际工程力学竞赛。

到了今年 4 月，受到新冠肺炎疫情的影响，竞赛不得不改为线上举行。在许多国际会议和竞赛取消或延期的情况下，我愈发感到这次机会的珍贵。从理论力学课本到往年试题，我努力不放过任何一个要点，在答题时尽力而为，这才有了文章开头的一幕。回想复习的过程，我想成功的关键应该在于在“知其然”的基础上尽力做到“知其所以然”。许多时候我们对知识的掌握只是到了具象、表象的层面，对于抽象、深层的认识还较少；知道公式定理的形式是不够的，还得知道它究竟要告诉我们些什么，这样“懂得”才是真“懂得”。

这一趟旅程暂告结束，难忘讨论题目时的全神贯注，难忘比赛时的惊心动魄，难忘每一个欢乐瞬间，难忘河海大学食堂里的小蛋糕……一次比赛的结果说明不了什么，我们要做好准备面对未来更多的挑战！

作者：土建学院 2018 级本科生　李浩隆

5 月 26 日　星期二　晴

管理人员强院兴校培训班学员·李祥鹏

“圣处一灯传，工夫萤雪边。”在山东大学管理人员四中全会及强院兴校培训班的培训中，我深深地感受到了学校上下“追求卓越，只争朝夕”的干事创业氛围和“逆水行舟，不进则退”的危机感、紧迫感、使命感。

教育兴则国兴，教育强则国强。党的十九大提出了全面建成社会主义现代化强国的宏伟目标，把“建设教育强国”明确为中华民族伟大复兴的基础工程。煌煌上庠、弦歌不辍，山东大学自建校之日起就以“为国育贤”为使命，一直积极践行“为天下储人才，为国家图富强”的办学宗旨，“强校兴国”是党和国家赋予山东大学的时代使命，是百年山大办学初心的内在要求，是我们新时代再创辉煌的战略选择。准确把握这个“牛鼻子”就能够理解“强院兴校”对山大人的历史意义。

要坚持思想导向，在“强院兴校”行动中认真贯彻落实山东大学 2020 年全面从严治党工作会议精神和《山东大学（威海）落实一体发展战略推进高质量发展三年行动方案（2020～2022 年）》《山东大学（威海）管理体制机制改革实施方案》，在凝聚校区师生思想共识上下功夫；坚持问题导向，抓实党支部标准化、规范化建设，在规范完善、提升质量上下功夫；坚持目标导向，加强党员教育管理，引导党员在思想上认同组织、在政治上依靠组织、在工作上服从组织、在感情上信赖组织，在提升组织力上下功夫；坚持效果导向，增强群众观念，强化服务意识，在转变工作作风上下功夫。

“每一代人有每一代人的长征路，每一代人都要走好自己的长征路。”在山东大学“双一流”建设的征程中，我要以自己精准精致精心的服务践行“强院兴校”的路线图、规划图，做到忠诚干净担当，进一步激发“善治”动能，坚决贯彻落实山东大学党委和校区党工委的各项决策部署，勇做“强院兴校”的“挑山工”。

作者：威海校区党工委组织部工作人员　李祥鹏

5月27日　星期三　晴

国教学院工作人员·任向荣

最近，我学习了习近平总书记给在北京科技大学学习的全体巴基斯坦学生回信精神。信中饱含着总书记对全体来华学生的亲切关怀和殷切希望，体现了以习近平同志为核心的党中央对新时代来华留学工作的充分肯定和有力鞭策。

今年这场突如其来的全球性新冠肺炎疫情给来华留学教育事业带来了重大挑战，总书记的回信是新时代来华留学事业的重要遵循，彰显了党中央、中国政府的国际情怀以及推动构建人类命运共同体的坚强决心，为我们的工作指明了方向，我也倍感责任重大。

在全校上下加强管理和服务、切实保障在校中外学生安全健康的同时，要积极引导来华学生畅谈学习收获，讲述身边的抗疫故事，展现这场全球公共卫生危机中中国政府应对疫情的决心、担当和中国人民对政府的信任、支持。突如其来的疫情，使全世界的人们更深刻地认识到人类命运休戚与共，各国利益紧密相连，唯有携手共进，才能共克时艰。

作为国际教育学院一名基层党支部书记，我近期参加了学校组织的支部书记“学习贯彻四中全会精神，扎实推进强院兴校”专题培训班，收获良多。尤其是樊丽明校长等的报告，使我们了解了学校处在创建世界一流大学和加快实现“由大到强”历史性转变关键节点上的发展机遇，也对学校实施的人才强校、学术兴校、服务山东、文化引领、国际化和一体发展等六大战略有了更深入的认识。

语言和文化在民心相通中起着基础作用，国际教育学院正是承担着汉语教育和传播中华文化的功能。作为一名支部书记，我要深刻把握在“强院兴校”行动中的新使命新担当，进一步精准把握工作新形势新要求，打造精品项目，培养更多熟悉汉语、了解中国和促进中外友好交流的使者，为推动构建人类命运共同体贡献力量。

作者：国教学院工作人员　任向荣

5 月 28 日　星期四　晴

化学院党委副书记 · 孙国翠

今天艳阳高照，光影斑驳的小树林出现了好久没有的热闹场面，各学院在此热烈欢迎第二批学生返校，场面颇有点 9 月份迎新的味道。“欢迎同学们返校”成为大家共同的心声，8 号宿舍楼值班阿姨的表达更加亲切可爱——“宝宝们，欢迎回家”。学校和学院都已做好准备，等待学子归来！

今天各单位的报到现场秩序井然，学校在组织第一批学生返校工作经验的基础上，进行了周密的部署安排。作为两批返校人数最多的学院，我们化学与化工学院坚持从实验学科的特点出发，努力做细做实相关工作。学院研究制定了返校工作方案，出台了《加强返校学生管理的有关规定》，教工党支部开展了“三个一”活动（组织导师安排一次和返校学生谈心谈话、组织一次实验室安全检查、组织一次安全教育），这一系列工作都是为了确保复学顺利平稳。

是啊，“复学顺利平稳”是我们共同的心愿。我和我的战友们必须积极应对疫情带来的挑战，及时关注学生需求，确保这个心愿顺利实现。

最近两天，我两次被一个“暖”字敲打心灵。昨天我们一位留校学生发来消息，感谢老师们陪他过了一个特殊的生日，他“很被暖到”。碰巧，首批返校的黄海财同学向我表达对学院各种细致入微安排的感谢，我微信回复了一句：“自家人，客气啥。”没想到大男孩给我回复一句：“哈哈，您真的好暖。”这个“暖”字也着实让我“很被暖到”，一下子化解了多日的疲劳，也再次感受到自己工作的价值。如果我们的工作真的能让他们感到暖，那我们再辛苦也值得。学生返校过程中，一次次的统计，一次次温情提示，接站老师的一次次主动对接，都是为了让学生感受到特殊时期的“最暖温情守护”。

“归来，是为了更好地起航”，成长路上，我们还会一路温暖相伴。

作者：化学院党委副书记　孙国翠

5月29日　星期五　晴

机械学院党委书记・刘　杰

按照学校要求，学院决定在5月29日晚上8：00学生返校后，给同学们上返校第一课，作为学院党委书记，我第一个来讲。返校第一课的主题是“敬畏生命，爱国励志”，那么要对同学们说些什么呢？我陷入了沉思……

首先我要告诉同学们，由于新冠肺炎疫情的暴发，我们度过了一个不寻常的春节、不寻常的寒假。开学延期，教学如期，工作如期。在全面落实“停课不停教，停课不停学”要求基础上，全体教职工 2 月 14 日就全面进入了工作状态。同学们也居家线上上课、线上研讨、线上作业，进入了正常的学习状态。

我要告诉同学们，疫情发生以来，学校党委要求全力以赴、坚定不移地打赢疫情防控这场硬仗。做好疫情防控工作是当前最重要的政治任务，是压倒一切的头等大事。我们坚决遏制疫情蔓延，不忘初心、牢记使命，守护每一个山大人安康，兑现对师生医务员工的承诺。

我要告诉同学们，学校的疫情防控措施细化到每一名师生及每一栋楼、每一个功能区、每一部电梯、每一个教室、每一间宿舍、每一个食堂、每一个大门，绝不疏漏一个人、一个角落。相信同学们通过每天的体温报告和身体健康汇报，以及返校过程中经历的一切，也体会和感受到了学校、学院、老师、辅导员的关心和关怀。

我更要告诉同学们，疫情无情人有情。当疫情来临，我们山东大学齐鲁医院、第二医院先后选派 4 批援鄂医疗队近 300 名队员奔赴抗击疫情第一线，彰显出齐鲁医学人和山大人的担当、奉献和牺牲精神。东齐鲁和西华西在武汉天河机场偶遇，隔空互喊加油、互相打气，短短几十秒的相遇视频感动了无数中国人；还有今年 58 岁的山大二院马承恩大夫，毅然出征前将自己需要日常服用的十几种基础病药物塞进行李箱，到达疫区后马不停蹄、不辞辛苦地投入一线。有这样忘我的精神和无私的奉献，就是我们打赢疫情防控阻击战和实现学校“由大到强”历史性转变的信心和底气。

我要告诉同学们，在这次抗击疫情的关键时刻，我们机械学子也展现了家国情怀，积极参与疫情防控工作，充分体现出当代大学生的责任和担当。学生党员积极捐款捐物；很多同学还参与到社区防控一线志愿服务中，如本科 2016 级王洪杨同学、2019 级赵培丞同学、2019 级罗尚同学、

2019级周心仪同学因志愿服务事迹突出被当地报道或表彰；产品设计专业学生积极设计抗疫宣传海报弘扬爱国精神。又比如，硕士设计理论与数字化党支部自发募捐支援抗疫工作，研究生党员张晓、高帆、李国英、王志超等同学，研究生团员贺翔、贺永、王宾等同学积极参与家乡防疫志愿工作。此外，研究生各党团支部通过线上主题团日、线上视频学习等方式积极组织防疫学习活动。我要代表学院党委向我们的全体同学表示慰问并致以崇高的敬意。

目前，全球疫情防控仍处于紧张状态，疫情反弹的风险依然存在，“外防输入，内防反弹”是时刻不能松懈的艰巨任务。我们一定要在党中央、山东省、济南市以及学校党委的领导下，同心协力，打赢疫情防控的阻击战。我们应该感恩我们的祖国，我们应该感激这个时代，我们应该感谢那些守护生命的逆行者！

我还要再次和同学们强调，返校后，请严格遵守疫情防控规定，学业、生活及工作都要有条不紊地进行，要学有所成、学有所获，用我们的学识和才华，来报效我们的祖国，来展现山大机械人的风采。要敬畏生命，爱国励志，做一个有情怀的青年先锋。

作者：机械学院党委书记　刘　杰

5月30日　星期六　晴

管理人员强院兴校培训班学员·于　坤

清影罩幽窗，时禽噪夕阳。结束了一天的工作，我坐在桌前，回顾此前“强院兴校”专题学习小组的研讨活动。“如何建立以学科为核心的综合预算体系”“如何为做强学科提供更好的财务服务”是我们聚焦的重点。读着材料，我与“学科建设”的点点滴滴逐渐浮现于眼前。

近年来，我配合相关职能部门完成了“双一流”建设经费的预算编制、动态监控、学科建设评估等，随着工作的不断深入，见证了学校学科建设的蓬勃发展。学校自实施《山东大学世界一流大学建设方案》以来，坚持以资源配置改革为主线，创新管理模式、强化责任约束，为学科建设提供坚实保障。首先是加大财力统筹。打通资源壁垒，全面统筹中央拨款、省部共建和自筹经费，逐年提升投入规模，发挥资金聚力增效作用。其次是完善投入机制。改变固化分配格局，以高峰学科为核心，聚焦重点领域发挥投入集群效应。四年来，学校人才引育数量连续三年翻倍、大型仪器技术平台建设扎实推进、科研交叉融合体系建设成效显著、学术核心竞争能力逐年上升。最后是强化绩效管理。对学科建设项目实行全过程跟踪问效，建立了年度进展、中期成效和期末考核的动态评价调整机制，强化评价结果与预算安排和业绩津贴挂钩的激励约束，切实提高学科经费使用效益。

前段时间，学校印发《山东大学学院综合预算改革实施方案（试行）》，针对校院两级管理体制、推动管理重心下移等改革力度之大、覆盖面之广，可谓空前。无论是综合预算定额核拨还是调整经济分配政策，每一项措施均有的放矢，力求为学院松绑减负、简除烦苛。这为进一步扩大学院自主权开启了绿色通道，让每一个学院无论规模大小均可以根据自身优势确定发展方向，办出自己特色，进而激发每一个细胞的创新原动力。学院综合预算改革是学校治理体系与治理能力现代化的突破口和着力点，也是学校内涵提升与质量强校的必要条件和必由之路。改革通过优化校院资源配置模式激发学院内生驱动力，通过提高财务管理精细化水平提高学院资金使用效益，有助于真正实现由学校驱动变为学院驱动。

蓝图已经绘就，关键在于落实，实施方案的印发绝不代表改革之后的一马平川。创新机制体制、优化支撑保障、破解学院发展过程中面临的资源约束难题，努力为师生提供坚实的财务保障和一流的财务服务，是我们每一个财务人员的光荣使命和艰巨任务。作为财务部的一名普通工作人员，我将苦干实干，信心百倍地朝着既定目标奋力前行。

作者：财务部工作人员　于　坤

5月31日　星期日　晴

基础医学院副教授·郭雨霁

八周的医学形态学综合实验 SPOC 课程已结束，我批阅着同学们提交的自主实验设计作业，一个个奇思妙想，一个个缜密设计，让我的思绪又回到了学期之初……

一场突如其来的疫情，为我们的课堂教学提出了空前的挑战，而挑战难度最高的当属实验教学。如何开展线上实验教学并且保证教学效果？学期开始前，学院就积极谋划基础医学实验课程的网上教学。根据学校医学形态学综合实验的教学内容，尽快建设与之匹配的在线课程资源平台，就成了疫情之下我们医学形态学综合实验线上教学工作的重点。

形态学实验课程组和形态学实验平台的老师们一起，对医学形态学综合实验的内容进行了重新整合：设计形态学综合创新实验，录制微课视频；提炼科研主题，供学生查阅资料，拓展延伸；提炼临床相关病例，将 PBL 教学理念融入实验课程教学中。根据主要知识点、侧重点的不同，由组织胚胎学、解剖学、病理学三个学科的老师分工负责。令人欣慰的是，老师们加班加点建设的线上 SPOC 课程资源，终于赶在学生开课前上线，保证了 2017 级临床五年制学生线上实验课程的如期开展。

从学习教学视频、实验操作视频、科研文献，到完成讨论区科研设计案例分析，最后查阅文献、提交自主实验设计作业，一步步走来，很多同学反映，以前没有单独设计实验的经历，作业太难了、太烧脑了，有过牢骚、有过怨言——“这课简直成了疫情期间的绝命课”。老师们发现问题后，通过微信群与学委们积极沟通，分享优秀的自主实验设计案例和关于科研设计的文章，在线解答学生们提出的疑问。课程结束后，绝大多数同学表示初步认识了实验动物疾病模型的建立、学会了实验动物的取材方法、掌握了文献检索的基本技能和基本的实验设计方法，也感觉到了自己的进步。有同学起初质疑自主设计实验的必要性，后来经过老师的引导，更加努力地完善实验设计；更有同学真诚地为实验在线课程的继续建设提出了宝贵建议，教给我们老师如何用好平台的作业提交功能，便于同学们更独立地自主完成作业。

看着同学们反馈回来的一条条信息，我不觉已泪目。疫情来得太突然，线上课程还有很多不完善的细节，“云端”的你们在居家学习的日子里依然认真地学习每一个教学视频，花四五个小时认真地完成每一个自主实验设计作业。虽然老师只要求设计一个实验，但更多的同学还是提交来了四五份作业，关注着新冠病毒对人类生殖健康的影响、关注着家乡饮食习惯与慢性疾病之间的关联、关注着神奇中药背后的科学机制。

待疫情散尽，我们相约再见，课题组将为大家提供平台，实施开展同学们自己设计的实验。也希望明年此时再回到课程平台，看一看在你们建议下全新上线的医学形态学综合实验。

谢谢亲爱的同学们，在这段特殊的日子里，我们携手走过，相互成就。这曾经让你们抓狂的医学形态学综合实验，在你们成长为医生、科研工作者的路上，也终将留下浓墨重彩的一笔。

作者：基础医学院副教授　郭雨霁

6月1日　星期一　雨

幼教服务中心主任·张卫东

初夏已至，2020年的“六一”终将成为别样的记忆。“六一”国际儿童节到来之际，习近平总书记向孩子们送来节日的祝贺，并寄语全国各族少年儿童“少年强则国强”“希望广大少年儿童刻苦学习知识，坚定理想信念，磨炼坚强意志，锻炼强健体魄，为实现中华民族伟大复兴的中国梦时刻准备着”。作为一名山大幼教工作者，我备感鼓舞和振奋！

为了让孩子们度过一个愉快而有意义的节日，幼教服务中心策划组织了“云上庆六一”活动，让小朋友、大朋友们“云端”会面。幼儿园的老师们纷纷录制视频为孩子们送去节日的祝福，孩子们也邀请爸爸妈妈共同分享自己与老师、好朋友相聚的幸福，并积极展示自己的才艺：有的用歌声与微笑诉说着时光的美好；有的伴随着快乐的节拍跳起轻快的舞步；还有的通过秀出自己假期里的新技能——打拳击、变魔术，表达对小伙伴的想念之情……

当“六一”儿童节遇上了“温情复园季”，我们为孩子们精心送上了一份别样的“六一”礼物——幼教服务中心各幼儿园全部高质量地通过了复园核验！“疫”散花开，6月8日，等待小朋友们“回家”！

在准备复园核验的日子里，幼教服务中心各幼儿园按照《山东省托幼机构2020年春季学期开园条件核验细则》认真部署和落实各项复园准备工作，精益求精，扎实推进每一处工作细节。

核验的前夜，中心各幼儿园的全体教职工反复细究着卫生细节和检查记录，精益求精地做着收尾工作。22：48，园长们和我的视频会议仍在进行着，一遍又一遍地梳理着明天迎检工作的内容……核验当天00：00，我的工作微信还在持续响动。连日来，学校和后勤保障部领导都对核验准备工作给予了大力支持和关心，为幼儿园安全、健康发展保驾护航。2：00，夜已深，第一幼儿园的园舍仍然灯火通明。傅军园长把园里大大小小的房间走了一遍又一遍，手持电筒把操场的角角落落巡查了一遍又一遍……凌晨3：00过后，傅园长终于到家了，简单休整一下又马上赶回到了战斗岗位……所有的汗水都会有收获，所有的努力都不会被辜负！幼教服务中心各幼儿园以优异的成绩树立了核验标杆。

这是我们最珍贵、最有意义的一个“六一”儿童节，因为我们在用最真诚的行动书写着雁行精神，捍卫着自己的初心使命——全力以“复”爱着你，我的孩子们！

作者：后勤保障部幼教服务中心主任　张卫东

6月2日　星期二　晴

山大二院援鄂国家医疗队队长兼临时党支部书记·马承恩

今天，我怀着无比激动的心情参加了学校举行的山东大学援鄂医疗队表彰暨先进事迹报告会。会场布置简约而隆重，山东大学全体在济校领导到场，威海校区、青岛校区也设置视频分会场，开设了网络直播，气氛热烈，我感受到了学校对这次大会的高度重视。

大会开始，首先播放了短视频《山湖相连，心手相牵》，这又把我带回了我们在武汉奋战的日子。医疗队员们勇敢地选择了逆行而上，毅然别离家人，慷慨奔赴荆楚，不论生死，不计报酬，白衣执甲，义无反顾；一个个镜头是那么熟悉，一个个画面是那么感人。虽然短短几分钟无法完全还原我们在武汉的经历，但这足以令我们热泪盈眶。

我认真倾听了几位抗疫队员代表的报告，多次感动得泪如泉涌。他们用生命守护生命，用勇敢和顽强面对艰险和挑战，用责任和担当践行着医务人员的初心和使命，用坚守和爱心呵护着、捍卫着每一位患者的生命，用医者仁心和血肉之躯筑起了守护生命的钢铁长城，用汗水浇灌着鲁鄂人民的友谊之花……他们都在用自己的一腔热血，书写着人间大爱，这就是山大人，这就是山大人的家国情怀和职责担当。

我也作为抗疫队员的代表，向全校领导、教职工和同学们汇报了我在抗疫期间的工作、生活和收获。汇报时，我并没有尽情地抒发我内心的真实感情，我尽量控制着自己，我告诉自己，不能哭，要像在武汉时那样坚强；但在报告的时候，还是多次哽咽，差点泣不成声。

每次在电脑前修改讲稿，在武汉抗疫的一幕幕就浮现在眼前，仿佛就在昨天：那穿上防护服时的憋闷不适、队员们疲惫的身影、抢救病人时的惊心动魄；那听到战友发生暴露后的担心、一张张布满勒痕的脸、一双双被消毒液侵蚀开裂的手、一个个蜷缩在地上小憩的身影，都历历在目。在与死神赛跑的日子里，大家都铭记着，自己的肩上承载着全体山大人的嘱托和信任，为此，我们曾立下誓言：病毒不除、坚守不退，我们要坚守到最后一名患者出院……所有这些记忆，瞬间涌上心头、展现在眼前，一时间化作滂沱泪水。

这次我获得山东大学“援鄂抗疫突出贡献奖”并被记功，是学校对我抗疫工作的肯定，更是对我今后工作的激励和鞭策。作为一名医疗队员，作为一名山大人，我感到由衷的高兴和自豪。我们要用实际行动践行习近平总书记“敬佑生命，救死扶伤，甘于奉献，大爱无疆”的伟大使命，牢记学校领导的嘱托，继续发扬伟大的抗疫精神！我们作为山大人，更当秉承“学无止境，气有浩然”的校训，牢记“为天下储人才，为国家图富强”的办学宗旨，追求卓越、只争朝夕，建功新时代，为实现山东大学“由大到强”历史性转变，为实现中国梦、山大梦贡献我们最大的力量。

作者：第二医院重症医学科主任　马承恩

6月3日　星期三　晴

援鄂医疗队表彰暨先进事迹报告会观看者·张天阳

昨天下午，我有幸参加了学校组织的“山东大学援鄂医疗队表彰暨先进事迹报告会”。尽管此前在各种媒体平台上已经了解到了抗疫的艰辛和各种英雄事迹，但我依旧十分感动。

下午14时，到达音乐厅，沿红毯放置的先进个人的展牌就像时代的英雄谱，昭示着新时代英雄的忠诚与无畏。毕竟还是在疫情期间，体温检测、口罩防护等措施还是少不了。看到门口进来的一批批医护工作者，他们相互问候，有说有笑，这些从疫情重镇撤回的英雄把那些严峻和疲惫的日子轻放于心底，露出了久违的少年气息。

对英雄表彰，听英雄报告。一批批白衣英雄手捧鲜花，拿着证书，共聚一起。这样的情形与在医疗队时何其相仿，不过那时是“不破楼兰终不还”，而此刻“战士还家尽锦衣”。虽然现在疫情已缓，但听英雄们诉说着一段段故事，当那些图片、那些文字、那些掺杂着方言的对话再次展现，时间好像回到那些感人的时刻。

白衣执甲，他们将医护和家国的责任放在首位。曹英娟副领队回忆，接到通知，火速编制，医疗队第二天就奔赴战场。这样的速度背后，是几千封的个人请愿书和几百封团体请战书。在农历新春，他们脱下便服，哄睡好一旁的孩子，嘱咐好爱人兄弟，瞒着长辈，踏上征途。曹英娟副领队瞒着八十多岁母亲请战，而母亲后来知道了情况选择了默许，让孩子在前线安心。郝学喜医生的父亲身为老党员，亲笔写下家书，做他最坚强的后盾。

妙手仁心，他们用超脱于药物的治疗与生命并肩。面对突发疫情，患者身心遭受了巨大的创伤，医疗队的白衣天使们，用言语安慰，用行动亲近。不少患者在医护工作者的鼓励下，焕发生的希望。医护人员与患者结下深厚的革命情谊，拿出自己的生活物资鼓励患者；做呼吸插管，直面传染性极强的飞沫，他们没有怕，一个接一个，未曾停歇；他们还编纂了方言与普通话的对照手册，方便与病人沟通。

凝聚智慧，他们以超高的业务水平和责任担当扛起大旗。援鄂期间，医疗队员们编写各种医疗和护理方案，得到业界认可和推广；承担起国家医疗任务，发表多篇论文；试验药物，创新诊疗，智慧抗疫。

此刻，看着这群把中国保护得很好的医护工作者相互问候，脸上流露着些许少年英气，我想，只有真正身处这样的历史洪流，才能感知这腔热血下的家国情怀和使命担当。

在疫情后期，我们通过这些故事，拼凑起当时抗击疫情的点滴。这是一场伟大的人民战争，伟大的白衣天使驰援湖北，牢记南丁格尔誓言；伟大的人民群众，将基层变成一线，捐赠物资力援湖北。当危机来临，家国情怀始终是中华民族永恒的底色。

向伟大的医护工作者致敬！

作者：经济学院 2017 级本科生　张天阳

6月4日　星期四　晴

毕业周活动设计工作座谈会参加者·丁冠森

前两天学校召开了毕业周活动设计工作座谈会，我有幸作为毕业生代表参与了会议，深刻感受到了母校对我们毕业生的关怀，至今感触颇深，受益良多。

“山东大学一定要做最关心学生的大学。”校党委书记郭新立在会上告诉我们。他提出，在疫情背景下，一定要将学生的安全放在首位，线上毕业典礼和毕业系列活动必须要让同学们有参与感、仪式感。希望毕业生离开校园之际，为母校留一份言，提出对母校的批评和建议，以这种方式留下对母校的期待，只带走对母校的热爱。他对我们毕业生也提出了期望，要求我们结合时代背景，弘扬山大援鄂医疗队精神，永葆家国天下的情怀。

会上，学工部老师汇报了毕业周活动安排，字里行间都体现了各位领导老师的精心考虑。各位老师认真听取了我们毕业生的发言，对于我们毕业生提出的关于发放返校大礼包和毕业大礼包、制作山大专属文创纪念品、优化线上毕业晚会的直播等建议，老师们都认真倾听、虚心采纳，并就毕业各项安排询问我们的意见和看法。毕业报告会多长时间合适、毕业典礼和毕业晚会是否一起举办……“一枝一叶总关情”，我感受到了母校举办毕业活动是真正从毕业生的切实需要出发的，是真心要为毕业生留下一段美好的回忆。各部门领导老师和辅导员代表、教师代表也畅所欲言，言语之中无不表露着对学生浓浓的关爱。

通过这次会议，我切实体会到了母校“以学生为本，以学生为中心”的责任意识。老师们始终把学生放在工作的第一位，急学生之所需，解学生之所难。他们为了毕业生的返校离校、毕业活动精心策划、辛勤筹备，只为让我们毕业生在母校的最后时光可以快乐愉悦，让我们毕业生回忆起这个特殊的毕业季时可以感受到温情暖意。母校对我们的付出和关注，我们看在眼里，记在心里。

在收获感动之余，我更是感受到了激励和鼓舞。我们毕业生一定不负母校重望，牢记学校“为天下储人才，为国家图富强”的办学宗旨，自觉把个人命运同祖国和民族的命运紧紧联系在一起，以时不我待、只争朝夕的紧迫感，与时代同步伐、与人民共命运，弘扬山大精神，传承山大基因，砥砺家国情怀，锤炼崇实品格，勇于担当作为，锐意开拓创新，在新的工作岗位上为祖国发展与社会进步贡献自己的力量。

作者：经济学院2016级本科生　丁冠森

6月5日　星期五　晴

心理委员朋辈辅导技能大赛获奖者·陈欢迪

去年今日，手里攥着厚厚的复习资料，脑中反复默念着古诗、公式，加上颤抖的双手和局促的呼吸，我走进了高考的考场。一个月前那个午后，我回答着屏幕上一道道关于心理委员基本技能、心理学基本知识的题目，考试的紧张焦躁再次浮现，却多了一份高考教会我的沉着、冷静。

于是，当得知自己获得了“心理委员朋辈辅导技能大赛”一等奖时，我有些惊喜，更多的则是欣慰与骄傲。

回想备赛的过程，我按照比赛内容将题目整理出来，并着重圈划错题；又对照第二轮题库仔细查阅生疏知识，找寻具体实例帮助自己理解；还把自己过去阅读过的心理学书籍，如《萨提亚冥想》《自卑与超越》等拿出来翻了翻。在专业课学习的同时准备比赛，我压力倍增，但复习中出现的这句话启发了我——“压力的大小取决于我们对压力的认知”。于是，我调整情绪后又继续投入紧张的备赛之中。

其实，除了这场比赛，寒假至今，各学院、各班级的心委们都积极响应学校心理中心的号召，认真组织同学们观看“抗疫安心大讲堂”，帮助大家疏解疫情期间的种种消极情绪。疫情期间，我发现不少班级同学在与我聊天的过程中展现出不同程度的焦虑，比如认为学习没动力、害怕感染病毒等。于是，我便鼓励同学们把自己的感受以及近期困惑写出来，通过邮件发送给我。细心阅读大家的邮件之后，我将自己的感受和了解的专业方法反馈给每一位同学。回罢信件，我想，或许心理委员的职责是作为一个见证者、陪伴者，看着一颗颗美好的种子在同学们的心里扎根，然后静静地守候，等待它们幽然开放。

最终，各位心理委员们的感想和工作成果在心理中心的公众号上刊登，大家条理清晰的笔记和极负责任的态度让我十分敬佩，也激励着我踏实学习，为班级心理健康工作添砖加瓦。这项工作是细水长流的，而不是一蹴而就的。学期伊始，我便打算通过心理讲座、心理游戏等形式为同学们带来情绪管理、自我成长等方面的内容。母亲节前夕，我联系心理中心的老师为大家带来了一场名为“爱的语言学”的讲座。同学们听罢讲座表示，要亲身践行，向自己爱的和爱自己的人表达爱意。

还记得去年9月，我在班委竞选的舞台上对大家说：“我想当心理委员。”此刻，回想当初，似乎少了一些迷茫与担忧，更多了一份信心与担当。守护同学们的心理健康，我们定将一同前行！

作者：文学院2019级本科生　陈欢迪

6月6日　星期六　晴

国际部工作人员・张佳琦

结束了在电话、邮件、视频会议中不断穿梭的一天，在工作日历上划掉一个个待办事项后，我长舒了一口气。

虽然受全球疫情影响，学校各项接待出访计划推迟，但国际合作工作仍然在扎实有序推进。这段相对“清静”的时间，也为我们深入研究思考、科学谋划工作创造了机会。近期，我有幸参加了学校组织的管理人员强院兴校专题培训班。通过聆听学者和领导们的专题报告，参加小组和班级研讨，我从国际坐标、国家坐标、高等教育坐标和山东大学发展坐标等多维度了解学校发展面临的形势和任务，在学习国内外高校先进建设经验的同时，对“强院兴校”行动计划也实现了从“是什么—为什么—怎么干”的感性认识到理性思考的跨越。

“强院兴校”行动是山东大学践行“强校兴国”时代使命、建设世界一流大学的必由之路。在国际合作工作实践中，我们也深切感受到只有获得学者、学生、学院认同，激发大家原生动力的项目，才能真正落地落实。如果与一所一流大学建立了三个以上学科为支撑的合作关系，校际国际合作才会牢固。

国际化是建强学科、建强学院、建设世界一流大学的重要一步，已成为当今世界一流大学和一流学科的核心特质。作为从事国际事务工作的一员，我想落实“强院兴校”行动过程中，要重点做好以下几个方面：一是全面树牢世界一流意识，各方面工作找准国际标杆，接轨国际规范，按照世界一流的标准谋划发展，持续推动重点建设。二是凸显学科建设主线，聚焦重点建设学科，集中拓展和配置资源，汇聚全球高水平人才，搭建攻关平台，提升核心竞争力和学术声誉。三是建立深度国际合作机制，推动学院与世界一流大学建立师资开放共享、人才联合培养、科研联合攻关等实质合作，一体推进教师、学生、科研等关键要素国际化建设。2019 年，山东大学—南洋理工大学人工智能国际联合研究院的成立，成为学校聚焦关键前沿学科、引进世界一流资源、打造学科高峰、服务国家重大战略的生动实践，也成为通过国际化推动世界一流学科建设的样板。四是健全国际一流工作制度，围绕国际化战略五大重点任务，完善国际化工作制度体系，为一流学科建设提供坚实的制度保障。

学习研究是谋事之基、成事之道，感谢学校为我们提供了系统学习的机会。2020 年是学校事业发展的关键一年，在这关键节点上，我们应当加强学习，继续发扬追求卓越、只争朝夕的奋斗精神，不忘初心、牢记使命，用汗水浇灌收获、以实干笃定前行。

作者：国际部工作人员　张佳琦

6 月 7 日　星期日　晴

管理人员强院兴校培训班学员·孙巍峰

“学到的东西，不能停留在书本上，不能只装在脑袋里，而应该落实到行动上。”习近平总书记论述知行问题时强调。作为学校管理人员综合素质提升专项方案的受益者之一，继管理人员海外研修项目之后，我又参加了管理人员强院兴校培训班。随着培训班学习活动深入开展，特别是聆听了领导专家的专题辅导报告后，我对目前所从事的资产与实验室工作（以下简称“资实工作”）在强院兴校行动中如何深化管理体制改革有了更深的思考。

一流党建才能开启并引领一流学科建设、一流管理服务。具体到资实处党支部，可以将“党员先锋岗”“创先争优先进窗口”“网上党支部”“三全育人”“院处直通车服务新工科”等单体项目连点成线，连线成网，进一步整合为“立德树人”一体化平台，把发挥党建引领作用贯穿于资实工作的各方面和全过程。

强院兴校行动需要校院两级协同治理。资实处作为保障性部门，要在统筹校内办学资源、不断优化资源配置的同时，谋划寻求社会资源，“不求所有，但求所用”，不断加强办学资源保障能力。通过资实处“放”与学院“接”的有机统一，充分激发学院发展活力、内生动力、创新潜力。更具体地讲，是要建立健全以支持学科建设实际需求为导向的资源配置机制，优先支持杰出人才团队和亮点学科建设，将学校“以强院带动兴校，推动学校整体高质量发展和竞争力提升”的行动理念落到实处。

通过培训，我也对深化资实工作“放管服”改革有了更具体的思考。首先，在服务观念上强调对标意识和国际视野。要实现“三个转变”，由“学校怎么配置资源”向“世界一流大学怎么配置资源”转变；由“方便自己管理”向“方便师生办理”转变；由“能办”向“好办”“办好”转变。

其次，在工作实践中做好“加减乘除法”。在服务内容上做加法，在业务流程上做减法，在师生民生上做乘法，在安全风险上做除法，加快建设服务型职能部门。在推进简政放权方面，要进一步提升学院配置物质资源的能力，尊重学科规律和专家学者工作性质特点，落实激励保障政策。在转变管理模式方面，要建立以学院为中心的管理模式，进一步完善以学术、学者为中心的资源精准投放机制，推动构建跨学科、跨学院的教学科研资源共享体系建设。在强化服务支撑方面，要查找现行管理体制中的“堵点”“痛点”，为学院、学科高质量发展提供个性化、精准化、订单式服务。

管理人员只有在服务师生实现卓越的实践中才能更好地成就自身的卓越。我将进一步树立服务至上理念，不断增强为学院和师生服务的思想自觉和行动自觉，提升精准执行能力，为学校实现“建设中国特色、世界一流大学”“强院兴校”“强校兴国”的目标而学以致用、担当作为。

作者：威海校区资产与实验室管理处工作人员　孙巍峰

6月8日　星期一　晴

党支部书记强院兴校培训班学员·随洪光

参加学校党支部书记强院兴校专题培训班以来，经过一个多月的培训和一系列专题讨论，我加深了对“强院兴校”的认识。对于如何落实强院兴校行动，提高学科竞争力，我所在的国际经济与贸易系教工党支部也有过多次讨论。

国际贸易学科是经济学院的传统优势学科。随着近几年世界经济形势的变化，在学科发展方向上，应当依托传统优势，寻找与政治、法律、信息、数据技术等的交叉点，将国际贸易的传统优势与其他学科的新发展相结合，将学生培养与国家战略需求相结合，打造现代化的新文科，培育新的竞争优势。

学生培养的质量决定了学科持续的生命力。山东大学应用经济学在上轮评估中位列前八，在这样的平台上，我们培养的学生要把个人价值与社会责任相结合。面对当今贸易保护主义抬头、疫情冲击、国际经贸不确定性骤升的复杂国际局势，山东大学国际经济与贸易学科培养的学生，首先应当树立在多边谈判、政策制定等领域成为顶尖人才的精英意识和责任感，在研究领域成为领军人物的发展目标，或在商业领域成为中坚力量的自我定位。我们要通过价值引导，将责任意识融入形式多样的职业生涯探索活动中，融入与政策部门的交流观察中，融入科研活动的参与中。

在学科竞争内涵上，“由大到强”的突破，不仅需要更多的一流学者，更需要培育出具有代表性的顶尖学者。国际贸易专业作为社会科学，人才培育周期长，学术声誉积累周期长。因此在师资队伍建设过程中应当注重政策支持和财、物投入的持续性，打造核心竞争力；还要对接学校教指委制度，利用三地经贸学科合力，形成学科人才队伍的规模优势。

在科研条件上，要搭建一流的平台。探索建立学科、团队、平台等“三位一体”科研组织模式，通过加大学科资源倾斜，打造高效科研平台，形成大数据计算和服务平台；综合利用学校和校友资源，形成产学研协同平台。

在制度保障上，应当探讨建立学科内部治理机制，形成学科发展决策、师德师风建设和学生培养质量内部监督机制。要发挥教工支部的战斗堡垒作用，形成开放透明的基层治理体系。

强院兴校，百廿山大再踏新征程；为国育贤，经院国贸人不负初心。愿我们的努力能够为学科振兴、学校发展作出点滴贡献。

作者：经济学院教工党支部书记　随洪光

6月9日　星期二　晴

图书馆“毕业寄语”活动组织者·张冠群

仲夏时节，万物并秀，校园内生机勃发，万木葱茏。在这个美丽的时节，学子们将要告别大学生活，走向人生新的征程。离别之际，我与图书馆的同事们策划开展“毕业寄语”活动，用一句真挚的临行告别、一点校园里的植物、一些漂亮的天然装饰物、一个透明的玻璃瓶，装点出清新文艺范儿的自然生态微景观漂流瓶，让毕业生怀抱对美好生活的期待，留下对母校最真切的回忆和感动。

活动的准备工作比较漫长。早在一个月前，我们就在图书馆的微信公众号上发布了毕业寄语征集的活动通知，今天打开邮箱后发现竟然收到了几百条师生的毕业祝福。经过修改与编排，我们将这些寄语用彩色的便笺纸进行排版、印刷，卷成一个个色彩缤纷的卷轴信。

与此同时，我们开始着手准备活动需要的物资。确定好瓶子尺寸后，我们购买了高硼硅玻璃的卡口瓶。这种材质透明度高，适宜放置植物；瓶子上印制了山东大学标识。阳光下，端庄的红色山大校徽泛着微光，干净又充满了朴素的力量。

准备工作最有趣的环节就是植物的搜集。校园的植物种类多，草木茂盛，各个校区的植被也不尽相同。我们寻找到适合放置在玻璃瓶中长期保存的微小植物。无论是花朵凋零后树枝上残留的干花苞，风雨过后地面上掉落的植物果实，还是微风吹过四散飘零的花瓣，都让我们感到异常欣喜。这些看似不起眼的小植物，都是校园自然孕育的产物，可以永久留存，很有纪念意义。

此外，我们还购买了不同种类的装饰物，如晕染的天然海星、海螺，不同种类的干花，如柚子花、柠檬草、金樱子、相思豆、小蜡菊、勿忘我等，让玻璃瓶看起来更加鲜活生动。物资准备就绪后，就是艰辛的装瓶工作。我们逐个手工装瓶，将各种素材互相搭配，装上卷轴信，盖上木塞，微景观瓶子就大功告成了。

小小的瓶子，大大的世界。这些生机满满、充满自然清新的漂流瓶，包含着师生们真挚的寄语，承载着我们满满的祝福，希望可以给毕业生带来最温柔的感动。

作者：图书馆工作人员　张冠群

6 月 10 日　星期三　晴

微专业报名申请者 · 罗晓仪

刚得知微专业报名的消息，我便毫不犹豫地选择了“健康管理与政策”，着手准备报名材料。作为一名法科生，身边同学更愿意选择和主修专业关联更密切的微专业，如知识产权等。在对课程框架稍作了解后，我认识到“健康政策与管理”的内容囊括行政法学、管理学基础、经济学原理等文管学科的基础课程，如能拥有法学思维和知识背景更能与之相辅相成；此外，医疗保障学、卫生政策学等更具有专业偏向性的课程，无不体现着精细化、系统化的课程特色。

今天，来自不同学院、不同学科的同学一起参与了线上面试。在面试筛选中，我介绍了自己选择这一微专业的初衷。

父母都是执业医师，我想系统地学习公卫事业管理知识，更想在医疗、公共卫生领域尽自己的一份力。虽然填报专业时选择了法律，但微专业弥补了我的这一遗憾。参与面试的老师们给了我极大的鼓励，并建议不同学科背景的学生增进交流，提供多种视角，分享更多样的观点。

老师提到，“健康政策与管理”作为学科交叉特点很强的微专业，授课的教授不乏在法学、经济学、社会学等领域有专长的学者。微专业的生师比接近 2∶1，旨在培养具有良好思想品德、深厚人文底蕴、宽广国际视野、强烈创新意识的学生。能作为微专业的首期学员，我深感荣幸和喜悦。

培养拥有学科交叉素养的复合型人才是大势所趋，能在本科阶段学有余力之时，接触学科交叉、综合性的知识，展开系统学习，于我而言确实是宝贵的机会。也期待山大在本科转型升级、高等教育内涵式发展的路上乘风破浪！

作者：法学院 2018 级本科生　罗晓仪

6 月 11 日　星期四　晴

党支部书记强院兴校培训班学员·沈　涛

近期，通过参加党支部书记强院兴校专题培训班的一系列学习，结合自身工作实际和药学学科特点，我对强院兴校行动实施中的学院、党支部和个人角色有了更为清晰的定位和深入的理解。

药学学科是山东大学学科高峰计划特色学科，是一个交叉性很强的应用型学科，一流的药学需要医学、化学、生命科学、工程等学科的交叉融合支撑。自强院兴校行动实施以来，我们院校两级启动并推出了多项创新性改革举措，新成立了由药学、医学、化学、生命科学、附属医院等多领域专家组成的医学发展改革委员会——药学专班，这将会有效地汇聚各学科优势资源、凝练学科方向、优化学科结构、打破学科壁垒，实现交叉融合；学院围绕学科重点发展方向，制定行之有效的人才培育和引进政策，逐步形成了一支由杰出人才组成的研究队伍，开展了“青年人才托举”沙龙等一系列活动。这让每一位山大药学人备受鼓舞，也让我们坚信这些举措会提升山大药学学科的创新能力，会大大提高承担大项目、服务地方医药产业发展的能力。

党的领导和党建引领是强院兴校行动实施的关键。党支部作为党的基层组织，担负着直接联系和组织基层教职医务员工的责任，扮演着基层教职医务员工与学院党委沟通桥梁的角色。我作为一名基层党支部书记，也在思考如何在强院兴校行动中发挥好党支部战斗堡垒的作用。通过举行党支部交流研讨会集思广益，我们准备以加强学科交叉为目标，通过党支部联系医学、化学、生命科学学科等相关党支部，搭建基层教师的学科交流平台；通过学术报告、学术沙龙等形式，激发出教师们的学术灵感，在学科交叉领域碰撞出好的思路和项目。此外，我也深深地感到，凝聚人心，汇聚力量，提升每位教职医务员工在强院兴校行动中的主人翁精神，也是每一位基层党支部书记的重任。

我作为一名药学学科教师，是强院兴校行动的参与者，要有“不破不立”的决心，要有打破“按部就班”的勇气，始终保持科学探索、积极创新、与时俱进的精神，将个人成绩与学科发展相统一，做一些能够“顶天立地”的科研工作，这也是每一位药学学科教职员工义不容辞的责任和担当。

作者：药学院党支部书记　沈　涛

6月12日　星期五　晴

房改办工作人员·韩　笑

早上正在对办公室做消杀，咨询五宿舍发证的电话就接二连三地打了过来，放下电话的时候已经过去了半个多小时。不经意间扫过日历，才发现自己已经来房改办工作七年了。

房改办的工作关乎教职医务员工的安居大事。我的日常工作主要是为教职工们报送购房材料、审核、结算、签约、办证，为教职工们顺利取得房产证服务。近几年，我明显感觉到，房改办的每一个人都像上了发条一样，工作节奏更快了，常常是几项工作同时进行。就是在这种状态下，我们完成了教职工挂账补偿兑现发放及扫尾工作，以及兴隆山校区、五宿舍17～21号楼、中心校区南院8～10号楼证件办理发放等工作。

还记得去年的这个时候，我们房改办全员上阵，去各个校区现场办公。当时常常加班加点，但是同事们不畏辛苦，集思广益，想尽一切办法让教职工少跑腿、少辛苦，通过灵活配置，合理分工，整个工作有条不紊，得到了大家的一致认可。

为了不耽误现有工作进度，领导们提前跟相关部门沟通好，跑规划局、土地局、档案馆，准备好后期办理证件的材料，为我们节省了很多时间精力。对于办证过程中的难题，我们也总能及时得到学校、后勤及其他部门同事的帮助，这大大增加了我们的工作劲头和动力。

今年疫情期间，我们配合街道、居委会进行疫情摸排，借助视频会议的形式对全校未售房状况进行了深入研讨，为下一步的工作提供支持。

七年来，我见证了房改办工作的一项项进展，但我们不会满足于此。今后，我们还将全力以赴，做好本职工作，为山大的建设添砖加瓦。

作者：后勤保障部房改办工作人员　韩　笑

6 月 13 日　星期六　晴

图书馆馆员能力提升“古籍整理研修班”学员·袁玉帅

这个星期，我参加了图书馆组织的“古籍整理研修班”，聆听了山大著名教授杜泽逊先生的专题讲座，并与 30 多名学员一起，跟随山大文学院博士后李振聚老师，进行了提要撰写实践。在为期 4 天的培训课程中，我记录了 20 余页笔记，完成了 5 份提要的撰写，每一份提要都经过了老师的细心批注与修改。看着自己一笔一画书写出的作品，听到老师对自己的认可，我仿佛回到了学生时代，收获了满满的喜悦与激动。好几次下课之后，我翻开复印资料，假装自己就是古籍整理的资深馆员，对着它细细品评，忍不住高兴地捂嘴偷笑。

在杜先生的讲座中，我们学习了书目撰写要点及注意事项，对“如何确定书名、版本、作者信息”“怎样更好地描绘书的状况，记叙书的版本特征、序跋、钤印、著录特点”等有了全面的了解。我认真地记录教学要点，笔写不下来的，就用手机拍，打印出来，贴在本子上。听课的馆员虽大多具有文科专业的相关背景，但是对于系统的古籍知识还是较为陌生。为了让我们听懂，杜先生拿着书，几次走下讲台，走到我们中间，手把手地指导我们认识古籍，描述古籍的版式与结构。杜先生儒雅谦逊又不失幽默风趣，讲起课来旁征博引，侃侃而谈，把枯燥的文献学知识讲述得津津有味，他深厚的古典文献学修养，平易近人的教学风格，让我们领略到了真正的大师风范！

给我留下更深印象的，是杜先生所强调的实事求是原则，古籍整理工作要坚持做到“一事一议、一书一议、一本一议”，提要撰写要力求“简而全，精而准”。谈到如何切实有效地提升馆员的古籍整理与研究能力，杜教授建议大家要学会读书、学会利用数字资源。他告诫大家，独学无友，孤陋寡闻，在工作和学习中，要坚持互相交流，共同进步。

在古籍提要实践环节，我们依次练习了善本书提要撰写、书目书志提要撰写、方志书志撰写等。李振聚老师安排的练习程序是“老师教、学员写、老师逐一点评、课后作业交流”。在这4天的练习中，“听课、挠头、下笔、再挠头”是我的常态。为了打破僵局，我改变思路，先硬着头皮写，跟老师交流思路，听取修改意见，思考后再重写、提交作业。在这一过程中，我学会了用汉典查询异体字，做到了用繁体字一笔一画将提要写完，我尝试着用《中国古籍书目》《全国古籍普查登记基本数据库》等工具书及电子资源查找资料。慢慢地，即便挠头依旧，我还是喜欢上了这份工作，古书中留存的美好和智慧，值得我们驻足欣赏、精心描绘。

馆员能力提升计划推行以来，图书馆组织了形式多样的培训活动。此次古籍整理研修班，就是针对《山东大学图书馆藏书目书志丛刊》提要撰写业务进行的研修，旨在让所有学员对古籍整理工作有系统的认知和全面的了解。在我看来，本次活动提升的不仅仅是我们的工作能力，更激发了我们对学习的热情，对中国传统文化的爱与敬畏。除了全心全意服务读者以外，成为真正熟文献、懂技术、擅编辑的复合型古籍整理馆员，正是我们的努力方向！

夜已深，不由地，我想起了习近平总书记在给国家图书馆老专家的回信中提到的八个字：传承文明，服务社会。我想，这也是我们新时代图书馆人要坚守的初心啊。让我们始终对工作怀有热爱、保持敬畏，当好服务师生的贴心人，传承文明的守护者……

作者：图书馆工作人员　袁玉帅

6月14日　星期日　晴

管理人员强院兴校培训班学员·张　扬

这一段时间，我参加了山东大学管理人员四中全会及强院兴校培训班，具体参与的专题研讨班主题是“学科汇聚交叉融合与发展”。经过一个多月的学习、讨论和观察，除了收获了一张让人颇有成就感的电子证书外，我也有机会沉下心来对所参与的学科建设工作进行新的思考。

按照现有的学科划分标准，“儒学”目前还不能称其为一个学科。在现阶段，实现“儒学”在高校的建设发展，有效推动现有学科的汇聚交叉融合是其必经之路。在山东大学，以儒学为符号的中国古典学术研究传统源远流长，在古文、古史、古哲、古籍等领域也取得了一批具有时代高度的标志性成果。此外，山东大学位于儒家文明发源地，面对当今社会上兴起的良莠不齐的“国学热”，面对人类文明对话发展的新局面，我们对儒学的研究传承也有了一份特殊的使命和责任。2015年，儒学院负责组织建设的国学（儒学）学科，被列为山东大学首批新兴交叉学科，获得“学科高峰计划”重点建设支持。2017年，由儒学院参与规划的“中国古典学术学科”成为《山东大学世界一流大学建设方案》中五个“一流学科领域”之一。有着学校政策上的大力支持，儒学院一直以国学（儒学）学科的建设为抓手，致力于探索学科汇聚交叉融合的方式和路径。

通过观察近几年儒学院的学科建设，并实际参与管理服务，我的看法是，“儒学”目前还是仅作为现代学科体系下的特色研究方向，以点状分布在其他各学科中。如儒学院的儒家哲学研究、儒家文献整理研究、杜甫研究、辞赋研究等，这些方向分散在中文、历史、哲学等一级学科中，具有雄厚实力，已获得学界广泛认可。但是如果按照一级学科的标准来衡量儒学的建设，还远不成体系。目前，儒学院国学实验班

“尼山学堂”以国学原典研读为基础，试行国学高级专业人才培养方案，已初见成效，成为儒学学科建设过程中一个有益的经验积累，为今后的发展打下基础。

推动儒学成为一级学科，道阻且长。但是儒家思想融汇在中国传统学术之中，几乎与所有的人文社科类研究都有汇聚融合的潜在可能性，如儒家政治研究、儒家生态研究、儒家史论研究等。儒学院执行院长王学典认为：“当以问题为平台整合学科，而不应该以学科为平台切割问题……学科应成为问题的工具，成为研究与阐释中国问题、中国经验的工具。”在以问题为导向的科研中，可用儒家思想作为底色，跳出学科桎梏，借鉴世界学术成果来打造具有中国气派的新概念、新范畴、新理论和新话语。

实现“儒学”与其他学科的汇聚交叉融合，需要学者的学术观念先行，提出可能的前沿方向，学院或团队则需要进行精准对接和持续的培育扶持。想在学术界挂上名号、形成公认的学术高峰，需要学者敏锐的学术洞察力、团队深厚的学术功力和一定时间的积淀。这要求我们一方面要时刻有问题意识，有意识地调动跨学科资源以问题为平台进行整合融汇；另一方面要敢于进行有益的学术探索和尝试，在充分巩固已有传统优势学科的基础上，勇于开拓学科交叉新方向。山东大学位于齐鲁大地，儒家文明是其独一无二的文化标志，越来越在世界文明对话中获得关注。可以设计适于来华学生的经、史、子、集课程，可全英文授课，从短期暑期学校到长期学位培养，都是一个可供发展的路径。

作者：儒学院科研外事秘书　张　扬

6 月 15 日　星期一　晴

管理人员强院兴校培训班学员·顾乃静

这次培训于我，既是一次“痛苦之旅”，也是一次“快乐之约”。

痛苦是因为通过专家领导的讲解，发现了我们和标杆学校的差距，时不我待的紧迫感愈发强烈；说是“快乐之约”，不仅是因为通过培训开阔了视野、增长了知识、提升了能力、明确了任务，更是因为看到了希望、坚定了信念、开始了行动。

作为综合预算改革一班的学员，我们组研讨的题目是“‘强院兴校’背景下，如何破解有限资源和永续需求之间的矛盾”。在资产部门工作，我更能深刻感受到空间、大型仪器设备等是学校事业发展的战略资源，是“双一流”建设的基础条件。学校第十四次党代会以来，尤其是强院兴校行动实施以后，全校上下追求卓越、只争朝夕的态势高涨，教学科研单位对各类资源的需求急剧增长，有限资源与日益增长的需求之间的矛盾日益突出。如何破解这一难题，我认为应从以下五个坚持入手。

坚持统筹规划。要按照学校“双一流”建设要求，坚持需求导向、问题导向，着眼学校发展全局，统筹现有空间资源及大型仪器设备条件，制定与学校发展适应、与学科发展匹配的资源规划。

坚持突出重点。要坚持“有所为，有所不为”的原则，重点支持有助于提升核心竞争力、符合学校高质量发展的新增用房需求，把资源重点配置在学校传统优势学科、具备发展潜能的新兴交叉学科上。

坚持集约共享。要加强空间资源配置、大型仪器设备购置等环节的论证，认真调研分析教学科研单位提出的资源使用需求，通过空间的共享共用、公共技术平台集中建设，不断提升空间及仪器设备资源的使用效益。

坚持绩效考核。要坚持资源使用绩效为先，落实空间和大型仪器使用绩效评价，以考核结果作为空间资源配置及仪器设备购置的重要依据，深入挖掘现有资源的使用效益，最大限度发挥资源的支撑保障能力。

坚持外部拓展。要树立“不求为我所有，但求为我所用”的意识，坚持内部挖潜与外部拓展相结合的原则，全方位、多渠道统筹和拓展各类社会资源，使得外部资源源源不断地投入学校教学科研、人才培养等中心工作中。

经略既张，宏图将举。唯有不断学习、不断思考、不断进步，才能为学校和校区发展作出更多的贡献。

作者：青岛校区资产与实验室管理处工作人员　顾乃静

6月16日　星期二　晴

“表达性（艺术）治疗与心理成长”课程教师·张红静

随着我按下成绩单提交按钮，16周的“表达性（艺术）治疗与心理成长”课程画上了圆满的句号。在轻松的同时也有淡淡的离别惆怅，就像看着又一个长大的孩子在离自己远去。这是一个在特殊时期诞生的特殊的“孩子”，没有之一，不可复制。

回想学期伊始，面对网络授课，我一脸茫然。虽然接受了很多次表达性艺术治疗教学的培训，但将这样一门需要很多成员互动、接触和现场即兴的课程，从现场搬到网络尚无先例可循。疫情使得我们的生活充满了各种不确定性，如何将线下活动在网上呈现？网络课程何时转变为线下课程？疫情带来的情绪问题如何在网络上安抚？无奈情势所迫，只能硬着头皮上。

一开始我内心确实很忐忑，就像领养了一群孩子，经常是吃完了这顿就想下一顿该怎么烹调。好在人真是一种伟大的生物，新情景的挑战也激发了我们的自发性和创造性。在同学们的共同努力下，我们共创了一个我们特有的网络表达性艺术治疗课程的历程。从最初的迷茫困顿、小心试错，再到大胆创新、适应新常态，师生相伴度过了一段共同面对未知、共创生命故事的特殊时期。

课程中，我们尝试各种网络技术，将心理剧的舞台拓展到网络虚拟空间；我们发挥各种创意，突破网络对我们身体的限制，努力展示自我、靠近彼此。其间我们明晰了自己的界限，渐渐打开自己，允许别人进入个人的心理场域。我们触摸到了一个个有趣的灵魂、一个个可爱的个性，或闷骚或风趣，或严谨或灵动。时至今日，同学们虽然模糊但生动的网络影像，仍然不时闪现在我的脑海里。回想课程中的某些时刻，不禁莞尔。我欣喜地看到很多同学开始打开封闭的心扉，舒展自己的身体，靠近生命的本真，不断发现自我新的潜质。我见证了同学们一步步的成长和变化，这不仅仅表现在对表达性艺术治疗的专业知识和技能的掌握上，更表现在与人相处的方式、态度、情感乃至人生观上。同学们的情绪从最初的无措、焦躁、烦闷、无聊，到逐渐借用表达性艺术治疗的技术锚定心态，后来变得从容、淡定、放松、愉悦；从在镜头前的拘谨、防御、磕磕绊绊，到后来表达越来越自如、越来越自信，生命的能量顺畅地流动起来，人也变得愈发鲜活和可爱……

课程虽然结束，生活仍将继续，人生也将迎来新的风景。跌宕起伏凝成岁月，悲欢离合造就人生。如果这些同学中的任何一个人在未来的某一时刻，因这个课程的赋能而获益，我将无比欣慰。期待同学们学到的不仅仅是表达性艺术治疗的技术，更是它的精神。外部世界通常是我们自己内心的一种投射，心怀善意世界也会对你微笑。在与人相处中，让我们铭记心理剧大师的名言："与爱相比，什么技术都不重要了。"

作者：基础医学院教师　张红静

6月17日 星期三 晴

管理人员强院兴校培训班学员·王 晶

“意犹未尽”是我对参加山东大学管理人员四中全会及强院兴校培训的感受。

在学习临近尾声的时候，我所在的班级小组围绕“结合实际，谈谈部门在推进治理体系和治理能力现代化中的角色定位及如何发挥更大作用”这一主题展开了热烈的研讨。虽然受疫情的影响，大家只能在线上通过视频会议交流，但每个人的发言都对这一阶段的学习进行了认真思考。这也让我有机会静下心来对自己从事的纪检监察工作进行了新的思考。

高校治理体系和治理能力现代化是国家治理体系和治理能力现代化的重要组成部分，我们学校也在积极地推进这方面的建设。作为学校纪检监察部门，要提高政治站位，从学校改革发展的大局上思考工作，充分认识到纪检监察工作是学校治理体系的重要组成部分，以纪检监察工作高质量发展推进学校治理体系和治理能力现代化建设。

首先要加强纪检监察部门自身的建设，尤其是要加强纪检监察队伍建设。要深入学习贯彻习近平新时代中国特色社会主义思想，增强纪检监察干部的“四个意识”，提升纪检监察干部的担当意识和责任意识，着力提高纪检监察干部的治理能力和业务水平。纪检监察干部要始终在思想上、政治上、行动上同以习近平同志为核心的党中央保持高度一致，旗帜鲜明讲政治；要坚守责任担当，以身作则、率先垂范，认真履职，自觉接受来自各方面的监督。

其次是加强纪检监察部门监督能力的建设。要始终把严格执行和维护党的纪律特别是政治纪律作为首要职责，整合监督力量，坚持问题导向，聚焦学校改革发展过程中容易产生的问题，尤其是违反中央八项规定精神、侵害师生利益等方面，关注重点领域和关键环节，开展精准高效的专项监督。

最后，要持续深化“三转”，改变监督理念，调整工作思路，主动作为。强化再监督理念，把工作重点放在督促职能部门履行职责上；强化监督手段，向基层延伸，全面覆盖。强化纪律教育，进一步筑牢廉洁自律的防线、党纪国法的防线。

秉承着山大的校训，我会在加强理论学习、提升业务能力的道路上继续“学无止境”，在做好工作的道路上，继续坚持“气有浩然”。

作者：威海校区纪检监察审计办公室工作人员　王　晶

6月18日　星期四　阴

校团委副书记·翁祥栋

7月将近，骊歌又起，2020届毕业生迎来与母校告别的时刻。2020年是特殊的一年，新冠肺炎疫情让今年的毕业季不同寻常。在这个毕业生即将踏上人生新阶段的节点，作为一名共青团工作者，我很荣幸与领导和同事们一起，参与到举办“再见了，我的小树林”2020届毕业生告别母校线上晚会的过程中，希望能够以这样的形式，为亲爱的毕业生们再注入一段有情怀、有温度、有力量的母校记忆，也引导同学们勇于追梦、努力拼搏。

今年的毕业晚会，从策划到组织，我们都希望它不仅是一场满含嘱托、期冀与祝愿的人生“锦囊”，还是一个激励同学们将个人的奋斗历程融入中华民族伟大复兴历史航程的“里程碑”。筹备晚会的整个过程，对我和我们团委的同事们来说，成了一次涤荡心灵的过程，一次为我们的学生们所感动的神奇旅程。我们看到，这一届毕业生，正处在中华民族伟大复兴的新时代，处在历史潮流交汇的重大关头，并刚刚经历了一场惊心动魄的疫情防控阻击战。我们看到，很多同学按照国家要求认真做好自我防护，并主动向身边的亲人朋友普及防疫信息；很多同学同一线疫情防控人员一起走上抗疫一线、贡献青春力量；还有的同学捐资捐物捐“智慧”，尽己所能为疫情防控作出自己的贡献……我们将这些元素以及山大援鄂医疗队的事迹一同融入毕业晚会，真实地还原同学们的奋斗，真情地记录同学们在山大的成长，也真切希望同学们秉承山大精神继续前行。

在写这篇日记的时候，又有几位学生组织的同学来找我合影。离别的泪水迷蒙双眼，让我想起了你们曾在图书馆的灯火中只争朝夕、废寝忘食，在自习室里笔耕不辍、孜孜不倦，在实验室中大胆假设、小心求证；让我想起了氛围热烈的学生活动筹备会、热火朝天的纳新宣传和你们投入的青春身影……四年来，你们褪去了青涩，变得更加成熟。

毕业晚会将于 6 月 19 日举办，此后，毕业生们也将奔赴各地。经过多年在山大的浸润，你们的心灵和情感已经与母校不可分离。期待着你们在各行各业不同的岗位上诠释山大精神，展示山大品格，贡献山大力量。

亲爱的毕业生同学们，来共同欣赏这一场属于你们的毕业晚会，再坐在山大的校园中畅想一次未来吧。因为此后，你们就将启航，去承担肩上的担当，响应时代的召唤。我们毕业晚会见！

作者：校团委副书记　翁祥栋

6月19日　星期五　晴

本科生毕业典礼发言代表·刘苏青

能作为 2020 年济南校区的本科毕业生代表在毕业典礼上发言，用这样的方式和您告别，我感到十分荣幸。

因为疫情，今年毕业生发言代表的选拔也与往年不同，5 月初，在学院团委老师的鼓励下，我决定参加毕业生发言代表的选拔，虽然我文采不佳，但我有太多的话想说，对母校、对恩师、对医务工作者、对同窗好友，发言初稿我写了 3000 多字，但还是不能表达我的情感。虽然我知道入选的希望渺茫，但还是一次次认真地修改、删减、润色、录制视频，这是一个漫长的过程。6 月中旬，我接到团委老师通知我入选的电话，觉得开心又忐忑，和许多技能满点的大神相比，我只是一名再普通不过的山大学子，我不知道自己究竟能不能做好。

我们要用 5 天的时间和过去 5 年的点点滴滴告别，但我知道这 5 天的时间，来之不易，这个毕业季，我真的很满足。暖心的毕业礼包、专属的 H5 画像成了毕业季的催泪弹。整理毕业档案、拍毕业照、清空宿舍、开座谈会、邮寄行李，每一天都如此紧张忙碌。每个休息的间隙我都在反复背诵我的发言稿，希望能给自己的大学生涯画上一个圆满的句号。

7 点多，在去往中心校区的校车上，我看着窗外，默默背诵着我的发言稿，感到紧张、不安又有些许期待。

站在台上，原本的紧张不安一点一点消散。我知道，这次发言结束后，我就真的要和您说再见了。亲爱的学校，感谢您为我们提供了广阔的平台，让我成为了更优秀的自己；亲爱的老师，感谢您五年来的悉心教导，是您的言传身教，更加坚定了我投身祖国医药卫生事业的决心；亲爱的父母，感谢您的无私付出，你们的爱成为我人生向上的不竭动力；亲爱的同学，感谢你的陪伴，让这五年的宝贵时光充满欢笑。

今天之后，我们将要开始承担不同的社会责任，面对难以想象的机遇和挑战，我们会践行您“为天下储人才，为国家图富强”的家国担当、“学无止境，气有浩然”的胸襟情怀和“崇实求新”的精神品格，成为一个对社会真正有用的人。前路浩浩荡荡，万事尽可期待。

再见了，亲爱的母校；再见了，亲爱的老师；再见了，亲爱的同学们；再见了，文化西路的日子。

凡我在处，便是山大。有你在时，那便是家。此去一别，让我们顶峰再见。

作者：临床医学院2016级本科生　刘苏青

6月20日　星期六　晴

商学院本科毕业生·孙沛钰

时间匆匆从指间逝去，转眼间我们已经穿上学士服，看着身边的人都开始收拾行囊，我知道属于我们的大学四年，终是要画上句号了。

文化西路180号，我们踏过金沙湾的海滩，望过玛珈山落日，看过环海路的夜景，吃过西南门的烧烤，这里有太多我们难以忘怀的回忆和数不完的憧憬。“记住微笑，自信”是学姐学长给我们的寄语，“加油，努力前行”是老师对我们的希冀，这一路我们跌跌撞撞但总有人告诉我们“终点就在前方”。

“你好，山大”，我们还是少年。还记得新生入校时，我们在签名墙留下的姓名，如今，毕业墙上也画满了我们的痕迹。“星辰远赴，山海相逢”，一个月的筹备，多次策划修改，一遍遍精细打磨，我们想为自己留下一场永远无法忘怀的晚会，属于我们自己的独一无二的晚会，感谢学生会成员们的默契，我们一起磕磕绊绊打打闹闹熬过了一段段忙碌的日子。

“再见，山大”，我们还在路上。科研技术成果的转换、社会基层的实践，四年的时光很短，但未来的岁月很长，我们应继续以学无止境的山大精神，养浩然之气，不负努力，不负初心，做勇立潮头的山大人。

感谢母校，感谢恩师，感谢父母亲友们，你们的支持和给予的力量，是我们前行的不竭动力，一本教材、一段板书、一个拥抱和一段祝福，照亮并温暖着我们前行的路。凡我在处，便是山大，无论我们身在何方，都永远不会忘记作为山大人的使命和担当。

走到的是曾经，走不到的是憧憬，愿我们回头看时，眼有星辰大海，胸有丘壑万千，心有繁花似锦，祝愿我们山海相逢，未来可期。

致每一个终将光芒万丈的我们。

作者：商学院 2016 级本科生　孙沛钰

6 月 21 日　星期日　晴

环境学院本科毕业生 · 孙林潇

四年的时光悄悄从指缝中流走，作为青岛校区第一批学生的我们迎来了毕业。

还记得四年前刚来到青岛校区，一切都是那么的新鲜。我们满怀激情进入山大学习，期待着四年的美好生活。

大一时，我们还没有抛去高中的稚嫩，1000 名同学在 3000 亩的校园里自由奔跑；大二时，我们开始学习专业课程，初入环境领域的我们品尝着知识的甘甜；大三时，我们纷纷为自己的前程而忙碌，教学楼、实验室、食堂、宿舍四点一线；大四时，我们拥有了更多的自由时间，为了心中的梦想奋勇拼搏。

我们或继续读研、或出国深造、或开始工作，一路走来离不开老师的谆谆教导。老师们将知识传授给我们，让我们对环境领域有了完整的了解；老师们在我们迷茫时给我们指导，让我们看清前路的方向；老师们教会了我们如何做人，如何成为一个对社会有用的人。感谢老师们四年的教诲，我们将更加自信地努力前行。

漫步在校园里，酸甜苦辣、喜怒哀乐，四年里的点点滴滴都在我脑海中渐渐浮现。我们一起在操场上拔河，我们组成啦啦队为学院篮球赛加油助威，我们结伴在教学楼为考试奋战，我们相互讨论食堂新出的菜品，我们一起畅谈未来规划……一个人可以走得很快，但一群人才能走得更远。环境学院2016级的所有同学携手共进，为大学四年画上了圆满句号。

转瞬间，我们就来到了人生的分岔口，从懵懂的新生成长为了独立自主、积极向上的时代青年。刚到山大时就已记住“诸生来堂肄业，是为国家图富强，非为一己利身家”，我们虽然要去向不同的远方，但都将努力奋斗，为国家图富强。

听了那么多的祝福与告别，最喜欢的就是“山高水长，江湖再见”。我们将在各自的领域摸爬滚打，但我坚信我们终将再会。亲爱的同学们，毕业快乐！

最后，感谢山大对我的培养，无论沧桑岁月，哪怕天涯海角，山大都是我魂牵梦萦的眷恋，我的山大我的家！

作者：环境学院2016级本科生　孙林潇

6月22日　星期一　晴

赴青岛莱西市挂职干部·张　剑

今天，再次回到熟悉的校园，我在开心之余，心情也久久不能平静。遥想去年到挂职单位报到，恍如昨日才发生的事情，没想到时间已过一年有余。近年来，学校提出“深入推进服务山东战略，有效助推经济社会发展”。身为山大人，我渴望能有机会为“服务山东”尽一份力。恰好青岛市委组织部拟从驻青科研单位选拔一批年轻干部到地方机关挂职锻炼，我积极报名参加了选拔。去年 5 月，在校区党工委的推荐和青岛市委组织部的委派下，我得以到青岛莱西市进行挂职锻炼，担任市人民政府副市长。

回想到莱西工作的点点滴滴，总有许多画面令我印象深刻。上任伊始，为尽快进入角色，我深入全市 12 处镇街和重点企业调研，到田间地头倾听民意民声，不断加深对莱西市经济社会和历史文化发展的了解。莱西是个农业大市，农产品种类多、品质优良，但苦于没有像样的品牌和平台推广，导致农产品的销售附加值较低，农民收益减少。面对这种困境，我积极对接山大青岛校友会资源平台，获得了校友们的大力支持，莱西名优特产得以上线平台推广销售。此后，我又联系品牌食品公司，帮助莱西打造新品牌，并设立农业高质量发展研究院，对农产品提质升级，为莱西的农业高质量发展尽一份力量。

山大历史悠久，文化教育资源丰富，而莱西当地渴望推进教师队伍治理体系和治理能力现代化，着重培养高素质专业化创新型教师队伍。于是我思考并尝试将山大的优质资源引入莱西，助推莱西教育的突破发展。经过不懈努力和协调，终于促成了山东大学与莱西市就推进新时代干部教育培训高质量发展的战略合作，为山大服务地方教育领域建设添砖加瓦。

一座城市的高质量发展离不开创新，创新需要合作，进而推动经济转型升级。莱西是青岛的北部城市，我们时刻都在思考如何“突破”。科技和人才都是地方发展最急需的，同时也都需要优秀的平台来承接，才能释放最绚烂的光芒。于是我们积极努力引优育才，助力山东大学国家大学科技园与莱西合作创办“双创中心”，推动钓鱼台食品、启迪三螺旋、恒盛科技园等一批优质平台项目落地莱西。

一年的挂职时光太短暂，我还有很多工作未能进一步开展，略觉遗憾。在学校服务山东的大战略中，我做的工作非常微小，离学校的要求还有很大差距。青岛是山东大学重点服务的“三核”城市之一，加强与地方全方位的战略合作，充分发挥山东大学教学、科研、人才培养等优势对地方经济社会发展的推动作用，我们仍然任重道远。在今后的工作中，我愿加倍努力，勇于担当作为，以主人翁精神积极投入，为学校世界一流大学建设和服务地方经济社会发展贡献力量。

作者：生命学院工作人员　张　剑

6月23日　星期二　雨

基础医学院教授·马保华

今春疫情突至，一切都打破了常规。基础医学形态学包括组织学与胚胎学、病理解剖学、人体寄生虫学等所有课程都从线下搬到了线上。这两天，我牵头组织的全国基础医学形态学在线实验课程问卷调查进入尾声，导出数据，近百所医学院校在线答卷，在线实验教学获得了预期效果，我终于松了一口气。

山东大学联合南方医科大学和华中科技大学在我国创立了“医学形态学数字教学切片”教学平台，颠覆了半个多世纪以来在我国高等医学院校形态学实验课程传统的教学理念。多年以来，全国医学形态学实验教学过程都是一样的，老师指导学生在实验室上课，辨认显微镜下各种病变标本和组织切片。山东大学是全国为数不多最早应用数字切片的学校之一。2010年，我与周怀瑜教授、刘尚明副教授共同努力，实现了教学切片数字化与校园互联网结合，架构了山东大学医学形态学实验课教学数字化教学平台。数字切片库的建立和应用引导了学生学习的主动性，实现了“以学生为中心，以教师为主导”的学习模式，有助于培养学生终身学习的能力，为实现“为解决问题而学习”的教学模式搭建了教学平台。

为了在全国各校推广医学形态学综合课程教学，教育部批准山东大学在 2010 年 8 月 21 日举办了“全国基础医学形态学课程青年骨干教师高级研修班”。我组织了这次研修班，进一步树立了“教学改革的最后一公里是课堂，课堂的核心是课程，课程质量直接决定人才培养质量”的教学理念。2019 年 12 月 7 日，基础医学院由我牵头，联合全国基础医学院形态学实验室主任联席会和山东数字人科技股份有限公司，共同举办了“全国基础医学形态学数字化教学平台培训班”，为全面实现形态学数字化、网络化和智能化，打造成线下线上实验“金课”奠定了坚实的基础。

我们共同创立的医学形态学课程，把几个内容相关、教学方法相似的学科综合起来，改变了各学科独立授课的局面，使山东大学成为国内最早一批开设形态学实验综合课程的高校，目前已成为全国医学形态学综合课程的领衔者。我与于修平教授共同申报的“教育部世行贷款高等学校教学体系的改革与创新”研究课题，于 2005 年获得国家级教学成果二等奖。2018 年 4 月，在北京大学召开的“国家级实验教学示范中心基础医学组”会议上，我被委任为“全国医学形态学科组组长”。这么多年来致力于推进全国各高校在医学形态学教学上的改革和创新，我相信，信息化网络技术的发展将会不断影响和深刻改变人们的思考与学习方式，医学形态学教学将成为医学教育百花园里最艳丽的那一朵。

问卷调查结束了，但是医学形态学课程的创新和改革还在路上。同学们说，课下我是一个思考者，课上我是一个传道者。教育学生，我要做的是他们的第一个点灯人；而后面的星星之火，都需要他们自己去点燃。

作者：基础医学院教授　马保华

6月24日　星期三　阴

青岛校区党工委（校长）办公室工作人员·张　苗

坐在电脑前，核对完会议纪要分送对象，点击了“发送”，心里一阵轻松。

回想一年前，来青岛校区报到的第一天，我就在科长的带领下，组织了校区党工委会。在旁听做记录的时候，我很紧张，心里想：参会领导都是谁？他们在讨论什么？会议纪要怎么写……现在，我已然可以有序做好校区决策会议组织协调工作。回想过去的小慌乱，特别感谢各位领导同事理解包容我初来乍到的生涩。

从有着“冯陆高萧”“八马同槽”雕像的中心校区来到山海之间的青岛校区，从此，我每天迎着朝阳和华岗校长的雕像打招呼。山大的气韵融合青岛的风华，贯通了我对上世纪山大黄金时代的向往。心向往之，行必能至。为守护心中的精神高地，我不断提高办文办会办事能力，尽快从“萌新”成长为能独当一面的工作者。

目前，我所在的校区党工委（校长）办公室正统筹推进校区体制机制改革。办公室对标对表学校重要决策部署和有关文件精神，做好任务拆解，明确任务书、路线图、时间表，打通工作部署的“最先一公里”；主动开展调查研究，深入基层发现问题、研究问题、解决问题；请专家智库对具体工作进行诊断指导，进一步优化工作成效，多措并举打造校区机关的坚强前哨和巩固后院。而我立足本职，协调校区管理体制机制改革工作、领导小组各类会议，扎实推进校区综合改革顶层设计；做好小组的日常服务工作，有力推动各项工作落实，为校区“双一流”新引擎建设作出力所能及的贡献。

八年前，17岁的我，荣幸地与历史上众多灿若星河的名字共享“山大人”的称号，并逐渐形成看待人生、看待社会、看待世界的价值体系；今日，山大品格、家国情怀早已内化于心，砥砺前行、追求卓越业已外化于行。我将继续留在山大，以青春梦想、用实际行动为学校实现“由大到强”历史性转变作出积极贡献。

作者：青岛校区党工委（校长）办公室工作人员　张　苗

6 月 25 日　星期四　晴

图书馆工作人员 · 李　鹏

清晨 6 点多，手机发出了接收邮件的提示音。还在半睡半醒中的我，条件反射般地拿起手机，快速点开邮件：“外语学院两个同学，艺术学院一个同学，都是需要邮寄书的，应该快寄到了；其他同学都把书归还了……”我静静看着手机屏幕，心中的一块石头终于落了地。

早在一个月前，图书馆按照学校疫情防控要求，坚持“安全第一，分期分批”的原则，详细制定了毕业生图书归还工作方案，着力打造“细致暖心，服务周到”的毕业离校氛围。由于今年的特殊情况，图书馆不仅免除了毕业生图书超期罚款，而且对于未能返校或未将所借图书带回学校的同学，采用了邮费到付的方式，让大家将图书寄回。

为了做好毕业生离校工作，图书馆成立了三个工作团队，明确分工，责任到人。我有幸加入其中，负责毕业生书籍归还工作。在全面整理了毕业生所借的 17999 本图书目录后，我们会同各学院，及时把信息提供给同学们，并通过学校主页、新媒体平台等多个渠道公布了毕业生还书途径和方法，为下一步工作打好了基础。

疫情延缓了毕业生返校的步伐，也缩短了他们在学校停留的时间。很多毕业生返校后忙于各种离校手续，与同窗好友互诉别离，未能及时归还书籍。这段时间，我逐一和他们联系，对于在校没有来得及归还书籍的毕业生，我告诉他们先办理好毕业手续，图书馆提供无接触式服务，无需入馆，将所借图书放置于图书馆门前的还书箱即可；对于书籍丢失的学生，我将处理办法详细告知，并叮嘱一定要仔细查找，避免不必要的赔款；对于未带回书籍的学生，我让他们不要着急，回家后寄回就可以……我将电话紧紧贴近耳边，认真倾听着每一位毕业生的话语，陌生而青涩的声音，让我内心生出一份离别的感伤与惆怅。

特别感谢各学院的支持与配合，从发布归还通知起，仅5天的时间，就有98%的图书归还；目前毕业生图书归还工作仍在有条不紊地进行。此外，在严格遵守疫情防控要求的情况下，我们及时将毕业生归还的图书进行登记、消毒、分拣、上架，以保证这些图书安全流通。

就在今天，我们收到了一位毕业生的简讯，她说："感谢老师，感谢山大图书馆，作为一名毕业生，感受到了图书馆贴心的服务，心里暖暖的。"我们回复："图书馆正是因为有你们才会变得更温暖，感谢！"

读者一句礼貌的问候，一次轻声的感谢，一丝会心的微笑，就会将我所有的疲惫驱赶得无影无踪。作为图书馆的一员，我为图书馆提供的各种贴心服务而感到自豪，为能加入这一默默耕耘、无私奉献的团队而骄傲。

作者：图书馆工作人员　李　鹏

6月26日　星期五　晴

研究生院工作人员·孔　轲

今天依旧是处理"多线任务"的一天：接受考生频繁的来电咨询、汇总学院的博士录取表、更新学院的夏令营通知、商讨研究生招生拓展网页的建设、接收和登记机要文件等。此时，校园里有三三两两的毕业生在拍照留念，食堂楼前的毕业签名板尚留着不少空白——今年的毕业季很特殊，正如疫情防控期间的其他许多工作一样。

入职研究生院半年来，我能感受到山大的气质是深植于齐鲁大地的厚重、严谨和踏实，不论是学子学风，还是学校管理和服务团队的工作风格。我想，也正是因为有这份深厚的底蕴作依托，面对突然而来的疫情，学校的各项工作才能有序进行。

就在上个周末，研招办刚刚组织了少数民族专项计划博士生的网络远程初试。想起刚来山大那会儿，我还曾去给在职研究生考试做过监考，如今线下转线上，是一场很不寻常的监考体验——担心的事情会更多：网络是否稳定？切换 PPT 操作能否顺畅？考生的设备是否能按要求配置好？考生如果网络断了怎么办？当然，这些都得提前准备好应急方案。偶发事件也会促进变革的产生，疫情仿佛是一个巨大的推手，在短时间内让“云办公”“云上课”“云考试”大范围普及。当然，随着新事物的产生，风险也时刻相伴；但即使过去的经验不再完全适用，过去所积累下的稳重严谨的工作原则和习惯仍像是强大的地基，为新的工作方式保驾护航。在领导的组织下，能和同事们有条不紊地协作完成新任务是颇具成就感的一件事。

同样，这两天研招办也在积极组织下一年度的招生拓展，往年的夏令营和宣讲会等将会不出所料地搬到线上。在跟各学院老师的对接沟通中，我发现很多学院老师对组织线上夏令营活动已经有了驾轻就熟的感觉，毕竟在这之前已经有了硕士研究生网络复试的实战经验。从软硬件设备的准备，到软件基本操作流程、演练和模拟，再到常见问题的应对，大家一步一个脚印地走过来，付出过努力和汗水，获得的成长有目共睹。

对于很多人来说，今年是有着特殊意义的一年，是 20 年代的开端，是被疫情深深影响着的一年；而对于我来说，今年还有更多意义——是我来山东大学研究生院的第一个年头，还恰巧碰上研究生院建院 20 周年。作为一个新人，我得到了研究生院许多前辈同事的指导和照顾，深深感受到工作氛围的温馨有爱，也暗自希望自己能够在工作岗位上快速锻炼成长，从而有能力分担更多必要的工作。2020年，挑战和机遇并存，下半年的旅程更值得期待！

作者：研究生院工作人员　孔　轲

6月27日　星期六　晴

研究生院、研工部工作人员·许淑娟

今天，是山东大学研究生院建院20周年纪念日。

岁月如梭。国家从1978年开始恢复研究生招生，至今已经40多年了。我在研究生教育管理岗位工作，不觉中也有36个年头。作为一个研究生教育战线的老兵，亲历了我国研究生教育大发展、大改革、大提高的过程，见证了研究生教育从无到有、由小到大的跨越式发展历程，与许许多多在这个行业奋斗过的研究生教育同仁一样，把情感、精力、热血、年华无怨无悔地投入这样一个与国家和民族乃至人类命运紧密相连的人才培养伟业之中，与之同忧喜，共担当。绵薄的个人之力汇入磅礴的时代洪流、宏大的事业之基，油然而生的，有欣慰和自豪，也有反思和期盼。

手写的1978级研究生花名册、20世纪80年代初油印的研究生试题带着那个时代的鲜明印记，昭示着一个艰难的起点。1985年，我刚接手研究生学籍管理和培养工作；那一年，原山东大学的研究生招生数量首次突破200人。这在当时是一个让我们非常兴奋的数字。

2000年6月27日，经教育部批准，山东大学研究生院成立，这标志着学校的研究生教育已经具备了完整的机制体系和相应的教学规模与科研实力。同年7月，原山东大学、山东医科大学与山东工业大学三校合一，学科优势互补，导师队伍壮大，研究生教育实力明显增强。当时，三校20多年总共培养的研究生尚不到1万人。

建院后的20年里，研究生教育在不断的改革创新中完成了一次次的蜕变与提升，成功实现了规模的跨越式发展。到2019年底，在校研究生总数超过25000人，2020年年度招生人数将突破9000人。回到1985年的视角看这个数字，该是多么的惊讶、振奋、难以置信……

作为重要的研究生培养基地，山东大学研究生教育为国家培养了一大批高级专门人才。他们当中，既有诸如王小云院士这样的世界级顶尖人才，更有无数活跃在各个领域的建设者；他们已经或者正在成为国家社会经济建设不可或缺的核心力量，成为我国综合国力的重要组成部分。从这个意义上说，研究生教育为国家建设作出的贡献之大，难以用数字估量。

这是一段值得纪念和回味的流金岁月：目标在前，责任在肩。各种问题、矛盾的交织，多方资源、机遇的碰撞，带来挑战，也带来新的更大的希望。新时代的研究生教育，由规模化发展向高质量提升、从内涵性建设向卓越化构建的历史性转折和划时代跨越已经开启。今年5月召开的山东大学研究生工作会议，是山东大学研究生教育踏上新征程的总动员。

6月的校园，绿树成荫，枝繁叶茂。正值毕业季，弘德大道上红幅高悬，书写的毕业寄语寓意深远。又一批研究生即将从这里出发，奔赴各自的工作岗位。他们，是民族的未来，国家的希望。

40多年职业生涯即将结束，我，也该“毕业”了。也许无缘再继续为研究生教育这一宏大工程增砖添瓦，却依然充满期待，心怀祝福。祝愿山东大学研究生教育秉承使命，追求卓越，为国育贤，天下担当，在建设世界一流大学的奋斗历程中，在实现“由大到强”历史性转变中再创辉煌！

谨以此文向研究生院建院20周年献礼！

作者：研究生院工作人员　许淑娟

6 月 28 日　星期日　晴

法学院（威海）硕士毕业生·吴睿佳

这是我第二次从山东大学——我挚爱的母校毕业。

2010 年本科入学，2020 年硕士毕业，算上读研前工作的三年，我与山东大学结缘已有十个年头。有幸在今年这个最特殊的毕业典礼上作为毕业生代表发言，对我来说，既是一种无上的荣耀，也是一个重要的总结。

每一所学校，都有其独特的气质，通过教学和生活的全过程，烙刻于师生的精神基因当中。那么，山东大学赋予我们的气质是什么？我又该用怎样的文字去在毕业发言中凝练和诠释这种气质？

海子写道："我要做远方的忠诚的儿子和物质的短暂情人。"是的，做一个坚定的理想主义者，总要经受许多考验和磨砺。而其中最艰难的考验和磨砺，便是在遥远的理想和功利的现实中做出艰难的选择。世界局势起伏跌宕，民族复兴任重道远，我们这一代人，赶上了百年未有之大变局。在这注定汹涌的时代大潮中，我们的位置在哪里？我们的理想应在何处安放？我们过去为人处世的信条能否经受住激烈的竞争环境所带来的考验？这些问题，对于我们这些尚未真正走出校门的"书生"而言，都是深刻而厚重的问题。

疾风知劲草，板荡识诚臣。在我看来，"为天下储人才，为国家图富强"这样的宣言，在国家用人之际，才能真正显现出它无比光辉的深刻价值。自新冠肺炎疫情暴发以来，举国上下的心弦都在为之牵动。而山东大学近 300 名援鄂医务工作者的选择，为我们所有毕业生做了一次母校办学宗旨的现实诠释。他们当中，有的初为人母，有的新婚燕尔，有的还在准备考研。他们，没有百毒不侵的主角光环，没有超脱情感的英雄人设，有的只是与我们一样的悲欢喜乐、血肉之躯。在这个特殊的毕业季里，他们为我们上了最好的一课：为国育贤，就是山大初心，就是山大精神！不必再说“百无一用是书生”，心怀家国天下的我们，每个人都有着经世致用的强大能量。

纵观自己在母校接受教育的全过程，我既充实，又快乐，既幸运，又感慨。人民情怀与问题意识，是我在山大汲取的最宝贵养分。我清醒地意识到，当自己的事业建立在国家和人民的真切需要上时，“学无止境，气有浩然”的校训就将成为我们的强大信念。感谢我的硕士生导师王瑞君教授三年来对我的教导，是她的引领让我真正走上了学术的道路；也感谢我的博士生导师汪全胜教授，是他为我提供了机会，让我在毕业之后仍能留在母校读博，今后四年仍可在山大的老师们身边随时“叨扰”，继续治学与为人之道。

同学们，愿我们坚守那一份矢志报国的初心，直面未来的一切挑战！山高路远，毋改书生意气！

作者：法学院（威海）2017级硕士研究生　吴睿佳

6月29日　星期一　阴

历史文化学院硕士毕业生·寸凯宁

昨天，学院为我们举办了一场别开生面的毕业典礼。历史文化学院是一个如同家园一样的地方，临别之际，我内心充满了感激与不舍。

在这个特殊时期能够拥有这样一场线下的毕业典礼，是给我们最意外、最惊喜的礼物，感谢为这一重要仪式精心策划和辛苦付出的领导老师以及前几批返校的学弟学妹、师兄师姐们。虽然口罩遮挡了我们的面庞，但是从大家的眼神中，我看到了他们回到母校的激动。十天前，同一个场地，我作为本科毕业生兼职辅导员送别了2020届本科毕业生。昨天，同样的地点，不一样的身份，我迎来了我们最盛大的告别。我是何其有幸在山大，在历史文化学院求学、工作八年时光，在这里度过最美的青春年华，在这里开启人生的新篇章。

这里包容、自由，让我们找准了梦想的航向。我来自云南一个普通的小镇，如同大家一样，高中之前只有一个目标：好好读书考上一所好的大学。八年前，真正迈入这里，我从社团、学生会面试失败到担任班委，从一名普通学生转变为高校辅导员，从研究生到基层挂职人员，从面对舞台唯唯诺诺不敢出声到即使没有动听的歌喉依旧在音乐厅放声合唱。是山大、是历史文化学院给了我如此多的机会，让我勇敢地尝试无限的可能；为我穿上披荆斩棘的铠甲，无畏生活中的风浪；让我真正学会认识自己，明白了究竟要走向何方。

这里厚重、温暖，赋予了我们逐梦的能力。知其所往，明其所来。从本科的文化资源学、遗产保护与开发到硕士的中外历史研究专题、中外历史文献专题，求学的时光让我学会了从历史中探寻答案、借鉴思路。科研立项、读书会、学术会议资助……在研讨和自主探索中一次次突破思维的边界，逐渐掌握了自主学习的方法；社团成员、班级干部、研究生助管，不同的角色岗位适应让我拥有不惧挑战的勇气，赋予了我快速适应环境的能力。

这里甘于寂寞、勇于坚守，磨砺了我们圆梦的品格。2018年“五四青年节”，我们一起聆听过李占扬教授“一盏孤灯终未灭，满屋石头还堪读”的经历；求学岁月，我们一起目睹了博学洽闻的老师们仍在专业领域不断推陈出新、笔耕不辍；疫情期间，我们坚持完成了毕业论文的写作，一起完成了研究生阶段最后的学术训练。在言传身教、耳濡目染中，我们学会了不惧清苦，不怕挫折，不畏艰难，勇于坚守。

我想我会永远记住这里，记住舌尖上山大的暖冬鸡蛋饼，记住小树林鸟鸣林静，记住知新楼里人来人往，记住音乐厅合唱悠扬。纵有千般吐槽，却又万分不舍。因为这里承载了我们的青春与张皇，见证了我们的成长与收获，也记录着我们的挫败与倔强。

饮水思源，感谢风华正茂、人文日新的学院，感谢身正学高、春风化雨的师长，感谢志向高远、团结携进的同窗们，感谢默默奉献、坚定支持的家人们，感谢那个坚持奋斗、永不放弃的自己。

且随壮志逐梦远，山魂海韵系此生。暂时的离别是为了最好的相会，千言万语终究凝结为最美的祝愿：祝学院人才济济，再书华章！祝老师们身体健康，桃李芬芳！祝所有毕业生同学梦想常青，担当常在，前程似锦！

作者：历史文化学院2017级硕士研究生　寸凯宁

6月30日　星期二　晴

饮食管理服务中心安全管理员·贾　伟

周日19点30分，欣园食堂终于顺利完成了返校毕业生的供餐任务。在检查完食堂后厨安全后，我打开工作笔记，在食堂疫情防控的日志上记录下这辛苦并快乐的第145天。

回顾这难忘的145个战疫日夜，我的心情难以平静。一个个动人的场面、感人的故事浮现在我的眼前，让我这个在山大饮食管理服务中心工作16年，并担任食堂安全管理员的“老员工”感到无比的自豪和温暖。

2月5日，我返校上岗。在这个特殊时期，作为食堂食品安全管理员，我深感疫情防控的紧迫性。我与上岗员工齐心协力，团结奋战，以安全供餐为目标，把师生生命安全和身体健康放在第一位，从测温、登记、消毒、巡查到监督，认真做好每一个环节，落实中心制定的“疫情防控六大预案”；对在岗员工进行现场培训，对未返岗员工进行线上培训，为师生返校的安全供餐做好充分准备。

疫情就是命令，防控就是责任。后勤保障部党委及饮食中心党总支统一部署，认真组织党员干部落实并做好食堂的各项疫情防控工作，及时调整供餐结构，改进工作方法，对上岗人员谈心谈话，给居家员工送去关怀并做好心理疏导，缓解员工的压力。党员同志始终坚守在疫情防控第一线、最前沿，哪里有困难，哪里就有共产党员的身影。这充分体现了党的力量、党员的模范带头作用。危急时刻站得出来、顶得上去，我要向党员学习，站在工作最需要我的地方。

记得此前樊丽明校长一行到食堂进行开学条件核验检查工作。针对防疫消杀关键点、员工管理措施、食品安全、突发应急措施等提出问题，我现场一一回答。当樊校长得知我是食品安全管理员时，用严肃的话语对我说：“谢谢你，为我承担起一份责任。”今天，我依然记得樊校长温暖、鼓舞的话语，像暖流激荡在我心间，更加激发了我的工作热情。我在想，如何才能担好这份责任？只有用更加严格的标准要求自己，不断提高工作业务水平，熟练掌握疫情防控工作的各个环节，保证为师生提供安全的食品，才能担好责任，才能不辱使命。

我要为每一名返校同学点赞，是一批又一批同学的积极配合，才让我们圆满完成返校师生的供餐保障任务。按照学校要求，食堂加强了防控措施，提升了供餐安全保障，虽然给学生们的饮食生活带来了一些不便，但他们听从引导、服从指挥，展示了疫情防控期间的山大力量，也充分体现了新时代大学生的责任与担当。

疫情尚未结束，我们的供餐安全保障工作仍在继续……抗击疫情有你有我，我们一起并肩作战，相信一定能取得这场疫情防控阻击战的胜利，为“强院兴校”“强校兴国”作出后勤人的贡献！

作者：饮食管理服务中心第五餐饮部安全管理员　贾　伟

7月1日　星期三　晴

“榜样讲党课”活动参加者 · 徐思佳

今天是中国共产党成立99周年的日子。今天中午，我被一篇题为“十个细节，感受习近平的初心”的微信推送深深吸引了。习近平总书记在考察时不畏路途辗转，亲切质朴地和大家交谈，访贫问苦的脚步遍布全国，这一步步的行走是身体力行、是持之以恒、是为国为民、是关心人民群众冷暖的真情。其中令我印象很深刻的一个细节是，总书记说“大年三十我夜不能寐”。疫情期间，由他亲自指挥和部署的战疫各项工作高效开展，充分遵循和发扬了“人民至上，生命至上”的理念。

下午6点半，我们环境科学与工程学院2019级党支部组织观看了灯塔大讲堂，一起聆听抗疫榜样讲述在疫情一线不畏艰苦、勇于担当、敬业奉献的故事。每次观看这些为疫情冲向前线的记录视频时，我都心头一颤。连夜搬运35万只口罩支援一线，自己却筋疲力尽、饿得站不住脚；为了更好地保护家人，在机场工作后不敢回家的工作人员；执勤回来的警察坐在家门口的小凳子上吃饭，看着孩子嚎啕大哭，为了安全却不能给他一个拥抱；中建八局一公司的雷神山突击队那句坚定的“使命必达”……一个个镜头让我真正理解了什么叫作“有人为你负重前行”。大家都在家中隔离不敢出门的时候，他们逆行而上，在来势汹汹的疫情面前，率先垂范，身先士卒。看完后，党支部书记告诉我们，党不只是一个组织，还是一种能吃苦、不怕艰难、奋斗终生的精神，更是一种传承的力量。每一个党员、入党积极分子，都应该好好思考自己到底为何入党。

习近平总书记那种“我将无我，不负人民”的精神追求，应该成为每一位党员的信念。我时常感叹生在中华大地何其幸运，这里有以人民为中心的中国共产党，有舍生忘死的英雄，有冲锋陷阵的战士，有坚定逆行的医务人员，还有亿万爱国的同胞们。峥嵘岁月，永葆初心气自华。中国共产党，99 岁生日快乐！

作者：环境学院 2019 级硕士研究生　徐思佳

7 月 2 日　星期四　雨

兴隆山校区图书馆工作人员·刘春蕾

随着疫情防控常态化，学生们陆续返校，进入图书馆的读者也日渐多了起来。兴隆山校区图书馆举办了“新学程，继往开来——2019 年度山东大学热门借阅图书展”活动，每当看到读者刚进入图书馆就被吸引到活动现场一睹书展风采，我便心生欣慰，感触颇多。

本次书展内容由“2019 年度山东大学兴隆山校区八学院本科生借阅排行榜 TOP10”和“2019 年度山东大学一校三地热门借阅图书展”两部分组成。活动打破了传统的纸本图书展览模式，引入了“海报＋二维码”的新形式，这一新举措深受大家的喜爱。读者们有的驻足欣赏，有的扫码阅读，有的在海报前进行热烈讨论。很快，这里也成为了毕业生们拍照留念的必选场景。他们步履匆匆，在有限的时间里与自己学院的展板留影，记录在图书馆美好的回忆，使本次书展变得更加有意义。

还记得，在得知学生返校消息之初，兴隆山校区图书馆创新组的同事们为了使图书馆以崭新的面貌迎接读者，助力本校区八个学院的教学工作，加班加点策划了本次活动。疫情防控期间，为了减少人员聚集，保障读者安全观展和阅读，从活动流程到海报设计再到场地布局，大家反复讨论，做样本看效果，最终确定了以“海报＋二维码”的非接触式形式开展本次活动。我们把上榜的300余册图书进行分类整合，通过所有可以使用的电子资源数据库一本一本地查找图书电子版全文，制作展示二维码，方便读者阅读。三个人每天都要在各个电子数据库内检索数百次，丝毫不敢松懈，生怕错过哪本图书的电子版。同时，为保证展出质量，我们对海报中的学院简介和书目信息反反复复核对了十余次。筹备工作紧张有序，忙碌而又充实。在八张用不同背景诠释着不同专业特色的海报到馆后，大家又快马加鞭地进行布展工作，在陈宏磊和沈艳两位老师的帮助下，我们终于在读者入馆的前一天圆满完成了布展工作。

感谢读者的每一次驻足欣赏、扫码阅读和合影留念，感谢同事们的周密规划和默契合作，感谢大家对我们工作的支持和认可。新学程，继往开来，让我们一起秉持心中的理想，尽享书香，以梦为马，继续笃定前行。我们深信，每一份付出都会有收获。

作者：图书馆工作人员　刘春蕾

7月3日　星期五　阴

抗疫志愿经历分享者·冯启帆

作为一名刚加入党组织的预备党员，今天我参加了人生中的第一次党组织生活会。会上许多同学积极发言，分享了自己的抗疫经历：有的人带动大家积极捐献物资，有的人拿起测温枪在社区站岗。我也分享了自己在社区公益岗值勤的故事，与大家共勉。

疫情期间，我利用课余时间在社区公益岗值勤，协助社区工作者和保安为进入小区的人员登记、测量体温，并在社区喷洒酒精消毒。

绝大部分居民非常愿意配合我们的工作。虽然附近的居民区没有确诊和疑似病例，但是检查工作不能放松，大部分居民也表示支持和理解。测温枪和用来登记的手机只有一个，他们就耐心地在一旁等候。

在测温登记过程中，有时会碰到一些困难。老旧小区没有物业管理，居民没有专门的通行证，只能扫描身份证或者健康码登记；有的居民在温度较高的车内，会出现体温偏高的情况，我们会让他过一段时间再测；有的居民上了年纪记性不好，容易忘带身份证，再加上他们有些耳背，我们就让他们说出姓名和身份证号并且核实。

时值早春，气温变化很大，中午时分还热得冒汗，下午三四点钟的太阳却完全被楼房挡住了。站岗的地方恰好在几排楼房之间，冷风袭来，冻得人直打哆嗦，偶尔还能闻到路对面几个垃圾桶散发的味道。大约5点，我的工作便结束了，但是前来接班的保安的工作才刚刚开始。漫漫长夜，这个小区只有保安大叔一人在坚守：一条红袖章，一把测温枪，一身棉大衣，这也是抗击疫情最坚不可摧的防线。

城市里每个小区都有保安和社区工作者的身影，虽然他们不像一线的医护人员那样被广泛报道并为人们所歌颂，但是他们在平凡的岗位上发光发热，为抗击疫情贡献了一份不可或缺的力量。我们应当积极配合他们的工作，个人要注意卫生、减少外出，积极参与抗疫工作。我相信，只要全国上下一心，没有什么过不去的坎。

作者：电气学院2017级本科生　冯启帆

7月4日　星期六　晴

美英澳国际教育项目毕业生 · 吕文欣

雨天洗净了天空，也洗净了我的心情。昨晚辗转反侧到凌晨，期待着返校的这一刻。原本不太长却刻骨铭心的邂逅，在今天重返校园的那一刻，让我莫名感动。

带着殷殷的孺慕之情，我走在校园里，在这绿茵如旧的道路上，感受心脏怦怦地跳动，像我第一次来到山大的那一天，它像一个尊长，慈祥地向我张开手臂，欢迎我的到来。

疫情如山海，让你与我远远相隔，不得相见，但人间朝起暮落，挡不住缕缕的相思之情。再一次相见，呐喊、拥抱、问候，都是这数月相隔后最美好的礼物。我对我的舍友说，就像梦一样，仿佛曾经的那些日子就在眼前。走在山大校园的路上，仿佛假期、疫情从来都没有存在过，剩下的，只有每天最平凡、最普通、最寻常的，属于我们的朝朝暮暮。

自校门前一路而来，遇见了许久不见的师长，他们还是那样的亲切又和蔼。一句“瘦了”，既像是阔别多年的友人，又像是将你牵挂于心的父母。他们在我们背后默默地关心和付出，年复一年，日复一日，匆匆而过，深深于心。带着他们的祝福，我们踏出校园，踏入人生新征程。坐上学校的摆渡车，我与我的老师挥挥手道别，他远远冲我喊：“有事儿记得打电话!”我高声回着“好”，转过头去又忍不住眼眶湿润。桃李不言，下自成蹊，哪怕我们此后天各一方，我也会感恩着他们的牵挂和教导。

尽管我们已经毕业了，我和我的舍友仍然选择留在济南，珍惜和享受这来之不易的几日相聚。夜幕降临，灯亮了，亮得一如既往的璀璨；但这一次，这点点璀璨的光辉，就像是揉碎了一把星星，像一抹白月光，照亮了我的心头。

一别如斯，落尽梨花月又西。月上枝头了，花落缤纷了，但我们依旧心心相连。我相信，山海再远，遥遥之间，也有怡然重逢之日。时间再长，浮云流水，也有诗酒言欢之期。

再见，我的山大！我心依旧，期盼重逢！

作者：美英澳国际教育项目2020届毕业生　吕文欣

7月5日　星期日　雨

支教参加者·彭思淇

迎着晨光走进湖南省怀化市芷江侗族自治县公坪镇学校大门之时，我感受到了一种久违的气息——那是独属于孩子们的活泼与天真烂漫。他们在操场上、走廊里、教室门口玩耍嬉戏，直达心底的爽朗笑声飘荡在学校的每一个角落，也唤醒了我对小学和初中的美好回忆。想到接下来的时间将与孩子们一起度过，我不禁感到喜悦和一丝激动。

在校长办公室和热情的领导老师们见面后，我被安排给六年级的语文老师当助教。回到办公室，我根据老师的要求，开始制作以感恩为主题的班会PPT。在我看来，班会是一个塑造学生观念、开阔眼界和格局的绝佳机会，于是我便产生了借此机会与同学们分享交流的想法。我也打算尽可能地从学生的角度出发，让我的分享更容易被同学们理解和接受。

经过大半天的思考、搜集资料与制作，我完成了PPT。当我走进114班教室的时候，我突然间理解了很多人坚守在教师岗位的理由　孩子们最诚挚的热情、排山倒海般的欢呼和发自内心的真诚笑容在一瞬间融化了我，也消除了我心底最后一丝紧张与不安。曾经的我，只要站上讲台就会感到紧张，然而站在六年级的讲台上，我感受到的却是前所未有的放松与愉悦。我从“你认为你的生活幸福吗”这一问题切入，将同学们带进我的话题。经过对比和讨论，当我讲到“我们应该学会感恩，我们的美好生活是因为有家长们在替我们负重前行”时，我注意到很多孩子们的脸上露出了若有所思的神情。接着我进入了重点：“教育是父母给予我们最好的礼物，学习能够改变我们的人生。”在借用数据和真实案例进行详细阐述的时候，我感受到了同学们的认真。

分享结束后，老师就班会感想向同学们进行了随机提问。有的孩子落落大方，直接说出了自己的想法；有的有些腼腆，斟酌片刻之后也进行了完整的表达。不论表达方式如何，我都听出了一个共同点：刚才我的分享或多或少对他们产生了观念上的影响。对我而言，如果我的努力可以为他们带来一丝一毫的改变，那么我的付出就非常值得。

接下来的几天里，除了帮语文老师改作业和试卷，我还代英语老师上了几节英语课。英语老师告诉我，农村中学的学生成绩两极分化很严重，很多同学基础不好。离毕业会考只有十多天，我决定以最能够为同学们所理解的方法讲解英语试卷，希望帮助他们在会考中考得更好一些。

不经意间，就到了和同学们说再见的时候。一直阳光明媚的天空也在这天垂首落泪，一如孩子们脸上浓浓的不舍与我心中的惆怅。抱着他们送的鲜花，我一步一回头地走到门口，不停地劝淋着雨的小朋友们回教室，在一片祝平安的喊声中坐进车里。我将回忆和知识留在这里，和他们一起将祝福和期望放飞到未来。

作者：软件学院 2019 级本科生　彭思淇

7月6日　星期一　阴

图书馆捐书接待者·韩爱先

毕业季，即将离校的本科生、研究生都会遇到如下的问题：对于自己不方便随身携带或不急需阅读的书，是按照废纸的价格卖给收废品人员呢，还是直接送人呢，或是捐献给图书馆呢？

在这三种做法中纠结的同学有很多。一部分同学出于方便省事考虑，选择了回报可能只是一支冰糕钱的方式，把好多本有价值的书卖掉了；而另外一部分同学经过思量后决定把书送给师弟师妹；同时还有一部分同学选择把书捐给图书馆。

博士生何淼同学就是最后一类人。昨天我正在借书处值班，一位知性漂亮的女孩手里提着好大好沉的一袋子书走进了图书馆。一听说她要捐书，本来挺拔优雅的她在我眼里的形象更高大了。我数完她捐书的册数后，请她说出最喜欢的是哪一本书，写在捐赠证书上，她稍作犹豫后说：“《思维导图大脑使用说明书》。”她说读过以后会对自己的思维习惯产生一些改变。旁边的同事一听书名，也表示对此书很感兴趣，同她交流了读后感。

我找出捐赠证明，一笔一画认真工整地填写，何淼说：“从您一丝不苟的神情上能看出您是多么认真。”我说：“您那么辛苦来给我们捐书，我能做的只是填写捐赠证明、登记捐赠书目。一张潦草的捐赠书怎么能对得住捐赠者对图书馆的拳拳之心呀！”

记得曾听过这样一个启人深思的故事。暴风雨后，海边沙滩的浅水洼里，有许多被卷上岸来的小鱼。一个小男孩不停地捡起小鱼扔回大海，有人劝他：“孩子，这水洼里有成百上千条小鱼，你救不过来的。”“我知道。”小男孩回答。“那你为什么还在扔？谁在乎呢？”“这条小鱼在乎！”男孩一边回答，一边捡起一条小鱼扔回大海。倘若总在“值不值得”“需不需要”的犹豫中徘徊，我们往往就错过了让一条小鱼重返大海的机会。世界万物的存在，比如一颗星星、一处美景、一次结缘……其实都是和你有关的美好遇见。何淼博士捐赠的不仅仅是书，而是一种生活理念，一种生活方式，一种视野，一种理想。

作者：图书馆工作人员　韩爱先

7月7日　星期二　晴

本科招办工作人员·刘　昌

今天是高考第一天，受疫情影响，今年高考的时间延迟了一个月。早上上班的路上又看到了扎有绿丝带的送考车辆——济南的绿丝带爱心助考活动已持续了20年，大家看到扎有绿丝带的车辆会主动让行，以小小的举动为这座城市增加温度。

到校后我先参加了本科生院的全体会议，会上传达了学校暑期工作部署会的相关精神。暑期的重点工作中，本科生院占了多项，与招生相关的有综合评价招生和强基计划的校考工作。疫情给今年的各项校考工作带来了很多挑战，比如上周，我们组织了综合评价招生报名考生的材料初审，由于考位有限，我们不得不请专家们反复衡量初审条件，优中选优，最终从14000多位报名考生中优选出2400多位考生来参加校考，通过比例为17.6%。

回到办公室，我打开电脑继续整理招生数据。本以为高考期间我们的电话可以短暂地休息几天，然而电话铃声依旧是此起彼伏，急促的电话铃声也仿佛诉说着家长们焦急的心情。除了疫情带来的影响，新高考改革带来的变化也增加了家长们的焦虑。

今年是山东省新高考改革落地的第一年，改革涉及多个方面，从志愿填报来说最大的变化就是由以学校为志愿单位改为以“专业（类）＋学校”为志愿单位，考生可填报 96 个志愿。志愿怎么报？专业的选科要求是什么？往年数据如何参考？这是家长咨询最多的问题。

为了应对新高考改革和疫情对本科招生工作的影响，早在今年 3 月份，本科招办就制定了工作方案，一方面继续加强专业现代化建设，凸显“优、特、新”专业，科学制定专业选考科目，不断优化调整招生专业结构；另一方面加强招生宣传与教育拓展。刘传勇主任身先士卒，不辞辛苦地参加各类平台的宣讲活动介绍山大；各教育拓展组也积极行动，开展线上宣传和分省直播来宣传山大的特色和优势；在强院兴校行动的推动下，学院也越来越注重专业宣传，制作了宣传片吸纳优质生源；招办也在不断丰富网站和公众号的内容，开通网络直播课和微博、头条、抖音等多个新媒体账号，制作新专业的动画宣传片，开通多部电话，建立 QQ 群与考生及家长直接交流，同时准备了丰富的招生宣传资料，迎接即将到来的高考集中咨询季。

到招办工作两年多以来，我时常被招生人的工作热情感动。我们大家都有一个共同的目的：为学校延揽一流生源，全力支持学校的“双一流”建设。相信在学校各项事业快速发展的推动下，在大家的不懈努力和全校各单位的支持下，今年的生源质量会再创佳绩。也祝愿所有高考生考试顺利，蟾宫折桂，我们在山大等你！

作者：本科招办工作人员　刘　昌

7月8日　星期三　晴

信息学院“数字图像处理”暑期课程参加者·蔡盛源

今天是7月8日，我们迎来了暑期学校“数字图像处理”第三天的课程。选课前，我在大三科研训练老师的推荐下，选修了 Xiaolin Wu 教授的暑期学校课程。Wu 教授来自加拿大麦克马斯特大学电气和计算机工程系，并担任加拿大 NSERC 高级工业研究主席、IEEE Fellow、*IEEE Transactions on Image Processing* 期刊编辑。出于对医学图像处理方向的兴趣，我之前也进行了相关知识的学习，所以一开课，我便兴奋地投入课程学习当中。

晚上6时，课程正式开始。贲晛烨教授组织所有听课同学线上合照纪念，这不仅包括所有选修该课程的本科生，还包括李玉军教授、熊海良教授和贲老师指导的低年级硕士研究生。贲老师对 Wu 教授作了介绍，并介绍了上一年度暑期学校取得的可喜成绩：学生同老师一起努力追逐前沿研究，在 CVPR2020 上联合发表的论文 DAVD-Net：Deep Audio-Aided Video Decompression of Talking Heads，提出了一种新颖的深度卷积神经网络构架，利用人脸讲话时音频与视频的相关性，去除人脸区域的压缩噪音，恢复出高质量的人脸视频。

“数字图像处理”是信息图像领域非常重要的专业基础课。由于疫情，我们将通过腾讯会议的方式，进行总共4天的线上授课。由于时差，Wu 教授必须早上6点开始上课，非常辛苦。在课上，Wu 教授介绍了他的教学计划及课程相关情况。虽然只是短期课程，但我明显感觉到里面“干货”很多，从开始和图论结合的像素点处理模型到相关性分析，从空间域的图像增强处理方法到交换域上的相关算法，还有配套的实战。我感到非常期待，也预见到了挑战。

课程内容开始后，Wu 教授给我们带来了一种新的上课体验。他希望我们能打开摄像头，在讲课的同时也注重同学们的反馈。虽然不是面对面的授课，但师生间及时的沟通让课堂显得更加有趣和丰富。我对第一堂课印象很深，Wu 教授通过自己家中光线的变化，通俗形象地介绍了相关的基础知识，而且多次的提问也引发了我的思考。

这次“数字图像处理”课程目前已经上过两次课，在与老师和同学们交流的过程中，我们的灵感和思维不断碰撞，全新的知识也让人充满了干劲。我们在体验国外大学课堂环境和教学理念的同时，也在交流过程中提升了自己的语言运用能力，并且接触了数字图像处理前沿领域，Wu 教授提到的一些当前研究难点也让人印象深刻。希望我在接下来的学习过程中能够掌握更多的东西。

作者：信息学院 2018 级本科生　蔡盛源

7月9日　星期四　晴

环境学院“气候变化建模”暑期课程参加者·王　珺

早在上学期就听学长学姐介绍过暑期学校丰富多彩的课程。7 月 6 日，山东大学 2020 年本科生暑期学校全面启动。今年由于疫情的原因，暑期学校采用线上授课方式进行，但依然热度不减。我对数学建模有浓厚的兴趣，加之我的专业是环境工程，便报名参加了“气候变化建模”这一海外师资课程。今天中午，课程正式结课，短短 4 天，我收获了许多。

授课教师王秀全老师任教于加拿大爱德华王子岛大学，从事气候变化研究。当我得知加拿大和中国时差相差 13 个小时，我们是上午 8～12 点上课，而老师其实是在夜晚 9 点到凌晨 1 点为我们授课时，我肃然起敬，十分钦佩王老师能克服时差影响，积极为我们讲授这门国际化课程。第一次接触全英文讲课，我刚开始还不太适应，但 4 天坚持下来，我不仅拓宽了国际视野，还提高了英语听说读写能力，收获巨大。

课程的第一天，王老师就抛出了一个发人深省的问题：难道气候变化真的离我们普通人很远吗？或许我们对严重的干旱、洪涝灾害司空见惯，但全球变暖、极地冰盖融化、海平面上升等现象，我们还不能切身感受。王老师带领我们用软件对海平面上升进行了数值模拟，海平面上升2～5米后，模拟结果触目惊心。

课程的结课项目需要我们小组合作，研究青岛1961～2005年的年、季、月的温度变化数据，并通过数学建模研究青岛气候变暖的趋势。王老师详细介绍了线性回归等数学知识和R软件的使用方法后，我们通过小组紧张而有序的分工合作得出了结论：青岛的温度这45年来的确在变暖，并且以每10年0.3℃的速度上升。

化用2016年诺贝尔文学奖得主鲍勃·迪伦在歌曲《答案在风中飘荡》中的语句：人类，要走过多少条路，才能真正成为人类呢？我们面对全球变暖、气候变化，不能袖手旁观、放任不管，眼睁睁地看着家园被吞噬、美好被摧毁；希望全世界携起手来，采取切实有效的行动，共同呵护我们的美丽家园。

作者：环境学院2019级本科生　王　珺

7月10日　星期五　晴

后勤保障部党委预备党员代表·黄文强

在建党99周年之际，我很荣幸地作为新党员代表参加后勤保障部党委组织的党员宣誓大会，我深切地感受到了党组织对我的信任和希望。宣誓仪式上，我怀着无比激动的心情，举起右手，面对鲜红的党旗庄严宣誓。在今后的日子里，光荣与使命同在，荣誉与义务并存。

今年，对于我而言，注定是难以忘怀的一年，年初新冠肺炎疫情来势汹汹，我作为后勤青年职工也主动请战赴防疫工作一线。记得观看灯塔大讲堂“榜样讲党课”时，党员干部冲在疫情前线的情形不由得让我心头一颤，想起了那些雨雪中发放防疫物资的后勤人，那些顶着严寒站在社区门岗的后勤人……正是这一幕幕，让我知道了什么是负重前行，什么叫逆行而上，这就是共产党人的精神，在困难面前无所畏惧，无私奉献，不计得失。

这次的宣誓包含着我们终身践行的承诺，包含着老一辈革命先烈对我们的谆谆教诲，进一步激励和督促着我不忘初心，无论在顺境还是逆境中，我们都要永葆共产党员本色，坚定共产主义理想信念，始终牢记入党誓言，在自己的平凡岗位上奋发作为，充分发挥党员的先锋模范作用，争做一名讲政治、有信念，讲规矩、有纪律，讲道德、有品行，讲奉献、有作为的优秀共产党员。

回顾入党的历程，感觉充实而富有意义；站在新的起点，我信心满怀。在今后道路上，我将以更加坚定、更加成熟的姿态，追求卓越，勇担使命，展现新时代后勤青年党员风采，作出新时代青年党员应有的贡献。

作者：后勤保障部工作人员　黄文强

7月11日　星期六　阴

实验室搬迁亲历者·靳桂云

从50年前辽西山沟里的放羊娃成长为今天的大学老师，我体会了各种艰辛与安适、困苦与幸福。一路上，我遇到了太多的好运，这次实验室搬家，好运又一次降临到我头上。

从 1997 年开始做植物考古，2006 年开始尝试地学考古研究，到今天我从全国将近 25 个省市的很多考古遗址中采集了各种样品，但一直没有进行过全面整理，更不知道一共有多少样品。按理说，这次搬家是摸清我样品家底的好机会，可是巨大的工作量，让我一想起来就有一种难以言表的痛苦。而且搬家之后，样品都打包了，我怎么完成我的自然基金项目呢？幸运的是，经过将近一个月的艰苦努力，搬家工作中最艰巨的土样整理和打包工作结束了。

我的博士研究生杨凡承担了 301 和 302 两个实验室的所有实验样品、耗材、玻璃陶瓷仪器的整理和包装。这个实验室虽然名称是微体植物（植硅体、淀粉粒、孢粉）分析，但实际上，环境考古、地学考古、新石器时代考古、陶器考古、石器考古等实验，都曾经在这里开展，有些同学做完实验之后就把剩余的试剂留在了实验室，导致实验室有多种试剂存留，清理起来非常不容易。

我们的本科生助手也非常给力。2017 级庞轩、2016 级李粤、2017 级郭风鸣、2017 级尹祥先后返校，在整个工作过程中，同学们不仅积极主动承担工作，而且非常认真负责。文史楼三楼的木板房，主要是我和陈雪香老师存放的植物考古和地学考古样品。但是，在整理的过程中，我们发现，这里既有成袋的陶片和石器，也有动物骨骼，而且有时候不同类型的样品还混装在一个袋子里。我的小助手们仔细检查了每个袋子里的样品，把不同样品分别拣出来，写上标签，然后送到相关的实验室。要知道，他们中有三个人从来没有参加过考古发掘，他们能对考古样品有这样的理解和认知，我认为一方面是因为他们本身对考古学的热爱，另一方面也说明我们山大考古基础知识的讲授与他们的学习是非常高质量的，尤其是传统考古学的教学这部分。在他们的帮助下，我们顺利完成了所有样品的整理和打包任务。到 7 月 6 日中午，我们一共整理、打包了 349 个土样箱子，同时把每个箱子里装的土样都做了详尽的记录。

植物考古和地学考古实验室，最大的财富就是土样，整理仓库的时候，我们需要最多的耗材就是纸箱子和胶带，不论什么时候，只要我们提出要求，负责后勤保障的陈良乾主任就立即下单购买；考古学系的搬家总指挥唐仲明老师，想尽一切办法把这些土样尽可能集中安置。对此，我的感动无以言表。

近几年，随着时光的流逝，我越发意识到，在学习、工作中，曾遇到过那么多帮助过我的人给我带来好运。我感谢他们，感谢我遇到的所有人。

作者：文化遗产研究院教授　靳桂云

7月12日　星期日　雨

“精通无人机”暑期课程授课教师·赵子峥

当我缓缓敲出“谢谢同学们，祝大家暑期愉快”，聊天栏里也不断刷新着“谢谢老师，老师再见”，我意识到本学年的暑期学校授课结束了。

疫情背景下，所有的教学机会和时间都显得特别珍贵，暑期学校的课程也毫不意外地在线上进行。接到暑期学校开课通知的时候，我们教学团队很是犹豫。“精通无人机”这个项目，本身就是一个充满实践乐趣的课程，旨在通过学生的直接参与，认识无人机、了解无人机，设计自己的无人机，达到精通无人机的目的。在线上开展教学，大大限制了我们课程的开展和学生的参与程度。经过我们的讨论和研究，教学团队根据线上授课的特点重新制定了详细周密的教学方案，最终决定继续开展此课程。

为了更直观地让学生感受到无人机的魅力，我们教学团队多人协作，采用雨课堂和腾讯会议相结合的形式，PPT 讲解和实物展示同时进行，一人理论讲解，一人操作分解，多屏幕多终端展示，多形式多样化授课，努力将线上课程变得生动有趣。

例如，航拍课中，一人负责讲解 PPT，主要讲解构图的方法和航拍的角度；一人负责操作飞机，共享航拍镜头，让学生们直观地看到无人机拍摄到的内容和运镜的方法；还有一人负责直播飞机的姿态、位置、操纵等内容，使学生多角度地了解到航拍过程所需的技巧和方法。7 月份的济南，空气闷热，太阳下留下了我们坚定的身影。

此次课程在项目设计和课程设计时，积极响应新工科的建设要求，响应国家战略需求和人才培养战略，适应文化传承创新的新需要，体现学科交叉和融合，推进课堂革命，创新教学形式，在课程中不断添加新的元素，增强了课程的趣味性。通过此次课程，我们不但掌握了新的教学方法和教学形式，也提升了教学团队的凝聚力。

在本科生院的支持下，此次课程除济南校本部的同学外，还有一部分青岛校区的同学也参与其中，还实现了多校区间管理的无缝衔接，受到同学们的欢迎。此次课程都在线上进行，待线下教学恢复以后，欢迎大家来位于济南工程训练中心的无人机工作室及位于青岛公共实验中心的无人机工作室，继续无人机的学习和实践活动。

作者：工程训练中心教师　赵子峥

7月13日　星期一　雨

党课微视频拍摄参加者·吴　娜

三年高中、四年本科、两年研究生，参加过大大小小十几场微视频的拍摄，但是今天这次党课微视频的拍摄是最让我难忘，也是最有意义的一次。

7月4日，山大马院公众号发表了一篇推文，聚焦山大党建学科“五个一”工程。在迎接中国共产党建党100周年、山东大学建校120周年之际，为充分发挥山东大学全国重点马克思主义学院和党的建设学科的引领示范作用，山东大学提出了“迎接建党百年学术研究‘五个一’工程”，即：一项重大委托课题、一套党建研究丛书、一组学术研究年鉴、一批学术研究论文、一场高端国际学术研究会议。这次党课微视频的拍摄也是在这样的大背景下展开的。

今天早上，天上飘着小雨，我们急匆匆地赶往学院楼，见到了久违的、深受同学们喜爱的马明冲老师。马老师穿着常穿的蓝色衬衣，衣襟都湿透了，不用问，老师肯定是骑着他心爱的自行车过来的。说来也是缘分，马院的老师特别钟爱自行车，不论是行政老师还是思政课老师，不论是青年讲师还是知名教授，骑自行车上下班是常态，老师们常常挂在嘴边的一句话是：“做学问要耐得住寂寞，来我们马学科更是这样。”

老师的衣服干得差不多后，我们的拍摄就开始了。马老师凭借诙谐的语言、发人深思的提问以及丰富的人生经历折服了在场的听众。他带我们解读了党的十九届四中全会的精神，讲解了国家治理体系和治理能力的13个显著优势，最让我印象深刻的是对“坚持党的领导”“一国两制”等的阐述，让我有所启发。参与我们这次拍摄的一共有两位老师，另外一位是去年刚刚来马院的李磊老师，虽然年轻，但是讲课却很娴熟。时间过得很快，不知不觉间拍摄就进入了尾声。

作为一名马克思主义学院的研究生，我深切地了解中国共产党一路走来的艰辛路程，也深刻体会到中国共产党的强大力量，一部中国共产党党史就是一部艰苦奋斗史。作为一名青年马克思主义学习者，更要加强理论学习，在实践中坚定共产主义的理想信念，努力为实现“两个一百年”奋斗目标、实现中国梦贡献智慧和力量。

作者：马克思主义学院2018级硕士研究生　吴　娜

7月14日　星期二　晴

临床实习入院教育参加者·朱晓敏

回学校之后，正式的临床实习终于到来了。昨天，刘强老师为我们精密筹划的长达一周的入院教育也开始了。

一开始，赵院长对我们进行医院基本情况的介绍。来这里一年了，通过介绍，我了解了这个地方更多的信息和故事。

接下来是董红老师分享抗疫故事——披肝沥胆白衣行。在家时我就通过新闻看到了山大二院援鄂医疗队的身影，但是听老师讲述的时候，我才明白这次行动到底有多么艰辛。当到达武汉天河机场时，机场空无一人，紧张的气氛瞬间涌上大家心头；抵达之后，负责的病房还是空病房，大家要快速准备，晚上就要接收病人，压力很大。艰辛还不止这些，当时医疗物品短缺，最紧缺的防护服更要加倍珍惜，周围弥漫着病毒，防护服里湿热无比，眼罩上的热气令人看不清东西，为了不浪费防护服，有的医护人员连呕吐物也咽了下去。这些经历深深地震撼了我，抗疫时我在家中已经感受到了紧张的气氛，然而却无法想象当时在武汉的医生老师们正在经历着怎样的考验，我为他们的付出和勇敢点赞，他们是我们的榜样。

让我印象深刻的还有周成军医生讲述的病理在外科中的应用。我很敬佩他对于病理工作的研究，以及对于病理切片近乎严苛的取样和保存标准。看见屏幕上一排排整齐的、按照大小排列的病理切片，就能感受到周医生对于工作的认真和付出。老师也是一个敢于探索的人，面对困难坚持了下来，并且用实际行动得到了病理界更多人的认可。

在入院教育的第一天，我收获了许多，期待以后的实习生活。

作者：临床医学院2016级本科生　朱晓敏

7月15日　星期三　晴

校团委工作人员·李　齐

这几天，我在完成一项特别的任务——发放“暑期在校学生临时团支部”的有关信息，并通过调研问卷了解学生的返校情况和需求。一天的工作顺利结束，通过与学生们的交谈，我对他们有了更清晰的了解，也对暑期在校学生临时团支部的建设有了更多规划和信心。

关于临时团支部的设想，在暑期前就萌发了。今年是十分特殊的一年，学生们阔别校园已久，近期随着疫情防控形势逐渐向好，一批批学生在符合返校条件后陆续回到学校进行学习和科学研究，校园里逐渐有了生气。经过对一校三地在校团员青年的问卷调查和访谈调研，为了能让在校学生们“找到组织”，在暑期也能感受到学校的温暖和关怀，校团委计划牵头成立2020年暑期在校学生临时团支部，构建一个特别的暑期“团员之家”。

设想初步成型后，我们在学校的指导下迅速草拟了工作方案，确定了职能定位、支部划分方案等，相关部门也大力协同配合。学工部、研工部摸排暑期在校学生情况，本科生院与研究生院为学生提供便利的学习环境，就业指导中心针对学生就业开展指导讲座，图书馆安排暑期开放事宜，校学生会、研究生会策划了考研经验分享会、创新创业宣讲会、运动打卡活动，后勤保障部做好其他学生生活保障，公安处保障全体暑期在校学生的生活学习安全，校医院为暑期在校学生工作保驾护航，学生心理健康教育与咨询中心安排心理健康讲座，威海校区团工委、青岛校区团工委、齐鲁医学院团工委形成一校三地的学生服务联动效应……

为将方案落地，惠及每一位暑期在校团员青年，我们组织学校相关部门负责人召开了2020年暑期在校学生临时团支部工作协调推进会。推进会上，各部门负责人依托我们的调研结果和了解的情况，热烈讨论如何全方位服务好在校团员青年，并就各校区、各部门的协调需求，给予了积极反馈。在一次次沟通中，我们深切感受到了当前学校各个部门对学生的热切关怀，感受到了各部门对团委工作的配合与支持，感受到了来自山大全体教职工对学生的爱。我们反复确认细节，力求在自己的职能领域为学生提供最好的服务。在大家的共同努力下，临时团支部终于“孵化出壳”，投入实施阶段。

打造临时团支部的过程是辛苦的、繁复的，但我收获了更多的信任与感动。在这个过程中，我深切地感受到共青团为青年服务的一片赤心与诚心。“青年在哪里，团组织就建在哪里”的号召是那么简单又坚定，时刻提醒着我们想青年所想、解青年所忧、谋青年所需，为青年发展提供最佳的助力和最好的环境。愿临时团支部能成为山大学子暑期战斗的堡垒和避风的港湾，我们将在服务广大师生医务员工的道路上不断努力。

作者：校团委工作人员　李　齐

7月16日　星期四　晴

真爱彩虹暑期支教团成员·赵天成

上大学前，哥哥姐姐告诉我，大学时代如果有机会去支教，就一定要去。怀着一颗憧憬的心，我参加了真爱彩虹支教团的面试，幸运地成为暑期支教团的一员。

今年的情况太特殊，出于疫情防控及安全考虑，在协商后，我们最终决定实行线上支教。这注定是一次别开生面的支教活动。

尽管正式上课的日期是下周一，但准备活动已经进行了两周多。或许是因为第一次进行这种形式的支教，准备工作需要面面俱到。从最开始的分组、选课，到撰写课程大纲、建群、准备试卷教案，在整个过程中，我们深深地感受到，即使是短短几周的支教，课程设计也包括很多内容，包括开讲前的教案、上课时的课件、课后布置的作业、期中期末的考试、给家长的反馈等，这也使我们真真切切地体会到了学校授课老师和教务老师的辛苦。我们一组人负责一个小班，就已经忙得晕头转向，想到在学校时几位教务老师负责一个学院的上千名同学，心中不禁对老师们充满感佩。

尽管任务繁多，但工作都在有序进行。近几日的工作中，令我感触颇深的是试讲环节。团队采用集体工作制，一人讲课，全员听课，再提出意见建议。由于课程设置多样，有主课、兴趣课以及讲座，而且每一门都要求试讲，所以两天的试讲时间安排得满满当当。

这次支教的一大特色是同学们结合自身专业开设相关课程。比如数学学院的同学为六年级孩子讲解概率，外国语学院的同学为孩子们介绍英语知识与文化，药学院的同学则负责讲授常见中医药知识。课程涉及的学科很多，也展示了山东大学作为综合性大学的优势。团队的讲课以生活情境为切入口，深入浅出地为同学们介绍实用的知识与技能，尽力做到通俗易懂，多讲现象、多讲实例。

为了做好完备的情景预设，我们听课的同学也时常需要扮演调皮的孩子，捏着嗓子提问老师："老师，为什么要这么算呀?""老师，什么是癌症呀?""老师，什么是肿瘤呀?"面对"十万个为什么"，经历演练后的同学也能从容应对了。演练的过程有时有些尴尬，偶尔也会笑场，有时还会突然变得安静，但我们为各种可能的情景做了充分准备。

距离正式开课的日子越来越近，准备工作也基本完成。每个人都期待着在线上与孩子们相见。尽管前期遇到了许多困难，但是我们相信风雨之后便是彩虹。

希望开课一切顺利!

作者：软件学院 2019 级本科生　赵天成

7 月 17 日　星期五　晴

青年媒体菁英班暑期专项课程参加者·林诗琦

作为一个校园媒体人，一直以来，我都将校园媒体宣传视作自己的责任。但是，由于缺乏专业理论知识的指导，如何更好地服务学校的宣传工作，一直是我想要努力学习的方向。我心中的疑问，终于在山东大学青年媒体菁英班得到了解答。

今天，就是我期待已久的山东大学青年媒体菁英班举行开班仪式的日子。早上，我早早地坐在电脑前等待会议开始。8：30，开班仪式正式开始。首先，翁祥栋老师在她的讲话中对校园媒体人寄予了殷切的希望。她提到要将理论与实践相结合，发挥共青团的组织优势和宣传特长。我想，这正是我们应该做到的。

接下来，文学院的尚文月同学和历史文化学院的胡晓烨同学分别代表一期学员和二期学员发表了演讲。尚文月同学提到，通过社会实践、实地考察等活动，她对新闻媒体行业有了更深刻的了解，这使我愈发期待接下来 5 天的课程。胡晓烨同学提到的媒体宣传所需的“脚力、眼力、脑力、笔力”让我有了很深的感触。

校团委张熙老师的发言从明确自身定位、主动承担工作、宣传先进思想等方面阐释了校园媒体人的责任，让我更加明白了在网络时代自身工作的重要性。

上午 10：00，短暂的课间休息后，我们开始了菁英班的第一课。山东大学融媒体中心王莉莉老师就校园新闻稿的采写工作和新闻图片的拍摄等进行了详细讲解，干货满满。通过这节课的学习，我认识到自己在新闻撰写等方面还存在着一些不足，这也坚定了我在新闻稿写作方面不断下功夫的决心。

下午，负责共青团中央宣传工作的葛颖老师着重为我们讲解了运营新媒体的经验和注意事项。葛老师为我们分析了众多案例，从中我了解到很多宝贵的经验。作为青年媒体人，宣传马克思主义理论知识、引导青年形成正能量的价值观，是我们要努力的方向。课程结束后，我向葛老师请教了“如何引导青年主动接受先进思想”的问题。老师的回答解开了我一直以来的困惑。

第一天的课程就这样结束了，我收获满满，对接下来几天的学习更是充满了期待。我相信通过在青年媒体菁英班的学习，自己能够更好地承担校园媒体人的责任，成为更优秀的自己。

作者：外国语学院 2019 级本科生　林诗琦

7 月 18 日　星期六　晴

“发现新我——自我意识探索团体训练”课程教师 · 孙浩令

“我承诺，遵守组规，保守秘密，留下故事，带走自我探索的勇气，做更好的自己。”随着团体成员们真诚地说出最后一句承诺，这场发现“新我”之旅终于画上了一个休止符。

刚结束的暑期学校课程里，我和一群可爱的同学进行了一场发现“新我”之旅。这场旅程于他们、于我而言都是一次新鲜的体验，是一次关于探索的体验，也是一次引发思考的体验。

这是一场新的旅程。对于探索自我意识这个话题的兴趣，来源于心理咨询和教学中的所见所感。对于当下生活的不满与迷茫，对于未来的彷徨与无措，对于自我的冲突与徘徊，这些表现形式多样而本质一致的问题让我开始意识到“认识自我”这个主题不是只列在“大学生心理健康教育”教学大纲上的内容，而是处在这个年龄段的大学生们切切实实面临的议题。于是“发现新我——自我意识探索团体训练”课程诞生了。

这是一场关于探索的旅程。“认识自我”或许是哲学家们几千年前就开始思考的问题，但怎么让这个充满哲学意味的问题接地气，变成同学们能够投入其中甚至有所感悟的团体活动却是一个让人头疼的问题。翻遍了手边的参考资料，也只设计出两天的教学内容，剩下两天的内容就需要自己来发散思维、开脑洞。在未知的结果面前，探索和创新的过程充满了辛苦和不易，也充满了忐忑与兴奋，幸运的是，最后同学们的反馈给这场探索之旅提交了一份让人满意的答卷。

这是一场引发思考的旅程。正如在课程结束时有同学提到的一样，四天的时间很短，并不能彻底完成“自我意识探索”这个庞大的主题，这应该是一个终生的议题。这四天的时间更像是一次契机，一次开启关于自我思考的契机；也是一个机会，一个开始对自己多一些认识的机会。教学不应该只是一个工作任务，更应该基于一份对教学的热爱、基于一份对学生的责任。热爱的力量太强大了，当你开始热爱的时候，疲劳也不会那么容易找上门来，真心投入变成一件轻而易举的事情，创新也变成了一个享受其中的过程。

我很喜欢最后结束的时候一位同学分享的一句话："我们都以渺小启程，坚信会与所有美好在路上相逢"。在人生这场浩瀚的旅程面前，谁又不是以渺小启程呢？但以渺小启程又怎样呢？更重要的是，我们始终怀抱希望，始终怀揣坚定，始终努力不懈。

感谢遇见，愿生活如你所愿。

作者：学生心理健康教育与咨询中心　孙浩令

7月19日　星期日　阴

社会实践参加者·王晓萍

盼望着，盼望着，此次暑期社会实践终于到来啦。铆足了劲儿想要在此次社会实践的专项活动中尝试一下新鲜事物的我，看到通知之后跃跃欲试。积极查阅学校相关新闻与通知后，我决定大胆去试一试。

想法一确定，我便积极寻找合适的队友。这是我第一次做社会实践团队的队长，虽然有去年社会实践的相关经验，但此次作为队长带队，又有了更新的体验。相比去年作为队员为团队出谋划策、听从安排，作为队长参与社会实践更需要统筹协调能力和大局意识，从立项到结项，从宣传到实施，都需要一步一步地亲身经历。

于是，我开始上网搜集相关资料，向同学们请教相关经验，在脑海中先形成一份大致的基础框架，之后便开始选择队友。为了保证任务顺利开展，我选择了具有相关经验的同学一同开展。大家都有自己的优势，各取所长，形成了一个其乐融融的小团队。八个有着同样想法的女孩子，对此次社会实践充满信心、干劲十足。

今晚是我们小组的第二次会议。之前，小组成员们都认真仔细地完成了自己负责部分的任务，形成了一份不错的立项书；此次会议中，我们就一些细节展开讨论。讨论过程中，团队成员们积极说出自己的想法，将策划书补充得更加完善；讨论会虽然简短，却能顺畅高效地推进工作。为了共同目标，我们大家一起努力着。

在提交资料时，我反复检查，生怕出现纰漏或少交文件。顺利提交资料的那一刹那，我长舒了一口气，感受到心心念念这么久的立项终于暂时告一段落的放松与欣喜。

当然社会实践的开头也不是那么一帆风顺，比如线上完成任务的诸多限制，再比如活动中遇到的诸多困难等。一个个小难关虽不是什么大事，堆积起来也是需要费力才能逾越的小山坡。不过在与队友的讨论中，我更加体会到了来自团队的力量，并有着继续努力向上的信心与勇气。

“万事开头难”，在这次社会实践活动的起始，我就已经学到了很多从未了解过的知识与信息，并在与团队成员的合作中体会到“1＋1＞2”的深刻道理。

作者：管理学院2018级本科生　王晓萍

7月20日　星期一　晴

“满意山大”调研团成员·赵子栋

今天，山东大学公共卫生学院“满意山大”调研团在线上成立。本支队伍由齐鲁医学院各医科学院的十位本科生组成，第一次线上会面，队长便介绍了每一位成员，并突出介绍了大家的优点。我有幸作为其中一员，负责调研活动中问卷的制作和发放。

在队长的带领下，大家的交流逐渐变得融洽与欢乐，队长介绍了“满意山大”社会实践队今年的工作内容，强调了基准方向，即调查对山东大学院校两级教学管理、学生工作的满意度。秉持着对同学负责、认真制作问卷的原则，队长强调要把握强院兴校的背景并引入工作人员的满意度调查，反映出大家最紧迫的问题，为学校的建设提供参考依据。

学院的职能部门和我们的日常学习、生活有很多的交集，教学管理、学生工作更是与同学们的切身利益息息相关。2月24日，《中共山东大学委员会关于实施强院兴校行动的意见》正式印发，在这样的时代背景下，提高政治使命感，做有灵魂、有担当的新时代青年，为建设师生满意的大学贡献我们本科生的力量是我们要承担的责任。

要实现学校“培养最优秀的本科生”的目标，离不开校院两级职能部门在教学管理和学生工作中为师生提供的服务保障。目前，教师和员工对大学职能部门的服务水平要求越来越严格，但是对高校教育满意度的计算方法仍不完善。因此，我们也在积极探索更好的评价方式，努力为山东大学成为中国特色世界一流大学作出自己的贡献。

作者：公卫学院2019级本科生　赵子栋

7 月 21 日　星期二　晴

泉心爱心社支教成员 · 郭庆博

线上支教结束的第三天，我又打开了钉钉，看到“大家有缘再会”的告别语，再一次感觉到了时间的飞逝。我的姥爷，是一位乡村教师，我时常幻想慈祥和蔼的姥爷在学生们面前，是严厉，还是温柔，抑或是两者兼具？于是我选择支教，想要走一走姥爷走过的道路。

很幸运，自己能够遇到“泉心”。怀着对日后能与学长学姐一起前往偏远地区支教的期待，我毫不犹豫地加入了“泉心爱心社”。受疫情影响，我们采用了备选方案，实施线上支教。这样的改变让我有些许担心：线上支教是否能实现自己与孩子们的互动交流？是否会影响支教的进度？是否会影响支教的效果？这些问题不只困扰着我自己，也困扰着带队的学长学姐。但是环境不会因我们的困扰而发生改变，我们只有做足准备才能更好地应对线上支教可能面临的困难。于是，我们提前两个月便开始着手准备，为了更好的课堂效果一遍一遍地试讲，为了孩子们可以更好地理解一次次修改课程内容、完善 PPT 与教案、测试授课软件，终于我们迎来了泉心暑期夏令营开营的这一天。

还记得自己在开营作自我介绍时，紧张到忘词，当看到一串串的“老师好”，当自己的脸出现在直播屏幕上时，我觉得许多目光正热切地望着自己。

线上支教的效果远远地超出了我的预期。第一堂课结束后，我们心中悬着的石头也落了地。虽然不能面对面地与孩子们互动，但是通过他们的文字，他们的一张张图片，我们能够感受到他们的热情和对于知识的渴望。令我印象最深的一堂课是一节趣味数学课，开课前我们一直觉得课程的难度偏高，可能会影响整个课堂的趣味性，导致课堂互动不积极不充分，但意外的是不管题目难易，孩子们都能够在评论区中分享自己的想法，所有的互动、课堂练习还有课后作业完成度都超出了我们的预期。孩子们身上充满了对知识的好奇以及展示自己的渴望，作为老师，我们有责任去守护他们的这份单纯与可爱。

作者：化学院2019级本科生　郭庆博

7月22日　星期三　晴

线上实习参加者·刘雪宁

随着线上实习的进行，我们的实习期已经进入中后阶段。今天的实习岗位是静配，在实习之前我对静脉用药调配的印象还停留在一个写着“无菌”的小屋子里，将针头打在玻璃瓶里面晃一晃就好；但是经过实习后，我对静配这个岗位的印象有了很大的改观。

带教老师专门给我们录制了现场讲解视频和PPT的讲解视频，视频中老师先给我们展示了医院静配区的分布，包括缓冲区、液体库、审方区、阴凉库、低温库等20个区域，不同的药物需要不同的储存方式，有的需要常温保存，有的需要低温保存。之后老师向我们展示了静配步骤，拿到处方后审核处方，然后打印标签并且贴在输液袋上。一天要调配7000袋液体，为了保证每袋液体调配得准确无误，并且正确地与患者对应，整个调配过程需要3个人同步配合，并且在超净台内操作，工作人员都穿着超净服，戴好口罩和手套，确保无菌。调配好的输液袋都可以扫码进行追踪，明确去向，输液袋分好病区，由专门人员送到护士的手中。这就像是一个小的物流公司，接单配送，井井有条。

我在视频中了解到，现在各大医院采取的都是静脉药物集中调配，不仅可以节约人力耗材，降低成本，还可以促进合理用药，医护配合，减少医患矛盾，加强药品的管理，减少输液的不良反应。而静配的工作也远不止调配静脉药物，还包括处方的审核、患者用药的调研和临床的调研，如调研特殊输液袋的使用是否正确、给药的间隔时间等，以确保用药正确；此外，还包括对静配科室满意度的调查，及时优化出现的问题，及时沟通，避免因沟通不及时而导致的矛盾，在保证各科室之间能够很好地配合的基础上，提高科室间的信任度，减少医患矛盾。

这次实习不仅让我对静配这个岗位有了更深入的了解，更让我感受到了医药学科岗位的严谨性。一个小小输液袋的调配岗位，需要不同科室的配合，在每一个细节之处做到精确无误。医护工作的严要求，都是对生命的守护和负责，只有在每一个环节把好关，才能让患者的生命有最基本的保障。

作者：药学院 2017 级本科生　刘雪宁

7 月 23 日　星期四　晴

校园疫情防控巡逻队成员 · 马文荣

为加强校园安全，千佛山校区成立了校园疫情防控巡逻队，劝导校园内防护措施不到位的人员，监督公共区域人群聚集情况。我有幸成为其中的一员。昨天上午 9 点 10 分，和往常一样，我与后勤和物业的同事一起从主楼出发，开始了一天的校园巡查。

正逢大暑，这是二十四节气中最热的时候。虽然还是早上，但依然很闷热，我没走几步，后背就已经被汗水湿透了。巡逻到东花园附近时，我们发现一名学生把口罩拿在手里，我上前提醒："同学，在校园内请把口罩戴好。""啊，不好意思，刚刚打电话把口罩摘了忘记戴上了。"同学边表示歉意边把口罩戴好。望着远去的同学，我们按照既定路线继续巡查。

当我们巡逻到舜园餐厅附近时，眼前出现了一个熟悉的身影——居然是樊校长。原来是樊校长代表学校来慰问一线工作人员。樊校长微笑着向我们走过来，亲切地告诉我们："大家工作辛苦了。天气热，要多注意身体、注意防暑。"她亲手给我们每人一个防暑礼包。接过校长递过来的礼包，听着校长问候的话语，我此时的心情激动万分，感觉一切都仿佛是做梦一样。她的每一句话都是对我们工作的关心和理解，瞬间冲淡了我身上的疲劳，我感到这几个月来为了抗击疫情作出的努力都有了收获。

我会在今后的工作中继续坚守岗位，更加严谨、细致地做好本职工作。我相信：众志成城，没有迈不过的坎；心手相牵，没有翻不过的山。

作者：公安处工作人员　马文荣

7月24日　星期五　晴

赴天津武清挂职锻炼者·崔梦雯

雨后初晨微凉，武清碧空如洗。早上7：30，山东大学赴天津武清区开展社会实践的队员们和另外几所高校的同学一起踏上了本次挂职见习最后一次上班的路。为期六周的社会实践转瞬即逝，收获的是我们对武清经济发展和社会风貌的了解、对企业工作生活的全新认识、对开发区工作人员和企业领导亲切关怀的感动，以及与各高校学子的友情。

作为一个天津人，我却从未踏足武清的土地，因此在看到学校学生就业创业指导中心“扬帆计划”暑期挂职锻炼活动的目的地中有武清这个选项时，我便毅然报了名。结合自身专业特点，我被分配到了天津市红日药业股份有限公司，进行“血必净注射液生产过程中明胶废水的前处理”相关课题的研究。

红日药业是一家高科技医药健康企业，而我所在的安全环保部，主要负责制定公司环保管理制度，针对存在的环境问题制定相应的治理方案和管理措施，并负责完成公司相关环评资料申报工作。在一个半月的实习中，我首先了解了注射液的整个生产过程，还参观了生产车间，搞清楚了明胶废水的产生途径。之后，我查阅了一系列中英文文献，遇到不太懂的问题及时向负责人请教，最终形成了几个可实现方案，并呈现在了交给公司的课题报告当中。

在整个课题研究过程中，我深切感受到了武清开发区正在努力践行“绿水青山就是金山银山”的环境生态保护理念。通过接触实际生产，我认识到，如何将实验室水平的良好结果复制到大规模生产当中，是一个亟待解决的问题。“纸上得来终觉浅”，我明白了科研还是要以应用为方向，每一个青年学子都应该为祖国的美好明天作出自己的贡献。

一个多月的时间飞速流逝，临行收拾行李时，望着空荡荡的办公桌和寝室，我的心中更多了一份不舍。感谢提供给我们此次实习机会的学生就业创业指导中心，老师们时刻关注我们的人身安全，并且致力于为我们提供更多领域的就业实习机会。感谢武清区对我们所有实习学生的关心和重视，我感受到了武清蓬勃的生命力和巨大的发展潜力，也感受到了武清对人才的珍视，相信未来武清会吸引更多大型企业落户。最后还要感谢六周来一同工作生活的同学们，尤其是山大的同学们。从济南出发时，我们初次相见，但一路的欢声笑语，缓解了我对陌生城市的不安感。在武清区组织的几次活动中，同学们展现出了山大学子优秀的综合素养。能结识这么多优秀的同学，从他们身上学习，得到他们的帮助，是我的荣幸。相信在不久的将来，我们都能在各自的领域大展宏图，也都会将此次实习经历当作人生中最美好的回忆。

作者：环境学院2017级硕士研究生　崔梦雯

7月25日　星期六　晴

泉心支教团成员・王彦滔

昨天晚上，泉心爱心社为倍加造小学低年级学生举行了闭营仪式，我也结束了我在低年级的最后一节课。回顾这次支教之旅，我们支教团联系到两个农村学校，通过线上授课的方式，为不同年级将近200名学生授课。在这次创新性的线上支教活动中，泉心支教团克服重重困难，收获了大家的赞扬与肯定；而我，也收获了满满的感动与成长。

我来自农村，母亲是一名乡村教师。儿时，我的小学还很小很破，三排平房就是整个小学所有的建筑，房前的小泥地就是我的操场。夏天，教室狭小闷热；冬天，教室阴冷干燥。印象最深的就是三年级的冬天，妈妈骑着自行车，后座驮着年幼的我，在天还没亮时颠簸着赶去学校值日，冬天的夜可真长，天可真冷啊，但火炉点燃时散发的热也真让人温暖。那段日子是我一生都不会忘记的时光。

虽然条件很艰苦，但是这所农村小学却是我的起点，更是母亲一生工作与奉献的地方。一代代农村孩子在这里学习成长，一位位老师在这里陪伴坚守。母亲常常和我说，无论你走到哪里，这里都是你出发的地方，而我的心里也深深埋下一粒种子：等我长大，我一定要帮助这里的孩子，回报我的母校——山西省大同市云州区倍加造小学。

今年暑期，在泉心支教团联系农村小学时，我首先想到了倍加造小学。近几年来，随着国家对贫困县扶持力度的加强，倍加造小学发生了天翻地覆的变化：崭新的教学楼拔地而起；教室里充足的暖气保证了学生们再也不必早起点火炉；学校不仅有了操场，更有了篮球场、足球场和众多课外活动教室；每天清晨，老师们都会组织学生去食堂吃国家免费补助的营养餐。农村孩子们的日子越来越好，可没有参加过夏令营，没有多看看外面世界的机会始终是他们的小遗憾。

在与泉心负责人和倍加造小学校长联系协商后，我为我的小学与我的大学牵了线，泉心暑期夏令营正式在倍加造小学宣传招生。招生消息一出，小学的学弟学妹们便踊跃报名，积极参加。活动正式开始后，孩子们每天提前进入教室，按时签到打卡，积极与老师互动，在泉心老师们的带领下领略外面世界的美好。在他们身上，我看到了自己的影子，但同时我更坚信他们的未来会比我更加美好可期。

我庆幸自己在农村长大，这段经历使我更加珍惜眼前的生活。我更庆幸自己加入了泉心爱心社，能够在这样一个优秀的集体中发挥自己的光和热，与朋友们一起为农村孩子们带去陪伴与温暖。支教仍在继续，泉心支教团一直在路上，我一直在路上。

作者：化学院 2019 级本科生　王彦滔

7 月 26 日　星期日　晴

社会调查项目参加者 · 孟旖旎

第一次听到中国社会科学调查中心，还是在大一的一门专业课上。当时老师向我们介绍了国内几家较为权威的社会调查机构，并邀请研究生学姐为我们分享实地调查经历。抽样的严谨、入户访问的艰辛、陌生人的温情……作为一名对社会科学极其感兴趣的学生，初识社会调查，我感到十分新奇，又怀有一丝憧憬。

今年，我顺利通过北京大学中国社会科学调查中心中国家庭动态跟踪调查（CFPS）项目的三轮面试，成为桂林地区的一名访问员。2020 年是 CFPS 项目第十年，能在这个颇具纪念意义的时间节点参与一线调查访问工作，我倍感荣幸和自豪。虽然受到新冠肺炎疫情影响，培训和访问工作只能在线上开展，遗憾地错过了未名湖畔和访问地桂林的风景，但对我这样的小白而言，电话访问仍然是非常独特的体验。

7 月上旬，收到调查中心邮寄过来的设备和服装之后，高强度的培训任务接踵而来。为了保证实际访问工作的顺利开展以及问卷数据的准确性和真实性，在五天培训期间，我一刻也未松懈，甚至连某天晚上做梦都在练习访问管理系统。

培训一结束，我和另外两名桂林地区的访员伙伴就立刻投身到访问工作之中。虽然我们按地区被划分到了一个小组，但电访形式较为特殊，大部分工作还是要自己独立完成。拿到样本信息，我怀揣着忐忑的心情拨通了某家受访户的电话。说明了自己的意图之后，受访户一句“没空，要加班”就让我吃了闭门羹。访问的第一天，拨了 20 余通电话后，我只完成了 1 份问卷。

访问开始的头几天，我几乎每天都在焦虑和紧张之中度过：早上眼睛一睁，访问工作便充塞了整个大脑，心率开始飙升。我害怕被受访者拒绝，更害怕自己笨拙迟钝，不能承担起访员的责任。调查中心的督导安慰我们，一开始碰壁是难免的，电话访问成功率相对较低，我们要调整好自己的心态，保持专业、礼貌的态度，打好这场“持久战”。想到项目的重要意义，我觉得自己再苦再累也是值得的。

到今天，访问工作已经有序开展将近半个月了，我已经独立收集了 60 余份问卷。回望这段磕磕绊绊的历程，我的心理障碍已经渐渐解除。

“身居方寸亦能问天下”，作为一名有情怀、有担当的山大学子，我有信心做好接下来的访问工作！

作者：新闻学院2018级本科生　孟旖旎

7月27日　星期一　晴

赴重庆璧山挂职锻炼实践团成员·刘琳琪

初到璧山，就沉迷于她的“儒雅”：黛山秀湖给了她一份静谧；钟灵毓秀又为她装点了一份活力。不仅如此，主城都市区“迎客厅”的规划又赋予了她重要的使命。璧山区位于重庆市西部，因“山出白石，明润如玉”而得名，作为成渝地区双城经济区建设的重要节点城市，璧山区的发展用日新月异来形容一点也不为过。通过山东大学学生就业创业指导中心的组织报名，我幸运地成为“2020年高校研究生来璧暑期实习活动”的一员，同全国多所高校的60余名同学一同来到重庆市璧山区。

我所在的单位是璧山区璧泉街道办事处的规建办，规建——看似简单的两个字，却包含了许许多多的工作任务和职责：城乡规划建设与管理、村镇规划、村镇建设、园林绿化、环境保护等。大到辖区内乡村的规划建设，小到一条道路的养护，都需要规建办协同其他部门完成。

进入工作岗位的一周里，我和办公室的同事们一起进行了辖区内工厂违建台账的核实，走街串巷到每个厂房内实地核对先前统计申报的违规彩钢房面积，以便开展后续拆除整改工作；检查农村危房改造的进度，到农村查看社区村民的住房与居住环境问题；协助城管执法大队等部门拆除小区住户违法搭建的建筑物；反映所辖社区内道路上出现的路面障碍物的堆积问题……

让我印象最为深刻的是，7月中旬开展的协助对接社区进行疫情防控入户调查工作。7月14日的一条新闻牵动着所有重庆市民的心：重庆检测发现西部物流园一个冷冻仓库部分产品外包装新冠病毒核酸呈阳性。在疫情防控的关键时期，防止疫情反弹仍旧是工作的重点。接到通知后，各个部门迅速开展应对工作。我所在的部门几乎全员出动，进入社区入户排查该产品的购买和食用情况，对近一个月购买过的住户进行摸排调查，督促所有接触过的人员进行核酸检测。当我戴上口罩和手套挨家挨户排查时，内心感慨万千，在这场从年初开始的战疫中，不知有多少基层工作者默默守护着民众的平安，当我从“被保护的人”变成冲锋在前的工作者时，才切实感受到了身上担负的责任。休息时，听同事们讲起在今年年初疫情形势最严峻的时期，他们不分昼夜地值守在公路关卡，登记过路人员信息、检查人员体温状况。因为并不知道下一个驶入的车辆中是否搭载着感染者或接触者，面对未知的风险，其实那时所有人的内心都是担忧的，但没有人退缩，大家都默默地坚守岗位，为群众的生命安全架起防护墙。此时此刻，我切实体会到了那句“基层工作者需要‘胸怀远大，立足平凡’，才能不辱使命”的意义。

每天进入单位，都会看到墙上的12个字：守初心、担使命，找差距、抓落实。这提醒我如若想要立足基层，应时刻提醒自己不忘初心，不忘身上的使命，紧密联系群众，思考自己与别人之间的差距，把工作落实到每一个细节上。在未来的实习生活中，我将不忘“学无止境，气有浩然”的山大校训，并以身边的优秀同事为榜样，真诚对待基层工作，使自己每做一件事都有收获、有成长。

作者：外语学院2018级硕士研究生　刘琳琪

7 月 28 日　星期二　晴

甘肃省招生组志愿者 · 卫文婕

之前听说其他学校招生组招募志愿者，我觉得很心动，于是辗转联系到学校在甘肃省招生组的老师，成为了一名志愿者。7 月 24 日的现场咨询很火爆，有很多学生和家长都来咨询。那天下午我了解了山大在甘肃招生的大致政策，也碰到了很多志在报考山大的学弟学妹。

然而线下招生咨询会结束后，真正的咨询会仿佛才拉开序幕。随着 25 日开始正式填报志愿，不断有家长来咨询各种各样的问题。同学们的排名在省内都算得上是优秀，然而报志愿的苦恼却一点都没有变少。家长担心就业、保研，也担心自家孩子不适应专业的学习；学弟学妹担心去不了自己想去的专业，同时也好奇大学的生活环境。作为学长学姐，我们在他们身上看到了去年同样纠结的自己，宽慰他们不必担心，山大一定会有惊喜等待着他们。而作为山大人，我们尽可能提供更多的资料供大家参考，让他们更加全面地了解山大。在短短的三天中，我接触了数十个学弟学妹和家长，有很想要来山大学医却由于排名不占优势而难过的学妹，也有根据自己意愿选择山大数学专业的学弟，还有担心学校地理位置和住宿条件的家长……大家各有各的诉求，但言语间流露的都是对山大的喜爱和期许。

山大学子的热情最终也换来了很多的认可。有的家长说，在我们身上看到了山大务实的精神；也有家长说，我们的工作到位，介绍起山大都很热情；有的家长说，我们的资料很详细，期待孩子可以和我们成为校友。有学妹来告诉我，她第一个学校报了山大，还可爱地让我借她好运，让她被第一志愿录取；有学弟半开玩笑说，我们的热情甚至让他觉得不报考山大都对不起我们的态度。每每听到这样的反馈，我都会觉得很感动。

每一个山大人似乎都要经历这样一场蜕变，从对学校一无所知，再到在学长学姐的帮助下快速融入校园生活。如今站在一个学校“老人”的位置上，我们的帮助让学弟学妹们更加了解和期待山大，这是我们义不容辞的职责。

27日晚上8点，甘肃省的填报志愿工作结束了。我想对这些可爱的学弟学妹说：不知道最后你们是否都能来到山大，无论如何，都想祝愿你们如愿以偿。我能做的也许只有在咨询群和聊天框中一遍一遍地让大家知道“山大值得”“山东大学欢迎你”，这真的是我的肺腑之言。自己选择的路是不能回头的，每一个认真的选择都会带给你惊喜和快乐。期待9月份我们可以在迎新现场相遇，或在校园的某个角落擦肩而过。未来还很长，你们的旅途才刚刚启程。

作者：管理学院2019级本科生　卫文婕

7月29日　星期三　晴

春晖社梦萦泉城支教队成员·曾　蕾

随着开营仪式的顺利举行，我所处的春晖社梦萦泉城支教队的支教之路渐渐走上正轨。由于疫情的影响，这次的支教变得格外特殊，我们没有千里赴他乡，也无法和学生们面对面，而是采用线上的模式，隔着屏幕与孩子们交流。与往昔比较，形式是变了，然而我们对支教的赤忱不变，热切地想要把自己所学所悟教给孩子们的心不变。

第一次当老师，有些不知所措。一方面是对大学第一次支教生活的好奇，另一方面是对自己能否承担起这一重任的忐忑。不仅仅是第一次当老师，有很多个“第一次”在这里发生。但当我真正进入钉钉会议，孩子们的声音从耳机中传来的时候，我那颗在空中悬着的心，突然就踏实了。上课的过程中，孩子们比想象中活泼很多。他们认真地配合我的教学安排，踊跃地发言回答问题，虽然网络有时不太给力，但屏幕后的孩子们并没有因为卡顿而离开，这一切都让我感到十分欣慰。原来做一个小学老师是这样奇妙的体验。

晚上的课程结束之后，我们的支教队照例展开了教学总结会议。在会议中，我们各自反思了当日上课的不足，也提出了对未来教学的改进与规划。结束后，教务组的同学立即整理出了会议记录供我们学习参考。而我作为宣传组的一员，也在会议结束后开始着手宣传的工作任务。每天都很充实、很忙碌，但是我相信收获也会相应成正比攀升。

为期三周的支教，说长不长，说短不短。而今天，作为我支教生活的第三天，看似刚刚开始，但是我知道，时间自有其威力，转瞬间就会落下帷幕。可这样又如何呢？苏格拉底曾说：“教育不是灌溉，而是点燃火焰。”我想，我们现在正在做的，又何尝不是如此。老师是园丁，要用知识浇灌花朵，但是作为老师，更重要的是点燃他们心中梦的火焰。在这样的短期支教里，我们或许并不能带给孩子们很多，但是我们都在尽自己的力量，打开他们看世界的窗户。

“君若青葵，含露待晞。我愿化春，送子清辉。”奉献的路上，有我，也有我们。

作者：护理学院 2019 级本科生　曾　蕾

7 月 30 日　星期四　晴

暑期海外师资课程“免疫药理学”教师·刘慧青

今年暑期海外课程教学实践结束后，我们感觉收获很大，一直想对已完成的工作作简要小结，进一步促进暑期学校更好地开展，直到今天才有时间静下心来好好做这个工作。

7 月 7 日下午 2 点，暑期海外师资课程“免疫药理学”全面启动。本次课程我们邀请的海外教师是来自卡罗林斯卡医学院（Karolinska Institute）SCG 实验室的 Mingmei Shang 博士，她的主要研究方向是抗炎免疫药物的筛选及研发，同时也具有丰富的教学经验。

本课程选课人数开始为 30 人，后因选课冲突和权限的原因 2 位同学退选，最终 28 人上课。拿到选课名单后，我们首先建立了本课程的微信工作群便于老师和同学即时联系，因为选课同学来自不同的专业（临床医学、生物医学等）、不同的班级（齐鲁班、本硕班、本科班、留学生等）及不同的年级（2017 级～2019 级），知识背景不尽相同，所以我们在开课之前对选课同学进行了知识储备和学习兴趣的调查，分析调查结果后有针对性地调整课程内容和课程设计，以求最大程度地激发学生的学习兴趣，达到教学目的。

受新冠肺炎疫情影响，今年暑期学校全部采用线上授课方式进行。本课程依托 Zoom 平台进行线上教学，考虑到有些同学不是很熟悉此平台，我们提前给大家发了一个详细的使用说明，以保证后期线上教学顺利进行。

教学过程中，我们采取多种教学方法调动学生的学习主动性：课前发放导学案和相关资料，全英文授课结束后，加入自由提问环节，同学们可以踊跃提问、自由讨论，最后老师给予悉心解答和总结。课程向同学们展示了开放式科研实例，介绍了药物开发流程和免疫系统在各种疾病中的重要作用，与大家分享了创新药物开发模式在抗炎免疫药物新靶点发现和药物先导化合物筛选中的探索性研究，以及近年来比较突出的分子生物学技术致力于靶向药物研究的进展。此外还通过视频教学、撰写报告、文献汇报等环节，增进学习兴趣，提高学生自学能力、思辨能力，启发学生的科学思维。

在整个课程进行过程中，每次上课同学们出勤率都是100%，上课时积极主动，高质量地完成各项任务。在讨论及汇报环节，同学们的知识储备及英语水平让我们惊艳。7月10日下午6点，课程圆满结束。为促进本课程不断改进，最后我们请同学们对本课程进行了不记名满意度调查，收到了来自全部28位同学的反馈评价，大多数同学对本课程很满意；同时，同学们也提出了一些建设性意见，为我们今后课程的进一步完善积累了丰富的经验。

短短四天的“免疫药理学”暑期课程很快结束了，老师和同学们都感觉意犹未尽。毫无疑问，海外暑期课程的全英文授课、先进的科研理念及技术手段，拓宽了学生的国际视野，营造了暑期校园的国际化氛围，为“双一流”背景下大学生国际化培养提供了全新的平台。对于我自己，在同海外教师及同学的交流中，也碰撞出了思想的火花，在科研和教学方面都受益匪浅。

作者：基础医学院副教授　刘慧青

7月31日　星期五　晴

“健康促进与研究”暑期课程学习者·陈思烨

伴随着最后一份截图提交结束，为期四天的“北欧人口注册系统：健康促进与相关研究”暑期学校课程顺利结束。过去的四天里，芬兰卫生研究院 Gissler Mika 教授为报名这门课的我们讲授健康信息系统与基于队列注册的相关科学研究。此次课程通过 Zoom 直播全英文授课，不同年级不同专业的同学们抱着对课程的热情一起线上探索新知识新领域。

7 月 27 日下午 1 点，课程正式开始。在此之前，学校老师已经联合部分同学进行了系统调试和课程试播。由于提前做了充分的准备，Mika 教授授课十分顺利，效果良好。授课中，Mika 教授进行了课程的概括，之后讲授了健康信息系统和基于注册系统的流行病学以及先天异常的注册登记。刚开始上课时我还有些紧张，担心自己听不懂全是英文的课程，但是 Mika 教授语速适中，幻灯片简洁明了，在考虑到语言差异的基础上最大程度地提高课程专业性和知识性。我一边看着幻灯片一边听着讲授，大部分的内容都可以听懂。与此同时，上课的同学们也互动积极，及时反馈没有理解的部分，Mika 教授会在课间休息前后耐心解答我们的疑问。最后，他还留下了邮箱地址，欢迎同学们提问交流。第三天的授课中，考虑到我们连续上课会产生疲劳，老师们调整了上课安排，改变了每节课的长度，增加了课上阅读论文和讨论的环节。这种人性化的调整使我们有了更好的听课体验。

尽管不舍，但全部课程还是在昨天结束了。课程最后，同学们都打开麦克风对 Mika 教授表示感谢。通过四天的学习，我们了解到北欧国家主要健康信息系统的构成、队列数据统计与研究设计、隐私与数据保护和大型队列研究面临的挑战等内容，初步了解了基于健康信息系统的健康促进与科研情况。与此同时，英文课程也提高了我们的英语水平。今天，做完最后的总结和感悟，我参与的暑期学校就告一段落了，感谢学校为我们提供的学习机会，让我们看到了外面更广阔的世界，同时锻炼了我们的能力。

作者：护理学院 2019 级本科生　陈思烨

8 月 1 日　星期六　晴

新闻学院兼职辅导员 · 宋石猛

“今天是八一建军节，中国人民解放军已经走过 93 年光辉征程……”《朝闻天下》里传来了主播熟悉的声音。我翻了翻手机相册里的军装照，回想起自己在部队的时光，并在浏览器的搜索框里打出“1999 年国庆阅兵”，按下了回车键。

一个个方队走过，队员们身姿矫健、步履铿锵，6 岁的我盯着家里的 14 寸彩电，目不转睛。这一年是 1999 年，电视里阅兵的画面深深地刻在了我的脑海中，一颗梦想的种子也因此生根发芽。

在这之后，每每看到军人的身影，我想加入其中的渴望便与日俱增。2013 年，高考结束，在等待录取通知书的日子里，我看到了征兵宣传，我知道实现梦想的机会来了。当我的手里同时拿着大学录取通知书和入伍通知书的时候，我选择了后者。9 月 5 日，我穿着崭新的军装，坐上了开往北京的列车，忐忑、激动。部队的大巴车在盘山路上缓慢行驶，记不清楚转了多少圈才在平地上停了下来。下车后，我环顾四周，群山在皎洁月光的映衬下显得更加巍峨。人群中有些躁动，有人抱怨没有心中想象的首都繁华，我却心想：挺好，我是来吃苦的又不是来养老的，否则参军入伍的意义何在呢？

“你只有给连队增光的义务，没有给连队抹黑的权利。”新兵连长的这句话我铭记至今。“流血流汗不流泪，掉皮掉肉不掉队”，是我和我的战友们在训练时的真实写照。顶着烈日练军姿，趴在雪地上练战术动作，日复一日，身体变得强壮，意志也更加顽强，同时收获了深厚的战友情谊。下连后，我担任文书兼军械员一职，事无巨细，亲力亲为。有时为了把一项工作做好，熬夜加班也在所不惜，因为我的班长跟我说过一句话：“要么就别干，干就要干好！”

铁打的营盘，流水的兵。两年后，我退役复学，部队是所大学校，不仅使我完成了从一名地方青年到一名合格解放军战士的蜕变，更让我带着这份赤诚投入之后的学习工作中。每当遇到挫折的时候，我总会想到在部队的日子，想到“如果你觉得很累，坚持住，因为你在走上坡路”，然后咬一咬牙继续向前冲锋。

在研究生阶段的学习、生活中，我还是坚持着在部队养成的习惯：打扫卫生、叠“豆腐块”、跑步等，坚持着注重细节、踏实负责。

时至今日，接过学院兼职辅导员的接力棒，我知道这不仅仅是一个称呼、一个岗位，更是一份沉甸甸的信任与责任。我将继续努力，不辜负大家的期望，召之即来，来之能战，战之必胜！

网易云音乐又传来了熟悉的旋律：当兵才知道过去的模样太放松，当兵才知道自己的骨头硬不硬，当兵才知道什么是孬种和英雄，当兵才知道千金买不到战友情，当兵才知道帽徽为什么这样红，当兵才知道肩章为什么这样重，当兵才知道祖国的山河在心中，当兵才知道军人热血铸忠诚……

作者：新闻学院辅导员　宋石猛

8月2日　星期日　晴

南丁格尔志愿服务队成员·郭晓宇

远离城市的喧嚣和生活的压力，信奉着“不干不净，吃了没病”的村落居民们，总是不那么注重健康的生活方式。作为山东大学南丁格尔志愿服务队的一员，我想借专业优势带给村民们一些健康知识和健康理念。

今天是志愿服务第一天，我早早制定了详细的宣讲流程，带着笔记本和资料叩响了村里一些有小孩子的村民家门。我记得小时候气呼呼地抢走爸爸的酒杯时，爸爸总是乐呵地跟酒桌上的朋友说：“我家闺女不准我喝酒啦!”所以我想从小孩子们入手，村民们听到自己的孩子关心自己的健康肯定比我的讲解更有效果。

为了引起小朋友们的兴趣，我提前准备了关于健康知识的有奖竞答，然后根据我之前打听到的村民们已经存在的疾病或潜在的健康问题分别给小朋友们进行了讲解。

对面湾里的一个大爷有比较严重的高血压伴高血脂，又餐餐少不得饮酒，我就和他的小孙女说悄悄话，以后爷爷要喝很多酒时你就去抢走他的酒杯，平时多带着他去遛遛弯，监督他每天按时吃药。最后，我笑嘻嘻地和小朋友拉了勾，达成约定。

我又找了几个同龄人，他们在家里说话也是很有分量的，而且对健康的生活方式已经有了更深的感触和了解。我给他们讲解了基础的心肺复苏、海姆立克急救以及一些包扎方法。因为家里没有做演示用的工具，我带着他们一起看了一些视频，并且进行了讲解，尤其是针对紧急情况发生时我们可以做的事情进行了分析和总结，以便更好地应对突发状况。

青年们总是存在着很多共同的健康问题，比如心理、作息、饮食、运动等，年轻的身体却并不足以支撑我们对健康的消耗，不健康的生活方式使得很多年轻人的身体甚至比不上家里的老人。我以前也总是不太在意身体健康，这次疫情让我更加懂得健康的意义。

一天的活动结束，我有一些疲惫，但我对村民们真实的非健康生活方式有了更多的了解。

健康不是第一，而是唯一。将科学的健康知识带给更多的人，“小南”一直在行动。

作者：护理学院 2018 级本科生　郭晓宇

8月3日　星期一　小雨

“红沂行”社会实践调研团成员·尹传宾

“孟良崮上鬼神号，七十四师无地逃。”身为沂蒙山区的孩子，从小便从长辈口中听到许多关于孟良崮战役的故事。“扭转华东战局的一战”“全面反攻的重要转折”等各种称呼不禁让人肃然起敬。借实践调研的机会，我终于来到孟良崮战役旧址，有幸近距离了解先烈的革命往事，体会革命老区风采。

一路小雨连绵，等到达目的地时却是拨开云雾见晴天。在与景区领导交谈后，我随调研团一起走进景区进行实地考察。孟良崮山势峻峭，主峰与大崮顶、芦山大顶成鼎足之势，突兀于群山之上。

在了解基本情况后，我们参照当年红军进攻敌军的路线重登孟良崮，中途参观了弹击石、红嫂哺乳红军处、击毙张灵甫之地等。在几次休整后，我们一行终于登上了崮顶，瞻仰了孟良崮战役纪念碑。在上山过程中，我们发现，孟良崮的山路崎岖、地势险要，即使是经过多次开发，上山之路仍是艰难，当时的红军战士在国民党最尖锐部队的阻击下，又是克服了怎样的艰难才攻下这座险峰呢？

下山过程中，我们看到大大小小的店铺售卖着当地土特产和红色文化纪念品，景区举办了八一特别文艺汇演，一首首红歌向人们诉说着往事，使人们更好地认识孟良崮红色文化、更加尊敬先烈。在对游客、导游、商贩、演员等进行采访后，为了进一步了解孟良崮，我们走进了孟良崮战役纪念馆。

19470枚弹壳、“山”字形建筑、47阶台阶、47米瞭望塔……我们参观了4个大型展厅，展厅复原了战役的原貌。这让我们认识到无论过去还是现在，人们都对孟良崮战役存有无限的怀念和尊敬。

最后，在与景区负责人耿主任的交谈中，我认识到孟良崮红色景区的当代意义。孟良崮红色景区作为党性教育基地，战时的荣光，如今依然熠熠生辉。

越是了解红色文化，越会心驰神往，热血澎湃。身为沂蒙人，更应对这段历史铭记于心、充满自豪，红色文化是历史，需要被铭记与宣扬，更是动力，需要与时代相呼应，实现更宽广的社会意义。

作者：历史文化学院 2019 级本科生　尹传宾

8月4日　星期二　中雨

图书馆 RFID 项目组成员 · 马　赛

今天是我参与图书馆 RFID 项目施工的第七天，满溢的书香，忙碌的身影，漫舞的标签，每个角落都唱响忙乐交响曲。

就在这个暑期，图书馆将完成 RFID 电子标签加工工程，对 230 多万册馆藏图书逐本加工，实现自助借还、顺架查找、快速盘点等功能，完善图书管理流程，提高图书管理效率，为读者提供更为智能化、现代化的服务。为了最大限度降低对读者的影响，图书馆充分利用暑期开展这项庞大的工程，馆员们牢记“读者第一，服务至上”初心，放弃休息时间，战高温、斗酷暑，有序、高效地完成了兴隆山馆、软件园馆、千佛山馆及趵突泉馆的图书加工和注册工作。

现阶段，中心馆的加工工作正在紧锣密鼓地开展，我有幸参与其中，负责标签加工和数据转换的质量检测环节。通过参加岗前培训会、周例会及现场会等，我明确了质量检测工作的职责和要求，也深刻地认识到把好质量关的重要性。我所负责的区域是 201 和 211 两个哲社书库，重点跟踪监管施工人员，抽样检查标签加工、数据转换质量，根据施工人员数量和标签粘贴进度，组织我们小组人员进行一对一和一对多的跟踪抽查。按照相关规定，严格把控施工人员的加工质量，每一个随意外漏的标签都逃不过我们的火眼金睛，发现问题及时督促更正，每天按时更新“标签加工及检验数据汇总表”，以保证整个项目的质量。

中心馆的藏书加工量位居各校区图书馆之首，高达96万余册，占全馆总加工量的43%。中心馆21名馆员无畏繁重的任务，齐心协力，积极配合，全力以赴地在规定时间内安全有序完成了阶段任务。这种勇于担当、坚持不懈、无私奉献、埋头苦干的精神，以及大家对工作的忠诚，深深打动了我。这正是山大图书馆人的品格，更是图书馆人实现为读者提供优质服务的有效途径，建设高水平图书馆是学校发展赋予我们的历史使命和光荣责任。

夜幕降临，拖着疲惫的身躯，迈着沉重的步伐走在回家的路上，我思绪万千……图书馆RFID项目带给我的不仅仅是一次锻炼的机会，更是一种前行的力量。我从未如此期盼新学期的到来，期盼读者和图书馆“高科技”的约会，期盼更多人走进图书馆、爱上图书馆。

作者：图书馆工作人员　马　赛

8月5日　星期三　雷阵雨

山东省第七届高校青年教师教学比赛参赛组织者·朱征军

昨天傍晚一场滂沱的暴雨暂时消退了济南连日来的酷暑炎热，今天上午，第七届山东省高校青年教师所有学科组的比赛顺利结束，我们从选拔到比赛历时近一年的参赛组织历程，顺利收官。回想近 20 天来虽有点波折起伏但总体紧张有序的赛前集训和比赛进程，感慨万千。

不管最终成绩如何，我们认为我校 10 位参赛教师已经充分展现了山大青年教师扎实的教学功底、深厚的学术素养、各具特色的教学风采、独特鲜明的教学魅力、与时俱进的教学理念和成长为卓越教师的内在潜力。当反转型选手周晓天、厚重型教授选手张涛、风度型选手朱震坤、沉稳型选手张颖杰、不易型选手二宝妈朱烨、从容型选手吕新芳、发挥型选手孕妈马丽、气场型选手二宝家庭妇男国家玮、儒雅型丁晋和学术范型周汶霏 10 位参赛教师依次讲授完教学节段后，场内场外人员都情不自禁竖起大拇指，甚至好几次控制不住鼓掌欢呼。

这期间，我们热忱、专业、强大的教练团队发挥了重要作用，他们是全程参与全情投入的严格创新派林贵梅、温暖技术派矫雅楠、认真规范派刘广荣、深沉科研派邹永新、最优雅智慧导师马晓乐以及远程指导的高度睿智导师李赛强。幽默可亲的仝兴华书记、忙碌敏锐的刘传勇院长、冷静淡定的张树永院长等几位校院领导，也在赛前客串了一下指导教师的角色，为选手们鼓劲加油。

脑海里还浮现出了参与前期指导的老师们的形象：坦率的印志磊、聪慧的孙雪霄、温和的李可、锐利的秦静、逻辑严谨的刘畅、细节理性的吕亚楠、温婉谦逊的黄沚青、爽朗开阔的李蕉，还有爽直率真的黄璐、低调谦和的韩志引……

技术支持过硬的赵玉宝老师团队、其他的本科生院同事和学院支持团队也为此次比赛顺利进行作出了贡献。我们科室明年就退休还兢兢业业细致负责的李爱霞和进步明显的新兵肖一冰两位老师，更是默默加班、连续工作了 17 天。当然我觉得自己也是很“关键”的人。晓乐老师昨天戏谑地称我为“制片、策划和导演”，其实我想告诉她，我还兼任着“调度、后勤、场务、服装指导和化妆师”，同时需要随时处理突发紧急状况，兼顾选手临赛心理疏导工作。

这几日，当新晋奶爸周晓天老师第一时间兴奋地告诉我他的得分时，我也一同高兴；当即将生产的马丽老师激动而哽咽着告诉我她的比赛结果时，我也瞬间眼角湿润；当看上去不太有幽默细胞的张颖杰老师知道决赛成绩后发短信感谢我的指导鼓励，还不忘提到我的化妆帮助时，我也会心一乐；当诙谐有趣的国家玮老师给大家带来焕然一新但依然挥洒自如、意犹未尽的一堂课时，我也充满着骄傲自豪；当给大家带来了最有温度一堂课的马丽老师和最后一位发挥出色的汶霏老师讲完课关上镜头盖后眼泪夺眶而出，并和我紧紧拥抱的时候，我也感觉内心翻腾……

一路走来，我深切地理解参赛老师们的辛苦不易、情绪反复，我也深刻地感受到参赛老师们的巨大成长和悄然蜕变。我坚信，10 位优秀的青年教师今后一定会在山东大学课程教学质量提升、人才培养水平提高和立德树人根本任务完成以及学校“由大到强”历史性转变、“双一流”建设发展目标实现过程中，发挥重要的榜样激励和先进引领作用。

愿，未来已来时，我们仍初心不改！

作者：本科生院工作人员　朱征军

8月6日　星期四　小雨

新职工入职培训参加者・张韶丽

伴随着培训结业视频中熟悉的音乐缓缓响起，为期 4 天的新职工培训画上了圆满的句号。4 天前，一样的音乐，一样的口腔医学院（口腔医院）五楼 C 座报告厅，2020 年新职工入职培训拉开了序幕。

吕波书记对新职工提出的三点希望、葛少华院长致新职工的美好祝愿都还萦绕在耳边，激励着新职工迅速转变角色，为踏入工作岗位打下坚实基础。全国一线医务人员抗疫巾帼先锋曹英娟主任“在武汉的60天”的报告，唤醒了新职工强烈的自豪感和责任感。

接下来的授课，紧凑高效。新职工没有看手机的，没有接电话的，没有轻易退出的，课堂气氛好；授课老师准备充分，授课生动，紧紧围绕工作实际，干货满满。课程设计上，从过去到现在再到未来，很有时间感。王继同主任的课程，让新职工们从历史脉络了解山大口腔医学的历史沿革，珍贵的历史资料让人大开眼界；葛少华院长的“职业素质漫谈”，立足现在的岗位应该具备的素质，结合人才自身成长历程，生动易懂；我也有幸和新职工们分享了职业管理和职业生涯规划的课程，让新职工对未来有一个切合实际的设计。课程涵盖了技术层面的本领，有张晓荣老师的“心肺复苏术”，有姜宏敏主任的“新冠疫情防控知识培训”和“医院感染控制应知应会”；课程还包括了保障支持职能部门和流程的介绍，比如柳松主任的行政办公流程介绍和财务部李漫漫老师的财务知识介绍等。

在总结往届新职工培训需求的基础上，今年的课程加强了法律和制度保障方面的解读，有魏福兰主任的“科研制度解读”，有祁冬主任的“医疗纠纷相关法律法规”。当然，安全无小事，压轴课程是吕光平副书记的“安全教育培训”。受天气影响，消防实操演练改日补上。因疫情影响，经专题研究，今年的拓展训练取消，取而代之的是“预检分诊岗一日体验课”，将结合医院疫情防控要求和暑期工作，由院抗疫办公室适时安排，每位新职工都必须完成。

新职工的集中培训结束了，但抗疫精神将继续激励着一代代山大口腔人奋发图强、追求卓越，为实现“双一流”建设而努力奋斗。

作者：口腔医学院（口腔医院）工作人员　张韶丽

8月7日　星期五　雷阵雨

省青教赛一等奖获得者·周汶霏

连日来的雷雨消解了盛夏的暑热，突然发现今天已经立秋了，前几天在酷暑中冲刺省青教赛决赛的情景还在眼前。即便在比赛结束之后的这几天，早上醒来，还会下意识地想今天要修改哪几个教学节段。也许还要给飞速运转的大脑再长一点的时间，让它去适应告别青教赛的生活吧。

回顾这十个月的备赛过程，有太多难忘的时刻，有太多想要感谢的人。

比如，备战初赛的封闭培训。连续四天，从早到晚，教发中心的李赛强老师与来自文理工医各学科的资深专家、教授，带我们一起剖析和讨论“一堂好课”究竟需要怎样的选题、环节与活动设计，如何理解和实现“润物无声”的课程思政，什么样的问题才是能启发思考的好问题，怎样让学生“get”课程重难点的意义与价值，如何设计有效的任务提升学生的知识迁移能力等。这些有视野、有深度、接地气的教学理念与经验颠覆了我对教学的认知，也帮我解开了萦绕已久的教学困惑。在一轮又一轮的资料查阅、模拟试讲、点评互评、修改重构中，我再一次建立起了对“一堂好课”的认识与理解。

比如，疫情期间的“在线磨课”。突如其来的疫情打乱了所有节奏，学校与学院第一时间发起了“线上磨课”活动，“云讲课”“云交流”“云指导”紧锣密鼓地推进着，使我们始终保持在紧张的备赛状态中。学校邀请获得国赛与省赛一等奖的老师为我们答疑解惑，在线定制课程修改意见，他们的卓越、无私与热情常让我们深深感动；教发中心的各位老师总是通过各种方式激励我们“注意时间”“克服困难”“坚持到底”，既严格又温暖；学院还专门为我组建了指导专家团队，这其中有杰出、资深的教学专家，也有省赛折桂的青年教师，强大的后盾与支持让我心怀感恩、坚持前行。

比如，决赛前的现场集训。决赛日程一确定，“早八晚六”的赛前冲刺集训便拉开帷幕。朱征军老师、李爱霞老师、肖一冰老师尽最大努力为我们安排了便捷、安心、高效的备赛环境和资源支持，马晓乐老师、刘广荣老师、林贵梅老师、朱征军老师、邹永新老师、娇雅楠老师帮我们进一步打磨讲授过程，李赛强老师更是远程连线指导点评。赛前几天，仝兴华书记、刘传勇院长、张树永院长等几位校院领导还前来为我们加油打气……指导专家们的倾力付出，让我们在决赛冲刺阶段走得更扎实、更自信、更从容。还有并肩作战的各位队友，在整个备赛过程中，我们都经历了时间与压力的考验，在每一次逼近体能极限的时刻，我们都依靠彼此守望和相互扶持，共同坚持到最后。

青教赛是一场比赛，但又绝不仅仅是比赛，它给有志于精进教学的青年教师提供了一个发现自我、展示自我、突破自我的广阔空间。努力与付出是青教赛选手的底色，而在教学理念、课程设计、教学叙事上彰显个性则是选手们独有的亮色。祝愿每一位深爱教学的青年教师都能在这个广阔空间中挥洒出属于自己的那抹独特而亮丽的色彩。

作者：国教学院教师　周汶霏

8月8日　星期六　晴

山东大学硕博服务团成员·伊　默

驱车从卫生服务中心离开的途中，望着窗外烟雨朦胧的五峰山，我的思绪不由自主地飘向远方。脑海中一直回想着张主任的那番淳朴之言，深受感动的同时，也十分钦佩他坚定的信念和无私奉献的精神。张主任仿佛是中国神州大地上千千万万个基层公卫人的缩影，扎根基层，用自己日日夜夜平凡的付出书写着基层公卫人伟大的篇章。基层医疗卫生机构是人民群众的第一道防护网，他们正是这道防护网后的白衣战士，在维护居民健康方面发挥着重要的作用。

五峰山街道卫生服务中心是济南市长清区远郊毗邻五峰山的一所基层医疗卫生机构，为辖区内两千多名居民提供基础医疗卫生服务。中心没有三甲医院那些先进和现代化的设施，也没有三甲医院每天熙熙攘攘的就诊患者，但在我心目中，却堪比陶渊明笔下的桃花源。即使条件些许简陋，但每位医护人员都尽心尽责地为患者朋友提供着最优质的服务。每个口罩背后是一张张充满温情的笑脸，这里的医生护士和患者之间更多的是亲密的邻里关系。

在公卫科科长的带领下，我们来到中心口腔科参观了解。张主任是口腔科办公室的退休返聘医师，一个人担负着口腔科所有的医疗工作。科室内摆放着一台老旧的口腔综合治疗椅，椅面上油漆已经大面积脱落，露出深棕色的铁锈，和旁边崭新的仪器形成鲜明对比。它和这座中心一样，诉说着这里光阴悄无声息流淌的故事。当得知我们是来自山东大学的硕博服务团，此行目的是了解济南市基层公共卫生发展现状时，张主任对我们寄予了厚望，希望我们把此次调研作为一个了解中国基层公共卫生发展情况的窗口，在学习之余多深入基层，将来为基层医疗发展贡献一己之力。

当聊到择业时，我问到一个问题：“张主任，从您三十多年前入职到现在，个人最深的感受是什么？”张主任沉思了片刻，回答道：“从毕业那时起我就是个基层公卫人，扎根基层是我们的使命，也是我们的义务。这里居民普遍收入水平有限，我们基层公卫人能做的就是用有限的财力、物力为大家提供最好的医疗保障，心系群众，把本职工作做好。”张主任坦言，当前我国基层公共卫生比较薄弱，近年来各项条件正在逐步得到改善，他们也经常有外出进修学习的机会，通过参加会议、阅读专业书籍等方式，偏远地区的基层人员也有更多机会接触到领域前沿的知识。一位合格的基层公卫人员必须用先进的知识武装自己的头脑，保持一颗向上之心。

听完张主任的一番话，我内心受到很大的触动，这也许就是基层公卫人的情怀吧！我内心突然涌起了一阵冲动，希望未来能通过自己的力量为他们发声，让公众知道祖国经济社会飞速发展的背后，还有一群默默无闻的基层公卫先辈，他们把自己的青春奉献给了大山，奉献给了基层，他们需要得到更多的重视和关注，也应享受应有的尊重。

作者：护理学院 2019 级硕士研究生　伊　默

8 月 9 日　星期日　晴

文化兴村调研队成员 · 刘艳兰

今天是“云上乡遇”文化兴村调研队开展工作的第 7 天，我们对鲁豫川云赣 5 个省文化振兴乡村的调研工作也接近了尾声。由于疫情，我们不得不采用线上调研的方式，但是这一次特殊的“云”上相遇，让我们调研队在乡村文化的海洋里开启了一场特别而奇妙的旅行。

今天我的调研任务主要是阅读各省队的调研分析报告并批注，以及在我所在乡村进行文化兴村采访。早饭后，下着绵绵细雨，这样的天气刚好适合窝在家里阅读调研报告。5 个省份，每个省我们挑选了具有代表性的 10 个文化兴村案例进行报告撰写，从该村脱贫前的概况到采取文化兴村的措施，从实施过程的艰难到成功后的崭新气象，这些都在每个小分队的报告中展现了出来。几个小时浏览下来，我感受颇深。鲁豫川云赣 5 个省有 5 种不同的文化底蕴，所以 5 个省就有许多不同的文化兴村模式——红色旅游、文化产业、文化＋互联网……我一边感叹各地文化的博大精深，一边敬佩政府和村民开发当地文化的智慧，同时也想到了自己家乡——荔江镇的荔枝文化扶贫模式。

下午，雨停了。我联系到家乡所在地合江县荔江镇三江村的冯主任，向她了解家乡的文化扶贫、文化兴村概况。交谈中，冯主任告诉我，合江县有着千年的荔枝种植历史，而合江县 50％以上的荔枝都产自荔江镇。这些年，政府依托本地特有的荔枝文化打造了多地闻名的荔枝节，建造荔枝广场和荔枝公园，开设各大网络销售平台，通过这样的文化开发促进当地荔枝产业发展，进而带动各乡镇振兴。在我的印象中，近几年家乡的荔枝节一年比一年盛大、热闹，也有越来越多外地游客慕合江荔枝之美名而来。

文化是根植于一个地区内心深处的东西，文化的孕育和熏陶会影响一方人的生活方式、经济条件甚至是人的性格气质。中国幅员辽阔，历史文化源远流长，鲁豫川云赣 5 省有着不同的文化底蕴，各地各村也集思广益，通过现代思维和现代技术将当地特色文化挖掘、开发、传承和发扬。相信这只是中国乡村发展的缩影，未来的中国百姓会更加幸福、中国乡村会更加美好。

这一次“云”上相遇让人难忘，期待未来线下相见。

作者：管理学院 2018 级本科生　刘艳兰

8 月 10 日　星期一　晴

心内科临床实习生 · 王小杰

今天，我在心内科度过了实习以来最忙碌、最充实的一天。

早上，我跟着老师进行每天的例行查房，因为我是第一天接触组内的病人，对病人的情况还不了解，所以老师十分耐心地为我讲述了每一位病人的情况，包括入院之前的病史、入院之后的发展转归以及下一步的诊疗计划。查房过程中，我还负责了记录医嘱的工作，但由于我还未接触过临床，对许多药品的商品名还不熟悉。老师告诉我，这是一个慢慢积累的过程，不懂就一定要问。

查房结束后，我对照着电子病历以及自己的笔记，梳理了每一位病人的病程，将他们的情况熟记于心，这样一来，面对他们之后的病情变化，我也能有自己的一个思考过程，同时对老师的一些医嘱变动，我也能理解其中缘由。

中午临走前，老师告知我下午要接诊病人。回到宿舍，我匆匆吃完午饭，便加紧复习了一下诊断书中的问诊以及体格检查的内容，并把需要注意的点全部记在了手册上，避免遗漏。虽然做了充分的准备，但在接诊第一位病人的时候，我还是有一些紧张，问诊的时候十分没有底气，也不是很连贯。老师便鼓励我时刻记住自己是一名医生，不要因为在实习就畏首畏尾，了解病人的情况是对病人的一种关心，他们不会因为被问得多而厌烦。作为医生，我们需要的是实事求是和同理心，时刻以病人利益为先。如果无法解答病人的疑问，那就向自己的指导医师请教，之后再反馈给病人，这也是学习的一个过程。老师的教导使我获益匪浅，在接诊后面两位病人的过程中，我变得更加自信，问诊也更加全面、流畅。

问诊、体格检查完之后，我便开始写病历了。写完之后，老师又认真地帮我修改，给我提出了许多指导意见。我相信经过多次的练习和老师的指导，我会越来越熟练，也会做得越来越好。

工作全部完成时已经将近6点，我将病历夹整理归位，关掉电脑，闭上眼睛回顾了自己一天的工作，真是收获颇丰。明天继续加油！

作者：临床医学院2016级本科生　王小杰

8月11日　星期二　晴

济南荣休教师寻访团团员·郑福桦

今天，我们法学院赴济南荣休教师寻访团开始了老教师寻访之旅，拜访了章道全、黄苓葆、康维宁三位荣休老师。本次寻访的目的是以访谈、旧物收集等形式，梳理学科发展脉络，真实再现法科教育复办四十年来法学院在教学科研、人才培养等方面的发展历程。

采访开始前，我们首先向老师们问好并表达真挚的问候。在说明团队来访的目的后，我们向老师们介绍了法学院近期的发展现状以及法科教育复办四十周年活动的开展情况。随后，三位老师分享了他们与山东大学法学院的故事。他们不仅讲述了年轻时在学校的工作经历、个人负责的教学内容与工作，还详细介绍了法学院从法律系开始起步到发展壮大的历程。采访过程中，章道全老师向我们展示了他珍藏已久的充满了山大记忆的老照片与老物件，并借给学院用于法学教育复办四十周年活动展示。同时，老师们对于学院正在进行的院史整理工作提出了宝贵的建议，并为法学院录制了祝福视频，期待年轻一代的山大法律人能团结起来为山大法学更好的发展共同努力。

与老师们一同回顾法学院的发展历史，让我们切身感受到了他们对山大法学教育发展所倾注的热情和心血，他们严谨务实、求真至善的治学精神也深深感染了我们。为了表达对老师们的感谢之情，我们为三位老师送上了印章、山东大学办学章程以及法学院宣传册等纪念品。

作者：法学院 2019 级研究生　郑福桦

8 月 12 日　星期三　晴

急诊科实习者 · 余冠华

急诊科，是生与死交锋的战场，是检验医生专业知识和临床经验的地方。面对急转直下的病情，面对诊断不明的疑难杂症，急诊科医生需要全面考虑，理智判断。

今天早上 7 点半，我来到济南市中心医院急诊科实习。经过值班大夫和护士的交班，我们跟随急诊科主任进行查房。因为急诊科就诊的患者较多，为了能让第二天早上交班的医生对就诊的患者有全面了解，急诊科查房需要查两遍，第一遍查房主要是核对患者姓名、初步诊断疾病等基本信息，第二遍查房则是对患者进行详细的问诊和查体，从而做进一步处理。在查房过程中，主任特意让我们为患者进行血压测量等基本操作，其中一位同学在测量血压前没有提前告知患者，主任看到后很耐心地提醒："医生要想取得患者的信任和配合，最好的方法就是和患者进行充分的沟通。如果你是患者，医生一句话也不说就对你进行各种操作，相信你心里也会不舒服。"说完，主任便亲自对患者和家属进行解释，在取得患者同意后进行了血压和心电图测量，并让我们为行动不便的患者接水。本来气氛紧张的急诊室，因为主任的小举动充满了温暖。

查房结束，伴随着救护车的鸣笛声，一位50多岁的女患者在担架上被推了进来。患者神情紧张，自述胸前区憋闷伴心慌。值班医生让我们为患者紧急做心电图检查，面对痛苦的患者和她焦急的女儿，本来烂熟于心的心电图电极安放位置突然变得一片空白，旁边的护士看到我的窘况赶忙拿过心电图电极，非常熟练地安放在患者胸前。经过急诊心电图检测，患者心率180次/分，频发室性早搏。医生决定采用胺碘酮静脉泵入，很快患者的心率逐渐下降到90次/分以下，心电图波形逐渐恢复正常。我作为实习生负责采集病史，通过交谈得知该患者此前便有类似发作史，只是这一次发作格外严重。不一会儿患者的丈夫匆匆忙忙赶来，紧紧握着患者的手，刚才在女儿面前强撑坚强、安慰女儿说“你别担心，妈妈没事”的患者再也绷不住了，眼泪止不住地涌出来。我心中为之感动，可怜天下父母心，疾病也无法阻挡血浓于水的母爱。

下午6点，一天的急诊科实习已到尾声，然而急诊室仍然人群熙攘，医生与疾病、死神的战斗不会结束……

作者：临床医学院2016级本科生　余冠华

8月13日　星期四　雷雨

中心校区图书馆RFID项目参与者·刘　莎

伴随着7层英文辅助书库最后一本图书的标签转换工作完成，中心校区图书馆为期16天的图书RFID（射频识别技术）标签粘贴转换工作于今天顺利结束，比原定计划提前了6天。这个暑期，11个书库，224小时，96万条标签，96万次数据转换，一个看似无比艰难的任务，在中心馆全体 21 名馆员的共同努力下出色完成。

回想起 7 月 29 日，阿法迪公司 34 名工作人员正式进场，看着浩浩荡荡的队伍，我和同事们带着必胜的信念“打响”了这场关于 96 万册图书的“硬仗”。为了保证加工质量和进度，我们在一楼报告厅共同学习了《山东大学图书馆 RFID 项目实施方案》，重点强调《质量控制标准》《归还图书分流规则》，现场示范了标签标准粘贴方法。很快，书库“战场”全面铺开，责任到人，按时抽检，发现问题，及时整改。标签粘贴质量检查、数据转换质量检查、每日工作报表、问题图书分类处理，每一项工作都在有条不紊地进行着。为提高工作效率，同事还摸索出了更高效的办法。从早上 7：30 到晚上 9：00，每天的工作时间长达 13.5 个小时，我们以平均每天近 7 万余册的粘贴、转换数量在飞速前进着，在保证质量的前提下，只为能够早一天让读者走进全新的 RFID 智能图书馆。夏天的济南，骄阳似火，天气闷热，大大小小的书库里，每个角落都留下了我们辛勤的汗水。

在本次 RFID 标签粘贴、转换工作中，作为项目组成员的我，负责标签加工现场人员安排、过程监督及质量检测工作，面对 96 万册图书，从一开始的一筹莫展，到现在的得心应手，这一切都离不开图书馆文献中心、技术中心等部门的支持，更离不开全体馆员的团结与拼搏。

与此同时，图书代借、代还、通还等读者服务工作没有中断，总服务台老师挤出时间，保证每天上午 9：00 之前将图书电子版信息及时发送到读者委托邮箱，委托借阅图书每天两次存放到馆门口的取书柜里，还书箱里的图书定时回收、消毒、还书、上架。这一系列的标准化服务只为服务读者、方便读者。

即将来临的新学期，读者可以走进应用 RFID 技术的智能图书馆，在自助查询设备上检索图书，系统便会给出该书的精准定位，极大地方便读者取书。射频识别技术在图书馆的应用，将实现多本图书一次自助借还，提高图书周转率，实现图书精准、快速盘点，提高图书馆智能化管理水平。

回首过去，图书馆已实现了一校三地资源共享，如今 RFID 智能图书馆时代已正式开启。展望未来，我将继续怀揣着对图书馆的那份热爱，秉承“读者第一，服务至上”的服务理念，扬帆起航，不断奋进！

作者：中心校区图书馆工作人员　刘　莎

8 月 14 日　星期五　晴

抽动脉血气操作者·穆怡君

今天是我在心内科实习的第二周，跟着老师查房、接病人、写病历、陪检是我的实习日常。然而，今天我又面临了一个新的挑战：下午写完病历后，老师说让我跟着师姐学习给患者抽动脉血气。

“很重要，很简单，一学就会”是老师对这项临床必备技能的概括总结，听了老师的话，我的内心有些胆怵和惭愧，尽管心内科不像呼吸内科那样需要每天抽血气，但我还是见过好几次师姐给患者抽动脉血气。就在上周，我还经历了一次试抽失败，事后我进行了反思，应该是因为我没有固定好患者的动脉，导致穿刺时动脉滑动，穿刺失败。

于是，在这一次进行穿刺前，我细细地回想了一下师姐教过我的穿刺技巧。在明确完患者信息和征得患者同意后，我进行了手消，然后在患者的左手腕横纹上初步定位患者的桡动脉，师姐则帮我准备好血气针、棉签等。在对患者穿刺部位及周围进行消毒后，我便开始了真正的操作。定位动脉是抽动脉血气最重要的一步，临床上我们通常会以桡动脉为主，必要时可选择股动脉。而定位桡动脉有技巧，需要我们操作者将左手食指和中指并拢放置在患者腕横纹的上方，扪及动脉搏动后上下移动选择动脉搏动最明显的位置，分开食指和中指，固定桡动脉。想起上次穿刺失败的教训，这次我特地注意了对桡动脉的固定。在对患者的桡动脉进行完善的固定后，我鼓起勇气，坚定地用右手持血气针向着拟定的穿刺点垂直入针。随着刺破动脉的那一瞬间轻微的落空感，看着那不断涌入针管里的鲜红色血液，伴随着激动的心情，我镇静地拔出血气针然后一边用棉签给患者按压穿刺点一边混匀血液。整个操作算基本完成，而我也不负所望终于成功了。

后来，在和师姐一起去小血气分析机那里对患者的血气进行检测时，师姐对我的操作进行了夸奖，并告诉我只要成功了一次，以后再操作时就会变得有底气，而且也会越来越顺手。听到师姐的鼓励，我的内心受到了极大的鼓舞，希望未来再有机会进行这项操作时，我能更加规范和熟练。

作者：临床医学院 2016 级本科生　穆怡君

8 月 15 日　星期六　晴

“县情逸治”社会实践调研团队成员 · 王子璇

这次关于县城经济发展情况的专项调研活动已悄然接近尾声。在活动展开的这几天里，我们积极讨论、互相合作，为交出一份满意的答卷而共同努力。

这几天，我们通过线上调研搜集资料，在浩瀚的信息库里寻找资料并进行筛选，从刚开始对县城经济发展的一知半解，到经过一次次的分析总结得到所需要的资料，我们每一天都是充实的。虽然刚开始面对复杂且略显枯燥的海量信息时有些力不从心，但我也逐渐发现，这些数据不是死板的，文字描述的不仅仅是简单的背景、发展趋势，更是一个个蓬勃发展的县城。

经过几天的调研，我们今天召开会议进行活动总结。会议开始前有一段空闲时间，我便又检查了一遍资料，看着密密麻麻的一行行字，心中不禁充满了成就感。会议开始，队长对本次活动进行简单的概述。之后，各小组分别介绍通过各种途径收集的县城发展资料、线上调研结果，对不同县城的情况与存在的问题进行总结。在各小组发完言后，大家已经对四个县城的经济规划与发展现状有了一定了解，于是，在一番认真且热烈的讨论后，大家积极提出建议，将各小组的资料进一步整合汇总。

透过不同县城的发展形势，可以隐约看到它们隐藏着的相同脉络。那些清晰的、色彩丰富的脉络，在一次次调查后越发显眼：河北安平县借力“一带一路”倡议“走出去”，中国磁州窑发祥地磁县依靠交通优势发展经济，身为国家级贫困县的社旗县适时调整经济战略布局、大力发展旅游经济，山东临朐县逐渐摆脱贫困、走向富足……县城依靠自身优势大力发展经济，外贸、旅游、自然资源都可以成为县城发展的跳台。

最后，组长对会议作总结。在调研中，我们看到了我国县城近几年的经济发展方向与历程，与早些年的经济模式相比，我国县城经济的发展面貌和速度让我们印象深刻。在这次活动中，我们也意识到了互联网的重要意义，它不仅是我们获取资料的重要来源，也展现了信息时代的独特魅力。

在这次社会实践中，我们不仅进一步了解了我国县城的发展，也在团队合作中提升了自己。美好而充实的一天又过去了，我们仍将继续前行。

作者：管理学院2019级本科生　王子璇

8月16日　星期日　晴

“上新了古建筑”实践团成员·林婧璇

烟雨迷蒙，带来丝丝南国初秋的凉意。伴着绵绵的细雨，我来到准星楼进行实地调研。

坐落于福建省龙岩市的准星楼有着悠久的历史，其坐北朝南，为三进两落围合院式二层建筑。据州志记载，这座看似其貌不扬的准星楼先后出过3个武魁、2个进士。在楼内天井旁，还留有练武用的石锁、石担和刀棍等物品，透过历史的尘埃，依稀能见到昔日的辉煌。

踏入大门，沿着屋檐行进，阁楼、石雕、泥塑、壁画……迎面而来，让人目不暇接。古老厚重的建筑，浸润着时光的温度，散发着古典的芬芳，将浮华世界难得的宁静娓娓道来。

调研中，我采访了准星楼1736文创园的创始人梁悦。她谈道：“第一次来准星楼是2016年，当时一走进来根本没有下脚的地方，环境十分脏乱。”初印象虽然不佳，但她却依然钟情于此地此宅。被问及选择保护古建筑的初心，梁悦说，自己是客家人，自小在农村长大，对老宅一直有一种特殊的感情。或许正是因为这样一种不可言说的感情，促使梁悦选择加入现在的团队，共同保护开发准星楼。

漫步在准星楼，梁悦对每一处布置背后的故事和小巧思都能娓娓道来。她坦言，遇到的难题太多，很多次她甚至都想放弃了，但最终还是和团队一起坚持了下来，而准星楼也在他们的坚持中一日一日地变化着，展现出新的魅力，释放出新的活力。今年准星楼1736文创园还引进了“直播带货”的新模式，可以说是紧跟时代潮流。

采访任务结束后，我静静地站在准星楼前，脑海中浮现出这样一句话：“与浮华世界比邻，却藏匿在喧嚣之下。”准星楼就这样矗立于尘世的喧嚣中，历经沧桑风雨，独守着自己的静美，向我们展示着跨越时空的脉脉温情，任风云变幻，云卷云舒。它像守护岩城的老人，诉说着这座城市曾经的故事和不为人知的历史。我想这也正是古建筑保护的意义所在——守护历史记忆，传承精神文明。

本次实地调研让我更能真切地感受到社会实践的意义所在。都说“纸上得来终觉浅，绝知此事要躬行”，实践的目的就是让我们去更好地发现。在此之前，古建筑保护对我来说是一个熟悉却又陌生的话题，我知晓它的重要性，但却不知道我能为它做些什么。通过采访，我才发现其实在自己身边，就有一群古建筑保护的“点灯人”，他们正通过自己的行动，切实为古建筑保护这项事业作出贡献。

作者：新闻学院2019级本科生　林婧璇

8月17日　星期一　晴

课题研究初探者·周俊华

今天，是我进入李延伟副教授课题组的第49天。

在一个全员积极参加科研的理工科学院里，相对于我们专业的其他同学，我算是一个进入实验室较晚的人了。虽然学院对本科生没有硬性要求，但是专业里不少同学在大一时就已经跟着学长学姐报名参加大学生科学创新创业比赛，或者进入实验室进行实验技能学习。

在跟老师和师兄师姐的交流中，我逐渐认识到科研生活和我想象的不一样。李老师的科研方向偏向于用计算模拟手段研究污染物的毒理学性质以及酶降解污染物的机理与可能性，这种在服务器中完成的科学研究着实让我倍感新奇。随后我跟师姐学习使用计算模拟软件，由于之前没有接触过类似模拟软件，面对陌生的代码和未知的问题，心中难免忐忑不安，但是想着自己马上可以做科研了，又不由得暗自欢喜，满怀期待。

通过近两个月的科研经历，现在我学会了如何用命令通过 Linux 操作系统在服务器中使用多种计算模拟软件，比如用于画化合物和优化小分子状态的 Gaussian 软件，用于分子对接的 AutoDock 软件，用于分子动力学模拟的 Amber 和 CHARMM 软件，用于 QM/MM 模拟的 ChemShell 软件，用于分析分子结构的 VMD 与 DS……

此外，我也开始在老师和师姐的指导和帮助下着手自己的课题研究。因为还比较生疏，有时也会犯错，还好有师姐在一旁指导，及时指出我的错误，督促我养成良好习惯。真正上手做模拟计算后才发现科研远没有想象中那么简单，需要你时时刻刻专心致志，严格规范自己的操作，否则任何细小的失误都有可能导致前功尽弃——科研面前容不得半点马虎。

一位哲学家曾说，在科学研究中绝对理性的科研工作者对于自己人生的选择却是非理性的。他们在这个充满诱惑的娱乐化社会里，凭借高学历本可以选择其他高薪的工作，却因为对探索未知的渴望，选择与寂寞为伴，不惧失败，为人类对世界进一步的认识奉献自己的一生。

如今，我已经进入了课题研究的深水期，虽然计算模拟的进程中经常被一些问题所阻碍，可是我不再畏惧，我希望成为科研工作者的一分子，希望通过自己的耐心与坚持而有所发现、有所收获。

作者：环境学院 2018 级本科生　周俊华

8 月 18 日　星期二　晴转多云

第二医院新生儿科实习生·张金明

今天我在新生儿科的重症监护病房实习，紧张、充实、大开眼界是我这一天的总结。我在那里感受到了现代医学的魅力，专业化的操作和复杂的高科技设备为每一个重症新生儿的生命护航。

早晨起来，东方既白，我匆忙赶往山大二院。经过了一套消杀程序之后，才得以进入监护病房。主任问我想去哪个组，我认为实习要多见疑病重病，便选择了重症新生儿组。于是主任带着我去了重症监护室，那里装置了很多新生儿监护仓，住满了仍未脱离危险的新生儿，周围则是忙碌的医护人员与各种高级生命维持设备。

主任告诉我，这里大多都是早产儿，有的情况不容乐观。正说着，一个在接受支持治疗的早产儿出现了缺血缺氧性脑病，旁边的警报器发出鸣叫，并且越来越急促。我们连忙赶到监护仓，发现他已经开始出现惊厥。于是主任赶忙配比苯巴比妥，并指挥我把手伸入隔离箱准备注射。接过针筒后，面对抽搐患儿的我内心紧张不安，生怕注射不到位而耽误抢救，还好在主任细致的引导下，我顺利地将药物打了进去，患儿的抽搐状态终于有了好转。

正当我准备长吁一口气时，隔壁仓的警报器也传来了蜂鸣声。那是一个正在接受光疗的黄疸早产儿，疑似出现了电解质紊乱。主任赶忙拉起血气分析，我也不敢耽误，帮忙准备好注射剂以及 ECMO。我们快速评估了一下患儿的内环境稳态，给他补充了相应的离子试剂之后，情况才得以缓解。处理完这些，主任告诉我：“NICU 病房的日常就是这样，充满了危机与急迫感。仿佛身处雷区，忽然就会有新生儿出现生命垂危的状况，如果不能争分夺秒地与死神搏斗，就无法将这些小生命重新安全地带回人世间。甚至有时会同时出现多个危险情况，需要快速准确地判断病情，这都是对医生的考验。因此，一个人都不能放弃，一分钟都不能错过！”

实习结束，回到宿舍，主任的话又在我的耳边回荡，于是我写下这篇日记，将今天的收获和感想记录下来。回忆起新生儿监护室一幕幕的抢救画面，那种一波未平一波又起的紧迫感再次向我袭来，又想起主任临危不乱的精准操作，我对医者的尊重与敬佩油然而生。反思自己，我还有许多知识需要学习，许多操作需要练习，许多磨炼需要经历，只有这样面对危险时才能做到临危不惧。

作者：临床医学院2016级本科生　张金明

8月19日　星期三　雨

实习医生·许博涵

今天是第三个中国医师节，恰逢实习，我们和老师一起度过了一个难忘的医师节。

清早来到实习的科室，依旧是例行的交班和查房，虽然今天过节，但是老师们还是没有丝毫松懈及休息的意思。查房是大查房，每组的病人较以往会相对多一些。科室的病人以中老年人居多，医生们对病人的疾病状况和心理情绪都十分关心。唯一与往日不同的是，老师告诉我们今天有蛋糕和水果。

查房过程中，有一位老人拉着医生说他自己的疾病怎么发生的，以及子女陪他看病的经历，难免有些絮絮叨叨。尽管这些话的内容中有助于医生诊断的信息很少，老师还是认真地听着。出了病房，老师告诉我们，病人的本意是想尽可能完整地告诉你他自身疾病的相关情况，并且因为长时间患病，他也需要一个诉说的对象，所以我们应当体谅他，学会倾听，学会安慰，这样可以使病人保持一个良好的心理状态，也有利于疾病的痊愈。尽管病人很多，但是老师对他们的情况都比较了解，查房时对每一位病人都给出了针对性的治疗或者康复的建议。

查房结束后，老师们带着我们给部分病人换药、给手术后不久的患者拆线，或者根据查房时的情况对特定病人进行药物及治疗方式的调整。很快，老师们又投入了忙碌的手术之中。

中午，我们在示教室自习时，老师进来叫我们吃蛋糕。在示教室里，我们给蛋糕点上三支蜡烛，然后关了灯许愿。每人分了一小块蛋糕，过程简单却温馨，让我们实习生也感受到了科室里互敬互爱互助的氛围。整个过程并不长，结束之后，有一部分医生又投入忙碌的工作中。医者仁心，老师们总将病人的病情和治疗放在自己生活的首位。

这是我过的第一个中国医师节，很荣幸能够在实习阶段拥有这样一段经历，让我更加感受到医学事业的重大意义以及对一个合格医生的内在要求。精湛医术的重要性不言而喻，而诚挚的爱心同样不可或缺，病魔冷漠，但杏林春暖。

作者：临床医学院2016级本科生　许博涵

8月20日　星期四　晴

山东省第三批援鄂医疗队队长·曲仪庆

8月19日，是第三个中国医师节。上午门诊，像往常一样又是忙碌的一天。早上7点20分先到病房查看了一遍，有几个重症病人实在是让人放心不下，幸好病人病情还算稳定。8 点准时到达门诊，诊室外已经挤满了病人和家属。诊室里我认真倾听病人和家属的诉说，仔细地查体，反复查看患者的有关资料，一遍又一遍科普疾病的知识，指导做检查，叮嘱如何用药、及时复诊等。导诊台一个接一个地叫号，到了 12 点多，上午的 51 名病人都看完了，虽然有点疲劳，但感觉很充实。

打开手机，看到亲朋好友、同学、患者及其家属纷纷发来的真挚祝福，作为一名从医 35 年的医师，我感到无比的温暖与自豪。让我特别感动的是一位老患者带来了一份特殊的节日礼物，他将刊登在大众日报上我在武汉抗疫的一张照片镶在精致的相框里送给我，这让我再次回忆起在武汉的日日夜夜，思绪万千……

2020 年必将被历史载入史册，新冠肺炎疫情防控最关键的时刻，我和战友们义无反顾冲在疫情防控第一线，用热血和坚守捍卫医者荣耀，用大爱与仁心书写责任担当，用行动诠释了对党和国家无比忠诚、对人民群众健康高度负责的精神。这就是抗疫精神，是新时代中国医师精神的生动写照。

下午医院举行了盛大的医师节庆祝活动，令人振奋与鼓舞。“百年齐鲁”的发展历经艰辛，今天的辉煌离不开一代又一代齐鲁人的努力与付出。感谢齐鲁医院老专家、亲爱的老师们对于医院、医学事业作出的贡献，他们传承给我们的不仅仅是医术，更是齐鲁文化和精神。活动上展示的一幅幅抗击新冠疫情的照片和动人心魄的场面，彰显了齐鲁人“肩负责任，勇于担当”的抗疫精神；新医师授服和宣誓对于我们老医师也是极大的激励。我有幸作为医师代表发言道出了全体医师的共同心声：我们一定不辜负这伟大的时代，奋发拼搏、扎实工作、潜心研究、勇于担当，做一名称职的医师，让“医道从德，术业求精”的齐鲁精神一代一代传下去，并不断发扬光大。

作者：齐鲁医院呼吸内科副主任　曲仪庆

8月21日　星期五　晴

全国学联第二十七届主席团成员团体代表·刘　政

8月16日至18日，中华全国学生联合会第二十七次代表大会顺利举行，我作为山东省代表团团长，以电视电话通讯形式参与并主持了分会场（山东）会议。

8月16日下午举行的各分会场负责人会议，开启了我为期三天的会议议程。作为代表团团长，我从会前准备主持词、与工作人员沟通会议流程，到协调会议节奏、与全国各分会场保持基本一致，每一个细节的把控、每一条信息的传递都意味着更大的责任。作为一名正式代表，我参与了审议草案、提出意见与建议、学习领会总书记贺信等文件精神，认真履行代表职责，把握新时代新任务新要求，这是荣誉，更是责任。

在8月17日上午举行的大会开幕会上，我在分会场认真学习了总书记贺信与中央领导同志的致辞。在重要的历史交汇之年，我深切地感受到党中央对学联学生会发展的高度重视，以及习近平总书记对青年成长的谆谆教诲和殷切期望。在今后的工作中我将时刻铭记总书记贺信精神，团结青年、引领青年、服务青年，将学生会工作当成在学校的一项“事业”去打造。

8月18日，大会圆满完成各项议程，顺利闭幕，在随后举行的全国学联第二十七届委员会第一次全体会议上，山东大学学生会当选为全国学联第二十七届主席团成员。我为学校学生会得此殊荣而骄傲，更因未来的使命与担当而斗志昂扬。

“引导同学往远处看、往高处看、往脚下看”，是对学联学生会未来发展的嘱托指导；“力戒‘骄娇’二气，做永久奋斗的新时代中国青年”，是对青年成长成才的深切期望。我为能够作为本次大会的亲历者、见证者而深感荣幸。

学生会始终秉承“全心全意为同学服务”的宗旨，将服务同学成长成才作为一切工作的出发点。同时，在王圣博同学所作报告中指出的当前学联学生会工作和建设中存在的不足和问题是客观存在的，在今后的工作中我们必须警醒起来，思考如何“圈粉”的同时也要反思为何被部分同学“取关”，勇于自我革新、奋发进取，赢得同学们的信赖。

参加会议，我备受鼓舞。独行快，众行远，作为山东大学学生会的一员，我们要有打破一切束缚与枷锁的勇气，抛弃一切僵化思维保持“功成不必在我”的精神境界，不断增强大局意识和整体意识，争做有干劲、有抱负、有担当、有价值、有作为的合格的青年学生榜样，让“大有可为”真正成为“大有作为”，将学生会打造成为在同学心中“想得起，找得到，靠得住”的温暖家园。未来的一年里，我将与学生会全体成员共同努力，把服务放在心头，让青春在担当拼搏中绽放绚丽光彩。

作者：哲社学院 2017 级本科生　刘　政

8月22日　星期六　晴

研究生院、研工部工作人员 · 于　帆

今天整理完了研究生学籍管理规定的报送材料，上传了拟毕业研究生的照片信息，接下来就该准备制证和新生入学的相关工作了。闲暇之余在学校官网浏览到了拟聘教职工的人选公示，这也意味着我来山大工作整整一年了，一时间思绪万千，感慨良多。

回想起去年入职培训时，樊丽明校长从三个方面为我们新聘教职工讲授了第一课，陈向阳书记从纪检方面讲述了共产党员应遵守的行为规范和

制度纪律，这些内容令我记忆犹新。2019 年的教师节庆祝大会是入职培训的最后一课，我有幸作为新聘教职工代表的一员，无比激动地从郭新立书记手中接过学校为新聘教工精心准备的入职大礼包和结业证书。在会上，我见证了优秀教师的颁奖仪式，教师楷模们用实际行动和优异成绩为“四有”好老师做了鲜活生动的注解。听到他们的故事，我几次热泪盈眶，也更加坚信来山大工作使自己的理想有了载体、心有了归宿。

初来研究生院、研工部工作，由于对研究生教育管理工作比较陌生，加班甚至熬夜成了常态。在困难时刻，领导和同事们给予了我莫大的帮助。他们都是优秀的党员干部，总是挤出宝贵时间，毫无保留、耐心细致地解答我各种突如其来的提问，这让我得到了快速成长，帮助我度过了前期难熬的日子。我深深感受到了研究生院、研工部这个大家庭的温暖，也体会到了什么是优秀的机关和工作作风。

在抗击疫情的最艰难时刻，全校上下全体教职医务员工众志成城，勇于担当。在抗疫的最前沿和最关键时刻，总有山大人的身影，他们在危难时刻不顾自身安危，作出了抗击疫情的山大贡献。研究生院、研工部每位同志也在自己的岗位一线战斗着，加班加点克服困难，保证研究生教育教学和管理服务工作有序开展。这些成绩的背后是党的领导，我身为党员，党和国家的需要永远是指引我方向的灯塔。

研究生院、研工部肩负着研究生教育管理、改革和服务的重任，我们应该始终做到立场坚定、信仰坚定、意志坚定，围绕大局，服务师生，立足岗位做好研究生教育管理的每一项工作、每一件小事。我相信，我们每个人做好每件小事，山大的大事自然水到渠成。

作者：研究生院、研工部工作人员　于　帆

8 月 23 日　星期日　晴

“古城焕新”调研团成员 · 周　旋

湛蓝的天空如同一块澄净的蓝宝石，几片白云柔软地覆盖在上面，雨后被洗涤过的空气格外清新。为了更深入地了解古城项目的情况，今天我们采访了宜城路街道办事处肖主任。

在交谈中，我们了解到了倒扒狮历史文化街区的启动和筹备时间，以及前期的筹备工作和确定运营公司后的交接工作。另外，肖主任告诉我们，这个项目的启动是出于多方面原因：一是这条街区在安庆甚至安徽的历史中具有很高的地位，有着重要的历史文化意义，但是在不断的翻新开发中很多文物受损，出于文化保护的需要，这条街必须要进行维护；二是街区中有很多老年居民，居住环境存在很大的安全隐患；三是出于经济发展和商业名誉考虑，前几年街区的商贩较杂，商品质量良莠不齐，影响了街区商誉，所以现在要对原有商户进行调整。

在前期的调研中我们就已经发现，比起曾经破败狭窄的老街，如今的街区无论是风貌、建筑安全度还是商铺形象上都有了质的变化，曾经的一些“破楼”“危楼”已经被新建筑取代，在仿古徽州建筑的前提下进行了创新和空间重规划，同时，对入驻的商户也进行了筛选，力求与古城的氛围和谐统一。此外，肖主任对社区的职能进行了简要介绍：除了协调商户和居民间的矛盾、查处违规行为外，还有开展法律培训、知识讲座以及招聘活动等职能。前期，社区还做了棚改征迁、商务区居民搬离等工作。

最后，肖主任还为我们介绍了疫情期间办事处与商户、居民进行沟通交流以及提供帮助和便利的事例。这让我不禁感慨，此次疫情不仅让我们看到了全国人民万众一心、众志成城的抗疫精神，还看到了在复工复产阶段不顾辛劳的基层管理人员，他们协调处理各种矛盾，使得我们能在这么短的时间内有条不紊地完成复工复产工作。我们在向医务人员致敬的同时，也应该关注这些基层工作者，理解配合他们的工作，遇到问题及时与他们沟通，这样才能更好地建设我们的家园。

经过此次采访活动，我们不仅了解了实践的重要性，也理解了基层工作人员的辛劳。在今后的生活学习中，我们也会以山大学子昂扬的精神风貌，尽己所能地服务社会。

作者：基础医学院 2018 级本科生　周　旋

8 月 24 日　星期一　雷阵雨

“紫汇社会”实践团队成员·樊铭冲

几阵大雨过后，傍晚天空出现了绝美的晚霞。这是不是预示着等会儿的答疑会顺利举行呢？

时间悄悄流逝，转眼间已经是 8 月末，我们也将迎来今年入校的新同学。面对未知的大学生活，新生们心中有憧憬期待，也有迷茫失措。为了让学弟学妹更快地融入大学生活，我们团队今晚组织开展了 2020 级新生线上答疑会。

在此之前，我们已经提前几周在高中志愿填报群、微信公众号、抖音等平台对学校进行了宣传。晚上 7 点多，新生答疑群开始活跃起来，学弟学妹们针对校园生活提出了一系列问题，我们为大家答疑解惑，并分享了自己的生活经验。不一会儿，线上答疑活动正式开始了。团队里其他两位队友利用精心制作的 PPT 对学校的优势学科、校园风光、校园文化、学习方式、校园生活等进行了详细讲解。首先介绍的是学弟学妹们最关心的学生会和社团情况，为他们将来丰富多彩的校园生活打下基础。然后，我们分享了自己的在校学习和生活情况，例如参加迎新晚会、班级联谊、国际文化节，还有参与比赛、打卡一校三地八校区、撸猫、军训等活动，都彰显了大学校园的乐趣，让学弟学妹们羡慕不已。我们还介绍了学校教学情况、师资、上课形式等，不仅彰显了山东大学的办学实力和教学质量，也鼓舞了新生的干劲。

在答疑环节，一位同学的问题令我印象深刻。他问是不是大学就可以放肆玩、不用怎么学习了。我给出了自己的解答，大学相对于高中来说，提供了一个更广阔的平台，大家可以根据自己的兴趣爱好摸索出今后人生的方向，但这绝不意味着不用学习了，相反，大学不仅要学习课本知识，还应学习与人交往和实践的能力，更加全面地发展自己。

希望我们的活动能够切实帮助那些站在人生十字路口的学弟学妹。我也相信，不久的未来，这批新鲜的血液将为山大带来别样的精彩。

作者：能动学院 2018 级本科生　樊铭冲

8 月 25 日　星期二　晴

齐鲁医院实习生·冯汶玉

朝霞不出门，晚霞行千里。朋友圈刷屏的晚霞照片预示着今天是一个好天气。好天气加好心情，又是圆满一天的开始。

不用抽血也不用交班，我度过了实习以来最轻松的一个早上。跟着教授查房，安排上昨天深夜转院的骨折病人——一个年轻的高空坠落致骨折患者。教授叮嘱过问诊和处理要点之后，又特地交代我，这个患者资金不足，攒了四万块钱来做手术，能省则省，能免则免，还专门为他联系了修复材料的国内厂家。我当时很惊讶也很感动，一直以来都觉得老师是一个技术高超、处理事情井井有条而且有自己原则的人，没想到他心思也同样这么细腻。同时发现，自己不仅经验需要积累，技术需要磨炼，与别人共情的能力也需要提升，或者说应该实实在在把患者放在心上。

中午11：20，是我管床的患者手术开始的时间。令我非常兴奋的是手术医生是我一直很崇拜的两位老师，四个半小时的手术让我见识了什么叫基础扎实，功底深厚，遇到问题临危不乱。这位患者是我管了好多天的老爷爷，为人特别和善，每次我去病房都会冲我招手，送我出门。我也经常看到他早上起来在窗边看报纸，晚饭后在走廊里散步。这么大年纪还要经历大手术，真的辛苦了，我只能做好本职工作，祝他早日康复。

通过这些天的实习，我对老师们的崇拜之情有增无减，悉心听取他们的意见，努力让自己配合得更好。在病房的每一天都无比充实，虽然累，但是这种帮病人恢复健康的成就感是无与伦比的。大家每天都忙忙碌碌，又相互配合，从不推诿，这种团结的气氛让我特别喜欢。所以，我要继续努力，只有这样，才能在向往的环境、向往的团队中工作，才能成为那个一直期待的自己。

作者：口腔医学院2016级本科生　冯汶玉

8月26日　星期三　晴

“青益行”社会实践团队成员·任君敏

点下名为“2020夏青益行社会实践”文件夹的关闭键，我意识到我的社会实践活动已经结束了。想起我们从一开始的磨合，到后来的默契，不舍涌上心头。

在过去的一周中，我们采访了优秀志愿服务学生组织的负责人，他们讲述了自己在线上开展志愿服务活动的经历，从他们的经历中，我明白了志愿服务不分时间地点，一份热情就足以吸引同样有热情的志愿者。我们采访了医务人员，白衣是他们的战袍，医院是他们的战场。每一位医务工作者在疫情中都尽了自己的全力，只为打赢这场硬仗。他们活动在病房，与死神较量；他们活动在网络上，为民众普及疫情相关知识。我们还采访了在疫情中积极参加社区志愿服务工作的同学。在前线，医务人员守卫着人民的生命健康；在后方，青年志愿者也在尽自己的一份力，守护家乡。我在他们身上看到了属于青年人的责任与担当。

除了采访，我们还利用大数据以及问卷制作了山东大学志愿者的专属图鉴。山大的志愿者坚持初心，薪火相传，不断奉献，砥砺前行。志愿者图鉴向新生宣传了山东大学的志愿服务精神，能够促进秋季学期志愿服务活动的顺利进行。我们实践的最后是山东大学青年志愿者联合会与济南动物园共同开展的活动。疫情期间，济南动物园游客数量较之前呈现出减少趋势，并且大学生志愿活动举办次数也显著下降，动物园为了增加宣传的趣味性和创新性，与山东大学青年志愿者联合会开展了线上志愿活动。基于动物园提供的素材，志愿者进行后期加工，制作视频，以达到吸引游客眼球的效果。志愿者们的视频风格各异，各有千秋。

整个实践期间，我们在白天开展活动，在晚上固定的时间开会，开会不仅帮助我们解决在实践中遇到的问题，同时也增强了团员之间的感情。

习惯了每天晚上和队员们聊天，突然感觉不开会的晚上时间过得很慢，白天的趣事也没有集中分享的时候了。但或许人生就是这样，这个阶段的结束是为了下个阶段更好地开始。思及此，我更期待在秋风习习的校园中和他们见面的场景了。

作者：文学院2019级本科生　任君敏

8月27日　星期四　雨

后勤保障部青年调研小组成员·石　宇

今天一早，我结束了为期四天的青岛、威海两地高校后勤专题调研，跟随调研小组踏上了返程的道路。一路上雨声不断，我内心亦如同车窗上翻滚的水珠，久难平复，感慨良多。

在学校致力提升后勤治理体系和治理能力现代化水平的大背景下，《山东大学后勤保障队伍能力提升专项方案》中的一项重要举措就是针对新入职职工和一线服务保障技术队伍举办后青班（后勤青年培训班）。此次调研活动作为后勤保障队伍能力提升计划的一部分，旨在通过专题调研各高校的后勤党建文化建设、信息化建设、校园物业监管、修缮工程，增长处、补短板，在提升一线服务保障队伍自身业务能力的同时，更好地促进学校后勤事业的发展，使后勤服务保障成为学校一流大学建设和实现“由大到强”历史性转变的有力支撑。

我们调研小组一行先后到山大威海校区、青岛校区及中国石油大学（华东）青岛校区、中国海洋大学等地进行调研。在整个调研过程中，我发现每个后勤单位都有值得学习和借鉴的地方。如山大威海校区、青岛大学为推进后勤的集约化与精细化采取了管理新措施，通过明确责任和分工，推出指标考核制度，确保了人尽其才、物尽其用，提高了办事效率；中国海洋大学深化管理体制改革，实现了从“小机关，大实体”到“小机关，多实体”的转变，通过一系列顶层设计和实施扁平化管理，进一步降低了管理成本；山东科技大学重视基层员工，强调以人为本，积极推进具有后勤特色的文化建设，让每一位后勤员工找到归属感，打造出一支勤勉敬业、爱岗奉献的后勤服务团队。

我作为后勤保障部信息化建设队伍的一员，主要负责所在校区的能源管理工作，此次重点学习观摩了中国石油大学（华东）青岛校区的后勤信息化建设工作。石大后勤管理处的几名工作人员不仅要服务全校 3 万余名师生，还要对接有着数百人工作团队的物业公司以及总数超过千人的其他社会服务企业。如何实现有条不紊的管理？数字化综合服务大厅及能源管理平台、校园生态系统管理平台等一系列数字化管理系统的线上应用，告诉了我们答案。他们将“放管服”紧密结合，并能够依托信息化手段，摸索出一套“小机关转动大后勤”的新模式，引发了我们的思考。

在与其他高校后勤同仁的学习交流中，他们知无不言，言无不尽，将其后勤管理经验毫无保留地进行了分享，令我受益匪浅。我亦愈发珍惜这次学习的机会，我想，回到工作岗位后，一定要结合自身工作，把此次调研成果转化为具体措施，切实解决问题、推进工作，同时努力提升个人业务水平和服务能力，为学校后勤服务保障工作贡献自己的一份力量。

作者：后勤保障部工作人员　石　宇

8 月 28 日　星期五　晴

校内双向挂职干部教师岗前培训班学员 · 马　燕

秋风习习的清晨，路过郁郁葱葱的小树林，我忐忑地来到明德楼二层报告厅，作为学校第二批“校内双向挂职干部教师”的一员参加岗前培训。

8 月 27 日上午 9 点，培训正式开始。学校党委副书记仝兴华为我们做了开班动员讲话，字里行间充满了对挂职干部和教师的殷切期望。他强调了培养和选拔年轻干部是关乎党和国家命运、民族命运、人民福祉的百年大计，提出双向挂职工作部署体现了学校对发现、培养、选拔优秀年轻干部的重视与决心，教导大家要时刻谨记“为天下储人才，为国家图富强”的办学宗旨，担承“为国育贤”的神圣使命，把握机遇、珍视机会，努力成长为适应新使命新任务新要求、能经得起风浪考验、敢于担当作为、全身心投入学校建设的一分子。我不仅为学校的战略布局和事业发展感到骄傲，也对当前的历史机遇和重大考验充满了信心。

紧接着，校党委常委、党委组织部部长陈宏伟为我们作了题为“汇聚强院兴校磅礴力量，勇担强校兴国光荣使命”的专题报告，从“为什么”“怎么看”“怎么干”三方面深入浅出地解析了《中共山东大学委员会关于实施强院兴校行动的意见》。近20年来一直在学院工作的我更加理解学院主动、校院互动、大学全动的联动框架，只有攻坚克难，才能激发内生动力和活力，推进学院治理体系和治理能力现代化，进而实现强院兴校。

下午，我通过企业微信在线参加了“山东大学本科人才培养概况”“强院兴校背景下的资源配置工作”“山东大学的国际化战略”等专题课程。组织部和党校为了帮助我们全面了解学校工作，尽快适应挂职岗位，还准备了3天的集中培训和11个专题的网上课程培训，以及沉甸甸的学习资料汇编红宝书，从标题就可以感受到书中干货满满。

既然志存高远，定要摒弃安逸，乘风破浪。我们一定以饱满的热情、斗志昂扬的状态和实干拼搏的作风投身到今后的学习和工作中，勇担时代大任，自觉传承山大文化，坚持不忘初心，砥砺前行。

作者：经济学院副处级组织员　马　燕

8 月 29 日　星期六　晴

新闻学院本科生 · 赵雪琪

今天是我暑期在补习班打工的最后一天，这也预示着我的大一生活结束了。这是我第一次以老师身份进入补习班，第一天见到学生们的时候，我告诉自己，二十天不长但也不短，要尽我所能让大家学到新知识。

刚开始的时候我很生疏，有时知识点一次讲不全，还需要后期补充，但是我很快就适应、熟练起来，能在讲台上游刃有余地讲解。每次看到学生们恍然大悟的眼神，总有一种自豪感油然而生。或许我不是特别优秀的老师，但他们的暑假可以因为我而更有意义，这是让我最开心的事。

也不是所有学生都成绩优异、听话乖巧。有些学生天生活泼，却基础不牢，每次看到他们愁眉不解，我都会问有没有听懂，不懂的话可以再讲一遍。以前，我一直以为自己缺乏耐心，不适合当老师，但当真的面对学生时，作为老师的责任感让我在不知不觉中拥有了耐心。看到无心学习的孩子，我恨不得硬把知识装进他的脑子，毕竟在他们的年纪，学习是最应该做的事。这一次的经历，让我充分理解了老师们。

补习班最后一天，不出意外地进行考试，坐在讲台上看着他们笔尖游动，我衷心希望他们都能考出一个好成绩，证明他们，也证明我自己。批阅试卷的时候，我的心情随着试卷分数跌宕起伏。一直以为自己不会因为他们的成绩有特别强烈的情绪波动，但事实并非如此。看到分数高和有进步的试卷，我会倍感欣慰；看到成绩不理想的，我会很生气；看到不该错的题错了，我又会觉得特别惋惜。不过，好在他们或多或少都有收获，作为老师，我也算合格完成了任务。

一开始去打工，是为了充实暑期生活，但当真正走上讲台的时候，我心里只有一件事，那就是把我会的都教给他们，让他们能获得理想的成绩，朝自己的梦想更进一步。

放学的时候，看着孩子们离开，一个一个说再见，他们年华正好，无论成绩优良与否，未来都充满无限可能。祝他们前程似锦，未来可期。

作者：新闻学院2019级本科生　赵雪琪

8月30日　星期日　晴

经济学院新生·苏　赫

今天是特别有意义的一天，我收到了山东大学的录取通知书。

一大早，妈妈就兴冲冲地告诉我通知书已经快要到了，第一缕阳光照入我的卧室，仿佛在告诉我今天是开心的一天。

一上午，我在家里坐立不安，时时刻刻盼着快递员的电话，终于在10点接到了那一通电话。

“好的，谢谢您，我马上到!”

我挂掉电话就冲出家门。一路上无意欣赏小区的风景，只觉阳光暖暖照在身上，我一路小跑，直奔小区门口。

远远就望到绿色的邮政车，任何色彩在那一刻都不及那一抹绿色。我快速上前，领到了梦寐以求的通知书。那通知书，是中国红，是喜庆的颜色，更是青春奋斗的颜色，古风的气息中透露着一股厚重感。“为天下储人才，为国家图富强”的办学宗旨，彰显了这所百年名校办学的初心。录取通知书让我对山东大学更充满了向往，我的身还在家里，心早已飞到了山东大学。

我躺在床上，开始遐想，想象未来的校园生活将会是多么美好，想象我这四年该如何度过。看到山东大学致力于培养中国最优秀的本科生这一目标时，我的心中充满了力量。我对自己说："加油！苏赫，你要继续努力！"我想象着课堂上名师指导、同学们积极探索问题的场景；图书馆里，同学们在书海遨游的身影；无课时大家相互打趣的模样；饭后林荫下漫步的身影；宿舍里大家融洽相处的画面……

躺了一会儿，我开始收拾行囊。第一次要去上大学，不免有些紧张，收拾来收拾去，也不知道该带点什么。就那么糊里糊涂地准备，好在有山大学长学姐的指导，才慢慢有了头绪，找到了方向。

傍晚，我拿起自己心爱的篮球，踏入篮球场。我喜欢在篮球场上挥汗如雨的感觉，喜欢球刷网而入的声音，喜欢球鞋与地板摩擦的感觉。我想在山大的篮球场打球。我特别喜欢一个篮球明星，勒布朗·詹姆斯，不是因为他多么厉害，而是因为他的自律，我也会像他一样自律，好好迎接山大的生活。

落日的余晖洒在肩上，美好的一天将要过去，美好的未来缓缓到来……

作者：经济学院2020级本科生　苏　赫

8月31日　星期一　晴

返校学生·朱康明

当你走在漫漫长夜里
我在火中想念你
当你在风沙中沉默不语
我在水中想念你

我在期待中想念着你

我在想念中想念着你

……

庚子时疫，关山远隔，日月倏忽，九州苏生，朝暮悬盼，终迎归期。2020年8月31日凌晨5点，我挥别家乡，踏上了返校的旅途。朋友圈里，我晒出一张小城雨夜的照片，“山海排闼，乘风而归”。

出了本市地界，本来淅淅沥沥的雨开始变大，利箭般击打着车窗，鸣声如铁蹄鼓角，令人意乱心惊。车子放慢了速度，劈开雨幕，艰难前行。

当我到达青州服务区时，雨已经停了。“飘风不终朝，暴雨不终日。”地面积水，浓云未散，初升的太阳却已出现在地平线上，点点浮金跃动于天际。我看得正出神，父亲喊我上车，该继续赶路了。

历尽艰难困苦，终究柳暗花明。回想起来，这一段风雨交加的返校之路，又何尝不像是今年以来国家走过的艰辛抗疫之路呢？汽车行驶在宽阔的双向八车道上，带起片片水雾。齐鲁原野上的所有景象在熹微的晨光里苏醒，鲜明起来。我的视线渐次抚过潺湲的河流、起伏的山峦、静谧的村落、忙碌的工厂……是心中向往的自然之味与烟火之气，是手中紧握的希望之火与力量之源。

行走走，走行行，阔别许久的济南城已遥遥在望。这座城市，似熟悉，似陌生。车流熙攘，人来人往，一切皆如我与她初见之时，甚至能从口罩下的一张张面孔中领会到这方土地的血脉印记。泉濯水意气，灵蕴山精神，与我心弦同频共振着的，是什么呢？

我指着那个方向，喊出了在心底默念过千万遍的答案：

山东大学。

还是那条常常堵车的路，还是那道古色古香的门，站在校友门前，我的心情已无法用语言描述——或许，一切也都包含在那一句“欢迎回家”中了吧。

经过严格规范的身份核验、测温、核酸检测等流程，我回到了宿舍，与陆续赶到的伙伴们一起，将尘封半年余的小窝收拾停当。夜深人静，我在床上整理着今天大家拍的照片，翻到最后一张，我停住了，嘴角露出会心的微笑，照片中是一个标语：

有你在时，这才是家。

作者：公卫学院 2019 级本科生　朱康明

9 月 1 日　星期二　晴

校内双向挂职干部教师岗前培训班学员 · 赵　珊

今天已是参加校内双向挂职干部教师岗前培训的第四天。几天来，从开班仪式上校党委副书记仝兴华动员我们要敢于担当作为、积极为学校建设贡献力量，到党委组织部部长陈宏伟为我们深入解读强院兴校战略发展规划和行动方案，再到各部门领导详细讲解各项建设发展计划和改革举措，都让我更加强烈地感受到作为一个山大人的自豪和荣耀，也更为深刻地理解了作为一个山大人应有的责任和担当。掩卷沉思，不禁回想起入职三年来学校的变化发展以及自己的成长历程，感慨良多。

2017 年初，我怀着一颗敬畏之心入职山东大学这所百年老校。入职后，发现周围的老师、同学和工作人员都会骄傲地称自己为“山大人”，这三个字简单却厚重，铭刻着几代山大人的历史印记，散发着山大人的骄傲自豪，承载着山大人的憧憬希望。刚入职的自己，那时候的愿望，便是希望能早日成为一名合格的山大人。

我所在的环境学院是搬迁青岛的学院之一，从 2017 年下半年到 2018 年上半年，那段往返于两地的日子至今难忘。仍清晰地记得，每次赶去青岛校区给本科生上课，我总是需要早晨5点半起床，伴着济南的黎明，7点14分准时乘坐济南站发往即墨北站的D6051次列车，11点到达青岛校区；简单吃个饭，早早赶到振声苑的教室调试设备，做好课前准备，演练一下已经烂熟于心的课程PPT；上完课后，再马不停蹄地赶到环境学院察看实验室的建设进度，并与研究生交流课题进展，紧张的一天差不多就过去了。回想那段时间，从中心校区的搬迁打包，到青岛校区新的实验室建设、仪器设备的购买、实验室逐步开始运转，每个节点都历历在目。作为一名普通的科研教师，我想，我的经历不仅是所有搬迁机构师生的缩影，也是无数在学校各个岗位辛勤工作师生的缩影。这种不畏困难、迎难而上的精神，就是对“山大人”最好的诠释吧。

此后，随着学校发展蒸蒸日上，青岛校区各项建设日臻完善，环境日益优美，待久了便习惯了这里的宁静，对一草一木、一花一树都充满了情感。我每天最开心的事儿，便是在碧海蓝天、红瓦绿树的美丽校园中开启一天的工作，与学生共进步，与山大共成长，在山海之间不断地积累与沉淀。学校接连出台一系列创新改革政策，青岛校区作为创新发展的新引擎，从科研创新平台的建立、高层次人才引育工作的开展等方面，全面落实学校“强院兴校”行动，不断把蓝图落实到校区建设的方方面面。2019年底，学校正式启动“百廿山大，强校兴国”行动，我深刻地感受到，勇于创新的山大人，正在“由大到强”的路上走得越发坚实。

一路走来，我深刻地感受到：山大人是历史洗礼、传承积淀的山大人，是不畏苦难、砥砺前行的山大人，是勇于创新、蓬勃向上的山大人，是胸怀家国、兼济天下的山大人。努力做一名合格的山大人，我还在路上。即将迈向新的挂职岗位，希望在前，磨砺相伴，信念更坚，我将在新的征程中继续践行山大人的承诺与使命。

作者：环境学院教授　赵　珊

9月2日　星期三　晴

山东省“互联网＋”大学生创新创业大赛金奖项目组成员 · 王　南

“赫威，一定要讲出创业者的初心和情怀！马老师带领咱们历时十年成功打破技术封锁和市场垄断，我们就是要成为中国金属前处理行业的第一家上市公司！”

一睁眼，我看到的是家里的天花板，心却好像还在日照。昨天下午5点多，我们团队乘坐校车由曲阜师范大学（日照校区）返回中心校区，结束了为期三天的金奖排位赛相关赛事。我们作为“匠之心”公司核心研发团队，近十年来通过改性、复配、调控，成功研发出成膜机理不同于市面上所有产品且拥有自主知识产权的环保型前处理试剂，在性能、价格方面均表现出明显优势。经过激烈角逐，我们山大的团队脱颖而出，取得了金奖排位赛的第1名、第2名、第4名、第5名和第10名（我们团队）的成绩。比赛的结果可喜可贺，比赛的艰辛与成长也让我受益匪浅。一路走来，过五关斩六将，这份宝贵的经历将会陪伴我一生。

最难忘的莫过于8月29日的银奖争夺赛，原本以为稳操胜券的我们，在激烈角逐的创业1组居然折戟沉沙，仅获得小组赛第8名的成绩（取前7名率先进入金奖）。看到结果的那一刻，我心里五味杂陈，倍感心酸，仓促之间收拾东西从山财燕山校区返回……不久我们又接到了复活赛的通知，我们赶紧参加复活赛，希望能抓住这渺茫的机会，背水一战。到了复活赛现场，经校团委张书记、南老师以及学院张老师的指导，我们再次进行了演示，最终成功晋级金奖。激动之余，我想起了一句话：当你为目标拼命努力时，整个世界都会为你让路！

8月30日早上6点，我们前往日照准备参加金奖排位赛。印象特别深刻的是张书记在当天晚上连续指导我们项目演练了5遍，消除了我们的紧张感。比赛当天31日早上，学院张老师也赶到日照现场为我们加油助威。下午的比赛中，我们一改往日的紧张，冷静分析自身存在的问题。与其故步自封，不如放手一搏，输了就来年再战，赢了就继续去拼。在这种心态的驱使下，我们从容不迫地完成了PPT的现场演示，并取得省赛金奖排位赛第10名的好成绩。

比赛的过程一波三折，但我们更加看清楚了高规格高质量的比赛就是检验项目的真实水平。只有展现出精彩的亮点和与众不同的核心点，才能在比赛中脱颖而出。此外，除了要有打硬仗的力量外，还需具有智慧和冷静的头脑，这样才能及时总结失误，沉着应对，从而末位逆袭！南老师在日照参赛群里有一句话，现摘录下来共勉："创业不是少数人的事业，而是体现每个人的价值。未来的时代需要我们用创业精神去面对，愿每个人都勇担责任，做不负自己的山大人。一起加油！"

作者：化学院2017级博士研究生　王　南

9月3日　星期四　晴

抗战老干部·徐　迅　赵庆茂

徐迅：

到下个月20日，我就97周岁了。今天我看了电视，党和国家领导人以及各地群众都在纪念抗战胜利75周年，我非常兴奋。抗日战争取得胜利非常不容易，中国共产党及其领导的八路军、新四军、东北抗日联军，在抗日战争期间作出的贡献非常了不起，我非常受鼓舞。

我是1940年5月参加革命，9月入党，从八路军山东纵队9支队，到莒南县委宣传部干事、区委书记、组织部部长、县委书记，就这么干起来的。从中我得到了很大的锻炼，受到了很好的教育。虽然抗日战争胜利了，但是帝国主义亡我之心不死，我们要鼓舞斗志，搞好建设，做好改革开放工作。只要有敢侵犯我们国家利益的敌人，我们绝不含糊，一定坚决消灭。

我原来在根据地参加工作，文化水平不高，但是很爱中国传统文化。我在家里上过私塾，念过小学，不过学得很浅。我在 1984 年 6 月离休，9 月就上了老年大学。当时学习的范围很广，诗词、书法、国画，这些都学，学着学着，周围的同学越来越多，我就当上了老年大学的学区主任，当了 20 年，一面组织老师教学，一面组织学生学习。现在我还是老年大学的在校学员。到 9 月 7 日，我们就要开学了。书法和诗词的学习我都一直坚持了下来，此外还有唱歌、打太极拳的课程，我都参加了。

六七十岁的时候，为了改变生态环境，我搞绿化栽了成片的树，特别是冬青树，都成苗圃了。不论寒暑，连着干了 5 年，整地、育苗，感觉很好。现在我每天都坚持活动，再就是关心国家大事，每天的《新闻联播》《朝闻天下》《海峡两岸》《今日亚洲》，这些节目我都看，我很愿意了解这些事情。文化学习是没有止境的。国家、社会对我们的要求越来越高，我们应该适应国家的要求，培养更好的人才。青年学生应该抓住机会，好好提升自己，成长为国家栋梁。

学校各方面的情况通报会，我从不缺席，只要有通知就去参加。上午樊丽明校长来看望我时也给我通报了学校的各项工作，我非常高兴，从内心里支持学校。感谢学校的老师们还有校领导，把工作做得这么好。祝学校发展越来越好。

赵庆茂：

得知今天郭新立书记来走访，早上，我就把之前的抗战纪念章拿了出来。抗日战争胜利 75 周年纪念日，学校领导还带队来看望我，非常感谢。

我今年 91 岁了，是山东临沭人。小时候家里比较穷，我高小没有毕业就出来参加工作了。当时罗荣桓司令员在离我们村不远的陈家巡会村设置了司令部，八路军就驻扎在村里。抗战时期我担任抗日儿童团团长，负责站岗放哨查路条，一位做地方农村工作的八路军干部看我很活跃，就介绍我出来工作了。

当时我还不到15岁，军装穿上后都到了膝盖，给我配了两个手榴弹。因为我年龄太小，后来把我安排到地方医院当看护员。那时的医疗条件很简陋，没有病房，伤员都安置在老百姓家里或者晒麦子的场院屋子里。战争年代条件艰苦，行军打仗期间，有时一天吃不到一顿饭。记得自卫战期间，有一年过年，我带着伤员在村里，水饺已经下锅，敌人的机关枪在村子那头就响了。我们顾不上水饺，马上带伤员撤退。虽然艰苦，但同志们相处没有隔阂，干部和战士间都很平等，有困难大家互相帮助。

到淮海战役时，我的个头长高了，也当了助理医生，参加救助伤员。当时我在鲁中南第六重伤医院，淮海战役时三次用农民的牛车把治疗后的伤员送往前线归队，路上经历了飞机轰炸，都将伤员安全送达回来了，立了三等功。

淮海战役结束后，得知济南白求恩医学院干部班招生，我和两位战友背着背包，一路步行到兖州，坐上解放军的火车到了济南。此后我又先后在速成中学、山东医学院医疗系学习，毕业后留校当辅导员，此后担任教育科科长、办公室主任等，后来任山东医科大学副校长直到退休。

中国人民抗日战争是我们中华民族历史上取得最彻底胜利的一次民族解放战争。我们今天的幸福生活来之不易，青年人不能忘记历史。中国共产党领导中国人民开展的波澜壮阔的革命，为实现中华民族伟大复兴的中国梦打下了坚实基础。

今天的中国在以习近平同志为核心的党中央领导下，在经济、外交、国防、教育等各方面实力都有很大提高，党的建设也开展得很有成效。我每天都关注新闻，国家大事都没有落下。

我感到现在的生活很幸福。每天我都出去锻炼，见到新的建筑工地就和工人聊聊工程情况，对济南这几年的进展都很了解。希望我再努努力，等到抗日战争胜利80周年纪念日，再拿纪念章。

编者注：徐迅，1923年10月出生于山东莒南，1940年5月参加八路军山东纵队9支队，任扩军组文书，同年9月加入中国共产党，开始了70多年的革命生涯。后转入地方工作，曾任中共莒南县委宣传部干事、区委书记、组织部部长。全国解放后，历任中共郯城、邳县、苍山县委书记，先后在山东省委宣传部办公室、科学卫生体育处、干部处，山东省文化厅人事处，山东省贫下中农协会等单位担任相关负责人，曾任第四届省政协委员，1979年5月任山东大学副校长至1984年5月离职休养。

赵庆茂，1929年12月出生于山东临沭，1943～1944年任抗日儿童团团长，1944年12月参加革命工作，并于1945年12月加入中国共产党。新中国成立前曾先后担任战士、看护员、卫生员、医助等工作，1948年参加淮海战役荣立三等功。1954年在山东医学院附设速成中学、1958年在山东医学院医疗系学习，毕业后留校工作，1976年担任副校长至1993年4月离职休养。

作者：离退休处抗战老干部　徐　迅　赵庆茂

9月4日　星期五　晴

济南市青年志愿服务项目大赛金奖团队成员 · 王　涵

昨天，我代表山东大学青年志愿者联合会前往济南市龙奥大厦进行第二届济南市青年志愿服务项目大赛答辩。

两天前，我接到了要外出答辩的任务。虽然只有短短两天的准备时间，但幸运的是，我所在的青年志愿者联合会的同学给了我很大的帮助。

汪雨柯同学负责收集我们项目的资料，写好了答辩所需的答辩稿和幻灯片；任君敏同学为了减少出行中可能遇到的问题，选择与我一同参加本次答辩活动；青志联主席黄郁茗学姐给我进行了多次心理建设，增加我参与答辩的信心。在同学们的帮助和鼓励下，我做好了参加本次大赛的准备。

一大早，我匆匆吃完早饭，穿好正装，和同学一起前往比赛地点。进入指定会议室之后，我发现原来参加比赛的远不止高校的同学，还有中建三局、济南医院、纪检部门、蓝天救援队等济南市各个不同领域的志愿者们，这让我从不同的视角了解到了大学之外的志愿服务活动，增长了许多见识。

轮到我答辩了。虽然心中有些紧张，但是顺着答辩稿清晰的思路，我很快把注意力集中在了项目讲述中。还剩下 30 秒的提示响起，我进行了简单结尾，比较顺利地完成了这次答辩。随后，山东省志愿者协会理事长刘北雪向我们讲述了他在听取答辩时发现的问题以及一些建议，我受到了很大启发，也立志要提升自己组织和参与志愿活动的能力。

在经过一段时间的焦急等待后，评委开始公布结果。当听到银奖和铜奖都没有我们的项目时，我们还感到有些慌张，但随后居然在仅有 4 个名额的金奖中听到了我们项目的名称，我们甚至都开始怀疑起自己的耳朵，但事实证明我们确实得到了金奖。

回顾这次得奖，我认为并不是偶然。我们的“服务社区”行动从 2005 年开始启动，目前已经建立包括助残助老、关爱青少年等主题的志愿服务基地 18 个，服务济南、青岛、威海三地数万人次，活动受到同学们的广泛欢迎和服务地的好评，去年还被评为全国大学生志愿服务社区示范项目。比赛中，我们的答辩稿和幻灯片重事实经验而非单纯描绘理论，在展示说明时，更能充分抓住评委与观众的眼球，也更具真实感，把整体内容在短短 5 分钟的时间内很好地展示了出来。这次参赛经历更让我明白了，只有脚踏实地，才能取得理想的成绩。

作者：马克思主义学院 2019 级本科生　王　涵

9 月 5 日　星期六　晴

"激光雷达"青海湖野外试验队成员 · 董亚魁

今天是我与试验队成员李永富、刘俊良来到青海湖进行野外试验的第八天，我们的试验也接近了尾声。回顾来到青海湖试验区域开展野外试验的一周，有野外低温对设备和试验者的考验，有被困在公路上无法前行的窘迫，同时也有着获取到一组组试验数据的满足。

刚到达试验场地青海湖某区域时，所有成员都出现了或多或少的高原反应——头晕、心跳加快、稍微活动就会感到喘不上气，有的成员甚至需要通过氧气瓶吸氧才能正常活动。经过短暂休整后，大家基本都适应了海拔 3000 米以上的高原环境。在休整期间我们根据现场实际情况制定了现场试验方案，首先进行激光雷达线扫描成像，然后进行激光雷达单点远距离测距，在两个试验之中进行短波红外、可见光和远红外三个波段的场景数据采集工作，完善我们在网站上开放共享的"红外数据图集"。

在激光雷达线扫描成像试验中，我们通过优化光路，修正探测器的各项指标，成功扫描到预期高压线塔等目标。在激光雷达单点远距离测距试验中，我们重新构架了新的光路结构，搭载单点六角密排光纤，设置不同的振镜控制参数进行测试，终于在今天的试验中，达到了预期目标，团队设计的激光雷达测距系统有了新的突破。

在试验之余，我们团队成员围绕青海湖区域利用短波红外相机、可见光和远红外相机云台进行了大量的场景采集，形成大量的图片和视频数据，这些数据对我们分析不同波段的光波在不同物体上的反映以及在不同场景下各个波段的光波成像的优劣势具有非常大的实际意义。短波红外成像受大气散射作用小，透雾、霭、烟尘能力较强，有效探测距离远，对气候条件和战场环境的适应性明显优于可见光成像。远红外成像利用目标与周围环境的温差成像，对比度高、作用距离远，对于树丛、草丛具有一定穿透能力，易于发现热目标。

这次青海湖野外试验的经历对我们团队成员来讲非常难忘，试验的成功也是我们每一个人日夜不休的努力结果，今后我们必将更加努力，在科研道路上不懈奋斗。

作者：光学高等研究中心工作人员　董亚魁

9月6日　星期日　晴

管理学院本科生·杨小雪

今天是返校的第一天，这个秋天也是我大学时光里在济南度过的最后一个秋天。

“请你在秋天来。那城、那河、那古路、那山影，是终年给你预备着的。可是，加上济南的秋色，济南便由古朴的画境转入静美的诗境中了。”三年的求学时光，让老舍先生笔下的济南显得分外亲切。回想起过去三年的日子，也觉得时间分外匆匆了，但我仍然希望在匆匆里找寻意义。

在这个假期里，我有幸采访了山大二院的援鄂抗疫护士王鹏。今年2月，王鹏在医院上夜班时，接到了支援通知，心里既激动又忐忑。一方面，在国家危难之时，作为一名医务工作者奔赴前线，他感到很自豪；但另一方面，王鹏也担心自己不能平安归来，那家中老小该如何生活，心中多少还是觉得愧对家人。这样的纠结与担心也让我看到抗疫一线人员作为普通人的一面，而正是这样属于普通人的奋不顾身才让人更为之动容。而在这次疫情中，这样的人还有很多很多。

在武汉时，王鹏的主要工作是护理重症患者。有位患病老奶奶令王鹏印象深刻。患者患有阿尔兹海默症，像个小孩子，每次到王鹏上班期间，他都会喂老人家吃饭、吃药，搀扶她去厕所，用当地的方言“婆婆”称呼她，时间久了，后来每次到王鹏值班，老奶奶都很“听话”，总是拉着王鹏的手，讲一些陈年往事。王鹏说，尽管听不懂当地方言，但是从眼神中可以看出老奶奶的情感与信任。

感谢一线医护人员的无私奉献。3 月 26 日，武汉同济医院中法新城院区 C7 西病区最后两名患者出院，病区正式关闭。顺利完成援鄂任务后，王鹏也与队友踏上归程。在返程当天，王鹏收到了同济医院为医疗队员送的“一证一衣”当作纪念品，纪念证书上写着“情深意厚，山高水长”，大红色的 T 恤衫上写着“守望相助，同舟共济”。

采访完王鹏，我的心中涌起对医护人员的敬意，同时也涌起对生活的热忱。感谢负重前行的每一个人，让我们可以无悔青春，奋勇直前。这就是我在大学找寻到的意义吧。

作者：管理学院 2017 级本科生　杨小雪

9月7日　星期一　晴

能动学院新生·陈佳怡

不知不觉，距离从母校领取朝思暮想的录取通知书已经过去了五天，我激荡的心情至今都难以平复。手捧精美的录取通知书，品读着山大“学无止境，气有浩然”的校训，我仍旧没有适应从一名高中生向一名大学生的转变。生活在福建的我，觉得山东好遥远，山东大学又是那么的陌生。

幸好，昨天傍晚时分，为了满足我们对大学校园环境的憧憬和期待，贴心的学姐们通过视频直播的方式，带领我们一起漫步兴隆山校区。生机勃勃的校园，学姐们轻快的解说，来来往往的莘莘学子，让我觉得亲切又向往。

今天下午，为了让我们进一步了解即将学习生活的校园，学院的任伟副书记通过线上会议向我们讲述了山东大学的百余年风雨历程，宣扬了附属医院支援湖北医疗队的抗疫精神。如果说昨天傍晚的直播带给我的是温暖，让我心里充盈着青春的朝气，那么今天下午新生线上教育会议，则带我进入了一个庄严的氛围。

我在山大的宣传片里，看到了童第周、束星北，看到了闻一多、沈从文，从这里走出的人才，遍布社会的各个领域；我看到了热科学团队为暗物质研究和“上帝粒子”的发现作出的突出贡献，看到了生殖医学团队在不孕症机理及诊断中取得多项原创性成果；我还看到当病毒阴霾笼罩着九州的时候，山东大学齐鲁医院、第二医院医疗队的成员勇敢逆行，怀揣着医者的仁厚善良，在战场上与病毒厮杀，为病人们搏出了一幅春暖花开的美丽图景。

漫漫 119 年，岁月予山大以深度，时光予山大以广度。站在 2020 年，当我回望山大的历史时，我看到了一条平静而深沉的河流，无声滋养着我们的国家，历经岁月却永远朝气蓬勃，坚守着“为天下储人才，为国家图富强”的办学宗旨。

直至会议结束，山大历史的河流依然在我脑海中奔涌，一张张老照片从河流中浮现又归于河流，最后浮现出的是医疗队里一位天使姐姐盛满盈盈笑意的眼睛。我突然产生了一种冲动，我好想成为他们中的一员啊，满腹经纶地从山大走出，为国家社会贡献自己的力量，就像孩子投入母亲的臂弯。

满怀希望地等待着未来，盼望着 9 月 12 日新生报到日的到来。

作者：能动学院 2020 级本科生　陈佳怡

9月8日　星期二　晴

“最多跑一次”改革调研团队成员 · 叶建城

返校一周，我们团队在暑期开展的社会实践活动也快要落下帷幕。在整理需要提交的材料时，我看着熟悉的采访记录和照片，回忆突然涌上心头。

回顾2020年的暑假，我们在特殊的时代背景下进行了一场特殊的社会实践活动。由于突如其来的疫情，我们不能离开各自居住地进行跨省市的活动，但这丝毫没有消减同学们进行社会实践的热情。我们集结了同在浙江的几位同学，充分利用互联网，采用“线上＋线下”的模式，各自调查所在地区的政府机构，展开了一场关于浙江“最多跑一次”改革落实情况的调研活动。

“只要思想不滑坡，方法总比困难多。”疫情带给我们的不仅是限制，也让我们的团队在调整中擦出了新的火花。因为是针对浙江地区的调研，所以团队成员必须在浙江居住，但光靠文学院的浙江籍同学并不足以撑起一个团队，所以我们团队有相对特殊的构成：以文学院为核心，大多数成员是来自其他学院的山大学子，其中有物理学院、管理学院、机械学院……理科与文科思维的碰撞、术业专攻之下更合理的任务分配，构成了调研活动中一个又一个的闪光点。

不仅如此，由于这次调研采取了各自调查、线上总结的“分头行动”方式，我们得以用更低的时间和物质成本获得更广阔的样本范围。我们的调查地点从浙南到浙北、从市区到乡镇、从车管所到政法委，在覆盖广的同时都十分具有代表性。

当然，给我留下最深印象的还是“最多跑一次”改革的实效。政府部门为了推动改革，设立“矛盾调解中心”之类的新机构，合理安排整合各部门的职能范围，还推出了“浙里办”这样让民众足不出户就可以在手机上完成办事全程的 APP。我们的问卷调查显示，调查对象对“最多跑一次”改革的满意度高达 94%。

对这项改革，我自己也有切身体会。今年上半年，家里的店铺需要重新办营业执照，办事的整个进程都可以在 APP 上查询，而且我也感觉到速度明显比前几年快了很多。我同学的父亲是公务员，暑期去他家做客时提到了我们的调研活动，得知他父亲正好在为了“最多跑一次”改革搬迁办公地址。这两件事都让我感到了“最多跑一次”改革不是画大饼，是一步一个脚印坚实地向前走的、有生命力的改革。

作者：文学院 2019 级本科生　叶建城

9月9日　星期三　晴

山东大学先进教育工作者·果　娜

又是一个忙碌的上午，即将报到的新生正在咨询宿舍与接站安排，正在实习的同学不断办理出入校门申请，毕业班需要一场直面疫情的生涯规划指引与心理疏导……就在我正处理各种微信消息时，突然弹出几条老学生的问候，原来是教师节又要来到了。今天，学校隆重举办 2020 年教师节表彰大会，而我也很荣幸地被评为了“山东大学先进教育工作者”，要在这次大会上领奖。

匆匆赶到会场时已快下午 2 点。庄严的国歌声中，表彰大会正式拉开了帷幕。山东大学优秀教师、优秀共产党员、山东省教书育人楷模……看着一位位优秀的教师上台领奖，我的情绪渐渐激荡起来。台上的这些老师们，他们有的几十年如一日，在三尺讲台上传道授业；有的春风化雨、循循善诱，陪伴着一届届学生走向光明的未来，哪怕是在今年这样一个极其特殊的时期，他们也仍然坚守着自己的初心和使命，在最困难的条件下，展现了山大教师的最美灵魂。这是一群多么可爱的人啊！

很快，“山东大学先进教育工作者”的颁奖开始了，有幸站在来自各个学院、各个部门的优秀同事们中间，我想，这项荣誉与其说是对我个人的表彰，不如说是对山东大学整个辅导员工作队伍的肯定。在这个平凡的工作岗位上，我的工作成绩微不足道，但立德树人、传递薪火的思政教育工作却注定将是一项功在千秋的事业。往日学生在校园里的忙碌与欢笑仍然历历在目，但从前那些为就业和情感烦恼的孩子，一转眼也已经成长为教书育人的小青椒。在担任文学院研究生辅导员的十五年间，我曾无数次追问工作的意义，每当学生告诉我，他们找到了满意的工作，他们因为我选择了辅导员岗位，他们也在像我一样对待自己的学生，他们永远难忘在山大的这段青春岁月……我就又一次明确，这就是这份长青事业的最大价值所在——守护着纤细的小树长大成材，守望着迷茫的孩子成为社会栋梁，每一位辅导员、每一位思政教师，都在这样的事业里，绽放着生命的最大华彩。

典礼接近尾声，我的脑海里却画面迭出。那些行为人师、身为世范的前辈师者，为我们这些后来者诠释了何谓“师者仁心”，也照亮了我们前行的道路；那些脚踏实地奋斗在平凡工作岗位上的同事们，以辛勤付出让“立德树人”的理念在校园的每个角落扎根，让每一个学生走得更远更坚定；还有在这些年辅导员生涯中有幸相逢的同学们，他们青涩稚嫩却又朝气蓬勃，为我们共同的山大注入青春活力，更承载着我们的期待与祝福，拥抱自己无限的可能……

走出报告厅的那一刻，我的思绪仍在飞扬，但千言万语都化作了胸中激荡的振奋之情。祝各位桃李天下的师者节日快乐！愿我们都能在工作中满溢幸福，在百廿山大强校兴国的征程中，书写好属于我们自己的华章。

作者：文学院辅导员　果　娜

9月10日　星期四晴

山东大学优秀教师·唐贵瑶

昨天，我参加了学校“2020年教师节暨优秀教师表彰大会”。当国歌响起时，一股热流涌遍全身。从樊校长手里接过荣誉证书，在内心喜悦的同时，我心怀感恩。说实话，得知自己荣获“优秀教师”的荣誉后，我内心更多的是忐忑。我知道，我一路走来离不开前辈们和同事们的支持和帮助，我还有太多东西需要向他们请教和学习。现场参加表彰大会，我也收获良多，许多教学专家和学术大咖都来到颁奖现场，送上寄语并分享工作经验，这对我来说是一次非常宝贵的学习机会！

时光飞逝，今年是我到山东大学工作的第9个年头。九年来，我在学校、学院营造的良好工作、生活、科研氛围中受益良多。在日复一日、年复一年的教学和科研工作中，我从未动摇过自己对教师这份事业的热爱和对学生发自内心的喜欢。做好学生的引路人，像对自己的孩子一样去关心、爱护、培养他们就是我的从业初心和努力方向。我选择学术道路，将教师作为终生奋斗的事业也得益于求学路上诸多恩师的关爱和栽培，恩师们以身为教，以德为范，让我对教师这一事业产生了深深的憧憬和向往。在第36个教师节来临之际，首先对求学路上给予我指导和关爱的恩师们表示感谢，也祝天下所有的老师节日快乐！

今天，我的很多学生也给我发来了祝贺，其实我内心更多的是对学生们的感谢。没有学生，我是谁？谁还会叫我一声“老师”？有时候我在想，在教师节是不是更应该对学生说句“感谢”？因为是学生的存在，才让老师们拥有了这一天！

正是因为心怀对学生的感恩和喜爱，在工作中，我一直坚守“有教无类，因材施教”的育人理念。学校，就是比家大一点的地方，学生在学校的时间比在家的时间长很多。在学校这个大家庭里，你若坚持探索真理，我必不离不弃。“立德树人”是我们教育的初心。一直以来我同样重视思想政治教育，将立德树人贯穿始终，引导学生在做学术前需要先学做人、学做事、学感恩、学取舍。就教师这一事业而言，教育贯穿我的一生，我有责任从品德修养、理论基础、研究方法等多方面对学生进行全方位的立体培养。

作为一名教育工作者，虽有一份光荣，但更有责任和压力。希望自己在未来教书育人的道路上，能够不忘初心，倾我所能，为培育面向未来的国际化优秀人才、建设学校更好的明天而加倍努力！

作者：管理学院教授　唐贵瑶

9 月 11 日　星期五　晴

联合国青年领袖暑期精英班学员·韦肖杭

打开网页，GYLA 的短视频大赛和征文创作大赛正在热烈进行中。这个夏天，我很荣幸作为山东大学一校三地 15 名学子代表之一，参加 2020 年联合国青年领袖暑期精英班（GYLA）。在这场为期三周的云端知识盛宴里，我领悟到了大师们山高水长的精神风范，邂逅了许多与我志同道合的优秀学子。

2019 年，我获得国家留学基金委的资助，赴朝鲜留学。那次宝贵的学习机会，不仅让我的外语能力得到提高，更丰富了我的阅历，让我对青年人的担当和联合国的使命有了进一步的理解。“无贫穷”“零饥饿”是联合国可持续发展的首要目标，我希望能为这些目标的落实贡献自己的绵薄之力。而 GYLA，正是我朝着自己梦想迈进的第一步。

GYLA 课程设计的基本理念为 3Q 结构，旨在让我们学习知识与技能的同时，进一步提高交际能力和提升跨文化团队合作精神。在这三周的课程里，我对国际组织与全球治理、国际项目周期管理、多元文化交流和联合国可持续发展议程等内容有了更深刻的理解。与此同时，GYLA 还通过举办小组研讨展示、短视频大赛、GYLA DAILY 投稿等活动，鼓励我们将理论和实践紧密结合，锻炼我们的执行力、创造力、领导力与团队合作能力，使得我们在团队合作中不断成长与进步。我积极参与 GYLA 的各项活动：担任视频团队小组长，负责课程截图汇集和闭幕式视频剪辑工作；作为山大新闻组的成员，负责文案撰写、图片制作和排版工作；积极向 GYLA DAILY 投稿，发表自己对联合国可持续发展目标的个人观点……

在 GYLA 大家庭里，我结识了许多良师益友，受益无穷。祖良荣博士鼓励我们不光要学习课本上的知识，还要学会修身养性，提高情商，做复合型人才。他还倡导我们积极学习中国传统文化，讲好中国故事；在山大团队中，王迎春老师和颜阁老师加班加点、辛勤指导我们团队工作的开展，关注每一位山大学员的状态并及时给予鼓励和督促。在 GYLA 优秀营员竞选演讲前，王老师和颜老师从仪容仪表、英语发音、心态调整等方面，为我们进行了一对一的指导。感谢老师们一路的陪伴与关怀，我们必将心怀感激，砥砺前行！

开拓国际视野，筑梦国际组织，勇担时代使命。现在的我，已经步入大四，又一次站在人生的十字路口。在大四学年或研究生阶段，我计划申请国际组织实习，朝着自己的联合国之梦一步步迈进。期待有朝一日，自己能在跨文化的国际环境中工作，讲好中国故事，传播中国声音，为全世界人民服务。

“心中有阳光，脚下有力量，为了理想能坚持、不懈怠，才能创造无愧于时代的人生。”我将时刻牢记习近平总书记的殷切嘱托，胸怀一颗为国家建设服务之心，不断严格要求自己，真知力行、无悔奉献，与国家发展和民族复兴同行。

作者：东北亚学院 2017 级本科生　韦肖杭

9 月 12 日　星期六　阴转晴

能动学院新生 · 刘骏威

今天，于我而言，是一个具有里程碑意义的日子，不仅仅是因为这一天是我的生日，还因为这是我来到山大的第一天，真真正正地成为山大学子的第一天。

身为山东大学能源与动力工程学院的一名新生，在乘车前往兴隆山校区时，我不断地想象着未来四年的大学生活，相信作为国内一流大学的山东大学，肯定是我实现自我价值与为国家作出贡献的最好舞台。

将至兴隆山校区时，转过隧道，蓦地看到绵延的群山与颜色各异的房屋，心中的震撼之感久久不能消退：联想到山大“学无止境，气有浩然”的校训，一座气压群山的古老学府在我的心中跃然而出，再一次，我为自己作为一名山大人而感到骄傲。

当我到达校区大门口时，一位不知名的学长向我打电话询问我的位置；在我拖着大大小小的行李进入校园后，学长再次打电话询问了我的位置。之后在新生报到处，一位学长走过来询问我的名字，确认之后，学长向周围的学长学姐们喊：“是他是他！”热情的学长学姐们闻声向我奔涌而来，将我团团围住，带领我走向他们精心准备的生日蛋糕。这时，我才反应过来，今天是我 18 岁的生日，是我正式成年的日子。

面对着学长学姐们的热情，我略带紧张地许下了自己的生日愿望，吹灭了蜡烛，接过学长递来的生日礼物，心中充满惊喜与感激，既惊喜于一名新生的生日能被众人所知晓，又感激于学长学姐们愿意为了一名新生而大费周章准备礼物。这让我在开学第一天便感受到了山大人的热情似火，这是与山大优良的学风同样宝贵的财富。

除了正常的报到流程外，山大人的体贴细致也让我印象深刻。报到处帮我安排行李的学长，在前往宿舍时主动为我搬运行李并介绍学校情况的学长，以及在报到处与我握手的教授，他们身上的热心与友善都令我倍感亲切，让我有一种回到家的感觉。

再一次感谢山东大学这座底蕴丰富的学府对我们这些学子的关爱与培养，我为自己身为山大人而骄傲！

作者：能动学院 2020 级本科生　刘骏威

9 月 13 日　星期日　晴

公卫学院迎新志愿者·张琼瑶

这两天是新生开学的日子，在这个秋意浓浓的九月，一大批朝气蓬勃的新生来到山大，在这里开启属于他们的新生活。而我作为公共卫生学院的一名志愿者，也有幸参与到了这次迎新工作中。

在这个秋高气爽的季节，我们学院为了更好地帮助新生报到并使其更快地融入学校，组织了此次志愿工作。今年趵突泉校区的大一新生都被统一安排到中心校区报到，于是我们学院安排了两批志愿者，一批在中心校区迎接大一新生，而另一批则留在趵突泉校区等待研究生新生的报到。我身为研究生三年级的学生，这是在学校的最后一年了，实在很怀念当时初入校园的时光，为了感受一下迎新的热闹氛围，我报名参加了迎新志愿服务。

学院提前做好了各种迎新准备，安排好各项工作，力求给报到的新生带来温暖便捷的服务。新生一到学校，就有志愿者负责指引或带领新生们去中心花园处报到，到了报到处也会有专人负责给新生们注册，讲解报到细则，然后还有工作人员对新生进行核酸检测。除此之外，我们志愿者还负责给新生们指路、看守行李、搬运行李等工作。在校门口会有志愿者帮助新生们把行李搬运到车上，到了宿舍楼门外，我们也有志愿者帮新生们把行李从车上搬下来并且看守好，等待他们相关报到程序完成后，再帮他们把行李搬运到宿舍楼内。我负责的志愿服务内容就是给新生们指路、看守行李以及搬运行李这几项。我被分配到学生 1 号公寓楼门口进行志愿工作，这里张贴着公共卫生学院的牌子，一旦有新生过来，问清其是我们学院的同学，我们就热情地帮助他们解决各种问题。

此次我们学院一共有 200 多名新生前来报到，每一位新生都顺利地完成报到，入住新宿舍。当最后一名同学走进宿舍，我们的志愿工作也圆满完成了。

回想这两天来的经历，我感慨颇多。这次迎新工作是繁琐而劳累的，面对络绎不绝的人群，要一直保持着饱满的热情，认真负责地帮助每一位新生。但这份志愿工作也让我体会到了欣喜和慰藉，看到我们公共卫生学院的新生们都是这么的朝气蓬勃、热情洋溢、充满活力，听到每一位新生在被我们帮助后都不停地表达感激之情，想到这些学子将是我们公卫学院的新生代力量，我由衷地感到骄傲。

在这个瞬息万变的时代，在疫情还未完全结束的背景下，希望这些新生们和我们一起，为这世界贡献一份属于公共卫生的力量。

作者：公卫学院 2018 级硕士研究生　张琼瑶

9月14日　星期一　小雨

异地校内双向挂职教职工·张　雷

从明德楼五楼眺望窗外，一片郁郁青青，丝毫看不出孟秋已别、仲秋将至，又一个收获的季节。

今天刚好是我在山大求学、工作满12年，异地校内挂职工作满1周的日子。7天，168个小时，让我更加切身体悟到了山东大学建校近120年来的文化基因。

信念坚定，业务精湛。2020年8月26日，山东大学2020年干部双向挂职网络培训正式启动。课程含金量高、内容丰富：从习近平总书记关于教育的重要论述及落实方略、国家治理与干部人事制度改革、新时代背景下年轻干部所面临的新形势等大方向，到强院兴校“为什么、怎么看、怎么干”和加强干部档案管理等，都充分、全面地丰富了我们的知识、思想和理论。系列培训引导我们以坚定的信念做好角色转换，全面指导帮助我们快速开启业务、精简工作模式。

崇实品格，精心筹备。挂职到岗后，恰逢人事部同事精心筹备教师节表彰大会。在这次大会的前后筹备组织工作中，我看到了部门同事齐心协力、共谋大事的精神。为了呈现一场完美的表彰大会，部门人员齐上阵，加班加点，多次排练；着眼大局，关注细节，以追求卓越、只争朝夕的工作状态传达了崇实品格和山大精神。在随后的部长见面会上，部门领导和同事对包括我在内的挂职工作人员，给予了生活上的关心和工作上的指导。同事们以实际行动为我接下来的工作开展定了标准，打了样。

百日山大，家国情怀。短短一周，我听到了很多故事，学到了很多精神，感受到了诸多温暖。郭书记和樊校长慰问全体教职医务员工的信中提道：“最近一个时期，在全校上下的共同努力下，我们努力克服疫情带来的不利影响，各项事业都取得显著成绩，人才培养质量广受赞誉……”山大人，不管在任何时候，都能够秉持山大精神，用行动作答时代呼唤，用实干回应社会期许。

铆足干劲，保持韧劲。特别感谢学校党委、威海校区党工委的信任，感谢校区人事处领导和同事们的支持，感谢学校人事部提供了这个挂职锻炼的平台，让我有了这次学习锻炼的机会。在山大求学、工作已有十二载，我有了深深的山大人情怀。我不仅时刻铆足了工作干劲，更充分保持了工作韧劲。在有限的挂职日子里，我会认真学习、积极进取，尽自己最大努力奏出山大最强音。

作者：威海校区人事处教职工　张　雷

9 月 15 日　星期二　晴

强基计划新生 · 李　政

窗外天色阴沉，屋内的讨论热火朝天。我们化学学科强基计划的同学正策划开学的第一次班会。“对，我也觉得习近平总书记提到的‘加强基础学科本科生培养’和我们很有关联。那我们班会就从学习总书记在科学家座谈会上的重要讲话开始，聊聊大家选择强基计划的初心和山大人的使命担当。”

确定班会内容后，我们很快做好了分工，有的同学自愿担当主持人，有的同学积极策划活动，而我负责准备班级 PPT 文本以及背景音乐。排练时，我的脑海中仿佛已经出现班会时热烈讨论的场景。

9 月 11 日下午，习近平总书记主持召开科学家座谈会并发表重要讲话，针对创新人才教育培养，提出要加强数学、物理、化学、生物等基础学科建设，加强基础学科本科生培养，探索基础学科本硕博连读培养模式，吸引最优秀的学生投身基础研究。习近平总书记的这些话语令我们倍感振奋。

我不禁回想起今年春天报考强基计划时的心情。高中时，我发现了自己对于化学的热爱，并且也体会到国家对于基础学科发展愈发重视，于是我申请了山大化学学科的强基计划。而当我得知自己成功入选、能够在自己喜欢的学科从事科学研究时，喜悦之外，我更感受到将个人的热爱和理想融入国家发展的责任。

初入山大化学院，我已感受到老师、学长学姐对我们的关爱。院长书记走进宿舍和我们亲切交流，志愿者协助我们办好入学各种事宜、耐心解答我们的各种疑问，老师细心嘱咐实验室安全教育等。强大的师资力量和细致入微的关怀，这些都让我坚信，山大是正确的选择。

“一代人有一代人的担当，一代人有一代人的使命。”在强基计划元年，报选强基计划的我们每个人都有对未来和对山大的憧憬。有的同学想要成长为国之脊梁；有的同学想要深入基层；有的同学想要打造新产品，将中国品牌搬向世界舞台。我想，作为一名大一新生，我目前首先需要学好基础课程，作为学习的发展保障，更要改变学习观念，由“两耳不闻窗外事，一心只读圣贤书”转变到“放眼看世界，迈足向未来”。

窗外的云依旧是浅灰色调，为山大蒙上了一层蒙眬的面纱，但是我们的内心已不迷茫。踏上征程，我们无问西东，勇往直前。

作者：化学院 2020 级本科生　李　政

9 月 16 日　星期三　晴

齐鲁医学史宣讲团成员 · 唐志远

今天是齐鲁医学院新生入学教育的日子，我们接待了从中心校区赶来的基础医学院本硕四个班的同学，为他们介绍齐鲁医学的起源与发展。希望通过院史的讲解，让新生感受到齐鲁医学的厚重积淀。

齐鲁医学院百年院史馆共分为三个展厅：第一展厅介绍的是从 1864 年登州文会馆成立到 1952 年齐鲁大学在院系调整中撤销这段时间的历史，着重介绍了齐鲁大学的创立与发展；第二展馆介绍的是从 1952 年山东医学院的成立到 2000 年山东大学、山东医科大学与山东工业大学合并这段时间的历史；第三展馆介绍的是自 2000 年合校之后，齐鲁医学的进一步发展。

经历了疫情，我对院史馆的陈列内容也有了更深的理解。在讲到抗日战争期间，齐鲁大学搬迁到四川成都，与华西协和大学等大学一同办学的这段历史时，我又想起了今年齐鲁医院援鄂医疗队在天河机场与华西医院医疗队互相致意的视频。这跨越 80 余年的再一次合作，让全国人民再一次感动，也让我们齐鲁学子对学院的悠久历史感到自豪。在讲到齐鲁医学院的国家重点学科之一——流行病与卫生统计学时，我也向各位学弟学妹简单介绍了流行病学研究在此次新冠疫情防控工作中的重要作用。

讲解过程中，各位学弟学妹也对齐鲁医学的历史表现出浓厚的兴趣。在介绍山东医学院和山东医科大学时期毕业的知名校友时，9 名院士校友让大家赞叹不已。在介绍被列为国家文物保护单位的齐鲁大学近现代建筑群时，中西融合的建筑样式、古朴幽静的校园环境、深厚的建筑历史与背后的故事也让各位学弟学妹大开眼界。

两年前，穿着军训服的我和同学们在学长学姐的讲解下参观了院史馆。当时的我对一切都是那样好奇，对学长学姐流畅、风趣的讲解感到非常敬佩，如今，我也有机会给同样充满好奇心的学弟学妹们介绍齐鲁医学悠久的历史。希望这次参观，能让各位学弟学妹感受到齐鲁医学院厚重的历史、浓厚的学习研究氛围以及“博施济众，广智求真”的精神，激发他们对医学学习的兴趣与热情。而作为一名宣讲员，在向大众宣传齐鲁医学历史的路上，我还将继续努力。

作者：基础医学院 2018 级本科生　唐志远

9 月 17 日　星期四　晴

图书馆工作人员·李　瑛

金秋九月，2020 级新生如约而至。在忙碌的迎新工作结束后，丰富的新生入学教育随之开始，引导新生尽快适应新环境，为接下来的科研学习打好基础。作为入学教育的一部分，图书馆每年都会对新生进行入馆教育，介绍如何高效利用图书馆的资源。我今年有幸负责管理学院和体育学院的新生培训。

上周我在线上完成了管理学院的培训，今天到线下对体育学院的研究生作入馆教育。由于我是在管理学院完成的本科和硕士学业，对管理学科较为熟悉，所以上次的线上培训相对从容；但对体育学科了解较少，所以在接到要去给体育学院做培训的任务后，我浏览了学院网站，了解了学院对于体育学科研究生的培养计划、方案、形式以及学院师资情况，检索了专业数据库以了解学院教师研究方向、科研成果和学科核心期刊等信息，在课件中适当加入体育学科的内容，希望培训能更具针对性。

下午 4 点，我提前半小时到达体育学院报告厅，做好培训前一系列准备工作。离约定开始时间还有 10 分钟，同学们已全部到达。我深深感受到大家对于此次培训的热情，希望能把图书馆提供的资源和服务完整清晰地介绍给他们，使图书馆真正成为大家科研路上的好帮手。我从图书馆的概况讲起，首先播放了图书馆的宣传片。宣传片形象生动地展示了图书馆的历史、现状、馆藏、分馆特色、文化活动和空间设施等内容。接着，我着重介绍了图书馆目前拥有的资源，从纸本图书到数据库，从门户网站到微信平台，从资源荐购到馆际互借，方便大家多载体、多形式、多渠道去获取图书馆的资源，以便更好地开展科研工作。最后，我讲解了信息咨询、查收查引、信息素养教育、讲座预约、定题服务等深层次服务，全方位、全流程、全领域地为同学们开展科研服务。

不知不觉间，一个小时的培训结束了。走到校园里，天格外蓝，风分外柔，回想起学生眼神里流露出的对知识的渴望、对科研的投入和对未来的期待，我的脚步更加坚定。祝愿新的学子书写灿烂的人生故事，祝福百廿山大迈向崭新的征程……

作者：图书馆工作人员　李　瑛

9月18日　星期五　晴

能动学院新生·何晓源

今天，学院学生组织进行了纳新宣讲。进入宣讲大厅的那一刻，欢快明朗的音乐旋律悄然响起，让人心潮也随之澎湃起来。大厅里，掌声此起彼伏，一片欢声笑语。

在这里，学长学姐们的热情让我找到了一种归属感，那种关怀难以用简单的言语来形容。在这里，有协助主席团日常工作的秘书处，有服务社团、引领社团的社工部，还有积极承办体育类活动的体育部，维护学生切身利益的权益部，更有为同学们生活增添色彩的生活部，为学院拉取赞助、联系杰出校友的外联部。除了学生会之外，还有包括双创中心、青志联、艺术团以及新闻中心的团务中心，都给我留下了深刻的印象。在这里，各部门相互帮助、相互协调，将学院学生工作高效健康地推动下去。同学们对这些组织的报名摩拳擦掌、跃跃欲试。

在隶属团务中心的新闻中心开始纳新宣讲时，我决定选择它。学院新闻中心是一个令人神往的地方，以宣传学院最新方针、活动状态，建立健全网络宣传平台为中心定位，辅以举办征文摄影类比赛活动等，扩大学院的影响力。新闻中心下设三个部门：记者团、新媒体部门、视觉设计中心。我最想加入的是扛着相机满“山”跑的记者团，拿起手中的相机，跟进报道学院召开的会议、各部门和各组织的活动，采访优秀的教师、学生，制作拥有自己风格的视频。

我一直在想，为什么直觉会催促我选择新闻中心？回到宿舍后我才恍然明白，这是一种选择，选择走出自己的舒适圈，是对命运的探寻，对未知的挑战；这是一份执念，是对生活中美好的追求，对记录自己、学校、国家成长的渴望。

今天不仅仅是学院学生组织纳新的日子，更是“九一八”事变89周年纪念日。勿忘国耻、捍卫和平，日本侵略者侵占中国领土、杀害中国同胞的残忍行径将永远被钉在历史的耻辱柱上，中国人民战胜法西斯的伟大胜利将永远被歌颂。我们呼吁铭记战争，不是为了记住仇恨，而是祈愿我们在明天能拥有更长久的和平。今天，在各种网络平台上，我看到了战争的尘土、残痕；看到了纪念“九一八”、勿忘国耻的呼喊；看到了笛声长鸣、和平鸽飞向蓝天；看到了青年学生们对和平的珍惜、对抗日先辈的致敬、对国家的忠诚、对中华民族的热爱，以及对伟大复兴的坚定信念。

我由衷地希望能去新闻中心，记录下每一个重大的日子，每一个精彩的瞬间，记录下学校“由大到强”历史性转变。在一次次实践中磨炼自己，在一天天的工作中找寻自己，我们将在这里成为更精彩的自己。

作者：能动学院2020级本科生　何晓源

9月19日　星期六　晴

国教学院新生·徐文玉

周六的夜晚，坐在宿舍里看书，不觉之间出了神，发现自己已经来到山大一周，回想成为“山大人”“国教人”的这些日子，思绪万千……

秋意渐浓，天朗气清，开学日早晨，我独自一人拉着行李穿梭于熙熙攘攘的人群间，不时看一下录取通知书上的“国际教育学院”，第无数次畅想关于我、关于学院的未来四年时光。转弯处，“国际教育学院”的展台映入眼帘，微笑，欣然前往。国教，我终于来了。我们的故事，终于要开始了……

国教学院是一个有魔力的地方，它的可爱、它的温暖，足以让我们在初见时就深爱。清晨的微风与记忆，或许会比将要学习的知识更加长久地镌刻在我的脑海深处，在我的一生中标记着国教学院的温馨与美好。

首先见到的是已经网聊许久的英姿学姐，身着飘逸的汉服、展现着拔俗的气质，既描画了国教传扬中华文化的理想，又勾勒出国教人应该成长为的模样。选一株绿植，品一杯香茗，与同伴在留言板留下自己的名字，用视频日记记录初入学院青涩的自己，在这婉约又不失活力的入学仪式中，我看到了国教人的情怀，亦许下自己与学院朝夕相处的未来。当学姐们微笑着向我挥手时，我忽然恍惚了，仿佛看到了之前每一年的学长学姐们也在这里迎接新人，学院也每一年都播撒下推广汉语的火种，生生不息，志在闪烁于世界的每个角落。或许，这就是国教学院的精神内核——传承与发扬。与你的初见，是惊鸿一瞥。

刚入学的时光总是舒服与惬意的，留给我们充足的时间聆听校园的清风，留意校园的草木。

我们一同聆听导员和于老师的谆谆教诲，一同听和蔼的徐书记讲别开生面的健康教育课，一同在校史馆、博物馆触摸历史的温度、体味山大的风骨，一同感悟当今世界发展大势；在草木葱郁的学院楼，我们探索着大学生活的新奇，感受着老师们无微不至的关怀，尽快适应“国教人”“山大人”的角色。

给我留下最深刻印象的是在中华文化体验基地的经历，礼拜先师、初试六艺、碑拓印字、观剧品茗，在穿越千年的汉字演变中见证汉文化的韧性，在袅袅茶香中体会汉民族的婉约雅致，在余音绕梁的编钟声中感悟穿越漫漫烟月而来的心声。触碰即震撼，在这次经历中，我更加深刻地感受到了中华文化的深厚底蕴，厚植热爱，厚植情怀。与你的再见，是心头悸动。

最后一部分我实在不想称其为终章，因为我和国教学院的故事才刚刚开启，并且会绵延余生。一场宣讲，几个故事，便勾勒出国教人的家国担当。“站在同一个地方，望向同一个方向”是师生教学相长的剪影；“即使前路漫长，我们义不容辞、勇踏星光”是前辈学长们立志让汉语在世界每个角落兴起的理想与信仰。

宣讲结束后，我来到学院楼久久静立，凝望着这座被人文主义和理想主义浸润的园子，看着“汉语走向世界，吾辈义不容辞”的号召在阳光下熠熠生辉，我再次泪目了，激荡起一番震撼与重任在肩的心绪。与你的第三见，是未来可期，是携手前行。

汉语国际教育，关乎使命，关乎传扬。我们真的来日方长。

作者：国教学院 2020 级本科生　徐文玉

9 月 20 日　星期日　晴

创业基础课程参加者 · 许智超

夜晚 23 时 25 分，当我们创业团队的商业计划书成功投递到老师邮箱时，我长吁了一口气。回想这次创业基础课，真是一次奇妙的经历。

在上周周末，我用两天 16 个课时的时间参加了李铭老师开设的创业基础线下课。李铭老师说："创业课并不是让每个同学都创业，而是通过创业课程的学习，让每个同学更加清楚地认识自我，知道自己适不适合创业。"这一下子就勾起了我的兴趣。从某种意义上来说，创业基础课更像是一门发掘自我、挑战自我的课程。于是，当老师问有哪位同学自告奋勇上台当董事长时，我第一个走上讲台，第一个发言招募我的团队，并有幸遇见了我们团队中另外 7 个有趣可爱的队员。

在创业基础课程里，一小部分是创业知识讲解，大部分则是创业团队讨论与展示，其中还会有投资人进行天使轮与 A 轮投资的模拟环节。我们设计产品项目的念头，源于开学时看到核酸检测人员穿着厚厚的隔离衣为同学们进行核酸采样的辛苦，于是我们萌生了做核酸检测自动化采样检测分析机器的初步想法，通过团队多次讨论、集思广益和投资人的项目建议，我们的产品设计思路逐渐明朗，由以出售服务为重点到以医疗器械的研发制造销售为重点。

在这次课中最让我惊喜的莫过于刚开始的公司创立环节。所谓万事开头难，从公司名称到口号再到 logo 的设计，都需要我们这个新团队去想。在这个绞尽脑汁的过程中，每个人都在动用自己的专业知识与经历储备为团队贡献想法。最终，我们顺利合作组建了公司，并顺利完成了此后线下课程的学习。

从刚站上讲台时双手颤抖地发言，到自如地面对满教室的听众讲话；从只有一个想法的点子思维，到包括项目描述、商业模式画布及商业计划书的模式思维；从相互陌生的不同专业、不同校区的同学，到通力合作、攻坚克难的创业团队……本次创业基础课让我收获了太多太多。

我们的创业团队名称叫作“Always Immortals”，意为不朽。希望每一个山大人都在努力地成为更好的自己。

作者：护理学院2019级本科生　许智超

9月21日　星期一　小雨

本科生开学典礼新生代表·刘诗雨

2020年9月21日，这注定是个难以入眠的日子。今晚，我有幸作为2020级新生代表，用发自内心的声音讲述我与山大的故事。走下舞台，我内心的澎湃激昂之情，久久不能平静。老师们的谆谆教诲和同学们青春洋溢的表演，不断萦绕在我的脑海中，重现在我的眼前。

与同学结伴回到宿舍，我轻轻地打开电脑，默默地陷入沉思：我该怎样记录这一天的日记，才不失其琉璃般的璀璨？

思绪万千反复，慢慢将我引回了几个月前，我第一次看到山东大学齐鲁医学院驰援湖北的新闻画面。来自趵突泉的一捧温暖泉水，化开我内心的紧绷与惘然。鲁鄂共战疫的历史，深深印刻在我的记忆里。流逝的光阴，带不走镌刻在灵魂深处的共情。“我也想成为优秀的山大齐鲁医疗队中的一分子！”怀着坚定的信心，我踏入高考考场。

美梦成真，所有的老师、辅导员、同学，他们真诚的目光，善意的笑容汇聚成一双有力的手，将我从万里外的武汉接入济南，牵入家一般的山大。

这里的一切都散发着新鲜的气息，刚刚步入山大校园的我能得到这次发言机会是何其之幸！备稿之夜，心中满溢的情感催动着我不断敲击键盘。我的感激，我的向往，我的热爱，我想把所有的一切说与你听。指针划过 3 点半，我带着未尽的文字沉沉入眠。

当老师通知我作为新生代表发言时，我的内心首先涌出的是不真切感，进而是沉甸甸的责任感。新生代表的发言背后，承载着 10441 名新山大人对未来的憧憬与展望。

一次次修改，一次次演练。那几个深夜，我站在操场上，一遍又一遍地默背着讲稿，直至唇干舌燥、口舌乏力。疲乏之时，我想到抗疫英雄们在炎热环境下身着厚厚的防护服，高强度工作整整一天一夜，每天留下的睡眠时间不足 4 个小时……他们的精神激励着我前行。

真正站上讲台的那几分钟转瞬即逝，我不清楚我的发言给大家留下的印象如何，但我知道，将无数次练习凝聚的心血展示给大家，我尽力了。平凡的我能站在讲台上，离不开许多人的帮助：感谢学院老师们给我面试的机会，感谢周作福老师、朱伟老师、袁芳老师、崔颖老师、郭迪老师、姚蕊老师、李国强老师等领导老师们在演讲备稿时给予我的经验指导与鼓励，感谢我的舍友、同学，在无数次的“魔音贯耳”中，对我予以包容，提出建议……还有很多想要感谢的人，恕我无法一一列举，但大家的关怀与鼓励，我一直感念在心。

时间已到凌晨，我吐纳着属于我的满腔热情，希望能化为一滴水，融入这片名为山大的浩瀚海洋。

作者：护理学院 2020 级本科生　刘诗雨

9月22日　星期二　阴

研究生开学典礼“榜样的力量”发言代表·成　帅

2020年研究生开学典礼，在深蓝的夜空下举行。作为5位“榜样的力量”发言代表之一，我的心情既紧张又兴奋。

上午9：00，典礼彩排。“开山者”“摘星者”“探索者”“铸心者”“追光者”5位“榜样”齐聚操场彩排，大家为了这几分钟与同学们的交流做足了功课。反复揣摩语气、推敲词语，我们期盼在有限的时间里让“萌新”师弟师妹们汲取更多的科研经验。我作为“榜样的力量”排头兵，各级领导对我寄予了厚望，深感任务艰巨责任重大。

中午12：00，会议室紧张准备。我曾自嘲说结婚都没这么细致的安排，老师说结婚典礼哪有6000人共聚一堂、哪有一群学术精英听大家演讲。零失误和精益求精的要求贯穿了我们“榜样的力量”环节的始终，高正和李啸闻老师以及各级领导与我们共同吃工作餐，对讲稿及活动流程进行了细致的指导，逐页核对了幻灯片和讲稿搭配。指导老师们以严谨的工作态度和作风为这次典礼做了周密的准备。

晚上7：00，典礼开始。台上一分钟，台下十年功。师弟师妹们可能会羡慕我们光彩照人的一瞬，可是科研路上的摸爬滚打，大家很难感同身受。愚兄科研上有所小成，想与众师弟、师妹们分享经验：第一是以问题为导向，第二是要有坚强的毅力，第三是要理论结合实践。

我感觉自己是一个幸运儿，一方面受益于“一带一路”倡议和交通强国战略的推进，交通基础设施建设是大势所趋；另一方面是面对着隧道及地下工程安全建设的迫切需求，例如川藏铁路、渤海湾跨海通道工程或其他更多的工程难题。我的个人理解是，顺应国家需求，做人做事更容易成功。

回忆自己的研究生涯，浓墨重彩的一笔当属成兰铁路工程实践经历。当时刚刚研一的我，提前两个月融入了岩土中心大团队，直赴隧道工程一线。隧址区处于四川省贫困县内，县城仅有一条联通山区与城市的道路，海拔近3000米，冬季气温零下20℃，我每天提着10多斤的预报监测装备，在隧道里做监测。这里粉尘密布、噪音聒耳，这样的工作我重复了20多个月。我愿意吃这份苦，用实干诠释担当是一种难得的人生历练。

工程实践中，老师们和师兄们以隧道为课堂，以山石为板书，以泥土为笔墨，现场剖析问题，加深了我对隧道工程的深刻认识。有幸与项目工程师和一线工作人员交流，他们有许多丰富的施工和防灾经验，但尚未用科学的语言凝练表达。我作为“开山工”里的新生力量，对这些经验知识进行科学量化表征，把这些实践中的智慧变成便于业内交流的论文和专利，致力于为工程师们的安全尽一份力量。

庆幸能在全校师生开学典礼上作为代表发言，这将是我一生的荣耀。学无止境，气有浩然，同学们，我们一起加油！

作者：土建学院2019届博士毕业生　成　帅

9月23日　星期三　多云

青岛校区学生开学典礼新生代表·周汶楷

今晨，朝阳初露，我难抑心中的激动与兴奋，早早从床上爬了起来，换上一身整齐的西装，准备着今晚的发言稿。今夜，发言结束后，我静静地坐在电脑前，回想着舞台上的表现，用日记倾诉我此时的心情与感受。

时间回到开学之初，在一次偶然的机会下，我得知可以报名参与新生代表的发言，这是一个何其珍贵的机会。我想要成为今年的新生代表，讲述和山大的故事！在这个想法的激励下，我认真写完演讲稿并打磨了几遍，直至我认为比较完美后，发给了辅导员。之后我很幸运地通过选拔，最终成为青岛校区的新生代表。

听到这个消息的时候，我感觉这一切都如梦似幻——这是我之前只敢想象的结果。我下定决心要好好把握机会，做足充分准备，做一场完美的发言。

通过选拔之后，改稿、改稿、改稿，这两个字开始围绕在我的身边，一遍不行两遍，两遍不行就三遍……如此这般过去了一个周左右的时间，修改后的稿子终于得到了老师同学们一致的认可，终稿终于定下来了。看着躺在桌子上的那几张 A4 纸，我心中翻涌起一种难以用言语形容的自豪与欣喜。我开始背诵、录音再回放，找出自己朗读时出现的问题，再背诵、录音、回放，一遍又一遍地循环着这个过程。终于，在不断的练习中，我迎来了彩排和最终的典礼。

舞台上的灯光聚焦在我的身上，我看着台下将要共度四年时光的同学们，缓缓开始发言。舞台上的时光仿佛流失得特别快，好似弹指之间，我的发言就结束了。

这次的发言还是有些小瑕疵，但我认为整体上是比较顺利的。希望我能继续追求优秀，与同学们在大学四年有更多出彩的时刻。

夜已深，今夜的发言都将化作枕上的美梦，淌进我的心田，滋润我的心灵，给我留下最深的回忆，静悄悄地伴我入眠，在每一个辛勤奋斗的日日夜夜，伴我继续成长。

作者：生命学院 2020 级本科生　周汶楷

9 月 24 日　星期四　多云

威海校区学生开学典礼志愿者 · 张同贺

今晚，期待已久的威海校区开学典礼和“信仰的力量”新生美育思政公开课暨迎新晚会如期顺利举行。

威海的天空很蓝，从舞台的角度看玛珈山美不胜收。在玛珈山脚下，我和同学们利用中午的时间进行了最后一次走台，随后与另一名同学对音视频、灯光等进行了最后一次核对和确认。天渐渐暗了下来，2020 级的学弟学妹开始入场，我们满怀期待的心也逐渐紧张起来。“我们准备那么完善，一定可以的！”大家互相鼓励说。

首先是序典环节。在“捕捉新生的笑脸”进行时，我在屏幕上看到了好多笑得很开心的学弟学妹们，那是充满自信、满怀期待、阳光灿烂的笑容，这种笑容也深深感染了我，让我回想起了两年前入学的自己。随后，我们通过几段视频一起回顾了萌新的入学场景、感受了山大的魅力，其中印象最深刻的就是山大齐鲁医院援鄂医疗队与川大华西医院援鄂医疗队在武汉机场相遇的那个片段，即使看过很多遍，但在依然让人热泪盈眶。

开学典礼激励着我们每一个人。樊校长的讲话让我深思，站在山大校园这片土地上，自豪、荣幸、感动等感受油然而生。“天行健，君子以自强不息；薪火传，学子要与前贤比肩”，山大校歌再次响起，如前进的号角，领着我们向前去。

文艺演出的现场效果很棒，以朗诵、舞台剧、合唱、舞蹈、器乐等形式创编的节目把社会主义核心价值观融入其中。整台晚会主题突出，引导我们将个人发展融入国家发展，节目中蕴含着山大历史、革命文化和社会主义先进文化，从而引导新生学习山大历史，从山大文化中汲取前进的力量，做一名崇实求新的山大人。最让我记忆深刻的，还有对山大援鄂医生的访谈，他的无私与面对死亡时的无畏令我动容，感动之余，我也真切地为自己是山大人而感到骄傲自豪。

即使我们站在幕后，做着默默无闻的工作，但透过灯光向舞台望去，依稀可以看到学弟学妹的笑脸和五颜六色的荧光棒。那是一种不可言喻的成就感，也是我热爱志愿者工作、热爱校学生会、热爱山大的理由。

作者：商学院2018级本科生　张同贺

9月25日　星期五　阴

成仿吾英才班三期学员·刘泳含

期待着疫情过后的第一次“团聚”，却又因为近在眼前的分离而感到不舍。昨晚，我们山东大学第三期成仿吾英才班举行了结业式。

结业式的会议议程开始前，我们一起观看了仿吾班三期与四期学员的成长纪录片——《昔日同策马　明朝更奋蹄》。看着一张张照片、一段段视频，往日与同期“小青马”的相处时光如同电影画面在脑海中重现。在延安的社会实践活动中，我们在革命纪念馆回溯历史长河，追忆峥嵘岁月；在南泥湾穿梭山林，切身体会革命先辈自力更生、奋发图强的精神内核；在雨中聆听学习张思德的感人事迹，感慨于为人民服务精神的伟大；在梁家河踏寻知青足迹，追寻领袖初心，感悟革命传承……在形式丰富的学习交流活动中，通过专家讲授和系统学习，我们对于“红”与“专”有了更深层次的理解，对于马克思主义理论有了更科学的认知和更深刻的领悟。在马克思主义学院组织举办的第二届大学生讲思政课比赛中，我们火热讨论，深入剖析；在抗击疫情的战线上，我们有的捐款捐物，有的主动申请担任社区防疫志愿者，还有同学积极参与线上防疫宣传。虽然“小青马”们展现的是点滴力量，但凝聚起来就是民族希望，“小青马”们用行动很好地诠释了新时代青年的责任与担当。

结业式上，我和几位三期的学员一起，对自己在仿吾班一年的学习和生活作了总结与分享。发言结束后的掌声不只是对我们一年经历的肯定，更是一种激励和鞭策，让我时刻努力，汲取力量，勇于登攀。

在会议结束前，张永兵副书记对我们提出了要求与期许，使我感悟良多。作为新一代青年马克思主义者，要理性认识马克思主义，将传承与创新、学习与研究相结合，将“知、信、行”相结合，筑牢信仰之基。而作为中国特色社会主义事业的建设者和接班人，我们不仅要学习知识，增长才干，勤学报国，更要厚植爱国情怀，坚定共产主义信念，与祖国同行，为人民奉献，在成为实现中国梦的见证者的同时，担当起国家赋予我们青年一代的责任与使命。

作者：电气学院 2018 级本科生　刘泳含

9 月 26 日　星期六　晴

理论社会学论坛工作人员 · 王　哲

最近，我的课外生活基本都被一件事填满了——为“中国社会学会 2020 年学术年会理论社会学论坛”做系列准备工作。每天起床，我的脑子里转的都是：“今天稿子校对完了吗？”“今天邮件发完了吗？”“今天的报销流程还有几个呢？”堪称会议筹备期的“每日三省吾身”。暂且不说校对稿件这项工作有多么的细致繁琐，单单是每天群里的工作安排就非常令人头大了。

经历了近一个月忙碌又充实的筹备工作之后，9 月 25 日，由中国社会学会理论社会学专业委员会主办、山东大学社会学系承办的“中国社会学会 2020 年学术年会理论社会学论坛”在山东大学召开。作为负责人林聚任老师的学生，我和小如又义不容辞地承担了会务的重任。此次会议在线上举办，会务的工作并不像线下会议那样需要兼顾各方面、眼睛随时关注着全场设备的风吹草动，我们只需要申请在线会议的房间、提前关注发言人的在线状况和准备情况。虽然会议过程中出了一点小小的纰漏，但是总体上讲，我们的会务工作圆满完成，为理论社会学论坛的成功举办贡献了一份力量。

这次论坛的主题是“中国理论社会学的新发展”，分为“理论阐释与反思”“社会学方法的理论反思”“社会理论与中国”三部分。发言人的主题报告涉及韦伯、伯格、卢克曼、吉登斯、涂尔干、科尔曼、布迪厄等多位社会学大家的理论，提出了如何促进理论、经验研究、学科发展等新颖观点，让我们受益匪浅。这次论坛到会发言人数 20 人，包括很多知名专家、中青年学者和在读硕博研究生，他们对于理论研究的深刻见解和精细挖掘令我非常佩服。我们能看到，社会学家的理论意识在不断加强，现在也有很多人在通过实践探索中国本土化的理论，让外国人也能听得到、看得懂我们的研究，全球化与本土化的结合已经逐渐成为研究的重要方向。

通过这次论坛会务工作，我收获的不仅是组织一场学术活动、进行校对工作的经验，更重要的是在诸位专家、学术才俊的发言中汲取到的知识以及进行的思考，他们对理论的深入挖掘与探讨令人敬佩，是我们学习的榜样。

作者：哲社学院 2019 级硕士研究生　王　哲

9 月 27 日　星期日　晴

材料学院生产实习组织教师・宿庆财

为期三周的生产实习今天顺利画上了句号。回想联系生产实习单位的过程，我心中充满了紧张与感动。

以往的生产实习是到省内外的著名企业进行的，今年没有出省，但已有的市内实践基地还不能满足生产实习的要求。暑假期间，我和王佃刚老师就多方联系实习单位，但收效甚微。随后我们又联系了已毕业的校友，包装工程 2017 级才得以利用线下实习、线上实习和课堂讲座的方式，圆满完成了生产实习的教学任务。

回顾这次生产实习，校友们的帮助历历在目。中国重汽集团卢翠校友、山东博山制药有限公司高志光校友、济南泉华包装有限公司赵书勇校友邀请学生到企业实习，做好疫情防护后带领师生进入生产车间参观，观摩公司的新工艺、新设备，讲解企业文化和最新发展战略，解答学生提出的问题。

一些校友牺牲自己的休息时间，利用腾讯会议展示了企业的先进工艺。妮维雅上海有限公司刘慧敏校友给学生讲解了包装在产品中的重要性，山东省造纸工业设计院刘即强校友分析了纸浆造纸行业的现状及发展趋势，浪潮集团郭峰校友介绍了浪潮服务器产品包装及对现有包装的改进。同学们在各自的宿舍中利用手机或电脑等工具进行线上实践，双方利用网络进行积极交流。

还有校友赶回母校，和学弟学妹们面对面交流。中粮包装（天津）有限公司张跃校友给学生讲解了金属铁罐的制造工艺，上海亿滋食品包装有限公司马莉校友介绍了口香糖糖果包装开发及注意事项，与同学们进行了互动。

德国万格思有限责任公司王晓峰与济南孚恩设备有限公司孟维新两位

校友在兴隆山校区举办了“我与山大的故事”座谈会。两位校友分享了学习和工作中的亲身体验：知识是能力的基石、机遇永远留给有准备的人、要敢于试错、做事先做人、同学是宝贵的财富……材料学院2019级材控四班、包装2017级全体同学和包装所的教师聆听了讲座，大家都受益匪浅。

山大校友们在各自的领域都取得了优异的成绩。在疫情背景下，校友们也积极回馈母校，他们不仅向同学们汇报了自己的工作，还分享了自己的工作经验，对学弟学妹们关心的创业、出国、考研等问题提出了中肯的建议。校友们的新工艺、新设备、新思维开拓了同学们的视野，有助于他们在今后的工作中顺利地成长。

借用包装专业2001级校友、山东大学德国校友会会长王晓峰的话结尾：山大校友的力量是无处不在的，期待大家充分利用山大的力量发展壮大，然后反哺山大。

作者：材料学院教师　宿庆财

9月28日　星期一　晴

研究生支教团报名者·李一帆

早上5点，枕边的闹钟将我从睡梦中叫醒。今天是去体检的日子，也是我加入第23届研究生支教团的最后一项考核。

登记、采血、心电图……一项项检查有条不紊地进行着，我也一步一步向研支团迈进。仍然记得三天前，正在做实验的我接到了团委老师的电话：“请问是环境学院李一帆同学吗？祝贺，请你现在来华岗苑西楼。”我得知自己通过了研究生支教团的面试。放下电话，没来得及脱下实验服，我就飞奔向华岗苑，心里的石头终于落地，我终于有机会能去到祖国需要的地方出一份力。

我是从偏远地区来到山大的，祖国最西北的塞外江南——新疆伊犁便是我的家乡。小学时，我在兵团小学求学，那时我的许多同学们很早就放弃读书了，他们中的很多人一辈子都没有见识过外面的世界。我是幸运的，我的父母接受过良好的教育，他们支持我并尽力提供给我最好的环境，使我能继续求学。而在我的家乡，很多孩子没有很好的条件读书，他们渴望知识的眼神与西部地区稀缺的教育资源形成了鲜明的对比。来到山大，我深深地感受到自己身上所肩负的责任，也明白应该怀有感恩之心。

我一直关注着山大研支团的公众号，时常浏览前辈们的支教生活推文。在看到老师发出的招募通知后，我毅然报名参加研支团。

边准备考研边准备面试，这个过程漫长又不易。我知道有太多优秀的同学与我抱有一样的憧憬。看着自己改了一遍又一遍的自我陈述稿，每次练习都使我心潮澎湃，无数次幻想若我能入选，我能为偏远地区的孩子们做些什么。为了心里想做的事，我拼尽全力。

接到面试通过的电话后，我骑着“小电驴”前往华岗苑。我仍然记得那天的天空是那么蓝，云朵是那么洁白又美好。

通过面试和体检只是一个新的起点，我深知未来有重重的考验正在等待着我。我一定会坚定不移，勇往直前，用一年的时间，去做一件终生难忘的事。

作者：环境学院 2017 级本科生　李一帆

9月29日 星期二 晴

“挑战杯”省赛金奖团队成员·陈雪晴

今天看到新一届“挑战杯”又要开始准备报名了，我心头一震，不禁产生期待，因为新的一年会有更多的同学去为之奋斗，产生更多的成果。这些成果来源于实践，推动着发展，让我们看到生生不息的希望。

在刚刚过去不久的“挑战杯”省赛中，我们的团队获得了省赛金奖。或许这个公益类的项目在参赛项目中并不典型，但也正是这份特殊，让我体会到了创新的意义。今天我和学院老师针对比赛进行了很多交流，感触颇深，也想把这些话讲给更多的人听，讲给对生活充满激情与希望的伙伴们听。

我是一个文科生，一个汉语言文学专业的学生。在学习中，我能感受到文化的力量。中华传统文化让无数人折服，如今又提出人类命运共同体的理念，我们用中华文化影响了更多的人，用实际行动让世界更美好。

思想文化的创新往往能带来更为引人瞩目的社会进步，所以我们相信自己可以用实践去推动发展。我们的参赛项目是关于老兵公益的，这个项目并不是突发奇想，而是我们在不断的实践中确定下来的，这也是我觉得参赛最重要的一点，不要为了参赛而参赛，而是要为着一份社会责任感、一份担当。从2016年我们团队“国家记忆”寻访团成立，所有人就都在为老兵公益而努力。我们走访了全国各地132位老兵，足迹涵盖6个省、32个县区，用青年之力关爱抗战老兵，寻访抗战记忆，守护家国历史，弘扬民族精神。从那些老兵身上，我们看到了忠诚与信任，还有现在的人们很少拥有的纯粹。

比赛中，我觉得最重要的收获并不是那个盖着章的奖状，而是一次成长的经历。从准备参赛到省赛结束，时间持续了一年。在这一年里，我们的项目书改了一二十遍，发展思路甚至都发生了质的变化。我们曾无数次觉得辛苦、觉得麻烦，但始终未曾放弃，因为我们有共同的信仰与初心，所以最后拿奖的时候，最令团队成员开心的并不是得奖，而是我们的努力被认可。我们可以用自己的力量去传播红色文化，去影响更多的人。

总有人心怀希望，总有人带着梦想，没有什么是一蹴而就的，只要开始就会有成功的可能。当把目光聚焦于过程的美好，我相信得到的将会历久弥新——就像哈利·波特拿到了魔法石一样。

作者：文化传播学院2018级本科生　陈雪晴

9月30日　星期三　晴

研究生样板党支部书记、党员标兵·张　开

当我还沉浸于学校五仁月饼的美味时，惊讶地得知我和土建与水利学院博士研究生党支部一起，分获“研究生党员标兵”和“研究生样板党支部”称号。

我激动不已。称号来之不易，离不开学院党委老师们的帮助，离不开我们支委会全体成员的努力。2019年，我们支委会成员刚接手土建博士党支部，就发现博士党支部入党同志的发展信息时间跨度大（从本科到博士）、涉及单位多（本硕博多所学校或工作单位）、程序较错杂（不同单位不同时间的发展执行文件有差异），党员选拔有了新的要求，规整档案显得十分棘手。在这种困难下，老师们为我们把关党员发展材料、解答党员发展要求；支委会由我负责整理79页、2万字党员发展归档材料模板；组织员盛祥超和宣传员张小宁全面审核党员材料、整理灯塔党建系统，大

家任劳任怨努力了一个多月，才有了现在的成绩。

获得“研究生党员标兵”和“研究生样板党支部”称号，离不开全体支部成员的努力，离不开岩土中心全国样板党支部的熏陶和教育。“广大科技工作者要把论文写在祖国大地上，把科技成果应用在实现现代化的伟大事业中。”我们为了能够完成科研攻关，常常吃住在实验室或工地，“五加二，白加黑”“周六保证不休息，周日休息没保证”，没有这种顽强拼搏的努力，就不可能有我们现在的成绩。长期的科研中也会有心态的不平稳，在最困难的时候，是岩土中心党支部老师们帮助博士生党支部在新疆、广西、吉林、厦门等工程现场成立临时党小组，以优良传统和革命精神团结人、鼓舞人、凝聚力量，在我们最需要的时候给了我们最大的支持。

功夫不负有心人，土建博士研究生党支部以党建促科研，统一思想，凝心聚力，追求卓越，勇攀高峰。围绕国内部分“卡脖子”技术，支部党员发表 SCI/EI 学术论文 121 篇，授权发明专利 79 项，并获山东省研究生优秀成果奖等各项荣誉。

今天，“研究生党员标兵”和“研究生样板党支部”称号是对我们前期工作的肯定，也是对我们后续工作更高的要求。我们将按照学校要求，继续向优秀党员和党组织学习，对标“七个有力”和党员标兵标准，坚定信念、努力学习，以研究生党建双创活动为契机，充分发挥样板支部和党员标兵的引领示范、辐射带动作用，冲锋在前、不断进取，推进研究生党建工作质量整体提升，做师生认可的党员标兵和样板党支部。

作者：土建学院 2016 级硕博研究生　张　开

10 月 1 日　星期四　晴

国庆升旗仪式参加者 · 王昭雅

今天，我参加了“弘扬抗疫精神，助力脱贫攻坚，展现青春担当”山东大学升国旗主题团日活动。清晨，在从洪家楼校区奔赴中心校区的路上，我看到今天的朝阳都带着额外的一分磅礴气势。

7 点整，升旗仪式正式开始。伴随着激昂的音乐，护旗手、国旗护卫队成员踏着整齐划一的正步，缓缓走到旗台前。紧接着，《义勇军进行曲》前奏响起，我们大声地唱着国歌，全体肃立。在庄严的国歌声中，五星红旗冉冉上升。大成广场上的每个人都在注视着神圣的五星红旗，无一不为自己是一名中国人而感到骄傲自豪。

随后，山东大学附属中学初中部、高中部团员代表，山东大学本科生代表、研究生代表、助困脱贫医生代表，中建八局代表，学院团委书记代表依次进行国旗下的演讲。演讲声把我拉回到年初新冠疫情刚刚暴发的时候。2020 年是极其不平凡的一年，“万古新声彻九州，疾乱烟雨降江楼，病虐桀桀危亡难，吾心灼灼护国安”。但 2020 年的中国，山河无恙，这背后是无数中华儿女的团结一心。致敬伟大的白衣战士，用生命守护生命，用坚守传递希望，向世界证明了中国精神、中国力量、中国担当。

紧接着，我们在学生代表的带领下重温了入团誓词，我感悟良多。从小学到高中，从大学到研究生，不论哪个时间段，每当我路过五星红旗，总会忍不住放慢脚步，望向旗杆，感受那份庄严和肃穆。未来，我们将负重启航、果敢前行、躬身实践、锤炼自己、奉献自己，为青春增添更多亮色，背负起山大人的时代担当。

校党委书记郭新立老师参加了升旗仪式。校党委副书记王君松老师在总结讲话中向奋斗在一线的最美逆行者致敬，同时也对新一代青年才俊提出了新的期许。我们在《歌唱祖国》的歌声中结束了升旗仪式。

仪式结束后，我的心情久久不能平复。我们作为中国特色社会主义事业的建设者和接班人，在中国发展的关键转折点，更要坚定信念、勤奋好学、增长才干、勤于实践、奉献社会，做涵养家国情怀、弘扬担当精神、锤炼崇实品格、培植创新素养的山大人。

作者：管理学院2020级硕士研究生　王昭雅

10月2日　星期五　阴

大辛庄遗址考古发掘领队·郎剑锋

今天是历史文化学院2017级考古文博专业本科生在大辛庄遗址进行田野考古实习的第五天。经过前期的紧张筹备，发掘工作已经逐渐步入正轨。同学们各自负责的“探方”差不多都已完成了耕土层、近代文化层的清理，进入了汉代文化层的发掘。郭凤鸣同学在近代文化层发现了一件商代的青铜刀，成为整个考古工地的第一个“小件”。考古人常说考古有时候是需要一些运气的，看来我们的运气不错！

大辛庄遗址位于济南市历城区王舍人街道办大辛庄村南，发现于上世纪30年代，是目前山东省已知面积最大的一处以商文化为主体堆积的考古遗址，也是我国发现最早、研究历史最长的商代遗址之一，入选“‘十一五’全国100处大遗址保护项目”，是第七批全国重点文物保护单位。

今年的工作是我们学校在大辛庄遗址组织的第五次大规模考古发掘和本科生教学实习工作，发掘区就布置在2014年发掘区的南北两侧。在2014年的发掘工作中，考古人员发现了堆积很厚的红烧土，发掘区南部还出土了铸造青铜器的零星陶范，表明这一区域很可能是商代铸造青铜器的作坊区，学术价值巨大。为了更好地完成本次任务，学院整合历史文化学院和文化遗产研究院考古学科的师资力量，选派了 4 名青年骨干教师全程参与指导工作。

9 月 29 日，我们通过媒体得知，习近平总书记在 28 日主持中央政治局第二十三次集体学习时发表了关于考古学的重要讲话，我们第一时间在“2020 大辛庄考古”微信群进行了转发，并组织实习师生进行了线下学习。

昨天是新中国的第 71 个国庆节，又恰逢传统的中秋节日，但考古队的全体师生工作热情高涨，放弃休息，坚持开展田野工作。考古队临时党支部在学院党委的领导和指导下，利用休息时间，在考古发掘现场组织了“深入学习习近平总书记关于考古学重要讲话精神”的主题党日活动。学院党委书记刘军、院长方辉、党委副书记张伟、副院长王芬、挂职副院长张晓冉和考古队全体师生参加了活动。同学们分享了学习总书记讲话的心得体会，大家更加深刻地理解了考古学的重大意义，也更加坚定了认真学习专业知识、积极投身考古文博事业的信念与决心。学院各位领导结合个人经历和分管工作与考古队师生分享了学习心得。刘军书记、方辉院长在总结发言中充分肯定了大家的工作热情和学习能力，要求大家在接下来的田野考古实习中进一步体会习近平总书记的讲话精神，在实践中锤炼专业本领，为将来投身考古文博事业打下扎实基础。

作为一名考古专业的青年教师，我在备受鼓舞的同时，也深感责任重大。习近平总书记在讲话中明确要求，要加强考古能力建设和学科建设，要积极培养壮大考古队伍。为了更好地落实“立德树人”根本任务，我们每一名专业教师都要尽快完成角色认知和课堂教授内容的转变。我们不仅要承担起教书育人、科研育人、实践育人的责任，还应该积极配合和融入管理育人、服务育人、文化育人的各环节，在“三全育人”的过程中发挥更大的作用。要让课堂知识传授与价值引领同频共振，如总书记的要求，让更多年轻人热爱、投身考古事业，让考古事业后继有人、人才辈出。

发掘工作才刚刚开始，恰逢习近平总书记就考古学发表重要讲话。我们考古队的师生干劲十足，相信本年度的考古实习工作一定会顺利完成并取得重要收获。

作者：历史文化学院教授　郎剑锋

10月3日　星期六　晴

生物医学科学专业新生·王心悦

和妹妹第一次听到生物医学科学专业开始校内招生时，我们认真地聊了一个下午——它有关科研与医学，有关健康与责任，好像也与我们有关。“黄色的森林里分出两条路，可惜我不能同时去涉足。”我一边听着那些“放弃高薪的原专业真的好可惜”的声音，一边和妹妹讨论准备着生医科专业选拔的申请表和面试，将自荐信改了一遍又一遍，将生命科学课看了一遍又一遍。我们郑重地提交招生申请，分别在济南和青岛顺利进行了面试。

我记得面试完的那个阳光灿烂的午后，我和妹妹互相打电话，发现我们都同面试教授提到了“我和妹妹（姐姐）一同报考生医科学专业”这一话题，面试老师们哈哈大笑，场面和谐而融洽。

我想响应“加快补齐我国在生命科学、医药卫生等领域的短板”的号召，我觉得健康产业将助力人类走得更远，我们想替在科研岗位上牺牲的家人继续向前。我看到，在 *Science* 期刊近几年评选的年度十大科技进展中，有一半以上的结果来自生命科学领域。生物与医学对人类社会发展的作用将是全方位的。于是，择我所爱，爱我所择，在这个成长的十字路口上，我们坚定地选择了最热爱的，也背上了那份沉甸甸的责任——“除人类之病痛，助健康之完美”，义无反顾地来到了基础医学院。我也曾被那些反对的声音动摇过，但当我在开学典礼上重温山大齐鲁医院与川大华西医院相遇并共克时艰的场景时，当爸妈说他们坚定地支持我们的选择时，当我想起迷茫时还可以和妹妹相互扶持时，我越来越明白，选择这条路我不后悔。

我喜欢课表上的每一节课，我们的每一天都是充实而有趣的。清晨，常常是妹妹从上铺探个头，含糊不清地问道：“去图书馆吗?”我便“腾”地坐起来。于是我们瞬间清醒，兴致勃勃地开始预约座位，生怕再晚一点就抢不上图书馆的位置。我们最爱在蒋震图书馆待上一天，在齐园吃经济可口的三餐。我们也爱在课余时间参加社团，去学摄影，学采访，或学习PS，当一名合格的记者。我们希望能够成为充满温情的人，对无数的人们倾尽善良，为世界发出理智的声音、动人的号召。

我想，在未来的无数个寒暑日夜，我们将在图书馆和志同道合的伙伴拥抱岁月山川，和专业老师在实验室驰骋星辰大海。

作者：基础医学院 2020 级本科生　王心悦

10 月 4 日　星期日　晴

趣味运动会参加者·莫　婷

今天下午，伴随着凉爽的秋风与明媚的阳光，我们护理学院 2020 级的同学们与 2019 级的学长学姐相聚在中心校区的田径场。秋季趣味运动会在轻松愉快的氛围中拉开帷幕。

这次运动会设有“冲出亚马逊”“不倒森林”“踩气球”“集体跳绳”以及“珠行万里”这几个项目。随着裁判一声令下，活动正式开始，每个小组都选择不同的项目开始比拼。

我们使出浑身解数，扭动着身体，尽量充分利用每一块小小的橡胶板，让每个组员都能“冲出亚马逊”。与此同时，在“集体跳绳”项目中，同学们两人摇绳，四人依次跃过长绳，跃动的身影散发出朝气蓬勃的青春活力。“珠行万里”需要同学手拿球槽接力使小球到达目的地。“不倒森林”则要求小组成员交替按住围成一圈的杆子完成圆周运动，这些都十分考验成员的节奏感与默契度。在欢声笑语中，各个小组都默契合作，完成了比赛。随着最后一个集体项目“踩气球”的开始，运动会的气氛被推向高潮，掌声、欢呼声、加油声此起彼伏，大家都在脚上绑上气球，进入比赛的圆圈中互相追逐比拼，尽情挥洒激情。

值得一提的是比赛开始前同学们起的组名，“高考命题组”“二元一次方程组”“米奇妙妙组”……各种奇思妙想的组名令人忍俊不禁，也真实体现了大家天马行空的想象力和积极乐观的生活态度。

在欢笑声中，大家一同清理好场地，趣味运动会顺利结束。在活动的最后，同学们一起合影留念，大学生活的又一个美好的画面就这样定格在相机里，也深深定格在我们的脑海。

这次趣味运动会项目多样、趣味十足，既加深了同学们之间的友谊与默契，又锻炼了我们的体魄，发扬了团队合作精神。在秋日的阳光下畅快地奔跑、肆意地挥洒汗水，看着同学们和学长学姐们真诚灿烂的笑容，我初入大学时的惶恐不安与适应全新生活的压力渐渐隐去，余留的唯有对未来学习与生活的期待。

作者：护理学院2020级本科生　莫　婷

10月5日　星期一　晴

马拉松爱好者协会成员·杨　鹏

晚上8点，随着“欢度中秋，悦跑国庆”活动结果揭晓，山东大学马拉松爱好者协会的“中秋国庆双节庆”活动在社团指导中心老师的指导和马协成员的协作下完美收官，给参加同学留下了一个欢乐的双节记忆。

“这个十一，马协要给大家带来温暖。”马协会长于慧婷这样说。马协的各个部门开始忙活起来，秘书处购买小礼品，训练组准备运动小知识的问答题目，微信组负责前期的宣传活动。

10月3日，兴隆山的小伙伴一大早就开始搬运桌子和椅子，到欣园餐厅西门的活动地点，准备“运动知识问答”活动。活动从8点半开始，参加者抽取10个小纸签并回答问题，答对的同学有小礼物，题目则是一些简单实用的运动小常识。“长跑后不可马上坐下休息，必须做整理运动、深呼吸运动或者慢慢走动。”“皮肤外伤处理过程不需要下列哪一项？冰敷。”“根据运动生理学氧的代谢程度，对健康有效的运动项目可分三大类，即有氧运动、无氧运动及混合运动。”同学们很积极，所有的小礼物一个早上都发完了。这个活动吸引了很多2020级的同学参加，大家纷纷来询问关于跑步健身的小知识，希望能在大学锻炼强健的体魄。

10月4日，我们在中心校区、洪家楼校区也都开展了“运动知识问答”活动。中心校区同学们参与度最高，在大家的欢声笑语中，我们感受到了节日的氛围。

10月5日是马协“欢度中秋，悦跑国庆”抽奖活动的最后一天。10月1～4日，只要跑出8.15千米或者10.01千米，就能参与抽奖活动，活动的奖品为一盒中秋月饼和一件马协的纪念版会衫。在这个活动中，同学们既锻炼了身体又收获了奖励，有益身心，一举两得。

但愿人长久，千里共婵娟。在这个特别的中秋和国庆假期，虽然没有回家，但是在学校里，我们依旧收获了快乐和成长。

作者：口腔医学院2019级本科生　杨　鹏

10月6日　星期二　多云

环境学院硕士研究生·任鸿飞

清早走出宿舍楼，扑面而来的是冬天一般的寒风，我不禁感慨，今年青岛的秋天好像在冬夏的夹缝中偷偷溜走，不知去了哪里。食堂的早餐饼和热粥在寒冷的天气显得格外好吃，我吃完后就匆匆来到办公室。

作为研三的一名研究生，我深知时间的重要性。我调整了一下状态，便全身心地投入今天的实验安排当中。昨天已经制定了今天的实验计划，我走进实验室，穿好实验服，有条不紊地称量药品、配模拟污染废水溶液、打开臭氧发生器、调整参数。在一上午的实验结束后，我对实验数据做了记录和整理，对上午的实验结果也有了大致的把握。

中午的温度比起早晨舒服了许多，阳光洒在身上暖洋洋的，让我心旷神怡。简短的午休后，我来到办公室，窗台鱼缸里的几只小金鱼，在阳光照射下显得格外好看。坐在办公桌前，我对上午的实验数据进行了作图分析，并与之前的实验数据进行全方位的对比，感觉到目前的实验符合预期，于是我继续制定了下一步的实验计划。考虑到中午的实验材料消耗殆尽，我又合成了新一批催化材料，并放在马弗炉里对材料进行煅烧。不知不觉间，窗外的天色暗了下来，时间已经到了4点半。晚饭前的这段时间，我在手机上浏览了我的应聘进度，也在山东大学就业网上了解了未来一段时间的校园宣讲会行程，对国庆节假期过后的就业形式有了进一步了解。

经过了忙碌而又充实的白天，晚上我和院里的篮球伙伴进行了一个多小时的篮球训练——9 个人均分为 3 队，规则为“11 分”。虽然由于疫情原因，今年的校篮球赛可能取消，但是怀着对篮球运动深深的热爱，我们依然会进行训练。比赛结束后，我们有说有笑地走回各自的宿舍。

也许最好的状态就是现在。望着宿舍窗外的路灯和恬静的校园，一切都是那么舒适。回首时光不负，未来踏歌而行，愿自己全力以赴。

作者：环境学院 2018 级硕士研究生　任鸿飞

10 月 7 日　星期三　晴

无偿献血者 · 谢　昊

如果说高中生，特别是高考生，是被社会照顾的一个群体，那么大学生，则是奉献社会、回报社会的担当者。对于刚步入大学的我来说，无偿献血便是我奉献社会的第一步。

今天中午，我像往常一样走在稷下广场。今天的稷下广场和往常不同，竖起的牌子、志愿者、献血车，让我知道了这里在开展无偿献血活动。献血在生活中并不鲜见，可我之前只是在报刊或电视上了解过，却从未献过血。今年我 18 岁，就意味着达到了可以献血的年龄。我便好奇又期待地前去。我起初有些恐惧，但看到报名台前挤满了人，同学们都踊跃报名，我便鼓起了勇气。有那么多同学陪伴，有那么多胸怀社会的热血青年陪伴，我又有什么好怕的呢？

我在报名台签了身体健康状况承诺书，写了献血申请书，量了血压，也检测了基本身体情况。献血者输送自己健康的血液，来拯救病危者的生命。对方与你素昧平生，但接受了血液，生命得到了延续，便会心怀对你的感激。而且现在疫情之下，血量短缺，正需要我们以奉献精神为抗疫救援提供自己的一份帮助。所以，我毅然选择了无偿献血。

我跟着队伍走上献血车，车内的人已经满了，却没有喧闹，只有抽血人员轻声的指示和提醒。这一情景有一种仪式感和庄重感，也体现了医务人员和同学们的责任感。我先化验了血常规，确定了献血量 200 毫升。等了一会，我便到座位上准备献血。插入针管，连上血袋，我被要求将手缓慢地、有频率地握紧和放松，以便血液正常输出。一张一弛之间，我感受到了生命的脉动。我想病床上生命垂危的患者，在接受这温热的血液时，也许同样会感到生的希望。

献完血后，看着那个装满我血液的血包，我感到自豪。是这份满足，让针孔不再疼痛，而成为献血者荣誉的勋章。参加无偿献血，是我走向公益、走向担当的第一步，也正是这许许多多微小的“1”，才汇成无穷的大爱，让奉献充满人间。

作者：护理学院 2020 级本科生　谢　昊

10 月 8 日　星期四　晴

心理健康教育课程兼职教师·张　瑜

10 月 8 日上午，我参加了心理中心组织的心理健康课程第一次见面课总结研讨会。任课教师们兴奋激动地分享了上课过程中的经验和感受，研讨会在轻松愉快的氛围中进行了3个多小时。郭新立书记出席了我们的研讨会，对第一课组老师们取得的成绩给予了充分肯定，他表示看到了老师们对课程和学生的热爱。

通过会上教师们的分享，我能感受到课堂的快乐。用快乐传递幸福，是我对心理健康课程的理解。在课堂上，老师们通过多种形式的教学，充分调动了学生的积极性，大大提高了学生的参与度，让学生获得了更多的体验。老师们巧用网络词语拉近与学生的距离，分享身边案例引发学生共鸣。在小组规则制定中，大家让学生把语言表达中的“不要”改成“要”，引导学生用积极的词语去描述，传递给学生一种积极向上的品质。

心理健康课程教学是助人和自助的过程。作为心理健康课程教师，在课堂上或者课堂之外，我们给学生的知识和指导，也许会影响到学生们的一生。给学生上课的过程，也是我们自身提高的过程。教师们在研讨中提到，授课后自己看待问题的思路和角度有了改变，甚至改善了家庭夫妻关系，提升了家庭幸福感。我自己也更善于运用积极的心态去看待事情的发展和变化：用勇气去改变可以改变的，用胸怀接受不能改变的，用智慧区分两者的不同。

成绩的背后是辛苦的付出。当我们看到课程后测反馈的满意结果，当我们听到同学们表达感谢的话语，所有的付出都是值得的。在课程体系的建设中，心理中心的老师们付出了很多的努力。从编写教材到集体备课，一次次研讨、一遍遍修改，一个课件、一份教案修改了8次才定稿，为的是给学生呈现出最好的教学内容，这种精益求精的态度让我非常感动。为了上好第一次见面课，我们在课前做了充分准备，认真学习线上课程和教材，熟悉教案，运用雨课堂开展了多次课前演练。我们要把最好的状态带到课堂上展示给学生，用言行和积极的心态去感染学生。

把心理健康课程打造成一门“金课”，是郭书记在研讨会上提出的要求。他强调，心理健康课程教学是学校立德树人的重要组成部分，教学中不仅要传授知识，更要进行思想引领。教育不是灌输，而是点燃火焰。我们会带着爱与责任，继续努力，在努力工作中体验幸福，在教学过程中传递幸福。

作者：土建学院辅导员　张　瑜

10月9日　星期五　晴

山东大学艺术节开幕式音乐会聆听者·张　晓

“人，不但要有科学、技术，还要有文化、艺术跟音乐。”今天偶然间看到我国科学巨匠钱学森先生说过的这样一句话，让我思考良久，颇有感触。恰巧今天是2020年山东大学艺术节开幕式音乐会，忙完了一天的实验和研讨工作，我骑上单车，前往山大音乐厅，欣赏许久未听的“山大艺术声音”。

这是2020年学校举办的第一场音乐会，对于音乐爱好者的我来说，简直是福音。在遗憾地错过了上半年好朋友的毕业专场音乐会之后，终于能再次走进音乐厅，感受音乐带来的心灵涤荡和精神洗礼。为此，我还特意换上了衬衫和外套，来表达我对“它”的礼遇。

今晚的音乐会是民乐重奏专场，更能展现不同民族乐器的特点。音乐会上丝竹管弦余音绕梁，把中国民族音乐的特色表现得淋漓尽致。开场的打击乐重奏《新龙舞》，瞬间将音乐会的气氛带动起来，打击乐独特的迸发力赋予了音乐更强的生命力，将听众一下子带入充满激情与力量的视听盛宴中，展现了浓厚的民族情感，让身为华夏儿女、“龙的传人”的我们鼓舞振奋。琵琶重奏和阮重奏，展现了少数民族的异域风情，一曲《丝路驼铃》更是把大家带到了“大漠孤烟直，长河落日圆”的广袤边塞，描绘了丝路驼商古朴清淡又载歌载舞的行进情景。古筝独奏《秦土情》运用了大量的富有陕西风味的秦腔元素，传达出浓浓的乡土之情，让人沉浸其中、意犹未尽。笙重奏《冬猎》描绘了一幅林海雪原中狩猎的壮阔场景，充满了节奏感和律动性，展现了英勇紧张又轻松愉快的狩猎画面。扬琴重奏《卡农》表现了扬琴的刚柔并济，重现了不同风格的经典名曲，让人浮想联翩。二胡齐奏《远方的客人请你留下来》以欢快流畅的音乐旋律，突出了浓郁、热情、淳朴的彝族风情，令人心驰神往、心情愉悦。最后的笛子重奏《运动场上》，充分发挥了笛声轻快悠扬的特点，配合以欢快的运动节奏，演绎出一幅充满活力与青春的运动场景。整场音乐会，舞台上精彩纷呈、高潮迭起，观众席情绪高涨、掌声雷动。

走出音乐厅，我不禁又想起了钱老的那句话。作为一名工科生，我可能更有体会。我的专业是机械制造及其自动化，是典型的传统工科专业，硕士研究的课题是医工交叉方向的生物医用材料表面功能化。在学习研究的过程中，经常会涉及“科学和技术”这样的词汇，但我又是一个喜欢“附庸风雅”的人，对音乐、诗词、历史、文学等都有些兴趣和涉猎。学习科研之余，经常出入音乐厅和博物馆，也会聆听一些人文社科的大师讲座，这不仅带给我文化、艺术和美的享受，更激发我的很多思考。而音乐，是我所情有独钟的。对我而言，音乐具有一种神奇的力量，常常能带给我精神的享受和心灵的激荡，甚至改变我的心情、激发我的斗志和探索欲。在我看来，音乐不仅仅是一种艺术的语言和形式，更是一种文化。某音乐学教授曾提到，艺术的本质是价值观和精神的体现，人要不断追求新的可能。这不仅开阔了我对艺术和音乐的认识，也让我产生了更多的思考——要创新，创新正是不断追求新的可能性。这些都是文化、艺术与音乐带给我的一些东西，也是它们的力量所在。

音乐会结束后，我还和艺术学院的安老师合了影，我这个自封的“艺院忠实粉丝”算是“追星”成功啦，很是开心。

一场场音乐会，丰富了我的精神世界，提升了我的人文艺术素养，更让我深深地感受到山东大学这所历史厚重的综合性学府带来的人文气息和温暖。感谢山东大学艺术节，感谢艺术学院，感谢所有可爱的演奏者们。

作者：机械工程学院2018级硕士研究生　张　晓

10月10日　星期六　晴

邓从豪先生百年诞辰纪念活动参加者·董佳文

今天，我有幸作为一名学生代表参加了邓从豪先生百年诞辰纪念活动。

第一次听说邓先生，还是在化学基地班——邓从豪班的名称上。当时只觉得这位应该是我们化学领域的“牛人”，今天才得知，邓先生还是为山大发展作出卓越贡献的领导者。

据纪录片和主持人介绍，邓从豪先生曾是山大的“掌门人”，还是中国科学院院士，在多个科研领域有突出贡献。他勇于革新，担任校长期间，与威海政府合作成立分校区，时至今日仍对山大影响深远；他见识卓著，赴美考察后，力主建设我国激光领域事业。

报告厅的会场庄重严肃，但对恩师的追忆让我感到温馨。相比于一场庄严的纪念大会，这次活动更像一场包含对邓先生的无限追思和对未来学校发展寄予厚望的促膝长谈。据嘉宾们回忆，邓先生幼年聪颖，姓名带“豪”，在小学老师建议下改名“从豪”；他曾是热血的进步青年，却因参加学生运动失去了助教职位；他记忆力惊人，从不用讲稿，同时十分尽职尽责，曾在酷暑天授课，讲得大汗淋漓，也曾带病教学，右肩疼痛难忍，便换左手板书。种种往事，历历在目。比起科学家令人仰望的崇高，这样平易近人的形象，让我对邓先生心生亲近。事后我才了解，这些深切缅怀邓先生的学生、家属们，竟然个个都是学界泰斗，其中不乏顶尖学府的校长、院长和院士。

纪念会的最后，学校宣布设立“邓从豪教育基金”，接下来便是一系列学术交流。作为一名山大学子，我从中领略了学界的风采，见识了杰出人物的人生历程。在邓先生身上，有“化学家”这一名称背后的深刻精神内涵，开阔视野、勇攀高峰；有“教授”二字背后的崇高品格，甘为人梯、潜心育人。或许日后当我厌倦成百上千遍的实验、对前途感到迷茫时，回首今日所思所感，就会有坚持下去的信念。今天，我虽然只作为一名化院学生参与纪念大会，但从前人事迹中领悟到的收获将成为我的一份精神财富，也会在援疑质理的求学路上伴我左右。

作者：化学院2020级本科生　董佳文

10月11日　星期日　晴

志愿服务答辩参加者·冯子煜

今晚，天气晴朗万里无云，我觉得略微有点热，应该是有点紧张的缘故。

依稀记得去年参加答辩也是在相同的时间地点，只不过自己今年的身份从大二学生变成了大三学生。去年，第一次参加志愿服务队等级认定时，我准备了一个国庆假期，生怕因为自己的失误而影响班级同学应得的荣誉，所幸最后我们成功获得了一级志愿队的称号。相比去年，今年就变得轻车熟路了，在这一年里，我们每次开展活动时都针对等级答辩提前做准备，对于材料撰写、答辩流程也更为熟悉，所以当我最后站在答辩台上时有些感慨万千。经过一年的历练，匆匆而过的时间给我带来了成长。从第一次站在答辩台上的忐忑不安，到现在在台上的驾轻就熟，每一份经历都是我们人生的宝贵财富，终将会在生活中发挥巨大的作用。

我们经常会在网上看到的所谓“读书无用论”的观点，错误地将读书与赚钱画了等号，正如今年被北大考古系录取的留守女孩钟芳蓉，被一些网友评论为没有“钱”途。但读书从来都不仅是为了赚钱，高中学过的方程和力学分析的确不会在日常生活中起作用，也的确没人会让顾客自己算价格，但我们学习知识的目的并不仅仅是为了记住它，而是要学习应用其中的思路、方法。一法通则万法通，这些都可以在我们生活中得到应用。我相信读书永远都有用。

其实志愿服务也是如此。回首这两次志愿服务答辩，老师的提问以及其他队伍的答辩展示都让我感触颇深。志愿服务其实也是一项不求回报的活动，它没有实质性的所得，甚至你还要“浪费”自己的时间来帮助别人，可以说是“吃力不讨好”，那我们为什么还争先恐后地去做志愿活动呢？一方面它可以锻炼我们的能力，学习与人相处，推动自我成长；另一方面它可以向社会传递属于我们大学生的声音，促进社会和谐发展，提升社会生活质量。作为大学生，我们更要努力学习，积极参加志愿活动，因为青年是祖国未来的希望。

作者：基础医学院2018级本科生　冯子煜

10 月 12 日　星期一　晴

公益活动参加者·张立阳

最近，我参加了环境学院“初光”支教与环保宣讲团面向全校学生发起的“一步运动，一步公益”运动打卡公益捐赠活动。坚持 15 天，就可以为山区贫困孩子捐赠一个书包，今天是我打卡的第一天。

本次活动的时间是从今年 10 月 12～26 日，参加活动的同学们通过 15 天的运动打卡，就能根据打卡天数及累计消耗的卡路里获得对应的公益物品，最终以自己的名义进行公益捐赠。它将爱心与运动相结合，跑的每一步都寄托着捐赠人和受赠人的心愿，消耗的每一点热量都将温暖贫困地区孩子的心。

虽然研三是一个忙碌的时期，但我还是被这次活动打动了。不仅因为我喜欢运动，还在于我被宣传中的一句话所触动：“我相信漫漫岁月里，你总有几次会被贫困山区缺衣少食却仍渴望读书的孩子触动，想要为他们出一份力却找不到路，或是由于担心组织不当而犹豫不决。”是啊，跃跃欲试的心很多次都受限于多种因素，但是我会抓住这次机会，为贫困山区渴望读书的孩子们奉献一份力量。我想，这不仅是我的心声，也是每一个想为公益奉献的大学生的心声。

运动是我快乐的源泉和治愈迷茫的良药。不得不说，研三真的是一个让人期待又迷茫的时期，期待的是毕业后可以回报父母与社会，迷茫的是选择找工作还是读博。而运动过后的安静，可以让我的大脑保持清醒，帮助我做好系统的计划。两年前，我通过努力来到这里，想象着可以大干一番；两年后，我终于明白“行万里路”的深刻道理，亲身经历才知其中的不易与滋味。正是运动，让我一路走来始终保持着对科研的激情与热爱生活的态度。在坚持疫情防控的同时，更是要锻炼身体，增强免疫力，几个月以来的运动，不仅让我的体重下降了 30 斤，还让我感受到了运动的快乐。

“一步运动，一步公益”，让运动成为一种习惯，让充满爱的公益也成为一种习惯。

作者：环境学院2018级硕士研究生　张立阳

10月13日　星期二　多云

空间科学与物理学院免试推荐直博生·鞠恩明

志愿填报：山东大学空间科学与物理学院，直博生。填完志愿的我内心如释重负。此时已是深夜，可是我辗转反侧，难以入睡，最终走出寝室，来到走廊尽头，望着窗外。

寒露过后的夜格外清爽，微凉的风吹着，我静静地感受着，思绪也如这清风一般，不知从哪里来，亦不知归往何方。我与山大的故事，很早就开始了。那是初二开学第一天的晚自习，语文老师拿着凳子走进教室，坐在了讲台上，将同学一个接一个地叫到面前交谈。直至轮到我，我怯怯地走了过去，向老师报上名字。老师：“哦，你就是鞠恩明，咱们班的第一名啊，好好学习，以后争取考上好大学，像山东大学、中国海洋大学，都是一些非常不错的学校。”我看着老师，认真地点了点头，也懵懵懂懂地把山大埋在了心里。

回首过往，时光如白驹过隙一般，转眼间我在山大已经度过了三个春夏秋冬，我熟悉威海校区的一草一木、一花一鸟，也了解风的脾气，但是最喜欢的还是山大的文化底蕴。

山大的文化底蕴存在于校训中，弥漫在课堂上，隐匿于图书馆的书卷里，更展现在山大老师的言谈举止中。我们学院有许多讲课风格独特的老师，他们用自己的方式向学生传授知识。有时老师会问我们："你们学习是为了什么？为什么要学物理？是为了期末考高分吗？当然不是，学习是为了锻炼你们的大脑，你们会发现，大学可能是你们唯一一次能够系统锻炼自己思维的机会。"老师的话牢牢地刻在了我的脑海中，也给了迷茫的我莫大的安慰。更令我感到意外的是，研究物理的老师对中国传统文化也有着独到的理解："怎么做科研？其实陶渊明在《桃花源记》中已经说清楚了，'晋太元中，武陵人捕鱼为业'，首先你要有自己的事情要做；'缘溪行，忘路之远近'，这告诉我们要沿着路走，全身心地投入其中，'忘路之远近'才有可能'忽逢桃花林'，之后又有……"

想着课堂上的种种过往，我感受到了颜渊之叹——仰之弥高，钻之弥坚。转眼间，2017 级天文与空间科学菁英班这个优秀的班集体也进入了毕业倒计时阶段，我来不及感慨，也来不及回味，唯有默默珍惜现在的一切。

在人生的十字路口，我再次选择山大，是源于对山大的那份真挚的热爱，对老师的景仰之情，亦是对理想的再次追逐。未来的路，愿与山大再伴一程！

作者：空间科学与物理学院 2017 级本科生　鞠恩明

10 月 14 日　星期三　多云

深圳研究院工作人员 · 王　宁

2020 年 10 月 14 日，我依旧搭乘"最挤四号线"，穿越拥挤的人海，从龙华奔向宇宙中心南山。

今天是每个深圳人都应该铭记于心的大日子——深圳经济特区建立40周年。庆祝大会于今日举行，不惑之年再出发的深圳，创造了无数令世界瞩目的奇迹，也交出了一份震惊世界的答卷，而我如此有幸成为一个历史的见证者。

深圳经济特区的沧桑巨变和奇迹频现是一批批开疆扩土的特区建设者用智慧和汗水一点一滴浇灌出来的，只有他们最明白，如何才能让梦想照进现实。“看似寻常最奇崛，成如容易却艰辛。深圳等经济特区一路走来，每一步都不是轻而易举的，每一步都付出了艰辛努力。”听着习近平总书记在庆祝大会上的发言，我们内心澎湃。这也是我们的真实写照。回首山大深圳研究院八年发展历程，从无到有，从小到大，好似一个微缩版的特区发展史。八年前那一批开拓者，带着山大人的梦想与希冀，不惧未知的困难，扎根南粤，跬步积累，点滴汇聚。从那时候起，我们就把研究院的命运融入了深圳这座城，融入了大湾区，融入了这个国家的未来。培育优秀人才，探索科研创新，服务鲁粤两地，弘扬山大精神，研究院发展的每一步都走得更加坚定，因为我们背后有山东大学和所有山大人作为我们的坚强后盾。

我在研究院工作19个月了，我们的大家庭也一步一步发展壮大，每个人在各自的岗位上默默付出，互相支持。我们不仅是研究院事业发展道路上携手同行的战友，更是实现人生梦想旅程中彼此成就的家人。入职以来，我的工作从最开始的行政后勤事务，到逐渐增加的人事、宣传、业务协助等，每一天都围绕着细致琐碎的事情忙碌，紧张而又充实。曾经的豪情万丈和踌躇满志，在工作的试炼中逐渐沉淀。做事心中有数，工作快速有效，遇事处变不惊，问题从容应对，我也像所有的特区创业者一样蜕变成长。感恩研究院这个大家庭给了我一个快速成长的平台，感谢家人们对我的工作给予最大限度的包容和最大力度的支持。我们都有一个共同的梦想：让鹏城土地上，闪耀山大之光。

我很庆幸当年选择深圳这座迅猛发展、充满朝气活力的城市作为事业发展的起点，而山大深圳研究院用耀眼成绩告诉我，伟大的梦想是拼搏奋斗干出来的，千载难逢的机会也永远是留给有准备的人的。

路漫漫其修远兮，吾将上下而求索。三十而立的我，愿与八岁的研究院、四十不惑的深圳一起，永葆“闯”的精神、“创”的劲头、“干”的作风，只争朝夕，砥砺前行，续写更多“深圳与山大的春天故事”。

作者：深圳研究院工作人员　王　宁

10月15日　星期四　晴

校庆志愿者代表·闫邵航

“用实际行动展现新时代山大青年的崇实品格和担当精神，让志愿服务成为山东大学百廿校庆最闪亮的底色!”声声誓言回响在报告厅内，我看着飘扬的志愿服务队队旗，听着台下的阵阵掌声，感到无比的幸福，这可能就是志愿服务带给每个志愿者的存在感、自豪感、成就感吧。每一位志愿者的热忱奉献，如涓涓细流汇入山大之海，为百廿校庆注入青春的活力、新鲜的色彩。

下午2点，120周年校庆动员大会正式开始。我们首先观看了两部校庆视频，一部是薛其坤院士朗诵的《最忆是山大》，讲述了山大一校三地八校区校园中雕塑的故事：“今天开始，山大校园雕塑和我们一起集结，将校史摇曳成一面为国育贤的旌旗，在人类文明的星空，猎猎高展!”另一部是对校友回家的邀约，山大师生在校门外、教室内、小树林、图书馆、雕塑旁、操场上、天文台，共同说出那一句：“2021，我们在山大，等你回家!”随着视频的播放，我不由回想起大学四年的点点滴滴。我曾在教室中认真听讲，也曾在小树林中悠闲漫步，也曾在校门口拖着沉重的皮箱和光荣的录取通知书来报到，也曾在图书馆奋战考试周……

宣誓授旗环节前，我和20名志愿者都感到心潮澎湃。我们的志愿服务是服务别人，也是帮助自己，在服务中获得知识，提升能力，助人自助，热心奉献。我们用掷地有声的庄严誓词，展现山大青年志愿者的责任担当和精神风貌。我从郭新立书记手中接过山东大学校庆志愿服务队队旗，并将旗帜挥舞起来。在我眼中，我接过的是一份责任，挥出的是一份承诺。校园内外每天都有许多志愿者在做着细微琐碎但又不可或缺的工作，我们只是万千志愿者的一个缩影。

接过旗帜，我们一定会全身心投入120周年校庆的服务工作，一步一脚印，一步一热忱，助力山大完成百廿校庆系列活动。很幸运能在山东大学的120年历程中陪伴她四年，未来还要在研究生阶段继续陪伴，相信山大一定会是我人生中最值得纪念、最值得感谢的学校。是山大培养了我，是山大给了我更大更广的舞台，是山大让我发现了更好的自己。凡我在处，便是山大，有你在时，那便是家。衷心祝福山东大学119周岁生日快乐，未来可期！

作者：齐鲁交通学院2017级本科生　闫邵航

10月16日　星期五　晴

第五届齐鲁青年论坛参会学者、清华大学博士·刘　宁

2020年10月，在这秋高气爽的时节，山东大学迎来了她119岁的生日。更让我感到高兴的是，我收到了母校的邀请，前来参加第五届齐鲁青

年论坛和软件学院的分论坛。

收到邀请函之后，我内心十分激动，期待着与母校的又一次相遇。作为一名从山东大学走出来的学生，母校的教诲一直深深地印在我的心里，伴随着我成长的每一步。我是一个地地道道的山大人，在山大度过了人生中最宝贵、最丰富的大学本科生活。小树林中琅琅的书声、蒋震图书馆里刻苦的身影，还有餐厅里令人回味的菜香……这些美好的记忆仍然留在我的心里。一晃四年过去了，母校发生了巨大的变化。感谢论坛组委会，让我能够有机会同各位老师、学者相遇在山大，共同见证山大过去的成就、展望美好的未来。

疫情防控的特殊时期，我在启程之前就接到组委会的多次提醒，一定要留意疫情形势变化，做好个人防护。报到时，我还收到了内容齐全的健康包和提示卡片，倍感温馨。

16 日上午是主论坛，从樊丽明校长的致辞中，我和到场的各位学者感受到了山东大学作为综合性大学的开放胸襟和学校对于青年人才的热切关注，大家深受鼓舞与感动。校领导以及山东省、济南市、青岛市和威海市领导为我们讲解了山东大学和各地市的引才计划以及相应的支持和保障。通过一系列的政策介绍，我感受到了山东对于人才的渴求，感受到了母校对于青年学者的关怀。

下午，软件学院人工智能分论坛采用了线上方式举行。周元峰副院长向我们介绍了学院的发展以及双一流建设情况，刘磊教授、罗昕老师、余国先老师分别从不同的角度分享了自己在软件学院的科研生活经历，让参加论坛的各位学者对软件学院的教学科研工作有了更加详细的了解。我和在线的其他参会学者介绍了各自的科研收获和今后工作的展望，大家畅所欲言，就学科的热点问题和学术发展前沿展开了热烈的讨论，软件学院的领导和老师们一一点拨、指导，一下午的活动让我收获满满。

通过参加第五届齐鲁青年论坛，我再次感受到了母校厚重的历史底蕴和蓬勃的发展力量。在母校 119 年校庆之际，衷心地祝愿母校越来越好，同时也希望自己能够有机会参与到母校的建设中去，为母校的“由大到强”历史性转变贡献自己的力量！

作者：清华大学博士　刘　宁

10月17日　星期六　晴

医学1980级校友·王　晨

今天是我们医学1980级校友毕业40周年返校团聚的日子。一年前我们就开始筹备这次的聚会，这段时间也频频和组委会成员策划活动的组织安排。随着聚会时间临近，我也越来越激动和期待。遗憾的是我们很多同学因为疫情没能参加这次聚会。

张运院士说得很好，整个医学80级团结得就像一个人一样。我在线上看了整个活动的过程，很受鼓舞，也看到学校领导对我们医学80级的重视、关心和支持。我们80级的校友在各个岗位都作出了突出的贡献，医学80级的品牌也正体现了整个山大医学专业的品牌。

建立趵突泉校区梦迪音乐厅，也就是大学生活动中心的念头，是基于我自己的经历和体会。我8年学医，又做了几年医生，此后一直在医疗领域工作。我们医学生的生活三点一线，学业很重，在学校里每天接触到的都是医学专业的知识；但医学上的很多进步，是换个角度、突破固定思维后得来的意外发现。于是我就产生了一个念头，在齐鲁医学院这个校园里建立一个开放、自由的空间，让思维单一化、模式化的医学生能够在里面变得思维开阔起来。

在美国时，我常去普林斯顿大学的校园走走，从他们一个学生活动中心受到了启发。两年前我到工地参观和了解设计方案时，就提出活动中心要去掉房间隔断，把墙打通的建议。女儿王梦迪毕业于在国际上享有盛誉的建筑协会学院（AA School）建筑设计专业，她专程到工地查看，也提出了让门窗更宽阔敞亮的改进建议。这个开阔空间里的座椅摆放不用太规矩，可以是随意的、分散的，这样学生来了以后可以在这里或集体欣赏音乐，或三五成群安静读书，或喝点东西，交谈讨论，有一个自由想象的空间。医学生除了专业之外还要懂得欣赏艺术，多向人文等其他学科学习，才能开拓思路。开放思维需要日积月累，养成习惯。这种思路的转换，对学生以后的医学生涯甚至人生都会有很大的帮助。

音乐厅是用来熏陶艺术修养的。多听音乐能让人提高修养，不论是经典还是流行音乐，都能让人更有创作的激情。40 年前我在山东医学院上大学的时候，很多老一辈的教授都是大家，艺术素养很高。到我们这个年龄段的很多同学医学上成就很高，但是音乐就听得少了。今天看完整场音乐会，我感到很震撼和兴奋，我们医学生太需要这么一场高水平的音乐会了。

许多同学和我交流，也有同学在微信群里留言，说很多年没有去过音乐厅了，这是第一次，我也在组委会群和班级群里发了一条信息，准备明年山东大学 120 周年校庆的时候，在音乐厅举行一场国家级的音乐会，作为给母校 120 周年生日的礼物。

记得 40 年前，我的高考志愿只坚定地填了山东医学院医学系这一个志愿，此后在这里学习成长，受益良多。在我工作最困难的时候，是学校、医学院、附属医院和同学们给了我很大的关心和帮助，我永远难忘。旅居海外，我对母校和师长同窗的挂念更感深切。再次感谢学校对我们年级聚会的关心支持，感谢学校对医学越来越多的重视和关注，感谢老师的培养，感谢同学们的团结一心，期待山大发展越来越好！

作者：医学系 1980 级校友　王　晨

10月18日　星期日　晴

医学基础化学实验室建设工作组成员·马　莹

在金秋清晨凉爽的天气里走进中心校区，我的心情无比舒畅和欢悦。上星期，医学类、药学类学生基础化学实验课程顺利在化学实验教学中心开课，我们3个月的改造工作得到了师生们的一致好评。

自2020年秋季学期开始，根据学校要求，我们化学与化工学院将发挥一流学科优势，承担医学类、药学类每年近800名新生的化学理论和实验课程教学，参与培养一流医科人才。

对此，我们调研了北京大学、复旦大学、浙江大学等知名高校针对医学类、药学类本科生开设的化学理论课和实验课教学情况，发现这些高水平大学都是由化学专业教师承担其化学理论课和基础化学实验课程教学，并有针对性地建设了高标准的基础化学实验室，对学生进行科学严谨、系统全面的实验技能操作训练，综合培养学生的科研创新能力。这对一流医学类人才的培养具有不可替代的作用。

由于时间紧、空间少、任务重，这项工作千头万绪。核心关键有两个：第一是根据一流医学类人才培养目标，在培养扎实基本实验技能的基础上，推出综合性、设计性和创新性实验项目；第二是改造实验通风水电环境，建设安全环保、规范先进的标准化医学基础化学实验室。

在疫情防控的形势下，高标准完成这个任务的难度之大可想而知。学院由贾春江副院长担任工作组组长，无机化学教研室、有机化学教研室和化学实验教学中心分别落实相关任务，其中化学实验教学中心组建了包含5个分室10名教师的工作小组。我们以最快的速度完成了实验室管理人员定位和教学梯队组建，向学校提交了方案。学校很快落实了实验室用房调配，划拨了专项经费，效率之高也体现了山大的领导组织管理水平。

医学基础实验室建设涉及面广，化学老楼楼龄超过50年，这都给工程实施带来了很多不可预知的困难。工作组贯彻中央“过紧日子”的部署，在充分保证本科实验教学需求和安全的前提下，按照基础设施不过度改造、仪器设备不重复购置的方针严控每一个改造细节；同时建立了微信群集思广益，尽可能合理、省钱地解决了困难。为了如期完工，过去的3个月中，小组成员牺牲了暑假和周末，加班加点按照方案推进改造工作。

在改造过程中，有一件事情令我印象非常深刻。7月3日，学校资产与实验室管理部白志学老师、招标办王群老师、后勤保障部孔凡鑫老师主动到学院服务，从环境改造时间衔接、实验室内部设计再到家具设备购置具体安排，每一个细节都给我们详尽切实的专业指导，解决了一个个难题。我们工作组的老师们感受到了学校机关为学院办实事、解难题的作风，很受鼓舞。

在大家的共同努力下，我们保质保量地完成了实验室建设，为医学类、药学类大一新生提供了高水平、高标准、宽敞明亮的基础化学实验室。

实验室改造工作已经结束，但是我们的工作还在继续。期待我们的努力能进一步提高学生的基础实验技能、综合实验能力和创新科研能力。

作者：化学院教师　马　莹

10月19日　星期一　晴

119周年校庆系列活动参加者·焦梦典

伴随着小树林的沙沙风声和绿荫廊间的咪咪猫叫，我参加了校庆打卡小活动。按图寻迹，从食堂台阶上的“山大的那些日子，是我一辈子都不愿剪的长镜头”，到创意涂鸦板上的“我把我少年的时光给予你，也把老年的回忆给予你”；从中心校区图书馆后“学无止境　气有浩然”的石雕，再到垂柳下的红木小桥……幸运的我突然发现，即使走过熟悉的路，途径相识的风景，山大也依然有惊喜一隅等待发掘。

山大119周年华诞期间，全校师生校友共谱百年学府的熠熠辉光。从公众号上“明天是您的生日，我的山大”到“119周年校庆公告”，我看到趵突泉畔学子的热烈庆祝，也有来自威海、青岛海边的真挚祈愿。

“119年来，一代又一代山大人前赴后继，砥砺前行，用行动书写了忠诚、践行了担当、铸就了辉煌。”校庆纪念大会上，樊校长振奋人心的讲话让我内心澎湃，她还对百廿校庆提出恳切期望：“要在‘守正’中回望来时路，在‘创新’中展望新征程。”这一嘱咐，让我想起庚子新年那场突然而至的新冠肺炎疫情，山大先后近三百名医护人员出征湖北一线，展现了山大担当。

从乍到学校的内心惶恐到如今的踏实努力，这次校庆也见证了我的成长。10月15日这天，也是我第一次离开父母18年的庇护走向远方的第33天。这一天，我的内心没有咸咸的烩面味的乡愁，有的只是对山大119岁生日的祝福。那天的课后，我在小树林参加了“对山大说说心声”的小活动，怀着对山大的热爱写下絮絮言语。我依然记得，当我去贴小爱心时，展板上已被许许多多同学添上了祝福；记得在去齐园餐厅的路上，看到两旁精心制作的表白山大语录；记得参加“觅迹寻踪，抚今追昔”校庆集章活动，偶遇在校园埋藏的专属记忆时心里的小确幸……

经历119年，山大人朝气蓬勃、奋发向上的模样，就是山大春华秋实、奋楫扬帆的模样。

当中国战火纷飞时，山大屹立不倒；当中国百废待兴时，山大报国图强；当中国疫情肆虐时，山大义不容辞。当山大走过变迁时，山大人初心如磐；当山大几度分合时，山大人薪火相传；当山大喜迎百廿时，山大人倾心祈愿。

作者：护理学院2020级本科生　焦梦典

10 月 20 日　星期二　晴

校内双向挂职干部 · 李　进

10 月的济南，秋高气爽，景色宜人。10 月 20 日，这是一个注定成为学校医学教育改革发展史上具有里程碑意义的日子。经过一段时间的紧张筹备，在全校上下欢庆建校 119 周年的喜悦氛围里，山东大学护理与康复学院在今天正式揭牌成立。

到护理学院挂职已一月有余，恰逢学院转型发展的关键节点，我有幸见证并参与了新学院建设启动的各个环节。在学院书记、院长的领导下，学院让我牵头学院工作小组开展筹备工作。从规划设计到具体实施，从材料撰写到会务组织，从医教协同到校企合作，从理事会、战略咨询委员会体制机制到兼职教师聘任，我和同事们集中精力攻坚每一个难点，全力以赴落实每一个细节。在人手不足、经验缺乏、时间紧、任务重的压力下，我们舍弃周末和休息时间，日夜兼程、连续作战。今天看到学院揭牌仪式顺利举行，回首从初接任务的忐忑，到浅尝甘霖的欣喜，再到如释重负的从容，我不禁想起总书记的那句话："路是走出来的，事业是干出来的，美好的蓝图变成现实需要扎扎实实的行动。"

正如郭新立书记在揭牌仪式致辞中讲到的那样："护理和康复是我国健康服务体系建设的重要环节，是健康产业发展的重要板块，具有光明前景和无限潜力。"面对疫情提出的新挑战、实施健康中国战略的新任务、世界医学发展的新要求，齐鲁医学深入推进医教、科教、产教结合，加快学科升级换代，护理与康复学院在医学教育改革的大潮中应运而生。在新学院揭牌仪式启动协调会上，樊丽明校长肯定了护理与康复学院的成立对学校深化医学教育改革的重要意义，勉励学院继续努力，擦亮齐鲁医学品牌。学校医学教育改革大步向前，不仅彰显出顺应新时代医学发展的需要，也让我们看到了学校做强学科、做强学院，实施强院兴校、强校兴国行动的信心和决心。

13年前，我来到山大求学，在护理学院度过了难忘的青春时光。9月，我作为学校双向挂职干部，回到多年前承载梦想的地方，开启新的人生阶段。不同的时间，不同的身份，却是相同的情感。再过一年，山东大学将迎来她的120周年华诞，百廿山大将再次焕发出新的生机。新起点，新征程，一幅前景绚烂的蓝图，就在眼前。

作者：学工部、武装部双向挂职干部　李　进

10月21日　星期三　晴

后勤保障部工作人员·延　宏

早上8点10分，我前往知新楼，楼前的木瓜树上，金黄色的木瓜展示着校园秋日的丰收。今天，教育部调研小组来校调研学校饮食工作，与我们到洪家楼校区实地察看食堂并座谈，又回到中心校区参观了食堂后厨、学生餐厅、教工餐厅和一多餐厅。

在新品研发间，我替大家品尝了自动炒菜机炒的宫保鸡丁。调研小组的负责人问："好吃吗？"是真的好吃！因为兼着安全工作，我已去过很多次食堂后厨，最深的感受就是规范、放心。还有食堂的菜品，一楼的把子肉和南方菜里的鸡丝豆角是我的最爱，再就是早餐的鸡蛋饼、教工餐厅的甜沫。山大食堂是山大亮丽的名片，饮食中心工作得到教育部调研组的充分肯定，我们深受鼓舞。

按照行程，我们还参观了学校博物馆和校史馆。在博物馆，李馆长详细讲解了学校师生的历次考古发掘成果。精美绝伦的器物，将中华民族几

千年的历史如画卷般展现在我们面前，山大考古专业在全国排名第三，考古又是我高中时代最想报考的专业，虽未如愿，但古迹、古韵、古诗词……我心仍向往之。参观中，大家也钦佩考古的不易，要耐得住寂寞、经得起风吹日晒。在校史馆，一个个大家学者的名字，一张张或黑白或彩色的照片，展现着山大近百廿年来不断前行的足迹。我不禁有感：今天，山大的历史交由我们这一代人书写，我们将用自己的努力，添加浓墨重彩的一笔。

午休时间，我和中心校区管理办公室的负责同志谈起新闻传播学院老师办公室顶灯和渗雨墙面的维修情况。下午，后勤总工又把生命楼连廊加建玻璃房的设计效果图发了过来，大家在新闻学院文化建设群里展开了热烈讨论。

到新闻传播学院挂职近两个月了，我参加了学院历次院务会、党政联席会，还参加了学院党委换届全体党员大会，深深地感受到这是一个团结奋进的集体。我读了很多遍学院的党委工作报告，也深入了解了学院今后的发展规划。在这个集体中，我感觉很亲切，也把自己当作学院一员，尽力做好学校职能部门与学院联系的桥梁，用实际行动将“学院吹哨部门报到”落到实处。今年我们又与隶属新闻学院的山大广播电视台合作拍摄后勤宣传片，工作起来亲如一家。我在想，即使一年后挂职结束，这一段学院工作的经历必将令我难忘，我的能力视野也将因此得到质的提升。

下午，我参加后勤保障部党委换届选举全体党员大会筹备组会议、办理人事手续、梳理大后勤系统网格化管理各项工作……离开办公室已是晚上 6 点。还未到家又接到电话，安排每半月一次的全校保障服务人员核酸检测；到家后又马不停蹄地继续协调相关事宜……

一天的忙碌结束了，为了学校的美丽明天，多少山大人只争朝夕、默默奉献。我为我是其中的一员而感到骄傲。

作者：后勤保障部工作人员　延　宏

10月22日　星期四　晴

防火救火技能训练参加者·杨宇翔

天干物燥的秋天，加强对防火救火及火灾逃生的技能训练非常重要。从昨天开始，兴隆山校区综合实验楼外就扎起了两幢充气小屋，一幢里面是模拟火灾逃生，另一幢里面是模拟干粉灭火器救火。今天上午，我挑了个人少的时间，独自来到那两幢小屋外，想好好体验一把逃生和灭火的感觉。

在工作人员的指引下，我从模拟火灾逃生的房子入口走了进去。刚刚走进屋子，我就感觉到一股热浪扑面而来——为了模拟火灾发生时的气氛，屋内的温度要比屋外高得多。除了高温之外，迎接我的还有越来越深的黑暗。从入口照进来的微弱的光线，在向里走了几步之后彻底消失，只有里面的“安全出口”指示牌散发着幽暗的绿光。此时此刻，我想起了电视剧《我的团长我的团》里的主角孟烦了钻汽油桶的场景——同样是深不可测，同样是一片漆黑，同样是压抑气短。我学着孟烦了的样子，用双手摸索着探路，一点点地往前挪。越往里深入，通道就变得越窄，高度也越来越低。终于，出口的亮光出现在我的眼前，我赶紧用最快的速度钻了出去，大口呼吸着外面的新鲜空气。这短短几米的路程，我却觉得走了好长时间，回想起屋里的场景，我不禁感叹，这模拟现场做得还挺真实呢！

等喘过气来，我又走进了模拟干粉灭火器灭火的小屋内，一位老师对我进行了耐心的指导。老师告诉我，使用干粉灭火器要分三步：第一步是“拔销子”，就是把灭火器顶部固定压把的插销拔下来。第二步是“捏管子”，即要捏住灭火器管子的头部，以控制喷射方向，老师特地强调，一定要捏头部而不是尾部，因为捏尾部的话，灭火器喷射时的气压会导致喷射方向失控。第三步是“压柄子”，即站在火焰的上风头约5米远处，对准火焰根部按下压把。我按照老师的指导拿起电子灭火器，对准屏幕上虚拟火焰的根部，左手捏着管子，右手按下压把，伴随着从模拟灭火器里发出的“嗤嗤”声，屏幕上的火舌逐渐熄了下去。我灭火成功了。

虽然这次体验只有短短 20 分钟的时间，但我却受益良多。经过这次体验，我学会了在黑暗幽闭的空间中保持冷静并探索出路，同时也掌握了正确使用干粉灭火器的技能。我认为，掌握这些技能是非常有必要的，它们可以在紧急时刻派上大用场。在今后的生活中，我会真正从心底重视起防火救火及逃生这些问题，防患于未然，为消防安全作出自己的努力。

作者：电气学院 2018 级本科生　杨宇翔

10 月 23 日　星期五　晴

纪念中国人民志愿军抗美援朝出国作战 70 周年大会收看者 · 周昕莹

又是一个周五，结束了一周的课程和实验，我将本周的任务一一收好尾。敞开窗户，秋风随之袭来。天气已经渐渐转凉，阳光虽然很好，但仍觉得有些冷，我不禁将自己的衣服裹紧了些。

打开手机，我收看了纪念中国人民志愿军抗美援朝出国作战 70 周年大会。在大会现场，当志愿军老战士身着军装佩戴勋章出场时，全体起立鼓掌。仿佛又把我们带回那个“雄赳赳气昂昂，跨过鸭绿江；保和平卫祖国，就是保家乡”的雄壮激昂时代。一位老兵曾说：“什么叫作祖国？当我们跨过鸭绿江，看到战火的时候，我的背后就是祖国。”“踏异土，保家国”，在刚刚诞生不到一年的中华人民共和国面临危难的时刻，千千万万中华民族的英雄儿女，响应祖国号召，义无反顾地投入到抗美援朝保家卫国的伟大战争中去。他们用鲜血和生命捍卫了国家安全，维护了世界和平。

在大家热烈的掌声中，习近平主席发表了重要讲话："70年来，我们始终没有忘记老一辈革命家为维护国际正义、捍卫世界和平、保卫新生共和国所建立的不朽功勋……始终没有忘记谱写了气壮山河英雄赞歌的中国人民志愿军将士，以及所有为这场战争胜利作出贡献的人们……始终没有忘记在抗美援朝战争中英勇牺牲的烈士们……烈士们的功绩彪炳千秋，烈士们的英名万古流芳！"

那197653名抗美援朝烈士们，我们从未忘记，并将永远铭记。

70年时光已过，山河无恙，家国安宁。五星红旗，是苦难时的希望，是幸福时的骄傲。今天的我们不必受饥寒之苦，今天的我们，有信心有能力，守卫我们的大好河山。作为青年学子，我们当铭记历史，承担起我们的责任，在实现中华民族伟大复兴的道路上，我们定会不负所望！

作者：环境学院2017级本科生　周昕莹

10月24日　星期六　晴

翻译学院本科生辅导员・韦福林

威海的天空依旧很蓝，满溢的阳光是亮黄色的，有微风和白云，玛珈山秋色层林尽染。

上午刚刚参加完了威海校区2021届毕业生秋季双选会。回到办公室打开电脑，刚好能有时间把前两天学校"践行新时代党的组织路线，不断提升组织工作质量"专题培训的内容和收获整理消化一下。为期一天半的集中培训，线上课程安排得很紧，各位老师讲述的内容针对性、实用性和技巧性都很强，满满的干货。

我做学生辅导员，今年是第八个年头了，担任学院党委组织员，至今也已经有一年半的时间了。如何把党务工作这门“细水长流”“包罗万象”的学问摸透做好，在过往的理解之上，这两天的培训学习给了我一些新启发。

做好党务工作要“讲规范”，要有学习意识，不断学习新理论、新方法、新经验和新思路；要有规则意识，严格遵照原则、制度和程序办事；要有全局意识，对所在单位的各项工作熟稔于胸，对工作框架和细节准确把握。做好党务工作要“见行动”；要有问题意识，要在工作中抓实主要矛盾，解决重点问题和突出难题；要有辩证思维，不能机械套用理论和照搬经验；要有服务意识，服务单位师生，服务教书育人的中心工作，服务改革创新发展的各项任务，“做一颗永不生锈的螺丝钉”。做好党务工作要“长本领”，新时代提升党建工作的政治引领和服务带动能力，需要我们进行更深的思考，进行更细的谋划，掌握更多的本领，不断用新的思路、举措、办法解决新旧矛盾和问题。“不忘初心、牢记使命”主题教育期间和2020年上半年新冠肺炎疫情期间，翻译学院党委组织开展了红色经典诵读大赛和中英文双语书信写作大赛，学院党员们踊跃参与，实现了学院党员教育管理服务工作的创新性开展。

作为学校的一名普通党务干部，我将会继续立足于工作岗位的点滴实践，在学校党委和学院党委的坚强领导下，严格落实新时代党建工作标准要求，积极践行新时代党的组织路线，开拓进取、砥砺奋进，做学校“双一流”建设的鲜活细胞和战斗单元。

作者：翻译学院辅导员　韦福林

10月25日　星期日　晴

校友办工作人员·刘雅琼

虽然10月的天气有些微凉，但是周六济南的天空确实是久违的湛蓝，仿佛也在迎接全国各地的校友回家。随着校友之歌《我的山大我的家》响起，山东大学校友会第四次校友代表大会正式落下帷幕。

最近一个月，我们每天都在争分夺秒，就是为了作为百廿校庆十大活动之一的山东大学校友泉城行活动和山东大学校友会第四次校友代表大会能够成功举办。对接项目、解答校友提问、统计名单、营造氛围……所有的工作都在紧张有序地进行。校友泉城行活动为校友和地方提供合作机会，是学校践行服务山东战略的重要体现；第四次校友代表大会顺利完成理事会换届工作，明确了今后的工作方向。

突然觉得时间过得好快，做校友工作已经一年多了。一年前刚来的时候，我看着资料中有的以校友工作办公室落款，有的以校友会秘书处落款，还有些疑惑。其实，这就是校友工作和其他工作不一样的一点：既要作为校内职能部门统筹校内校友工作，还要作为社会团体的秘书处来负责校友组织的建设和社团规章制度的完善。

校友工作办公室和校友会秘书处是校友与母校交流沟通的桥梁。开展校友工作，需要多去了解校友们的建议和意见。这一年，我去过不少地方走访校友，每到一地，校友们的热情都让人感动，是山大人的印记让我们无论在何处相遇，都有一种自然的熟悉与亲切。当前，校友工作也在朝着制度化和信息化方向前进：《山东大学校友会关于加强和改进校友组织建设的意见》的出台为校友会规范化发展提供了重要依据；天南地北山大人校友信息服务系统也实现了信息资源汇聚与共享，依托该信息库，我们还顺利推出校友卡。

校友与母校深厚的感情是开展校友工作的基础，如何提升服务校友质量、促进校友和母校共进共荣、凝聚校友力量服务地方经济和国家战略是校友工作的着力点。难忘今年年初，面对新冠肺炎疫情，山东大学校友会发出“楚天齐鲁，守望相助——定向物资募捐倡议”，众多校友和校友组织积极响应，为山东大学援鄂医疗队募集大量防疫物资，彰显了山大人炽热的家国情怀和责任担当。

明年，学校将迎来百廿华诞。借此契机，校友工作的开展迎来了新机遇，但是也会面临诸多挑战。作为校友工作人员，我深感肩上责任重大。我们必将坚持服务校友发展、服务学校发展、服务社会发展的工作宗旨，汇聚山大人力量，助力强校兴国。

作者：校友办工作人员　刘雅琼

10 月 26 日　星期一　晴

国际组织实习参加者 · 李俐蒴

北京深秋金色的银杏叶和北方干爽的空气，都让我想起母校山大也有相似的景致。在从山大毕业后的两年里，我追着国际组织的梦想，从济南出发，到欧洲，再到美国华盛顿特区，又回到北京。这一路上，我攻读清华-SAIS 双硕士学位，在华盛顿世界资源研究所（World Resources Institute，WRI）完成了实习，现在专注研究能源环境政策议题。山大就是我国际组织梦想生根发芽的地方。

2015 年，我开始在山东大学外国语学院法语系就读。法语为我打开新世界大门的同时也让我好奇：国家之间的对话如何展开，不同文化之间的交流如何进行，复杂的利益如何分配，合作机制应该如何设计……这也让我真正开始对国际组织产生了兴趣。

恰巧在大二学期末，刘洪东副院长为我们带来了一个喜讯：我们可以在大三去法国雷恩政治学院交流。乘着这股东风，我在雷恩政治学院学习了经济学、国际关系、中国研究等课程，为国际组织工作打好了坚实基础。大四回国后，我担任了山东大学外国语学院辩论队的队长，与队友打磨思辨能力，最终获得了“山大杯”辩论赛冠军，辩论经历也帮助我有效提升了逻辑思维能力和面试技巧。也是这一年，我偶然看到山东大学学生全球治理与国际组织发展协会（SDUI）即将成立，带着对国际组织的满满情怀，我参加了首届成员面试，并最后被选为主席。在学生就业创业指导中心各位老师的支持和帮助下，我们成功邀请了世界卫生组织前外交官宋允孚等多位国际组织前官员，前来开展国际组织实习讲座。

学生就业创业指导中心副主任王迎春老师多次和我探讨工作，也关心我的个人学习生活，鼓励我勇敢追求国际组织的梦想。我与一群志同道合的伙伴通过学校选拔，在王老师的带领下赴意大利都灵国际劳工组织参加了专题培训。这次的专题培训关注可持续发展，我的关注焦点是气候行动，这段培训经历也让我决定在能源环境方向继续发展。

毕业后，我开始在约翰霍普金斯大学高等国际研究院（Johns Hopkins University School of Advanced International Studies，SAIS）学习国际经济和能源环境政策。我时常见到在世界银行和国际货币基金组织工作的校友将所学应用到基础设施建设、交通、环保等领域，我也被他们的成果鼓舞，参加了 WRI 的暑期实习，同可持续发展组专注发展“2020+”的碳战略。回国后，我在清华大学继续学习。一路走来，难忘母校培养，期待自己在国际组织有更多发展和成长。

作者：外语学院 2015 级本科生　李俐蒴

10 月 27 日　星期二　晴

经纬班一期学员 · 叶文馨

“经天纬地，达人通和”，我和经纬班虽然刚刚一起度过一年多的时光，但经纬人的烙印已经深深印在了我心中。在与经纬班相伴的日子里，我和同学们在领导力课程上增长知识，在社会实践中锻炼能力，在一次次班级活动中收获友情，留下了许多珍贵的回忆。

还记得 2019 年的那个冬天，我参加了学校组织的经纬班面试，经过层层选拔，我有幸成为经纬班一期的一名学员。我知道我一定会在这里认识很多优秀的老师和同学，学到许多全新的知识；这些美好的期望在后来经纬班的学习生活中也都一一实现。

2020 年初，新冠肺炎疫情席卷而来，我们无法正常到校，但经纬班的教学工作依旧如期开展。3 月 18 日是经纬班的同学第一次“见面”的日子，虽然我们远在“云端”，但就是从这小小的一方屏幕开始，经纬人之间的感情开始越发深厚。

疫情期间，我们的班主任孔茗老师坚持每周日晚与我们“云端”相见，为经纬班全体同学授课。她以独特的教学视角为我们打开了领导力提升的大门，让我对领导力的相关知识有了更为系统的认知，对自己也有了更高的要求。

暑假中，经纬班的同学们依旧联系紧密。全班同学组成三支队伍，采取线上线下相结合的形式参加社会实践，队友们为了同一个目标共同努力、协作互助，彼此之间的关系又近了一步。

新学期以来，我们的教学活动逐步恢复正常，各项线下工作也在迅速推进。开学短短一个多月，班级 logo、班徽、班服、班旗、教学计划、素拓活动等都得到了迅速落实，经纬人也终于能够坐在同一个教室和老师面对面交流。经纬班的凝聚力在迅速提升，同学之间的距离不断拉近，我越发觉得能够加入经纬班是一件幸运且幸福的事情。

作为大学生领导力培养计划下经纬班的首期成员，似乎一切都是未知的，一切都充满可能，未来等待着我们去开拓。山东大学首期经纬班能够取得现在的成果，要感谢一直以来陪伴我们的老师及时给予我们指导和帮助；还要感谢上海道得投资管理合伙企业对经纬班的大力支持，给了我们丰厚的发展资源，让我们得以拥有足够大的成长空间，谱写属于自己的经纬记忆。

薪火相传，未来无限。相信在经纬班全体成员的共同努力下，大学生领导力培养计划将会继续稳步推进，经纬班也将不断传承，塑造出一批批扎根中国大地，具有深厚家国情怀、宽广国际视野的拔尖翘楚、兴业良才。

作者：新闻学院2018级本科生　叶文馨

10月28日　星期三　晴

校区异地挂职干部·张玉龙

金秋十月，丹桂飘香。踏上青岛校区的挂职岗位，转眼已快两个月时间了。

时空流转，当青岛校区的布局定位和建设规划从文字、图片转变为眼前灯火通明的振声苑、日夜奋战的华岗苑，再具体到学院、科研机构、学科分布、人才队伍建设，我对青岛校区的认识慢慢清晰起来。

微风渐凉，漫步红砖碧瓦的校园，看海天一色，看云卷云舒。从图书馆到曦园，从第周苑到淦昌苑，从一多书院到从文书院，这些布局、设计、构思无不彰显青岛校区的定位——身处“蓝色硅谷”核心、引领前沿的创新型校区。“栽下梧桐树，引来金凤凰”，青岛校区人事处 2019 年引育新增长江学者特聘教授等各类人才 101 人。2020 年截至目前，引育新增长江学者特聘教授等各类人才 94 人，创新引领学科发展的优势日渐凸显。

入职山东大学以来，我一直工作在研究生教育管理岗位。研究生教育肩负着高层次人才培养和创新创造的重要使命，是国家发展、社会进步的重要基石，是应对全球人才竞争的基础布局。而研究生的成长成才离不开学校导师队伍的长效建设发展，更离不开学校人才队伍的支撑，构建起导师队伍引领人才队伍、人才队伍支撑导师队伍的良好运转体系至关重要。

如何利用好本职工作积累的经验做好挂职工作的规划？如何用挂职工作的经历提升本职工作？在学校发展的关键时期，建立起人才评聘和导师遴选相一致的评价体系，更好地适应学校人事人才和研究生教育综合改革，加速学校“双一流”建设，迫切需要深化改革创新。

青岛校区担负着创建世界一流大学先行区和综合改革示范区的历史使命，是学校建设世界一流大学的新引擎。在学校实现“由大到强”历史性转变目标和“双一流”建设核心任务指引下，校区的区位优势将更加明显。要抓住大力发展“高端性、集群性、交叉性”学科及新兴交叉学科的契机，乘势而上，努力打造特色学科，建设世界一流的顶尖学科，依托部分学院的改革试验区建设加速人才加盟，延揽汇集高端人才，助力山东大学人才强校战略，助推校区及学校实现新的发展。

长风破浪会有时，直挂云帆济沧海。期待我们跨越山海而来，共赴山大人的约定，用努力奋进续写百廿山大荣光的新篇章。

作者：研究生院工作人员　张玉龙

10月29日 星期四 晴

临床医学院研究生秘书·周 璇

漫步老舍笔下“非正式的花园”，趵突泉校区清晨的阳光夹带着凉意正浓的秋风伴我开启崭新一天。照例迎着教学八楼前庄严的白求恩像走进办公室，我忽而意识到自己与山大结缘、加入临床医学院大家庭已一年有余。细细回想，感慨万千。

2020新春伊始，突如其来的新冠肺炎疫情让一切都变得极不平凡。疫情防控下，如何让临床医学院研究生培养保质保量交出优异答卷，是摆在我们面前最实际、最严峻的问题。

提升医学博士培养水平、保障学位授予质量、维护学校学术声誉的重要性不言而喻。7月初启动的医学博士培养质量专项检查，直至9月底方画上阶段性句点。切实参与其中，我感叹于这项工作的细碎、有序、严谨和长效，也清楚自己落实的每一个数据、总结的每一类问题、形成的每一份表格和文件都饱含着沉甸甸的责任与使命。

紧随其后，2020年在职申请临床医学博士专业学位复试录取工作也拉开帷幕。在复试方案敲定后，我们应疫情防控的新要求，重新调整通知，将复试和跨学科加试方式调整为线上远程进行。单加试这项工作，我们就反复商讨方案、为考生申请校外登录临时账号、逐一指导考生测试、上任“云监考”……考试终得顺利开展。我在摘下耳机的一刻长吁一口气，感叹于多部门联动配合带来的“山大速度”!

寻常处见功力，细微处见真章。我们的工作看似繁琐细碎，却是学术诚信氛围的建立、风清气正的学术生态和求学环境的塑造所不可缺少的。

秋意盈盈，中心花园枫叶飘落，已积了薄薄一层。我回首自己陪伴学生们走过的这一年——曾读到国际学生的邮件，表达收到offer后的期盼与憧憬；看到兼顾工作与科研的在职临床医师付出的艰辛；感受到学生们获得学位证后的喜悦与欣慰。山大文化与精神代代传承，“博施济众，广智求真”的齐鲁品格涵育着广大医学人。在学校“由大到强”历史性转变时期，在百廿山大历经风雨一路荣光的奋进路上，我很荣幸能在平凡岗位上发扬“螺丝钉精神”踏实奉献的同时，感受这份荣耀和幸福！

作者：临床医学院工作人员　周　璇

10 月 30 日　星期五　晴

“我与山大共发展”教职医务员工演讲比赛一等奖获得者·李晶晶

从预赛到决赛，“弘扬白衣天使救死扶伤、医者仁心的崇高精神，强化主人翁意识建功‘双一流’”主题活动之“我与山大共发展”教职医务员工演讲比赛落下了帷幕。感谢评委老师认可，我又一次幸运地获得了最高分。对我而言，这是一段美好的旅程，也将成为生命中珍贵的回忆。

其实有一点穿越回青年时代的感觉，这次演讲距离我的上次演讲已经过去整整二十年了。仿佛又回到了 2000 年的那个秋天，我还是医学院的一名硕士新生，参加了新山大合校以来的首次演讲比赛，那天的主题与这次非常相像，叫作“我们与新山大同行”，我同样幸运地拿到了第一名。二十年后，在不再激情四射的年纪调动肾上腺素再次站上演讲台，成绩真的不重要，更多的是为了纪念。

怎么能不纪念呢？当年那个振臂高呼着“我是山大，山大是我”的小女孩已是不惑之年。我把青春留在了这里，这里也给了我工作和生活的尊严。

怎么能不纪念呢？二十年巨变，弹指一挥间。趵突泉校区老舍先生笔下“非正式的花园”还在蓬勃地绿着，“一校三地八校园”的格局已然形成，八个校园处处是花园；二十年前，SCI论文还是天方夜谭，而今，28位山大学者的名字出现在了爱思唯尔高被引学者名单；二十年前，辅导员对我们说，你们读的临床医学啊，终有一天会成为一级学科博士点，而今，这个一级学科，它的ESI排名已是0.89‰。千分之零点八九，一个了不起的数字！

看一看身边的人吧。张运院士是我的博士导师，大约二十年前，因为他在心脏多普勒超声领域的杰出贡献而当选中国工程院院士，当时，动脉粥样硬化斑块研究尚未起步，一片空白。如今，我们以“动脉粥样硬化斑块”为检索词，大数据告诉我们，山东大学发表论文已是全球第八位，亚洲首位！先生的脾气比二十年前的火爆好了许多，他说是因为上了年纪，在我看来，这是登高望远时的泰然自若，气定神闲。

陈子江校长是我的领导，大约二十年前从国外回来，为一张试验台而奔走呼告，如今，国际化的实验室拔地而起，一个个生殖宝宝从天而降，陈院士和团队把论文发表在了*Cell*，*Nature*，*NEJM*。在全球生殖医学联盟大会上，各色皮肤的国际友人围坐在联盟主席身边，看这位美丽、优雅的东方女性指点江山，侃侃而谈……

这次疫情，我们记住了一位英雄的名字——曲仪庆。曲仪庆教授是山东省第三批援鄂医疗队队长，他在援鄂归来后做的每一场报告里，都是情感难以自已。大约二十年前我轮转呼吸科的时候，曲老师是我的带教老师，那时候的他，不善言谈、喜怒不行于色。是什么，让我们这位见惯了生死的抗疫英雄眼里总是充满热泪？是病毒肆虐，生与死的挣扎？是同胞有难，骨与肉的分离？是山大医者面对责任和家国时的一声怒吼，舍我其谁？是护士姐妹咽下去的呕吐物，穿不惯的尿不湿？还是因为他们对脚下的这片土地爱得深沉？

这就是山大人，这就是齐鲁医学人！骄傲啊，当“东齐鲁，西华西，南湘雅，北协和”被再度提起，当“四大王炸”被媒体称作“中国医学最硬的龙鳞”时，中心花园的每一块百年青砖，银杏树上的每一片百年绿叶都见证了我们的骄傲。

却在此时，我仿佛听到老祖宗对我们说：“你敢说，今日之齐鲁，还是当年之齐鲁吗？”“你能说，齐鲁医学，现在还可以比肩协和吗？”“你敢吗？你能吗？”

我们汗颜。

汗颜时，看到了差距，看到了短板，看到了校友着急的脸。

汗颜让我们思考，思考健康中国战略，思考医学创新发展，还有它未知的明天。

思考让我们清醒，未来二十年，注定不平坦。它是不进则退的二十年，也是决定齐鲁医学何去何从的二十年！

清醒了，还是要表白：我是山大，山大是我，我与山大再约二十年。

作者：齐鲁医学院工作人员　李晶晶

10 月 31 日　星期六　晴

经济学院辅导员 · 张婷婷

又是一年树树皆秋色之时，作为今年新聘的辅导员，我参加了为期两天的常态化疫情防控下心理健康教育培训。感谢学校学生心理健康教育与咨询中心为我们精心设计的课程，既给我们带来了校外专家的课堂教学，又有校内老师的经验分享，既有理论知识的授课学习，又有团队活动的现场体验，让我们在忙碌的工作之余及时地充电蓄能，为我们答疑解惑、拨开迷雾。

“没有全民健康，就没有全面小康。”“开展心理健康教育，培养全面素质人才，是一项跨世纪的工程，是关系到民族未来、祖国兴衰的一项艰巨而迫切的任务。”我们作为大学生思想政治教育的一线工作者，不仅要指导帮扶学生的成长成才，更肩负着为党和国家培养全面发展的人才的任务，责任重大，使命光荣。

2020年是极不平凡的一年，新冠肺炎疫情给我们的社会带来了巨大冲击，也给校园生活带来了挑战。今年我迎来了我的第一批学生，他们每一位都以“十年磨一剑，一朝试锋芒”的坚持，克服了疫情难关，在高考中脱颖而出，告别了“寒窗苦读”的中学生涯，步入了“崇实求新”的山大殿堂，开启了他们的逐梦之旅。

在工作中，我发现这一代“生于非典，考于新冠”的大学生，他们有着与众不同的时代特点，我们在进行思想政治教育时更应当讲究科学的方式和方法。山东省精神卫生中心的杨楠主任在培训课堂中就通过许多生动案例从疫情防控常态化的角度，为我们讲授了应激障碍的相关表现以及心理重建的方法。为期两天的培训结束了，我们收获了满满的“干货”，懂得了如何将心理健康教育渗透在日常工作中。同时，我们也了解到，遇到危机问题，我们不是一个人在战斗，学校有各级危机干预组织机构和科学的危机判断机制，这不仅让我们认识到心理健康教育工作的重要性，更让我们掌握了如何将政治理论化为春风细雨滋润学子心田的科学方法。

今年9月从机关职能部门转入学生工作队伍后，通过两个月的学习和思考，我切实体会到，这不仅是工作内容的改变，更是角色和身份的转变。虽然做学生工作的时间不长，却时常被学生工作团队前辈们坚守学生工作一线的拳拳之心所感动，被学生们“兼济天下”的信念所感染。回想起12年前刚刚踏入山大校园的那个懵懂的自己，再看看如今我那237名有着同样懵懂眼神的学生们，似乎更加有了不断学习、提升自我的动力，有了擦亮初心、坚守使命的毅力，有了敢闯敢试、奋发进取的魄力。

时代是出卷人，我们是答卷人。愿我与学生一同不负青春、不负韶华、不负时代，争做一流大学建设征程中的奋进者。

作者：经济学院辅导员　张婷婷

11 月 1 日　星期日　晴

山东大学艺术节闭幕式音乐会指挥 · 孔　南

在热烈、持久的掌声中，2020 年山东大学艺术节闭幕式音乐会圆满落幕了。这是我博士毕业回国后的第一次演出，作为音乐会的指挥，我感触良多。

接到演出任务时，我的反应是惊喜，但更多的是担心。担心的首先是作品难度大，而且我之前还没有从实践的角度对这些作品做过仔细深入的研究；其次是作品太经典，想把它们演绎好，就必须在听众对作品传统认知的基础上有所创新，但又不允许有任何不当，这个尺度实难把握；最后，这是我第一次和这么大的乐队合作，与乐队还需要许多沟通和磨合。排练期间，我多次被困难挡住步伐，又多次鼓起勇气继续前进。每次想要退缩的时候，学院都给予了我坚定不移的信任，支持我完成这次演出。感谢学院、我的老师及管弦教研室所有老师对我的鼓励和支持，感谢这一群可爱的同学们——排练时孩子们对我信任又期待的眼神，让我不敢对任何一个音符有所怠慢。

演出结束了，我觉得应该有一些小的总结，对自己，也对乐团。

山东大学交响乐团已经成立了 12 年，从成立那天起，我就一直在打理着乐团的日常事务。十几年来，我们乐团在不断地进步，因为有一种内核在推动着我们——这是一种精神，团结一致、乐观向上的精神；也是一种责任，助力美育育人、丰富校园文化的责任；更是一种担当，传播高雅艺术、服务地方文化建设的新时代文化担当。

山东大学交响乐团、合唱团、民族乐团该如何发挥在美育工作中的作用？要对外普及高雅艺术、实施美育育人；对内培养、提升团员们的团结精神、协作能力、服从意识、大局观念。在全面加强和改进新时代学校美育工作、实施艺术教育改革的浪潮中，这三个学生艺术社团理应走在前列。应通过乐团建设，引导艺术专业教师队伍以美育为目标导向，开展艺术教学，推进艺术教育转型升级，以更广阔的视野和更强烈的责任感去发挥专业艺术教育在美育领域的重要作用。

作为一名具有学生辅导员、艺术教育者和艺术实践管理者多重身份的美育工作者，中央文件的出台让我倍感激动、兴奋，同时又深感责任重大。指挥是我的专业，育人是我的职业，我无比期待把自己的专业和职业结合起来作为我一生的事业并为之奋斗。

作者：艺术学院工作人员　孔　南

11月2日　星期一　晴

外语学院本科生创新团队指导教师・邵春燕

昨天是个让人紧张又激动的日子。外语学院三个本科生创新团队受邀参加“第二届语言学融合、创新与发展论坛暨第17届英汉语篇分析研讨会”并于青年学者论坛汇报论文，我全程聆听了他们的发言。学生们侃侃而谈，谦虚又自信地回应与会专家的提问，充分展现了山大学子的风采与气度。回想起学生们准备会议摘要、发言提纲以及报告演练的过程，我既感动又骄傲。

虽然会议摘要截止日期前一周才投稿，学生们此前也不熟悉会议摘要的基本结构和行文方式，但大家还是各自分工，全身心投入准备。

第一支团队由不同专业的学生组成，包括2016级英政班马文啸与李英健、2017级英法班庄昕桐和2017级商务英语班王静雯。该团队的课题虽曾申请到国家级大学生创新训练项目，但摘要的切入方式仍然未能关联理论问题。所幸，这是一支学习能力和领悟力强、善于协调且合作默契的团队，摘要顺利修改过关。

第二支团队的项目基于此前的课程作业，由2017级梁实秋班蒋欣含、邢敖棣和林媛媛组成。虽然团队之前的语料不足以支撑高规格的学术会议，但三位恪守科学精神的同学经过讨论，决定重新录制语料进行分析。

第三支是最年轻的团队，由2018级梁实秋班侯乐妍、杨志斌和赵晨组成。该团队课题的语料、理论框架、研究意义都还不完善，但是三位同学的知识积累、理论素养及勇于挑战的精神，使得他们用最短的时间完成了摘要撰写和语料分析。

摘要投出后，我的心里惴惴不安。虽然对他们的研究很有信心，但也担心如果不被接受，会打击同学们参与学术会议的积极性。终于等到所有摘要都被接受的消息，我才在微信群激动地祝贺大家。演练中，各团队经过几轮磨炼，精益求精，排练到最后一刻。

会上，三支团队使用优雅又流畅的英文汇报了自己的研究。当专家获知报告人是山东大学的本科生时，无不赞叹山大学子的探索精神和理论素养。

今天读到教育部新文科建设工作组组长、山大校长樊丽明对新文科建设宏观架构的深度阐述，她指出新文科建设的任务之一是“探索新模式”，探索学术型人才的培养模式，同时要“改造老课程”，运用新思维启迪学生的创造性。我感到很受鼓舞。外语学院一直努力打造新文科教学体系，鼓励学生进行跨年级跨专业的研究型、探究式合作学习，并支持和引导学生参加高端学术会议汇报研究成果。本次三支创新团队的选题涉及国际政治、新闻传播和话语分析领域，研究由学生分工协作独立完成。这是山东大学新文科理念下教学模式重构、人才培养模式改革的初步成果，也期待我们的创新实践结出更多丰硕果实。

作者：外语学院副教授　邵春燕

11月3日　星期二　晴

新文科建设工作会议筹备人员·宋沁潞

深秋的威海，云敛晴空，海天一色，海风吹落了满树金黄。在这迷人的金秋时节，筹备了近半年的新文科建设工作会议于今天如期召开。

作为会务组工作人员，当暖场视频“大学之道”“大学之本”和新文科专题视频“立时代潮头，谋文科创新”相继放映时，坐在会场控屏位置的宋玉浩、袁凯和我严阵以待，紧盯大屏幕和讲台发言嘉宾以随时切换背景和发言PPT。这一环节我们在会议前两天已经演练了无数遍：一次次盯着大屏检查会议主屏背景图片效果，一次次修改完善；一次次按照会议议程，不停优化切屏方案，并检查屏幕中出现的每一段文案；一次次将修改后的图片和会议PPT文件拷贝到主控电脑和两台分屏电脑，直到昨夜改好的11.0版本……负责技术的小伙儿问我：“宋老师，你还要整出个12.0吗?”快被逼成技术人员的我虽未再改出12.0版，但从整场会议的现场情况来看，大家的配合相当成功，时间把控恰到好处，主持、嘉宾发言和大屏切换环环相扣，基本做到了无缝对接。

当最后一张幻灯片出现在大屏幕上，主持人宣告下午将分组讨论时，我们所有人都松了一口气。组织这么一次大型会议，材料、会务、联络、宣传、现场保障、网络支持、防疫安排、后勤服务等环节要求细之又细，离不开学校相关部门的通力配合和全力以赴。大家各司其职，各尽其责，保证了会议的顺利举行。

这次会议由教育部高等教育司指导、教育部新文科建设工作组主办、山东大学承办，会议全程直播。吴岩司长说，“新文科”是文科教育的创新发展，是要培养知中国、爱中国、堪当民族复兴大任的新时代文科人才，是要培育新时代社会科学家，是要构建哲学社会科学中国学派，是要创造光耀时代、光耀世界的中华文化。我作为一名曾经的文科生，也曾经在文科科研岗位工作近十年，能够参与这次会议的筹备工作，在现场聆听文科界“大佬”们精彩的发言，欣赏中国美术学院原院长许江播放的犹如大片般的PPT，尤其是听到可敬的樊校长铿锵有力地宣读《新文科建设宣言》，是何其幸运。

作者：本科招办工作人员　宋沁潞

11月4日　星期三　晴

药学院2013级校友 · 孙荣华

凡我在处，便是山大。那首刚入学时天天吟唱的校友之歌，还是会不时地萦绕在心间。

沏一壶清茶，买一束鲜花，趁雨后阳光正好，我在办公室里整理资料。前段时间的“校友代表大会泉城行”活动刚画上句号，母校119年校庆的记忆仍在眼前。每每在工作中遇到杰出校友，我的内心总会泛起阵阵波澜，那是作为山大校友的自豪感。

翻开照片，我看到之前参加行业颁奖仪式时的照片以及奖牌。因疫情期间捐助防疫物资作出的贡献，公司被评为抗击新冠疫情先进单位。当天我去参加仪式，颁奖的是济南市卫健委的米主任，一起领奖的是许多业内知名企业，亦有诸多校友作为嘉宾出席。光环之外，我倍感压力，既觉得这份荣誉是组织的肯定和认可，又立志要创造价值、创立规模。温暖之余，我深觉前路漫漫，吾须上下而求索。

拿出白板笔，我逐字逐项地写下计划，一会儿就接到了宅急送的电话，是合作伙伴寄来的产品资料。昨天下午要求的资料，今天上午就收到了，我不禁为企业运转执行与快递公司的高效点赞。

晚上健走，当我路过中心校区的时候，回忆起自己当时在山大视点做学生编辑时候的过往，以及在不同校区上课、自习与考试的种种。最近因为业务关系，我频繁路过中心校区、洪家楼校区以及趵突泉校区。那是一种怎样的滋味涌上心头？是初心的味道。本科时养成了每日记录与总结的习惯，也热衷于用文字抒发自己的情感，最近却有三四年的时间，终日忙碌静不下心来。向外行走看速度，而向内行走看深度，向外行走多了，有时更需要拾起自我审视的耐心。

在校庆与校友代表大会的感染之下，写此日记，记录一个由京返济的山大人的感触。近校情更怯。对于母校的情怀，是卑微里掺杂着的骄傲。

夜微凉，离母校很近，希望梦里有她。

作者：药学院2013级校友　孙荣华

11 月 5 日　星期四　晴

首届国际组织人才领航计划实验班成员 · 吕紫烟

日思夜盼，终于迎来山东大学首届国际组织人才领航计划实验班开学典礼。为了举办好这场一校三地的仪式，我们班委成员从一个月之前就开始筹划，从制作班服到印刷通信录，从制作开场视频到购买物资，从制定议程到布置会场，从一校三地连线到紧急情况方案……一环扣一环，每一个关键都容不得丝毫马虎。这也让我更加真切地感受到了团队合作的力量。我们不仅是一群国际组织的追梦人，更是一群富有责任感与合作精神的新时代中国青年。

这次开学典礼上，我有幸作为校区学生代表发言。站在讲台上，回顾曾经走过的路，我从未想过自己竟会与国际组织之间发生这么多故事。仍然记得丁酉溽暑，当查到自己被第一志愿——山东大学国际政治专业录取时的激动。那时的我虽然很懵懂，但也第一次有了大国外交、重任在肩的心情。记得己亥季夏，我在伦敦政治经济学院访学期间，站在国际海事组织总部门前，向往自己有朝一日也能成为其中的一员——那是我第一次距国际组织的物理距离只有寸步之远。那年凉秋，坐上从威海到北京的列车，首届联合国机构宣讲咨询活动让我第一次见识了国际组织盛宴。去年正阳，在一校三地领导老师与协会前辈的支持下，学生全球治理与国际组织发展协会在威海校区成立，实现一校三地对接。这是我第一次意识到，国际组织对我来说已经不再仅仅是一个机遇，更是一份责任。昨年杪冬，我入选联合国青年领袖菁英班，那是自己第一次有机会真正意义上踏入国际组织，去感悟它的情怀。终于，庚子麦秋，当我看到首届“国际组织与跨文化交流微专业”面向一校三地选拔时，我再次毫不犹豫地报名。如今回顾，我感谢自己所做的每一个决定，每一次尝试都让我离自己的国际组织梦更近了一步。

楚囊之情，天下大同；同心同向，逐梦同行。在开学典礼上，聆听何昌垂先生和王颖女士的谆谆教诲，感受学校领导老师对我们的殷殷期望，我对未来更加憧憬。作为首届实验班的一员，同时也是班委和国际组织发展协会的一员，我希望支持更多像我一样的山大学子实现自己的国际组织梦。

山大学子与国际组织的故事一定会有更多动人美好的章节。期许未来国际舞台上会有更多的中国之声、山大之声。

作者：东北亚学院2018级本科生　吕紫烟

11月6日　星期五　晴

后勤保障部工作人员·张　莉

今天下午是后勤青年培训班开办以来的第六场培训。此前分别邀请了学校纪委书记陈向阳、马克思主义学院副院长郑敬斌、人事部常务副部长郭春晓、管理学院孙平副教授、学生工作部部长周作福给后青班学员做了不同领域的专题讲座，今天邀请了宣传部王莉莉老师作题为“如何做好新闻宣传工作”的专题培训。

初识王老师，还是在几年前校工会举办的瑜伽练习课上。王老师高高瘦瘦，每一个动作都特别认真，我对她印象特别深刻。今天，王老师主要从政治素养、新闻写作、新闻图片拍摄和后勤新闻稿件采写四方面进行讲解。王老师讲到，每个新闻工作者都要有强烈的政治敏锐性和政治素养，用词要准确。在讲到新闻写作时，王老师向我们介绍，新闻写作的特点是“实”，要用事实说话；“真”，内容要真实，涉及的人物姓名、职务、职称、数据等信息务必要准确无误；“新”，新闻事实必须是新近发生的，重大活动随时报道，投稿时间不超过 24 小时，一般活动及时投稿，尽量不超过 3 天；“短”，新闻报道要简明扼要、短小精悍。新闻工作者要不断掌握新知识、熟悉新领域、开拓新视野，增强本领能力，加强调查研究。脚力、眼力、脑力、笔力达不到，是写不出真挚感人作品的。

王老师在培训中对我们后勤的宣传工作给予了特别多的鼓励和支持。她还与我们分享了工作的理念和感受，即写作和拍照都要用心用情用功。最近学校在征集“过紧日子”厉行节约的典型做法，王老师通过与各位后勤工作人员交流，了解到工作人员在停电后会一早就赶到学校，检查自己负责的仪器是否存在问题；仪器设备有故障时，相关负责人连夜赶来处理问题。通过采访，王老师带着真情实感写出了一篇有温度的新闻稿《让老仪器“焕发新生命”》。我想到写稿时如果自己也更主动、更积极，用心用情用功，一定会取得不同的效果。

夜深了，我却没有丝毫的困意。我感到今天的培训不仅仅是知识的学习，更是心灵上的一次洗涤，让我更加认识到自己的不足，也为今后的工作提供了方向。

作者：后勤保障部工作人员　张　莉

11 月 7 日　星期六　晴

教职工足球队文科队队长 · 孔　勇

嘟！嘟！嘟！

11 月 7 日上午 11 点，随着裁判员的三声长哨，一场惊心动魄的足球比赛在千佛山校区体育场结束了。我所在的山东大学教职工足球队文科队，以 4 比 1 的比分战胜了实力强劲的工科队，取得了山东大学首届教职工“七人制”足球比赛的冠军。赛后，大家紧紧相拥，欢庆这来之不易的胜利。同时，我们也与对方球员逐一握手，表达敬意。至此，历时一个多月的赛事也圆满落幕。

本次比赛筹备伊始就得到了广大爱好足球的教职工的热烈响应。承蒙大家信任，由我来担任文科队队长，真是一份莫大的信任和荣誉。我们队包含了体育学院、马克思主义学院、外国语学院、艺术学院、管理学院、历史文化学院等各院的老师，可谓“集众之长”。但在传统印象中，文科教师都是文质彬彬甚至有点弱不禁风的样子，能够取得什么样的成绩，最初大家心里都没有底。

10 月 10 日对阵理科队的首场比赛，彻底打消了大家的疑虑：我们以 5 比 1 大胜对手，取得开门红。三天后再战机关队，在缺少主力的情况下，我们又以 3 比 2 的比分顽强胜出。尽管第三场 2 比 3 惜败医科队，但只要最后一场战胜工科队，我们仍可捧杯夺冠。大家团结奋战，这才有了最后一场的大翻盘。

本次比赛对我而言最大的收获并不是冠军或进球，而是结识新朋友，坚定了“阳光体育，健康生活”的运动宗旨。在疫情防控常态化背景下，我们更要保持良好的身体和心态，积极投入教学科研工作，为“百廿山大　强校兴国”行动贡献自己的绵薄之力。

作者：历史文化学院教师　孔　勇

11 月 8 日　星期日　晴

山大视点记者 · 刀彦月

“嘀嘀嘀嘀……”11 月 8 日一早，我的手机便在不停地震动，山大视点记者团群里，大家纷纷在刷：“记者节快乐！”今年我大四了，这是我在记者团度过的第四个记者节。回想这四年的校园记者生活，来自非新闻专业的自己，仅凭对新闻工作的热爱，从一个什么都不懂的小白成长为能拍能写的学生记者，我感慨万千。

记得大一的某一天，我在学院公众号里看到了山大视点记者团的纳新推送，便从兴隆山校区坐着校车来到了中心校区。记得面试的地点是在理综楼，穿过一条长长的走廊，推开教室的门，明媚的阳光、窗外的绿树和几位微笑的学长学姐出现在我眼前。我和山大视点记者团的故事便从这里开始。后来在这里的四年，每次纳新都安排在这个教室，许许多多热爱新闻、满怀期待的新面孔，一如当年的我那样，从这里推开了校园宣传的大门。

说起第一次的人物采访，那可真不容易。感谢带我采访的学姐给了我非常大的鼓励，让我主采和主笔。我自认为交流能力还不错，但是和对面的教授交流时还是略显紧张，好在依然按照提纲完成了采访。我花了一整天时间整理录音资料，写出了五千多字的初稿，没想到第二天，栏目老师便发来一份标注得密密麻麻的修改稿。第一眼看到的时候，我的脸悄悄地变红了。后来老师和我通电话，仔细地交流了近两个小时，我明白了自己的不足和人物稿件的要求，再次修改的时候就觉得轻松了许多。记不清楚来来回回修改了多少次，但我记得最后发稿的那一刻，心里有多么骄傲。

在成为校园记者的四年里，一个个采访让我近距离接触了学校里的学术大牛、优秀学子以及走出校园的精英校友，一篇篇编辑和写作的稿件见证了我的提升与成长，一场场新闻活动策划和外出拍摄任务，则让我对校园里人和事的了解又更深一分。身着那件印着“山大视点”标识的绿色马甲穿梭在校园的每个角落，我们发现、记录、收获了一段又一段惊喜的回忆。

把最美好的四年时光留在这里是一件永远不会后悔的事情。加油，每一位小记者，记者节快乐！

作者：管理学院2017级本科生　刀彦月

11月9日　星期一　晴

校园十大歌手大赛冠军·谢高建

周末，动人的歌声在山东大学音乐厅回响。这一夜，是属于山大学子的音乐之夜；这一夜，是一年一度的音乐盛宴；这一夜，是每一个热爱歌唱的平凡学子编织非凡之梦的夜晚。

作为连续参加了三届十大歌手决赛、但都遗憾止步于十强之外的选手，我明白这是自己冲击十强最后的机会。在比赛之前，我坚持锻炼身体、练习气息，认真选择参赛歌曲并通过练习烂熟于心。保持清淡饮食，挑选决赛服装，开赛前几个小时噤声……这些事情虽小但是却很有必要，因为我深知，机遇总是留给有准备的人。

第一轮十强赛，我和搭档合唱歌曲《一念之间》，由于紧张的原因，我对于高音部分的处理不尽如人意，所幸还是搭上了十强的末班车。虽然第一轮分数不是很高，但是能进入十强，我就已经心满意足了。

有了前几次参赛的经验教训，也抛开了自己的心理负担，我在决赛第三轮演唱中终于发挥了正常水平。我选择的歌曲是林宥嘉版本的《我爱的人》，这是我最喜欢听的一首歌曲，平时哼唱了无数次。而与平常不同的是，这一次是我最认真、感情最投入的演唱。音乐响起，勾起我的回忆，一幕幕画面在那一刻一起涌现眼前。唱到最后一段，我的眼眶不知不觉湿润了，声音也夹带一丝哽咽。我知道，至少这首歌感动了我自己，我投入了最真挚的情感，这已经足以弥补之前的所有遗憾了。

所有选手的精彩演唱结束，主持人公布了结果。当听到自己获得冠军时，我愣住了。自己的演唱能得到专业评委老师和大众评审的肯定，我已经没有任何遗憾了，这也许是对我这四年坚持参赛、不断跌倒又爬起、不轻言放弃的最大嘉奖吧。

除了奖项之外，我更大的收获是通过比赛锻炼了胆量和台风，结识了不少志同道合的朋友，同时也了解了各种各样的好音乐，这也使我音乐素养有了很大提升，我激励自己要朝着音乐梦想不断前进。音乐始终有其独特的意义，它早已超越了比赛本身。山东大学校园十大歌手比赛，不仅仅是一场比赛，也是山大每一个歌唱爱好者展示风采、提升自我的一个平台，它为学子搭建了一座沟通交流的桥梁，让音乐的种子在山大校园撒播开去，在每个喜爱歌唱的同学心中生根发芽。

浮“声”若梦，生生不息，乘上音乐的快马，少年当追梦！

作者：软件学院 2017 级本科生　谢高建

11 月 10 日　星期二　晴

管理学院 35 周年院庆工作人员·康　宁

金秋的阳光温馨恬静，微风和煦轻柔，又是一个忙碌但又充实的工作日。我来到办公室，继续在电脑前编辑院庆新闻。初入管理学院，非常荣幸能参与学院建院35周年庆典暨第三届校友回归日活动的筹办，为学院的发展尽自己的绵薄之力。11月7日的院庆活动已经过去了三日，但当天的活动场景仍然历历在目。

院庆在下午正式开始，但我和新媒体中心的六位志愿者早上7点就要到达现场，为下午和晚上的庆典做准备：记者团拟出大体新闻框架；微信公众号部门提前编辑模板，为晚上宣传视频的推送撰写文字描述；图片设计和视频剪辑组提前设计推送封面并剪辑院庆祝福视频；采访拍摄组拿着单反、录像机、三脚架、麦克风等专业设备，在签到处及活动大厅的各个角落找寻最佳拍摄角度并模拟拍摄。

下午2点，院庆活动正式开始。一切如我们之前开会研讨的那样，大家各司其职，相互协助，有条不紊地推进多项任务，写稿、编辑、排版、采访、拍摄、设计、剪辑等都在穿插进行。当晚，团队顺利写出三篇新闻稿，推送两篇公众号文章，设计了宣传图片，拍摄大量现场照片，采访多位与会校友及志愿者，并完成基础剪辑。真的十分感动，我们拥有一个如此高效且融洽的新媒体团队。

让我感受颇深的另一件事是，管理学院35周年院庆视频终于在庆典上顺利播出。为了送上最真挚的祝福，学院多部门合作，用一个多月的时间加急完成了这个15分钟的宣传视频，而我有幸作为视频策划参与其中。从定稿、对接、拍摄、剪辑到修改，在有限的拍摄时间里，晴天、雨天、白天、夜晚、工作日、周末，都有我们拍摄团队和群演志愿者的身影。

跟着当天最后一趟校车回到学校，我看到中心校区主干道两旁庆祝管理学院建院35周年的道旗在夜风中随风摆动，高挂的庆祝横幅注视着静谧的校园。秋叶从树上落下，洒满了路旁，像一条金光大道，载着大家对管理学院的美好祝愿与祝福伸向远方。

作者：管理学院工作人员　康　宁

11 月 11 日　星期三　晴

山东省艺术考察参加者 · 杨新奇

清晨如约而至，今天是艺术考察的最后一天，我内心可谓五味杂陈。在章丘龙山文化博物馆的学习将要结束，我们的考察也随之接近尾声。回想这十天的艺术考察之旅，我想这将会是我们每位同学难忘的经历。

这一次考察由牛老师和关老师带队，由于疫情原因，考察路线设置在了省内。我们从济南出发，沿途走过了淄博、潍坊、临沂、枣庄、济宁、泰安等众多城市，自西向东，自北向南。从博物馆的参观学习到实地体验，从古城的古朴之风到城市的八街九陌，从五千年前的史前文明到汉墓再到现代琉璃等精湛的技艺……这一路走来，齐鲁大地的历史底蕴与现代社会的飞速发展令我们非常钦佩。

临淄齐都历史博物馆、青州书画城、安丘庵上坊、沂南北寨汉墓、邹城铁山石刻、曲阜三孔、泰山经石峪……这一路我们学习了从史前文明到春秋战国以及秦汉时期文明的相关知识，许多之前听说过或没听说过的文物、遗址都呈现在我们眼前。令我印象深刻的是去北寨汉墓学习，墓中的汉画像石仿佛在生动地讲述着墓主人的生前故事与对理想生活的追求，展现了前卫高超的技法。

沿途中，滕州的菜煎饼、台儿庄的黄花牛肉面，每一种当地美食都刺激着我们的味蕾。依河而建、承载着悲壮历史的台儿庄古城在晚霞中显得格外俊美。楼阁庙宇，参天古树，三孔的每一处都深藏着历史韵味与人文气息。巍巍泰山，十八盘险峻，每个台阶都展现着古人勇敢登攀、不畏艰难的精神。

作为一名山东人，此次艺术考察让我对山东文化了解得更加深刻，也使得我更热爱自己脚下的这片齐鲁大地。回校后我们将开始创作课，感谢这次考察，让我们积累了更多的创作素材与感悟。相信在不久的将来，我们能将灵魂与内涵注入自己的作品中。

作者：艺术学院 2018 级本科生　杨新奇

11 月 12 日　星期四　晴

学生就业创业指导中心工作人员·李　淼

校园风光好，冬景似春华。一面面道旗，一座座展架，一张张朝气蓬勃的笑脸，轻快坚定的步伐……展位上交流热烈，咨询处人头攒动，广播里清亮明快，服务台笑语喧腾，卫生防疫、消防安保严阵以待、安全守护……今天，山东大学 2021 届毕业生就业双选会如约而至。

作为就业中心的一名工作人员，这已经是我第十次参与组织举办学校的双选会了，而这一次，是最特别的一次；这一年，也是就业工作最特殊的一年。我们知道这次双选会的到来是多么的不容易，因此，它的“如期赴约”才让“就业人”激动不已。在这“艰难”之后的“如愿”时刻，让我们重又忆起这一年中，从春回大地到温情暖冬的一个个片段。

春天里，疫情突袭，我们大年初四到岗上班，开启了应对疫情、保障就业之战。我们系统研判疫情影响，认真制定就业创业工作实施方案，包干落实对各类学生就业情形和问题的“一天一研判”，针对实际精准帮扶，也迅速启动了各类线上就业创业指导及招聘服务活动。

夏季里，超百场的各类线上就业创业指导活动如火如荼，空中宣讲、空中双选、空中招聘会火热开展，国际组织人才培养推送工作持续推进，“一体两翼”数字化、智能化就业信息服务平台不断优化，全面实行毕业生网上签约，毕业季学生各类手续办理有序推进。

秋日里，我们积极拓展就业市场，拓展中央和各省市自治区定向选调生项目和渠道；校友企业、行业企业、地市组团等几百场线下招聘会在满足学校防疫要求的情况下有序举办，多种形式的职业生涯个性化辅导和咨询活动也同步开展。

冬来了，我们表彰奖励主动赴西部、基层和重点行业领域就业的毕业生，唱响“到祖国最需要的地方建功立业”的主旋律，收集整理优秀校友先进典型及事迹，开展各类就业创业师资培训，加强队伍建设，调研撰写毕业生就业质量报告，以充实的安排为这一年画上句点。

“最难就业时期，最暖温情守护。”自春季学期以来，学校就把稳就业、保就业列为各项工作的重中之重，把就业工作列为“一把手”工程，成立就业工作专班，一校三地统筹推进，举全校之力促进、保障学生就业。作为就业工作队伍中的一员，我们必将担当作为、开拓创新、拼搏奉献，切实提高学生就业创业工作实效，助力强校兴国。

作者：学生就业创业指导中心工作人员　李　森

11 月 13 日　星期五　晴

齐鲁医学院工作人员 · 张泰松

几天前，办公室来了一位老人，手里拿着一张纸条，说是来领纪念品。拨通纸条上的电话，原来是老人弄混了地方。办公楼的台阶比较高，我把老人送到了楼下平坦的地方。

让我感到意外的是，老人第二天又来到了办公室。他说，一是要感谢我，二是要向我们展示一下纪念章。

看到老人展示的纪念章，我们都感到震惊，继而是钦佩。原来，那是“中国人民志愿军抗美援朝出国作战70周年”纪念章，由中共中央、国务院、中央军委向参加抗美援朝出国作战的健在志愿军老战士老同志等颁发。

老人名叫张明纶，今年88岁，曾奔赴朝鲜战场，担任过英语翻译。老人说，感谢国家没有忘了他们这些人。我们怎能忘记？正如习近平总书记在纪念中国人民志愿军抗美援朝出国作战70周年大会上指出的：“伟大抗美援朝精神跨越时空、历久弥新，必须永续传承、世代发扬。”同事们和勤工助学的学生们聚拢过来欣赏纪念章，老人讲起他在朝鲜战场的经历，同学们也和老人欢快地交流着外语学习的经验和体会。

不久后，老人第三次来到办公室。这次他赠送了我几本有关抗美援朝战争的书籍，并带来相册和亲笔书写的八页回忆文字，描述的是他在朝鲜战场最惊心动魄的一次经历。这些都让我们感受到当时环境的恶劣和战争的残酷，同时也感受到中国人民志愿军抗美援朝、保家卫国的壮志雄心。老人说，自己的功绩微不足道，爬冰卧雪、浴血奋战的一线战士官兵们才是最应歌颂赞美的！

我在和老人的交流中了解到，他在退休前是学校的英语老师，如今他身体很好，每天会去大明湖公园，和一帮京剧票友唱上几句京剧，每周还要上两次老年大学开设的京剧教学网课。他拿出手机，给我们播放了几段他表演的京剧选段。老人气息均匀，声音洪亮，字正腔圆，举手投足间既有军人的坚毅，又有教授的儒雅，颇有风范。

送走老人，我漫步美丽的趵突泉校园。深秋的校园真美啊，秋意浓浓，阵阵落叶。身边偶尔经过的老人中，有的是曾经教书育人、培育栋梁的退休老教师，有的是附属医院退休的知名专家、大夫。他们都是为学校发展、社会进步、人民幸福和国家繁荣富强作出过贡献的人，向他们致敬。愿老人们身体健康，精神愉快，享受美好的晚年生活。

作者：齐鲁医学院党政办公室工作人员　张泰松

11 月 14 日　星期六　晴

青岛校区融媒体中心学生团队负责人 · 武宸羽

今天，青岛校区融媒体中心揭牌成立，我很荣幸地作为中心学生团队负责人，与七位部门代表一同参加隆重热烈的聘任仪式。当青岛校区组织宣传统战部张海波部长将聘书授予我时，我深知自己接过的是一份殷切的期许和一份沉甸甸的责任。

习近平总书记高度关心宣传思想工作，多次强调媒体融合发展的重要性。伴随融媒体中心的成立，"齐鲁晚报 · 齐鲁壹点"和"大众网 · 海报新闻"两家媒体同时在校区设立了校园融媒通讯社，校区还专门聘请部分校内外资深新闻工作者作为我们的指导老师，帮助我们提高自身素养、锻炼业务能力。

适逢青岛校区 2020 年新闻宣传工作专题培训班举办之际，我们全体成员一同聆听了新闻媒体工作者的成功经验和奋斗故事，备受鼓舞与启迪。孔新峰教授、俞凡教授、栾盛磊教授旁征博引，分别就如何学好用好《习近平谈治国理政》（第三卷）、习近平总书记关于新闻宣传的重要讲话精神以及高校宣传工作者的媒介素养与舆情认知做了深入浅出的解读。刘军、徐玉芹、杨彩娟三位老师和百微山大团队的指导老师结合个人专长，分别围绕影像新闻、融媒时代校园新闻、新媒体公众号运营、校园视频品牌栏目筹制等方面的内容与我们亲切交流。这些都是融媒体中心扎实推进队伍建设的重要探索，必将为同学们搭建起广阔的合作、交流、实践、发展平台。

两年前，我怀揣对新闻的热爱来到校区宣传报道学生记者团，在老师的悉心指导和学长学姐的大力帮助下，逐渐学会了新闻写作的要义与规范，掌握了新闻采访的流程和技巧，团队协作能力和统筹规划能力也得到很大提升。如今，融媒体中心翩然启航，我也成为了团队骨干，不断带领新成员们感知校园新闻工作，融入这个大家庭。工作之中，我毫无保留地分享自己的心得体悟，大家也以闯劲、干劲和韧劲，时刻勉励我不忘初心、慨然前行。

11 月 14 日是青岛校区融媒体中心的生日。看似平凡的日子，我却愿意赋予它一个生动的内涵："11·14"，"一"心"一"意"一"件"事"。正如青岛校区党工委郭邦礼副书记在讲话中所言，青岛校区融媒体中心的成立，是校区新闻宣传工作与媒体融合发展进程中的一件大事。在今后的工作中，我们也将用心讲好青岛校区故事，凝练弘扬青岛校区精神，用自己的笔触、镜头、声音，一心一意地为服务学校和校区事业改革发展贡献智慧与力量。

作者：法学院 2018 级本科生　武宸羽

11 月 15 日　星期日　晴

老臧庄脱贫攻坚文艺晚会参加者·张伟琦

昨天，在学校美育工作委员会的组织下，校团委和艺术学院带领山东大学艺术团、研究生支教团以及学生社团代表一行去河南省确山县老臧庄参加了助力脱贫攻坚文艺晚会表演。我作为社团代表参加了两天的活动，感慨良多。

周六早晨 6 点多，我们向目的地出发。大巴行驶了九个多小时，我们终于到达了河南省确山县老臧庄。刚下车，清新的空气扑面而来，映入眼帘的便是曲曲折折的乡间小路连接着家家户户，伴着山川、河流、炊烟，那美丽自然是城市不能比的。

下午，大家精心准备自己的节目。校团委与艺术学院的老师以及驻村第一书记于老师进行了忙碌的对接工作。7点，演出准时开始。初冬昼夜温差很大，白天还暖洋洋的，晚上已是寒风瑟瑟，后台身着演出服的同学们不时打个冷颤。演出中，村里孩子们的表演充满了童真和俏皮，山东大学艺术学院的同学们也表现出自己的专业素养，带来了高雅的艺术表演，有笙、琵琶、二胡等，精彩绝伦；在校团委老师指导下，我们学生魔术协会带来的魔术表演也收到很好的效果，观众们啧啧称奇，孩童们一次次发出朗朗的笑声；相声节目中的逗哏捧哏一唱一和，小包袱不断，观众笑声不绝。在观众的阵阵掌声中，晚会渐渐接近尾声，大家最后合影留念。

离开舞台，乡村的夜是迷人的，月如钩，高挂在深邃的天空中。月夜下的乡村也是迷人的，朦胧而神秘，隐去了白日的忙碌，大方朴素的平房紧紧依偎在一起，仿佛充满了对未来的希冀，对脱贫致富充满了信心。

这次确山县脱贫攻坚艺术晚会，其意义在于文化艺术的输入和传播。扶贫建设不能停留在基础经济的帮助，更应该注重文化教育的帮扶。授人以鱼不如授人以渔，提高文化教育水平，从思维上根本扶贫才是真正的帮扶。此外，学校老师们还与当地对接了文化下乡的后续工作，“梦想导师”项目也如期落地。

今天，我们还参观了确山竹沟革命纪念馆，感受老革命家在抗战时期的艰苦条件，被他们的革命精神深深打动。

在这次的确山之行中，我真切地感受到国家对贫困地区精准扶贫的决心与帮扶力度，也深刻感受到作为一名山大学生的使命感。社会的良性发展应该是社会的主流，我们应该主动承担社会责任，尽自己最大努力，为脱贫攻坚和社会建设助力。

作者：电气学院2018级本科生　张伟琦

11月16日　星期一　晴

大辛庄遗址考古实习者·张广汇

天刚蒙蒙亮，我关掉闹钟，起床洗漱。望着这座城市刚醒来的样子，已经记不清这是来到考古工地的第几天。济南的天已经很凉了，我把自己裹在衣服里，戴好手套、口罩、脖套以及遮阳帽，检查一遍工具，便出门了。

工地上的早饭由大家值日轮流去买，来到吃饭的房间，桌子上已经摆好了今天的早餐，买来的包子、油条，再加上阿姨熬的热米糊和煮好的鸡蛋，确实是一顿丰盛温暖的早饭。大家一边吃饭一边讨论着今天的发掘计划。

来到工地，气温还要更低一些，探方里的土也结了一层白色的霜。今天有领导和专家来对我们的工地进行中期检查，所以我首先把探方里的遗迹线重新画了一下，让探方里目前的遗迹分布情况更加清楚。之后，老师跟我探讨了一个之前已经确定好的遗迹性质问题。此前我仅仅从自己探方的角度去考虑了问题，而现在以一个更宏观的角度再来看，当时的观点应该是错误的。今天继续对H1599壁上的土作性质判断，我看着十分复杂的叠压打破关系，没有得出确定的结论。果然像老师说的那样，田野考古不只是体力劳动，更是脑力劳动。

晚饭之后，老师给大家开了一个小会，总结了这段时间的工作，也对之后的发掘计划做了具体安排。大家回到各自住处整理一天的资料，我在探方日记上记述着今天的工作，记录遗迹中出土的可辨器物，简单勾画了典型器物的陶片，又画了一些简单的草图……

由于疫情的影响，我们的田野实习推迟到了大四上学期，也就意味着同学们面临着实习和考研的双重压力。虽然十分辛苦，但这也让我们在工地上变得更加团结，朝着目标一起奋进。整理完资料，我坐在宿舍翻开了书。大家都在安静地做着自己的事情，这个房间里有的人已经保研，有的人还在准备考研和找工作，大家都没有因为劳累而抱怨，而是紧紧拧成一股绳，认真完成实习的任务，并且相互鼓励，不放松对自我的要求。

习近平总书记前段时间的重要讲话让我们考古人精神振奋，也让我们深刻感受到了身上肩负的使命与责任。只要穿戴好上工的装备，来到自己的一方天地里，我们就忘却了辛苦，斗志昂扬。

作者：历史文化学院 2017 级本科生　张广汇

11 月 17 日　星期二　雨

物理学院实验室“6S”管理试点参加者 · 王　东

历时三个月的实验室“6S”管理试点工作迎来最后一个阶段，项目咨询公司的聂老师来到我们物理学院的试点实验室验收，从物品分类、仪器摆放、卫生标准、实验室安全等方面分别打分，结果完全符合“6S”的标准。我们的“6S”试点工作完美收官！

实验室“6S”管理包含整理（Sort，1S）、整顿（Set in order，2S）、清扫（Shine，3S）、清洁（Standardize，4S）、素养（Sustain，5S）、安全（Safety，6S）等环节。学校通过实验室的系统化“6S”管理，提高师生对实验室标准化建设和规范化管理的理念，改善实验教学、科研环境，确保实验室安全。

回想今年 8 月 10 日，“6S”标准化实验室试点工作正式启动，选定了物理学院、化学院、机械学院与药学院参与试点。我们首先进行了集中培训，之后每两周一次从1S到6S在实验室现场进行指导和培训，其间完成了试点工作的推进。

“6S”试点工作从购买需要的耗材开始。我们在网上购买了标签机、塑封机、定位胶带、定位角标等，还跑去建材市场购买了一些整理电路用到的管线，准备妥当，干劲十足。随后，我们依次进行了不需要物品的处理、需要物品的清洁与定位、电路整理、设备清洁与定位、标准制定、安全隐患排除等工作。整个工作并不是简单的打扫卫生，需要投入一定的精力，但是整个过程下来，实验室几乎发生了质变，焕然一新。实验台整洁、有序，提高了实验效率；实验室干净、漂亮，让实验人员倍感舒适；实验室的安全隐患也逐一排除。很多老师、学生看到实验室发生的变化后便跃跃欲试，准备在自己的实验室也大干一场。

11日早上，芦延华副校长、资实部王浩部长等领导以及各学院的老师来到我们实验室参观。在实验室“6S”管理第一阶段工作启动会上，各试点实验室负责人分享了经验与心得，会上宣布成立工作专班并安排了工作计划。芦延华副校长在讲话中对我们的试点工作给予充分肯定，一句“感动和感谢”让我们倍感温暖！他还提出了目前学校实验室存在的问题以及实验室规范管理的若干意见，让大家深刻体会到实验室推行“6S”管理的必要性。

参与到山东大学“6S”标准化实验室建设中来，能够让实验室更规范、更安全。期待我们营造良好的教学、科研环境，助力山大发展。

作者：物理学院工作人员　王　东

11 月 18 日　星期三　小雨

研究生支教团河南队成员 · 白云峰

微风伴着细雨，轻轻拂过脸庞。瞭望远方，远处的连山被这淅淅沥沥的冬雨滋润得有了几分生机与活力。虽说天气有些许低沉，但这丝毫没有影响我们激动的心情。

我们山大第二十二届研究生支教团河南队的全体成员，有幸参与了山东大学赴确山考察交流活动。昨天，校党委书记郭新立和其他领导、老师，不远千里来到河南省确山县调研走访，同时来到老臧庄小学看望慰问了我们研究生支教团的队员。看到老师们亲切的面孔，听到熟悉的乡音，我们难掩内心的激动与喜悦。

郭老师与我们一一握手交谈，像是久别重逢的亲人，让人倍感温馨。即便天气阴雨朦胧，老师们依然与我们一同漫步校园。校园里隐隐约约、烟雾缭绕，如同人间仙境。不远处操场上绿色的人造草坪，像一片绿意的海洋！

在美丽的校园里，成长着一群美好的孩子们。看到他们奔跑的身影，郭老师嘱咐大家，要珍惜学校现有的宝贵资源，全面提升学生各方面的素质。希望我们能够在自己的岗位上，充分发挥志愿服务精神，继承山东大学优良传统，为确山教育扶贫事业贡献山大力量。

身处异乡的我们，非常感谢学校领导和老师们的亲切关怀与支持。山东大学研究生支教团成立 22 年以来，不断为服务地教育事业奉献智慧和力量。一年的支教生活对团员们自身也是一次宝贵的锻炼机会，让人终生难忘。我们定会牢记嘱托、不负众望，继续以极大的热情和探索创新的态度投入教育教学工作中，践行研支团的宗旨："用一年不长的时间，做一件终生难忘的事！"

作者：校团委研究生支教团成员　白云峰

11月19日　星期四　阴

国际组织人才领航计划实验班成员·黄绎中

在从北京返回济南的列车上，我回顾着过去几日的所学、所思，翻开笔记本写下对自己的期许："做孜孜不倦的学习者、基于自然解决方案的实践者，为应对气候变化危机贡献青年力量。"作为国际组织人才领航计划实验班的一员，我在政管学院李昕蕾老师的指导下，向世界大学气候变化联盟研究生论坛投递了论文摘要并被录用了。受组委会邀请，我与其他六位山大学子一起，赴清华大学参加论坛。

"大学之大，不在于大楼之大，而在于大师之大。"参加论坛是聆听学者们卓识远见的学习之行。在11月14日晚的开幕式上，英国国家学术院院长尼古拉斯·斯特恩、清华大学齐晔教授等学者发表了演讲。聆听教授的演讲，令我对现在世界面临的危机有了更深刻的认识，也引发了对人类该如何应对疫情和气候变化双重危机等问题的思考。演讲精彩纷呈，令我不觉夜色渐深。齐晔教授站上讲台后，一句"I'm standing here between you and your dream"（我站在你们与睡梦/梦想之间）一语双关，使我兴趣愈浓。从他激情澎湃的讲述中，我了解到如今国际社会逐渐达成"积极应对气候变化有助于经济增长"的共识。在此基础上，我坚信人类携手应对全球性危机会拥有乐观未来。

以文会友，结识同样心系气候变化危机的伙伴，是我此行的宝贵收获。15日、16日下午是海报交流会的时间，赴会的青年学者们意气风发，从不同专业角度和研究方向多维度探讨应对气候变化危机的策略。我在阅读学术海报时惊喜地发现了许多新颖且有意义的论题。我与来自山大、剑桥、清华等大学的学者们进行了交流，大家虽然年轻，观点却极具力量，富有建设性，值得学习和深思。在17日的闭幕式上，专家们从不同角度讲述"基于自然的解决方案"，令我印象最深刻的是宝洁NBS行动的案例，深入阐述了经济发展与应对气候变化可以实现双赢。

清华之行，我满载着新知、希望和思考而归。我们是深刻认识到自然和人类发展休戚相关的第一代，也是来得及解决环境危机的最后一代。应对气候变化危机，我等青年任重而道远，必将上下求索，砥砺前行。

作者：外语学院 2018 级本科生　黄绎中

11 月 20 日　星期五　晴

薛禹胜院士奖学金获得者 · 李冠群

从看到薛禹胜院士奖学金获奖名单上自己名字的那一刻，我就一直期待着今天。非常荣幸，我作为获奖同学之一参加了薛禹胜院士奖学金颁奖仪式，并近距离聆听了薛院士的谆谆教诲，激动的心情久久不能平静。

早上 9 点，我终于见到了薛院士。他精神矍铄，面带和蔼的笑容，迈着矫健的步伐，走进了颁奖会场。虽然已经想象了很多次颁奖的画面，但是当我真正站在薛院士身旁，拿到他授给我的奖状时，内心还是热血澎湃，激动万分。感谢学校、学院对我的培养，感谢导师叶华教授的悉心指导和帮助，感谢薛院士回馈母校的深厚情怀，也感谢自己在过去几年的辛勤努力。这一刻的喜悦清晰地告诉我，过去的坚持都很值得。

颁奖会上，薛院士发表了亲切的讲话。他讲到自己在母校读书的难忘时光，讲到自己对科学研究的热爱，还分享了 38 岁时得知自己重获考研资格的喜悦。给我留下深刻印象的是，即便已是耄耋之年，薛院士在演讲之前、演讲结束和同学们鼓掌致敬时都会站立鞠躬。在短短的仪式过程中，我已经被薛院士高尚的人格所折服。薛院士提携后进、关注后辈的精神深深感染着我，他追求梦想、潜心科研的态度深深激励着我。我想，有薛院士这样的校友，是我的荣幸和骄傲。有这样的榜样，我怎敢有丝毫自满与懈怠？

下午，学院组织了“稷下风”研究生学术讲坛。如果说上午是一种精神上的引领，那么下午，我再次被薛院士严谨治学的专业能力打动。薛院士的报告围绕“反常不等于创新，但颠覆性创新则一定反常”这一主题展开，对于电力系统稳定分析提出了自己独到的见解。他教育我们要常常质疑，常常交流。我用自己的掌声表达了内心的激动和崇拜，并决心做时代的弄潮儿，勇立潮头。

今天对于我、对于我们这些在校研究生来说，都意义非凡。薛院士是我们电力行业的泰斗，今天也是我的一场学术追星之行。有幸与薛院士合影留念，我会好好珍藏这张照片，时时自省，谦虚其心，远大其志，踏实其行。

作者：电气学院2017级硕士研究生　李冠群

11月21日　星期六　小雨转阴

秋季学期入党积极分子·刘美秀

合上电脑，完成了最后的线上考试，算是为这一阶段的入党培训画上了一个句号。连续几天的降温让济南终于有了冬日的感觉，我甚至在朋友圈刷到了南部山区的初雪。看着窗外飘落的黄叶，回想起近两个月的线下培训，不禁感慨良多。

经过了上半年一个学期的线上教学，我早已习惯了通过计算机来完成各种学习工作，但是这次的党课培训竟然让老师同学们又得以在线下重聚，这让我感到熟悉又感动。熟悉的是又能重新见到老师和同学，重新回到教室；感动的是为了这次线下培训，学院领导班子成员全都参与进来，尽心尽力地为我们的入党之路指引方向。

上周完成了最后一次党课培训，主讲老师是学院王德胜书记，主题是要明确自己的入党动机。我很喜欢听王书记讲课，他会将理论寓于俯拾即是的案例层层剖析，既有体系，又有逻辑，有趣又令人信服。这次也是，他通过身边的一些案例告诉我们，理论上的自觉是行动自觉的前提，也是优秀青年成长成熟的标志；作为一名入党积极分子，首先要强化理论学习，不断提高自己的理论修养，还要在实践中端正自己的入党动机，在看似平凡的工作、学习、生活中起到带头作用。

培训中还有一句话令我印象深刻，是王书记分享的写给自己儿子信中的一句话。他说我们这代年轻人身上容易存在“态度上的认知和行为上的反差”这一矛盾，即思想上的巨人行动上的矮子。我最近常常反思这句话，君子应当敏于行。

回想整个培训历程，除了学习到基本的入党知识外，我也有很多其他的感悟。宣传部的孙宜山副部长带我们梳理建党历程，我这个跨考理科生对近代史有了更清晰的认识；杨璐老师分享自己的工作经历，让我对做正确的事有了更坚定的坚持；邱凌老师清晰的思路和表达，加深了我对“知识女性”这个词的理解。在协助老师筹备培训工作的过程中，我也发现为大家服务确实能让人从内心深处感到充实与满足。

整个培训下来，我内心更加坚定，除了要通过努力争取成为一名合格的中共党员，我也想要成为更好的自己，更好地服务人民。

作者：新闻学院 2019 级硕士研究生　刘美秀

11 月 22 日　星期日　晴

双向挂职培训班学员·赵　龙

近期，我通过多种形式参加了校区、学院组织的党的十九届五中全会精神学习。在刚刚结束的双向挂职培训班一班主题班会上，大家认为以不同视角讨论学科建设在强院兴校中的重要作用，是很有意义的事情。视频现场，同学们踊跃发言。

学校第十四次党代会提出了“六大战略”“十大任务”，并相继出台了一系列配套文件，为强院兴校、一校三地一体化发展和加强校区网格化管理等方面指明了方向。自 9 月份到微电子学院报到以来，我在工作过程中感受到了校区师生医务员工追求卓越、只争朝夕的精神状态和干事创业的劲头。

“抓好党建是最大政绩”的理念已成为共识。微电子学院作为新建学院，党委重视建章立制工作，严格执行“党政联席会议制度”“党委会会议制度”“三重一大决策办法”等规章决策制度，推进党政班子成员接待日制度；针对芯片“卡脖子”问题，学院党委重视选拔培养政治合格的年轻干部和党建“双创”培育工作，2019 年培养选拔“80 后”副院长 1 名，“80 后”教工党支部书记、双带头人 4 名，并充分发挥基层党支部的战斗堡垒作用，针对关键技术壁垒进行集中攻关。

我们在会上交流了以学院为单位进行学科建设的优势，即有利于集中优势力量，发展特色研究方向；同时也讨论了以学院为单位进行学科建设的劣势，包括学院之间的无形壁垒不利于合作交流等。而学校层面进行学科建设的优势尤为明显：一是可以充分调配资源，集中力量发展优势学科；二是可以整合各学院资源，布局交叉平台；三是可以将共同建设一级学科的多个学院尽可能地在地理位置上集中起来。

调研中，部分教师谈到学校老牌学科和新兴学科发展不平衡，一些小学科和新兴学科存在“国内纵向评比占优势、横向比较不出门”的现象。学校可积极实行分类评价试点改革，在学科分类评价、教师分类管理改革中探索经验。

有教师提到，学校近几年推动学术振兴，着力提升科研创新能力，科研项目数量和经费大幅度提高，但同时也应该清晰认识到，大项目依赖政府资金投入，横向经费偏少，大团队建设方面缺少领军人物，在国家重大工程和重大项目上参与度不够；学校层面可整合资源集中扶持可承接国家重大工程和重大项目的团队，实行精准培育。也有教师谈到，建议跨学院新兴交叉研究机构实行学校内部科研成果双认定，实现自发交叉融合，共同承接国家重大课题，更好地服务社会发展。

感谢组织的精心安排和各级领导的关心关怀，通过挂职工作，我们更加全面地了解到了学校各个层面的情况，使命感更强、视野更开阔、沟通更顺畅。我们信心百倍，定将努力干好各项工作，以优异成绩向建校120周年献礼。

作者：兴隆山校区和软件园校区管理办公室双向挂职干部　赵　龙

11月23日　星期一　晴

川藏铁路上的“山大隧道人”·石少帅

西藏的天气早已微凉，我如往常一样，吃完早餐来到办公室，打开制氧机、打开电脑，在川藏铁路忙碌充实的一天开始了。

怀着既兴奋又期待的心情，打开昨天收到的来自山东大学“老家”的快递，感恩感谢涌上心头。快递是岩土工程中心党支部邮寄到川藏铁路现场的“暖心包裹”：一封团队带头人李术才老师的亲笔信、五本书籍（《习近平的七年知青岁月》《习近平在正定》《习近平在厦门》《习近平在宁德》《习近平在福州》）、一包糖果。

李老师在来信中表达了对艰苦工程科研一线师生的关心和慰问，鼓励我们要克服困难，树立必胜的信心；嘱托我们认真研读邮寄的五本书，从学习中寻找解决问题的办法和思路，努力提升自己应对各种问题的能力；要继续发挥山大岩土团队的攻坚克难合力，发扬“特别能吃苦，特别能战斗”的科研作风，继续坚持理论与实践密切结合，解决重大工程难题。信中回顾了岩土中心十九年的发展历程，也让我回忆起加入岩土工程中心大家庭十一年来的点点滴滴，感受到了团队的“家文化”。窗外气温依旧很低，但吃着糖果的我心里又暖又甜。

川藏铁路是习近平总书记亲自谋划、亲自部署、亲自推动的世纪性战略工程，面临超高的隧线比、极端复杂的地质条件、极其恶劣的自然条件、极度敏感的生态环境等世界级挑战。山东大学先后参与了“川藏铁路雅安至林芝段建设方案深化研究”等多项课题研究，提出了极复杂地质环境下超长深埋隧道 TBM、钻爆法施工超前地质探测技术方案，为工程可行性研究、隧道初步设计等工作提供了技术支撑。

伟大时代造就伟大工程，伟大工程铸造伟大丰碑。川藏铁路承载了多少代人的梦想，有幸参与川藏铁路这项世纪性战略工程的建设，是我们的历史机遇、一生的荣耀。我们一定深入学习贯彻习近平总书记有关重要指示批示精神，认真完成好各项科研任务，不负重托、不负韶华，以“缺氧不缺精神，艰苦不怕吃苦，海拔高境界更高”的奋进状态，以“功成不必在我，功成必定有我”的使命担当，为高起点高标准高质量建设贡献我们山大人的一份力量。

致敬所有川藏铁路的建设者们！

作者：齐鲁交通学院岩土与结构工程研究中心教授　石少帅

11 月 24 日　星期二　晴

青岛校区“研学堂”系列讲座首期组织者·王　斌

昨天下午，由青岛校区学科建设与研究生教育办公室主办的“研学堂”系列讲座第一期“遵守学术道德，恪守学术规范”结束了。两个小时的时间过得很快，聆听屠长河教授和张海燕教授的讲座让我受益匪浅，举办讲座也让我有了一些成长。

两位教授举例子、讲道理，对科学精神、科学规范、学术规范、学术道德等内容做了阐释。屠长河教授特别提醒大家要注意防止“无意”犯错，他的讲座 PPT 里引用的每一处内容包括照片都标注了出处，这一点让我印象深刻。张海燕教授列举了一些学术不端案例，并结合国家及学校有关文件、制度以及个人在学位论文、学术论文评审中的体会，提醒同学们一定要遵守学术规范、恪守学术道德。听了两位教授的讲座，我更加深刻感受到，诚信是第一位的。

这次讲座从 9 月中旬开始计划，到今天落实，历时两个多月。在此过程中，领导、同事多次指导，研究生会的同学不断创新，才有了“研学堂”这个品牌。我们在实践中打造了一个落实国家和学校加强研究生培养质量文件精神的品牌项目，让工作有了更加具体的抓手。讲座也从面向研究生开展的学术道德教育演化成以加强研究生学风建设为中心的“研学堂”品牌项目，内容更加系统、丰富，增加了影响力，提升了效果。

我深刻感受到，育人是长期工程，保持定力，耐心打磨过程，一定会有好的效果。无论是聆听讲座还是组织讲座，我们都要继续坚守“老实做人，扎实做事”的原则。

作者：环境学院双向挂职干部　王　斌

11 月 25 日　星期三　晴

焦家遗址考古队队员·戴敬一

北风渐起，冷意初生，在这一个平常的冬日里，章丘焦家考古发掘现场却迎来了不平常的惊喜。昨天下午，樊丽明校长一行考察焦家遗址，在这寒冷的时节里带来了学校的温暖和关心，让考古队全体师生精神为之一振。

樊校长到达发掘区后，表达了对今年焦家发掘状况的关心和兴趣，在领队王芬老师的陪同讲解下，进入发掘现场参观指导。目前，在北区发现了一大批房址和其他遗迹，还有大量人工和自然遗物，展现着几千年前焦家人的礼仪风俗、社会发展和技艺审美。在南区，更有此次发掘最重要的成果——壕沟和城墙。东西走向的壕沟及中间十多米宽的通道，连同发现的大量遗迹和遗物，共同彰显着焦家遗址都邑性大型聚落遗址的丰富内涵。

忆往昔峥嵘岁月，历代山大考古前辈先生以他们踏实肯干的钻研精神、求真务实的学风、坚韧不拔的毅力，造就了今日山大考古的辉煌成绩，我们作为已经踏入学科大门的研究生和博士生，也被寄予厚望。这一份期望是压力，更是我们扎根考古、提升能力、更上一层楼的动力。聆听着樊校长的谆谆教诲，作为考古学学子的我，自豪感和使命感油然而生，对考古学的热爱和坚持再一次燃起。虽然天气寒冷，但我们心头却荡漾着融融暖意。

学校十分关心我们在工地的生活，樊校长一行给我们带来了手套、热水袋等慰问品。欣喜之余，我们也意识到，学校对我们的期望和激励，我们生发的斗志和热情，才是今天最重要的收获。

作者：历史文化学院 2019 级硕士研究生　戴敬一

11 月 26 日　星期四　晴

党的十九届五中全会精神宣讲报告会学习者・戴永洁

谈到党的十九届五中全会，我一开始认为这是宏观角度的国家政策，以至于心理上感觉遥远。虽然我学习了这些文件内容，但是却不能将全会精神与自己的学习生活结合起来。直到今天听取学习了学校党委书记郭新立同志就党的十九届五中全会精神作的宣讲报告，我的固有印象发生了改变。

郭书记带领我们一起深入学习党的十九届五中全会精神，回顾了我国现代化建设的历史进程，梳理党和国家事业取得的历史性成就，进一步阐释了“十四五”和 2035 年发展的美好蓝图，带领我们思考了新发展阶段面临的新机遇新挑战，以及对山东大学现代化建设的影响。郭书记提到，学校“双一流”一期建设成效显著，“由大到强”的步伐也愈发坚定。当前，我们处于战略机遇期，山东大学如何作出应有的贡献？在今后发展中何去何从？这些都是直击灵魂的拷问。

少年兴则国兴，少年强则国强。青年学子思维活跃、积极创新、学识扎实，学校才会不断取得长足进步，呈现昂扬向上的态势。无论是华为的技术之战，还是全球范围内的科技竞争，科技逐渐成为企业、社会发展和国家兴盛发达的战略支撑。科技的自立自强背后正是人才的自主培养，人才的自我提升迫在眉睫。

我最近参加了山东大学城市发展与公共政策研究中心开展的“中国基本公共服务供给侧改革与获得感提升研究”调查，有幸听到全国各地人们对政府提供的公共服务的态度和看法，也切实体会到各行各业人们对决胜全面建成小康社会、决战脱贫攻坚和“十三五”规划收官的殷切期盼。这些调查将政策细化为与大家息息相关的公共教育、公共交通、公共医疗等，改变了我对国家政策的认识。结合郭书记的解读，我更看到自己过去认识的不足。

我想，大学之大，不仅是让我们在课本中钻研或沉浸在自己的专业里，更应该是培养学生的大视野、大情怀，打破“信息茧房”，让我们融入学校、社会、国家发展。

作者：新闻学院2020级硕士研究生　戴永洁

11月27日　星期五　晴

青岛校区财务处挂职干部·耿晓霞

审核完最后一笔大额资金，我起身离开华岗苑西楼一层财务报账大厅。青岛的夜空很美丽，黑夜里泛出美丽的湛蓝色，星星也很亮。夜晚的校园非常安静，只能见到三三两两的人，路灯散发着暖暖的橘黄色光，温柔地轻抚着夜光下的草地和池塘。我一抬头便看到已投入试运行的博物馆，不禁想到两个月前刚看到它时的震撼。

从学校财务部来到青岛校区财务处挂职已经两月有余，从秋色的明媚与灿烂，走向初冬的恬淡与悠然，徜徉在这座“春有百花秋有月，夏有凉风冬有雪”的美丽校园，幸福感与获得感也在不知不觉中溢荡开来。

回想这段时间，我与青岛校区财务处的领导和同事们一起经历了新生收费、财务报销审核、会计凭证影像化等事项，每天的工作忙碌而充实。面对临近年底与日俱增的报销单据，同事们依然保持初心和热情，耐心解答师生们的问题，加班加点地处理报销单据，只为了能够给师生们提供更加周到细致的财务服务。老师和学生们在解决完问题后脸上洋溢着的微笑和一声声的“谢谢”就是对我们工作的最大肯定。刘处长经常在开完会后赶到财务大厅，叮嘱大家努力工作的同时也要注意身体，一定要吃好休息好。听着处长暖心的话语，工作一天的疲惫一扫而空。身处这样一支团结的队伍，我感受到了朝气与活力，感受到了温暖与温情。

入职山东大学以来，我在财务部先后从事会计核算、财务管理、内控稽核等工作。本次挂职经历，让我开阔了视野，对财务工作有了更加全面深刻的认识，也深深感受到青岛校区作为学校建设世界一流大学的新引擎，在学校实现“由大到强”历史性转变和“双一流”建设中发挥着重要作用。财务处全体人员也将继续强化责任担当，把过紧日子的要求落实落细，提升保障和管理效能，竭诚为师生提供优质高效的财务服务，助力“强院兴校”行动的实施。

作者：财务双向挂职干部　耿晓霞

11 月 28 日　星期六　晴

学代会学生代表・蔡清贺

今天，我很荣幸作为学生代表参加山东大学第三十六次学生代表大会。

为了参会，我第一次穿了西服。一进会议地点，眼前的场景与我从电视上看到的会场一样，西装就是我的“战服”，让我感到既光荣又有压力。

8：00，预备会议开始了。济南、威海和青岛校区在线上相连。在预备会议期间，我们认真听了工作人员的每一句话，并且通过思考作出表决。

9：00，开幕式举行。我们全体起立，奏唱中华人民共和国国歌，随后聆听了学生会、研究生会以及权益中心的三位同学代表带来的工作报告。

11：25，上午的会议结束。

13：30，下午的会议开始了，这次是我们第五分团的分团会议，预选产生学代会主席团。当我拿到9位主席团候选人的简介时，看到他们的国家奖学金、学业奖学金、特长奖学金、学生工作……不禁感叹：他们学业和学生工作都很优秀，真的是品学兼优。在投票的同时，我也反省了常常以忙于学生工作为借口不认真学习的自己。投票结束后是听取并讨论各代表团提案的环节。我们向其他同学们讲述了我们的提案，也听到了其他代表团反映的问题，受益匪浅。

16：00，闭幕式举行，这场会议也进入尾声。校团委书记张熙老师讲到，学生会要保持先进性、坚持价值引领、强化服务意识、勇于自我改革，学生组织要阳光。听完老师讲的话，我意识到了自己的不足，也明白了部门策划活动的真正意义。

这次学生代表大会，我不仅代表学院同学们对学校提出建议，说出心声，还在学生工作方面收获满满。希望通过这次会议，我能转变懵懵懂懂的状态，头脑更加清晰、理性，更好地为学校师生服务，共建美好校园。

作者：环境学院2019级本科生　蔡清贺

11月29日　星期日　晴

“问道孔孟”游学之行参加者·张安怡

为期两天的山东大学2020级同道学堂“问道孔孟”游学之行告一段落。踏上返程的大巴，我的心中仍无法平静，脑海中一遍遍回想起游学中的所见所闻。

游圣地，传圣学。“问道孔孟”游学活动系同道学堂“乐知者”人文素养提升系列讲座的研学实践部分，由学院精心组织，让同学们在寻访古迹中感受儒家文化，对中华优秀传统文化有更深刻的认识。

周六上午，我们来到邹城，参访孟庙和孟府。步入孟庙，只见院落古朴，苍柏参天。苍柏历经千年仍繁茂的枝叶一如孔孟之学传承至今，挺拔的松柏与端肃的石碑令人想起孟子的浩然正气。孟庙深处设有一座孟母殿，殿前立有“母教一人”的石碑，以示对孟母育子之德的尊崇。行走在孟庙孟府中，岁月的厚重感弥散在每个角落。我仿佛能看见千年前的孟子，手持竹简，眉头轻皱，心中是天下苍生之疾苦与圣人学说的传承。

离开孟庙孟府，稍作休整后，我们来到曲阜孔子博物馆。孔子博物馆在前年建成，馆内藏品丰富，展区众多。令我印象最深刻的是馆内孔子圣迹图的全息影像，还有模拟孔子周游列国的足迹和车辙的痕迹。全息影像画面生动，千年前孔子讲学问道的场景得以重现。脚下或深或浅向前延伸的足迹，让我深深感受到孔子周游列国的艰辛与不易。我仿佛置身孔子所处的时代，面对诸侯争霸与百姓流离，仍要坚持心中正道。

从博物馆离开已是傍晚。第二天上午，我们抵达了最后的目的地——孔府、孔庙和孔林。穿过曲阜古旧的城墙，便是孔庙三进的大门。孔庙与孔府仅有一街之隔，漫步其中，看着青苍的古树，斑驳的院墙，布着裂纹的石碑，我想起孔子对“仁”的推崇，对弟子的谆谆教诲，他那温厚有礼的形象又浮现在我的眼前。抵达孔林，我们来到了孔子与其子孙的陵墓。导游说孔子与其子孙的陵墓紧紧相依看似不合周礼，却是孔子爱怜孩子、饱含父母温情的体现，让我深刻感受到这位圣人的仁德之心。

两天的游学活动虽然短暂，却让我收获颇丰。游学路上，我与同学们聆听了孔孟为人处世的故事，感受到先贤渊博的学识与高尚的人格，见证了孔孟思想的历久弥新，对齐鲁大地的文化风貌有了更深切的认识。身为山东大学同道学堂的一员，我定不辜负学校、学院“为国育贤”的殷切期望，同先贤之道，养浩然正气，成栋梁之材。

作者：哲社学院2020级本科生　张安怡

11 月 30 日　星期一　晴

“山大杯”辩论赛决赛观看者·李永卫

昨天晚上，我与同学们一起在现场观看了 2020 年“山大杯”辩论赛决赛。哲社学院与泰山学堂在决赛舞台为我们呈现了一场精彩的思维鏖战，就“当代青年面对‘内卷’应该/不应该选择佛系”议题展开了激烈辩论。两方立论清晰，唇枪舌剑之间既围绕自己的立场做了论证，又针对对方的漏洞据理力争，铿锵有力的言语展现了辩手们对辩题的深刻理解，也把观众们带入对当今社会“内卷化”的思考中。

坐在台下的我，仿佛看到了 2002 年自己和队友在千佛山校区教学 5 号楼备战“山大杯”辩论赛的情形——同样的一腔热血，同样的青春朝气，同样的为喜欢的事情着迷奋斗。与其说是台上的辩手把我拽回到了 20 年前，不如说是通过这场辩论赛，我感受到了山大精神的传承和延续，那是勇担社会使命、不负家国嘱托的责任，是执着于梦想、不畏艰难困苦的韧性，是立于世而不盲从、横于水而不随波的果敢。辩手们在台上自信、儒雅、睿智，即使形势焦灼也沉着冷静，即便针锋相对也不失风范。作为观众，我早已忘记了这是场辩论比赛，更愿意把它当作一场智慧和语言的表演，沉浸其中，内心澎湃。赛后，听教师评委和学生评委的点评，亦是一种享受。评委以旁观者的角度，重新破题立意，客观评价正反双方，总结过程中的疏漏和亮点，给予中肯的建议和恰当的鼓励。尤其是听着三位学生评委的点评，好似重新听了一场辩论，美哉！

最终结果揭晓，哲社学院获得了冠军。听到孩子们在台下的欢呼，我内心充盈着感动和欣慰。自 2016 年问鼎山大杯，哲社的“脸王”辩论队一直梦想重塑辉煌。我能够体会到他们激动泪水中的欢欣，能够体会到他们有力拥抱中的喜悦，其间故事，只有经历过的人才最懂。四辩邢国鑫已于 6 月份硕士毕业，为了此次辩论赛几返学校，夜夜线上模练；三辩于耀翔面临考研压力，依然每天挤时间与队友们讨论练习；二辩常张杰身为班长和学生会文艺部部长，刚刚忙完班级答辩和迎新晚会，辩场上的他是那么精神抖擞、意气风发；一辩高茜乔瘦弱的身躯有着巨大能量，在一众男生中彰显巾帼风采。还有辩论队的一众同学，佳伟、晓晨、之鑫、家童……谢谢你们，让我感受到了哲社的灵魂。还有学玮、雅静、逸飞、琦韵，百忙之中回母校支持“脸王”，还没来得及和你们好好说说话，来日方长吧。谢谢你们，让我看到了一代代哲社人传承着的哲社精神。

冬夜，寒风刺骨，心却温暖如春！

作者：哲社学院党委副书记　李永卫

12月1日　星期二　雨

化学院副院长・占金华

聆听了郭新立书记在党的十九届五中全会精神宣讲报告会上的报告后，我感触深刻，几天来一直在思考如何将讲话内容贯彻到自己的工作中。

山东大学正在“由大到强”历史性转变进程中，面临新一轮科技革命和产业变革深入发展、“双一流”建设进入新一周期等机遇和挑战。山大化学入选国家一流学科，进入 ESI 全球排名前 0.52‰，在胶体与界面化学、理论化学等方面引领国际前沿，晶体化学和有机硅化学攻克多个国防“卡脖子”难题。化学与物理学、环境科学、药物化学、化学工程等学科协同发展，努力实现“汇聚一流师资、搭建一流平台、产出一流成果、培养一流人才、打造一流学科高峰”的目标。化学与物质科学这样的实验学科离不开仪器技术平台，强化构筑一流物质科学大型仪器技术平台已成为并将长期成为一项光荣而艰巨、任重而道远的任务。

结构成分与物性测量平台以“人尽其才，物尽其用”为基本原则，在完善物质科学基本测试条件的基础上，面向单原子、单分子、单颗粒分析等物质科学研究前沿，加强原位与极限分析测试能力，逐步探索原创性科学仪器的研发，最终实现了由仪器购置到仪器创制。我们组建设备群，强化配套，提升系统化解决问题的技术能力，并为社会提供高端技术服务。

近年来，在校级平台公共建设经费与化学一流学科建设经费的资助下，我们的结构成分与物性测量平台在仪器设备建设方面取得了快速发展，已经开始建设球差校正电子显微镜、固体核磁等高端装备，目前正在努力将这些高端装备尽快落地，实现高质量运行，以支撑山大化学与物质科学相关学科的发展。与此同时，我们更加注重高端技术人才的引进与培养。平台建立“专家指导、技术员专职负责、助研辅助”的运行模式，鼓励每一位山大人参与建设。

为进一步向国内同行学习，山东大学大型仪器公共技术平台已加入中国分析测试协会高校分析测试分会并成为常务理事单位，开始负责分会实验室建设与管理工作部的工作，同时参与发起华东联校分析测试研讨会。我们山东大学一行 11 人刚刚参加了南京大学承办的第四届研讨会，争取到了 2021 年第五届研讨会的承办权。

一流大学的核心使命在于“培养一流的人才、创造一流的科研成果、为社会提供高端的服务”。高端研究型仪器技术平台可以发挥关键技术支撑作用，能够为每一位山大人提供追求梦想的机会。强大的研究型仪器技术平台将是一流学科建设的定海神针，有其助力，一流学科的发展将坚若磐石。平台不仅支撑山东大学相关学科的发展，也能够影响省内高校相关学科的发展，更能够为山东省地方企事业单位提供高端的技术服务。

作者：化学院副院长　占金华

12 月 2 日　星期三　雨

临床医学院在线课程建设参加者 · 朱　承

伴随着趵突泉校区的落叶铺满校园，首批国家级一流本科课程公示名单姗姗来迟。山东大学 70 门课程入选国家级一流本科课程，列全国第六；新增 44 门，列全国第三；医学课程入选数量位居全国第一。这一成绩让大家喜悦而激动。由临床医学院立项资助的 MOOC 建设课程在学校本次新增的 11 门线上一流课程中占据 5 席。三年多来，临床医学院的在线课程建设从无到有，一路走来的点点滴滴仍能清晰地浮现我眼前。

我与线上课程建设的初识，是在 2017 年的那个秋天。刚刚完成一批博士授位工作的我，接手了学院的教研工作，学院首批立项的 16 门 MOOC 课程建设工作，是我在新岗位承担的第一项任务。临床医生诊疗工作忙、科研压力大，当时在国内的临床 MOOC 建设方面几乎没有成品可供参考借鉴。临床老师们凭借着教学的热情，在繁忙的工作中挤出时间投入课程建设。拆分知识点有困惑就请来专家逐个章节探讨，面对镜头不自然就反反复复地试镜拍摄，下了手术台听讲座、挑灯夜战写脚本都是常态。就这样，一年之后，16 门课程齐头并进，在 2018 年秋季学期同时上线开课，初具规模的山东大学临床课程群首次登上了平台的首页滚动推送。

三年来，在学校和学院的大力支持下，参与 MOOC 建设的老师们赴辛辛那提大学、内布拉斯加大学及加拿大阿尔伯塔大学学习先进的在线课程建设经验，两赴清华园学习医学课程的设计方法。大家借鉴精品课程如何将知识点拆分设计，学习“网红”课程怎样使学习者提升兴趣，与医生探讨如何融入临床案例，向学生调研课程效果。时至今日，学院已累计投入 600 余万元资助三批共 40 门 MOOC 课程建设，其中 30 门课程已建成上线，累计开课 93 期，总选课量超过 52 万人次，均位居全国高校同类课程前列。十年磨一剑，一朝露锋芒。正是因为数年来的默默耕耘，方能有今日的累累硕果。日记能记下的，也只是我作为一个工作人员与各位老师一路走来的所见所想，背后还有更多的默默付出，只有各位老师自己知道。

东风好借力，扬帆正当时。近年来，从国家层面、学校层面到学院内部，都采取了一系列措施大力鼓励和支持课程建设。我也将继续为支持并参与课程建设的老师们做好服务，与老师们携手，巩固临床课程建设方面的优势地位，力争在新一年的一流课程申报工作中再创佳绩。

作者：临床医学院工作人员　朱　承

12月3日　星期四　晴

老校友采访者·康传彬

初雪之后，大家期待许久的采访田广渠先生之行，终于到来了！田广渠先生今年92周岁，是山东大学的老校友，《山东大学报》的老编辑，见证了学校一路走来的峥嵘岁月。老先生至今仍在整理校史，笔耕不辍，文思泉涌。在山大建校120周年和《山东大学报》办报90周年之际，我们很荣幸聆听到了田老先生的“山大记忆”。

今日之行由校报林东生老师带队，青岛校友会全程提供保障。下午2点左右，我们一行人来到田老先生的住所。初见田老，他虽满头华发，但笑容依然“年轻”。在采访过程中，我和罗琳、谢子静两位同学分工合作，而田老侃侃而谈，精神状态非常好。坐在靠窗的椅上的田老，沐浴于倾洒而入的日光中，微微笑着回忆起往昔，这个场景让我们十分感动。

采访在欢声笑语中开始，在意犹未尽中结束，老先生的教诲如春风化雨，让在场的我们深受感染。田老说，山大校报的老师定期为他邮寄校报，并致以亲切的关怀和问候，使他倍感温暖。田老最怀念的仍然是 50 年代在山大工作的日子，最喜欢的身份始终是"《新山大》编辑记者"。在担任校报编辑的六年里，田老先生与华岗、赵太侔、成仿吾三位校长均有接触，并将往昔记忆的种种细节向我们娓娓道来。

谈及校报在当前的发展，田老认为，纸质媒体虽面临着冲击与挑战，但永远不会消失。校报作为寄托青春的载体，办报人有活力，校报才能有活力。值山东大学报办报 90 周年来临之际，田老希望校报能够"百尺竿头，更进一步"，在校报界继续发挥领先优势。对于百廿山大的展望，老先生信心满满，并衷心祝愿 120 周年校庆活动顺利举办。

在与老先生的谈话中，我们深切感受到老一辈人对知识的热爱和对历史传承的信念。即便因为眼疾创作受限，老先生也一直坚持写作。对于他而言，那段光辉岁月不仅仅是浩瀚历史中的一段篇章，更是难以忘怀的人生经历。今天，将由我们以行动诠释薪火相传的山大精神，为百廿老校添砖加瓦。

作者：政管学院 2018 级本科生　康传彬

12 月 4 日　星期五　晴

广播体操比赛组织参加者 · 徐博伦

"伸展运动，预备——起，一二三四，五六七八……"第九套广播体操激扬的口令音乐犹在耳畔。我在今年秋末冬初的学校第九套广播体操比赛中有着双重身份：既是学校工会——本次学校广播体操比赛组织单位的一员，同时又是微电子学院——参与本次比赛活动单位的一名挂职干部。比赛虽然已落下帷幕，但活动筹备过程中的点点滴滴仍难忘却。

广播体操是一项传统的健身项目，充满活力和时代气息。本次活动在学校统筹常态化疫情防控和事业发展的形势下举办，旨在激励教职医务员工养成良好的健身习惯，营造120周年校庆良好的文化氛围。我参与了活动方案撰写、比赛流程设置等，也因此对于组织过程的复杂与艰辛有着切身的体会与感受。

比赛采取线下展演和线上评比相结合的形式，在一校三地各校区分时段进行。活动期间恰逢冷空气来袭，萧瑟寒风卷夹着落叶，吹得脸生疼、手冰凉，但每天随着响亮的广播操音乐在一校三地各个角落响起，参演队员们立刻抖擞精神，昂首阔步，一遍遍认真地修正转身、踢腿、跳跃等动作，展现了新时代山大人积极向上、奋勇拼搏的精神风貌。

自从到微电子学院挂职以来，我深深融入这个充满激情与活力的团队。微电子学院是唯一一个在室外场地展演的单位。每天一到13：00，随着学院工会主席李玉香老师的一句“大家出来训练啦”，老师们放下手中的工作，鱼贯而出，迅速集合整理队形，进行合练。“要记得自己的位置，记得站在谁的后面”“记得要握拳”“右手在上”，指导老师一遍遍耐心细致地教大家动作要领，纠正动作。老师们个个有着不服输的态度，在大家心里，集体荣誉永远高于一切。

在软件园校区排球场上、大山坡下，山风袭来也挡不住老师们的热情。展演前，大家不约而同提前一个小时来到场地，学院王卿璞书记亲自指导队形，从入场到退场，不放过每一个细节。展演中，统一的红色上装如一团热情之火，抵挡住冬季的寒冷，一个个红彤彤的脸庞都洋溢着澎湃的激情。大家动作统一，配合默契，收放自如。展演结束后，大家来不及披上外衣、擦掉脸上的汗水，还在讨论着哪个动作做得不到位，哪个地方节奏没有跟上。

凝望着校园这片热土，自豪感、荣誉感油然而生。让我们依偎山海，运动起来，强健体魄，在创建中国特色世界一流大学的征程上接续奋斗。

作者：工会、妇委会双向挂职干部　徐博伦

12 月 5 日　星期六　晴

河南省确山县老臧庄社区干部·臧　杰

我们老臧庄社区两委人员及扶贫专干一行于 12 月 3 日抵达齐鲁人文之地山东大学。这次山大之行是为了践行习近平总书记对提高党员思想素质的要求，坚定决战脱贫攻坚的信心，开启乡村振兴的新征程，提升基层党员干部政治意识、思想素质、眼界格局。

我们一行住宿于学校，夜里激动的心情难以平静。回想起山大自 2015 年 9 月派驻马勇为驻村第一书记以来，五年中的精准帮扶、因村施策，使老臧庄社区发生了翻天覆地的变化：基础设施逐步完善，电网改造全面升级，老百姓吃上了自来水，宽带网络全覆盖，标准化卫生室和文化广场样样俱全。特别是山东大学捐建的老臧庄小学十八班教学楼和配套教职工宿舍楼，使社区无数孩子能够在宽敞明亮的环境中学习。

12 月 4 日清晨，我早早醒来，漫步于寂静的山大校园，被这厚重的历史文化底蕴深深打动。人文山大名不虚传，六十万山大人遍布全国，人才精英于各领域散发着光芒，正如这耀眼的晨曦。校园里随处可见丝丝垂柳，类似于徐志摩笔下的康桥旁，金柳像新娘一样，波光里的艳影在心头荡漾。

根据行程安排，吃过早饭后，校党委书记郭新立会见了我们老臧庄社区两委人员。郭书记向我们介绍了山大的历史变迁和历史使命，让我们了解了山大的校训和办学宗旨。我们为感谢山东大学为老臧庄社区作出的努力和贡献，向山大赠送了题有“感恩山大帮扶老区脱贫、传播文化助力乡村振兴”的锦旗。

随后，我们与山大合作发展部党支部进行了党建工作交流，在党建、组织建设、精准扶贫、乡村振兴等方面进行了探讨，还参观了校史馆、博物馆和中华传统文化研究与体验基地。下午，山大教授、硕士生导师张敬悬教授作“心理减压与情绪管理”的报告，让我们在工作生活中学会自我减压，放松心情，我们受益匪浅。讲座后，山东大学派驻老臧庄驻村第一书记于德宁和社区居委会主任臧留柱向山大校部机关职工介绍脱贫攻坚一线工作情况。接下来，我们又到千佛山校区材料科学与工程学院参观，到洪家楼校区艺术学院观看西洋管弦室内乐汇报音乐会。

通过一天的各项活动，我们基层两委干部增长了见识，增强了决战决胜脱贫攻坚的信心。我相信，在山东大学的对口帮扶下，老臧庄社区的明天会更辉煌。

作者：河南省确山县老臧庄社区干部　臧　杰

12月6日　星期日　晴

学工队伍气排球比赛参加者・袁　芳

“1——2——3，大家开不开心啊?”“开心!”相机把这一刻的瞬间定格下来，我那一直悬着的心也平稳落地了。回想起这次气排球比赛的过程，策划赛事、置办装备、选手报名、组织集训、排兵布阵、现场组织……桩桩件件，历历在目。一次次核对名单，一次次修改完善活动流程，一次次联系对接相关单位，一次次突发状况的出现和解决……整个策划组织过程中，我的心一次次提起又落下，个中滋味，甘苦自知。作为这次学工队伍气排球比赛的组织者，也是参赛人员，我深度参与了每一个流程，自然也收获了旁人无可比拟的感受。

自疫情发生以来，我们学工队伍第一时间投入疫情防控工作一线，秉承“三个二”“两个三”“每一个”的具体要求，深入细致掌握学生思想动态，将学生生命安全和身体健康放在首位，完成8批次学生返校开学工作，做好一校三地6.5万名学生的教育管理服务工作，为各地各高校树立统筹疫情防控、安全稳定和教育教学的“山大样板”。在这高密度、高强度状态下，大家已经连续工作11个月了。作为负责辅导员队伍建设的工作人员，我思考着，平时我们总是倡导让学生走下网络、走出宿舍、走向操场，而我们作为学生的“人生导师”，如何起到示范引领作用？如何提高我们学工队伍体质健康水平？如何打造活力学工，展示我们的队伍魅力？经过反复思考，我向领导提出了组织学工队伍气排球比赛的想法，领导当机立断定下了比赛时间，替我联系好场地，让我没有后顾之忧地去放手组织这场比赛。回到办公室，我就把这个消息告诉了大家，大家瞬间兴奋起来，开始策划组织这次比赛，也开始排兵布阵，准备代表学工部门参赛了。

比赛如期而至，随着哨声响起，各队伍之间展开了精彩的比拼。每一位队员都竭尽全力，发球、起跳、拦网、扣杀，既展示了高超的个人竞技水平，更展现出高度的团队合作意识。场上比赛队员拼尽全力，场边观众也热情高涨，每一次精彩的得分都引起阵阵欢呼。领先的队伍不骄傲，落后的队伍不气馁，比赛双方都在不断调整战术，显示出了我们学工队伍永不言弃的精神。

随着主裁判的哨声响起，我们代表的学工部门也拿到了期盼已久的第一名。看着大家脸上挂着汗水纷纷合影留念，同时开心地相约明年再战时，我觉得付出的一切都值了。

作者：学工部工作人员　袁　芳

12 月 7 日　星期一　晴

江浙地区用人单位走访者·张晓敏

今天上午，学院召开了每周一度的学工例会，会上我与大家分享了上周走访江浙地区用人单位的收获。此次出行时间紧、任务重，虽然辛苦，但我收获颇丰。

12 月初，我跟随校区学生处副处长孙丽霞及 6 名来自不同学院的老师从威海出发，前往江浙地区走访企事业单位，进行就业拓展，此行共走访 9 家企事业单位。作为一名刚入职 5 个月的辅导员，第一次出远门就肩负着为艺术学院甚至全校毕业生拓宽就业渠道的使命，我深感责任重大。

我们到达杭州的第一站是杭州市人才管理服务中心。在这里，我们了解到，杭州市对高校毕业生的就业创业扶持力度极大，为吸引毕业生来杭，杭州市今年已发放了 15 亿的生活补贴，并搭建了全国第一个数据开放平台，方便市民生活及各项手续办理。而后，我们陆续前往娃哈哈集团、海康威视数字技术有限公司以及老板集团。对于艺术学院而言，娃哈哈集团是以上几家企业中与学院专业最契合的企业。作为目前中国最大的饮料生产企业，他们对平面包装设计师有一定的需求；集团内部设有艺术团作为二级部门，承接公司内外的演出活动，目前正在招聘器乐、声乐以及舞蹈演员。听到这里，我的内心狂喜不已，这对我们学院的学生来说是多好的机会啊。我也有备而来，带来了部分本科毕业生的简历交给招聘经理，为有意来此就业的学生尽一份力。

一天的走访结束，我们顾不上吃晚饭，便匆匆忙忙登上了赶往无锡的火车。次日，我与无锡市的先导智能装备股份有限公司和灵山文旅集团进行了就业信息对接。凭借之前对先导智能公司的了解，我先入为主地认为，作为一家新能源装备制造商，这家企业的招聘可能主要面向计算机专业和数据开发相关专业的学生，估计对我们学院学生的需求比较小。但出乎我意料的是，先导智能的招聘经理竟然主动找到我，问能否为其推荐一些设计专业的优秀毕业生。我赶紧问："您这边大概要招聘多少名学生?"招聘经理的回答燃起了我内心的火焰："哪怕您有一个班的学生来，我们都能收了!"他们需要大量优秀平面设计师进行新产品的外包装设计。得知此消息，我第一时间联系了学院 2017 级本科生辅导员，将相关的招聘启事转发给学生，让大家积极报名；并为 2018 级、2019 级的学生寻求实习与兼职的机会，为将来就业做更充足的准备。

在与不同企业的座谈中，我都积极主动地介绍艺术学院专业特色与学生实力，以期企业对艺术类学生有需求时，能在第一时间想到我们学院。

我将尽全力发挥此次就业拓展的成果，与学院其他老师一起巩固和完善已有就业市场、开拓新市场，为艺术学院毕业生的充分就业提供丰富有效的信息，精准助力学生高质量就业、高层次就业。

作者：艺术学院（威海）辅导员　张晓敏

12 月 8 日　星期二　晴

校长奖获得者 · 尹若彤　顾　悦

空间科学与物理学院本科生　尹若彤：

我是尹若彤，在得知获得校长奖学金（综合）的这段时间里，我的心情经历了紧张、欣喜，最终归于平静。校长奖的选拔通知刚刚发下来的时候，我就立马着手准备各项材料，为这个大学四年来我梦寐以求的奖项而努力。

当站在校区答辩会的舞台上，和 21 位优秀的同学竞争 10 个宝贵的名额时，我既紧张又兴奋。大学三年多来的点点滴滴浮现在眼前：一遍又一遍的实验，一次又一次和导师的交流，我告诉自己，要相信自己，相信自己付出的所有努力。我是第14个上台答辩的，前面13位同学的优秀事迹都深深震撼着我：有的同学多次在挑战杯、“互联网＋”等大赛中斩获国家级奖项；有的同学有丰富的留学经历，在国际舞台上展现了山大人的无限魅力……他们都是值得我学习的榜样，他们激情澎湃的演讲也深深震撼着我，激励着我日后继续在科研的道路上走下去，全面发展，再获佳绩。

空间科学与物理学院本科生　顾悦：

我是顾悦，获奖名单公示的时候，我在上工程软件课，尹若彤正坐在我的左边。当打开公示网页，我的名字出现在眼前，那一刻巨大的喜悦瞬间充盈了我的内心。今年是威海校区第一次评选校长奖单项奖，名额和答辩流程都是未知，我对获奖并未抱有很大的希望，因此这意外之喜才更令我激动。

我本对校长奖答辩感到十分紧张，因为3个校区共有27位研究创新类的优秀学生，我不知自己能否从中脱颖而出。答辩那天首先要在候场室抽签决定答辩次序，我走向放满纸张的桌子，越过前面已经抽完签的同学，看到了其中一张倒扣的小纸，我想就是它了。我盼望自己可以抽到一张6或8，或者其他什么我的幸运数字，但当我拾起并翻开它的那一刹，我震惊了，是1号。同行的答辩同学纷纷感叹我惊人的运气，我也开始释然，竟然变得不紧张了。答辩过后，我一直在等待名单的公示。看到名单的那一刻，我觉得自己大学三年的努力都得到了肯定。

再来说说我们两个的故事。我们是空间科学与物理学院2017级应用物理学1班的学生，是24号楼1716宿舍的舍友，是从大一到现在的学习伙伴和好姐妹，是2020年校长奖的获得者。能一同获此殊荣，我们既有些意外，又感到十分荣幸。但这一切并不是无迹可寻的。入学至今，无论哪节课，我们都喜欢坐在第三排左侧两个相邻的位置上，喜欢一个人自习，然后回到宿舍讨论今天的难题。疫情期间，QQ 聊天记录里流淌着我们对今日课程的讨论、夏令营面试的感受、对返校的期盼等宝贵的回忆。除学习之外，我们还会讨论美妆、小说、娱乐，还有养猫等趣事。

今年 10 月 12 日，我们在学信网的研究生推免系统中都填报了中国科学技术大学的志愿并被顺利录取，将分别去攻读凝聚态和医学物理的学位。未来的道路还很漫长，但我们相信将来仍会带着这份珍贵的友谊一起走下去，互帮互助，相伴成长，在各自的领域发光发亮！

作者：空间科学与物理学院 2017 级本科生　尹若彤　顾　悦

12 月 9 日　星期三　晴

校“自强之星”获奖者·许慧媛

2018～2020 年，“自强之星”的故事一直伴随着我成长。记得在去邵馆报告厅的路上，我的脑海里不断浮现出两年前那个在台下当观众的自己。在不久前结束的校级“自强之星”答辩中，我鼓起勇气，向大家诉说了一个追梦的故事。

尽管之前已经在心里打了无数次腹稿，但走进报告厅签到时，我还是不由得紧张起来。发言会不会忘词？答辩会不会超时？发挥是不是稳定？一个个令人忐忑的问题让我心底直打鼓，只好不断调整呼吸，一遍遍默背着手机中的发言稿。

在小小的不安中，校级“自强之星”终评会拉开了帷幕。学工部副部长朱伟老师在致辞中谈到，每个人都是自我历史的创造者和书写者，“自强之星”评选的意义在于鼓舞当代大学生不畏困难奋力拼搏，参加答辩的

20位同学都是闪闪发亮的启明之星。这番话带给我很深的触动，也让我紧张的心情渐渐平复下来。我想，这次答辩最重要的不是结果，而是用自身经历去激励大家自立自强的过程。大学四年一路走来的感悟有太多太多，我不妨就把这次答辩当作对大学生活的一个总结。

在平和的心态下，我认真聆听那一个个上台答辩者的故事。每一次答辩结束后，我都发自内心地为这些同学鼓掌。正是因为有着相似的经历，我更能体会到他们的不易，也深深佩服他们在挣扎努力中表现出的勇气和力量。很快就到了我上台答辩的时间。兴许是被之前的励志故事打动了，当接过话筒的一刹那，我感到一股从容的力量，让我自信淡定地说出大学期间我在学习、交际和工作中遇到的困难和转变，将一个个绝地反击的故事娓娓道来。尽管答辩的时间只有五分钟，但我却在讲述中想起了大学四年的点点滴滴，想起了那些困难时光里的倔强和反击，想起了那些平凡生活中的温暖与希望。“纵有疾风起，人生不言弃。”当我以这句话结束发言时，我知道这场答辩让我实现了真正的成长。

结束答辩的我更像是一名观众，怀揣一颗尊敬之心去听其他同学的发言。榜样的力量是无穷的，我们的身边也有这么多值得学习的榜样。有人不幸患病但顽强拼搏，活出了精彩的人生；有人家境贫寒但不屈不挠，取得了优异的成绩；有人身处逆境但坚强乐观，实现了爱心的接力。“世界以痛吻我，我要报之以歌。”同学们积极的信念和坚定的话语让我深受振奋，也让我更加体会到“自强”二字的真正含义。

在两个小时的评选答辩中，每位同学的发言都带给我许多启发与思考，也让我想起之前遇到的自强榜样。感恩学校每年度的“自强之星”活动，使我得以走近那一个个闪耀的灵魂，也让我以此为契机实现了自身的成长与蜕变。天行健，君子以自强不息，未来，我会带着这种自立自强的精神，继续奋力追寻，勇敢前行！

作者：经济学院2017级本科生　许慧媛

12 月 10 日　星期四　阴

第三届研究生“学术之星”奖答辩者 · 郭璐璐

今天的济南没有阳光，冬天的雾气笼罩着中心校区。向南方远眺，若隐若现的山峦像一幅水墨画，意境油然而生，阴雨天带给人的惆怅也散去许多。我走在充满青春气息的校园里，头脑里还是昨天“学术之星”奖答辩的过程，感慨万千：四年前有幸加入孙金鹏老师和于晓老师团队，从着手准备课题设计实验、摸索条件的屡次失败、课题进展的多次波折、投稿被拒，到最终文章被 *Nature* 正刊接收发表，再到昨天“学术之星”答辩，这一幕幕在眼前划过，就像今天的天气，有挫折带来的压抑，有多次尝试后实验成功的兴奋，有文章发表后的激动，但最后一切回归平静，我静静地欣赏这一幅成长带来的美景。

经过学院、学校初评，12 月 4 日，当看到自己的名字出现在学校网站公示的“学术之星”奖终评入围名单中时，我兴奋又忐忑。能有机会站在学校的学术最高答辩台上向各学科带头人展示成果，是对我们课题组工作的认可。想到与各学院、各专业最优秀的同学同台竞争，我的心中又难免紧张。

答辩时，我看着熟悉的幻灯片，把我们的课题以及今后科研方向一步步展示给评委和老师。得到评委老师的肯定及鼓励后，我更加坚定了信心，为今后的科研、学习和工作积蓄了力量。

回趵突泉校区的路上，我给团队的肖鹏老师和杨帆师兄打电话汇报答辩经过，不免又聊起来这一课题艰辛而充实的历程。整个团队在孙老师、于老师指导下，三年多的条件摸索、披星戴月准备蛋白样品、天一亮背上包带上样品跑着去赶火车这些都已不值一提，最难克服的是无数次尝试又无数次失败之后心理防线的崩塌。有太多次想放弃的念头，但是每当这时，孙老师及于老师总是语重心长地鼓励大家，带领团队反复分析失败的实验结果，转换思路后重新设计实验。多个深夜里，疲惫和挫折曾让我一蹶不振，但是看到实验室总有人还在尝试，我咬咬牙还是坚持下来了。新冠疫情期间人手不够，团队老师和博士后齐上阵，硬是在没有条件的时候自己创造条件。学校线下停课的四个月里，实验室有条不紊地运作，从未休息。没有人把疲惫挂在脸上，也没有人慢下脚步，因为我们不是孤军奋战。当大家看到文章被接收的邮件时，更多的是坦然和欣慰，我们的坚持是对的，团队的努力终能得到应有的收获。

对我而言，这篇文章是我科研学习过程中的一大步，让我懂得团队的强大和坚持的力量，更加对未来充满信心。但是对我们实验室团队而言，这只是科研工作的一小步，翻过这个山头，将看到更高远的风景，还有更重要、更有意义的科研等待着我们去探索。正如孙老师常说的那样：一个人可能做得更多，但一群人会走得更远。未来的科研之路更需大家齐心协力，砥砺前行！

作者：基础医学院 2019 级博士研究生　郭璐璐

12 月 11 日　星期五　阴

本科生院工作人员·马文静

昨天是教育部高等教育质量监测国家数据填报截止的时间，经过两个多月的艰苦工作，我们终于顺利提交了山东大学 2019～2020 学年的数据，涵盖学校学科专业、人才培养、基本条件等七大模块。通过这段时间的数据填报工作，我深深感觉到当今时代数据所带来的强烈冲击。大数据的分析应用，尤其是数据可视化的发展使得教育大数据成了学校教学改革、教学决策以及教学质量持续改进的有效支撑。

10 月 15 日高等教育质量检测国家数据平台数据填报启动时，学校就强调要高点站位，通过数据填报打造山东大学的数字名片，要站在学校发展的角度，用数据填报带动工作持续改进。近 100 张表单、30 万余条记录、300 多万个数据项能够顺利填报完成，得益于全校上下 60 多天的不懈努力，从中我也总结了自己对数据填报工作的认识，那就是“站位在发展”“工作需协作”“数据要准确”“改进可持续”。

今年本科生院启用了本科教育数据填报平台，通过精准的数据任务分配和规范的审批流程，权责到岗，责任到人。同时我们还继续加强与信息化办公室、学科建设与发展规划部等多部门的协作，建立与高基报表等数据的协同审核机制；工作流程的优化、过程管理的加强使这项工作得以顺利高效完成；进度追踪机制、时时校验纠错机制、日报工作机制，使得我们可以及时发现差异，查漏补缺。

数据填报期间，学生助管告诉我，他们从每一个认真负责的填报人身上看到了不辞辛劳、精益求精、勇于创新的山大精神，也从数据中看到了欣欣向荣的山东大学，看到了持续改善的教学条件、不断优化的专业结构、多元化的师资人才队伍、倾心打造的各类精品金课、不断探索的人才培养模式和多点开花的创新创业成果。

我想，三全育人、思政教育不仅在课堂，更在每一个潜心教研的系所，在开拓创新的项目团队，在深耕教研的课程组，在每一个奋进坚守的山大人的身上。他们是山东大学这艘航母上的一颗颗螺丝钉，填报的每一条数据像是一颗颗细小的像素颗粒，共同呈现了山大的数字蓝图。期待我们在未来的数据填报中，再细致些、再精准些，用我们的努力“数”说心中的最美山大。

作者：本科生院工作人员　马文静

12 月 12 日　星期六　晴

张彩明教授荣休荣聘仪式组织者·王莎莎

师德师风建设是高校师资队伍建设的关键，是为国育贤、立德树人根本任务的内在要求。近日，学校部署落实新时代教育评价改革工作，引发了我对如何建立健全师德师风建设长效机制的思索。就在日前学院为张彩明老师举行的荣休荣聘仪式上，我似乎找到了答案。

张彩明老师是学校杰出人才体系特聘教授，退休后成为我校首批荣聘教授。他于 1978 年考入山东大学计算机科学系，1985 年开始执教山大，与学校同呼吸共命运 42 载，学术成果等身，桃李满天下，其学术贡献奠定了学校计算机和软件工程学科发展的坚实基础。作为挂职干部，我有幸参与组织了张老师的荣休荣聘仪式。

仪式是简朴的，气氛却是温馨庄重的。院领导班子、师生代表、新聘教师促膝围坐，静静聆听张老师讲述光阴的故事。张老师谈到这些年在山大的求学治学、教书育人之路何其幸福，表达了对学校栽培与支持的感激之情。结合切身感悟，张老师对青年师生提出殷切期望。他嘱咐学子们要树立理想信念，要有对社会和家庭的责任心，指导他们在求学治学过程中明确发展目标和职业规划，制定好学习工作计划，养成好的习惯，勉励师生们对待科研要坐得住冷板凳，无论何时都要常怀感恩之心。

在座的有与张老师相识 30 多年的同事，对他最深的印象是高度自律，每天第一个到实验室的是他，最后一个离开的也是他。张老师当年的学生很多已成长为学院学术骨干，老师一丝不苟的治学态度影响他们至今。张老师总是用耐心和信任给予学生自由探索的空间，学生感激地说，是自律向上的实验室氛围坚定了自己报效祖国的科研初心。新聘教师们表达了对张老师的崇敬之情，立志以张老师为榜样成为一名“四有”好教师。

师德师风不是一朝一夕一蹴而就，育人的过程更多体现为春风化雨，润物无声。这不正是一堂生动深刻又不可复制的思想政治教育课吗？通过仪式，老一辈严谨治学、以身作则的师德师风得以薪火相传，尊师重教、师生融乐、教学相长的传统风尚得以发扬光大。仪式不仅是礼敬退休，更是礼敬教师这个职业。这种朴素的人文关怀正是涵养师德师风最需要的阳光雨露，而我作为人事人才工作者，积极传递这种人文关怀乃职责所系，责无旁贷。

席间，欢声笑语，师生融乐，我倾听着、感动着、思索着……莫道桑榆晚，红霞尚满天。祝福张彩明老师宝刀不老，科研之树长青，在荣聘教授岗位上带领软件工程学科创造新的辉煌。

作者：软件学院双向挂职干部　王莎莎

12 月 13 日　星期日　多云

黄河发展论坛会务人员·张东鹏

首届黄河发展论坛今天在山东大厦成功举行。论坛由中国科协、山东省政府指导，中国区域经济 50 人论坛、山东大学主办，国务院研究室原主任魏礼群、国家发改委原副秘书长范恒山等 200 余位嘉宾与会，山东省委副书记、省长李干杰出席开幕式并讲话。

“黄河流域生态保护和高质量发展”是习近平总书记亲自谋划、亲自部署、亲自推动的重大国家战略，论坛的成功举办标志着学校正式启动黄河国家战略研究院建设，体现了山大积极有为服务国家战略、服务山东发展的社会责任和历史担当。

作为会务协调人，在论坛胜利结束的那一刻，回首整个办会过程，我最直接的感受就是如释重负！

11月24日，经过与中国科协、山东省政府、50人论坛等多方协调，会议日期最终确定，此时距论坛举办只有20天。为确保会议如期举行，学校成立了由校领导挂帅、相关职能部门和学院参加的工作专班，专班一经成立即刻进入冲刺状态。办这样一个高规格、有担当、有思想、有影响的大会可谓千头万绪，专班各小组和学者们一起发挥各自特长，互相配合，互相学习，互相查漏补缺，不断完善会务方案，在筹备工作快速推进、不断攻克一个个难关的同时，大家建立了战友般的深厚情谊。

昨天会务团队进驻山东大厦，在校团委组织的志愿者中，一位女同学在引导嘉宾报到时不慎踩空楼梯拉伤了韧带，这位同学没有告诉大家，仍然坚持工作，本来今天还想来，因为走不了路才没有来。在我们团队中还有很多这样具有高度责任感、不计个人得失、主动承担更多工作的同事和同学，他们在工作中互相激励、互相支持，共同保障了各项工作的有序推进。

20天的奋斗在今天有了回报。今天气温在零度以下，寒潮蓝色预警，但会议厅内却高朋满座、气氛热烈。参与主旨报告、自由发言、分论坛发言的嘉宾从不同视角为黄河流域生态保护和高质量发展献计献策，为山东如何在这一国家战略中更好地发挥龙头作用把脉开方。专家们不仅发言精彩，而且互相启发，不断碰撞出真知灼见的火花。看到这一幕，作为搭建起这样一个“汇众智、谋良策、助发展”的智库交流舞台的会议组织者，我们由衷地感到欣慰。

作者：社科院工作人员　张东鹏

12 月 14 日　星期一　多云

历史文化学院本科生 · 黄银梅

昨晚寒风瑟瑟，走在回宿舍的路上，我看到手机里有条新短信，打开来一看，原来是学校学工部发来的关于学费减免的消息。那一刻，我心里百感交集。

我家是村里的特困户，一直以来我得到了学校和政府相关部门的很多资助和关怀。依然记得初入大学，辅导员老师召开班会时向我们介绍了国家和学校的各种资助政策。从那时起，我了解到学校构建了“济困、励学、厚德、强能”的四维资助育人体系，在学费资助、生活费资助、应急救助、能力帮扶等方面有很多政策帮助困难学生顺利学习生活，这让我感到很安心，也很幸福。辅导员李老师很快了解到我的家庭情况，指导我向学校学生资助中心提出学费减免申请。

大一大二两个学年，我申请了学费减免和助学金，在学校合作发展部参与了勤工助学工作，很大程度上解决了学费、住宿费、生活费等问题。我和妹妹、姑姑一起生活，今年疫情发生后，姑姑因脚伤等原因大半年没有什么收入。开学之前，姑姑担心我的学费和生活费问题，我宽慰她说：“不用担心，学校和国家现在有很多资助困难学生的政策，放心吧。”回校之后，我及时关注学校资助中心的资助通知，通过了困难认定，申请到了国家助学金和中国银行助学金，领取了经济困难学生过冬衣物，申请了学费减免……学校的这些资助政策犹如雪中送炭，让我感到冬日里的温暖和安心。在申请学费减免和助学金的过程中，辅导员朱老师给我提供了很大的帮助。她耐心地解答了我对于今年学费减免具体条目和金额明细的疑问，还告诉我学校今后对于资助项目和金额到账情况等都会发短信通知。我在收到学费减免通知短信的那一刻，既意外又感动，对自己能获得这项资助感到幸运，感恩山大对我的关怀和培育。

学校的帮助和关怀，让我对于学费、生活费等没有了后顾之忧，让我能更安心地进行专业学习。大学生活已经过半，我也在学校的培育下成长了不少。今后我会更加刻苦学习，不断锻炼和提高自己的能力，在学习之余积极参加各项活动，为同学、老师、社会服务，将来为家乡、为祖国的发展贡献力量。

作者：历史文化学院2018级本科生　黄银梅

12月15日　星期二　晴

工程训练中心智慧学习工场一期建设亲历者·栾晓娜

冬日的校园虽因严寒缺少了往日的生机，但是今日的工程训练中心却热闹非凡，每个人都在有条不紊地忙碌着。今天，工训中心智慧学习工场一期建设项目顺利通过了专家验收，前期所有的付出和汗水都有了回报，我们对接下来的工作思路也更加清晰。

从2019年秋季学期初开始，在中心领导班子的带领下，项目组10余位老师历时一年多，先后调研了清华大学、华中科技大学、哈尔滨工业大学、浙江大学、华力电机、万向集团等10余家高校和企业，结合学校学科建设和人才培养目标，深刻剖析现有实践实训教学存在的问题，反复讨论修改建设方案，在校领导和资产与实验室管理部的大力支持下，顺利完成了该项目的建设。

今天一早，我们再次确认了数控设备正常、桁架机械手位移和速度正常、AGV小车运动轨迹正确、立体仓库及仓储管理系统WMS点位控制无误、工业机器人位置精度控制正常、MES 看板显示正确、ERP 软件管理数据传输正常……确认各个模块一切正常后，大家终于舒了口气，收拾好环境卫生，迎接下午的专家现场验收。

智慧学习工场一期项目涉及机械、电气、控制、软件、工程文化等多方面内容，使得项目实施难度大大增加，而天气原因又增加了设备到货时间的不确定性。为了保证项目进度，在胡蔓副主任的带领下，项目组老师们已经数不清有多少次加班至凌晨。我们与项目同步推进了智能产线、智慧仓储、工业机器人、企业信息化管理、智能制造软件实训等 20 项配套教改内容，将传统的单项训练模式升级为以实践产品为主线的项目化系统教学，旨在培养学生的系统性工程思维和动手能力。

为了传承工匠精神，厚植工匠文化，智慧学习工场一期同步配套建设了文化墙，作为中心对外展示的窗口。在刚刚过去的“全国主流媒体走进山东大学”活动中，我们接受了 40 家新闻媒体的采访，展现了学校实践创新教学的新风貌。中心充分利用一期已建成的资源条件，做好与院系理论教学之间的衔接，深度完善教学体系，面向全校广泛开展通识认知教育，聚焦专业重点开展工程技能训练。与此同时，我们加强与企业的协同，让学生“走出去”，把优秀企业家“请进来”，充分发挥项目一期建成的企业级真实场景的优势，培养与企业接轨、与时代同步的复合型高水平人才。

智慧学习工场一期建设完成后的工程训练中心，如今已是旧貌换新颜，相信硬件升级后的实践教学平台将为同学们提供更符合自身发展的学习机会。实践创新教学改革，我们一直在路上……

作者：工程训练中心工作人员　栾晓娜

12 月 16 日　星期三　晴

外语学院爱心围巾活动参加者·蔡幼姗

一个多月以来，最难忘的莫过于参加了外国语学院青志协组织的爱心围巾活动。身为青志协的成员，我有幸见证了整个活动历程。如今，活动已接近尾声，287 条爱心围巾也将被送到殷陈小学的孩子们手中。此刻，回想起从筹备到开始再到结束的各个环节，我仍为之动容。

11 月 3 日晚，青志协的学长学姐将我们 2020 级志愿者召集到一起，教我们织围巾。高佳慧学姐给我们每个人发了一团毛线和两根棒针，先教我们用活结将毛线绑在棒针上。我连这个最简单的步骤都一直做不好，还好有无比耐心的乔迁学姐，站在我身旁一遍遍不厌其烦地教我。在学姐的帮助下，我竟成为 2020 级志愿者里第一个学会织围巾的。甚至，我还偷偷地怀揣些许得意，去教其他干事织围巾。

学会了之后，织围巾就变得有趣起来。那晚回到宿舍，我迫不及待地网购了两团米色毛线球。后来的夜晚，每当结束一天的学习，我总会窝在床铺上织上好久的围巾，甚至在寝室熄灯之后，也要点亮小夜灯，继续“挑灯夜战”。说来有趣，每一个织围巾的夜晚都让我感到内心十分平和。尚是“技术菜鸟”的我还不能像那些技艺娴熟者一样边织围巾边“眼观六路，耳听八方”，所以每次织围巾都必须全神贯注。天地在这时似乎也小了，只在这两根棒针之间，白天的忧虑、疲惫，就在两根棒针的一穿一挑间被化解打碎。

在活动宣发阶段，我参与了公众号推文的排版设计。搜集素材时，看着去年爱心围巾活动的照片，我的心被软软地触碰了一下。照片上，殷陈小学的孩子们戴着那些并不算好看但却意义非凡的爱心围巾，咧着嘴笑得一个比一个欢，像是得到了天底下最好的礼物一般。那些笑脸拥挤着撞进我的心里，让我也不由自主地跟着笑了起来——酸涩、温暖，五味杂陈。我从没有想过，这个世界上，围巾也会是一种奢侈；我也没有想过，围巾也能变成爱与善意传播的媒介，也能为别人的世界增添那样多的色彩。于是，我期待着今年爱心围巾活动的收官，期待看到孩子们围上围巾后发自内心的笑容。

在这个活动中，外语学院同学们的参与热情也让我感到温暖：活动群里的303名群成员、捐围巾现场的好几大袋围巾，无一不体现着学院学子的满满爱心。很快，我们青志协的代表就将前往殷陈小学捐献爱心围巾，2020年的爱心围巾活动也即将告一段落！而我，何其有幸，能参与其中，见证爱的播种与丰收。

“爱因‘围’在心中，世界从‘巾’不同”，希望这沉甸甸的爱，能百分百传递到小朋友们的心中！

作者：外语学院2020级本科生　蔡幼姗

12月17日　星期四　多云

多模态实践训练英语协会成员 · 暴林云

中午11点多，青岛校区正午的暖阳还未驱散凛冽的海风，我便匆匆地骑着电车前往会文北楼。今晚7点，校区多模态实践训练英语协会将在二楼报告厅举办年终晚会，而我在歌剧节目《大学生茶话会》中担任演员。《大学生茶话会》改编自迪士尼《后妈的茶话会》，用幽默风趣的口吻分别从大一萌新、大二同学和大三考研人的角度讲述了他们眼中大学生活的苦与乐，我也有幸成为了大一新生的扮演者。

下午，我们一起进行了最后的几场排练，并就灯光、道具、耳麦等场务细节进行了完善和交接。观看了前面精彩绝伦的表演后，终于轮到我们出场了。就像之前数百次的排练，我们展现着早已刻在脑海里的台词、歌曲和动作，将大学生活中的酸甜苦辣娓娓道来，台下不时迸发出笑声和掌声。谢幕后，听着观众们雷鸣般的掌声，看着前排领导和老师们发自内心的笑容，我们便知道，这是一个圆满的句号。

曾几何时，我们也因表演的失败、观众的沉默而无奈、难过，但每次表演无论顺利与否，我们都会仔细总结经验，争取在下次做到更好。从最开始忙得焦头烂额，到通过初审的欣喜，从一次表演失利后的失落，到此次晚会的完美谢幕，我有许多感触。感谢这次活动让我们相遇，让我们一起度过了充满酸甜苦辣的一个多月。愿这种齐心协力、永远向前的精神伴随我们前行。

整场晚会十分精彩，以“致敬抗疫英雄，展现活动成果，表彰外语人才，助力校区国际化”为主题，一共有 22 个节目，包括 *We Are All Fighters* 这样在“青年疫情说”比赛中获奖的作品展示、外研社演讲比赛一等奖获得者的演讲、经典歌曲演唱，还有发音标准流畅的配音秀等。在最后的大合唱 *You Raise Me Up* 中，整场晚会接近尾声，台上演员们纷纷打开手机闪光灯，星星点点的灯光温暖地闪烁着，如同满天星辰汇入大海，迸溅出最美丽的浪花。

晚上回到宿舍，我结束了忙碌又充实的一天。期待明天，又是崭新美好的一天！

作者：环境学院 2019 级本科生　暴林云

12 月 18 日　星期五　晴

海外研修实验技术人员 · 吴东亭

在人事部（人才工作办公室）、资产与实验室管理部和材料科学与工程学院的精心组织与大力支持下，我有幸入选了首批“山东大学实验技术人员海外研修项目”，有机会赴日本富山大学材料学科进行了为期三个月的海外研修学习。

进入日本高校实验室，我感到他们的空间更紧凑，但依然保证了安全通道的畅通，保证了紧急呼叫、紧急疏散、排风设备、自动报警、自动喷淋、自动除颤等一系列应急急救装置的正常运行。用电线路一律从上而下沿房顶和墙壁布置，有效避免了环境潮湿或线路老化等引起的触电事故；可燃性气体一律采用专用管路从实验楼外部导入，所有气体钢瓶一律采用专用气瓶架或铰链固定，气瓶及气体阀门有状态标识，有效避免了可燃气体和高压气瓶的安全隐患。

每次实验完毕，实验人员都将手套、口罩和实验材料等垃圾分类，实验材料废物又严格按照铝、铜、铁等化学元素分类存放，实验废液要反复经历多次“沉淀—过滤—稀释”处理流程，等满足可排放水质标准之后才排放到下水道中。

研究室的“周日程表”中具体到每一位师生何时到何地上课；每一间实验室的空调都 7×24 小时运行，以保证实验温度和湿度；每一台加热炉都定期检定和校准，以保证实验结果的准确；每一瓶化学试剂都有严格的从满瓶到空瓶的使用记录。

我意识到，日本人的忧患和环保意识已渗入实验室工作的方方面面，高校如同企业一样，有完善的管理制度、流程体系，管理近乎严苛，但师生大都有较强的执行意识，尊重规则、遵守规则，按流程做事。

与此相比，不得不承认我们的实验习惯和实验室管理还有一定的不足。但是，我们也在逐步完善，山东大学在实验室引入并试点实施了系统化6S标准化管理理念——整理、整顿、清扫、清洁、素养和安全，以改善实验环境，确保实验室安全。

日本高校实验室的规范不是一蹴而就的，我们有理由相信，只要我们坚持实验室标准化管理，长期、持续地提高人员素质与提升实验室品质，认真对待实验室里的每一件小事，讲规矩、守秩序，一定可以实现实验室安全、有序和高效的运行。

作者：材料学院工作人员　吴东亭

12月19日　星期六　晴

哲社学院本科生学术能力大赛参加者·燕隆姿

这周迎来了哲社学院首届本科生学术能力大赛结项的日子，作为项目的小队长，回想和小伙伴们满怀热情的准备过程，我颇为欣慰。

我所在队伍的研究出发点是借助人类学的视角关注原生家庭结构对后代婚恋的影响。在指导老师的启发下，我们五名分别来自黑龙江、山西、云南、浙江、山东的成员，决定将田野点设置在各自的家乡，利用春节亲友聚会高峰期，了解各主体对于年轻一代婚恋的观念及具体实例，并结合问卷调查、网络民族志等方法展开研究。

调查中，我们颇有些意外和惊喜地发现，其实是子女一代的婚恋会对长辈的个人生活乃至原生家庭结构产生深刻的影响。于是，在撰写调查报告和补充田野材料时，我们调整了研究思路，以期了解父母甚至祖父母辈缘何为“孩子”婚姻焦虑，关怀长辈们为晚辈顺利成家忙前忙后的操劳。在调查过程中，我们体会到了研究发现的乐趣，从团队合作中得到启发，同时也为得到意想不到的发现而高兴。

上周，小组内的五名同学从性别差异、文化心理、时代背景等不同角度阐述了自己对田野材料的分析和整理过程，成长背景迥异的我们还畅聊了自己对“家”的看法。我们如此的不同，此次契机却让我们在朝夕相处中感受到进一步了解彼此的美妙。

准备迎接答辩了，我准备答辩稿，敏敏负责做 PPT，尉博负责在答辩时切换 PPT。在去答辩的路上，我再次感慨：“去年的我们肯定料想不到咱们的研究方向直接调转了，从父母对儿女的影响变成儿女成家令父母生活产生的剧变。”敏敏回应道：“说明我们长大了。”

在我们做了六分钟的简要介绍后，评委老师点评，提到了我们本就意识到的文献梳理与理论欠缺的问题，也提到了我们未注意过的研究思路和题目问题，我们从中得到了新的启发。在承认不足的同时，我们也感到更自信，对团体的归属感更强了。

人类学告诉我们，意义正体现在过程中，要包容理解与我们不同的个体及其理念，对生活的本真呈现就是意义。也正是在此番呈现的过程中，我们发现了父母们焦虑的原因，从微小事件中梳理时代脉络，在家庭琐碎中窥见文化变迁。

答辩结果很快就要公布了。在我们努力准备期末考试之时，我在北方的冬夜记录下了参赛的温暖际遇。

作者：哲社学院 2018 级本科生　燕隆姿

12月20日　星期日　晴

十佳班长答辩参加者·孙荣忆

“荣忆，那天我在视频直播里看到你啦!”一位同学拍了拍我的肩笑着说。随着他的话语，我的思绪回到了山东大学十佳班长答辩评审会那天。

作为山东大学STAR本科学生班级骨干培训班六班班长，我受邀主持这次答辩评审会的现场直播。在答辩候选人里，我遇到了骨干培训班的同学，2018级哲学与社会发展学院班长时之鑫学姐。答辩开始前，我在直播中采访了她，她说骨干培训课程使她收获了很多，更加明白了如何成为一名优秀的班长，也为参与答辩增添了自信。我还采访了2019级的新闻传播学院班长李谡同学。他谦虚地表示，参加答辩主要是抱着学习观摩的心态，同时也是借此平台展示班级风貌。最终，李谡同学作为唯一一位2019级班长获奖，让人称赞。

在观看答辩的过程中，我惊叹连连。一方面，各位候选人自身实力很强，其中有的是校长奖学金、国家奖学金获得者，有的学习成绩常年居级部前列，有的获得过各类科研、文体等奖项大满贯，有的创新创业实践经历十分丰富……另一方面，候选人班级管理经验十分丰富，他们具有统筹意识和整体规划能力，从班级学风建设、文化建设、凝聚力建设等多方面提升班级素养，努力为班级同学营造一个良好的学习、生活环境；他们积极发挥榜样模范作用，开展经验交流会等，为同学们答疑解惑、分享经验；他们多形式、多平台组织各类学生活动，丰富同学们的课余生活，缓解学习压力，并将学风建设融入其中，在班级形成一种热爱学习、会学习的良好氛围……通过观摩各位优秀候选人的答辩，我看到了自身的不足，也更加明确了今后努力的方向。

在当天傍晚发布的公示通知中，我在“优良学风班”“优秀班长”的名单中看到了我们班级和我的名字，感到无比荣幸和开心。这一年多的时间里，2019 级数学学院基地班的 40 多位同学共同努力、追求上进，在班级形成了团结、向上的良好氛围。希望在今后的日子里，我各方面能力都能得到不断提升，可以更好地为班级同学服务，把班级建设成一个温暖团结、互帮互助的大家庭。

作者：数学学院 2019 级本科生　孙荣忆

12 月 21 日　星期一　晴

环境学院硕士研究生 · 亓　峥

不知不觉间，研究生生活已经过了三个月，好像在学校的时间总是过得格外快。从假期的憧憬期待，到开学时的手忙脚乱，再到适应研究生的学习节奏，三个月里，我的每天都过得极充实。

今天开始预实验。尽管本科时已经接触过实验，但研究生阶段的实验对我来说依然是新奇且有趣的：全新的课题、全新的实验环境，我尝试着把文献中记录的方法在实验室中转换为现实，这个过程充满不确定性，却也正因如此，我对实验充满期待。我预先在实验记录本上将实验步骤和用到的器皿、药品详细记录了下来，这个过程让我在脑中有了一个清晰的操作流程，也减少了实验中可能会出现的失误。

扎起头发，穿上实验服，戴上口罩和手套，做好准备工作后，我就开始了实验的第一个步骤——配制培养基。我在本科阶段操作过这个步骤很多次，很快就完成了。将实验需要的平皿和培养基用锡箔纸包好，放到高压灭菌锅中进行灭菌，在等待灭菌的过程中，我开始配制实验需要用到的试剂。这时，我遇到了实验的第一个难题：无论是使用磁力搅拌器还是加温，都无法使药品完全溶解。思考了一会，我又尝试改变药品的添加顺序，就能完全溶解了。

配制好试剂后，灭菌锅也完成了工作。我将培养基和平皿从灭菌锅中取出放在超净工作台上，打开紫外灯灭菌半小时，随后开始了这次实验的关键一步。趁着培养基还未完全凝固，我将其倒在平皿中，准备用于测试细菌的可培养性。培养基还有些烫手，我快速量取一定量的培养基后将其倾注在平皿中，待平皿里的培养基完全冷却凝固后，我又取来暴露在杀菌剂中的菌液，将其接种在平皿上，用涂布法将其涂抹均匀，完成后将平皿置于培养箱中倒置培养。

本次实验的主要操作完成了，但是工作还没有结束。我将用完的移液枪调到最大量程后放回原位，将实验过后的“战场”打扫干净，然后把用完的玻璃器皿用水冲洗干净后进行超声清洗，再将器皿用纯水冲洗一遍，放回原位。

结束所有的工作，已经晚上 10 点多了。虽然有些疲惫，但我觉得很充实。走在回宿舍的路上，我心里想着，不知明天观察到的实验结果怎么样呢？夜风吹过，星空静默，或许答案只有培养箱中的样品知道。

作者：环境学院 2020 级硕士研究生　亓　峥

12 月 22 日　星期二　晴

财务部挂职干部·韩新荣

昨天，我加完班回到宿舍，却久久未能入睡，只因不经意间听到同事随口说出的一句话：“今年年底核算压力大，大家都在忙，我要坚持到预产期最后一天。”说出这句话的人叫曲晓晓，她是我们会计服务大厅一名普通的前台核算人员，也是一名快到预产期的准妈妈。一句简单的话语却让我感受到了同事们对财务工作的热爱和坚守。

受到新冠肺炎疫情影响，下半年财务核算工作量剧增、报销压力非常大，尤其是年底，我们的每日工作量已达到往年同期两倍以上。面对每日源源不断的报销单据，同事们始终保持着昂扬向上的工作状态，想师生之所想，急师生之所急，把师生的事当成自己的事，用实际行动坚守在财务工作一线，贴心为师生服务。像曲晓晓这样的一线财务人员还有很多，他们默默无闻、任劳任怨，用自己的方式传承山大文化，诠释山大精神，展现山大人担当。作为一名财务部挂职干部，我为与同事们共同奋战而感到自豪。

为落实“两不误”要求，巩固“两不出”成果，今年财务部门积极优化线上办事流程，实现大额资金网上审批，推行会计凭证影像化，充分发挥自助报销投递机的作用，减少面对面接触，让师生更加便捷地办理财务业务。面向各学院及科研机构设置财务报销联络员和财务服务专员，财务部通过微信交流平台、电话沟通等多种渠道，提供“一对一”“点对点”精准服务，打通财务服务“最后一公里”。一校三地会计服务大厅报销人员流量较往年明显减少，但我们为师生服务的热度不减。此外，财务部门进一步加强业财融合，发挥信息化平台优势，与有关部门协同开发办公耗材采购报销一体化系统，积极搭建商旅智能审批报销平台，即将实现相关业务“掌上办”“网上办”。

2020 年是“十三五”规划收官之年，也是学校实施“百廿山大　强校兴国”行动的奋进之年，我们将继续坚守财务工作初心，担当服务师生使命，积极奋进，攻坚克难，为学校“由大到强”航船乘风破浪、行稳致远提供坚实财务保障。

作者：财务部双向挂职干部　韩新荣

12月23日　星期三　晴

省“抵制传销，净化校园”文化作品征集活动一等奖获得者·张智斐

最初看到文化作品征集活动是在学生在线网站上，我回忆起之前看到的纪录片，想起传销是怎样迷惑众人、毁人一生的，于是想用漫画的方式来提醒广大同学们，一定要识别和抵制住诱惑！我开始设计构图、想立意，但是漫画并不是我所擅长的。我向学工部姚蕊老师咨询活动要求，她鼓励我“有想法，就积极参加活动”，给了我满满的信心。

经过筛选，学校共报送给组织方漫画类、文字类、视频类优秀作品十余幅。经过筛选、初评、二评、终选四轮选拔，山大作品在比赛中斩获佳绩。在比赛过程中，我认识了许多有想法有实力的同学，后来得知，刘宸硕同学获二等奖，何栩漾同学也获三等奖，位雪莹、马贺男同学获优秀奖，我也很荣幸获得了漫画类作品一等奖。听到获奖消息，我们心中十分激动。昨天下午，参赛同学们在中心校区汇合，姚老师带我们赶往济南大学领奖，路上叮嘱我们注意保暖、注意疫情防控，大家的心里暖暖的。

我们一行人赶往颁奖典礼现场，到场的还有山东各高校的老师和同学。在主持人的介绍下，我们欣赏了优秀的作品，识别传销的能力有所提高。如果我们跳出视野的盲区去看传销组织，会发现，所有骗局和传销本质上利用的都是人性中的贪婪。莎士比亚在《哈姆雷特》中说：“凡事需多听但少言；聆听他人之意见，但保留自己之判断。”而判断的基础来源于什么呢？是对我们自己当下情况的清醒认识。

欣赏过优秀作品，收到证书后，我们前往颁奖台签名。我们签下的不仅仅是自己的姓名，更是我们山大学子抵制传销、拒绝诱惑的决心。

参加这次“抵制传销，净化校园”的活动，让我们感受良多。当代青年大学生应该积极学习法律知识，提高防范意识，树立积极、正确的世界

观、人生观、价值观，通过自己的辛勤劳动合法致富，积极引导身边的朋友远离传销，为构建和谐社会而努力。

作者：艺术学院2018级本科生　张智斐

12月24日　星期四　晴

杏园餐厅“给力大师傅”评委·朱泽萌

“小萌！你朋友圈的活动也太好了！我也要参加！”“杏园的师傅们超赞！隔着屏幕闻到香味了！”因为在朋友圈发了一段“给力大师傅”评选中的菜品小视频，今天收获的“醋意”可真不少。

作为硕博服务团的成员，我有幸与其他9位来自不同年级、不同家乡的同学受邀参加了杏园餐厅第一届“给力大师傅”评选，客串了一次“大众评委”。近期，硕博服务团正在与学校餐饮服务中心合作组织“美好‘食’光”专项调研，我所带领的第三分队主要面向杏园餐厅展开了题为“疫情防控常态化条件下食堂新管理体制”的调研。整洁的环境、有序的摆放、有条不紊的工作流程、安全有序的色标化管理……我们参观了餐厅后厨，了解了餐厅的HACCP工作模式。对这次不仅能“亲眼”看见还能“亲口”品尝的活动，我心中很是期待。

品评活动开始前，餐厅的路主任向我们介绍，本次评比中的菜品都是新创的，评委需要从口味、营养、推广度、造型和创意五个维度打分，评分最高的六道菜的制作师傅将被评为“给力大师傅”。

外酥里嫩的“香酥肉饼”，足以乱真的“两吃素鱼”，刀工精湛的“菊花土豆丝”，肉质鲜嫩的“锡纸元宝鸡”，酥脆香甜的“香蕉派”，构思精妙的“黄金肉包蛋”……一道道菜被端上餐桌。听着师傅们的介绍，我们逐一品尝不同菜系的十八道菜品，唇齿留香。

让我印象最深刻的是“双色冠顶饺”，别致的造型、晶莹透亮的外皮让人一看就食欲大开。这道菜是一位有些腼腆的女师傅制作的，她说，这是她家乡的一道美食，希望把家乡的味道带给同学们。夹起一只冠顶饺，轻轻咬破外皮，顿时满口溢香。独特的馅料搭配劲道的外皮，获得了同学们的称赞，大家纷纷期待能在窗口买到这款好看又好吃的“双色冠顶饺”。

餐厅的大师傅跟同学们的交流就在这一日三餐中，他们为游子用心做出“家的味道”。评选虽然有名次，但我认为，每一位为学校师生精心制作美食的师傅，都是我心中的“给力大师傅”。

作者：基础医学院2019级硕士研究生　朱泽萌

12月25日　星期五　晴

新闻学院本科生·王　源

昨天下午，我们学院2019级本科生举办了“为心相遇，为新而来”年终总结大会，总结2020年，也为如约而来的2021年拉开序幕。特别想要写一篇分享来记录这次大会，因为这是我参加过的最不一样的班会，也是最有温度的年级总结大会。

这次大会是温暖且惊喜的，我和小伙伴们进教室后才发现，参加总结大会的可不只有全体2019级本科生，我们非常喜欢的谢锡文老师、张彩霞老师、侯滢老师和许玉莲老师都来现场和我们坐在一起分享交流。老师们对我们年级同学的学习、工作态度和实践能力给予了充分的肯定，也非常暖心地为我们送上期末祝福和新年寄语。谢老师更是为参与“《理想国》读书会”的同学送上了制作精美的十年手账本。她说：“我最开心的事就是看着年轻一代的孩子喜欢读书，喜欢知识的交流和分享。”真的让人感觉超级暖心。许老师表扬了运营年级公众号的同学，并为优秀的内容提供者颁发了奖杯。张老师还为读书数量排名前5位的“阅读之星”颁发了故宫文创日历和读书笔记本作为奖励，希望大家能够在阅读中遇见更好的自己。有幸成为“阅读之星”的我真的超级开心，其实读书一直是我的习惯，没有想到学院会在年末为我们送上这份奖励。更让人惊喜的是，我们新闻传播学院的吕芃院长为我们录制了关于读书的寄语视频！视频里，吕院长告诉我们：“读书是一件和水、空气、食物一样被我们需要的事情。”

在这样一群知识渊博又认真负责的老师的帮助下，在这样一个活力满满又温暖可心的大家庭里，不自觉地就会想变得和大家一样优秀。

许老师在总结会上为我们介绍了期末考试与寒假的安排，还非常认真负责地叮嘱我们，期末考试期间一定要严格做好疫情防控措施，注意考风考纪。侯老师也在会上表达了对我们的期望：一定要找到自己前进的“内驱动力”，踏踏实实做事情，为我们的青春留下美好的回忆。两位老师的叮嘱和祝福充满温度。

会上，我也非常荣幸地作为普通学生代表，向大家分享了自己在过去一年里的收获：在一个有活力又积极上进的集体里，我慢慢地找到了自己的方向，不断地去深入了解自己，也学会了慢慢接纳没那么完美的自己。希望同学们都可以在新的一年里遇见自己喜欢的人、喜欢的事，然后以自己喜欢的节奏和方式去努力生活。希望我们新闻传播学院2019级本科生这个大家庭，可以在小伙伴们的努力下越来越好！

作者：新闻学院2019级本科生　王　源

12 月 26 日　星期六　晴

研究生考试志愿者·陈修凡

今天，2021 年全国硕士研究生招生考试正式拉开帷幕。我有幸能够作为一名志愿者，为这次考试工作献上自己的一份力量。

早上 6：30 的兴隆山校区人影稀疏，路灯仍然亮着，我们志愿者都早早地起了床，到达了指定的集合地点。

7：00，我们按照老师的安排到达各自的志愿服务点，开始了早上的志愿服务。

7：50，考生开始入场，工作量瞬间大了起来。来山东大学考点参加考试的考生并非都是山东大学的学生，对兴隆山校区的教室分布并不熟悉，引导员便显得非常重要。我们为考生提供引导服务，引导不清楚考场位置的考生到达对应的考场。随着大量考生的涌入，快速引导考生抵达正确的考场就是对我们志愿者的考验。虽然任务艰巨，我们还是高质量地完成了，引导考生们到达了正确的考场。

8：30，第一场考试正式开始，我们上午的志愿活动到此结束。安排考试的老师们给了我们非常高的评价，让我们感觉志愿服务虽然累，但确实值得。

12：30，志愿者们准时抵达指定集合地点，再次进行考生的引导工作。

13：10，考生开始入场，我们引导考生抵达正确的考场。虽然往常12：30～13：30 是我们的午休时间，但此时我们丝毫没有倦意，快速准确地回答考生的问题，引导他们抵达考场。

14：00，第二场考试开始，我们的志愿服务结束了。我们离开时，老师们对我们投以赞许的目光。

前几天的全国四六级考试，我也作为志愿者参加了考试工作。面对长长的安检队伍，我们志愿者提醒考生不要携带违禁物品，引导安检队伍快速前进，保障所有考生在开考前全部进入考场。

通过几次志愿服务活动，我体会到了志愿服务的乐趣。同时，希望这几次志愿服务能让来山大参加考试的考生感受到山东大学考务工作的细致和温暖。

作者：电气学院 2020 级本科生　陈修凡

12 月 27 日　星期日　晴

“榜样的力量”优秀学生颁奖典礼工作人员·方　华

山东大学 2020 年“榜样的力量”优秀学生颁奖典礼彩排结束，我从音乐厅出来，听到校园广播台播放的歌曲，“愿你的身后总有力量，愿你成为自己的太阳”，感触颇深。工作未满三个月，第一次参与筹办大型颁奖典礼，我从忐忑到笃定，相信这场颁奖典礼定将在榜样力量的召引下散发璀璨星光。

活动前期，我主要负责“榜样的力量”学生年度人物评选活动，历时两个月。11 月初，评选活动正式启动，采用逐级推荐模式，各团支部推荐产生“年度团支部之星”，各学院团委推荐产生“学院年度榜样人物”，最终向校团委提交 140 份优秀学生或团体的评选材料，经专家复审评选出 25 位候选学生或团队进入终审答辩。12 月初，终审答辩会如约而至，经激烈角逐，一校三地共评出十大学生年度人物或团队。而今天，我们齐聚于此，各部门齐心协力共同举办颁奖典礼，对各系列优秀学生进行荣誉表彰，鼓舞莘莘学子勇于攀登、不断成长，以榜样的力量引领山大青年不负韶华、追梦前行。

我深刻体会到这一系列工作需要面面俱到、事事上心，而“独木不成林”，携手同心，才能让困难迎刃而解、工作臻于完美。从组织评选到筹办颁奖典礼的两个月时间里，校团委的同事们真诚热切鼓励我、耐心细致帮助我，他们是我身后坚实的力量，给了我切实的支持。

做好山大团学工作，要紧跟时代步伐，了解青年动态，在创新中前行。我从专门负责宣传工作到渐渐承担起社团、学生会及研究生会等工作板块，一路遇见的所有压力和挫折，都让我在工作中增长才干、练就本领、不断进步。“明者因时而变，知者随事而制。”从一开始没有太多经验到现在能独当一面地组织团学工作，我在半年的时间内加速成长，也渐渐“成为自己的太阳”。希望我们胸怀明朗阳光，在追梦中绽放青春；手握璀璨星汉，在奋斗中挥洒光芒。

作者：校团委工作人员　方　华

12 月 28 日　星期一　阴

研究生校长奖获得者·何元航

在潮水般的掌声中，2020 年度“榜样的力量”优秀学生颁奖典礼拉开帷幕。在各类获奖学生和团体中，有用青春书写华章的学生年度人物，有勇于拼搏的自强之星，有甘于奉献的道德楷模，有保家卫国的退役士兵，有团结互助的组织集体，有矢志研途的学术标杆。每一位获奖者的眼中都流露着收获的喜悦与对未来的期待。我有幸作为本年度研究生校长奖获得者参与这场盛典，同其他优秀学子一起接受来自学校的勉励。

“榜样的力量”优秀学生颁奖典礼对我而言有着特殊的意义。两年前的那个春天，我作为山大视点的学生记者来到中心校区体育馆，参与拍摄2018年度的颁奖典礼，幸运地在现场领略榜样的风采，用相机为一校三地的优秀学子记录高光时刻。那一年，樊校长在致辞中说，希望所有在追梦路上的同学们都能勤于学、善于思、敏于行。从那时起，我便在心底埋下了一颗希望的种子，立志向榜样看齐。

回首望去，刚入学成为硕士研究生的自己稚气未脱，朝着榜样奋力奔跑的身影也略显笨拙。在从本科迈向硕士的台阶前，我除了在课程中充分汲取营养，还啃透了数十本专业书籍来进一步夯实专业基础，图书馆悠扬的闭馆音乐成为我生活的主旋律。外语用一种迷人的方式为我搭建了走出国门的桥梁。得益于外国语学院师长们的辛勤教诲，我在朝鲜语学习中逐步完善知识结构，提升国际视野，初窥科研门径。导师朱老师治学严谨、待人真诚、热爱生活，是我的人生榜样，不仅帮助我找到了做好学术研究的钥匙，也让我学会了许多为人处世的道理。课余时间里，我作为学生记者参与新闻宣传工作，在摄影和写作中见证了学校的建设与发展动态，也在山大人物采编过程中近距离感受优秀山大人的精神风貌。每当我心生懈怠时，优秀前辈们的言行总能增加我继续奋斗的动力。

在榜样引领和组织培养下，我也在一次次试错中找寻到适合自己的方向，在学科竞赛中折桂，在国际舞台上发声，在服务实践中奉献，在学术道路上探索，最终在临近毕业时幸运地获得研究生校长奖的垂青。

在台下，我聆听主持人讲述着荣誉背后的一个个故事，此时此刻，恰如彼时彼刻，榜样的力量在我的心中再次澎湃。每一份来之不易的荣誉背后都有山大人的艰辛奋斗和弘毅担当。

今天颁奖典礼上的灯光格外明亮，樊校长为我戴上奖牌的那一瞬间，过往的努力与付出化作无尽的感动与骄傲，在山大获得的每一份成长、帮助与鼓励都成为支持我前进的强大力量。

在学校各职能部门的通力协作下，颁奖典礼圆满落幕，每一位工作人员的辛苦付出都让学子们离最好的自己更近了一步。荣誉不是终点，前行不改初心，焕发理想光芒的榜样之路，指引着所有人再一次出发。

作者：外语学院2018级硕士研究生　何元航

12月29日　星期二　雪

第四届研究生道德风尚奖获得者·徐照娟

昨天对我来说是一个不平凡的日子：我作为山东大学第四届研究生道德风尚奖获奖者，站在了山东大学“榜样的力量”优秀学生颁奖典礼的领奖台上。在台上，我的心快速地跳动着。作为山大学子能获此殊荣，我感到骄傲和自豪，更感到责任重大。

支援武汉仿佛是昨天的事情。自2020年2月9日随山东大学第二医院援鄂抗疫国家医疗队离开济南前往武汉，到2020年4月15日完成支援任务回到济南，在这66天的时间里，我和同事们克服种种困难，圆满完成了支援抗疫任务。直到今天，病房里发生的一切仍历历在目。还记得刚进病区时，部分队员因焦虑紧张入睡困难，病房里的病人由于疫情原因出现各种心理问题甚至心理障碍，我在队委会的支持下及时成立“山大二院支援武汉心理援助小组”，为病人和医疗队员提供及时的心理干预和疏导；还记得2床的王阿姨很多次和我说是我们医疗队给了她第二次生命，感谢我们的党、我们的祖国；还记得因焦虑影响睡眠和饮食的13床付姐姐对我给予她安慰鼓励的深深感激；还记得给14床的谷奶奶读报纸；还记得……

更让我铭记在心的是支援武汉期间得到了来自领导、同事、家人、朋友的支持、关心和鼓励，以及许许多多社会各界人士的捐助，所有这些都让我铭记在心，时时感恩。国家有难匹夫有责，疫情就是命令，支援武汉是责任，更是担当，作为一名中国公民、一名中共党员、一名医务人员，我有责任驰援武汉。我做了自己应该做的事情，却得到了太多的关心、支持和赞许，这将激励我心存感恩，更加努力。

昨天站在领奖台上时，我的心里汹涌澎湃，直到今天仍然难以完全平静。我想说，感谢党和国家永远把人民的生命安全放在第一位，感谢我们的社会制度让人民的生命安全有保障！感谢学校为我们筑起追梦的舞台，我将在追梦的路上为祖国、为学校贡献自己的力量！

作者：护理与康复学院2019级硕士研究生　徐照娟

12月30日　星期三　晴

工程训练中心KAPI无人机项目指导教师·洪新伟

今天，终于完成了KAPI无人机教学任务的资料收集整理和学生作品的存放，看着空荡的无人机工作室和学生们亲手制作的5架无人机，这学期忙碌的每一天都仿佛历历在目，手机里陆续传来了同学们的新年祝福和感谢，我竟然有些激动和泪目……非常庆幸人到中年还能和年轻学子们一起摸爬滚打、实践创新、追求卓越工程设计，一起经历一百多个日日夜夜的奋斗和努力。回想着项目答辩会上同学们自信满满的问答陈述，精确到位的飞行操控，我深深地感受到我们无人机指导团队所有老师的付出没有白费，平时的辛劳、困惑、挫折都不重要了。

紧跟山东大学“双一流”建设步伐，工训中心始终在努力实践教学改革。我们积极探索、追求卓越，协同、敬业、专注、精益、创新、奉献成为全体师生的目标。大家在实践教学指导过程中体会着“润物细无声”的真谛，把劳动教育纳入人才培养全过程，实现知行合一。

看着面前学生制作的无人机，最感自豪的还是同学们项目之外的收获：参训学生普遍锻炼形成了良好的工程素养、工程意识和工程能力，运用理论知识解决复杂工程技术问题的能力、自主学习的能力、实践动手的能力、创新能力等都得到了提升。

教学相长，我们无人机教学团队的指导教师也是收获颇丰，我针对高精度无人机关键机架连接件独创了“N 合一”加工法，在各组训练中得到了实践和创新。

赵云龙老师自主设计研发的飞控电路板，让学生深刻体会到了人工智能技术和芯片技术国产自主的艰辛。

秦峰老师的无人机电路精准焊接技术，使同学们对无人机电子电路的可靠性有了更深刻的认知。

通过项目学习，学生的团队意识和协作精神得到空前磨炼。每组同学在答辩的过程中都提到了团队协作的重要性，机械学院 2019 级卓越工程师班申瑞同学在答辩中特地强调了“团结就是力量，1＋1＋1＋1＋1＞5”，团队的力量是无穷的。

教师是春蚕，是蜡烛，是航标灯，是导航员。憧憬未来，前方的道路是曲折的，立德树人、为国育贤是我一生追求的目标。路漫漫其修远兮，吾将上下而求索。

作者：工程训练中心工作人员　洪新伟

12 月 31 日　星期四　晴

“榜样的力量”学生年度人物 · 周　昊

“用双手搭建党史展馆，用学术讲述沂蒙故事。”当我站在“榜样的力量”颁奖典礼舞台上念出这句开场白，我的眼眶有些湿润。璀璨的聚光灯下，望向远方，在灿烂金光的交织中，我仿佛看到大一时的自己。

通过自主招生进入山东大学的我，对大学生活充满向往，也充满焦虑。站在学院国奖风采展前，辅导员曹老师曾问我想不想成为墙上那样优秀的学生，我犹豫了。我不敢奢想成为多么出类拔萃的人，但是我想遇见更加优秀的自己。

大二时我加入了成仿吾英才班，“与有肝胆人共事，从无字句处读书”，我和其他“小青马”交朋友、干事业。在仿吾班主题团日活动中，郭新立书记说，青年人要“将中国梦、山大梦和个人梦结合起来，在仰望星空的同时脚踏实地，心无旁骛地追求知识、追求学术、追求卓越、开拓创新、共同努力”。于是我带着理想，默默耕耘。每日踏着熹微晨光走出宿舍，伴随着图书馆闭馆音乐、吹着夜晚的风回到寝室。

在学习的间隙，我倾心投入学生工作。作为学生会主席，我扛起了学院学生会发展的重任，和志同道合的伙伴一起探索学联、学生会改革背景下，基层学生会如何更好地为同学服务。

作为一个学生，我也始终没有忘记学习与科研。党建引领学术探索，在党支部活动中，我和王昊、薛文萍、谢艺威、张广汇等同学探讨新时代如何创新红色基因的传承路径。在谭必勇老师的指导下，我们申请了国家级大学生创新创业训练计划立项，自己动手设计、搭建起了 50 平方米的沂蒙红嫂精神记忆馆。展馆成为了学院学生党建的重要场所，我们用学理探索红色基因的传承方式，用学术创新沂蒙故事的讲述手法。

成为“榜样的力量”学生年度人物，对我而言是一种肯定，也是一种鞭策。我深知这不只是我个人的努力，我身后的历史文化学院为我提供了一个成长的舞台，山东大学的育人体系为我插上逐梦的翅膀。在三全育人的平台上，还有无数像我一样的追梦人，一步步走向向往的远方。

一段故事落幕了，但未来的路还很漫长。从大明湖到未名湖畔，我将继续带着山大人的浩然正气奋勇向前。

日月盈仄，辰宿列张。2021年恰逢山东大学建校120周年，追梦的山大人将会继续身披星光，脚踏实地，用汗水凝聚希望，助力双一流高校建设，实现山东大学“由大到强”历史性转变。

作者：历史文化学院2017级本科生　周　昊

后　记

366个昼夜更替，春夏秋冬四季轮转，一岁光阴悄然而逝。蓦然回首间，《山大日记》已经陪伴山大人走过了第八年。它收录着山大人最朴素的话语、最真挚的感情，它也记载着山大百年学府的欣欣向荣、苒苒风华。

2020年，我们亲身经历疫情防控阻击战，感受人间大爱、民族大义；学校部署“强院兴校”行动，助力“由大到强”历史性转变；服务国家、服务山东持续开展，脱贫攻坚、对口帮扶不曾松懈；足不出户的线上学习和办公如期开展，疫情期间教学运转有序……不论是重要的事件，还是微小的瞬间，发生在山大和山大人身上的故事都值得被铭记。它们组成独一无二的山大记忆，汇聚成熠熠生辉的山大历史。

艰难困苦，玉汝于成。《山大日记》记录着这段共克时艰的峥嵘岁月，诠释着山大的家国责任与使命担当。

120年来，家国情怀早已植根于山大人的基因，融入山大人的气质。面对庚子年初来势汹汹的新冠肺炎疫情，山大人积极响应党和国家号召，附属医院先后派出五批医疗队员出征湖北，在抗疫一线与同胞守望相助；学校各个岗位的山大人齐心协力，为抗击疫情贡献山大智慧与力量。

疫情就是命令，防控就是责任。山大二院主管护师许丽作为山东省首批援鄂医疗队队员，记录了黄冈大别山区域医疗中心启用的场景：“昨天晚上11：00开始，我们山东医疗队争分夺秒，奋战一夜，积极收治转院患者。经过忙碌疲惫的一夜，我们组成员已经非常疲倦，在寒冷的办公室靠着小太阳，互相依偎取暖，令我非常心疼和感动。”齐鲁医院援鄂国家医疗队队员宋飞记录了前线奋战的时光：“面对疫情，我始终在竭尽全力。面对患者，我忘却了感染的风险，忘却了有限的条件。”

患难与共的日夜里，温暖和感动无处不在。山东省医疗队自发在妇女节为病区的奶奶、阿姨们送上寓意幸福安康的康乃馨，齐鲁医院援鄂国家医疗队队员田慧在日记中写道：“我们把鲜花和祝福送给她们。在这里，我们就成了她们的女儿、姐妹、亲人……”疫去春来的凯旋之日，山大二院援鄂医疗队队员郝学喜感慨万千：“善良的黄冈人民知恩图报……来时情切切，归时两依依。我们不是什么英雄，我们只想还这个世界山河无恙，家和人安。”

还有许许多多的山大人，在日记中定格了难忘的战疫时光。在大后方的山大校园，新闻学院辅导员杨璐与其他老师一起为隔离期的学生生活增添温度：“学生还要度过潜伏期，需要在宿舍进行隔离，怎么保障生活？学校有关部门和学院及时给了我们指导。学校食堂建立菜单，学院值班老师轮值送饭，给学生采购牛奶、面包和水果，宿管老师还给学生送粥。”马克思主义学院（威海）的硕士研究生曹力文主动签下党员“十带头”承诺书，成为家乡社区疫情防控中最年轻的一名党员志愿者：“截至2月6日，我协助社区防疫工作组成员检查车辆1000余辆、摸排从省外来返人员223人、对13户武汉返乡居民实施居家隔离并实时追踪体温等动态。”外语学院本科生马文啸在疫情期间组织起280多人的多语种翻译团队，成立了提供公益翻译服务的“公译战疫”平台：“在疫情面前，身为一名山大青年和学生党员，我不愿将自己置身事外，组织成立公译平台正是我和团队成员为抗击疫情尽力贡献的独特方式。”正是因为万众一心、风雨同舟，每个人以看似平凡却不可或缺的努力，汇聚成打赢疫情防控阻击战的强大力量。

继往开来，砥砺前行。《山大日记》见证了强院兴校行动的实施，展现了山东大学实现“由大到强”历史性转变和“双一流”建设目标的决心。

2月24日，学校发布实施强院兴校行动意见，聚焦提升学术核心竞争力这一关键，聚力做强学科、做强学院两大重点，引发了各学院、各部门的大学习、大讨论、大思考。

时任校长助理、人事部部长、人才办主任吴臻将强院兴校行动看作一场制度和文化的重塑：“强院兴校行动归根结底是让全体教职医务员工都树立起‘学院是办学主体，老师是办学根本’这样一种理念。在这个过程中没有旁观者，全是参与者。”时任校长助理、科研院院长易凡在思考学科、学院、科研平台三者间关系的基础之上，为理顺科研平台的管理机制体制，与相关学科、学院形成合力提出思考：“这就需要大家凝聚共识，提升所依托学科的科研组织能力，凝聚依托学科的优势力量，有效释放学科交叉需求，做强平台形成主动力。平台强了，学科强了，学院自然就强了。反之，科研平台脱离了学科、学院，则就成了无源之水、无本之木，失去了赖以发展的土壤。”

各单位负责人及学者在强院兴校大讨论中提出了真知灼见。如何延续山东大学“文史见长”的美誉？文学院院长杜泽逊谈道：“我理解强院的抓手是学科建设，而学科建设的核心是人才队伍建设。人才队伍建设除了培育人才、引进人才之外，还有一个课题，就是凝练队伍、凝练学术方向。”下一步的“强院”安排如何实施？基础医学院院长高成江表示：“我们计划整合现有优势资源，申报教育部重点实验室，并利用国家重点实验室调整的机遇，尝试与其他医学学科或其他大学联合申报国家重点实验室，打造国家级科研平台，助力学科发展和人才引进。”如何加强跨学科合作？攀登计划创新团队首席专家陈耀提出构想：“攀登团队发展载体要具备培育和深化跨学科、跨学院交叉合作的功能，要成为催动不同学科融合成大团队的温床；这一载体要成为‘强院兴校’中‘建伟功，创伟业’的实体单位，是项目任务成果奖项的实施和主要贡献体，同时又是参与学院及成员间利益的协调者。”思想的火花在这里闪现，“做强学院，做强学科”的行动方案在争鸣与交流中愈发清晰。

求知若渴，孜孜不倦。《山大日记》珍藏着“停课不停学，停课不停教”的特殊时光，让在线教育成为难忘的别样记忆。

疫情期间学生无法按时返校，为保证教学工作的正常开展，线上课堂应运而生。从寒冬到盛夏，虽然我们远隔千里，但老师们教书育人、同学们刻苦学习的心意相通。

公卫学院李士雪教授是新学期第一个给临床医学生上课的老师，考虑到线上课堂的呈现效果，他作了充分准备：“除接受教学方式的学习和培训外，还认真思考、充分准备，不断充实授课内容，反复修改课件，尽量做到课件简洁明了、图文并茂、色泽明快，易于线上观看。”开学第一天，在既期待又担心的复杂心情中，数学学院秦静教授通过网络顺利完成了第一节课程，效果比她预想的更好：“学习将变成师生、生生的共创过程，需要资源共享、思想流通、过程共塑。在面临挑战的时候没有一个群体会成为唯一的力量，学习将变成共同任务，这也是互联网学习的最大魅力。”

口腔医学院本科生靳晓晗参与了学院网课直播测试：“从早上 9：00 开始，老师们便按照之前定好的方案，轮流使用雨课堂、腾讯会议软件进行直播测试，随着我们 54 名同学有序进入直播间，老师开始尝试打开摄像头，打开弹幕和课件公屏播放。”文学院硕士研究生仇子兴在疫情期间通过线上读书会与同学们相聚，感到收获满满：“有了线上的课堂、读书会和学术讲座，在信息网络架起的虚拟现场，确实能很快消除居家的焦虑与空虚。”

志之所向，奋发有为。《山大日记》留存着山大人意气风发的追梦韶华，传递出一往无前的精神力量。

山东大学研究生支教团河南队成员白云峰在日记中写下郭新立书记考察调研老臧庄小学时的亲切关怀和殷切嘱托：“在美丽的校园里，成长着一群美好的孩子们。看到他们奔跑的身影，郭老师嘱咐大家，要珍惜学校现有的宝贵资源，全面提升学生各方面的素质。希望我们能够在自己的岗位上，充分发挥志愿服务精神，继承山东大学优良传统，为确山教育扶贫事业贡献山大力量。”

一个平常的冬日，樊丽明校长一行考察焦家遗址，令考古队队员戴敬一为之振奋：“聆听着樊校长的谆谆教诲，作为考古学学子的我，自豪感和使命感油然而生，对考古学的热爱和坚持再一次燃起。虽然天气寒冷，但我们心头却荡漾着融融暖意。”

基础医学院博士研究生郭璐璐在第三届研究生“学术之星”奖答辩后，不禁回想起自己艰辛充实的学术之路：“有太多次想放弃的念头，但是每当这时，孙老师及于老师总是语重心长地鼓励大家，带领团队反复分析失败的实验结果，转换思路后重新设计实验。多个深夜里，疲惫和挫折曾让我一蹶不振，但是看到实验室总有人还在尝试，我咬咬牙还是坚持下来了。”

齐鲁交通学院石少帅教授在工程现场收到了岩土工程中心党支部邮寄的“暖心包裹”，他的字里行间有着对学校、老师的感激，更有攻坚克难、艰苦奋斗的坚定信心：“我们一定深入学习贯彻习近平总书记有关重要指示批示精神，认真完成好各项科研任务，不负重托、不负韶华，以‘缺氧不缺精神，艰苦不怕吃苦，海拔高境界更高’的奋进状态，以‘功成不必在我，功成必定有我’的使命担当，为高起点高标准高质量建设贡献我们山大人的一份力量。”

回望2020年，挑战与机遇并存，汗水与泪水交织，收获与希望同在，我们在危机中育先机，于变局中开新局。《山大日记》是岁月的收集者，也是时光的记录师，将山大人与学校紧紧系在一起。无论来自何方、无论身处何方、无论去往何方，山大人在这里依然心意相通、血脉相连，以我们的坦荡与真诚，共筑这片属于山大人的精神家园。

编　者

2020年12月

图书在版编目(CIP)数据

山大日记，2020/桑晓旻主编.—济南：山东大学出版社，2021.6

ISBN 978-7-5607-6953-0

Ⅰ.①山… Ⅱ.①桑… Ⅲ.①新闻—作品集—中国—当代 Ⅳ.①I253

中国版本图书馆CIP数据核字(2021)第110221号

责任编辑 陈佳意
文案编辑 张馨月
封面设计 杜 婕

出版发行 山东大学出版社
社 址 山东省济南市山大南路20号
邮政编码 250100
发行热线 (0531)88363008
经 销 新华书店
印 刷 东港股份有限公司
规 格 720毫米×1000毫米 1/16
37.25印张 531千字
版 次 2021年6月第1版
印 次 2021年6月第1次印刷
定 价 99.00元